KB190465

人間失格

太宰治

はしがき

私は、その男の寫眞を三葉、見たことがある。

인간 실격

다자이 오사무 전집 9

인간 실격

人間失格

정수윤 옮김

도서출판 b

1. 이 전집은 저본으로서 『太宰治全集』(ちくま文庫^{치쿠마문고}, 1994, 全10卷)과 『決定版 太宰治全集』(筑摩書房^{치쿠마서방}, 1999, 全13卷)을 기초로 하고, 新潮文庫^{신초문고}, 岩波文庫^{이와나미문고} 등 가장 널리 읽히는 판본을 참조하여 번역했으며, 전 10권으로 구성했다.

2. 이 전집은 다자이 오사무의 모든 소설 작품을 발표 시기 순서에 따라 수록했다. 단, 에세이는 마지막 권에 따로 수록했다.

3. 제9권에는 1947년 10월에서 1948년 8월 사이에 발표된 작품 열두 편과 1943년에 발표된 역사서 각색 작품 『우대신 사네토모』 외 「철면피」, 「진심」 등을 실었다.

4. 작품소개와 본문의 모든 윗주 및 각주는 옮긴이에 의한 것이다.

5. 원문에서 강조된 드러냄표는 고딕체로 표기했다.

| 차 례 |

인간 실격

おさん

太宰治

오상

「오상」

『개조改造』 1947년 10월호에 발표됐다. 다자이가 다마가와 강에서 연인과 동반자살 한 것은 1948년 6월의 일이다. '오상'은 에도시대 이야기곡 기다유 가운데 <신주텐노아미지마^{텐노아미 섬의 동반자살}>에서 유곽의 첩과 동반자살 하는 남편을 둔 부인의 이름으로, 다자이가 그려낸 「오상」의 화자 역시 이와 비슷한 상황에 처한다. 다자이는 소설 『쓰가루』(전집 6권 수록)에서 쓰가루 사람들이 유달리 기다유를 좋아했고, 자신도 히로사키고등학교를 다니는 동안 기다유에 푹 빠져서, 가미지는 얼추 외울 정도였다고 회상하는데, 여기서 가미지는 오상의 남편이다.

결국 다자이는 부인을 저버리고 연인과 물속으로 뛰어들어 생을 마감하면서 '가미지-「오상」 속 남편-자신'을 일치시키는 선택을 하는데, 이로써 그는 유년 시절부터 좋아하던 이야기 속으로 뛰어드는 동시에, 본인의 작품 「오상」에서 남편을 한심하고 어리석다며 질타하는 작중 부인의 시점을 통해, 스스로를 비하하고 낮추는 특유의 문체를 온몸으로 실현한 셈이 되었다.

1

넋이, 나간 사람처럼, 발소리도 없이 현관을 빠져나갑니다. 부엌에서 저녁 설거지를 하다가, 등 뒤로 그런 기운이 스윽 느껴지면, 접시를 떨어뜨릴 만큼 외로워져서, 저도 모르게 한숨을 내쉬며 살짝 발돋움해 격자무늬 창을 내다봅니다. 그러면 호박 덩굴이 구불구불 감겨 있는 울타리를 따라 난 골목길을, 빛바랜 하얀 유카타^{무명 기모노}에 가느다란 허리띠를 둘둘 감아 매고 걸어가는 남편이 보입니다. 땅거미 진 여름 저녁을 둥둥 떠다니는 유령처럼, 도무지 이 세상 사람이라고는 믿기지 않는, 딱하고 애처로운 뒷모습입니다.

"아빠는?"

뜰에서 놀던 일곱 살 난 큰딸이 부엌 앞 양동이 물에 발을 씻으며, 무심히 제게 물어봅니다. 이 아이는 엄마보다 아빠를 더 잘 따라서, 매일 밤 아빠와 나란히 누워 같은 모기장 안에서 잠이 들곤 합니다.

"절에 가셨어."

입에서 나오는 대로 아무렇게나 대꾸를 했는데, 말해놓고 보니 어쩐지 터무니없이 불길한 소리를 내뱉은 것 같아, 선뜩한 기분이 들었습니다.

"절에? 뭐 하러?"

"추석이잖아. 그러니까 절에, 기도하러 가셨지."

이상할 정도로 거짓말이 술술 나왔습니다. 그날은 정말로, 추석 연휴 첫날이었습니다. 다른 집 여자아이들은 예쁜 기모노를 입고, 자기네 대문 앞에 나와 흐뭇한 듯 기다란 소매를 팔락이며 노는데, 우리 집 아이들은 전쟁 통에 좋은 기모노가 모두 불타서, 추석에도, 평소와 다름없이 허름한 옷을 입고 있습니다.

"그래? 일찍 들어오실까?"

"글쎄다. 마사코가 말을 잘 들으면, 일찍 오실지도 모르지."

말은 그렇게 했지만 아까 분위기로 봐서는, 오늘 밤에도 분명 외박을 하겠지요.

마사코는 부엌으로 올라와 작은방에 들어가더니, 쓸쓸한 듯 창가에 앉아 밖을 내다보며,

"엄마, 내 콩에 꽃이 피었어."

하고 중얼거렸습니다. 그 소리가 어찌나 서글프게 들리던지, 저는 그만 눈물이 글썽거렸습니다.

"어디, 어디? 어머, 정말이네. 이제 곧 콩이 가득 열리겠구나."

현관 옆에 열 평 남짓한 밭이 있는데, 전에는 제가 거기에 이런저런 야채를 심었지만, 아이가 셋이 되고 보니 밭을 가꿀 틈이 나지 않고, 남편도, 옛날에는 가끔씩 밭일을 도와줬지마는, 요즘은 집안일에 아예 관심이 없습니다. 옆집 밭은 바깥어른이 깔끔하게 손질을 하셔서, 온갖 야채가 풍성하고 싱싱하게

자라는데, 그에 비하면 우리 밭은 초라하게 잡초만 무성합니다. 마사코가 배급받은 콩 한 알을 땅에 심고 물을 주었더니, 새싹이 볼쑥 돋아났는데, 장난감 하나 없는 마사코에게는 그게 유일한 자랑거리인지, 옆집에 놀러 가서도 우리 콩, 우리 콩 하고 부끄러운 줄도 모르고 재잘대는 것 같습니다.

초라함. 쓸쓸함. 아니요, 그건 이미, 우리만이 아니라, 오늘날 일본의 모습입니다. 특히 이곳 도쿄는, 어디를 봐도 쇠락한 기운을 풍기는 풀 죽은 사람들이, 힘에 겨운 듯 꾸물꾸물 돌아다니고 있습니다. 우리도 전 재산이 불타 꼼짝없이 망했다는 걸 매 순간 느끼고 있지만, 그래도 제가 느끼는 이 괴로움은, 그보다 훨씬 더 절박한 데서 오는 것입니다. 한 남자의 부인으로서, 무엇보다 고통스러운 일입니다.

제 남편은, 간다에 있는, 꽤 유명한 잡지사에서 십 년 가까이 근무했습니다. 그리고 팔 년 전, 저와 평범하게 선을 봐서 결혼했는데, 이미 그즈음부터 도쿄에서 셋집 구하기가 어려워져서, 중앙선¹을 따라 외곽으로 나갔고, 그중에서도 외딴 곳에 덩그러니 자리한 이 자그마한 셋집을 겨우 얻어, 전쟁이 끝날 때까지 쭉 살았습니다.

남편은 몸이 허약해서, 소집이나 징용도 당하지 않고 별 탈 없이 잡지사로 출근을 했는데, 전쟁이 거세지면서 문제가 생겼습니다. 우리가 사는 마을에 비행기 제조 공장 같은 것이 밀집해 있는 바람에, 집 근처로 폭탄이 빈번하게 떨어졌던 것입니다. 그러던 어느 날 밤, 집 뒤편 대숲에 폭탄 한 발이 떨어지면서, 부엌과 화장실, 작은방이 다 무너졌는데, 네 식구(그즈음에는 마사코 말고도 아들 요시타로가 태어나 있었습니다) 반쯤 허물어진 집에서 살 수도 없고 해서, 저와 두 아이는 제 친정인 아오모리 시로 피난을 가고, 남편 혼자 그 집 안방에 살면서, 전과 다름없이 잡지사에 다니기로 했습니다.

그런데 우리가 아오모리 시로 피난을 온 지 넉 달도 채 지나지 않아, 이번에는 아오모리 시가 폭격을 맞아 도시가 모조리 불탔고, 힘겹게 지고 온 짐들이 모두 잿더미가 되어서, 말 그대로 몸만 달랑 빠져나온 비참한 행색으로, 화재를 면한 인근 지인 댁으로 향했습니다. 지옥 꿈이라도 꾸는 기분으로 이러지도 저러지도 못하면서, 열흘쯤 그 집에 신세를 지던 와중에, 일본이 무조건항복을 했고, 저는 남편이 있는 도쿄가 그리워 다시 두 아이를 데리고 거지꼴로 도쿄에 돌아왔습니다. 달리 갈 곳도 없고 해서, 목수를 불러다가 반쯤 무너진 집을 대충 손보고는, 어쨌거나 전처럼 네 식구가 오붓하게 살게 되었으니, 이제야 조금, 마음이 놓인다 싶었는데, 남편의 처지가 달라지고 말았습니다.

잡지사가 불타고, 회사 중역들 사이에 자본 문제로 분쟁이 생겨 회사가 문을 닫으면서, 남편이 별안간 실업자가 되었던 것입니다. 하지만 잡지사를 오래 다닌 덕에 그 방면으로 아는 분들이 꽤 있어서, 그중 유력하다는 분들과 자본을 한데 모아 새 출판사를 차리고, 책도 두세 종 내는 것 같았습니다. 그러나 그 출판 일도, 종이 매입 방법에 문제가 생기는 등 이래저래 큰 손실을 입으면서 남편은 거액의 빚을 지게 되었고, 그 뒤처리를 하느라 매일 멍하니 집을 나갔다가, 해 질 녘이 되어서야 진이 다 빠져서 돌아왔습니다. 원체 말이 없는 사람이었지만, 그즈음부터는 한층 더 뚱한 표정으로 입을 꾹 다물어버렸습니다. 가까스로 빚을 처리하고 난 뒤로는, 다른 일을 할 기력마저 소진된 것 같았는데, 그렇다고 온종일 집에 있느냐 하면 그것도 아닙니다. 남편이 생각에 잠긴 채, 말없이 툇마루에 서서 담배를 태우며 멀리 지평선을 지긋이 바라봤다 하면, 아아, 또 시작되었구나 싶어서, 저는 조바심이 났습니다. 아니나 다를까, 남편은 못 견디겠다는 듯 깊은 한숨을 내쉬며, 피우던 담배를 뜰로 휙 집어던진 다음, 책상 서랍에서 지갑을 꺼내 품에 찔러 넣고는, 늘 그렇듯 넋이 나간 사람처럼, 발소리도 없이 스윽 현관을 빠져나갔는데, 그런 밤이면 대개 집에 들어오지 않습니다.

좋은 남편, 상냥한 남편이었습니다. 술도 정종이면 한 홉, 맥주면 한 병을 겨우 마시는 정도였고, 담배를 피우기는 해도 배급받은 것으로 충분했습니다. 결혼한 지 십 년 가까이 되었지만 제게 손찌검을 하거나 욕을 한 적은 없었습니다. 딱 한 번, 남편에게 손님이 찾아왔던 날, 마사코가 세 살쯤 되었을 때일까요, 그 애가 손님 쪽으로 기어가다 찻잔을 엎질러서 남편이 저를 부른 모양인데, 제가 부엌에서 펄럭거리며 풍로에 부채질을 하느라 그 소리를 못 듣고 대답을 하지 않았더니, 남편도 그때만큼은, 무시무시한 얼굴로 마사코를 안고 부엌으로 와서, 아이를 마루 위에 내려놓고는, 살벌한 눈빛으로 저를 노려보며 한동안 말없이 장승처럼 우뚝 서 있다가, 마침내 휙 돌아서서 방으로 들어갔는데, 쾅 하고 뼛속까지 울릴 만큼, 참으로 크고 날카로운 소리를 내며 장지문을 닫기에, 남자란 무서운 존재라는 생각에 몸을 떨었습니다. 남편이 화를 냈던 것은 정말 그때 딱 한 번뿐이었고, 전쟁 탓에 저도 남들처럼 이런저런 고생을 하기는 했지만, 그래도 남편의 다정한 모습을 떠올리면, 지난 팔 년간 나는 참 행복했구나 하고 혼잣말이 새어나올 정도입니다.

(이상한 분이 되어버렸어. 대체 언제부터 그 일이 시작된 걸까. 아오모리에서 돌아와 넉 달 만에 남편을 만났을 때는, 어쩐지 비굴하게 웃으며 내 시선을 피하는 듯 주저주저하기에, 혼자 불편하게 살다보니 수척해져서

그런가보다 하고 그저 가엾게만 생각했는데, 혹시 그 넉 달 사이에? 아아, 더 이상 생각을 말자, 생각하면 할수록 더 깊은 고통의 수렁 속으로 빠져들 뿐이야.)

어차피 오지 않을 남편의 이불을, 마사코 것과 나란히 깔아놓고 모기장을 치는데, 쓸쓸함에, 가슴이 아려왔습니다.

2

이튿날 점심때가 다 되었을 무렵, 현관 옆 우물가에서 올봄 태어난 막내딸 도시코의 기저귀를 빨고 있는데, 남편이 도둑처럼 비굴한 표정으로 살금살금 들어오더니, 저를 보고 말없이 고개를 까딱 숙이다가 발을 헛디뎌, 앞으로 꼬꾸라지듯 현관으로 들어왔습니다. 아내인 내게까지 엉겁결에 고개를 숙이다니, 아아, 남편도 참 고생이 많구나, 그런 안타까움에 마음이 아파 도저히 빨래를 할 수가 없어서, 저도 일어나 남편의 뒤를 따라 집으로 들어갔습니다.

"더웠죠? 옷 벗으세요. 그래도 추석이라고 오늘 아침에 특별히 맥주 두 병을 배급해주더라고요. 시원하게 해뒀는데, 드시겠어요?"

남편은 주뼛주뼛 희미하게 웃으며,

"그것 참 반가운 소리네."

하고 목소리마저 잠겨서는,

"엄마하고 한 병씩 마셔볼까?"

하고 속이 빤히 들여다보이는 어설픈 아부까지 하더군요.

"대작해드릴게요."

돌아가신 제 아버지가 애주가셨는데, 그래서인지 저는, 남편보다도 술이 셀 정도였습니다. 갓 결혼했을 무렵, 남편과 둘이서 신주쿠를 걷다가 어묵집 같은 데 들어가서 술을 마시면, 남편은 금세 얼굴이 벌게지면서 취했지만, 저는 어쩐 일인지 귓속에 이명 같은 것이 울릴 뿐 멀쩡했습니다.

작은 방에서, 아이들은 밥을, 남편은, 웃통을 벗은 채 어깨에 젖은 수건을 걸치고 맥주를, 저는 아까워서 한 잔만 마시고, 막내딸 도시코를 안고 젖을 물렸는데, 겉보기에는 평화롭고 단란한 가정이었지만, 여전히 거북했습니다. 남편은 제 시선을 피하기만 했고, 저도 남편의 아픈 곳을 건드리지 않으려고 세심하게 화제를 골라야 했기에, 도무지 대화에 진전이 없었습니다. 큰딸 마사코와 아들 요시타로도 그런 부모님의 분위기를 민감하게 눈치챘는지, 더할 나위 없이 얌전하게 대용식 찐빵을 둘신[2] 탄 홍차에 찍어 먹습니다.

"낮술이라 더 취하네."

"어머, 정말. 당신 온몸이 새빨개요."

그때 언뜻, 저는 보았습니다. 남편의 턱 밑에, 보랏빛 나방 한 마리가 들러붙어 있는 것을, 아니요, 나방이 아닙니다, 갓 결혼했을 무렵, 제게도 그런 기억이 있기에, 나방 모양의 반점을 흘끗 보고, 숨이 턱 막혔고, 그와 동시에 남편도 제게 들켰다는 것을 알아챘는지, 어쩔 줄 몰라 하며, 어깨에 걸쳐뒀던 젖은 수건 끝으로, 깨물린 자국을 어설프게 허둥지둥 감췄습니다. 처음부터 그 나방 자국을 숨겨보려고 어깨에 젖은 수건 같은 걸 걸쳤을 테지만, 저는 애써 모르는 척하며,

"마사코도 아빠하고 같이 있으니 맘마가 맛있나 보네."

⋅⋅
2_ 강한 단맛을 내는 인공감미료. 인체에 해롭다는 것이 밝혀져 1968년부터 사용이 금지됐다.

하고 장난스럽게 말을 꺼냈는데, 그게 또 어째 남편을 빈정거리는 것처럼 들려서, 도리어 분위기가 껄끄러워졌습니다. 제 괴로움이 극에 달했을 즈음, 돌연 이웃집 라디오에서 프랑스 국가가 흘러나왔습니다. 그 소리에 귀를 기울이던 남편은,

"아, 그렇지. 오늘 프랑스혁명 기념일이다."

하고 혼잣말처럼 중얼거리다, 희미하게 웃으며 마사코와 저를 번갈아 보면서,

"7월 14일, 이날은 말이야, 혁명……."[3]

그러다 문득 말이 끊기기에 돌아보니, 남편이 입술을 일그러뜨린 채 눈가에 눈물을 글썽이며 울고 싶은 것을 억지로 참고 있었습니다. 그러더니 거의 울먹이는 목소리로,

"바스티유 말이야, 거기 있던 감옥을 공격한 거야, 민중들이 말이지, 여기저 기서 들고 일어났고, 그 후 프랑스에서, 봄날 성곽에서 열리는 꽃잔치[4]는 영원히, 영원히 말이야, 영원히 사라지게 되었는데, 그래도, 파괴해야만 했던 거지, 새로운 질서, 새로운 도덕을 재건하는 것이, 영원히 불가능하다는 것을 알면서도, 그러면서도, 파괴해야만 했던 거야, 혁명은 아직 끝나지 않았다, 손문도 그런 말을 남기고 죽었다지만, 혁명의 완성이란, 영원히 불가능한 것인지도 몰라, 하지만 그렇다 해도, 혁명을 일으키지 않으면 안 돼, 혁명의 본질이란, 그렇게 슬프고도, 아름다운 거야, 그런 짓은 해서

3_ 우리나라의 추석에 해당하는 일본 명절 오봉은 본래 음력 7월 15일이었으나 메이지시대 이후 도쿄를 중심으로 양력 7월 15일에 치러지기도 했다. 오늘날에는 8월 15일로 정착되었다.
4_ 노래 <황폐한 성의 달>(1901)의 도입부. 한때 화려한 시절을 구가하던 성이 쇠락함을 노래했다.
　　봄날 성곽에서 열리는 꽃잔치 / 돌고 도는 술잔 / 그림자 드리워 /
　　영원무궁 소나무 가지 / 꺾어 쪼개니 / 옛 영화여 / 지금은 어디에

무엇하느냐고 한다면, 그 슬픔과, 아름다움, 그리고 사랑……."

프랑스 국가는 계속해서 흘러나왔고, 남편은 이야기를 하면서 울더니, 부끄러운 듯 억지로 후훗 하고 웃어 보이며,

"이런, 아무래도 아빠는 우는 게 술버릇인가 보구나."

하고 얼굴을 돌리고 일어나, 부엌으로 가 세수를 했습니다.

"안 되겠다. 너무 취했어. 프랑스 혁명에 울어버리다니. 잠깐 눈 좀 붙일게."

그러면서 안방으로 간 뒤 잠잠해졌는데, 분명 온몸을 비틀며 숨죽여 울었겠지요.

남편은 혁명을 위해 울었던 것이 아닙니다. 아니요, 하지만 프랑스에서의 혁명과, 가정에서의 사랑은, 꽤 비슷한 것인지도 모르겠습니다. 슬프고도 아름다운 것을 위해서라면, 로맨틱한 프랑스 왕조도, 평화로운 가정도, 파괴하지 않으면 안 된다는 괴로움, 남편의 그러한 고통은 짐작하고도 남음이 있지만, 실은, 저도 남편을 사랑하고 있어요. 그 옛날 가미지의 아내 오상처럼,

마누라 품속에는

귀신이 사나

아아아

뱀이 사나[5]

하고 내뱉는 비탄은, 혁명 사상이나 파괴 사상과는 아무런 인연도 연관도 없다는 듯 스쳐지나가고, 그렇게 아내 혼자 남겨져, 언제까지고 같은 장소에서 같은 모습으로, 초라한 한숨만 내쉬고 있는데, 대체 앞으로 어떻게 될까요. 운명은 하늘에 맡기고, 그저 남편이 지닌 애정의 방향이 바뀌기만을 바라면서,

5_ 기다유 <신주텐노아미지마>에서 가미지의 아내 오상이 유곽의 첩 고하루를 그리는 남편을 원망하며 자기 신세를 한탄하는 구절. 후에 가미지와 고하루는 물에 빠져 동반자살 한다.

참고 견뎌야 하는 것인지요. 아이가 셋이나 됩니다. 아이들을 위해서라도, 이제 와서 남편과, 헤어질 수는 없습니다.

이틀 밤쯤 연달아 외박을 하고 나면 남편도 미안한지, 하룻밤은 집에서 잡니다. 저녁을 먹고 나면 남편은, 아이들과 함께 툇마루에 앉아 놀면서, 아이들에게까지 비굴하게 비위를 맞추는 소리를 합니다. 한번은 올해 갓 태어난 막내딸을 서투르게 안아 올리며,

"통통해졌쪄요, 미인이 됐쪄요."

하고 칭찬을 하기에, 제가 그만 별생각 없이,

"귀엽죠. 아이를 보고 있으면, 오래 살고 싶다는 생각이 들지 않아요?"

하고 물었더니, 남편이 갑자기 시무룩한 표정을 지으며,

"으음."

하고 괴로운 듯 대꾸했습니다. 저는 가슴이 철렁 내려앉으면서 식은땀이 나는 듯했습니다.

집에서 자는 날이면, 남편은 여덟 시쯤부터 안방에 자기 이불과 마사코 이불을 깔고 모기장을 친 뒤, 아빠와 조금 더 놀고 싶어 하는 아이를 억지로 잠옷으로 갈아입혀 재운 다음, 자기도 불을 끄고 자리에 누워, 그대로 잠이 듭니다.

저는 옆방에서 다른 아이들을 재운 후 열한 시께까지 바느질을 하다가, 모기장을 치고 아이들 틈에 내 천^川 자가 아니라 작을 소^小 자 모양으로 눕습니다.

잠이 오지 않습니다. 옆방에 누운 남편도 잠이 오지 않는지 한숨 소리가 들려서, 저도 모르게 따라서 한숨을 내쉬며, 또 오상이 부르던,

마누라 품속에는

귀신이 사나

아아아

뱀이 사나

어쩌고 하는 탄식의 노래가 떠올랐는데, 남편이 일어나 제 방으로 오기에, 저는 몸이 굳었습니다.

"저기, 집에 수면제 없었나?"

"있었는데 어젯밤에 제가 먹어버렸어요. 하나도 안 들던데요."

"너무 많이 먹으면 오히려 잠이 안 와. 여섯 알 정도가 딱 좋아."

언짢은 목소리였습니다.

3

하루하루, 무더위가 계속되었습니다. 저는 더위, 그리고 걱정 때문에, 음식이 목으로 넘어가질 않아서, 광대뼈가 도드라지게 튀어나왔고, 아기에게 줄 젖도 잘 나오지 않았습니다. 남편도 식욕이 별로 없는지, 움푹 들어간 눈이 불안한 듯 번뜩였습니다. 어느 날은, 쳇 하고 스스로를 비웃듯 웃으며,

"차라리 미쳐버린다면 마음이 편하겠어."

하고 말했습니다.

"저도 그래요."

"착한 사람들은 힘들 리가 없지. 진짜 대단한 거 같아. 자네들은 어쩌면 그렇게 성실하고 정직한 거지? 세상을 훌륭하게 살 수 있는 부류와 그렇지 못한 부류는 날 때부터 정해져 있는 건가 봐."

"아뇨, 둔감한 거예요, 전 그저⋯⋯."

"그저?"

남편은 정신 나간 사람처럼 괴상한 눈빛으로 제 얼굴을 들여다보았습니다. 저는 말문이 막혀서, 아아, 말 못 해, 자세한 얘기는, 두려우니까, 말 못 해.

"그저, 당신이 괴로워 보이면 저도 괴로워요."

"뭐야, 시시하군."

남편은 마음이 놓이는 듯 미소를 지으며 말했습니다.

그때 문득, 저는 아주 오랜만에, 상쾌한 행복감을 맛보았습니다.(그렇구나, 남편을 편하게 해주면 내 마음도 편해지는구나. 도덕이고 뭐고 다 소용없어. 마음이 편하면, 그걸로 된 거야.)

그날 밤 늦게, 저는 남편 모기장 안으로 들어가,

"그래요, 괜찮아요. 전 아무렇지도 않아요."

라고 하며 쓰러졌고, 남편은 쉰 목소리로,

"익스큐즈 미."

하고 농담처럼 한마디 내뱉고는, 일어나, 이부자리 위에 바로 앉았습니다.

"돈 마인드, 돈 마인드."

여름 달이, 그날 밤은 보름달이었는데, 부서진 덧문 틈으로 은색 달빛 실선 너덧 가닥이 모기장 안으로 들이쳐서, 남편의 야윈 맨 가슴을 비추었습니다.

"그나저나, 많이 야위셨네요."

저도 웃으며 장난스럽게 말하고는, 이불 위에 일어나 앉았습니다.

"당신이야말로 마른 것 같아. 쓸데없는 걱정을 해서 그런 거야."

"아니요, 그러니까 제가 그랬잖아요, 전 아무렇지도 않다고. 괜찮아요, 난 슬기로운 여자니까. 다만 가끔씩은, 나 좀 소중히 여겨주시오."

라고 하며 제가 웃으니, 남편도 달빛 머금은 하얀 이를 보이며 웃었습니다. 제가 어릴 때 돌아가신 할아버지 할머니가 자주 부부 싸움을 하셨는데, 그때마다 할머니가 할아버지에게, 나 좀 소중히 여겨주시오, 라고 하셨어요. 어린 마음에도 그게 재미있어서 기억하고 있다가, 결혼한 다음에 남편에게 들려주고 둘이서 크게 웃은 적이 있었지요.

제가 그 말을 꺼냈더니 이번에도 남편은 웃었지만, 금세 진지한 표정이 되어서는,

"소중히 여기려고 하고 있어. 바람막이가 되어주고, 잘 보살펴주려고 하고 있어. 당신은, 정말 좋은 사람이야. 쓸데없는 일에 신경 쓰지 말고, 자신감을 갖고 차분히 있어. 나는 언제나 당신 생각뿐이야. 그 점에서만큼은, 하늘을 찌를 듯한 자부심을 가져도 돼."

너무도 진지하게, 그렇게 허탈한 소리를 하기에, 저는 어찌할 바를 몰라 두 손으로 얼굴을 가리며,

"하지만 당신, 변했어요."

하고 작은 목소리로 말했습니다.

(저는 차라리, 당신이 제 생각을 하지 않고, 싫어하고 미워하는 편이, 오히려 후련하고 좋습니다. 저를 그토록 생각하신다면서 다른 사람을 끌어안다니, 당신의 그런 모습이 저를 지옥으로 빠뜨리는 거예요.

남자들은 아내 생각만 하는 게 도덕적인 거라고 착각하는 것 같아요. 따로 좋아하는 사람이 생겨도, 자기 아내는 잊지 않는 것이 훌륭한 거다, 양심적인 거다, 모름지기 남자란 그래야 한다, 그렇게 믿고 있는 것은 아닌지

요. 그러다가 다른 사람을 사랑하기 시작하면, 아내 앞에서 우울한 한숨을 내쉬며 도덕적인 번민 따위에 빠져들고, 덕분에 아내도, 남편의 침울한 기운에 전염되어 역시나 깊은 한숨을 내쉬다가, 혹여 남편이 태연하게 쾌활한 모습을 보이면, 아내도 같이, 지옥에서 빠져나옵니다. 다른 누군가를 사랑한다면, 아내는 말끔히 잊고, 온전히 그 사람만 사랑하세요.)

남편은 힘없이 웃으며 말했습니다.

"변하긴 누가 변해. 안 변해. 그냥 요즘 좀 더워서 그래. 더워서 견딜 수가 있어야지. 여름은 정말이지, 익스큐즈 미야."

반박할 여지조차 주지 않기에, 저도 슬그머니 웃으며,

"얄미운 사람."

하고 받아치고는, 남편 흉내를 내며 모기장을 휘익 나와, 제 방 모기장으로 들어가서, 아이들 틈에 작을 소 자로 누웠습니다.

하지만 저는, 그만큼이라도 남편에게 어리광을 부리고 서로 웃으며 이야기할 수 있었다는 것이 기쁘고, 가슴에 진 응어리가 조금은 풀어진 듯해서, 그날 밤은 오랜만에 뒤척이지 않고 아침까지 푹 잘 수 있었습니다.

앞으로는 무슨 일이 닥쳐도, 이렇듯 가볍게 남편에게 다가가 농담을 하자, 가식이라도 상관없고 올바른 태도가 아니어도 상관없다, 도덕이고 뭐고 알 게 뭐야, 그저 조금이나마, 잠시나마, 마음 편히 살고 싶다, 한 시간이라도 두 시간이라도 즐거웠다면 그것으로 족하다, 그렇게 생각이 바뀌어, 남편을 꼬집기도 하면서, 가끔씩 집안에 웃음꽃이 피게 되었는데, 어느 날 아침, 느닷없이 남편이 온천에 가고 싶다는 말을 꺼냈습니다.

"머리가 아파서 살 수가 없어. 더위를 먹었나봐. 신슈옛 나가노현 온천 근처에 사는 지인이 있는데, 먹을 건 걱정 말고 언제든지 오라고, 그 사람이 그러더군.

이삼 주 쉬다올 생각이야. 이대로 있다간 미쳐버릴 거야. 아무튼 도쿄를 벗어나고 싶어."

그 사람에게서 벗어나고 싶은 마음에 여행을 떠나려는 게 아닐까, 문득 그런 생각이 들었습니다.

"당신 없는 동안 총 든 강도라도 들면 어떻게 해요?"

제가 웃으며(아아, 서글픈 사람들은 잘 웃지요) 그렇게 말했더니,

"강도더러, 우리 남편은 정신이 나갔어요, 라고 하면 될 거야. 총 든 강도도 정신 나간 사람한테는 못 당할 테니까."

여행을 반대할 이유도 없고 해서, 옷장에서 남편의 여름용 삼베 외출복을 꺼내려는데, 아무리 찾아봐도 보이질 않았습니다.

저는 하얗게 질려서,

"없어졌어요. 어쩐 일이죠? 도둑이라도 들었나?"

"내가 팔았어."

남편은 울상에 가까운 미소를 지으며 말했습니다.

저는 흠칫 놀랐지만 억지로 태연한 척,

"어머, 재빠르시네요."

"그게 바로 총잡이 강도보다 더 대단한 점이지."

그 여자 때문에, 비밀스럽게 돈이 필요했던 것이 틀림없습니다.

"그럼, 뭘 입고 가실 거예요?"

"셔츠 한 장이면 돼."

아침에 말을 꺼내고서, 점심때 벌써 출발하더군요. 한시라도 빨리 집을 나가고 싶어 하는 눈치였지만, 연이어 불볕더위가 계속되던 그 무렵 도쿄 날씨답지 않게, 그날은 소나기가 내렸습니다. 남편은 배낭을 메고 신발을

신더니, 현관 마루에 걸터앉아 몹시 초조한 듯 얼굴을 찌푸리며, 비가 그치기를 기다리다가 대뜸,

"배롱나무 이거, 한 해 걸러 한 번씩 피던가?"

하고 중얼거렸습니다.

올해는 현관 앞 배롱나무에 꽃이 피지 않았습니다.

"그런가 보죠."

저도 멍하니 답했습니다.

그것이, 남편과 나누었던 최후의 부부답고 친근한 대화였습니다.

비가 그치자, 남편은 도망치듯 허둥지둥 집을 나섰고, 그로부터 사흘 후, 스와 호^{나가노 현 호수}에서 남녀가 동반자살 했다는 기사가 신문 구석에 조그맣게 실렸습니다.

얼마 후 스와의 여관에서, 남편이 쓴 편지가 날아들었습니다.

"내가 이 여자와 죽는 것은 사랑 때문이 아니오. 나는 저널리스트요. 저널리스트란 사람들에게 혁명이나 파괴를 부추기면서, 자신은 거기서 슬쩍 빠져나와 땀이나 닦고 있는 존재지. 참으로 괴이한 생물이오 현대의 악마랄까. 나는 그런 자기혐오를 견뎌내지 못하고, 스스로 십자가를 진 혁명가가 되기로 결심했소 저널리스트의 추문이라. 일찍이 전례가 없는 일이지. 나의 죽음으로 현대의 악마들이 조금이라도 얼굴을 붉히고 반성하게 된다면, 더없이 기쁘겠소."

어쩌고저쩌고, 참으로 시시하고 바보 같은 글이 적혀 있었습니다. 남자들이란 왜, 죽기 직전까지 이렇게 무게를 잡으며 의미니 뭐니 하는 것들에 집착하고, 허세를 부리고, 거짓말을 하는지 모르겠습니다.

남편 친구분께 들은 바에 의하면, 그 여자는, 남편 전 직장인 간다의

잡지사에서 일하던 28세의 여기자로, 제가 아오모리로 피난을 가 있는 동안 우리 집에서 자고 가곤 했나보던데, 임신을 했다나 뭐라나, 세상에, 겨우 그런 일로, 혁명이니 뭐니 소란을 피우다 죽어버리다니, 남편은 정말이지, 형편없는 사람입니다.

혁명은, 사람이 편히 살기 위해 일으키는 것입니다. 비장한 얼굴을 한 혁명가를, 저는 믿지 않습니다. 남편은 어째서 그 여자를, 좀 더 당당하고 즐겁게 사랑하면서, 아내인 저까지 즐거워지도록 사랑해주지 못한 것일까요. 지옥 같은 사랑 따위, 당사자도 괴롭겠지만, 우선은 옆 사람에게 폐가 됩니다.

마음을 가벼이 바꿔먹을 수 있는 것이 진정한 혁명이며, 그것만 가능하다면 어려울 건 아무것도 없습니다. 자기 아내에 대한 마음 하나 바꾸지 못하면서 혁명의 십자가라니, 어처구니가 없구나 하고, 세 아이를 데리고 남편의 시신을 거두러 가는 스와 행 열차 안에서, 슬픔이나 분노보다도, 터무니없는 어리석음에 몸서리를 쳤습니다.

犯人

太宰治

범인

「범인」

『중앙공론^{中央公論}』1948년 1월호에 발표됐다. 사랑에 빠진 가난한 범인^{凡人} 쓰루가 어떻게 범인^{犯人}이 되어갔는지를 유머러스하게 풀어낸 작품으로, 다자이가 데뷔 이후 쭉 천착해오던 인간의 '죄와 벌'에 대한 고뇌가 엿보인다. 한편 당대 문호로 추앙받던 시가 나오야는 어느 좌담회에서 이 작품을 비난했는데, 이에 성이 난 다자이는 기성문단을 비꼰 자신의 연재평론 『여시아문』(전집 10권 수록)에 다음과 같은 글을 싣기도 했다.

❝내가 쓴 「범인」이라는 소설에 대해, '그건 읽었다. 정말 심하더군. 처음부터 결말이 뻔히 보여. 읽는 사람은 이미 알고 있는데, 작가는 모를 거라고 생각하고 열심히 쓴 거지.'라고 말했던데, 그 소설은 결말이고 나발이고 없다. 처음부터 누구나 다 알고 있는 건데, 그걸 자기만이 꿰뚫어보고 있는 듯 말하는 것은 정말 망령에 가깝다. 그건 탐정소설이 아니다. ……도대체 왜 그렇게 혼자 우쭐대고 있나. 나도 이제 틀려먹은 게 아닌가, 하고 반성해본 적도 없는 것인가?❞

「범인」은 언뜻 탐정소설처럼 읽히기도 하지만, 주인공이 인간이기를 포기하고 자기 죄를 벌하기 위해 스스로를 파멸로 몰아간다는 점에서 몇 개월 후 완성하는 『인간 실격』을 떠올리게 한다.

"저는 당신을 사랑합니다." 부르민이 말했다. "진심으로 당신을, 사랑합니다."

마리야 가브릴로브나는 얼굴을 붉히더니, 이윽고 고개를 푹 숙였다.

― 푸시킨, 「눈보라」

이 얼마나 평범한가. 젊은 남녀의 사랑의 속삭임은, 아니, 점잖은 어른들이 주고받는 사랑의 대화도, 옆에서 듣고 있으면 의외로 진부하고 꼴사나워, 온몸에 닭살이 돋을 지경이다.

하지만 이것은 웃어넘길 수 없다. 무시무시한 사건이 터졌다.

같은 회사에서 일하는 젊은 남녀가 있다. 남자는 26세, 쓰루타 게이스케. 동료들은 쓰루, 쓰루, 하고 부른다. 여자는 21세, 고모리 히데, 동료들은 모리짱이라 부른다. 쓰루와 모리짱은 사귀는 사이다.

어느 늦가을 일요일, 두 사람은 도쿄 외곽의 이노카시라 공원에서 데이트를 했다. 오전 열 시.

시간대도 나쁘거니와, 장소도 나빴다. 하지만 그들은 돈이 없다. 아무리 가시덤불을 헤집고 들어가도, 아이들을 데리고 나온 멀쩡한 가족들이 바로 옆으로 지나간다. 단둘이 있을 수가 없다. 두 사람은 단둘이 있고 싶어 견딜 수가 없었지만, 그것을 상대방에게 들키는 게 부끄러워, 하늘이 푸르네, 단풍은 덧없네, 경치가 아름답네, 공기가 맑네, 회사가 혼란스럽네, 정직하면 손해네, 그런 말들만 건성으로 주고받으며, 도시락을 나눠먹고, 시詩 외의 다른 것에는 관심도 없다는 듯 순진한 표정을 지으려 애쓰며, 늦가을 추위를 견디다, 오후 세 시경, 참다못한 남자가 시무룩한 표정으로,

"갈까?"

라고 한다.

"그래."

그러고는 여자가 쓸데없는 소리를 덧붙였다.

"같이 돌아갈 집이 있으면 얼마나 행복할까? 집에 가서 불을 피울……다다미 세 장짜리 방 한 칸이라도……."

웃어서는 안 된다. 사랑의 대화는 늘 이렇게 진부한 법이지만, 그래도 이 한마디가 젊은 남자의 폐부를 찔렀다.

방.

쓰루는 세타가야에 있는 회사 기숙사에 살았다. 다다미 여섯 장짜리 방 한 칸에서 동료 세 명과 함께 지낸다. 모리짱은 고엔지에 사는 고모 댁에 얹혀산다. 퇴근 후에는 그 집 가정부가 되어 바지런히 일한다.

쓰루의 누나는 미타카에서 작은 정육점을 운영하는 남자에게 시집을 갔다. 그 집 이층에 방이 두 칸 있었다.

그날 쓰루는 모리짱을 기치조지 역까지 바래다준 뒤, 모리짱에게 고엔지 행 차표를 끊어주고, 자기는 미타카 행 표를 샀다. 플랫폼이 번잡한 틈을 타 슬며시 모리짱 손을 잡았다가, 헤어졌다. 방을 구할게. 그런 뜻에서 잡은 손이었다.

"어이, 어서 오십시오."

가게에는 종업원 하나가 고기 써는 식칼을 갈고 있다.

"매형은?"

"나가셨습니다."

"어디 가셨어?"

"모임에요."

"또 술자리겠네?"

매형은 술꾼이다. 집에서 얌전히 일하는 날이 드물다.

"누나는 있지?"

"예. 이층에 계시겠죠."

"올라갈게."

누나는 올봄 태어난 딸아이에게 젖을 물리고 누워 있다.

"나한테 방을 빌려주겠다고, 매형이 그랬어."

"그야 말은 그렇게 했겠지만, 그 사람 혼자 결정할 일이 아니야. 나도 사정이라는 게 있어."

"무슨 사정인데?"

"너한테 말할 필요는 없을 것 같다."

"매춘부한테 세놓게?"

"그래."

"누나, 나 이번에 결혼할 거야. 제발 부탁이니 내가 살게 해줘."

"너 월급이 얼마야? 저 혼자 먹고살지도 못하는 주제에 결혼은 무슨. 요즘 방세가 얼만지 알기나 해?"

"그야, 여자 쪽에도 얼마간 도움을 받아서⋯⋯."

"너, 거울은 보고 다녀? 그런 여자가 붙을 상은 아닌 거 같은데?"

"알겠어. 됐어. 부탁 안 해."

일어서서 아래층으로 내려왔지만 단념할 수 없었던 그는, 끓어오르는

증오심을 억누르지 못하고, 가게에 있던 식칼 한 자루를 집어 들어,

"누나가 필요하대. 빌려줘."

라고 하고는 계단을 뛰어올라, 단숨에, 해치웠다.

누나는 끽소리도 못하고 쓰러지고, 피는 솟구쳐 쓰루 얼굴로 튄다. 방구석에 있던 아기 기저귀로 얼굴을 훔치고는, 거친 숨을 몰아쉬며 아래층 방으로 가서, 가게 매출금을 넣어두는 문갑에서 몇천 엔을 끄집어내어 점퍼 주머니에 쑤셔 넣는다. 마침 가게에 손님이 두세 명 밀려 있어서 점원도 바쁜 참이다.

"가십니까?"

"응. 매형한테 안부 전해줘."

밖으로 나간다. 어둑한 가운데 안개가 자욱하다. 저녁나절 거리는 혼잡하다. 사람들을 헤치고 역으로 나아간다. 도쿄 역까지 가는 차표를 산다. 플랫폼에서 전철을 기다리는데 시간이 어찌나 더디게 가는지. 아악! 하고 비명을 내지르고 싶은 발작. 오한. 요의尿意. 스스로도 제 신세가 믿기지 않는다. 다른 사람들은 모두 한가롭고 평화로워 보이는데, 쓰루 혼자 어스름한 플랫폼에 멀찌감치 서서, 그저 거친 숨만 몰아쉬고 있다.

겨우 사오 분 기다렸을 뿐인데, 적어도 삼십 분은 기다린 듯하다. 전철이 왔다. 혼잡하다. 탄다. 전철 안은 사람들의 체온으로 뜨뜻미지근하고, 속도는 느리다. 전철 안에서라도 달리고 싶은 기분이다.

기치조지, 니시오기쿠보……, 느리다, 그렇게 꾸물거릴 수가 없다. 물결 모양으로 금이 간 전철 유리창을 손끝으로 더듬는데, 문득 무겁고 서글픈 한숨이 새어나온다.

고엔지. 내릴까? 순간 어질어질 현기증이 인다. 모리짱을 한 번이라도 더 보고 싶어서 온몸이 뜨거워졌다. 누나를 죽인 기억도 저 멀리 날아간다.

지금은 다만, 방을 구하지 못했다는 안타까운 실패의 기억만이, 쓰루의 가슴을 억죄었다. 둘이 함께 회사에서 돌아와, 불을 피우고 마주 앉아, 웃으며 저녁을 먹고, 라디오를 들으며 잠이 들, 방 한 칸을 구하지 못했다는 원통함. 사람을 죽인 공포쯤, 그런 애끓는 심정에 견줄 것이 못 된다는 것은, 사랑에 빠진 젊은이의 경우라면 지극히 있을 법한 일이다.

마음이 격렬하게 동요하여 출입문 쪽으로 한 발, 내딛었을 때, 출발. 스르륵 문이 닫힌다.

점퍼 주머니에 손을 찔러 넣으니, 구깃구깃한 종이 뭉치가 손끝에 닿는다. 뭐지? 문득 정신이 든다. 돈이다. 구원의 손길이다. 까짓것, 놀자. 쓰루는 아직 젊다.

도쿄 역 하차. 올봄, 다른 회사와 야구 시합을 했을 때, 상사가 우승 기념으로 '사쿠라'라는 니혼바시 요릿집에 데려간 적이 있는데, 쓰루보다 두세 살 많은 스즈메라는 게이샤가 쓰루를 좋아했다. 그 뒤 음식점 폐쇄령[1]이 떨어지기 직전에, 상사를 따라 '사쿠라'에 한 번 더 가서 스즈메를 만났다.

"폐쇄 되더라도 여기 오셔서 절 부르시면, 언제든지 만날 수 있어요."

그날 일을 떠올린 쓰루는, 저녁 일곱 시, 니혼바시의 '사쿠라' 현관 앞에 서서, 차분하게 회사 이름을 대고 볼을 살짝 붉히며, 스즈메에게 볼일이 있어서 왔다고 둘러댄다. 하녀를 비롯해 그 누구에게도 의심을 사지 않고 이층 구석방으로 안내를 받은 그는, 후다닥 옷을 갈아입고 목욕탕이 어디냐고 묻고는, 하녀가 저쪽이라고 하자 수줍은 듯,

"혼자 사는 것도 참 힘들어. 온 김에 빨래나 하자."

1_ 1947년 7월 1일, 식량 위기 대책의 일환으로 전국 33만 개 음식점이 휴업한 사건.

라고 하며 혈흔이 약간 묻은 와이셔츠를 말아 안는다.

"아, 제가 해드릴게요."

라는 하녀의 말에,

"아니요, 이런 거 익숙합니다. 저도 잘해요."

하고 매우 자연스럽게 거절한다.

혈흔은 좀처럼 지워지지 않았다. 빨래를 마치고 수염을 깎은 뒤 멀끔해진 모습으로 방으로 돌아와, 빨래는 옷걸이에 걸고, 다른 옷가지에 혈흔이 묻어있지 않은지 세심히 살핀 후, 차를 연거푸 세 잔이나 마시고는, 벌렁 드러누워 눈을 감았는데, 잠이 오지 않아 벌떡 일어나 앉는 순간, 여염집 여자인 척 수더분한 차림을 한 스즈메가 들어왔다.

"어머, 오랜만이네."

"술 좀 구할 수 있을까?"

"가능할 거예요. 위스키라도 괜찮아요?"

"상관없어. 사다줘."

점퍼 주머니에서 백 엔짜리 지폐 한 장을 꺼내 던져준다.

"이렇게 많이는 필요 없어요."

"필요한 만큼 쓰면 되잖아."

"그럼 받아갈게요."

"오는 길에 담배도 좀."

"어떤 걸로 살까요?"

"약한 게 좋겠어. 궐련 말고."

스즈메가 방에서 나가자마자 정전. 컴컴한 어둠 속에 혼자 남은 쓰루는 불현듯 두려워졌다. 어디선가 속닥속닥 이야기 소리가 들린다. 하지만 그것은 환청이었다. 복도에서, 숨죽여 걷는 발소리가 들린다. 하지만 그것도, 환청이었다. 쓰루는 숨쉬기가 괴로워 크게 소리 내 울고 싶었지만, 눈물 한 방울 나오지 않았다. 다만 심장 박동이 이상하리만치 빨라지면서, 두 다리가 나른하여 흐느적거렸다. 쓰루는 바닥에 드러누워 오른팔을 눈에 바짝 대고 우는 척을 했다. 그러고는 작은 목소리로, 모리짱, 미안해, 하고 중얼거렸다.

"안녕, 게이짱." 쓰루의 본명은 게이스케다.

모기가 앵앵거리는 듯한 가냘픈 여자 목소리를 또렷하게 들은 쓰루는, 머리털이 곤두서는 것을 느끼며 미친 사람처럼 벌떡 일어나, 장지문을 열고 복도로 튀어나갔다. 온통 캄캄한 가운데 멀리서 어렴풋이 전철 지나는 소리가 들렸다.

계단 아래서 희미한 불빛이 새어 들더니, 손전등을 들고 나타난 스즈메가 쓰루를 보고 놀라며,

"어머, 거기서 뭐해요?"

손전등에 비친 스즈메의 얼굴이 참 못생겼다. 모리짱이 그립다.

"혼자 있으니 무서워서."

"암거래 상도 암흑에 놀라는구나."

스즈메는 쓰루가 암거래라도 해서 술값을 구해온 줄 아는 모양이다. 쓰루는 조금 마음이 놓여 떠들고 싶어졌다.

"술은 왜 안 가져와?"

"하녀에게 부탁했어요. 곧 가지고 오겠대. 요즘은 술 구하기가 여간 까다로운 게 아니라니까."

위스키, 안주, 담배. 하녀는 무슨 도둑처럼 발소리를 죽여 그것들을 날라 왔다.

"조용히 드셔야 합니다."

"알고 있어."

쓰루는 악마처럼, 태연히 답하고는, 웃었다.

아래로는 투명한 감청색 물결,

위로는 찬란한 황금빛 태양.

허나,

쉴 줄 모르는 돛단배는,

폭풍우 속에야말로 평온이 있다는 듯,

파도가 거세게 날뛰기만을 간절히 바라나니.

아아, 폭풍우 속에 휴식이 있겠는가. 쓰루는 소위 말하는 문학청년은
아니다. 대단히 느긋한 스포츠맨이다. 하지만 애인인 모리짱은 문학 책
한두 권쯤 늘 핸드백 속에 넣고 다녔고, 오늘 아침 이노카시라 공원에서
데이트를 했을 때도, 레르몬토프[2]인가 하는, 결투 끝에 28세에 요절한 러시아
천재 시인의 시집을 읽어주었다. 시 같은 데에는 전혀 흥미가 없던 쓰루도,
그 시집 시는 전부 다 마음에 들었고, 특히 「돛단배」라는 제목의 혈기왕성하고
난폭한 시가, 그가 느낀 사랑의 감정과 딱 들어맞는 것 같아, 모리짱에게
몇 번이고 거듭 낭독해달라고 했다.

폭풍우 속에야말로 평온이…… . 폭풍우 속에야말로…… .

쓰루는 손전등 불빛 아래서 스즈메와 함께 위스키를 마시며, 서서히 기분

2_ Mikhail Lermontov(1814~1841). 러시아 시인. 그의 연작소설 『현대의 영웅』(1839~1840)은
푸시킨의 『예브게니 오네긴』과 더불어 19세기 러시아 문학의 고전으로 평가받고 있다.

좋게 취해 갔다. 밤 열 시쯤 퍼뜩 전등불이 켜졌지만, 그때는 이미 전등불도, 은은한 손전등 불빛조차, 쓰루에게는 필요치 않았다.

동틀 녘.

새벽. 이를 본 적이 있는 사람은 알고 있을 것이다. 일출 직전, 날이 밝아 올 때의 분위기는 결코 상쾌하다 할 수 없다. 성난 신들의 무시무시한 북소리가 들리고, 무슨 빛인지 아침 햇살과는 전혀 다른, 끈적끈적하게 들러붙는 팥죽색 광선이, 피비린내 나도록 이 나무 저 나무를 물들인다. 음산하고도 처참한 기운에 가깝다.

쓰루는 뒷간 창문으로 이 어마어마한 가을 새벽을 보고 가슴이 미어져, 망자처럼 핏기 없는 얼굴로 어정버정 방으로 돌아와, 입을 벌린 채 곯아떨어진 스즈메의 머리맡에 양반다리를 하고 앉아서는, 전날 마시다 남은 위스키를 잇달아 들이켰다.

돈은 아직 있다.

취기가 돌자 이불 속으로 들어가 스즈메를 안는다. 누워서, 또 위스키를 마신다. 깜빡깜빡 선잠이 든다. 잠에서 깬다. 이러지도 저러지도 못하는 자기 신세가 기분 나쁠 정도로 명확하게 느껴져서, 이마에 진땀이 솟는다. 몸서리를 치며 스즈메에게 술을 한 병 더 사오라고 한다. 마신다. 안는다. 꾸벅꾸벅 존다. 잠이 깨면, 또 마신다.

이윽고 저녁이 되어, 위스키를 한 모금 마시려 했지만 토할 것 같아서,

"갈게."

고통스런 숨을 몰아쉬며 가까스로 그렇게 한마디 했는데, 농담을 하려 해도 금세 구역질이 날 것 같아, 잠자코 기다시피 주섬주섬 옷을 주워, 스즈메의 도움으로 겨우 챙겨 입고는, 끊임없이 올라오는 구토와 씨름을

해가며, 비틀비틀 허든대면서, 니혼바시 요정 '사쿠라'를 나왔다.

밖에는 겨울에 성큼 다가선 황혼이 드리워져 있다. 그 일이 있고 하루 밤낮이 흘렀다. 다리 옆 석간을 사는 무리 속으로 들어간다. 세 종류의 석간을 산다. 닥치는 대로 훑어본다. 없다. 없는 것이 오히려 불안했다. 기사화 금지. 비밀리에 범인을 추적하고 있는 것이 틀림없다.

이렇게 살 수는 없다. 돈이 있는 한 도망치다가, 최후에는 자살하자.

쓰루는 자기가 잡혀서, 가족이나 회사 사람들을 화나게 하고, 슬프게 하고, 소름 끼치게 하고, 그들에게 욕을 먹고, 원한을 사는 것이 못 견디게 무섭고 싫었다.

그러나 이제 지쳤다.

아직 신문에는 실리지 않았다.

쓰루는 용기를 내어 세타가야에 있는 회사 기숙사로 향했다. 하룻밤이라도 자신의 보금자리에서 푹 잠들고 싶었다.

다다미 여섯 장짜리 기숙사 방 한 칸에서 동료 셋이 함께 살았다. 동료들은 놀러나갔는지 방에 없었다. 이 근방은 그나마 전선 정비가 잘 되어 있어서 불은 켜진다. 거무칙칙하게 찌그러진 국화꽃 무늬 동전 한 닢이, 쓰루의 책상 위 컵 속에서 주인이 돌아오기를 기다리고 있었다.

묵묵히 이불을 깔고 불을 끈 뒤 잠을 청했지만, 곧 다시 일어나 불을 켜고 누워, 한 손으로 얼굴을 가리고 조그맣게, 아아아, 하고 신음하다가, 이내 죽은 듯 깊은 잠에 빠졌다.

이튿날 아침, 동료 하나가 그를 흔들어 깨웠다.

"어이, 쓰루. 어딜 돌아다니다 온 거야? 미타카 형님한테서 회사로 전화가 몇 번이나 온 줄 알아? 진짜 난처했다고. 자네더러 당장 미타카로 오라더군.

누가 위독하신 거 아니야? 그런데 자네는 결근을 하질 않나, 기숙사엔 들어오지도 않지, 모리짱도 모른다고 하지, 어쨌든 오늘은 미타카에 가봐. 보통 일이 아닌 것 같았어."

쓰루는 온몸에 소름이 돋는다.

"그냥 오라고만 했나? 다른 말은 없고?"

벌써 일어나 바지를 입고 있다.

"응. 상당히 급한 일 같았어. 어서 가보는 게 좋을 거야."

"다녀올게."

쓰루는 뭐가 뭔지 알 수가 없었다. 내게 아직 이 세상에서 살아갈 기회가 있는 것일까. 한순간 그런 꿈같은 기분이 들었지만, 서둘러 그 생각을 부정했다. 나는 인류의 적이다. 살인마다.

이미 인간이 아니다. 세상 모든 사람들이 힘을 모아, 이 괴물 한 마리를 쫓고 있다. 어디를 가나 나를 잡으려는 사람들이, 그야말로 거미줄처럼 여기저기 진을 치고 있을지도 모른다. 하지만 내겐 아직 돈이 있다. 돈만 있으면 잠시라도 공포를 잊고 놀 수 있다. 도망칠 수 있을 때까지는, 도망치고 싶다. 어쩔 수 없을 때는, 자살.

쓰루는 세면장에서 힘차게 이를 닦다가, 칫솔을 문 채 식당으로 가서 식탁 위에 놓인 몇 종류의 신문 앞뒷면을 살기 띤 눈빛으로 샅샅이 살폈다. 없다. 모든 신문이 쓰루가 한 짓에 대해 조용히 침묵하고 있다. 그 불안이란! 스파이가 말없이 등 뒤에 서 있을 것만 같은 불안. 눈에 보이지 않는 홍수가 어둠 속에서 밀려들고 있을 것만 같은 불안. 당장이라도 펑 하고 치명적인 폭발이 일어날 것만 같은 불안.

쓰루는 세면대에서 입을 헹군 후 세수도 하지 않고 방으로 가 벽장을 열고는, 하복과 셔츠, 기모노, 허리띠, 담요, 운동화, 마른 오징어 세 묶음, 은피리, 앨범, 팔 수 있을 만한 물건은 모조리 꺼내 배낭 안에 쑤셔 넣었다. 책상 위에 있던 자명종 시계까지 점퍼 주머니에 집어넣고는, 아침 식사도 하지 않고,

"미타카에 다녀올게."

하고 쉰 목소리로 중얼거린 뒤, 배낭을 메고 허둥지둥 기숙사를 나섰다.

우선, 이노카시라 선을 타고 시부야로 나와 가져온 물건들을 다 팔았다. 배낭까지 팔아치웠다. 오천 엔 넘는 돈이 손에 들어왔다.

시부야부터는 지하철로 이동. 신바시에 내린다. 긴자 쪽으로 걷다 말고, 강가 판잣집 약국에 들러 이백 정들이 브로바린 수면제 한 상자를 사들고는, 신바시 역으로 되돌아와 오사카 행 급행열차 표를 끊는다. 오사카로 가서 뭘 어쩌겠다는 건 아니었지만, 열차에 오르면 조금이나마 마음이 편해질 것 같았다. 게다가 쓰루는 이제껏 간사이 지방에 가본 적이 한 번도 없다. 세상과 이별하기 전에 간사이 쪽에서 노는 것도 나쁘지 않겠지. 간사이 여자들도 괜찮다던데. 내겐 돈이 있다. 만 엔 가까이 있다.

역 근처 상점에서 식료품을 듬뿍 산 뒤, 점심나절이 조금 지나 열차에 올랐다. 급행열차는 의외로 한산해서 쉬이 자리에 앉을 수 있었다.

열차가 달린다. 쓰루는 문득, 시를 쓰고 싶다는 생각이 들었다. 예술 쪽으로는 취미가 없는 쓰루에게는, 기괴할 정도로 뜻밖의 충동이었다. 분명 태어나서 처음 맛보는 매우 이상한 유혹이었다. 아무리 천박한 촌뜨기라 할지라도, 임종이 다가오는 인간은 기묘하게 시라는 것에 마음이 끌리는 모양이다. 고리대금업자든, 고위 공직자든, 인간은 모두 세상을 떠나면서 시나 하이쿠를 짓고 싶어 하지 않는가.

쓰루는 시무룩한 표정으로 고개를 끄덕이며, 점퍼 안주머니에서 수첩을 꺼내어, 연필심에 침을 묻혔다. 잘 쓰면 모리짱에게 보내자. 유품이다.

쓰루는 천천히 수첩에 글을 쓴다.

내게, 브로바린, 이백 정 있으니.
먹으면, 죽는다.
생명,

여기까지 쓰고는 벌써 막혀버렸다. 그 뒤로는 쓸 것이 없다. 되풀이해 읽어봐도 재미라고는 눈곱만큼도 없다. 소질이 없는 것이다. 쓰루는 떫은 감을 씹은 사람처럼 진심으로 언짢은 듯 인상을 썼다. 수첩에서 그 페이지를 찢어버린다. 시는 관두고, 이번에는 미타카 매형 앞으로 보낼 유서를 쓰기로 한다.

나는 죽습니다.
다음 생에는, 개나 고양이로 태어나겠습니다.

벌써 또, 쓸 게 없다. 한동안 수첩 속 글을 응시하던 그는, 문득 창 쪽으로 고개를 돌려 뭉그러진 감처럼 보기 싫게 울상을 지었다.

열차는 이미, 시즈오카 현으로 들어서고 있었다.

그 후 쓰루의 행방은, 일가친척들의 조사나 추측에도 불구하고 분명하지 않다.

닷새 정도 지난 어느 이른 아침, 쓰루는 돌연 교토 시 사쿄 구 모 상사에 나타나, 옛 전우였던 기타가와라는 사원에게 면회를 청하고, 둘이서 함께 교토 거리를 걸었다. 쓰루는 헌 옷 가게의 포렴을 경쾌하게 젖히고 들어가, 가지고 있던 점퍼, 와이셔츠, 스웨터, 바지, 농담을 해가며 전부 다 팔고, 대신 위아래로 헌 군복을 사 입고는, 남은 돈으로 대낮부터 둘이서 술을 마시다가, 기타가와 청년과 기분 좋게 헤어진 다음, 게이한시조 역에서 혼자 열차를 타고 오쓰로 향했다. 그가 왜 오쓰로 갔는지는 확실치 않다.

해 질 녘 오쓰를 어슬렁거리던 쓰루는, 여기저기서 술도 꽤 마셨는지, 그날 밤 여덟 시경, 오쓰 역 앞 아키즈키 여관 현관 앞에 만취한 모습으로 나타났다.

도쿄 토박이답게 힘찬 말투로 하룻밤 묵겠다고 하고, 방으로 들어가자마자 곧바로 방바닥에 드러누워, 두 다리를 격렬하게 버둥거렸는데, 그래도 여관 지배인이 가지고 온 숙박부에는 제대로 된 주소와 이름을 적고, 술이 깨도록 물을 가져다달라고 해서 벌컥벌컥 들이켜고는, 그 물로 브로바린 이백 정을 한꺼번에 털어 넣은 모양이다.

쓰루의 주검 머리맡에는, 몇 종류의 신문과 오십 전짜리 지폐 두 장, 십 전짜리 지폐 한 장이 널려 있을 뿐, 그 밖의 다른 소지품은 없었다고 한다.

쓰루의 살인은 끝내 어느 신문에도 실리지 않았지만, 쓰루의 자살은 간사이 지역신문 한쪽 구석에 조그맣게 실렸다.

교토 모 상사에서 근무하던 기타가와 청년이 그걸 보고 깜짝 놀라, 급히 오쓰로 향했다. 여관 사람들과 상의하여, 우선 쓰루가 살던 도쿄 기숙사에 소식을 전했다. 기숙사 사람이 서둘러 미타카 매형에게 달려갔다.

누나는 왼팔 상처 실밥을 아직 풀기 전이라, 흰 붕대가 감긴 팔을 목에 걸고 있었다. 언제나처럼 술에 취해 있던 매형이,

"세상에 알려지는 게 싫어서 여태 여기저기 갈 만한 데를 찾고 있었는데, 일이 이렇게 될 줄이야."

누나는 마냥 눈물을 흘리며, 젊은 애들의 시시한 연애 놀음을 얕잡아 봐서는 안 된다는 것을 뼈저리게 느꼈다.

饗応夫人

太宰治

접대 부인

「접대 부인」

『빛光』 1948년 1월호에 발표됐다. 자신의 모든 것을 바쳐서라도 손님들을 대접하는 '접대 본능'을 지닌 어느 부인의 이 이야기는, 화가 사쿠라이 하마에(1908~2007)를 모델로 한 작품으로 알려져 있다. 사쿠라이는 소설가 지망생 아키사와 사부로와 이혼하고 미타카 시모렌자쿠에 아틀리에를 두고 있었는데, 전남편과 교류가 있던 다자이 오사무와 소설가 단 가즈오, 신초사 편집자 노하라 이치오, 화가 오노 고로 등이 자주 사쿠라이의 아틀리에로 몰려가 술을 마시곤 했다. 다자이는 한밤중에도 "전보요, 전보!"라고 소리치며 여럿이서 사쿠라이의 아틀리에로 몰려갔으며, 다자이의 연인이자 『사양』의 소재가 된 일기를 제공했던 오타 시즈코도 미타카에 들를 때면 이곳에서 묵었다고 한다. 다자이는 죽어서도 사쿠라이의 신세를 지게 되는데, 그가 미타카에서 자살했을 때 사쿠라이의 아틀리에가 신문기자들이나 편집자들의 대기 장소가 되었다.

주인마님은 원래, 살뜰히 손님을 돌보고, 음식 대접하기를 좋아하는 편이셨는데요, 아뇨, 그렇다고는 해도 마님의 경우는, 손님을 좋아한다기보다는 두려워한다고나 할까요, 현관의 초인종이 울리면, 우선은 제가 손님들을 맞으러 나갔다가, 누가 오셨는지 전하려고 마님 방에 가보면, 마님은 벌써, 독수리 날갯짓 소리에 놀라 막 날아오르려는 작은 새처럼 이상하게 상기된 표정으로, 귀밑머리를 쓸어 올리고 옷깃을 매만지며 엉거주춤 일어나, 제 이야기가 채 끝나기도 전에 잔걸음으로 복도를 달려 현관으로 나가셔서, 갑자기, 우는 것도 아니고 웃는 것도 아닌, 피리소리 비슷하게 신기한 소리를 내며 손님들을 맞으시고는, 돌연 정신 나간 사람처럼 눈빛이 변해서 객실과 부엌 사이를 부산하게 뛰어다니시며, 냄비를 뒤집어엎거나 접시를 깨거나, 미안해요, 미안해요, 하고 하녀인 제게 연신 사과를 하시다가, 손님들이 가고 나면 녹초가 되어 혼자 멍하니 응접실에 주저앉아, 정리고 뭐고 손을 놓으신 채, 어떨 때는 눈물마저 글썽이셨습니다.

　이곳 주인어른은 혼고에 있는 대학에서 학생들을 가르치셨는데, 고향도 부잣집이라고 하고, 마님 친정도 후쿠시마 현 부농에, 자제분도 없으셔서,

두 분 다 인생의 고단함을 모르는, 아이처럼 태평한 구석이 있었습니다. 제가 이 집에서 일을 하게 된 것은 아직 전쟁이 한창이던 사 년 전인데, 제가 들어오고 반년쯤 지났을 무렵, 제2국민병¹ 신분에 허약해 보이시던 주인어른께서 갑자기 군에 소집되어, 운 나쁘게도 곧장 남쪽 섬으로 끌려가셨고, 얼마 안 가 전쟁이 끝났는데도 감감무소식이라, 부대장으로부터 어쩌면 포기하셔야 할지도 모르겠다는 내용의 짤막한 엽서가 날아들었습니다. 그 후 마님의 손님 접대가 점점 광적으로 변하더니, 가여워서 차마 옆에서 보고 있을 수 없을 지경이 되고 말았습니다.

사사지마 선생이 이 집에 나타나기 전까지만 해도, 마님께서는 주인어른 친척분들이나 마님 친정분들과 겨우 왕래하시는 정도였고, 주인어른이 남쪽 섬으로 가신 뒤로도, 마님 친정에서 생활에 필요한 돈을 충분히 보내주셔서, 비교적 편안하고 차분하게, 말하자면 고상한 생활을 하셨는데, 사사지마 선생이라는 사람이 나타나고부터는, 온통 엉망진창이 되었습니다.

이곳은 도쿄 외곽이기는 해도, 도심에서 꽤 가깝고, 다행히 전화戰禍를 면할 수 있어서, 집이 불타 도시에서 밀려난 사람들이, 그야말로 홍수처럼 몰려들어, 상점가를 지나다니는 이들도 모르는 사람들로 싹 바뀐 것 같았습니다.

지난 연말쯤이었을까요, 마님께서 주인어른의 친구분인 사사지마 선생을 십 년 만에 시장에서 만나셨다나 뭐라나, 그러면서 집으로 모셔온 것이 화근이었습니다.

사사지마 선생은 주인어른과 마찬가지로 마흔쯤 된 분이었는데, 주인어른

1_ 만 17~45세의 남자 가운데 신체적 결함으로 병 판정을 받은 이들. 갑을 판정을 받으면 합격, 정술 판정을 받으면 불합격이었는데, 병 판정을 받은 제2국민병은 유사시에 출전할 수 있었다.

이 근무하셨던 혼고 쪽 대학 선생인 모양이었습니다. 주인어른은 문학 전공이고 사사지마 선생은 의학 전공이었지만, 두 분이 중학교 동창이었다나 뭐라나, 또 주인어른이 이 집을 짓기 전 마님과 함께 고마고메 아파트에서 잠깐 사셨을 때, 독신이던 사사지마 선생도 같은 아파트에 살아서, 잠시나마 친분이 있었다고 합니다. 두 분이 연구 분야도 다르고 해서인지, 주인어른이 이 집으로 이사를 오신 후로는 서로 교류가 끊긴 채 십몇 년이 흘렀는데, 우연히 이 동네 시장에서 사사지마 선생이 마님을 알아보고 말을 걸었다고 합니다. 우리 마님도, 그때 그냥 인사만 하고 헤어지셨다면 좋았을 것을, 정말 그랬다면 좋았을 것을, 천성이 사람을 환대하는 분이신지라, 우리 집이 바로 저기예요, 차라도 한잔 하고 가세요, 뭐 어때요, 라고 하며 마음에도 없으시면서, 도리어 손님이 두려워 이성을 잃고 한사코 잡아끌고 오셨습니다.

사사지마 선생은 정장에 장바구니를 든, 이상한 차림으로 이 집에 들어오셔서,

"이야, 이렇게 좋은 집일 줄이야. 전쟁 피해가 없었다니, 억세게 운이 좋군. 혼자 사시는 겁니까? 이거 아무래도 너무 사치스럽네요. 하기야 여자들만 사는 집이고, 이렇게 반들반들하게 청소를 해놓고 사니, 오히려 같이 살자고 부탁하기도 어렵겠어. 같이 살아도 마음이 불편하지. 그건 그렇고, 부인이 이렇게 가까이 살 거라고는 생각도 못 했습니다. 집이 M마을에 있다는 소문은 들었는데, 정신을 어디다 빼놓고 사는지, 제가 이쪽으로 온 지도 벌써 일 년 가까이 됐는데, 이 집 문패를 전혀 알아차리지 못했어요. 이 집 앞을 자주 지나다니거든요, 장을 보러 갈 때는 꼭 이 길을 지납니다. 이거야 원, 저도 이번 전쟁으로 고생이 이만저만이 아니어서요, 결혼 후 곧바로 소집되었다가 간신히 살아 돌아와 보니, 집은 흔적도 없이 다 타버렸고, 마누라는 제가 없는 동안 태어난 아들놈을 데리고 지바 현에 있는 친정으로

피난을 갔더군요. 도쿄로 불러들이고 싶어도 살 집이 없는 형편이라, 하는 수 없이 저 혼자, 아까 거기 잡화점 안쪽에 쪽방을 얻어 자취를 하고 있어요. 오늘 밤에는 닭고기를 넣고 냄비요리라도 끓여서 술이나 실컷 마셔볼까 하고, 이 장바구니 하나 달랑 들고 시장을 어슬렁거리고 있었던 건데, 이 지경으로 사는 것도 이제 지긋지긋합니다. 나도 내가 사는 건지 죽은 건지 알 수가 없으니."

응접실에 떡하니 앉아 자기 이야기만 했습니다.

"저런, 딱해라."

마님이 그렇게 한마디 하셨는데, 보아하니 벌써 접대를 하고 싶어 안달을 내는 천성에 발동이 걸리셨는지, 정신없이 종종걸음으로 부엌에 오셔서는,

"우메짱, 미안해요."

하고 제게 사과를 하며 냄비요리와 술을 준비하라고 이르시고, 다시 몸을 휙 돌려 바람처럼 응접실로 가시나 했더니, 곧 다시 부엌으로 달려와 불 피우랴, 차 도구 꺼내랴, 부산을 떠셨는데, 아무리 늘 있는 일이라고는 해도, 흥분하고 긴장하고 당황하는 그 품새가, 안쓰러움을 넘어 씁쓸하게 느껴질 정도였습니다.

사사지마 선생은 어찌나 뻔뻔한지,

"오우, 닭고기 냄비요리로군요, 실례지만 부인, 저는 냄비요리에 반드시 가늘게 썬 곤약을 넣어 먹지요, 부탁 좀 드리겠습니다, 곁들이시는 김에 구운 두부도 있으면 금상첨화고요. 그냥 파만 넣어 먹으려니까 허전합니다."

하고 큰 소리로 말을 했는데, 마님은 또 그 말이 끝나기가 무섭게 황급히 부엌으로 달려오셔서,

"우메짱, 미안해요."

하고 부끄러워하는 건지 울상을 짓는 건지 알 수 없는, 갓난아기 같은 표정으로 제게 부탁을 하셨습니다.

사사지마 선생은 작은 잔으로 술을 마시는 게 귀찮다며, 컵에 따라 벌컥벌컥 마시더니 술에 취해서,

"그렇습니까, 남편분도 결국 행방불명입니까, 뭐, 십중팔구 전사했겠군, 어쩔 수 없지. 부인, 요즘 세상엔 당신만 불행한 게 아니니까요."

하고 참 간단하게 결론을 짓고는,

"부인, 나 같은 놈은 말이지,"

라며 또 자기 이야기를 늘어놓기 시작했습니다.

"살 집도 없지, 사랑하는 처자식과도 별거 중이지, 가재도구도 불탔지, 옷가지도 불탔지, 이불도 불탔지, 모기장도 불탔지, 뭐 하나 남은 게 없어요 난 말이지, 부인, 잡화점 구석에 있는 다다미 세 장짜리 쪽방을 빌리기 전에는 대학병원 복도에서 살았어요 의사가 환자보다 훨씬 더 비참한 생활을 한 게지. 차라리 환자가 되고 싶을 정도였다니까. 아아, 이게 무슨 꼴이냐. 비참하다. 부인, 당신 같은 사람은 그래도, 그런대로 살기 괜찮은 축에 속해요."

"예, 그렇죠."

마님은 서둘러 맞장구를 치시며,

"정말 그렇게 생각해요 저야, 다른 분들에 비하면 분에 넘칠 만큼 행복하지요."

"당연하지, 그렇고말고. 다음번에 제 친구를 데리고 오겠습니다. 이야, 다들 말이지, 사는 게 얼마나 불쌍한지 모릅니다. 잘 좀 부탁드리겠다는 말을 안 할 수가 없다니까요."

마님은 호호호 하고 한층 더 즐거운 듯 웃으시면서,

"그야 물론."

그러고는 뒤이어 차분히 답하셨습니다.

"영광이지요."

그날 이후, 우리 집은 엉망진창이 되었습니다.

취해서 농담으로 한 말이 아니라, 정말로 그로부터 네댓새 뒤, 세상에, 뻔뻔스럽게도 이번에는 친구를 세 명이나 데리고 와서는, 오늘 병원에서 송년회를 했는데 지금부터 댁에서 밤새도록 2차를 할까 합니다, 부인, 오늘 실컷 마셔봅시다, 요즘은 어째 2차로 갈 만한 곳이 마땅히 없어요, 어이, 이보게들, 내가 잘 아는 댁이니 사양 말고 들어와, 어서 들어와, 어서, 응접실은 이쪽이야, 외투는 안 벗어도 돼, 추워서 견딜 수가 없네, 어쩌고 하며 마치 자기 집인 양 고함을 질렀습니다. 데려온 손님 중에 간호사처럼 보이는 여자도 있었는데, 사람들 시선도 아랑곳하지 않고 그 여자와 장난을 치면서, 겁먹은 듯 그저 억지로 웃고 계시는 마님을 무슨 머슴 부리듯 부려먹었습니다.

"부인, 미안한데 이 고타쓰[2]에 불 좀 더 넣어줘요. 그리고 지난번처럼 술상 좀 봐주고. 정종이 없으면 소주나 위스키도 상관없으니까. 그리고 먹을 것은, 아 그렇지, 오늘 밤에 부인께 드리려고 멋진 선물을 가져왔는데, 장어구이입니다. 맛 좀 보세요. 날이 추울 때는 이것만큼 좋은 게 없지. 한 꼬치는 부인이 드시고, 한 꼬치는 우리가 먹는 걸로 할까요. 그리고 어이, 아까 누가 사과 가져왔지? 아끼지 말고 부인께 드려. 미국산인데, 다른 것들에 비해 월등히 향이 좋아요."

● ●

2_ 테이블 밑에 난로를 달고 이불을 덮어 하반신을 따뜻하게 하는 난방 용구.

제가 차를 가지고 응접실로 들어서자, 누구 주머니에서 나왔는지 작은 사과 한 알이 데굴데굴 굴러 제 발밑에 멈췄는데, 맘 같아서는 그 사과를 걷어차주고 싶었습니다. 딱 한 개. 염치도 없이 그걸 선물이라고 떠벌리고, 또 장어도 제가 나중에 보니까, 얄팍한 데다 반쯤 말라비틀어져서, 말린 장어나 다름없이 볼품없는 상태였습니다.

그날 밤은 새벽녘까지 떠들어대면서, 마님도 그 사람들 강요로 어쩔 수 없이 술을 마셨고, 어스름하게 동이 틀 무렵 고타쓰를 사이에 두고 다들 뒤엉켜 잠이 들었는데, 손님들이 고집을 부리는 통에 마님도 억지로 그 무리 속에 끼어 계셨지만, 분명 한숨도 못 주무셨겠지요 패거리들은 점심나절 지나서까지 쿨쿨 자다가, 잠에서 깨 오차즈케^{차나 국물을 부은 밥}를 먹었습니다. 자기들도 술이 깨고 나니 민망했는지 조금은 기가 죽어 보였고, 특히 제가 노골적으로 골이 잔뜩 난 듯 행동했기에, 하나같이 제 시선을 피하다가, 이윽고 힘없이 썩은 생선 같은 몰골로 줄줄이 돌아갔습니다.

"마님, 왜 그따위 인간들하고 새우잠을 주무시는 거예요? 그런 단정치 못한 행동은, 저 정말 싫어요."

"미안해. 난, 싫다는 말을 못 하겠어."

수면 부족으로 지쳐 창백해진 얼굴로 눈물마저 글썽이며 그리 말씀하시니, 저도 더는 할 말이 없었습니다.

그러는 사이 늑대들의 습격은 더욱더 빈번해졌고, 결국은 이 집이 사사지마 선생 일당의 기숙사처럼 돼버려서, 사사지마 선생이 오지 않을 때는 선생 친구들이 와서 자고 가고, 그때마다 마님은 같이 뒤엉켜 자자는 말을 뿌리치지 못해, 그 무리 속에서 혼자 한숨도 못 주무시고 밤을 지새우셨습니다. 본래 몸이 건강한 분이 아니어서, 어쩌다가 손님이 안 계실 때는 온종일 이부자리에 누워만 계셨습니다.

"마님, 너무 야위셨어요. 이제 그런 손님들 접대는 그만두세요."

"미안해요. 나는 그게 안 돼. 다들 불행한 분들이잖아. 우리 집에 놀러 오는 게 유일한 낙이실 거야."

어이가 없습니다. 마님 재산도 얼마 남지 않아서, 이대로라면 반년 안에 집을 팔아야 한다는 것 같은데, 손님들에게는 그런 내색을 추호도 하지 않으셨고, 또 분명 건강도 나빠지신 듯했지만, 손님만 오면 자리에서 벌떡 일어나 재빨리 옷을 갖춰 입고 종종걸음으로 현관까지 달려 나가셔서, 금세, 우는 듯도 하고 웃는 듯도 한 신기한 탄성을 지르며 손님을 맞으셨습니다.

이른 봄날 밤의 일이었습니다. 언제나처럼 한 무리의 취객들이 찾아와서, 어차피 또 밤을 새게 될 테니, 우리끼리 서둘러 배라도 채워두자고 제가 마님께 권하여, 둘이서 부엌에 선 채로 대용식 찐빵을 먹었습니다. 마님께선 손님에게는 항상 맛있는 음식을 내어주시면서, 혼자 식사 하실 때는 언제나 대용식으로 때우셨습니다.

그때 응접실에서 으하하핫 하고 취객들의 천박한 웃음소리가 들리더니, 곧이어,

"아니, 아니, 그럴 리 없지, 난 자네가 수상하다고 보는데. 그 아줌마하고 자네하고……."라고 하면서, 가만히 듣고 있을 수 없이 무례하고 저속한 의학 용어를 내뱉었습니다.

그러자 젊은 이마이 선생인 듯한 목소리가 답하길,

"무슨 헛소린가. 나는 여기 사랑 때문에 오는 게 아니야. 여긴 말이야, 단순한 여관이라고."

저는 발끈해서 고개를 들었습니다.

어두운 전등불 아래서, 고개를 숙이고 말없이 찐빵을 드시는 마님의 눈가에도, 그때만큼은, 눈물이 반짝였습니다. 저는 마님이 가여운 나머지 말문이 막혔는데, 마님께서는 고개를 숙인 채 조용히 말씀하셨습니다.

"우메짱, 미안하지만, 내일 아침에 목욕물 좀 데워줘요. 이마이 선생님은 아침에 목욕하는 걸 좋아하시거든."

그러나 마님이 제게 분한 표정을 지어 보이신 것은 그때 정도뿐이었고, 그 뒤로는 다시 아무 일 없다는 듯, 손님들에게 붙임성 있게 환한 미소를 지으시며, 거실과 부엌 사이를 정신없이 뛰어다니셨습니다.

마님의 건강이 점점 악화되고 있다는 것을 저는 잘 알고 있었지만, 손님 접대를 할 때만큼은 마님께서 전혀 피곤한 내색을 하지 않으셨기에, 손님들이 모두 훌륭한 의사였음에도 불구하고 단 한 명도 마님의 병세를 눈치채지 못했던 것 같습니다.

어느 조용한 봄날 아침, 그날은 다행히 손님이 한 명도 없어서, 저는 느긋하게 우물가에서 빨래를 하고 있었는데, 마님이 맨발로 비틀비틀 뜰로 내려오셔서, 황매화가 피어있는 울타리 아래 웅크리고 앉아 꽤 많은 양의 피를 토하셨습니다. 저는 소리를 지르며 달려가, 마님을 뒤에서 끌어안아 떠메다시피 하여 방으로 모셔 자리에 눕혀드리고는, 울며 말했습니다.

"이래서, 이러니까 제가 손님이라면 질색을 했던 거예요. 마님을 이 꼴로 만들었으니, 그 의사 손님들이 마님을 예전으로 되돌려줘야지, 안 그러면 제가 가만있지 않을 거예요."

"그건 안 돼. 손님들께 그런 소리를 하면 죄책감 때문에 슬퍼하실 거야."

"하지만 마님, 이렇게 몸이 안 좋아지셨으니, 대체 앞으로 어쩌실 작정이세요? 전처럼 계속 손님들 접대를 하실 거예요? 같이 주무시면서 피라도 토하시면 아주 볼만하겠네요."

마님은 눈을 감고 잠시 생각에 잠기시더니,

"친정에 한번 갈까 해. 우메짱이 빈집을 좀 봐주고 손님들을 묵게 해줘요. 그분들은 편히 쉴 집이 없는 분들이니까. 그리고 내가 병에 걸렸다는 건 알리지 말고."

하고 말씀하시며 부드럽게 미소 지으셨습니다.

손님들이 오기 전에 마님을 보내드리려고, 저는 그날 바로 짐을 꾸리기 시작했고, 어쨌든 저도 마님의 친정인 후쿠시마까지 같이 가드리는 게 좋겠다는 생각에 차표를 두 장 사두었는데, 그로부터 사흘째 되던 날, 마님도 꽤 기운을 차리셨고, 다행히 손님도 나타나지 않아서, 마님을 재촉하여 서둘러 덧문을 닫고, 문단속을 한 뒤 도망치듯 현관을 빠져나가려는 찰나, 아뿔싸!

사사지마 선생이 대낮부터 거나하게 취해서는, 간호사처럼 보이는 젊은 여자 둘을 끼고 나타났습니다.

"어이, 저런, 어디 가는 길이십니까?"

"괜찮아요. 신경 쓰지 마세요. 우메짱, 미안하지만 응접실 덧문 좀 열어줘요. 자, 선생님, 어서 안으로 드세요. 저는 신경 쓰지 않으셔도 돼요."

우는 듯도 하고 웃는 듯도 한 신기한 소리를 내시며, 젊은 여자들에게도 인사를 하셨고, 또다시 빙글빙글 다람쥐 쳇바퀴 도는 듯한 광적인 접대가 시작되었습니다. 저는 심부름으로 상점에 가서, 마님께서 지갑 대신 황급히 건네주신 여행용 핸드백을 열어 돈을 꺼내려는데, 거기에 마님의 차표가 두 조각으로 찢어져 있는 것을 발견하고 깜짝 놀랐습니다. 아까 현관 앞에서 사사지마 선생을 만난 순간, 마님께서 몰래 찢으셨을 거라는 데 생각이

미치자, 마님의 끝 모를 상냥함에 어이가 없으면서도, 인간이란 다른 동물과 달리 존귀한 무언가를 지닌 존재임을, 난생처음 깨달은 듯한 기분이 들어서, 저도 허리띠 사이에서 제 차표를 꺼내어 반으로 스윽 찢고는, 손님들에게 대접할 만한 것을 좀 더 사서 돌아가자는 생각에 상점 안을 둘러보았습니다.

酒の追憶

太宰治

술의 추억

「술의 주억」

『지상地上』 1948년 1월호에 발표됐다. 전쟁 전부터 후까지 술에
얽힌 다자이 자신의 사연들을 담백하게 엮어낸 작품. 무엇이 그로
하여금, 술을 마시지 않고는 배길 수 없게 만든 것일까.

술의 추억이라고 해서 술이 추억한다는 뜻은 아니다. 술에 대한 추억, 혹은 그 추억을 중심으로 한 과거 나의 갖가지 생활 형태에 대한 추억쯤이 되겠지만, 그렇게 하면 제목이 너무 길어지고, 또 구태여 별난 짓을 해서 거들먹거리는 느낌을 줄까 염려되어, 우선은 '술의 추억'이라 해둔 것뿐이다.

나는 요즘 몸이 좀 안 좋아져서 한동안 술을 멀리하고 얌전히 있었는데, 문득 이러고 있는 것도 멍청한 짓이다 싶어서 집사람에게 술을 데워오라고 한 다음, 자그마한 술잔으로 홀짝홀짝 두 홉 정도 마셔보았다. 그러면서 나는, 실로 깊은 감회에 잠겼다.

술은 자고로, 따뜻하게 데워 작은 잔으로 홀짝홀짝 마시는 것이 제일이다. 두말할 나위 없다. 내가 정종을 마시게 된 것은 고등학생 때부터였는데, 그 전에는 정종이 너무 독하고 향이 강해서, 작은 술잔으로 홀짝거리기도 대단히 힘들었기에, 큐라소, 페퍼민트, 포트와인[1] 같은 술이 담긴 유리잔을 으스대며 입가로 가져가 슬쩍 핥아 마시는 부류의 남자였고, 정종이 든

1_ 큐라소와 페퍼민트는 각각 오렌지 껍질과 페퍼민트 액을 섞어 달콤하게 만든 리큐르. 포트와인 은 브랜디를 첨가한 포르투갈 특산 와인으로 달고 고소한 맛이 난다.

술병을 늘어놓으며 떠들어대는 학생들에게 혐오감과 모멸감, 공포심을 느끼곤 했다. 아니, 정말 그랬다.

하지만 이윽고 나도 정종에 익숙해지게 되었는데, 사실 그건 게이샤들과 놀면서 게이샤들이 나를 얕잡아볼까 두려워 쓰디쓴 걸 꾹 참고 홀짝거렸던 것이고, 그때마다 벌떡 일어나 바람처럼 변소로 달려가 눈물이 쏙 빠지게 웩웩 소리를 내며 구토를 한 뒤, 게이샤에게 감 같은 걸 깎아달라고 해서 창백한 얼굴로 집어먹으며 점차 정종에 익숙해진, 대단히 눈물겨운 고행의 결실이었다.

작은 잔으로 홀짝거리는 것만으로도 이처럼 과격한 사태가 벌어지는데, 하물며 잔술이나 찬술, 맥주를 섞어 마신다면, 이는 무시무시한 자살 행위와 매한가지라고, 나는 굳게 믿고 있었다.

본래 옛날에는 자작을 하는 것이 그다지 품위 있는 행동은 아니었다. 반드시 일일이, 남이 따라주는 술을 마셔야 했다. 술은 자기가 직접 따라 마시는 것이 최고라고 하는 남자는, 거기서부터 벌써 감정이 메마르고 야비한 인물로 간주되었다. 작은 술잔에 담긴 술을 단숨에 쭉 들이켜는 것만으로도 주위 사람들 눈을 휘둥그렇게 만들었으니, 한술 더 떠 자작으로 연거푸 두세 잔 벌컥벌컥 들이켜는, 그 행동만으로도 엄청난 술꾼 취급을 당하며 사교계에서 추방되는 쓰라린 경험을 맛봐야 했다.

작은 술잔 두세 잔을 가지고도 그리 소란을 떨었으니, 잔술이나 사발술 같은 것은 신문지상에 오르내릴 대사건이었을 것이다. 신파극 클라이맥스에 자주 등장하는 장면인데,

"언니! 술 좀 줘! 제발 부탁이야!"

하고 바람둥이와 헤어진 젊은 게이샤가 술이 든 사발을 들고 몸부림을

치면, 언니 게이샤는 그럴 수는 없다며 사발을 **빼앗으려** 같이 몸부림을 친다.

"고우메, 네 기분 잘 알아. 하지만 이래 봐야 소용없어. 사발술 들고 설치다니 무슨 짓이니. 정 마시고 싶다면 나를 죽이고 나서 마셔라."

그러고 나서 두 사람은 서로 부둥켜안고 운다. 그 교겐[2]에서는 이 부분이 보는 이로 하여금 가장 손에 땀을 쥐게 하는, 전율과 흥분으로 가득한 장면이다.

찬술의 경우 한층 더 처참한 장면이 펼쳐진다. 고개를 숙이고 있던 지배인이 얼굴을 들고, 안주인 쪽으로 슬그머니 다가가 숨을 죽이며,

"말씀드려도 되겠습니까?"

하고 말한다. 뭔가 굳은 결심을 한 듯하다.

"음, 되고말고 아는 대로 다 말해줘. 어차피 나도 그 녀석 일이라면 지긋지긋하니까."

주인 아들의 나쁜 행실을 두고, 그의 어머니와 그 가게 지배인이 걱정하는 장면인 듯하다.

"그렇다면 말씀드리겠습니다. 놀라지 마십시오."

"괜찮다니까!"

"그러니까 도련님께서, 한밤중에 부엌으로 숨어드셔서, 저기, 찬술을……" 하고 지배인이 말끝을 흐리며 납작 엎드려 울자, 안주인은,

"으윽!" 하고 뒤로 넘어간다. 뒤이어 늦가을 찬바람 소리.

당시 찬술은 음산하기 짝이 없는 범죄나 마찬가지였다. 하물며 소주 같은

· ·
2_ 狂言. 해학적이고 유머러스한 전통 연극. 다소 비극적인 가면극 노能와 달리, 우스꽝스러운 풍자, 실패담, 흉내, 거짓말, 농담 등이 주를 이룬다.

것은 괴담쯤 되어야 등장한다.

세상은 변하기 마련이다.

내가 처음 찬술을 마신 것은, 아니, 마시기를 강요당한 것은, 평론가 후루야 쓰나타케 군의 집에서였다. 아니, 그 전에 마신 적이 있는지는 몰라도, 그날의 기억이 이상하리만치 선명하게 남아 있다. 아마 내가 스물다섯 살 무렵이었던 것 같은데, 후루야 군 무리와 함께 동인지 『바다표범』[3]을 만들면서, 잡지 사무실로 쓰던 후루야 군 집에 자주 놀러갔고, 그의 문학론을 들으며 그 집 술을 마시곤 했다.

당시 후루야 군으로 말할 것 같으면, 기분이 좋은 때는 한도 끝도 없이 좋은 사람이었지만, 기분이 나쁠 때는 반대로 지독히도 못된 사람이었다. 어느 이른 봄날 밤으로 기억하는데, 내가 그 집에 놀러 갔더니 후루야 군이,

"자네, 또 술 마실 거지?"

하고 업신여기는 투로 묻기에 나도 발끈 했다. 나만 항상 얻어먹는 건 아닌데 말이다.

"그런 식으로 말하지 말게."

나는 억지로 웃으며 말했다.

그러자 후루야 군도 슬쩍 웃으며,

"그래도 마실 거지?"

"마셔도 좋겠지."

"마셔도 좋겠지, 가 아니고 마시고 싶은 거잖아?"

그즈음 후루야 군은 좀 끈질긴 데가 있었다. 나는 그냥 갈까 싶었다.

3_ 실제로 다자이가 후루야 쓰나타케(1908~1984, 문예평론가), 곤 간이치 등 동료들과 함께 창간한(1933년) 동인잡지. 이 잡지에 「어복기」, 「추억」 (모두 전집 1권 수록) 등을 발표했다.

"어이." 하고 후루야 군이 자기 부인을 부르더니, "부엌에 가면 아직 반 되 정도 술이 남아 있을 거야. 갖다줘. 병째 가져와도 돼."

나는 조금만 더 있어보자 싶었다. 술의 유혹은 무서운 것이다. 부인이 술이 '반 되' 정도 든 술병을 가져왔다.

"안 데워도 될까요?"

"상관없어. 찻잔에라도 따라드려."

후루야 군의 태도는 대단히 오만했다.

나는 울컥 화가 치밀어 잠자코 쭉 들이켰다. 내가 기억하는 한, 찬술을 마신 것은 그때가 난생처음이었다.

후루야 군은 팔짱을 끼고 내가 술 마시는 모습을 빤히 쳐다보더니, 내 옷에 대한 품평을 하기 시작했다.

"여전히 속옷은 좋은 걸로 입고 다니는군. 자네는 일부러 속옷이 보이게 입고 다니는 것 같은데, 그거 다 쓸데없는 짓이야."

그 속옷은 고향에 계신 할머니에게서 물려받은 것이었다. 나는 점점 더 불쾌해져서, 태어나서 처음 마셔보는 찬술을 자작하며 연달아 벌컥벌컥 들이켰다. 전혀 취하지 않았다.

"찬술이라 봐야 물하고 다를 바가 없군. 정신이 말짱해."

"그런가. 이제 곧 취할 걸세."

금세 반 되를 다 마셔버렸다.

"집에 가겠네."

"그러겠나. 멀리 안 나가네."

나는 혼자서 그 집을 나섰다. 밤길을 걷는데, 너무 슬퍼서, 나지막하게, 지는

팔려갑니데이[4]

하고 오카루가 부르던 노래를 읊조렸다.

갑자기, 정말이지 아주 갑자기, 취기가 올랐다. 찬술은 분명, 물이 아니었다. 단숨에 취기가 돌면서, 머리 위로 돌연 거대한 회오리가 일더니, 두 다리가 공중으로 붕 떠서, 구름 속을 두둥실 헤치고 나아가는 듯하다가 꼬꾸라지면서,

지는

팔려갑니데이

하고 낮게 중얼거리다, 일어섰다, 또 넘어지면서, 세상이 나를 중심으로 빙빙 빠르게 돌며,

지는

팔려갑니데이

모기 소리처럼 가엾도록 가냘픈 내 노랫소리만이, 아득히 먼 구름 저편에서 들려오는 듯한 기분이 들어,

지는

팔려갑니데이

또 넘어지고, 다시 일어서는데, 아까 그 '좋은 속옷'이고 뭐고 온통 진흙투성이에, 신고 있던 게다는 또 어디로 사라졌는지 다비^{일본식 버선}만 신은 채 전철에 올랐다.

그 후로 지금까지 수백 번이고 수천 번이고 숱하게 찬술을 마셨지만, 그토록 끔찍한 일을 겪은 적은 없었다.

4_ 메이지시대 오사카 유행가 <둥둥가>의 한 소절. 애인 간페이를 두고 가족을 위해 기생으로 팔려가는 오카루가 부르는 노래.
　　가마 타고 가는 것은 오카루가 아닌가 / 지는 팔려갑니데이 /
　　아부지 어무이 건강하이소 / 간페이 씨도 가끔은 / 소식 주고 받읍시데이 / 둥둥

찬술에 대해 잊을 수 없는 그리운 추억이 하나 더 있다.

그 이야기를 하기 전에 잠깐, 마루야마 사다오[5] 군과 내가 어떻게 만났는지 설명해둘 필요가 있겠다.

태평양 전쟁이 한창이던 어느 초가을 무렵, 마루야마 사다오 군이 내게 다음과 같은 내용의 편지를 보내왔다.

꼭 한번 찾아뵙고 싶은데 어떠신지요. 그때 같이 데려가고 싶은 녀석이 있습니다만, 같이 만나주시지 않겠습니까.

나는 그때까지 마루야마 군을 만난 적도 없었고, 편지를 주고받은 적도 없었다. 그러나 유명 배우 마루야마 군의 이름은 익히 들어 알고 있었고, 또 그가 무대에 선 모습을 본 적도 있었다. 나는 언제든지 오라는 답장과 함께 우리 집 약도도 덧붙여 그려 넣었다.

며칠 후 현관 쪽에서, 마루야마입니다, 하고, 연극 무대에서 들은 적이 있는 독특한 음성이 들려왔다. 나는 일어나 현관으로 맞으러 나갔다.

마루야마 군 혼자였다.

"다른 한 분은 안 오셨습니까?"

마루야마 군은 미소를 지으며,

"아, 그게 바로 이놈입니다."

하고 보자기에서 토미 위스키 한 병을 꺼내 마루 위에 올려놓았다. 멋을 아는 남자구나 싶었다. 그때는, 아니, 지금도 그렇지만, 토미 위스키는커녕 소주도 좀처럼 구하기가 쉽지 않았다.

5_ 丸山定夫(1901~1945). 배우. 그가 지방순회공연으로 히로시마에 머물던 1945년 8월 6일, 원자폭탄이 투하된다. 피난소를 전전하다 겨우 도쿄로 돌아오지만, 원폭 후유증으로 고열과 구토에 시달리다 그달 16일 숨을 거뒀다. 근대 연극 발전에 공헌한 인물로 알려져 있다.

"그건 그렇고, 좀 치사한 소리 같지만, 오늘 밤에는 이걸 딱 절반만 마셨으면 합니다."

"아, 그래요."

나머지 반은 다른 곳에 가져가겠다는 거겠지, 고급 위스키이니 당연하다, 그렇게 받아들인 나는,

"어이."

하고 아내를 불러,

"가서 빈 병 좀 가져오지."

"아닙니다. 그게 아니라요."

마루야마 군은 당황하며,

"반은 오늘 밤 둘이서 마시고, 반은 댁에 두고 갈 생각이었습니다."

이렇게 멋있는 사람을 보았나! 감탄이 절로 났다. 우리 같은 사람들은 술 한 되 들고 친구 집에 가면 그날로 같이 다 마셔치웠고, 친구들도 그걸 당연하게 생각했다. 심지어는 맥주 두어 병을 사들고 가서 우선은 그걸 비우고, 그걸로 성에 찰 리 없으니 주인으로 하여금 스스로 마실 것을 내오게끔 하는, 말하자면 새우로 도미를 낚는 수법도 종종 써먹었던 것이다.

어쨌든 나로서는 이렇게 예의 바르고 우아한 술손님은 처음이었다.

"그럴 바에야 오늘 밤 둘이서 다 마셔버립시다."

그날 밤은 정말 즐거웠다. 마루야마 군은, 지금 일본에서 자기가 신뢰하는 사람은 나밖에 없으니 앞으로도 친하게 지내자고 했고, 신이 난 나는 꼴사납게 거만을 떨며, 큰 소리로 이 사람 저 사람 욕을 해대기 시작했다. 얌전하게 듣고 있던 마루야마 군도 그런 내게 약간 질렸는지,

"그럼 오늘은 이쯤에서 실례하겠습니다."

하고 말했다.

"안 돼요, 그건 안 됩니다. 위스키가 아직 조금 남았는데."

"그건 남겨두세요. 나중에 위스키가 남았다는 생각이 퍼뜩 드는 것도, 기분이 괜찮습니다."

고생깨나 한 사람 말투였다.

나는 마루야마 군을 기치조지 역까지 바래다주고 돌아오는 길에 공원 숲 속을 헤매다가, 커다란 삼나무에 코를 심하게 부딪치고 말았다.

이튿날 아침 거울을 들여다보니, 차마 눈 뜨고 볼 수 없을 정도로 코가 뻘겋게 퉁퉁 부어 있었다. 견딜 수 없이 우울한 기분으로 아침을 먹으러 식탁에 다가앉는데, 집사람이 물었다.

"어떻게, 반주라도 하실래요? 위스키가 조금 남았는데."

살았다. 역시 술은 조금 남겨둬야 하는 법인가 보다. 사려 깊도다, 마루야마 군이여. 나는 실로 훌륭한 마루야마 군의 인격에 감동하지 않을 수 없었다.

그 후로도 마루야마 군은 가끔씩 내게 전보를 치거나, 직접 나를 데리러 와서 여기저기 술맛 좋은 곳으로 안내했다. 도쿄에도 차츰 공습이 거세졌지만 마루야마 군은 변함없이 나를 술자리에 초대했고, 오늘은 내가 계산해야지 하고 정신을 바짝 차리고 있다가 카운터로 달려가도 언제나, "아닙니다. 마루야마 씨가 벌써 계산하셨어요."라는 대답이 돌아와서, 결국 한 번도 술값을 내지 못하는 추태를 부리고 말았다.

"신주쿠에 있는 '아키타'라고 아시죠? 오늘 밤 거기서 마지막 서비스가 있다고 합니다. 가시죠!"

전날 밤 도쿄에 야간 소이탄 대공습이 있었던 터라, 마루야마 군은 주신구라[*] 습격 장면에나 나올 법한 어마어마한 소방복을 갖춰 입고는, 술을 마시러 가자며 나를 찾아왔다. 때마침 이마 하루베⁷ 군도 오늘이 마지막일지 모른다며 어깨에 철모를 메고 우리 집에 놀러와 있었기 때문에, 나와 이마 군은 그것 참 솔깃한 이야기라며 자리를 박차고 일어나 마루야마 군을 따라나섰다.

그날 밤 '아키타'에는 단골손님이 스무 명 가까이 있었는데, 여주인은 손님이 올 때마다 아키타 산 고급술을 한 병씩 척척 꺼내주었다. 그렇게 호화로운 술자리는 일찍이 없었다. 한 되들이 술병을 일 인당 한 병씩 들고, 자기 술은 자기가 알아서 각자 큰 컵에 따라 벌컥벌컥 마셨다. 술안주도 큰 사발에 수북했다. 스무 명가량 되는 단골손님들은 모두 술꾼으로 널리 이름을 날렸다 해도 과장이 아닐 정도로 역사에 길이 남을 애주가들이었는데, 다들 좀처럼 한 병을 다 비우지는 못했다. 그때는 나도 이미 찬술이든 뭐든 가리지 않고 잘 마실 수 있는 야만인으로 전락해 있었는데, 이상하게 일곱 홉가량 마시고 나니 힘들어서 더는 마실 수가 없었다. 아키타 산 그 고급술은 알코올 도수도 꽤 높은 것 같았다.

"오카지마 씨가 안 보이는군."

단골손님 중 누군가가 말했다.

"아, 오카지마 씨 집이 말이죠, 어제 공습으로 잿더미가 됐어요."

"저런, 그래서 못 왔군. 딱하네, 모처럼 좋은 기횐데……."

그런 이야기를 하고 있는데, 그을음투성이 얼굴에 지독히 더러운 옷을 입은 중년 남자가 허둥지둥 가게 안으로 들어왔다. 오카지마 씨였다.

"어이쿠, 잘도 오셨네."

6_ 忠臣藏 에도시대 47인의 사무라이들이 주군의 원수를 갚기 위해 복수극을 펼친 끝에 원수의 목을 베고 자신들은 할복자살한 실화를 다룬 이야기.

7_ 伊馬春部(1908~1984). 작가, 극작가. 유머 소설, 라디오 드라마 분야에서 활약했다.

다들 기가 막혀 하면서도 한편으로는 감탄했다.

그날의 기묘한 술자리에서 제일 많이 취하고 가장 보기 좋게 추태를 부린 사람은, 다름 아닌 나의 벗 이마 하루베 군이었다. 나중에 그가 보낸 편지에 따르면, 우리와 헤어지고 난 뒤 눈을 떠보니 자기는 길가에 드러누워 있고, 철모며 안경이며 가방이며 아무것도 없이 거의 발가벗겨진 상태에, 심지어는 온몸 여기저기 타박상을 입고 있었다고 한다. 그것이 그가 도쿄에서 마신 마지막 술이었고, 며칠 후 소집 영장이 나와서 배에 실려 전쟁터로 끌려갔다.

찬술에 대한 추억은 이 정도로 하고, 다음은 오만 가지 술을 섞어 마시는 이야기로 넘어가겠다. 이 섞어 마시기 또한, 지금은 아무것도 아닌 일이라 누구도 이를 무모한 짓이라 생각하지 않는 듯하지만, 내가 학생이었을 때는 이 또한 대단히 거친 행동이어서, 어지간한 호걸이 아니고서는 이를 감행할 용기가 없었다. 내가 도쿄에 있는 대학에 들어간 뒤 고향 선배가 나를 아카사카의 한 요정에 데려간 적이 있는데, 그 선배는 권투 선수로 활동하며 오랫동안 중국, 만주 등지를 돌아다녀서, 언뜻 보기에도 위풍당당한 대장부의 풍모가 느껴졌다. 게다가 그는 자리에 앉자마자 요정 여종업원들에게,

"소주도 마실 거지만 맥주도 같이 갖다줘. 섞어 마시지 않으면 취하질 않으니까."

하고 거들먹거리며 일렀다.

그러고는 소주 한 병을 마시더니 그 다음 맥주, 이어서 다시 소주를 마시는 식으로 나오는 족족 마셔댔는데, 그의 호탕한 기세에 주눅이 든 나는 작은 잔으로 홀짝거리다가, 이윽고 그가 '고향을 나설 때는 백옥 같은 피부였는데, 지금은 창상과 칼자국만 가득하구나.' 어쩌고 하는 <마적馬賊의 노래>[8]를

부르는 것을 듣고 너무 무서워 조금도 취할 수 없었던 기억이 있다. 그렇게 술을 섞어 마시던 그가 "잠깐 소변 좀 누고 오겠네."라고 하며 육중한 체구를 흔들며 일어섰는데, 집채만 한 그의 뒷모습을 흘끗 보고 나니 경외심에 가까운 마음마저 일어, 무심코 한숨이 새어 나왔다. 다시 말해 그즈음 일본에서 섞어 마시기를 감행한 인물이라면 영웅호걸쯤은 되어야 했다, 라고 해도 과언이 아닐 것이다.

그런데 지금은 어떤가. 찬술이니, 잔술이니, 섞어 마시기니, 가릴 때가 아니다. 그저 마실 수만 있다면야. 취할 수만 있다면야. 취해서 눈이 먼다 해도 좋다. 취해서, 죽는다 해도 좋다. 찌꺼기로 빚어 만든 정체불명의 괴상한 막소주까지 판을 치고, 신사 숙녀들은 반신반의하면서도 이 술을 들이붓고 있는 실정이다.

"찬술은 몸에 해로워."

이런 소리를 하며 서로 부둥켜안고 우는 연극은, 이제 관객들의 실소를 자아낼 뿐이다.

요즘 들어 건강이 나빠진 나는, 참으로 오랜만에 작은 잔으로 고급술을 홀짝거렸는데, 이같이 급변하는 술 문화를 떠올리니 망연자실해지면서, 새삼스럽게 내 몸이 돌이킬 수 없는 곳까지 추락했음을 뼈저리게 느끼는 동시에, 내 주변의 세태와 풍습이 눈부실 만큼 변모하고 있다는 사실이 어쩐지 무시무시한 악몽이나 괴담처럼 여겨져서, 온몸에 오싹 소름이 돋는 듯했다.

8_ 1922년 발표된 군가. 일본을 떠나 말을 타고 만주 땅을 떠도는 도적이 되었다는 내용.

美男子と煙草

太宰治

미남과 담배

「미남과 담배」

『일본소설』 1948년 3월호에 발표됐다. 다자이와 함께 생을 마감한 연인 야마자키 도미에의 일기에서 이 작품에 대한 언급을 발견할 수 있는데, 1947년 12월 22일 일기에는 다자이와 『일본소설』 기자들을 따라 그녀도 함께 부랑자를 보러 우에노로 향했던 기록이 있으며, 이듬해 1월 8일 일기에는 ''미남과 담배」. 순조롭게 쓰기 시작하셨다. 올 들어 첫 작업 날.'이라고 명기되어 있다.

저자의 실제 체험을 바탕으로 한 수필과 같은 작품으로, 당시의 문단이나 기자들, 가족 등 세상 사람들이 자신을 어떤 시선으로 보고 있었는지를 엮어낸 독특한 형식의 '자화상'이다. 다자이는 초창기부터 여러 타자들의 눈을 통해 자기 자신을 들여다보는 서술 방식을 즐겼는데, 스스로를 거짓말쟁이, 사기꾼, 한량 등 부정적인 이미지로 그렸으며, 작품 속에서 자신을 누구보다도 죄 많은 인간으로 격하시킴으로써 부끄러움을 모르는 문단과 사회에 맞섰다.

저 혼자, 어찌어찌 오늘까지 싸워왔는데, 아무래도 질 것 같아 영 불안합니다. 그렇다 해도 설마하니 지금껏 경멸해오던 사람들에게, 부디 저를 동료로 삼아주십시오, 제가 나빴습니다, 하고 이제 와서 고개를 숙일 수는 없는 노릇입니다. 저는 앞으로도 홀로 값싼 술이나 마시면서, 혼자만의 싸움을 계속해 나가는 수밖에 없습니다.

혼자만의 싸움. 그것은 한마디로 낡은 것과의 싸움입니다. 진부한 속물들과의 싸움입니다. 속이 빤히 들여다보이는 허세와의 싸움입니다. 알량한 생각들, 속 좁은 이들과의 싸움입니다.

하느님 앞에 맹세할 수 있습니다. 저는 그 싸움으로 인해, 제가 가진 모든 것을 잃었습니다. 그리고 여전히 혼자서, 술 없이는 하루도 살 수 없는 지경에 이르렀으니, 아무래도, 질 것 같습니다.

늙은이들은, 심보가 고약합니다. 진부하기 짝이 없는 문학론인지 예술론인지를 이러쿵저러쿵 부끄러운 기색도 없이 늘어놓으며, 더 새롭고 열정적인 싹을 짓밟고, 그러면서도 자기들이 뭘 잘못하는지 전혀 모르는 눈치니, 참 대단들 하십니다. 밀거나 당겨도 꿈쩍을 안 합니다. 그저 자기 목숨이 아깝고, 돈이 아깝고, 또 출세해서 처자식들을 기쁘게 해주고 싶은 마음에, 패거리를 만들어 무턱대고 동료들을 추커세우며, 말하자면 일치단결하여 고독한 사람을 괴롭힙니다.

저는, 질 것 같습니다.

얼마 전 어디서 싸구려 술을 마시고 있는데, 연로한 문학자 세 명이 들어왔습니다. 저와는 일면식도 없는 사이였는데, 그 사람들이 갑자기 저를 둘러싸더니 술에 취해 횡설수설하며, 제 소설을 두고 엉뚱하기 짝이 없는 욕설을 퍼부었습니다. 저는 술을 아무리 많이 마셔도 주정부리는 걸 싫어하는 성격이라, 그때는 웃으며 흘려들었지만, 집에 돌아와 늦은 저녁을 먹는데 설움이 북받쳐 울컥 울음이 터져 나왔습니다. 눈물이 멈추지 않아서, 밥그릇이고 젓가락이고 다 내려놓고 엉엉 울며, 밥상을 차려준 아내를 향해,

"사람이, 사람이, 이렇게 목숨을 걸고 필사적으로 글을 쓰고 있는데, 다들 날 가볍게 조롱하려 들어……, 그런 작자들이 선배라는 사람들이야, 나보다 열 살 스무 살은 더 먹었어. 그런데도 다 같이 힘을 합해 나를 깎아내리려 한다고 ……치사하게 말이야, 비겁해……. 더는 못 참아, 나도 이제 가만히 안 있어, 공공연히 선배들 욕을 하고 다니겠어, 싸울 거야……, 이건, 해도 너무해."

그렇게 밑도 끝도 없이 중얼거리다 끝내 꺼이꺼이 통곡을 하니, 아내는 지긋지긋하다는 얼굴로,

"어서 주무세요, 어서."

하고 저를 침상으로 데리고 갔지만, 누워서도 좀처럼 울분이 가라앉지 않았습니다.

아아, 살아간다는 것은 참으로 고된 일이다. 특히 남자는 서글프고 괴로운

존재다. 좌우지간 닥치는 대로 싸워서, 이겨야 하니까.

분통을 터뜨리며 울던 그날 이후 며칠이 흘렀을까, 어느 잡지사의 젊은 기자가 저를 찾아와 기묘한 이야기를 꺼냈습니다.

"우에노에 있는 부랑자를 보러 가시지 않겠습니까?"

"부랑자라니?"

"네. 같이 사진을 찍고 싶어서요."

"내가 부랑자들과 함께 있는 사진을 말인가?"

"그렇습니다."

대답이 차분하기도 합니다.

하필이면 왜 저를 골랐을까요. 다자이, 하면 부랑자. 부랑자, 하면 다자이. 뭐 그런 인과관계라도 있는 것일까요.

"갑시다."

저는 울상을 짓고 싶을 때, 오히려 반사적으로 상대와 맞서려 드는 버릇이 있는 것 같습니다.

저는 곧바로 일어나 정장으로 갈아입고, 제 쪽에서 그 젊은 기자를 재촉하듯 집을 나섰습니다.

추운 겨울 아침이었습니다. 손수건으로 콧물을 훔치며 말없이 걷는데, 역시 마음은 별로 내키지 않았습니다.

미타카 역을 출발해 도쿄 역에서 시영전차로 갈아탄 다음, 젊은 기자의 안내에 따라 우선 잡지사에 들렀습니다. 접견실로 들어가니 곧바로 위스키가 나왔습니다.

제 생각에는, 다자이가 소심한 인물이라 위스키라도 마시게 해서 조금이라도 기운을 북돋아주지 않으면, 부랑자들과 말도 제대로 못 할 것이라 짐작하고 편집부가 배려를 한 모양인데, 솔직히 말해, 몹시도 괴상한 위스키였습니다. 저도 이제껏 수상쩍은 술을 한두 병 마셔본 사람이 아니라 유난스레 점잔을 뺄 생각은 없지만, 그래도 혼자서 위스키를 마시는 것은 처음이었습니다. 세련된 상표 같은 게 붙어 있는 제대로 된 병이긴 해도, 내용물이 탁했습니다. 위스키계의 막걸리라고나 할까요.

하지만 저는 그것을 마셨습니다. 벌컥벌컥 마셨습니다. 접견실에 모여 있는 기자들에게 같이 마시지 않겠냐고 권했습니다. 하지만 다들 엷은 미소만 지을 뿐 입에 대지는 않았습니다. 거기 모인 기자들이 대부분 술고래라는 건 소문으로 들어 알고 있었습니다. 하지만 마시지 않았습니다. 천하의 술꾼들도 막걸리 위스키는 꺼려지나 봅니다.

저 혼자 취해서,

"뭐야, 너희들 너무 무례한 거 아니야? 니들도 못 마시는 요상한 위스키를 손님한테 마시라고 하다니, 해도 너무하네."

하고 웃으며 말했습니다. 기자들은 다자이가 슬슬 취하기 시작했으니 술기운이 사라지기 전에 어서 부랑자들과 만나게 해야 한다며, 말하자면 절호의 찬스를 놓치지 않기 위해, 저를 자동차에 태워 우에노 역으로 간 뒤 부랑자 소굴로 알려진 지하도로 데려갔습니다.

그러나 기자들의 용의주도한 계획은 별 성공을 거두지 못했습니다. 저는 지하도로 내려가 어디에도 시선을 주지 않고, 그저 똑바로 앞으로 걸어갔습니다. 그렇게 지하도 출구 근처까지 온 저는, 꼬치구이 가게 앞에서 소년 네 명이 담배를 피우고 있는 것을 보고, 언짢은 마음에 다가가 말을 걸었습니다.

"담배는 피우지 마라. 담배를 피우면 도리어 배가 고파진다. 피우지 마.

닭 꼬치가 먹고 싶으면 내가 사주마."

소년들은 태우던 담배를 순순히 버렸습니다. 모두 열 살 안팎의, 아직 어린 아이들이었습니다. 저는 꼬치구이 가게 여주인을 향해,

"어이, 이 아이들에게 한 꼬치씩 주시오."

하고 말했는데, 이상하게도 제 자신이 참, 한심스러웠습니다.

이런 걸로 선행을 베풀었다 할 셈인가, 못 봐주겠군. 저는 느닷없이 발레리의 말이 떠올라 쥐구멍에라도 숨고 싶었습니다.

만약 저의 그 행동이, 속물들이 보기에 조금이라도 상냥하게 보였다면, 발레리가 아무리 저를 경멸한다 해도 할 말이 없습니다.

발레리의 말, ―선을 행할 때는 늘 미안한 마음을 가져라. 선행만큼 남에게 상처를 주는 것은 없으므로.[1]

저는 감기 기운이 있는 듯하여, 등을 구부리고 큰 보폭으로 지하도를 빠져나왔습니다.

너덧 명의 기자들이 제 뒤를 쫓아왔습니다.

"어떠셨어요? 지옥이 따로 없지요?"

다른 한 명이,

"어쨌거나 완전히 다른 세계라니까."

또 다른 한 명이,

"놀라셨죠? 소감이 어떠십니까?"

저는 소리 내어 웃었습니다.

"지옥이라고? 무슨 소리. 전혀 놀랍지 않았습니다."

..
1_ 다자이가 애독했던 것으로 알려진 폴 발레리(1871~1945)의 『발레리 문학론』(호리구치 다이가쿠 역, 1938년, 제일서방)에 실린 한 구절.

우에노 공원 쪽을 향해 걸으며, 저는 조금씩 지껄이기 시작했습니다.

"사실 난, 본 게 아무것도 없습니다. 그저 내 안의 괴로움에 푹 빠져서, 똑바로 앞만 보고 서둘러 걸어 나왔을 뿐이지. 하지만 자네들이 하필이면 왜 내게 저 지하도를 보여주려 했는지, 그 이유는 알겠더군. 그건 분명, 내가 미남이기 때문이겠지."

모두들 박장대소했습니다.

"아니, 농담이 아니야. 자네들은 눈치 못 챘나? 나는 앞만 보고 똑바로 걸었는데도, 그 어두컴컴한 구석에 드러누워 있는 부랑자 대부분이 단정한 얼굴을 한 미남이라는 사실을 알아챘는데. 말하자면, 미남들은 지하도 생활로 전락할 가능성을 다분히 지니고 있다는 거지. 바로 자네처럼 피부가 뽀얀 미남이 위험한 거야. 조심하라고. 나도 조심하겠지만."

또 다들 와하하 하고 웃었습니다.

자만하고, 자만하다가, 남들이 무슨 소리를 해도 자만에 빠져 있다가, 문득 정신을 차려보면 자기 몸이 지하도 구석에 누워 있고, 이미 인간이 아닙니다. 저는 지하도를 빠져나오는 것만으로도, 진심으로 그 같은 전율을 느꼈습니다.

"미남은 그렇다 치고, 또 다른 건 없으셨습니까?"

누가 그렇게 물었습니다.

"담배입니다. 저 미남들은 술에 취해 있는 것 같지는 않았지만, 거의 다 담배를 피우고 있더군. 담배도 값이 싸지는 않을 거야. 담배 살 돈이면 거적 한 장, 게다 한 켤레라도 살 수 있을 텐데. 콘크리트 바닥에 맨발로 누워서 담배를 피우고 있어. 인간은, 아니, 오늘날 인간은, 나락으로 떨어져도, 빈털터리가 되어도, 담배를 피우지 않고는 못 배기게 생겨먹은 건가. 남의 일이 아니야. 나 역시 그 심정이 이해가 안 가는 것도 아니지만. 이로써 나의 지하도 행은 실현 가능성이 짙어진 것 같군."

우에노 공원 앞 광장으로 나왔습니다. 조금 전에 본 그 소년 넷이 한낮의 겨울 햇볕을 쬐며, 그야말로 즐거운 듯이 까불며 놀고 있었습니다. 저는 자연스럽게 그 소년들 쪽으로 어슬렁어슬렁 다가갔습니다.

"좋습니다, 그대로 좋아요."

기자 하나가 우리 쪽으로 카메라를 들이대고 소리치며, 찰칵 사진을 찍었습니다.

"이번에는 웃어!"

그 기자가 카메라에서 눈을 떼지 않은 채 다시 소리를 지르니, 한 소년이 제 얼굴을 들여다보며,

"서로 얼굴을 마주 보면 자기도 모르게 웃게 되는구나."

하고 웃기에, 저도 덩달아 웃었습니다.

천사가 하늘을 날다가, 신의 뜻에 따라 날개를 잃고, 낙하산처럼 온 세상 방방곡곡으로 훨훨 내려옵니다. 저는 북쪽나라 눈 위로 내려오고, 당신은 남쪽나라 귤 밭으로, 그리고 이 소년들은, 우에노 공원으로, 단지 그 차이일 뿐, 앞으로 무럭무럭 자라겠지만, 소년들이여, 용모에는 반드시 무관심하고, 담배는 피우지 말며, 술도 축제날 외에는 마시지 말고, 끝으로, 수줍어하면서도 조금은 멋을 아는 아가씨에게 오래오래 반하도록 하세요.

추신

나중에 기자가 이날 찍은 사진을 들고 왔다. 한 장은 아이들과 함께 웃고

있는 사진이었고, 다른 한 장은 내가 부랑아들 앞에 쪼그리고 앉아, 한 아이의 발을 붙잡고 매우 이상한 포즈를 취하고 있는 사진이었다. 만약 이것이 훗날 어떤 잡지에 실리게 된다면, 같잖은 다자이 놈, 예수 흉내 내고 자빠졌네, 요한복음에서 예수가 제자들 발을 씻어주는 걸 따라 하고 있잖아, 웩, 등등의 오해를 불러일으킬 여지가 없지 않기에 미리 변명을 해두자면, 나는 그저 맨발로 걸어 다니는 아이들 발뒤꿈치가 궁금해서 그런 자세를 취했을 뿐이다.

우스갯소리를 하나 더 덧붙여 볼까. 그 두 장의 사진이 도착했을 때 나는 아내를 불러,

"이것이 우에노 부랑자야."

하고 알려줬더니 아내는 진지하게,

"우와, 이것이 부랑자로군요."

라고 하며 뚫어져라 사진을 들여다봤는데, 나는 문득 아내가 어느 쪽을 빤히 쳐다보고 있는지 깨닫고는 놀라 말했다.

"너, 무슨 착각을 하고 있는 거야. 그건 나잖아. 네 남편이라고. 부랑자는 이쪽이고."

아내는 지나칠 정도로 고지식한 성격의 소유자여서, 농담 같은 것은 할 줄 모르는 여자다. 진심으로 내가 부랑자라고 착각한 것 같다.

眉山

太宰治

비잔

「비잔」

『소설 신조新潮』 1948년 3월호에 발표됐다. 전쟁이 끝나갈 무렵 고향인 쓰가루로 피난을 갔던 다자이는 1946년 11월께 미타카로 돌아왔는데, 이즈음 그는 오후 세 시부터 술집을 찾았을 정도로 술을 즐겼다. 그런 까닭인지 이 시기 작품에는 거의 빠짐없이 술이나 술집, 취객이 등장하는데, 알코올에 의지해 음울함에 빠지기보다는 경쾌하고 유머러스함으로 인간 본성을 꿰뚫어본 작품이 많다.

이것은 아직 음식점 폐쇄령이 떨어지지 않았을 무렵의 이야기다.

신주쿠 일대도 이번 전쟁으로 상당 부분 불탔는데, 그래도 가장 신속하게 복구된 곳은 역시 먹고 마시는 집이었다. 데이토자[1] 뒤편에 와카마쓰야라고, 판잣집은 아니지만 날림으로 지은 이층집도 그중 하나였다.

"와카마쓰야도 비잔만 없으면 괜찮을 텐데."

"내 말이 그 말 아닌가. 진짜 귀찮은 녀석이야. 바보가 따로 없어."

그러면서도 우리는 사흘에 한 번꼴로 와카마쓰야를 찾았고, 그 집 이층 방에서 꼬꾸라질 때까지 술을 퍼마신 뒤 뒤엉켜 곯아떨어지곤 했다. 거기서 우리는 특별히 마음대로 굴 수 있었다. 돈 한 푼 없이 가도 자유롭게 외상이 가능했다. 간략히 그 이유를 소개하자면, 미타카에 있는 우리 집 근처에 역시 와카마쓰야라는 이름의 생선 가게가 있었는데, 그곳 주인장이 내 오랜 술친구였고, 우리 집 식구들하고도 친하게 지내는 사이였다. 그 주인이,

"제 누님이 신주쿠에 가게를 새로 차렸으니 한번 들러주십시오. 예전에는

1_ 신주쿠 역 동쪽에 있었던(지금의 마루이 백화점 일대) 영화관 겸 스트립쇼 장.

쓰키지에 있었죠. 당신 얘기는 전부터 누님한테 종종 했습니다. 하룻밤 묵고 가셔도 됩니다."

나는 그길로 나가서 술에 취했고, 하룻밤 묵었다. 누님이라는 사람은 나이가 꽤 든 성격이 시원시원한 여주인이었다.

무엇보다 외상이 가능했기에 요긴한 집이었다. 대접할 손님이 있으면 주로 그곳으로 안내했다. 이래 봬도 내가 소설가 나부랭이라 찾아오는 손님도 소설가가 많을 법한데, 화가나 음악가는 있어도 소설가는 드물었다. 아니, 거의 없는 것이나 마찬가지였다. 하지만 신주쿠 와카마쓰야 여주인은 내가 데리고 가는 손님들이 다 소설가라고 지레짐작하는 것 같았고, 특히 종업원 도시짱은 어릴 때부터 밥보다 소설을 좋아했다나 뭐라나, 내가 그 집 이층으로 손님을 데리고 올라치면, 저분은 누구셔? 하고 호기심 어린 눈을 반짝이며 묻는다.

"하야시 후미코[2] 씨다."

실은 나보다 다섯 살이나 위인 머리가 벗겨진 서양화가였다.

"어머, 그럼……."

밥보다 소설이 좋다고 허풍을 떨던 도시짱은 어쩔 줄을 모른다.

"하야시 선생님이 남자분이었어?"

"그래. 다카하마 교코라는 할아버지도 있고, 가와바타 류코라고 덥수룩하게 콧수염을 기른 멋들어진 신사도 있지."[3]

⋅ ⋅

2_ 林芙美子(1903~1951). 여성 소설가. 가난한 유년 시절을 보낸 그녀는 주로 하층사회를 그렸으며, 대표작 『방랑기』에서 자신의 어린 시절 일기를 바탕으로 방랑생활의 체험을 다뤘다.

3_ 다카하마 교시高浜虚子(1874~1959)와 가와바타 류시川端龍子(1885~1966)는 둘 다 남성 하이쿠 시인인데, 그들의 이름은 각각 교코와 류코로도 읽을 수 있으며, 이름 끝에 코子를 붙이는 것은 여자 이름으로 흔했기에 주인공이 '시'를 '코'로 바꾸어 말장난을 하고 있다.

"다 소설가야?"

"음, 그런 셈이지."

그날 이후 그 서양화가는 신주쿠 와카마쓰야에서만큼은 하야시 선생이 되었다. 원래는 화가인 하시다 신이치로 씨였다.

하루는 내가 피아니스트 가와카미 로쿠로 씨를 와카마쓰야 이층으로 데려간 적이 있었다. 내가 아래층 화장실로 내려갔더니, 도시짱이 술병을 들고 계단 밑에 서 있었다.

"저 분은 누구셔?"

"귀찮게 좀 굴지 마. 누가 오든 너랑 상관없잖아."

나도 더는 참을 수가 없었다.

"그러지 말고, 누군데?"

"가와카미라고 해."

하도 지긋지긋하니 장난도 치기 싫어서 그냥 사실대로 말했다.

"아하, 알겠다. 가와카미 비잔[4]이구나."

우습다기보다 그 무식함에 진저리가 나 한 대 쥐어박고 싶은 심정으로,

"이 멍청아!"

하고 쏘아붙였다.

그날 이후 우리는 그녀를, 앞에서는 도시짱이라고 부르면서 뒤에서는 비잔이라고 부르게 되었다. 한 술 더 떠 와카마쓰야를 '비잔 식당'이라고 부르는 사람도 생겨났다.

비잔의 나이는 스무 살 남짓으로 키가 작고 피부색이 검었으며, 얼굴은

4_ 川上眉山(1869~1908). 소설가. 장편소설 『서기관』, 수필 『품속 일기』 등으로 주목받았으나, 1908년 향년 40세에 면도칼로 목을 그어 자살했다.

밋밋하고 눈은 가늘어서 어디 하나 그럴싸한 구석이 없었지만, 눈썹眉/만큼은 가느다란 초승달처럼 예뻤기에 비잔眉山이라는 별명이 딱 들어맞는 듯도 했다.

하지만 그 무식함과 뻔뻔스러움과 소란스러움에는 배겨낼 재간이 없었다. 아래층에 손님이 있어도 우리가 있는 이층에만 붙어 앉아서, 아무것도 모르는 주제에 자신만만한 얼굴로 우리 이야기에 끼어들었다. 예를 들면 이런 일도 있었다.

"하지만 기본적인 인권人權/jinken/이란 것은……."

하고 누군가 말을 꺼내자,

"네?"

하고 금세 참견을 하며,

"그게 뭐예요? 미국에서 건너온 건가요? 언제 배급되는데요?"

인견人絹/jinken/으로 잘못 알아들은 것 같았다. 하도 어이가 없으니 다들 시큰둥해져서 웃지도 않고 얼굴을 찌푸렸다.

비잔 혼자 재미있다는 듯이 웃으며,

"에이, 안 가르쳐주니 그렇죠."

"도시짱, 밑에 손님 온 것 같은데."

"상관없어요."

"그게, 네가 상관없다고 해서……."

분위기는 점점 더 불쾌해졌다.

"저 녀석, 바보 아닙니까?"

우리는 비잔이 없을 때마다 맘껏 울분을 토해냈다.

"아무리 그래도 이건 도가 지나칩니다. 이 집도 나쁘진 않지만 비잔이 저렇게 버티고 있으니."

"그런데도 우쭐거리고 다니니 기막힌 노릇이지요. 우리가 이렇게 싫어하는 지는 꿈에도 모르고, 오히려 자기가 인기 있는 줄 알고……."

"으악! 못 참겠다."

"아니, 근데 그럴 만도 해. 어쨌거나 녀석은 귀족이라는……."

"세상에! 그건 금시초문인데? 신기한 이야기로군요. 비잔이 자기 입으로 그러고 다닙디까?"

"그렇다니까요. 귀족 얘기가 나와서 말인데, 녀석이 그 건으로 크게 실수를 한 적이 있어요. 누군가 녀석을 골탕 먹이려고, 진짜 귀부인은 오줌을 눌 때 쪼그려 앉지 않는다고 귀띔을 해줬는데, 저 바보가 몰래 화장실에서 그걸 시험해본 겁니다. 말도 마요, 사방팔방 튀어서 화장실이 오줌 바다가 됐는데, 심지어는 나 몰라라 하더라니까요. 다들 아시다시피 여기 화장실은 뒤편 과일가게하고 같이 쓰잖습니까. 과일가게 주인이 화가 머리끝까지 나서 주인아주머니한테 항의를 했는데, 분명 범인이 우리일 거라면서, 주정뱅이들은 어쩔 수 없다는 식으로 얘기가 흘러가는 바람에 억울하게 우리가 죄를 뒤집어썼지요. 아무리 취했기로서니 우리가 그렇게 대홍수를 싸지르는 결례를 범하진 않잖아요. 수상해서 이리저리 알아보니 비잔 짓이었던 겁니다. 결국은 다 털어놓으면서 화장실 구조에 문제가 있다고 하더군요."

"이제 와서 귀족 행세라니."

"요즘 유행이잖습니까. 아무튼 비잔네 집안이 시즈오카 명문이었다고……."

"명문? 명문도 명문 나름이겠지."

"살던 집이 무지하게 컸더랍니다. 전쟁 때 싹 불타서 지금은 몰락했다지만

요, 어쨌거나 데이토자하고 거의 맞먹는 크기였다고 하니 놀랄 노자지요. 근데 또 자세히 들어 보면 그게 소학교였답니다. 소학교 관리인 딸이었던 거죠, 비잔은."

"아, 그러고 보니 한 가지 생각나는 게 있네. 저 녀석이 계단을 오르내릴 때 보면 발소리가 유난히 시끄럽잖아요. 올라갈 때는 쿵쾅쿵쾅, 내려갈 때는 굴러 떨어질 것처럼 다다다다. 진짜 정떨어집니다. 다다다다 내려가 곧장 화장실로 뛰어들어 문을 퍽 닫잖습니까. 덕분에 우리가 언젠가 누명을 쓴 적이 있지요. 도쿄로 치과 수술을 받으러 온 주인아주머니 친척분이 계단 바로 아랫방에 머무셨잖아요. 치통을 앓으면 쿵쾅쿵쾅, 다다다다, 그런 소리가 쩌렁쩌렁 울린다고요. 그분이 주인아주머니한테 그러셨대요, 이층 손님들이 자기를 죽이려 든다고요. 하지만 우리 중에 그렇게 쿵쾅거리며 계단을 오르내리는 사람은 없잖습니까. 그런데도 제가 대표로 주인아주머니한테 한 소리 들었어요. 싫은 소리를 들으니 저도 기분이 좋진 않아서 아주머니한테 그랬죠. 그건 비잔, 아니, 도시짱이 분명하다고요. 근데 옆에서 듣고 있던 비잔이 슬그머니 미소를 짓더니, '제가 어렸을 때부터 튼튼한 계단을 오르내리며 자랐거든요' 하고 오히려 득의양양한 표정으로 대꾸를 하는 겁니다. 그때 저는 여자란 허영으로 똘똘 뭉친 한심한 족속들이구나 싶어서 그저 기가 막혔는데, 그랬군요, 학교에서 자랐군요, 그렇다면 허풍은 아니었네요. 소학교 계단은 튼튼했을 테니까요."

"보자 보자 하니까 안 되겠네. 내일부터는 장소를 바꿉시다. 바꿀 때도 됐어요. 어디 다른 데를 찾아봅시다."

그렇게 합의를 보고 여기저기 다른 술집들을 기웃거려봤으나, 결국은 다시 와카마쓰야로 돌아왔다. 이러니저러니 해도 외상이 가능하니까 어느덧 와카마쓰야 쪽으로 발길이 갔다.

처음에는 나를 따라 온 그 머리 벗겨진 하야시 선생, 그러니까 서양화가 하시다 씨도 나중에는 혼자 드나들게 되면서 단골손님이 되었고, 그 밖에도 두어 명 그런 인물이 생겨났다.

날이 풀리고, 슬슬 벚꽃이 피기 시작하던 어느 날, 나는 극단 젠신자[5]의 젊은 배우인 나카무라 구니오 군과 비잔 식당에서 만나 이야기를 나누기로 했다. 실은 그의 혼담에 대해 의논을 하기로 했는데, 약간 까다로운 주제라 집에서는 말소리를 죽여 소곤소곤 의논해야 했기에, 비잔 식당에서 만나 서로 소리 높여 이야기를 해보자고 약속한 것이었다. 그때는 이미 나카무라 구니오 군도 반쯤 비잔 식당 단골이 되어 있었고, 비잔은 그가 나카무라 무라오[6] 씨라고만 믿고 있었다.

가보니 나카무라 무라오 선생은 아직 도착 전이었고, 하야시 선생 하시다 신이치로 씨가 마당 테이블에 혼자 앉아 싱글벙글 술을 마시고 있었다.

"아주 볼만했습니다. 비잔이 된장을 밟아버렸어요."

"된장이라뇨?"

나는 카운터에 한쪽 팔꿈치를 걸치고 서 있는 여주인 쪽을 보았다.

여주인은 대단히 언짢은 듯이 미간을 찡그리더니, 다시 하는 수 없다는 듯 웃음을 터트리며,

"어처구니가 없어서 말도 안 나온다니까요. 정말 경솔하기 짝이 없는 애예요. 얼굴이 사색이 되서는 밖에서 후다닥 뛰어 들어오더니, 갑자기

5_ 前進座. 1931년 설립된 이래 오늘날까지 이어져 오고 있는 가부키 극단.

6_ 中村武羅夫(1886~1949). 문예지 『신조新潮』의 편집자 겸 프롤레타리아 문학 평론가. 몇 편의 통속소설을 쓰기도 했다.

그 난리지 뭐예요."

"밟은 겁니까?"

"네. 오늘 막 배급받은 된장을 찬합에 수북이 담아놨는데, 그걸 거기 놔둔 저도 잘못이지만, 그렇다고 굳이 거기다가 한쪽 발을 푹 집어넣을 건 또 뭐냐고요. 게다가 발을 쑥 잡아 빼자마자, 그길로 깽깽이걸음을 하면서 화장실로 볼일을 보러 갔다니까요. 아무리 못 참을 지경이었다고 해도 그렇지, 꼭 그렇게 정신 사납게 굴어야 하느냔 말이에요. 화장실에 된장 발자국 같은 게 묻어 있으면 손님들이 또 뭐라고 할지……."

말을 하다 말고는 크게 웃어젖혔다.

"화장실에 된장이라니, 문제는 문제군."

나는 웃음을 꾹 참으며,

"그래도 화장실 다녀오기 전이라 다행이네. 화장실에서 나온 발이었다면 더 끔찍했겠어. 비잔 하면 오줌 바다 이야기로 유명한데, 그 발로 밟았다면 된장이 똥이 되고도 남았을 걸세."

"무슨 말씀인지는 몰라도 아무튼 그 된장은 못 쓰게 됐으니, 방금 도시짱한 테 버리고 오라고 했어요."

"전부겠지? 그 점이 중요해. 아침에 가끔 여기서 된장국을 먹는데, 혹시나 해서 물어보는 거네."

"전부 버렸습니다. 그렇게 의심스러우시면 앞으로 저희 집에서는 손님들에 게 된장국을 드리지 않겠습니다."

"부탁 좀 하겠네. 도시짱은?"

"우물가에서 발을 씻고 있습니다."

하고 하시다 씨가 끼어들었다.

"어쨌든 대단했습니다. 제가 보고 있었거든요. 된장 밟은 비잔. 가부키의 한 장면으로도 손색이 없겠습니다."

"아니, 연극으로 만들긴 어렵겠지. 된장 소품 준비가 까다로울 테니."

하시다 씨는 볼일이 있다면서 곧장 돌아갔고, 나는 이층으로 올라가 나카무라 선생을 기다렸다.

된장 밟은 비잔이 술병을 들고 쿵쾅거리며 올라왔다.

"너 어디 몸이라도 안 좋은 거 아니냐? 가까이 오지 마. 병 옮을라. 화장실만 들락거리잖느냐."

"설마."

비잔은 즐거운 듯 웃으며,

"나 어릴 땐 있잖아, 화장실도 안 갈 것 같은 얼굴이란 소릴 종종 들었어."

"귀족이었다 이거냐. ……하지만 내 솔직한 심정을 말하자면, 넌 말이다, 언제 봐도 화장실에서 막 나온 것 같은 얼굴을 하고 있어."

"어머, 너무해."

그래도 여전히 웃는다.

"언젠가 하오리^{겉옷} 기모노 옷자락을 등 뒤로 올린 채[7] 이리로 술을 가지고 온 적이 있었지. 그런 걸 두고 일목요연하다고 하는 거다, 문학에서는. 그런 차림으로 술을 따르다니 예의가 아니지."

"만날 그런 소리."

태연하기 그지없다.

"어이, 이것 봐. 더럽게 왜 손님 앞에서 손톱 때를 파나. 이래 봬도 난

7_ 옛날 여성들은 화장실 갈 때 긴 옷이 바닥에 닿지 않도록 옷자락을 등 뒤로 올렸다.

손님이라고."

"어머, 그렇지만 당신들도 이런 거 하죠? 다들 손톱이 참 깨끗해."

"왜 딴소릴 하고 그래. 도대체 너, 목욕은 하는 거냐? 솔직히 말해 봐."

"그야 하지요."

라고 애매하게 대꾸하더니,

"저 말이죠, 아까 서점에 가서 이걸 사왔는데. 당신 이름도 나와 있어요."

품에서 신간 문예지를 꺼내 팔락팔락 페이지를 넘겼는데, 내 이름이 실린 곳을 찾는 듯했다.

"그만둬!"

참다못한 내가 소리를 질렀다. 두들겨 패주고 싶을 정도로 증오심이 솟구쳤다.

"이런 건 뭐 하러 읽어. 넌 이해도 못하잖아. 대체 이런 걸 왜 사온 거야, 돈 아깝게."

"어머, 그렇지만 당신 이름이 나왔는데."

"그럼 넌 내 이름이 나온 책을 몽땅 다 사들일 작정이냐? 아니잖아?"

이상한 논리였지만, 나는 화가 치밀어 올랐다. 그 잡지는 우리 집에도 우송되어 왔는데, 거기에는 내 소설을 그야말로 똥 된장 취급하며 비난을 퍼부은 논문이 실려 있다는 것을 나는 알고 있었다. 그것을 비잔은 여느 때처럼 천연덕스러운 얼굴로 읽고 있는 것이다. 아니, 그런 이유 때문만이 아니라, 비잔 같은 녀석이 내 이름이나 작품을 만지작거린다는 사실 자체가 견딜 수 없이 싫었다. 어쩌면 의외로 소설이 밥보다 좋니 어쩌니 하는 사람들 중에는 비잔 같은 류가 많은지도 모른다. 그런 줄도 모르고 작가들은 땀을 뻘뻘 흘리고 처자식을 희생시켜가며 독자들에게 봉사하고 있는 게 아닐까,

하는 생각이 들자 눈물도 안 나올 만큼 분하고 원통했다.

"아무튼 그 잡지는 저리 치워. 안 그럼 후려갈겨버릴 테다."

"죄송하게 됐네요."

여전히 히죽히죽 웃으며,

"안 읽으면 되잖아요."

"애초에 산 것부터가 바보라는 증거다."

"어머, 나 바보 아녜요. 아직 어린 거지."

"어리다고? 네가? 나 참."

나는 말을 잇지 못할 만큼 진심으로 불쾌했다.

그로부터 며칠 후, 과음을 하는 바람에 갑자기 몸 상태가 안 좋아져서 열흘 정도 몸져누워 있었는데, 그럭저럭 회복이 되어 또 술을 마시기 위해 신주쿠로 나섰다.

땅거미 질 무렵이었다. 신주쿠 역 앞에서 누가 어깨를 두드리기에 뒤돌아보니, 거나하게 취한 하야시 선생 하시다 씨가 웃으며 서 있었다.

"비잔 식당에 가십니까?"

"네, 같이 한잔하시지요."

나는 하시다 씨를 꾀었다.

"아니요, 전 벌써 다녀왔습니다."

"뭐 어떻습니까. 한 번 더 가는 것도 괜찮지요."

"편찮으시다고 들었는데……."

"이제 괜찮습니다. 갑시다."

"그러죠."

하시다 씨는 평소답지 않게 마지못해 응하는 눈치였다.

뒷골목을 걷다가, 나는 문득 생각났다는 듯 물었다.

"된장 밟은 비잔은 여전하던가요?"

"없더군요."

"네?"

"오늘 가보니 없었습니다. 그 아이, 죽을 거랍니다."

가슴이 철렁했다.

"방금 주인아주머니한테 듣고 오는 길이에요."

하시다 씨는 정색을 하고 말했다.

"그 애는 신장결핵이었답니다. 주인아주머니는 물론 도시짱도 까맣게 모르고 있었나본데, 소변을 너무 자주 보는 걸 이상하게 여긴 아주머니가 도시짱을 데리고 병원에 가서 검사를 했더니, 그런 병이더라는 겁니다. 벌써 양쪽 신장이 다 망가져서 수술이고 뭐고 시기를 놓쳤대요. 오래 못 살 거라더군요. 그래서 아주머니가 도시짱에게는 아무 말 없이 시즈오카 아버님 댁으로 돌려보냈다고 합니다."

"그랬군요. ……착한 아이였는데."

나도 모르게 한숨과 함께 그 말이 튀어나와, 당황한 나머지 손으로 입을 틀어막고 싶은 심정이었다.

"착한 아이였습니다."

하고 하시다 씨는 침착하게 말을 이었다.

"요즘 같은 세상에 그렇게 마음씨 착한 아이도 드물지요. 우리를 위해서 열심히 애써줬어요. 우리가 이층에서 자다가 새벽 두 시나 세 시쯤 깨어 아래층으로 가, 도시짱, 술 좀 줘, 라고 하면 바로, 네 하고 대꾸를 하고는, 추운 날씨에도 싫은 내색 한 번 없이 술을 가져다주었습니다. 그런 아이도 없습니다."

눈물이 날 것 같았던 나는 울지 않으려 말을 돌리며,

"하지만 '된장 밟은 비잔'이라는 별명은 당신이 붙여줬지요."

"그 점에 대해서는 미안하게 생각하고 있습니다. 신장결핵은 소변이 굉장히 자주 마려워진다고 하니, 굴러 떨어질 듯 계단을 내려가서 화장실로 들어갈 만도 하죠."

"그럼 비잔의 오줌 바다도?"

"당연하지요."

하시다 씨는 농지거리를 하는 듯한 내 질문에 화가 났는지 성난 목소리로,

"귀족 흉내 같은 걸 내려던 게 아니었어요. 잠시라도, 아주 잠시라도 우리 곁에 더 있고 싶어서, 참고 또 참았던 겁니다. 계단을 올라갈 때 쿵쾅거린 것도 병 때문에 몸이 피곤해서 그랬던 것인데, 그래도 꾹 참고 무리를 해가며 우리 시중을 들어준 겁니다. 우리 때문에 고생이 많았어요."

나는 그 자리에 멈춰 서서 가슴이라도 치고 싶은 심정으로,

"다른 데로 갑시다. 거기서는 못 마시겠습니다."

"동감입니다."

우리는 그날로 단골집을 바꾸었다.

女類

太宰治

여류

「여류」

　시 전문잡지에서 종합문예지로 재창간한 『야쿠모^雲』 첫 호인 1948년 4월호에 발표됐다. 다자이와 가까웠던 신초사 편집자 노히라 겐이치의 연애를 모델로 한 작품. 소설의 비극적인 결말과는 달리 실제로 노히라는 신주쿠 요릿집 후사코 부인과 결혼해 오래오래 함께 살았다. 편집자인 작중 화자는 전쟁이 끝나고 삼 년간 '반미치광이 같은 전후 저널리즘에 시달리며' 살아왔다고 하는데, 편집자, 저널리스트들과 함께 그 세계 한가운데에 서 있던 다자이는 거기서 원숭이류보다 못한 인류를 발견한 것일까.

저(26세)는 여자 하나를 죽인 적이 있습니다. 참 어이없게 죽여 버렸습니다.

전쟁이 끝난 직후의 일이었습니다. 저는 패전 전 징용되어 이즈 오시마로 끌려가, 매일같이 끔찍한 굴착 공사를 해야 했습니다. 본래 이렇게 빼빼 말랐던 탓에, 휴, 정말이지 그때는 당장이라도 죽을 것처럼 힘들었습니다. 전쟁이 끝나 어찌어찌 만신창이가 된 몸을 이끌고, 과장을 좀 보태자면 거의 기다시피 제 고향 도치기 현에 다다랐습니다. 그로부터 석 달간은 부모님 밑에서 그저 멍하니 폐인처럼 살았습니다. 그러던 중 학창시절 도쿄에서 함께 문학을 했던 야나기타라고, 빈틈없고 민첩한 친구에게서 등기가 왔습니다. "돈은 있다. 새 잡지를 발간할 생각이다. 너도 거들어라." 저는 어쩐지 그 말에 정신이 번쩍 들어 서둘러 상경했고, 그리하여 지금의 『신현실』이라는 문예지의, 말하자면 편집부 차장이라는 직함으로 삼 년이나 반미치광이 같은 전후 저널리즘에 시달리며 살았습니다.

전쟁이 끝나고 제가 도치기 현 고향집을 떠나왔을 무렵 도쿄는, 보고 듣는 모든 것이 슬픔의 씨앗이었지만, 적어도 제게는 통쾌, 하다고 해도 좋을 정도로 기묘한 기쁨을 느끼게 만드는 것이 있었으니, 그것은 바로 온갖 물건들이 시장에 가득하고, 먹고 마시는 포장마차나 식당들이 거리에 넘쳐날 정도로 왁자하게 늘어서서, 믿을 수 없을 만큼 호황을 누리고 있는 광경이었습니다. 물론 시장에 산더미처럼 물건이 쌓여 있다 해도, 저는 그것을 구매할 능력이 없으니 그저 보고 지나칠 뿐이었지만, 그래도 어쩐지 어깨가 들썩들썩하고, 또 가끔씩 친구들과 포장마차 포렴을 젖히고 들어가 닭 꼬치를 들고 뜯으면서 소주를 마시고, 큰 소리로 민주주의의 본질 같은 것에 대해 논쟁을 벌이고 있노라면, 마치 무언가에서 해방되어 자유를 만끽하고 있는 듯한 기분이 들었습니다.

그러던 어느 날, 신바시의 한 포장마차 여주인이 제게 반했습니다. 아니, 웃지 마십시오 정말 저를 좋아했습니다. 이 부분이 중요한 대목이니 스스럼없이 말하겠습니다. 아직 말씀 안 드린 것이 있는데요, 당시 제가 살던 곳은 도쿄 역 야에스 출구 근처에 타다 남은 빌딩을, 아파트 분위기가 나도록 개조한 건물 이층의 한 칸짜리 방이었는데, 전쟁 후 첫 겨울의 차디찬 바람이, 도깨비 같은 그 아파트 복도로 괴상한 소리를 내며 미친 듯이 휘몰아치는 곳이었습니다. 오늘 밤 또 그곳에 들어가 잘 생각을 하면, 끝 모를 불안감이 엄습해서, 소주 같은 걸 마시고 집으로 돌아가는 날이 잦았습니다. 친구들을 만나고 작가들과 교류를 하는 동안, 저는 누구 못지않은 술꾼이 되었습니다. 긴자에 있는 잡지사에서 니혼바시 아파트까지는, 전철로 가나 걸어서 가나 신바시에서 술을 마시는 게 가장 편했기 때문에, 저는 주로 신바시 근처 포장마차를 기웃거렸습니다.

언젠가 야나기타라고, 앞서 말한 빈틈없는 성격의 소유자이자, 거울을 보지 않고도 자기 표정을 정확하게 감지할 수 있다고 자신하는 친구 겸 편집부장에게 이끌려, 신바시 역 부근 강가에 자리한 어묵 집으로 술을 마시러 갔습니다. 거기도 포장마차임에는 틀림없었지만, 안쪽으로 깊숙이 각종 의자들이 줄지어 놓여 있어서, 순서대로 채워 앉으면 넉넉히 열 명은 앉아 먹고 마실 수 있었습니다. 제가 그 포장마차에 간 건 그날 밤이 처음이었지만, 이 술집은 그 근방 신문기자나 잡지기자, 혹은 작가나 만화가들의 사교의 장 같은 곳이라, 소주를 마시고, 담배를 피우고, 그날그날의 소위 '핫뉴스'를 주고받으며 웃고 즐기는 장소였습니다. 가게 이름도 따로 없고, 도요공이니 도요짱이니 하는, 가게 주인장의 애칭 비슷한 것이 그 포장마차의 이름이었습니다. 땅딸막한 키에 마흔 가까이 된 도요공은 대머리에 이마가 좁았으며, 눈이 나쁜지 눈알이 항상 빨갛게 충혈되어 있었는데, 나름대로 꽤 우락부락한 풍채를 지닌 남자였습니다. 안주인을 처음 봤을 때는 서른이 넘은 것처럼 보였지만, 저와 동갑이었습니다. 다소 늙어 보이는 편이었습니다. 마르고 아담한 체구에 피부는 거무스름했으며, 야무진 얼굴에 말이 없고 잘 웃지 않는, 수수하고 쓸쓸해 보이는 사람이었습니다.

"이쪽은 음악가시죠?"

소주를 마시는 제 손을 흘끗 본 안주인이 그렇게 한마디 했습니다. 걸려들었구나! 저는 속으로 생각했습니다. 얼굴이 못생긴 여자는 머릿결이 좋다는 칭찬을 자주 듣는다는 말이 체호프의 연극에도 나오지만, 저는 말라깽이인데다 얼굴색도 거무죽죽해서, 외모 쪽으로는 어디 하나 잘난 데가 없다는 사실을, 제 자신도 정나미가 떨어질 정도로 확실히 알고 있었습니다. 하지만 제 손가락만큼은 이상하리만치 가늘고 긴 데다 손톱 색깔도 불그스름해서, 달리 칭찬할 구석이 없는 탓이기도 하지만, 지금까지 여자들에게 그런 칭찬을 자주 들었고, 악수를 하자는 사람까지 있었습니다.

"어째서?"

저는 알면서도 궁금하다는 듯이 물었습니다.

"손이 참 예뻐요. 피아노 치는 분이시죠?"

제 예상대로였습니다.

"뭐? 피아노?"

앞서 말한 빈틈없는 제 친구가 박장대소를 하며 끼어들었습니다.

"피아노라면 청소도 할 줄 모를 걸. 이 녀석 손은 그저 마른 것뿐이야. 마른 남자가 다 음악가라면 간디가 오케스트라 지휘를 하겠군."

옆에 있던 손님들도 웃었습니다.

하지만 그날 밤 여주인이 제게 해준 진지한 칭찬 한마디가, 이상하리만치 제 머릿속을 맴돌았습니다. 이제껏 여러 여자들이 제 손을 칭찬하고, 또 악수를 하자고 한 적까지 있지만, 모두 농담처럼 지나쳤기에 아랑곳하지 않는데, 도요공 안주인의 자못 무덤덤해 보이는 관심만큼은 기묘하리만치 제 가슴에 사무쳤습니다. 여자들은 어떤지 모르겠지만, 남자들은 여자가 야릇하게 진지한 태도로 칭찬을 한 번 해주면, 저처럼 못생긴 남자도 졸지에 걷잡을 수 없는 자신감이 솟아나서, 결국은 꼴불견일 정도로 뻔뻔스레 여자에게 들이대다가, 끝내 여자 앞에서 비참한 꼴을 보이고 만다는 것이 세상에 흔히 있는 비극의 경위인 듯싶습니다. 여자들은 웬만하면 남자들에게 칭찬 같은 걸 하지 말아야 하는 건지도 모르지요. 어쨌든 우리의 경우에는, 손가락에 대한 칭찬 한마디에서 시작해 순식간에 비극의 늪으로 빠져들었습니다. 사실 자기가 잘났다는 생각이 없으면 연애니 뭐니 성립 자체가 안 되겠지만, 저는 그날 이후 매일같이 도요공을 드나들었고, 낮에는 안주인과 함께 긴자 거리를 거닐며 나날이 자만심이 더해가고 있었으니, 옆에서 보기에는 한심하기 그지없는 말인지 늑대인지가 침을 흘리며 날뛰고 있는 것 같았을 겁니다.

그러던 어느 날 밤, 도요공에 있던 저는 술 취한 작가 가사이 겐이치로 씨에게 대놓고 모욕을 당했습니다.

가사이 씨는 고향 선배로 죽은 제 형과 대학 동창이었는데, 그런 관계도 있고 해서 가사이 씨와는 단순한 작가와 편집자 이상으로 친하게 지내고 있었고, 저희 잡지사에서도 가사이 씨 원고는 제 담당이었으며, 또 가사이 씨도 제가 원고를 의뢰하면 선뜻 들어주었습니다.

그 가사이 씨가 뜻밖에 신바시 어묵 집 도요공으로 들어오기에, 저는 가슴이 철렁 내려앉았습니다. 가사이 씨 댁은 신주쿠 근처여서 매번 그쪽으로 술을 마시러 다녔고, 신바시까지 나오는 일은 드물었던 것입니다. 그날 밤은 무슨 모임이 있었는지, 기모노에 하카마^{전통 예복}를 입고 있었습니다. 벌써 꽤 취한 듯 비틀거리며 제 곁에 앉더니,

"다 들었다. 이 한심한 놈아."

진심으로 화난 얼굴이었습니다.

"저 여자냐? 너랑 그렇고 그런 사이인 게?"

어묵을 끓이고 있는 안주인 쪽을 턱으로 가리키며,

"대체 어디가 좋다는 거야. 너란 놈도 볼 장 다 봤군. 나 원, 남편 있는 여자를……."

"그게,"

도요공은 표정 하나 바꾸지 않고,

"우리 부부는 벌써 예전에 갈라섰습니다. 마음이 안 맞습니다."

하고 차분히 말하더니, 가사이 씨의 컵에 소주를 그득 따랐습니다.

"뭐, 그거야 자네 부부 일이니 내 알 바 아니야. 애초에 흥미도 없고. 이토(제 이름)가 어떤 연애를 하는지도 알고 싶지 않아. 음, 이 소주 꽤

괜찮군. 이것 봐 자네, 그거 한 잔 더 줘. 그리고 물도 좀. 어이, 아주머니, 여기도 먹을 것 좀 내주고 어쨌거나 적어도 나는, 남의 부부 이합집산이나 연애사정에 무례하게 끼어드는 치졸한 놈이 될 생각은 추호도 없어. 정말 눈곱만큼도 관심 없다고."

이미 거나하게 취한 가사이 씨가 주위 사람들은 신경도 쓰지 않고 꽥꽥 소리를 질러서, 다른 취객들도 심드렁하게 턱을 괴고, 가사이 씨가 내지르는 사나운 소리에 멍하니 귀를 기울였습니다.

"다만 여기 이토 군에게 하고 싶은 말이 있어. 그러려고 오늘 밤 이곳에 들른 거고 어이, 이토 군. 난 이제 자네를 안 보겠네. 하지만 그건 내 의지가 아니야. 이 연애를 계속한다면 자네는 날 보러 오기 힘들어지겠지. 서로 멋쩍고 민망하니까 난 자네를 멀리할 거고, 내 의지와 상관없이 자연스럽게 안 보게 될 거란 말일세. 하고 싶은 말은 이것뿐이다. 그럼 난 이만. 멍청한 놈!"

그가 비틀비틀 일어섰을 때,

"저기, 실례지만."

하고 한 손에 명함을 들고 가사이 씨에게 다가간 사람은, 다름 아닌 빈틈없는 신사 야나기타였습니다.

"처음 뵙겠습니다. 저는 이런 사람입니다만, 그동안 저희 이토 군이 여러모로 신세를 져서, 저도 한번 찾아 봬야지 봬야지 하고 있었는데……, 그만……."

야나기타의 명함을 받은 가사이 씨는 노안인지 명함을 눈에 바싹 가져가 읽더니,

"자네가 편집부장인가. 다시 말해서 이토의 형뻘이란 소리군. 자네가

원망스럽네. 이렇게 되기 전에 왜 미리 이토에게 충고를 하지 않았나. 자넨 돌팔이 부장이야. 오히려 이토를 부추긴 거 아닌가? 애당초 그 빨간 넥타이가 맘에 안 들어."

그런데도 야나기타는 태연히 미소를 지으며,

"넥타이는 금방 딴 걸로 바꾸겠습니다. 저도 이건 아니다 싶었어요."

"그래, 아닌 정도가 아니야. 알면서 왜 저 녀석에게 충고를 안 했나, 충고를."

"아니요, 넥타이 말입니다."

"넥타이야 아무럼 어때. 자네가 뭘 두르든 내 알 바 아니지. 문제는 내가 이제 이토를 안 볼 거라는 거야. 그뿐이다. 더 이상 할 말 없네. 실례하지. 하나같이 바보 같은 놈들이로군."

그런 말을 내뱉으며, 계산도 안 하고 비틀비틀 포장마차를 나갔습니다. 제 아무리 빈틈없는 야나기타도 이번만큼은 머리를 긁적거리며 쓴웃음을 지었습니다.

"술주정뱅이를 누가 말리겠어. 주먹도 좀 쓸 것 같고 영 찝찝하네. 어쨌든 이토, 선생을 쫓아가서 사과드리고 와. 나도 이번 자네 연애를 보면서 마음이 조마조마했는데, 어쩌겠나, 이미 엎질러진 물인데. 저 인간이야말로 뭘 모르는 바보지만, 앞으로 우리 잡지에 글을 안 싣겠다면서 뻗대기 시작하면 큰일이야. 어서 가. 가서, 뭐, 적당히 둘러대면서 사과를 하라고. 충고를 듣고 나니 정신이 번쩍 들었다느니 어쨌다느니 하며 대충 둘러대."

저는 곧장 가사이 씨를 쫓아 포장마차를 나오면서 도요공의 안주인을 흘끗 돌아보았는데, 그녀는 고개를 숙이고 있었습니다.

"선생님, 바래다 드리겠습니다."

제가 신바시 역까지 쫓아가 그렇게 말하자,

"왔나?"

하고 올 줄 알았다는 듯 말했습니다.

"한잔 더 하지."

눈이 솔솔 내리고 있었습니다.

"차를 잡아, 차를."

"어디로 가시려고요?"

"신주쿠다."

가사이 씨는 자동차 안에서,

"한 잔 마시고 비이틀비틀, 두 잔 마시고 휘이청휘청. 비이틀비틀 휘이청휘청."

하고 무슨 염불을 외듯이 낮은 목소리로 거듭 뇌까리더니, 급기야 잠이 든 것 같았습니다.

저는 화가 치밀어 오르다가 불안하기도 하고 슬프기도 해서, 외투 주머니에서 피우다 만 담배를 찾아내, 추위에 꽁꽁 언 문제의 가늘고 긴 손끝으로 집어 라이터로 불을 붙인 다음, 창밖 어둠 속에 휘날리는 눈송이를 바라보았습니다.

"자네가 올해로 몇 살이지?"

완전히 잠이 든 건 아닌 모양이었습니다. 외투 깃에 얼굴을 파묻은 채 그렇게 물었습니다.

저는 제 나이를 댔습니다.

"젊구나. 놀랐어. 그렇담 뭐, 그럴 수도 있겠는데, 그래도 여자는 조심해. 그 여자가 특별히 나쁘단 소리는 아니야. 난 그 사람에 대해 아무것도 모르니까. 또 알고 싶지도 않고. 아니, 설령 알고 있다 해도 이러쿵저러쿵 말할 자격은 없지. 나는 제3자야. 애초에 관심도 없다. 하지만 어쩐지, 자네 하나만큼은 지켜주고 싶어. 난 자네가 안타까워. 제 발로 지옥행을 택할 필요는 없다고 봐. 지금 자네 마음이 어떤지는 나도 잘 알아. 하긴 자네의 백배, 아니 그 이상쯤 되는 여자들이 나한테 반했으니. 진짜야. 하지만 마음은 늘 지옥 같았지. 모르겠더라. 여자의 마음을, 도통 알 수가 없어. 난 있지, 인류, 원숭이류 어쩌고 하는 동물학적 분류는 잘못된 것이라고 봐. 남류^{男類}, 여류^{女類}, 원숭이류로 나눠야지. 종족이 완전히 다른 거야. 몸이 다른 것처럼 사고방식이나 말뜻, 냄새, 소리, 경치에 대한 반응도 완전히 다르지. 여자라는 동물은, 남류의 몸이 여자로 바뀌지 않는 한 절대로 이해할 수 없는 기묘한 세계 속에서 태연하게 살고 있어. 자네도 시험해본 적이 있나 모르겠는데, 역 플랫폼에 서서 먼 곳을 바라보다가 한 뼘 정도 허리를 살짝 낮춰서 다시 보면, 똑같은 풍경이 전혀 다르게 보이지. 키가 한 뼘 커지느냐 작아지느냐에 따라 인생관이나 세계관이 달라지는 거야. 그런데 하물며 남자의 몸과 여자의 몸은 얼마나 다르겠어. 다른 세계에 살고 있는 거야. 우리한테는 파랗게 보이는 것이 여자들한테는 빨갛게 보이는지도 모르지. 그런데도 여자들이 빨강을 파랑이라고 한다고 넘겨짚고서, 그걸 아니까 우리 남류는 여류를 다 이해한다고 안이하게 우쭐거리며 싱글벙글대고 있는데, 그건 저만의 어처구니없는 착각인지도 몰라. 우리가 소주를 한 되쯤 들이켜고 휘이청휘청하는 딱 그런 기분으로, 이 여류라는 생물들은 진지하게 쇼핑이니 뭐니 하면서 남류들을 이리저리 재고 있는 것 아니겠나. 소주 한 되, 분명 그만큼이야. 맨 정신에도 앞뒤 분간 못하고 이웃 아낙들과 우물가에서 잡담을 하니, 참 신기한 노릇이지. 여류 동지들의 말 속에는 우리 남류들이 도저히 이해할 수 없는 전혀 다른 뜻이 내포되어 있어. 우리 남류들에게 세상에서 가장 지루한 이야기는 여류 동지들의 대화거든. 앞뒤 분간은커녕 완전히 미친 것 같다니까. 진짜 이해가 안 돼!"

이 가사이 겐이치로라는 작가는 젊은 시절 애인에게 상당히 꼴사납게 배신을 당한 적이 있는데, 그때 충격으로 미간에 깊은 주름이 생겼을 정도로 상처가 심했던 모양입니다. 그 후로 결혼도 안 하고 술만 마시면서 여자를 전혀 믿지 못하고, 오로지 여자를 비웃는 소설만 썼는데, 그래도 일부 독자들은 십 년을 하루같이 내뱉는 가사이 씨의 독설을 대단히 통쾌하게 여겼고, 가사이 씨도 그런 반응에 우쭐해져서, 지금은 여자를 향한 욕설이, 말하자면 가사이 씨만의 독특한 재능으로 굳어졌습니다.

"응? 알아듣겠어? 여류와 남류가 서로를 이해하는 건 무리라 이거야. 그렇게 물렁한 생각으로는 너, 그 여자한테 배신당할 거다. 분명 배신당할 거야. 그 여자 하나를 두고 하는 얘기가 아니야. 그 사람의 개인적인 사정 같은 건 난 몰라. 그저 동물학적으로 여류 일반론을 이야기할 뿐이지. 여류는 돈을 좋아해. 죽은 사람 이마에 '시$^{sinu-죽음}$'라고 적힌 삼각형 종이를 붙이듯, 여류의 이마에는 예외 없이 돈을 뜻하는 '카$^{kane-돈}$'가 떡하니 붙어 있는 거지."

"죽는답니다. 헤어지면 못 살 거래요. 무슨 약을 가지고 다닙니다. 그걸 먹고 죽는다는 거예요. 태어나서 처음 느껴본 사랑이라나요."

"이런 등신, 머리가 어떻게 된 거 아냐? 아까부터 뭘 듣고 있었어, 멍청한 놈. 손쓸 도리가 없구나. 여기가 어디냐, 요쓰야냐? 여기서 내려라, 아둔한 자식. 내 앞에서 잘도 그런 얼간이 같은 소리를 지껄이는구나. 얼마 안 가 죽는 건 네 녀석이 될 거다. 흥, 여자들이란 이러니저러니 해도 결국은 돈이야. 기사 양반, 요쓰야에서 바보 자식 하나가 내릴 거요."

여자의 마음을 함부로 시험해서는 안 되는 겁니다. 가사이 씨에게 어찌나 욕을 먹었는지 분통이 터져서, 제 울분의 화살을 애인에게 마구 쏘아댔습니다. 저는 다음날 쭈뼛쭈뼛 회사로 찾아온 안주인을 매몰차게 대하면서, 전날 밤 제가 느낀 굴욕을 약간 과장까지 곁들여 모조리 고해바쳤습니다. 남자로 태어나 그런 매도를 당했으니, 그 술주정뱅이 가사이 씨에게 보란 듯이 너와 헤어질 거라고, 사실은 헤어질 마음 따위 눈곱만큼도 없었으면서, 한편으로 이번 기회에 그녀가 날 얼마나 사랑하는지 시험해보자는 속셈에, 천연덕스럽게 이별을 고했습니다.

여자는, 그날 밤, 자살했습니다. 약을 먹고 강물로 뛰어들었습니다. 뒷일은 도요공이, 싫은 내색 하나 하지 않고 정성껏 처리해주었습니다. 그 후 저와 도요공은 서글픈 친구 사이가 되었습니다.

안주인이 자살하고 한 달 정도 지난 어느 이른 봄날 저녁, 가사이 씨는 그날 이후 처음으로 도요공의 포장마차에, 여느 때처럼 만취한 상태로 나타났습니다.

"제가 지난달에 계산을 했나요, 안 했나요……."

기운 없는 말투였습니다.

"필요 없습니다. 나가주세요."

도요공은 언제나처럼 무표정하게 말했습니다.

"뭐야, 나한테 화난 거야? 남류, 여류, 원숭이류라는 말이 거슬렸어? 그야 사실이니 별 수 있나."

찰싹 하는 매서운 소리가 났습니다. 도요공이 가사이 씨의 뺨을 갈겼던 것입니다. 연이어 제가 그를 걷어찼습니다. 가사이 씨는 네 발로 엎드린 채,

"멍청한 놈, 왜 폭력을 쓰냐. 남류, 여류, 원숭이류, 딱 그거다. 내 말이 틀렸냐."

이미 반쯤 이성을 잃을 만큼 취해 있었습니다. 예의 빈틈없는 신사 야나기타는 그가 반항하지 못할 거라 판단했는지, 탁 하고 가사이 씨의 머리를 치며,

"이봐, 동물 박사. 정신 차려. 네 발로 기어서 퇴각해라."

라고 하더니 또 탁 하고 가사이 씨의 머리를 때렸는데, 가사이 씨는 아무런 저항도 하지 못하고 비틀비틀 일어나,

"남류, 여류, 원숭이류, 아니, 여류, 남류, 원숭이류 순인가? 아님, 원숭이류, 남류, 여류 순? 아니지 아니야, 원숭이류, 여류, 남류 순인가. 아이고 아파라. 폭력은 쓰지 마. 원숭이류, 여류, 남류, 인가. 부조금 천 엔은 여기 두고 간다."

渡り鳥

太宰治

철새

「철새」

『군조群像』1948년 4월호에 실렸다. 지식만 있고 진정성 있는
고찰은 없는 전후 지식인들을 비꼰 작품이다. 기회를 보아가며
생각을 모방하고 문화를 복제하는 당대 문인들의 세태를 철새에
비유했다.

겉으로는 쾌락의 탈을 쓰고, 마음으로는 번뇌에 빠진다.

— 단테 알리기에리

늦가을 밤, 음악회가 끝나고, 히비야 공회당에서 엄청난 수의 까마귀가 각양각색의 모습으로, 서로 밀치락달치락 실랑이를 하며 꾸물꾸물 나오더니, 마침내 각자의 집으로 떼 지어 휘익 날아오른다.

"야마나 선생님 아니십니까?"

이렇게 물은 까마귀는 더벅머리에 점퍼를 입은, 마르고 키가 큰 청년이다.

"그렇습니다만⋯⋯."

답한 까마귀는 중년의 살찐 신사다. 청년에게는 아랑곳없이 유라쿠초 쪽으로 뚜벅뚜벅 걸어가며,

"누구신지?"

"저요?"

청년은 헝클어진 머리칼을 쓸어 올리며 웃는다.

"글쎄요, 일개 딜레탕트^{취미로 예술을 하는 사람}랄까요⋯⋯."

"저한테 무슨 볼일이라도 있습니까?"

"팬이거든요 선생님 음악 평론 팬이에요 요즘은 별로 안 쓰시나 봅니다."

"쓰고 있는데요."

이런! 청년은 어둠 속에서 입을 삐죽인다. 이 청년은 도쿄의 어느 대학에 적을 두고 있는데, 교모도 교복도 없다. 점퍼와 춘추복 정장 한 벌은 있다. 집에서 보내주는 생활비가 전혀 없는 모양인지, 한때는 구두닦이를 한 적도 있고, 복권을 판 적도 있다. 요즘은 어느 출판사에서 편집 일을 돕고 있는데, 그건 겉으로 드러난 일이고, 또 그게 순 엉터리 이야기는 아니지만, 뒤로는 이따금 암거래 같은 것도 하고 있어서 주머니 사정은 비교적 괜찮은 듯하다.

"음악, 하면 모차르트지요."

실패를 만회해보려고 야마나 선생의 모차르트 예찬 소논문을 떠올리며, 눈치껏 혼잣말처럼 중얼중얼 또 아첨을 한다.

"꼭 그렇다고 할 수는 없지만……."

그렇지! 기분이 약간 좋아진 것 같다. 내기를 해도 좋다. 선생은 틀림없이 외투 깃 그늘 아래로 빙긋이 웃었으리라.

청년은 제 생각대로 되자 우쭐해졌다.

"근대 음악의 타락은, 제 생각엔 베토벤 즈음부터 시작된 것 같습니다. 음악이 인간의 삶에 맞서 대결을 하려는 것부터가 잘못된 거라고 생각해요. 음악의 본질은 어디까지나 삶을 반주하는 데 있는 것 아니겠습니까. 오늘 밤 저는 오랜만에 모차르트를 듣고, 음악이란 역시 이런 것이구나 하고 절실히……."

"나는 여기서 탑니다."

유라쿠초 역이다.

"아, 그렇습니까. 실례가 많았습니다. 선생님과 대화를 나눌 수 있어서 정말 기뻤습니다."

청년은 바지 주머니에 두 손을 찔러 넣은 채, 가볍게 절을 하고 선생과 헤어져, 오른쪽으로 휙 몸을 돌려 긴자로 향한다.

베토벤을 들으면 베토벤이고, 모차르트를 들으면 모차르트지. 어느 쪽이든 상관없잖아. 저 선생, 콧수염이나 기르고 앉아 있는데, 저것도 취향이라고 음, 애초에 저 자식에게 취향 따위 없는지도 모른다. 그래, 맞다. 평론가 놈들에게 취향이 있을 리 없지. 그러니 혐오하는 것도 없을 테고. 나도 그런 인간인지 모른다. 한심해. 그나저나 콧수염이라……. 콧수염을 기르면 이가 튼튼해진다던데. 설마 누군가를 물어뜯으려고 그렇게까지. 황족 중에 양복에 게다 신고 다니며 멋들어지게 콧수염을 기른 사람이 있었지. 가엾게도, 그 심중을 헤아려보겠다고 고생깨나 하는구나. 수염이 저 사람의 인생과 한판 붙어보겠다고 달려드는 느낌이랄까. 잠자는 얼굴이 어마어마할 거야. 나도 한번 길러볼까. 혹시 아나, 또 뭔가 깨닫게 될지. 마르크스의 콧수염, 그건 또 뭐냐고. 도대체 어떤 구조였을까. 코 밑에 옥수수를 끼워 넣은 느낌이긴 한데. 이해가 안 돼. 데카르트의 콧수염은 소가 흘린 침 같은데, 그것이 다름 아닌 회의懷疑 사상……. 어라? 저게 누구더라? 다나베 씨다. 분명해. 40세, 그나저나 여자도 마흔이 되니……, 그래도 용돈 정도는 늘 가지고 다니니 믿음직하다. 본디 체구가 작아서 젊어 보이니 얼마나 다행인지.

"다나베 씨."

뒤에서 어깨를 두드린다. 우웩! 녹색 베레모잖아. 안 어울려. 제발 좀 벗어라. 이데올로기스트는 멋을 거부한다, 이건가? 하지만 나이를 생각하세요, 나이를.

"누구시더라?"

눈은 멋으로 달고 다니나? 한숨이 다 나네.

"크레용 사에 다니는……."

나보고 이름까지 대라고? 이 여자가 축농증에 걸렸나.

"아, 미안해요. 야나가와 씨."

그건 가명이고 본명은 따로 있는데, 그건 안 가르쳐주지.

"맞습니다. 요전에는 고마웠어요."

"아뇨, 제가 더 감사하죠."

"어디 가십니까?"

"당신은요?"

뭐가 그리 조심스러워.

"음악회요."

"아, 그래요."

안심한 듯하다. 이러니 가끔씩 음악회 같은 델 갈 필요가 있다니까.

"전 집에 가요, 지하철 타고. 신문사에 볼일이 좀 있어서……."

볼일은 무슨. 거짓말이다. 남자 만나고 온 거 아니야? 신문사에 볼일이라, 세계 나오는군. 하여튼 여성 사회주의자들은 허영심이 많아서 탈이야.

"강연이 있었습니까?"

이것 봐라, 얼굴도 안 빨개지네.

"아뇨, 조합에서……."

조합? 『통상관념사전』[1]에 의하면 그곳은 우왕좌왕하다 지쳐서 우는 곳이지. 공사다망의 동의어.

나도 찔끔 운 적이 있다.

"매일 힘들겠네요."

<hr>

1_ 프랑스 소설가 귀스타브 플로베르(1821~1880)가 쓴 사전. 천여 개의 단어를 우스꽝스럽고 풍자적으로 정리했다.

"네, 피곤해요."

이렇게 안 나오면 거짓말이지.

"하지만 지금은 민주혁명을 이룩할 절호의 찬스니까요."

"네, 그래요. 기회죠."

"지금 놓쳐버리면 다시는 영원히……."

"아뇨, 그렇더라도 저희는 절망하지 않을 거예요."

또 아첨 실팬가. 어렵다 어려워.

"차라도 마십시다."

꼬셔버려.

"음, 글쎄요, 오늘 밤은 이만 실례할게요."

약삭빠르게 굴고 있네. 그래도 이런 아내라도 있으면 남편은 편하겠군. 분명 살림도 똑 부러지게 하겠지. 아직 싱싱함도 남아 있어.

마흔 살 여자를 보면 마흔 살 여자. 서른 살 여자를 보면 서른 살 여자. 열예닐곱을 보면 열예닐곱. 베토벤. 모차르트. 야마나 선생. 마르크스 데카르트. 황족. 다나베 여사. 그러나 이제 내 주위엔 아무도 없다. 황량한 바람뿐.

뭐라도 좀 먹을까? 위 상태가 아무래도……, 음악회는 위에 안 좋은지도 모르겠다. 트림을 참은 게 잘못이다.

"오, 야나가와柳川 군 아닙니까!"

아, 정말 좋은 이름 아닌가? 센류川柳-익살스런 한 줄 시를 뒤집는 거다. 야나가와 탕미꾸라지 요리. 이건 별로군. 내일부터 필명을 바꾸자. 그나저나 이 녀석 누구더라? 무지 못생겼네. 생각났다. 우리 회사에 원고를 가져왔던 문학청년이다. 귀찮은 놈을 만났어. 취했군. 날 등쳐 먹을 생각인지도 모른다. 데면데면하게 대하자.

"글쎄요, 실례지만 누구시더라?"

상황에 따라서는 한턱내야 할지도 모른다.

"언젠가 크레용 사에 원고를 들고 갔다가 당신한테 가후² 흉내만 냈다는 소리를 듣고 되돌아갔던 남자인데요. 기억 안 나십니까?"

협박하는 건 아니겠지? 대놓고 그렇게 심한 말을 하지는 않았을 텐데. 추종자, 아니, 모조품이라고 했던가? 어쨌든 그 원고는 한 장도 안 읽었다. 제목부터가 틀려먹었잖아. 음, 뭐더라, 『어느 무희의 허심탄회한 이야기』였지 아마. 내가 다 부끄러워서 얼굴이 화끈거렸다니까. 세상에는 참 희한한 바보도 다 있다.

"생각났습니다."

차분하고 정중하게 대하는 게 최고다. 어차피 상대는 바보니까. 얻어맞기라도 하면 무슨 봉변이냐. 하지만 힘은 없어 보인다. 이 녀석 정도는 이길 수 있을 것 같지만, 사람은 겉보기가 다가 아닐 때도 있으니 조심해서 나쁠 건 없다.

"제목을 바꿨어요."

깜짝이야. 용케 눈치챘군. 아주 바보는 아닌가 보다.

"그랬습니까. 그 편이 나을지도 모르겠네요."

관심 없음. 관심 없음.

"남녀전쟁, 이렇게 고쳤습니다."

"남녀전쟁이라……."

말문이 막힌다. 이 멍청아, 작작 좀 해라. 찰거머리 같은 놈. 가까이 오지

2_ 나가이 가후(1879~1959). 소설가, 수필가, 번역가. 에도를 추억하며 도쿄를 산책하는 수필 『맑은 날 게다를 신고』, 소설가와 창녀의 사랑을 다룬 『묵동기담』 등이 있다.

마, 나한테까지 옮을라. 이래서 문학청년은 질색이라니까.

"팔렸거든요."

"네?"

"팔렸어요, 그 원고가."

기적, 그 이상이다. 신인의 출현인가? 기분이 나빠졌다. 이렇게 찌그러진 탈을 덮어쓴 것처럼 생긴 녀석이 의외로 천재인지도 모른다. 소름 끼쳐. 사람 놀라게 하는군. 이래서 내가 문학청년이 싫은 거다. 어쨌든 아부는 하고 보자.

"제목도 재미있고 하니까요."

"예, 시대의 취향에 잘 맞는다더군요."

이런 젠장, 후려갈겨줄까 보다. 그쯤 해둬. 신을 두려워해라. 절교다.

"오늘 말이죠, 원고료를 받았거든요, 근데 그게, 깜짝 놀랄 정도로 많은 겁니다. 아까부터 여기저기 휘젓고 다니면서 술을 마시고 있는데, 아직 반도 더 남았어요."

구두쇠처럼 아껴 마시니까 그렇지. 짜증나는 놈이네. 돈 좀 있다고 뻐기기는. 한 삼천 엔쯤 남은 거 같은데, 내 말이 틀린가? 잠깐, 이 녀석, 몰래 화장실에서 얼마 남았는지 세어본 거군. 그렇지 않고서야 반 이상 남았다느니 하는 소리를 할 리가 없다. 세어본 거야, 그런 거야. 이런 놈들 흔해. 화장실에서, 아니면 골목길 가로등 그늘 아래서, 술에 취해 남은 돈을 한 장 두 장 세다가 한숨을 짓고는, 번뇌하지 말고 하늘을 나는 새를 보라는 둥 하는 소리를 맥없이 중얼거렸겠지. 애처로운 노릇이야. 실은 나도 경험이 있어요.

"오늘 밤에 남은 돈을 다 써버릴 생각이거든요, 같이 가지 않으시겠습니까? 근처에 잘 아는 술집 있으면 데려가주세요."

이런 실례, 다시 봤다. 헌데 돈은 정말 갖고 있겠지. 각자 낸다면 안 내키는데. 혹시 모르니 확인해볼까.

"있긴 있는데, 거기가 약간 비쌉니다. 안내했다가 나중에 원망이라도 살까……."

"괜찮습니다. 삼천 엔 정도면 되겠지요. 이걸 당신한테 맡길 테니 오늘 밤 둘이서 다 써버립시다."

"어이쿠, 그건 안 됩니다. 남의 돈을 가지고 있으면 책임감 때문에 제대로 취할 수가 없어요."

더럽게 못생긴 상판에 안 어울리게 꽤나 말이 통하는 남자가 아닌가. 역시 소설을 쓸 정도의 남자에게는 어딘지 모르게 시원시원한 구석이 있다. 멋있는 젊은이야. 모차르트를 들으면 모차르트. 문학청년을 만나면 문학청년. 신기하게도 자연스레 그리 된다니까.

"그럼 오늘 밤에 제대로 한번 문학에 대해 논해볼까요? 저는 전부터 쭉 당신 작품에 호의를 느꼈는데, 편집장이 보통 보수적인 게 아니에요."

'다케다야'로 데리고 가야지. 거기 내 외상값이 천 엔 정도 밀려 있을 테니, 간 김에 그것도 갚아야겠어.

"여깁니까?"

"네, 지저분하긴 해도, 전 이런 데서 마시는 걸 좋아합니다."

"나쁘지 않네요."

"오호, 취향이 비슷하군요. 마십시다. 건배. 취향이라는 건 참 어려워요. 혐오하는 게 천 개는 있어야 취향 하나가 나오니까요. 그러니 취향이 없는 놈에게는 혐오하는 마음도 없습니다. 마십시다, 건배. 오늘 밤 서로 속 시원히 이야길 한번 해 봅시다. 당신, 의외로 과묵하군요. 침묵은 안 됩니다. 상대가 입 다물고 있으면 힘이 빠져요. 그건 우리들의 가장 큰 적입니다. 이렇게 수다를 떠는 건 말이죠, 이건 엄청난 자기희생이에요. 대부분의 인간이 할 수 있는 최고의 봉사 가운데 하나라고 할 수 있습니다. 심지어 보수는 눈곱만큼도 바라지 않는 봉사지요. 그러나 적을 사랑할지어다. 저는 제게 활기를 불어넣어주는 인간들을 사랑하지 않을 수 없어요. 우리의 적들은 늘 우리에게 자극을 주니까. 마십시다. 멍청한 놈들은 말이죠, 농지거리를 하는 게 성실하지 않은 거라고 믿고 있어요. 익살은 답이 아니라고 생각한다니까. 그러면서 솔직한 태도만 요구하니 짜증이 납니다. 하지만 솔직하다는 건요, 흡사 남에게 신경이란 게 없는 것처럼 구는 겁니다. 남의 신경을 인정하지 않는 거예요. 그래서 감수성이 아주 풍부한 인간은 말이죠, 남의 고통을 아니까 쉽게 솔직해질 수 없는 겁니다. 솔직함 따위, 그런 건 폭력이에요. 그래서 내가 늙은 거장들을 안 좋아한다니까. 그저 놈들의 힘이 두려울 뿐이지. '늑대가 양을 먹는 건 옳지 않아. 부도덕해. 불쾌하기 짝이 없어. 왜? 이 양을 먹어야 하는 건 바로 나니까.' 어쩌고 하면서 태연하게 함부로 지껄이는 작자들로 수두룩해요. 원래 타고난 감이 좋다고? 웃기는 소리. 지혜를 수반하지 않는 직관은 우발적인 사고에 불과합니다. 요행수지. 마십시다, 건배. 토론을 해봅시다. 우리의 진정한 적은 침묵이야. 어째 말을 하면 할수록 불안해지는군. 누가 날 막 잡아끄네. 슬쩍 뒤돌아보고 싶은 기분인데? 난 아무래도 안 되겠어. 가장 위대한 인물은 말이죠, 자신의 판단을 단호하게 믿고 나아갈 줄 아는 사람들이에요, 가장 멍청한 놈들도 똑같긴 하지만. 그렇지만 이쯤에서 남들 욕은 관둘까요? 흠, 난 내가 생각해도 품위가 없어. 원래 욕이란 잘나가는 사람들을 향해 구시렁거리는 쩨쩨한 근성에서 나오는 거니까요. 마십시다, 문학 얘기를 해봅시다. 문학론은 참 재밌어요. 아아,

신인을 만나면 신인, 늙은 거장을 만나면 늙은 거장, 자연스럽게 맘이 기우는 걸 보면 재미있다니까요. 그나저나 한번 생각해봅시다. 이제 당신이 신인 작가로 등단을 했는데, 앞으로 삼백만 독자들 마음에 들려면 도대체 어떻게 해야 할까요. 이건 어려운 문제입니다. 하지만 절망해선 안 돼요. 이건 말이죠, 제 말 듣고 계십니까? 특별한 독자 백 명 외의 다른 모든 사람들에게 외면당하는 것보다는 훨씬 만만한 일입니다. 그건 그렇고, 수백만 명이 좋아하는 작가는 늘 자기 스스로도 마음에 들어 하는 반면, 몇몇 사람들만 좋아하는 작가는 대개 스스로도 마음에 들어 하지 않습니다. 비참한 노릇이죠. 다행히 당신은 당신 작품이 마음에 드는 모양이니, 삼백만 독자에게 사랑받는 대단한 인기 작가가 될 가망이 있어요. 절망해서는 안 됩니다. 요즘 유행하는 말로, 당신에게는 가능성이 있어요. 마십시다, 건배. 작가님, 작가님은 한 독자에게 천 번 읽히는 것과 십만 독자에게 한 번 읽히는 것 중에 어느 쪽이 더 좋으신지? 그런 질문에 어느 문필가라는 분이, 십만의 독자에게 천 번 읽히고 싶다고 태연히 대꾸하더군요. 한번 해보세요, 맘껏 해보시라고. 당신은 싹이 보입니다. 가후 흉내 좀 내면 어떻습니까. 본래 이 오리지널리티란 것이 위장이 강하냐 아니냐의 문제라서요, 남의 자양분을 먹고 그걸 소화할 수 있느냐 없느냐가 관건입니다. 원형 그대로 똥이 나온다면 약간 문제가 있죠. 소화만 잘되면 괜찮아요. 예부터 오리지널한 문인 같은 건 없었으니까요. 진정 가치 있는 자들의 이름은 세상에 알려져 있지 않을 뿐만 아니라, 알려고 해도 알 수가 없어요. 그러니까 당신도 안심하고 뭐든 해봐요. 가끔씩 '나야말로 오리지널한 문인이올시다!'라는 투의 낯짝을 하고 돌아다니는 인간들이 있는데, 그건 그냥 바보일 뿐이니 겁먹을 필요 없어요. 휴우, 한숨이 다 나네. 당신의 앞날은 창창합니다. 길이 널찍하게 열려 있어요. 그렇지, 다음

소설 제목으로 '널찍한 문' 어떻습니까. 역시 문이라는 단어에는 시대의 이미지가 있다고들 하니까요. 실례지만 좀 게워내겠습니다. 괜찮아요, 예, 이제 괜찮아요. 이 집 술은 좀 별로네. 아아, 개운하다. 아까부터 구역질을 하고 싶어서 혼났습니다. 누구 칭찬을 하면서 술을 마시면 꼭 술주정이 심해진다니까. 그나저나 발레리 말인데요, 아, 결국 말해버렸네, 너의 침묵에 너 스스로 무너지리니. 내가 오늘 밤 여기서 한 말은 거의 다 발레리의 문학론이에요, 오리지널리티고 뭐고 없지. 위가 안 좋아서 소화가 안 되다 보니 결국 그대로 다 토해버렸네. 원하신다면 아직 드릴 말씀이 많지만, 그보다는 이 발레리 책[3]을 당신에게 주는 게 나도 귀찮지 않고 좋겠어. 아까 헌책방에서 사서 전철에서 막 읽고 온 새로운 지식이라 기억하고 있는데, 내일이면 다 잊어버리겠지. 발레리를 읽으면 발레리. 몽테뉴를 읽으면 몽테뉴. 파스칼을 읽으면 파스칼. 자살의 기회는 오로지 행복한 사람에게만 주어진다지요. 이것도 발레리. 나쁘지 않지요? 우리는 자살조차 할 수 없어. 이 책은 그냥 드리지요. 어이, 아주머니, 여기 계산이요. 전부 다 해줘요. 전부 다. 그럼 먼저 실례하겠습니다. 깃털처럼 아니, 새처럼 가벼워지지 않으면 안 된다, 라고 그 책에 쓰여 있지. 어쩌면 좋을까."

더벅머리 점퍼 차림의 바싹 마른 청년은, 물새처럼 휙 날아오른다.

3_ 폴 발레리(1871~1945)의 『발레리 문학론』(호리구치 다이가쿠 역, 1938년, 제일서방).

桜桃

太宰治

앵두

「앵두」

『세계世界』 1948년 5월호에 발표됐다. '자식보다 부모가 중하다, 라고 생각하고 싶다.'라는 유약한 문장으로 시작하는 이 작품에는, 끝내 가정의 행복을 위해 사는 길을 선택하지 않았던 아버지의 안타까운 마음이 그려져 있다. 초고에 적힌 '아이들에 대한 것까지 써가며 근근이 살아가지 않으면 안 된다.'는 문장은 발표 당시 삭제되었다.

다자이 오사무의 기일(6월 19일)을 '앵두기'라고 이름 지은 것도 이 작품 제목에서 가져온 것으로, 그의 동료들은 매년 앵두기마다 이 붉은 열매를 안주 삼아 술을 마시며, 타오를 듯 짧은 생을 살다간 동료 작가를 떠올렸다. 지금도 그 전통은 다자이를 사랑하는 독자들에 의해 이어지고 있다.

내가 산을 향하여 눈을 들리라.

— 시편 제121편

자식보다 부모가 중하다, 라고 생각하고 싶다. 자식을 위해서, 라는 식으로 착한 척 고루한 도덕군자 같은 각오를 해봐도, 어쨌거나 연약한 쪽은 자식보다 부모다. 적어도 우리 집은 그렇다. 설마하니 늙어서 자식 신세를 지고 살겠다는 뻔뻔한 속셈이야 있겠냐마는, 나라는 부모는 집에서 늘 자식들 눈치만 살피고 있다. 자식, 이라고는 해도 우리 집 아이들은 아직 어리다. 큰딸은 일곱 살, 아들은 네 살, 막내딸은 한 살이다. 그런데도 벌써부터 부모를 꼼짝 못하게 만든다. 아버지 어머니가 흡사 아이들의 하인 하녀가 되어가는 형국이다.

여름이었는데, 온 가족이 다다미 세 장짜리 방에 옹기종기 모여 앉아 시끌벅적하게 저녁을 먹고 있었다. 아버지가 얼굴에 줄줄 흐르는 땀을 수건으로 닦으며,

"밥을 먹으며 땀을 뻘뻘 흘리는 것은 천박한 일이로다, 라는 센류가 있지만, 아이들이 이렇게 시끄러워서야 제아무리 고상한 아버지라도 땀이 나지."

하고 혼자 투덜투덜 불평을 한다.

어머니는 한 살 난 막내딸에게 젖을 물리면서, 아버지와 큰딸과 아들

시중들랴, 아이들 엎지른 것 닦으랴, 주우랴, 코 풀어주랴, 놀라운 속도로 혼자서 모든 것을 처리하며,

"아빠는 코에서 땀이 제일 많이 나시나봐. 늘 부지런히 코를 닦고 계시네."

아버지는 쓴웃음을 짓더니,

"그럼 자네는 어디서 많이 나나. 허벅진가?"

"어쩜, 아빠는 고상하기도 하셔라."

"이봐, 이건 어디까지나 의학적인 이야기잖아. 고상하니 천박하니 그런 게 아니지."

"저는요."

그러면서 어머니는 다소 진지한 표정을 짓는다.

"이 젖가슴과 젖가슴 사이에……, 눈물의 골짜기……."

눈물의 골짜기.

아버지는 입을 다물고 식사를 마저 했다.

나는 집에 있으면 언제나 농담을 한다. 그야말로 '마음으로는 번뇌'에 빠질 일이 많은 탓에, '겉으로는 쾌락'의 탈을 쓰지 않을 수 없다고나 할까.[1] 아니, 식구들에게만 그런 것이 아니라 남을 대할 때도, 아무리 마음이 괴롭고 몸이 힘들지라도 거의 필사적으로 즐거운 분위기를 만들기 위해 노력한다. 그리고 나서 손님과 헤어지면 피로가 엄습하여, 돈에 대한 것, 도덕에 대한 것, 자살에 대한 것을 생각한다. 아니, 남을 대할 때만 그런 것이 아니라, 소설을 쓸 때도 마찬가지다. 나는 슬플 때, 도리어 가볍고 즐거운 이야기를

‥

1_ 단테의 '겉으로는 쾌락의 탈을 쓰고, 마음으로는 번뇌에 빠진다.'(우에다 빈 역)에서. 「철새」의 첫머리에도 인용되었다.

지어내려 애쓴다. 나로서는 무엇보다 바람직한 봉사를 할 요량으로 하는 일인데, 사람들은 그것을 눈치채지 못하고, 다자이라는 작가도 요즘 경박해져서 재미로만 독자를 낚으려고 한다면서, 세상 참 편하게 사는 놈이라고 나를 업신여긴다.

인간이 인간에게 봉사하는 것이 나쁜 일인가. 거드름을 피우며 좀처럼 웃지 않는 것이 선한 일인가.

말하자면 나는, 더럽게 고지식해서 기분을 잡치게 만드는, 그런 거북살스러운 짓을 참을 수가 없다. 나는 집에서도 쉴 새 없이, 살얼음판을 걷는 심정으로 농담을 한다. 일부 독자나 비평가들이 상상하는 것과 달리 내 방 다다미는 새것이고, 책상은 잘 정돈되어 있으며, 부부는 서로를 위하고 존경하며, 남편이 아내를 때린 적은 물론 없거니와, 꺼져, 꺼져드리죠, 와 같은 험악한 언쟁 한 번 오간 적이 없고, 아버지 어머니는 서로 질세라 아이들을 깊이 아끼며, 아이들도 명랑하게 부모를 잘 따른다.

그러나 이는 겉모습일 뿐. 어머니 가슴을 헤치면 눈물의 골짜기, 아버지 식은땀도 점차 늘어가니, 부부는 서로의 고통을 알면서도 건드리지 않으려 애쓰면서, 아버지가 농담을 하면 어머니도 웃는다.

그러나 어머니가 눈물의 골짜기라는 말을 꺼낸 순간, 아버지는 말이 없다. 농담이라도 해서 분위기를 바꿔보려 했지만, 적절한 말이 떠오르지 않아 계속 입을 다물고 있으니, 결국 어색함이 쌓이고 쌓여, 천하의 '달인'인 아버지도 진지한 표정이 되어서는,

"누구, 사람을 데려다 쓰도록 해. 아무리 살림이 어려워도 그래야 해."

하고 어머니 기분이 상하지 않도록 쭈뼛쭈뼛 혼잣말처럼 중얼거린다.

아이는 셋. 아버지는 집안일에 완전히 무능하다. 이불조차 안 갠다. 그러면

서 그저 얼빠진 농담만 하고 있다. 배급받고, 등록하고, 그런 일들은 전혀 모른다. 흡사 여관 생활이라도 하고 있는 꼴이다. 손님이 온다. 대접한다. 도시락을 싸들고 작업실로 나갔다가, 그길로 일주일 내내 집에 안 들어간 적도 있다. 일, 일, 하면서 노상 떠들어대고 있지만, 하루에 두세 장 정도밖에 못 쓰는 것 같다. 나머지는 술이다. 과음을 하고는 핼쑥하게 야위어서 곯아떨어진다. 게다가 여기저기 젊은 여자 친구도 있는 모양이다.

자식들……, 일곱 살 난 큰딸이나 올봄 태어난 막내딸은 둘 다 감기에 잘 걸리는 체질이기는 해도, 몸 상태는 그런대로 보통이다. 하지만 네 살 난 아들은 깡말라서 아직 일어서지도 못한다. 말도 아, 라든가 다, 정도가 고작이고, 제대로 된 건 한마디도 못한다. 말귀도 못 알아듣는다. 기어 다니는 데다 똥오줌도 못 가린다. 그러면서 밥은 참 많이도 먹는다. 하지만 체구가 작고 야위며 머리칼도 성긴 것이, 조금도 자라질 않는다.

아버지 어머니도 아들에 관해 진지하게 의논하기를 꺼린다. 백치, 벙어리……, 그런 단어를 입 밖에 꺼냈다가 그 사실을 인정하게 되는 것이 너무 비참하기 때문이다. 어머니는 이따금 아이를 꼭 껴안는다. 아버지는 때때로 발작적으로, 아이를 안고 강으로 뛰어들어 죽어버리고 싶다는 생각을 한다.

'벙어리 둘째아들을 참살하다. ×일 정오가 지난 시각, ×구 ×동 ×번지 아무개(53) 씨가 자택에서 둘째아들 아무개(18) 군의 머리를 도끼로 내리쳐 살해, 자신은 가위로 목을 찔러 자살을 시도했으나 성공하지 못하고, 인근 병원으로 후송, 현재 위독한 상황. 최근 둘째딸 아무개(22) 양이 혼인하여 데릴사위를 들였는데, 둘째아들이 벙어리에 머리가 모자라, 딸을 사랑하는

마음에서 결단을 내린 것.'

　이런 신문 기사가 또, 나로 하여금 핫술을 들이켜게 한다.

　아아, 그저 단순히 발육이 늦어지는 것이라면 좋으련만! 아들이 어느 날 갑자기 성장하여, 걱정하는 부모를 향해 성을 내며 비웃어준다면! 부부는 친척이나 친구, 그 누구에게도 내색하지 않고, 속으로 그래주기만을 바라며, 겉으로는 아무 걱정 없다는 듯 아들과 장난을 치며 웃고 있다.

　어머니도 있는 힘껏 노력하며 살고 있겠지만, 아버지 또한 젖 먹던 힘을 다하고 있다. 애초에 작품을 썩 많이 쓰는 소설가는 아니다. 극도로 소심한 인간이다. 그런 사람이 대중 앞에 끌려 나가 쩔쩔매며 글을 쓰고 있는 것이다. 쓰는 것이 괴로워 핫술에 기대어 산다. 핫술이란 자기주장을 할 수 없어 애가 타고 화가 치밀어 오를 때 마시는 술이다. 언제든 자기 생각을 분명히 말할 수 있는 사람은, 핫술 따위 마시지 않는다. (여자 중에 술꾼이 드문 것도 이런 이유에서다.)

　나는 논쟁에서 이긴 적이 없다. 항상 진다. 상대방의 강한 확신과 놀라운 자기 긍정에 압도당하기 때문이다. 그리하여 나는 침묵한다. 하지만 곰곰이 생각해보면, 상대방도 제멋대로 굴고 있으며, 나만 나쁜 게 아니라는 확신이 드는데, 한 번 말싸움에서 진 주제에 다시 집요하게 전투를 개시하는 것도 끔찍한 짓이고, 더군다나 나로서는 입으로 실랑이를 벌이는 것이 서로 두들겨 패는 것 이상으로 두고두고 불쾌한 미움으로 남아서, 분노에 치를 떨면서도 웃고, 침묵하며, 온갖 생각을 다 하다가, 결국 핫술을 들이켰다.

　확실히 해두자. 장황하게 빙빙 돌려 말했지만, 사실 이 소설, 부부 싸움에 관한 이야기다.

"눈물의 골짜기."

그것이 도화선이었다. 우리 부부는 앞서 말한 대로 손찌검을 하지 않는 것은 물론, 서로 험악하게 욕지거리를 한 적조차 없는 대단히 얌전한 한 쌍이지만, 그러니만큼 일촉즉발의 위험을 떠안고 있는 면도 있었다. 서로 말없이 상대방이 나쁜 짓 한 증거를 수집하고 있는 듯한 불안감, 자기 패를 한 장 슬쩍 보고 엎어놓고 또 한 장 슬쩍 보고 엎어놓다가, 갑자기 불쑥, 자, 완성되었습니다, 하고 멋지게 패를 갖춰 눈앞에 펼쳐 보일 것만 같은 아슬아슬함, 그런 것이 부부 사이를 대단히 조심스럽게 만드는 듯하다. 아내는 그렇다 쳐도, 남편은 털면 털수록 얼마든지 먼지가 나올 법한 남자인 것이다.

"눈물의 골짜기."

그 말에 남편은 심사가 뒤틀렸다. 그러나 언쟁은 좋아하지 않는다. 침묵했다. 당신은 날더러 들으라는 듯이 그런 소릴 했겠지만, 울고 있는 건 당신 혼자가 아니야. 나도 당신 못지않게 아이들 생각을 하고 있어. 내 가정을 소중히 여기고 있다고 한밤중에 아이가 수상한 기침이라도 할라치면, 눈이 번쩍 떠지고 밤새 안절부절못해. 좀 더 좋은 집으로 이사를 가서, 당신이나 아이들을 기쁘게 해주고 싶지만, 아무리 해도 거기까진 힘이 닿질 않아. 내겐 이게 최선인 거야. 나라고 무슨 흉악한 마물은 아니야. 처자식을 못 본 척하고 태연하게 살아갈 '배짱'은 없다고. 배급이나 등록 같은 일도 모르는 게 아니라 알 겨를이 없는 거야. ……아버지는 속으로 그렇게 중얼거리지만, 그 말을 입 밖으로 꺼낼 자신도 없고, 또 말을 꺼냈다가 어머니로부터 역공을 당하면 끽소리도 못 할 듯하여,

"사람을 쓰도록 해."

하고 혼잣말처럼 간신히 주장을 해본 것이다.

어머니도 원체 과묵한 편이다. 하지만 하는 말마다 냉정한 자신감이 배어 있다. (이 어머니뿐만 아니라 대개 여자들이 그러하겠지만.)

"하지만 와줄 사람도 별로 없어요."

"찾아보면 분명 있을 거야. 와줄 사람이 없는 게 아니라 있어줄 사람이 없는 거 아닌가?"

"내가 사람을 잘 못 부린다는 거예요?"

"그런 게 아니라⋯⋯."

아버지는 다시 입을 다물었다. 실은 그리 생각하고 있었다. 하지만 입을 다물었다.

아아, 사람을 하나 쓰면 좋을 텐데. 어머니가 막내를 등에 업고 볼일을 보러 나가면, 아버지는 나머지 두 아이를 돌봐야 한다. 거기다가 손님이 매일 열 명은 온다.

"작업실에 나가봐야겠는데."

"지금요?"

"응. 오늘 밤 안으로 꼭 마쳐야 하는 일이 있거든."

거짓말은 아니었다. 그러나 우울한 집안 분위기에서 벗어나고 싶다는 마음도 있었다.

"오늘 밤에는 제가 여동생 집에 다녀올 생각인데요."

그것도 나는 알고 있다. 처제가 중태에 빠져 있었다. 하지만 마누라가 병문안을 가면 내가 아이들을 돌봐야 한다.

"그러니까 사람을 쓰라고⋯⋯."

말을 꺼내다 말았다. 아내 친정 일에 끼어들었다가는 두 사람 사이가 심히 어색해진다.

산다는 것은 괴로운 일이다. 곳곳에 쇠사슬이 휘감겨 있어서, 약간만 움직여도 피가 뿜어져 나온다.

나는 잠자코 일어나, 방 안 책상 서랍에서 원고료가 들어 있는 봉투를 꺼내 옷소매에 쑤셔 넣고, 원고지와 사전을 검은 보자기에 싼 다음, 죄스러운 마음으로 훌쩍 밖으로 나왔다.

이미 일할 기분이 아니다. 자살할 생각만 하고 있다. 그길로 곧장 술을 마시러 갔다.

"어서 오세요."

"술이나 마시자. 오늘은 또 엄청나게 예쁜 줄무늬 옷을……."

"나쁘지 않죠? 이 줄무늬, 당신이 좋아할 줄 알았어요."

"오늘은 있지, 부부 싸움을 했어. 마음이 울적해서 견딜 수가 없네. 한잔하자. 오늘 밤은 자고 가겠어. 꼭 자고 갈 거야."

자식보다 부모가 중하다, 라고 생각하고 싶다. 연약한 쪽은 자식보다 부모다.

앵두가 나왔다.

우리 집에서는 아이들에게 사치스러운 음식을 먹이지 못한다. 아이들은 앵두 같은 것, 본 적도 없겠지. 가져다 먹이면 얼마나 좋아할까. 아버지가 들고 가면 좋아할 거야. 앵두 덩굴을 실에 꿰어 목에 걸면, 앵두가, 산호 목걸이처럼 보이겠지.

그러나 아버지는 큰 접시에 수북하게 담긴 앵두를, 대단히 맛없다는 듯 먹고는 씨를 뱉고, 먹고는 씨를 뱉고, 먹고는 씨를 뱉고, 그러면서 속으로 허세를 부리듯 중얼거린다. 자식보다 부모가 중하다.

人間失格

太宰治

인간 실격

「인간 실격」

『전망展望』 1948년 6월호에 서문과 첫 번째, 두 번째 수기가, 7월호에 세 번째 수기 1이, 8월호에 세 번째 수기 2와 후기가 발표됐다. 1948년 7월, 치쿠마서방에서 총 9권의 전집이 발행되면서 책으로 발간됐다. 1948년 6월 13일 강으로 뛰어든 다자이는 『인간 실격』에 대한 독자들의 반응을 알지 못한 채 세상을 떠났다.

그는 죽기 한 달 전 이 작품을 탈고했는데, 이즈음 폐결핵이 도지고 불면증도 심해 건강이 매우 악화되었음에도, 이 작품에 대한 오랜 염원이 있었기에 광기 어린 의지로 집필에 매달렸다. 주인공 오바 요조는 초기작 『어릿광대의 꽃』(전집 1권 수록)과 마찬가지로 자신을 모델로 한 것이기에 더욱 애착이 있었을 터다. 그러나 『인간 실격』 속 요조의 인생은 사실과 허구, 혹은 누군가에게서 전해들은 이야기 등이 얽히고설킨 '구성된 삶'으로, 다자이의 실제 경험과는 차이가 있다.

『인간 실격』은 사건을 그리듯 묘사하는 '서사의 문학'이라기보다는, 인물의 입을 통해 허심탄회하게 이야기하며 고뇌를 털어놓는 '토로의 문학'이며, 그의 빼어난 작품들이 수기, 일기, 편지, 독백 등으로 이루어진 것에서 알 수 있듯이, 이와 같은 작법은 그가 가장 즐겨 쓰고 또 사랑받았던 '다자이의 문체'였다.

서문

나는, 그 남자의 사진 세 장을, 본 적이 있다.

한 장은 그 남자의 유년 시절, 이라고나 할까, 열 살 전후로 추정되는 사진인데, 그 아이가 여러 여자들에 둘러싸여, (그들은 아이의 누나들, 여동생들, 그리고 사촌들이 아닌가 싶다) 정원 연못가에 굵은 줄무늬 하카마를 입고 서서, 고개를 삼십 도가량 왼쪽으로 기울인 채 추하게 웃고 있는 사진이다. 추하게? 하지만 무딘 사람들(이를테면 아름답니 추하니 하는 것에 별 관심이 없는 사람들)이 심드렁한 얼굴로,

"귀여운 아이네요."

하고 무심히 내뱉는 소리가 순전히 빈말로 들리지는 않을 정도로, 그 아이의 웃는 얼굴에 흔히 말하는 '귀염성 있는' 구석이 전혀 없는 것은 아니었으나, 그래도 조금이나마, 아름다움과 추함에 대한 훈련을 해온 사람이라면, 한눈에 곧장,

"진짜 기분 나쁘게 생긴 애네."

하고 심히 불쾌하다는 듯이 중얼거리며, 송충이라도 털어내듯 그 사진을 내동댕이칠지도 모른다.

그 아이의 웃는 얼굴은, 정말이지 보면 볼수록, 왠지 모를 섬뜩함이 느껴진

다. 애초에, 그건 웃는 얼굴이 아니다. 아이는 조금도 웃지 않고 있다. 그 증거로 아이는 두 주먹을 불끈 쥐고 있다. 인간은, 주먹을 꽉 쥔 채 웃지는 못하는 법이다. 원숭이다. 원숭이의 웃는 얼굴이다. 그저, 얼굴에 흉측한 주름만 잡고 있을 뿐이다. '자글자글 주름진 아이'라 부르고 싶어질 정도로, 이상야릇하면서도 어딘가 추잡한, 묘하게 사람 속을 메스껍게 만드는 사진이다. 나는 여태껏, 이토록 이상한 표정의 아이를 본 적이, 한 번도 없었다.

두 번째 사진 속 얼굴, 이건 또 깜짝 놀랄 만큼 확 달라져 있다. 차림새를 보면 학생이다. 고교 시절 사진인지 대학 시절 사진인지 분명하지는 않지만, 아무튼 용모가 대단히 수려한 학생이다. 하지만 이 또한, 이상하게도 살아 있는 인간이라는 느낌은 들지 않는다. 교복을 입고, 가슴팍 주머니에 하얀 손수건을 살짝 내보이도록 꽂은 채, 등나무 의자에 다리를 꼬고 앉아, 마찬가지로 웃고 있다. 이번에는 원숭이처럼 자글자글 주름지게 웃는 것이 아니라 꽤나 능숙하게 미소를 짓고 있는데, 그래도 인간의 웃음과는 어딘지 모르게 다르다. 피의 무게감이랄까, 생명의 쓴맛이랄까, 그런 충실감은 간데없고, 그야말로 새도 아니고 깃털처럼 가벼이, 그저 한 장의 종이처럼, 그렇게 웃고 있다. 그러니까 하나부터 열까지 다 지어낸 느낌이다. 거들먹거린다고 하기도 그렇고, 경박하다고 하기도 그렇고, 기생오라비 같다는 표현도 좀 부족한데, 그렇다고 세련됐다는 건 물론 아니다. 게다가 가만히 뜯어보면, 이 수려한 용모의 학생에게서도 어딘가 괴담처럼 꺼림칙한 기운이 느껴진다. 나는 여태껏, 이토록 이상한 미모의 청년을 본 적이, 한 번도 없었다.

또 한 장의 사진은, 그중에서도 가장 기괴하다. 몇 살이나 먹었는지 도무지 짐작할 수가 없다. 머리는 희끗희끗하다. 그런 남자가 지독하게 지저분한 방(벽이 세 군데쯤 허물어져 있는 것이 사진으로도 확연히 보인다) 한구석에서 작은 화로에 손을 쬐고 있는데, 이번에는 웃지 않고 있다. 아무 표정이 없다. 이를테면 화롯가에 앉아 손을 쬐다가 그대로 죽어 버린 듯, 대단히 음산하고 불길한 기운이 느껴지는 사진이다. 이상한 것은 그뿐만이 아니다. 이 사진은 얼굴이 꽤 큼직하게 찍혀서, 그 생김새를 면밀히 살펴볼 수 있었는데, 이마도 평범, 이마에 난 주름도 평범, 눈썹도 평범, 눈도 평범, 코나 입이나 턱도, 아아, 표정은 고사하고 인상조차 없는 얼굴이다. 특징이 없는 것이다. 예컨대, 내가 이 사진을 보고 눈을 감는다. 그 순간 나는 그 얼굴을 잊어버린다. 방 안에 있던 벽이나 작은 화로는 기억나지만, 그 방에 있던 주인공의 인상은, 안개처럼 스윽 사라져 도무지 떠오르질 않는다. 그림이 안 되는 얼굴이다. 만화나 다른 무엇으로도 표현할 수 없는 얼굴이다. 눈을 뜬다. 아, 이런 얼굴이었지, 이제 생각났다, 그런 기쁨조차 느껴지지 않는다. 극단적으로 말해, 눈을 떠서 그 사진을 다시 들여다봐도 생각나지 않는다. 그저 너무 불쾌하고 짜증이 나서, 나도 모르게 눈길을 돌리고 싶어진다.

소위 '죽을 상'이라는 것에도, 이보다는 더 표정이니 인상이니 하는 것이 있기 마련인데, 사람 몸뚱이에 짐말 머리라도 붙여 놓으면 이런 느낌일지, 여하튼 뭐라 꼭 집어 말할 수는 없지만, 보는 이로 하여금 오싹하고 역겨운 기분이 들게 한다. 나는 여태껏, 이토록 이상한 남자의 얼굴을 본 적이, 마찬가지로, 한 번도 없었다.

첫 번째 수기

　부끄러움 많은 생애를 보내왔습니다.

　저는 인간 생활이라는 것을, 도무지 종잡을 수가 없습니다. 저는 동북지방 시골 마을에서 태어났기에, 기차를 처음 본 것도 꽤 크고 나서였습니다. 역 안에 있는 구름다리를 오르락내리락하며, 그것이 선로를 건너기 위해 만들어진 것인 줄은 까맣게 모르고, 그저 역내를 외국의 놀이동산처럼 복잡하게 꾸며서, 즐겁고 멋스럽게 만들기 위한 시설이라고만 생각했습니다. 그것도 꽤 오랫동안 그렇게 믿었습니다. 구름다리를 오르내리는 것이 제게는 몹시도 세련된 놀이여서, 이것이 철도 서비스 중에서도 가장 쓸 만한 것 가운데 하나라고 여기고 있었는데, 나중에 그것이 그저 승객들이 선로를 건너게 하기 위해 만든 대단히 실리적인 계단에 불과하다는 것을 알고 졸지에 흥이 가셨습니다.

　또 저는 어릴 때, 그림책에서 지하철이라는 것을 보고, 이 역시 실리적인 필요에 의해 고안된 것이 아니라, 지상보다는 지하를 달리는 차를 타는 게 훨씬 더 색다르고 재미있는 놀이니까, 라고만 생각했습니다.

　저는 어려서부터 몸이 약해서 자주 앓아누웠는데, 그때는 요 시트나 베개 커버, 이불 홑청이 그렇게 쓸모없는 장식처럼 보일 수가 없더니, 스무 살 가까이 되어서 그것이 의외로 무척 실용적인 물건이라는 사실을 깨닫고, 인간의 살뜰함에 암담하고 서글픈 기분마저 들었습니다.

또 저는, 배고픔이라는 것을 알지 못했습니다. 아니 그건, 제가 의식주 걱정을 할 필요가 없는 유복한 집에서 자랐다는 뜻이 아니라, 그런 부질없는 뜻이 아니라, '공복'이라는 감각이 어떤 것인지 도무지 알 수 없었다는 말입니다. 이상하게 들리겠지만, 저는 배가 고파도 그것을 깨닫지 못했습니다. 소학교와 중학교 때, 제가 수업을 마치고 집에 가면 사람들이 옆에서, 배고프지? 우리도 너만 할 때 그랬어, 학교 갔다 집에 오면 얼마나 배가 고팠다고, 단콩 줄까? 카스텔라도 있고, 빵도 있어, 라며 법석을 떨기에, 저는 타고난 아부 기질을 발휘하여, 배고프네, 하고 중얼거리면서 단콩을 열 알쯤 입속에 집어넣었는데, 공복감이 무엇인지는, 눈곱만큼도 알 수 없었습니다.

그야 물론 저도 먹기는 잘 먹지만, 배가 고파서 음식을 먹은 기억은 거의 없습니다. 진기해 보여서 먹기도 하고, 호화로워 보여서 먹기도 하고, 또 남의 집에서 주는 음식은 억지로라도 거의 다 먹었습니다. 사실 어린 시절 제게 가장 고통스러웠던 것은, 우리 집 식사 시간이었습니다.

시골 우리 집에서는 열 명 남짓한 식구들이, 각자 밥상을 두 줄로 마주 놓고 나란히 앉아 식사를 했는데, 물론 막내인 저는 제일 끝자리에 앉았습니다. 식사하는 방이 어둑해서, 점심때 열댓 명 되는 식구들이 그저 묵묵히 밥을 먹는 풍경이, 제게는 늘 으스스하게 느껴졌습니다. 게다가 예스런 기풍을 지닌 시골집이라 반찬도 대개 정해져 있고, 진기한 것이나 호화로운 것은 기대도 할 수 없는 상황이라, 밥 먹는 시간을 더 두려워하게 되었습니다. 그 어둑한 방 끄트머리에 앉아 오들오들 추위에 떠는 심정으로 입속에 조금씩 밥을 밀어 넣으며, 인간은 어째서 하루 세 끼 꼬박꼬박 밥을 먹는 것일까, 다들 엄숙한 표정으로 잘도 먹는다, 이것도 일종의 의식인지라, 가족끼리 하루 세 번, 시간을 정해놓고 어둑한 방에 모여앉아 순서대로 밥상을 늘어놓고, 먹기 싫어도 말없이 밥알을 씹으며, 고개를 수그리고, 집안을 배회하는 혼령들에게 빌기 위한 것인지도 모른다, 라는 생각까지 들 정도였습니다.

밥을 먹지 않으면 죽는다, 라는 말이 제 귀에는, 그저 기분 나쁜 협박으로밖에 들리지 않았습니다. 그 미신은(아직도 제게는 어쩐지 미신처럼 여겨집니다만) 그러나, 언제나 제게 불안과 공포를 안겨주었습니다. 인간은 밥을 먹지 않으면 죽으니까, 그런 까닭에 일을 하고 밥을 먹어야 한다, 라는 말만큼 제게 난해하고 모호하며, 심지어 협박조로 들리는 말은, 없었습니다.

요컨대 저는, 인간의 삶이라는 것을 아직 전혀 모른다, 라고 할 수 있겠습니다. 행복을 바라보는 저의 관점과 세상 사람들의 관점이 완전히 엇갈리고 있다는 불안, 저는 그 불안으로 인해 밤마다 뒤척이고 신음하다, 거의 미치기 직전까지 갔던 적도 있습니다. 저는 과연 행복한 것일까요. 어릴 적부터 행운아라는 소리를 참 자주 들었는데, 저는 제가 있는 곳이 항상 지옥 같았고, 오히려 저를 행운아라고 부르는 사람들이 비교도 안 될 만큼 훨씬 더 안락해 보였습니다.

제게 열 개의 재앙 덩어리가 있어, 그중 한 개라도 옆 사람이 짊어진다면, 그 한 개만으로도 충분히 그의 목숨을 앗아가게 되지 않을까, 하고 생각했던 적도 있었습니다.

다시 말해, 도무지 모르겠습니다. 옆 사람이 지니고 있는 고통의 성질이나 정도가, 영 가늠이 가질 않습니다. 현실적인 고통, 그저 밥만 먹으면 해결되는 고통, 그러나 그런 것들이야말로 가장 강렬한 고통이니, 제 열 개의 재앙쯤은 단숨에 날아갈 정도로 처참한 아비지옥일 수도 있고, 그건 모르는 일, 하지만 그런 것치고는 다들 용케 자살도 하지 않고, 미치지도 않고, 정치를 논하며, 절망하는 일 없이, 꿋꿋하게 생과 싸워나간다, 괴롭지 않은 게 아닐까? 뼛속까지 에고이스트가 되어, 심지어 그것을 으레 그런 것이라 믿으며, 한 번도 자기 자신을 의심해본 적이 없는 게 아닐까? 그렇다면 속 편하다, 하긴 인간이란 모두 그런 족속이라, 어쩌면 그런 게 만점 인생인지도 모르지, 모르겠어……, 밤에는 푹 자고, 아침에는 상쾌할까 몰라, 무슨 꿈을 꾸며 살까, 길을 걸으며 무슨 생각을 할까, 돈? 설마, 그 생각만 하고 사는 건 아니겠지, 인간은 밥을 먹기 위해 산다, 라는 설을 들어본 적은 있는 것 같은데, 돈을 벌기 위해 산다, 라는 말은, 들어본 적이 없다, 글쎄, 하지만 때에 따라서는……, 아니, 그것도 모를 일이다……, 생각하면 할수록 도통 모르겠으니, 이 세상에서 홀로 이상한 사람이 된 듯한 불안과 공포에 사로잡힐 따름입니다. 저는 옆 사람과의 대화가 거의 불가능합니다. 무슨 말을, 어떻게 하면 좋을지, 도무지 모르겠습니다.

그래서 생각해낸 것이, 어릿광대였습니다.

그것은 저의, 인간을 향한 최후의 구애였습니다. 저는 인간을 극도로 두려워하면서도, 그렇다고 인간을, 완전히 단념할 수는 없었던 모양입니다. 그리하여 저는 어릿광대라는 실낱같은 줄을 잡고, 겨우 인간과 이어질 수 있었습니다. 겉으로는 끊임없이 미소 지으면서도 속으로는 필사적인, 그야말로 천 번에 한 번 성공할까 말까 한 위기일발의 진땀 나는 서비스였습니다.

저는 어릴 적부터 식구들조차, 그들이 얼마나 괴롭고, 또 무슨 생각을 하며 사는지 도통 짐작이 가지 않아서, 그저 모든 게 두려웠고, 그 어색함을 견디지 못했기에, 우스꽝스러운 짓을 하는 데는 진작부터 일가견이 있었습니다. 말하자면 언제부터인가 저는, 본심이라고는 한 마디도 입 밖에 꺼내지 않는 아이가 되어 있었던 것입니다.

그즈음 가족들과 함께 찍은 사진을 보면, 다들 진지한 얼굴을 하고 있는데, 저 혼자 기묘하게 얼굴을 찡그리며 웃고 있습니다. 이 역시, 저의 어설프고도 애처로운 어릿광대짓 가운데 하나였습니다.

또 저는, 가족들이 제게 무슨 소리를 해도, 말대꾸 한 번 하지 않았습니다. 그 별것 아닌 꾸지람이, 제 귀에는 날벼락과도 같이 우렁차게 들려 미칠 지경이었기에, 말대꾸를 하기는커녕, 그 꾸지람이야말로 자손만대에 길이 남을 인간의 '진리'임에 틀림없으며, 내게는 그 진리를 행할 능력이 없으니 끝내 인간과 함께 살 수 없는 것이 아닐까, 하는 생각에 빠지곤 했습니다. 그래서 저는 말다툼이나 자기변호도 할 수 없었습니다. 사람들이 저를 욕하면, 두말할 것 없이 제가 잘못 생각하고 있는 것이겠거니 싶어서, 언제나 잠자코 공격을 받아들이면서, 속으로는 미칠 듯한 공포에 휩싸였습니다.

그야 누구든, 비난을 받거나 욕을 먹어서 기분이 좋을 사람은 없겠지만, 저는 화를 내는 인간의 얼굴에서, 사자보다도 악어보다도 용보다도 더 무시무시한 동물의 본성을 발견합니다. 평소에는 그 본성을 숨기고 있는 듯해도, 어떤 계기로, 예컨대 느긋하게 풀밭에 누워 있던 소가 돌연 꼬리를 휘둘러 배에 붙은 등에를 찰싹 쳐 죽이듯, 인간의 무시무시한 정체가 분노로 인해 느닷없이 폭로되는 모습을 보면, 머리칼이 곤두설 만큼 두려웠고, 이러한 본성 또한 인간이 살아가는 데 필요한 자격 가운데 하나일지도 모른다는 생각에, 스스로 절망에 가까운 기분이 들었습니다.

인간에 대한 공포로 늘 벌벌 떨면서, 인간으로서의 제 언동에 한 줌 자신감도

갖지 못한 채, 혼자만의 고민을 마음속 작은 상자에 숨겨두고, 우울과 신경과 민을 꼭꼭 감추며, 그저 순진하고 낙천적인 척 꾸며대면서, 저는 점차 우스꽝스러운 괴짜가 되어 갔습니다.

뭐라도 좋으니 웃기기만 하면 된다, 그렇게만 하면 인간들은, 내가 그들의 이른바 '생활' 밖에 있더라도 그다지 신경 쓰지 않겠지, 아무튼 저들의 눈에 거슬려서는 안 된다, 나는 무無다, 바람이다, 허공이다, 이런 생각만 쌓여서, 우스꽝스러운 짓으로 가족들을 웃기고, 또 가족보다 더 이해할 수 없는 무서운 하인들에게까지 필사적으로 어릿광대 서비스를 하게 되었습니다.

저는 여름에, 유카타 속에 빨간 털스웨터를 입고 복도를 돌아다니며 식구들을 웃겼습니다. 좀처럼 웃지 않는 큰형도 그걸 보고 웃음을 터뜨리며,

"요짱, 그거 진짜 안 어울려."

하고 귀여워 죽겠다는 듯이 말했습니다. 아무리 그래도 제가, 한여름에 털스웨터를 입고 돌아다닐 정도로, 뭐 그렇게, 춥고 더운 것도 구분할 줄 모르는 괴짜는 아닙니다. 누나의 다리용 토시를 양팔에 끼운 다음 유카타 소매 밖으로 빼내서, 마치 스웨터를 입은 것처럼 보이도록 했던 것입니다.

아버지는 도쿄에 볼일이 많은 사람이어서, 우에노 사쿠라기에 별택을 두고 있었고, 거의 한 달 내내 그곳에서 지냈습니다. 집에 올 때는 가족들은 물론, 친척들에게까지 실로 엄청난 양의 선물을 사들고 왔는데, 그건 뭐랄까, 아버지의 취미 같은 것이었습니다.

언젠가 아버지가 도쿄로 떠나기 전날 밤, 아이들을 응접실로 불러놓고 이번엔 어떤 선물이 갖고 싶으냐고, 미소 띤 얼굴로 한 사람 한 사람에게 물어보며 그 대답을 일일이 수첩에 적었습니다. 아버지가 그토록 살갑게

아이들을 대하는 것은 드문 일이었습니다.

"요조는?"

그 질문에 저는 말문이 막혔습니다.

뭘 갖고 싶으냐는 말을 들으면, 그 순간 갖고 싶은 것이 없어졌습니다. 뭐든 상관없다, 어차피 날 즐겁게 해주는 물건 따위 이 세상에 없다, 그런 생각이 얼핏 드는 것입니다. 더군다나 남이 주는 물건은, 아무리 제 취향이 아니더라도 거절할 수가 없었습니다. 싫은 것을 싫다고 하지 못하고, 또 좋아하는 것이 있어도 쭈뼛쭈뼛 도둑질하듯, 더없이 씁쓸하게 맛보면서, 이루 말할 수 없는 공포심에 몸부림쳤습니다. 그러니까 제게는, 둘 중 하나를 고를 힘조차 없었던 것입니다. 이것이 훗날, 저의 이른바 '부끄러움 많은 생애'의 중대한 원인이 된 습성 가운데 하나였던 것 같습니다.

제가 말없이 우물쭈물하고 있으려니까 아버지는 약간 언짢은 표정으로,

"역시 책이냐. 아사쿠사 상점가에 정월 사자춤 출 때 쓰는 사자탈이 있던데, 아이들이 쓰고 놀기에 딱 좋아 보이더라. 갖고 싶지 않느냐."

갖고 싶지 않느냐, 라는 소리에 다 틀어지는 겁니다. 우스꽝스러운 대답조차 할 수 없으니 어릿광대는 완전히 낙제입니다.

"책이 좋을 것 같습니다."

큰형이 진지한 얼굴로 말했습니다.

"그렇군."

아버지는 싸늘한 표정으로 아무것도 적지 않고, 수첩을 탁 덮었습니다.

맙소사, 아버지를 화나게 했으니 분명 무시무시한 복수가 뒤따르겠지, 지금이라도 돌이킬 방법이 없을까, 하고 그날 밤, 이불 속에서 오들오들 떨며 궁리하던 저는, 살그머니 일어나 응접실로 가서, 아까 아버지가 수첩을

집어넣었던 책상 서랍을 연 다음, 수첩을 꺼내어 팔랑팔랑 넘기며, 선물 목록을 적어둔 부분을 찾아내고는, 연필 끝에 침을 묻혀 사자탈, 이라고 쓴 뒤 자러 갔습니다. 사자탈을 갖고 싶다는 마음은 추호도 없었습니다. 차라리 책이 나을 정도였습니다. 하지만 저는 아버지가 제게 사자탈을 사주고 싶어 한다는 것을 깨닫고, 그 뜻에 따르면 아버지 기분이 풀릴까 싶어, 굳이 한밤중에 응접실에 숨어드는 모험을 감행했던 것입니다.

그리고 이 비상수단은 제 짐작대로 대성공을 거두었습니다. 이윽고 도쿄에서 돌아온 아버지가 어머니에게 큰 소리로 이렇게 말하는 것을, 저는 아이들 방에서 들었습니다.

"아사쿠사 장난감 가게에서 이 수첩을 펼쳤는데, 글쎄 여기, 사자탈이라고 쓰여 있는 게 아닙니까. 어? 이건 내 글씨가 아닌데 싶어서 의아했는데, 짚이는 데가 있었어요. 요조가 장난을 친 겁니다. 그 녀석, 내가 물었을 때는 히죽거리면서 잠자코 있더니만, 나중에 곰곰이 생각해보니까 사자탈이 갖고 싶어 못 견디겠던 거지. 아무튼 녀석, 별나다니까. 이렇게 또박또박 써놓고 모른 척을 하고 있으니. 그렇게 갖고 싶으면 그렇다고 말을 할 것이지. 장난감 가게 앞에서 한참 웃었어요. 어서 요조를 불러주세요."

또 저는, 하인들을 서양식 방으로 불러 모은 뒤, 한 하인에게 아무렇게나 피아노 건반을 두드리게 하고, (시골이기는 해도 그 집에는 웬만한 물건이 다 갖춰져 있었습니다) 그 엉터리 음악에 맞춰 인디언 춤을 추면서 모두를 웃게 만들었습니다. 둘째형이 플래시를 터뜨리며 제 인디언 춤을 촬영했는데, 그 사진이 나온 걸 보니 제 허리춤에 두른 천(그것은 화려한 무늬가 그려진 보자기였습니다) 이음매 사이로 작은 고추가 보여서, 그게 또 온 집안을 웃음바다로 만들었습니다. 제게는 이 역시, 뜻밖의 성공이라 할 만한 것이었는지도 모르겠습니다.

저는 매달 열 권 이상의 소년 잡지를 구독했는데, 그 밖에도 여러 종류의 책들을 도쿄에서 주문해서 묵묵히 읽었기에, '얼렁뚱땅 박사'랄지 '진기명기 박사' 같은 것들은 워낙 익숙했고, 또 괴담이나 옛날이야기, 만담, 에도물 등도 빠삭하게 꿰고 있어서, 진지한 얼굴로 익살을 떨어가며 식구들을 웃기는 데 부족함이 없었습니다.

그러나 아아, 학교!

저는 그곳에서, 막 존경받을 참이었습니다. 존경받을 거라는 생각 또한, 저를 몹시 두렵게 했습니다. 거의 완벽에 가깝게 사람들을 속이다가, 그것을 꿰뚫어보고 있는 어떤 녀석에게 들켜 박살이 나고 죽도록 망신을 당하는, 바로 그것이 제가 내린 '존경받는' 상태의 정의였습니다. 인간을 속이고 '존경받는'다 해도, 누군가 한 사람은 알고 있다, 그리고 마침내 인간들도 그 누군가에게서 말을 전해 듣고 자신이 속았다는 것을 깨닫는 순간, 그때 그들이 느낄 분노, 그리고 복수는, 글쎄요, 과연 어떠할까요. 상상만 해도 소름이 끼칩니다.

저는 부잣집에서 태어나서라기보다는, 속된 말로 '좀 하는' 녀석이라는 이유로, 학교에서 존경받을 뻔했습니다. 저는 어릴 적부터 몸이 자주 아파서, 한 달이나 두 달, 혹은 거의 한 학년 내내 몸져누워 학교를 쉰 적도 있었는데, 그래도 아픈 몸을 이끌고 인력거로 학교에 가서 기말 고사를 보면, 반 아이들 누구보다도 소위 '좀 하는' 수준이었던 것 같습니다. 몸 상태가 괜찮을 때도 공부에는 손도 안 댔고, 학교에 가서도 수업 시간에 만화 같은 것을 그려놓고는, 쉬는 시간에 반 아이들에게 설명해주면서 녀석들을 웃겼습니다. 또 작문 시간에는 우스꽝스러운 이야기를 잔뜩 써서 선생님에게 주의를 받았는데, 그러면서도 저는 그런 짓을 그만두지 않았습니다. 선생님도, 실은 제 우스꽝스러운 이야기를 남몰래 기대하고 있다는 것을, 저는 알고 있었기 때문입니다. 어느 날 제가, 어머니를 따라 도쿄로 가는 기차 안에서, 실수로 객실 통로 가래통[1]에 소변을 눴던 실패담(그러나 그때, 그게 가래통이라는 것을 모르고 그런 짓을 한 것은 아니었습니다. 순진무구한 어린 아이라는 것을 뽐내고 싶어서, 일부러, 그런 짓을 했던 것입니다)을, 한층 더 구슬픈 필치로 써서 제출했고, 선생님이 반드시 웃을 거라는 확신이 있었으므로, 몰래 교무실로 가는 선생님 뒤를 밟았는데, 선생님은 교실을 나서자마자 아이들 작문 속에서 제 것을 골라내, 복도를 걸으며 읽더니 이내 킥킥거렸고, 이윽고 교무실로 들어가 다 읽었는지 얼굴이 새빨개지도록 큰 소리로 웃으며, 곧장 다른 선생님에게 그걸 읽어보라고 주는 것을 지켜보면서, 저는 매우 만족했습니다.

장난꾸러기.

저는 사람들 앞에서 장난꾸러기처럼 보이는 데 성공했습니다. 존경받는 것에서 도망치는 데 성공했습니다. 성적은 거의 모든 과목이 10점 만점에 10점이었지만, 품행만큼은 7점이나 6점을 받았고, 이 또한 식구들의 웃음거리가 되었습니다.

하지만 저의 본성은, 그런 장난꾸러기와는 완전히 대조적인 것이었습니다. 그즈음 저는 이미, 남녀 하인들에게서 쓸쓸한 무언가를 배웠고, 능욕을 당했습니다. 어린 아이에게 그런 짓을 하는 것은, 인간이 저지를 수 있는 범죄 가운데서도 가장 추악하고 천박하며 잔혹한 짓이라고, 지금은 생각합니

· ·
1_ 당시 기차의 객실 통로 바닥에는 침, 가래를 뱉거나 담배 등을 버리는 구멍이 있었다.

다만, 저는 참았습니다. 이로써 인간의 속성을 하나 더 알게 됐다는 생각까지 들어서, 맥없이 웃었습니다. 만일 제게 진실을 말하는 습관이 들어 있었더라면, 기죽지 않고, 그들의 범죄를 아버지나 어머니에게 호소할 수 있었겠지만, 저로서는 아버지나 어머니조차 완전히 이해할 수는 없었습니다. 인간에게 호소한다, 저는 그 수단에 아무런 기대도 할 수 없었습니다. 아버지에게 호소하건, 어머니에게 호소하건, 순경에게 호소하건, 정부에 호소하건, 결국은 처세에 능한 사람들의 주장에 따라 흘러가게 되어있는 것은 아닐까.

어차피 한쪽으로 치우치게 되는 것은 자명한 일, 인간에게 호소해봐야 소용없다, 저는 늘 그랬듯, 진실은 입 밖에 내지 않고, 꾹 참으며, 그렇게 어릿광대짓을 계속하는 수밖에, 다른 도리가 없었습니다.

뭐야, 인간을 못 믿겠다는 소리를 하려는 건가? 흠, 네가 언제부터 크리스천이 됐지? 하고 비웃는 사람이 있을지도 모르겠는데, 하지만 인간에 대한 불신이 반드시 종교의 길과 맞닿으라는 법은 없다고, 저는 생각합니다만. 실제로 지금 그렇게 비웃고 있는 사람들을 포함해, 인간은 서로 불신에 싸여, 하느님이고 뭐고 안중에도 없이 태연하게 살아가고 있지 않습니까. 이 역시 제 유년 시절의 일인데, 아버지가 속해 있던 어느 정당의 유명인사가 우리 마을로 연설을 하러 왔다기에, 저는 하인들을 따라 그걸 들으러 회장으로 갔습니다. 자리는 꽉 찼고, 마을에서 아버지와 친하게 지내는 사람들이 다 모여 다들 우렁차게 박수 같은 걸 치고 있었습니다. 연설이 끝나고, 청중들은 눈 내리는 밤길을 걸어, 삼삼오오 집으로 돌아가면서, 그날 밤 연설에 대해 이런저런 욕을 했습니다. 그중에는 아버지와 절친한 사람의 목소리도 섞여 있었습니다. 아버지의 개회사도 어설펐고, 그 유명하다는 사람의 연설도 도무지 무슨 소리인지 알아들을 수가 없었다면서, 소위 아버지의 '동지'라는 사람들이 성난 듯 말했습니다. 그러고는 그 사람들이 우리 집에 들러 응접실로 들어와 앉더니, 오늘 밤 연설은 대성공이었다고, 진심으로 흡족해하는 얼굴로 말했습니다. 하인들까지 오늘 밤 연설이 어땠느냐는 어머니의 물음에, 아주 재밌었다고 태연히 대답했습니다. 연설만큼 재미없는 것도 없다면서, 집으로 돌아오는 내내 그렇게들 투덜거렸으면서요.

하지만 이런 것은 아주 사소한 일례에 불과합니다. 서로를 속이면서, 그러고도 이상하리만치 그 누구도 아무런 상처를 입지 않고, 서로 속이고 있다는 사실조차 눈치채지 못한 듯, 실로 산뜻한, 그야말로 맑고 밝고 명랑한 불신의 예가, 인간의 삶 속에 가득 차 있는 것 같습니다. 그렇다고 제가 서로 속고 속이는 일에 특별히 흥미를 느끼는 것은 아닙니다. 실은 저도, 아침부터 밤까지 어릿광대 탈을 쓰고 인간들을 속이고 있어요. 저는 윤리 교과서에 나올 법한 정의니 뭐니 하는 도덕에는, 별 관심이 없습니다. 저로서는 서로 속고 속이면서, 맑고 밝고 명랑하게 살아가는, 혹은 살아갈 수 있다고 믿는 인간들을 이해하기가 어렵습니다. 인간들은 끝내, 제게 그 묘책을 가르쳐주지 않았습니다. 제가 그것만 알고 있었더라면, 이토록 인간을 두려워하며 필사적으로 서비스 같은 것을 하지 않아도 되었겠지요. 인간 생활과 대립을 거듭하며, 밤마다 지옥 같은 고통을 맛보지 않아도 되었겠지요. 말하자면 제가, 남녀 하인들이 저지르는 그 가증스러운 범죄를 누구에게도 호소하지 않았던 것은, 인간을 불신해서도, 또 물론 박애주의자라서도 아니고, 인간들이, 저 요조에게 신용의 문을 굳게 걸어 잠그고 있었기 때문이라고 생각합니다. 아버지 어머니조차, 저로서는 이해할 수 없는 행동을 종종 했으니까요.

그리고 바로 그러한, 누구에게도 호소하지 않는 제 고독의 냄새를, 많은 여성들이 본능적으로 맡게 되면서, 훗날 제가 갖가지 사건에 휘말리게 된 것 같기도 합니다.

　요컨대 저는, 여성들이 보기에, 사랑의 비밀을 지킬 수 있는 남자였던 것입니다.

두 번째 수기

　바닷가, 파도가 닿는 곳, 이라고 해도 좋을 만큼 바다에 인접한 해안가에, 나뭇결이 새까맣고 큼직한 산벚나무가 스무 그루 이상 늘어서 있었습니다. 신학기가 시작되면 산벚나무는, 갈색의 끈적끈적한 여린 잎과 함께 푸른 바다를 배경으로 현란한 꽃을 피워, 이윽고, 꽃보라가 날릴 즈음이면, 무수히 많은 꽃잎들이 바다로 흩날려, 해수면 위를 수놓고, 다시 파도에 떠밀려 해변으로 밀려들면서 벚꽃 모래사장을 이루었는데, 그곳을 그대로 교정으로 쓰던 동북지방의 어느 중학교에, 저는 입시 공부도 제대로 하지 않았으면서 그럭저럭 무사히 입학할 수 있었습니다. 그 학교 교모 휘장이나 교복 단추에도, 도안화한 벚꽃이 피어 있었습니다.

　그 중학교 바로 근처에 먼 친척뻘 되는 사람이 살았는데, 그런 이유도 있고 해서, 아버지는 제게 그 바다와 벚꽃의 중학교를 골라주었습니다. 그 집에 맡겨진 저는 어차피 학교도 코앞이라, 조례 종소리를 듣고서야 학교로 달려가는, 꽤나 게으른 중학생이었지만, 그래도 여느 때처럼 어릿광대 짓을 해가며 반에서 나날이 인기를 얻었습니다.

　난생처음, 이른바 타향으로 떠나온 셈인데, 저는 제가 태어난 고향보다도 그 타향이 훨씬 더, 마음 편하게 여겨졌습니다. 그즈음 어릿광대짓이 자연스레 몸에 배어 남을 속이는 것이 예전처럼 수고스럽지는 않았기 때문이다, 라고 설명할 수도 있겠지만, 그러나 그런 것보다도, 육친과 타인, 고향과 타향은, 연기 난이도 면에서 확연한 차가 있으니, 제아무리 천재라 할지라도, 설령 신의 아들 예수라 할지라도, 그렇게 느끼지 않을까요. 배우에게 연기하기 가장 어려운 장소는 고향의 극장이며, 더욱이 사돈의 팔촌까지 일가친척이 죽 늘어앉은 방 안이라면, 그가 아무리 대단한 배우라 할지라도 연기를 할 상황은 아니겠지요. 그러나 저는 해냈습니다. 그것도 꽤, 성공을 거두면서요. 그만큼 보통내기가 아닌 저였으니, 만에 하나라도 타향에서 연기를 그르칠 일은 없었던 것입니다.

제가 인간에게 느끼는 공포는, 전보다 더 강렬하게 마음 깊은 곳에서 꿈틀거렸지만, 연기력만큼은 실로 쑥쑥 늘어서, 교실에서는 항상 반 아이들을 웃게 만들었고, 선생님도, 이 반은 오바^{大庭}만 없으면 참 얌전한 반인데 말이야, 하고 한탄을 하면서도 손으로는 입을 틀어막고 웃었습니다. 저는 벼락같이 쩌렁쩌렁 소리를 내지르는 배속장교[2]마저, 참 간단히 웃길 수 있었습니다.

이제 내 정체를 완벽하게 은폐했구나, 하고 마음을 놓으려던 찰나, 저는 뜻밖에 뒤통수를 맞았습니다. 뒤통수를 치는 자들이 대개 그렇듯, 그는 반에서 제일 허약했고, 얼굴도 허옇게 떠서, 아버지나 형에게서 물려받았을 법한, 소매가 쇼토쿠 태자[3]처럼 축 늘어진 상의를 입고 다녔으며, 공부와는 담을 쌓고, 교련이나 체육 시간에는 늘 구경만 하는, 백치에 가까운 학생이었습니다. 저는 녀석을 경계할 필요조차 느끼지 못하고 있었습니다.

2_ 군사훈련 교관으로 학교나 훈련소 따위에 배치되던 장교
3_ 聖德太子(574~622). 아스카시대의 황족이자 정치가로 대륙의 문화와 제도를 수용하여 최초로 국가 체재를 확립한 인물.

그날 체육 시간에, 그 학생(성은 기억나지 않지만 이름은 다케이치가 아니었나 싶습니다) 다케이치는 늘 그렇듯 보고만 있었고, 저희는 철봉 연습을 하고 있었습니다. 저는 일부러 엄숙한 표정을 지으며, 에잇 하고 철봉으로 뛰어올랐는데, 멀리뛰기라도 하듯 그대로 앞으로 날아가, 모래밭에 쿵 하고 엉덩방아를 찧었습니다. 모든 것이 계획적인 실패였습니다. 과연 모두 박장대소했고, 저도 쓴웃음을 지으며 일어나 바지에 묻은 모래를 털고 있는데, 언제 왔는지 다케이치가 제 등을 쿡쿡 찌르며 낮은 목소리로 속삭였습니다.

"일부러 그랬지, 일부러."

저는 전율했습니다. 일부러 실패했다는 걸, 다른 사람도 아닌 다케이치에게 들키다니요. 저는 온 세상이 순식간에 지옥 불에 휩싸여 활활 타오르는 것만 같아서, 아악! 하고 소리치며 미쳐버릴 듯한 마음을 간신히 억눌렀습니다.

그날 이후, 저의 불안과 공포는 나날이 더해갔습니다.

겉으로는 변함없이 슬픈 어릿광대를 연기하며 모두를 웃게 만들었지만, 저도 모르게 문득 괴로운 한숨이 새어나왔습니다. 뭘 하든 다케이치가 속속들이 꿰뚫어보겠지, 그리고 조만간 녀석이 이 사람 저 사람 할 것 없이 모두에게 떠벌리고 다니겠지, 그런 생각을 하면 이마에 흥건히 진땀이 솟고, 미친 사람처럼 묘한 눈빛으로 공연히 주변을 두리번거리게 되었습니다. 가능하면 아침 점심 저녁 하루 스물네 시간 다케이치 옆에 딱 붙어서, 녀석이 비밀을 지껄이고 다니지 않도록 감시하고 싶은 심정이었습니다. 그렇게 녀석에게 달라붙어서, 내 어릿광대짓이 '일부러'가 아닌 진짜처럼 보이도록 최선을 다하자, 잘하면 녀석과 둘도 없는 친구가 될지도 모른다, 만약 그 모든 것이 불가능하다면, 남은 건 녀석의 죽음을 비는 것뿐, 그런 생각까지 들었습니다. 하지만 아무리 그래도, 녀석을 죽일 마음은 들지 않았습니다. 저는 이제껏 살아오면서, 누가 저를 죽여줬으면 좋겠다고 생각한 적은 여러 차례 있었지만, 누굴 죽이고 싶다고 생각한 적은, 한 번도 없었습니다. 그것은 두려운 상대에게, 오히려 행복을 안겨줄 뿐이라 여겼기 때문입니다.

저는 녀석을 길들이기 위해, 우선 사이비 크리스천처럼 '상냥한' 미소를 띠고, 고개를 삼십 도가량 왼쪽으로 기울인 채, 녀석의 작은 어깨를 슬쩍 끌어안으며 부드럽고도 간드러지는 목소리로, 우리 하숙집에 놀러 오라고 여러 차례 유인했지만, 녀석은 늘 멍한 눈빛으로 잠자코 있었습니다. 그러던 어느 날 방과 후, 분명 초여름 무렵의 일이었는데, 부옇게 소나기가 내려 학생들이 집에 가지 못하고 서성이고 있었습니다. 저는 집이 바로 앞이라 그냥 뛰어갈 요량으로 나왔는데, 문득 다케이치가 신발장 뒤에 쓸쓸히 서 있는 것을 발견하고, 가자, 우산 빌려줄게, 라고 하며 주저하는 다케이치의 손을 끌어당겼고, 빗속을 함께 달려 집으로 가서, 아주머니에게 우리 상의를 말려달라고 부탁한 다음, 다케이치를 이층 제 방으로 끌어들이는 데 성공했습니다.

그 집에는 쉰이 넘은 아주머니와, 서른쯤 된 키가 크고 안경을 낀 병약해 보이는 큰딸(한 번 시집을 갔다가 친정으로 돌아온 사람이었는데, 저는 이 사람을, 그 집 식구들을 따라 누야[4]라고 불렀습니다)과, 여학교를 갓 졸업했다는, 언니와 달리 얼굴이 동그랗고 키가 작은 셋짱이라는 작은딸, 이렇게 단 세 식구가 살고 있었습니다. 아래층 가게에는 학용품이나 운동

4_ 원문은 아네사로 누나, 언니를 뜻하는 오네상의 니가타 지방 사투리.

도구가 얼마간 진열되어 있기는 했지만, 주된 수입은 죽은 남편이 남긴 연립주택 대여섯 동에서 나오는 집세인 것 같았습니다.

"귀가 아파."

다케이치가 선 채로 말했습니다.

"비를 맞았더니 귀가 아파."

제가 보니 양쪽 귀에 염증이 심했습니다. 당장이라도 귓바퀴 밖으로 고름이 흘러나올 듯했습니다.

"저런, 큰일이네. 많이 아프겠다."

저는 과장되게 놀라는 척하며,

"빗속으로 끌어내서 미안해."

하고 여성스런 말투로 '상냥하게' 사과를 하고, 아래층에서 솜과 알코올을 가져와, 다케이치를 제 무릎 위에 눕히고는 정성스럽게 귀를 닦아주었습니다. 다케이치도 설마하니 이것이 위선적인 계략일 거라고는 생각하지 못했는지, 제 무릎을 베고 누워,

"여자들이 분명, 네게 반하게 될 거야."

하고 말도 안 되게 입에 발린 소리를 했을 정도였습니다.

하지만 이것은, 아마 다케이치 자신도 의식하지 못했을 만큼 무시무시한 악마의 예언과도 같은 것이었음을, 훗날에야 깨닫게 되었습니다. 반하니 좋아하니 하는 말들은 너무도 천박하고, 장난스럽고, 자못 우쭐거리는 느낌이 들어서, 아무리 '엄숙'한 장소일지라도 거기서 이 단어가 불쑥 튀어나오면, 삽시간에 우울의 사원이 무너지면서 어정쩡한 분위기가 되는 것 같은데, 여자들이 내게 반하는 괴로움, 같은 속된 말 말고, 사랑받는다는 것의 불안, 과 같이 문학적인 용어를 쓰면 꼭 우울의 사원이 무너지는 것도 아닌 듯하니,

기묘한 일입니다.

귀 청소를 마친 뒤 다케이치가, 여자들이 제게 반하게 될 거라고 쓸데없이 입에 발린 소리를 했을 때, 저는 그저 얼굴을 붉히고 웃으며 아무 말도 하지 않았지만, 실은 어렴풋이, 짚이는 데가 없는 것은 아니었습니다. 그렇다고 제가, '반하게 될' 거라는 천박한 말이 자아내는 우쭐한 분위기에 젖어, 그리고 보니 짚이는 데가 없는 것도 아니라며 만담 속 부잣집 도련님 대사로도 써먹지 못할, 유치하고 경박한 이야기를 꺼내려는 것은 아닙니다.

제게는 인간 중에서도 여성이, 남성보다 몇 배는 더 난해했습니다. 우리 식구는 남자보다 여자가 많았고, 친척 중에도 여자아이가 많았으며, 또 앞서 말한 '범죄'를 저지르는 하녀들도 있어, 어릴 때부터 여자와만 놀며 자랐다고 해도 과언이 아닐 정도인데, 그러나 또 한편으로는, 정말이지 살얼음판을 걷는 기분으로 그 여자들과 함께 지내왔습니다. 당최 갈피를 잡을 수가 없었습니다. 오리무중에 빠져, 이따금씩 실수로 호랑이 꼬리를 밟았다가 끔찍한 중상을 입었고, 그게 또, 남성이 휘두른 채찍에 입는 상처와 달리, 흡사 내출혈처럼 심히 불쾌하게 온몸으로 번지는 통에, 좀처럼 치유되기 어려운 상처를 남겼습니다.

여자는 자기가 먼저 끌어안았다가 뿌리친다, 혹은 여자는, 다른 사람이 있을 때는 나를 업신여기면서 매정하게 굴다가, 아무도 없는 데서는 꽉 끌어안는다, 여자는 죽은 듯이 깊은 잠에 빠진다, 여자란 잠을 자기 위해 사는 것이 아닐까 등등, 저는 이미 유년 시절부터, 이 밖에도 다양한 관점에서 여자들을 관찰해왔는데, 같은 인류면서 남자와는 또, 전혀 다른 생명체인 듯했습니다. 그런데 기묘하게도, 그 이해할 수도 방심할 수도 없는 생명체가, 저를 감싸주었습니다. '반했다'는 말이나 '사랑받았다'는 말이 제게는 전혀 어울리지 않았으니, 차라리 '감싸줬다'고 하는 편이, 실상을 설명하는 데 더 적절한 표현인지도 모르겠습니다.

여자는 남자보다 훨씬 더, 허물없이 익살을 즐기는 것 같았습니다. 남자들은 제 어릿광대짓을 보며 끝없이 낄낄거리지는 않았고, 저도 남자들 앞에서 혼자 신이 나 과하게 익살을 떨다가는 실패한다는 것을 알고 있었기에, 반드시 적당한 때에 매듭을 짓고자 했지만, 여자들은 대충 끝내는 법이 없이, 언제까지고 우스꽝스러운 짓을 해달라고 요구했고, 그 지칠 줄 모르는 앙코르에 응하느라 저는 녹초가 되곤 했습니다. 어찌나 잘들 웃어대는지요. 대체로 여자란, 남자보다 훨씬 더 집요하게 쾌락을 탐하는 것 같습니다.

제가 중학교 때 신세를 졌던 그 집 딸들도, 틈만 나면 이층 제 방으로 찾아왔는데, 그때마다 저는 튀어오를 듯 놀라 마냥 두려워하며,

"공부해?"

"아니요."

하고 웃으며 책을 덮고는,

"오늘 있잖아요, 학교에서 말입니다, 몽둥이란 별명을 가진 지리 선생이……."

하고 술술 이야기를 꺼내면서 마음에도 없는 우스갯소리를 했습니다.

"요짱, 안경 껴봐."

어느 날 밤, 동생인 셋짱이 누야와 함께 제 방으로 놀러 와서, 제게 한껏 익살을 떨게 한 뒤 그런 말을 꺼냈습니다.

"왜?"

"글쎄, 어서 껴봐. 누야 안경을 빌리도록 해."

늘 이렇게 난폭한 명령조였습니다. 어릿광대는 순순히 누야의 안경을

썼습니다. 순간, 두 여자가 자지러지게 웃었습니다.

"똑같네. 로이드하고 꼭 닮았어."

당시 해럴드 로이드[5]인가 하는 외국의 희극 영화배우가 일본에서 인기를 끌고 있었습니다.

저는 자리에서 일어나 한 손을 들고,

"여러분."

하고 운을 떼며,

"이번에 일본 팬 여러분들께……"

하고 일장 연설을 해서 그녀들을 한바탕 웃게 만들었고, 그 후로 마을 극장에서 로이드 영화를 상영할 때마다 보러 가서는, 남몰래 그의 표정 따위를 연구했습니다.

또 어느 가을밤, 제가 누워서 책을 읽고 있는데, 누야가 새처럼 재빨리 제 방으로 들어오더니, 다짜고짜 요 위에 쓰러져 울며,

"요짱이 날 도와줘야 해. 그럴 거지? 이 따위 집, 같이 나가버리자. 도와줘, 제발 부탁이야."

하고 격정적인 말을 내뱉고는 다시 우는 것이었습니다. 하지만 여자들이 보란 듯이 제 앞에서 그런 태도를 취하는 것이 처음은 아니었기에, 누야의 과격한 말투에도 그리 놀라지 않았고, 오히려 그 진부함과 무의미함에 질려서, 슬쩍 이불 밖으로 나와 책상 위에 있던 감을 깎아 한 쪽 건네주었습니다. 누야는 훌쩍거리면서도 그 감을 먹으며,

"뭐 재밌는 책 없어? 빌려줘."

5_ Lloyd, Harold Clayton(1893~1971). 찰리 채플린의 뒤를 이은 미국 무성영화 시대의 희극배우. 동그랗고 굵은 뿔테 안경을 쓴 젊은이로 분하여 로맨틱 코미디의 주인공을 맡았다.

하고 말했습니다.

저는 책장에서 소세키의 『나는 고양이로소이다』라는 책을 골라주었습니다.

"잘 먹었어."

누야는 수줍게 웃으며 방을 나갔는데, 그녀뿐만 아니라 여자들이 대관절 무슨 마음을 먹고 살아가는지, 그것을 헤아리는 일이 제게는 지렁이의 마음을 알아내는 것보다 훨씬 더 까다롭고, 성가시며, 기분 나쁘게 여겨졌습니다. 다만 저는, 여자들이 갑자기 울음을 터뜨리는 경우, 뭐라도 단것을 건네주면 그걸 먹고 기분을 푼다는 것만큼은, 어릴 때 경험으로 알고 있었습니다.

또 동생인 셋짱은, 자기 친구들까지 제 방으로 데리고 왔는데, 제가 여느 때처럼 공평하게 모두를 웃겨준 뒤 친구들이 돌아가고 나면, 반드시 그 친구들 험담을 했습니다. 아까 그 애는 불량소녀니까 조심하는 게 좋을 거야, 언제나 그런 소리를 했는데, 그럴 거면 굳이 데리고 오지 않아도 될 것을, 덕분에 제 방을 찾아오는 손님 대부분이 여자, 가 되고 말았습니다.

그러나 그것은 다케이치가 반쯤 아부로 제게, '여자들이 네게 반하게 될 거야'라고 했던 말이 실현되었다고 보기에는, 아직 한참 모자란 것이었습니다. 다시 말해 저는, 일본 동북지방의 해럴드 로이드에 불과했던 것입니다. 다케이치의 무심한 말 한마디가 께름칙한 예언으로 생생히 되살아나 불길한 형체를 띠게 된 것은, 그로부터 수년 후의 일이었습니다.

다케이치는 또, 제게 중대한 선물을 하나 더 주었습니다.

"이거 도깨비 그림이야."

언젠가 다케이치가 이층 제 방으로 놀러와, 자기가 가져온 컬러 그림 한 장을 자신만만하게 보여주며 말했습니다.

어라? 싶었습니다. 그 순간, 제가 갈 길이 정해졌음을, 훗날에 이르러서야 깨닫게 되었습니다. 저는 알고 있었습니다. 그것은 고흐의 자화상에 지나지 않는다는 것을. 저희가 소년이었을 무렵, 일본에서는 프랑스 인상파 그림이 크게 유행하고 있었는데, 서양화 감상의 첫걸음이 대개 그 언저리에서 시작되었기에, 고흐나 고갱, 세잔, 르누아르 같은 사람들의 그림은 시골 중학생들도 사진으로 봐서 거의 다 알고 있었습니다. 저도 고흐의 컬러 화집을 꽤 많이 봤던 터라, 그 흥미로운 터치나 선명한 색채에 관심을 갖고 있었는데, 그래도 그걸 도깨비 그림이라고 생각한 적은 한 번도 없었습니다.

"그럼, 이건 어때? 이것도 도깨비인가?"

저는 책꽂이에서 모딜리아니의 화집을 꺼내어, 예의 구릿빛 피부의 나체 여인 그림을 보여주었습니다.

"굉장하다!"

다케이치는 눈을 휘둥그렇게 뜨고 감탄했습니다.

"지옥에서 온 말 같아."

"이것도 도깨비일까?"

"나도 이런 도깨비 그림을 그리고 싶어."

인간을 두려워하는 사람일수록, 오히려 무시무시한 요괴를 두 눈으로 똑똑히 보고 싶어 하고, 신경질적이고 겁이 많은 사람일수록, 폭풍우가 더욱 세차게 몰아치기를 바라는 심리가 있다, 아아, 이 화가들은, 인간이라는 도깨비에게 상처입고 위협받은 끝에, 마침내 환영을 믿고, 대낮의 자연 속에서 생생히 요괴를 본 것이다, 게다가 그들은, 그것을 어릿광대짓 따위로 얼버무리지 않고, 보이는 그대로 표현하려 노력했다, 다케이치의 말처럼 과감하게 '도깨비 그림'을 그린 것이다, 여기에 미래의 내 동료가 있다,

라는 생각에 눈물이 날 정도로 흥분한 저는 다케이치에게,

"나도 그릴 거야. 도깨비 그림을 그릴 거야. 지옥에서 온 말을, 그릴 거야."

하고 괜스레 소리 죽여 말했습니다.

그림이라면 소학교 때부터, 그리는 것이나 보는 것이나 다 좋아했습니다. 하지만 제 그림은, 작문만큼 평판이 좋지는 않았습니다. 어차피 저는 인간이 하는 말을 조금도 믿지 않았기에, 작문쯤이야 그저 어릿광대가 내뱉는 인사말 같은 것이었고, 소학교와 중학교 내내 선생님들을 열광시켰음에도 정작 저는 통 재미가 없었는데, 그림만큼은, (만화 같은 것은 또 다른 문제입니다만) 유치한 아류작이기는 해도, 대상을 표현하는 방법을 찾으려 나름대로 애를 썼습니다. 학교에서 보여주는 그림 표본들은 시시했고, 선생님이 그리는 그림도 형편없었기에, 저는 저대로 온갖 기법들을 시도해야 했습니다. 중학교에 들어가 유화 도구도 갖췄지만, 인상파 터치를 흉내 내봐도, 제 그림은 마치 지요가미^{패턴 무늬의 전통종이} 세공처럼 밋밋할 뿐 그럴싸한 작품이 될 성싶지는 않았습니다. 하지만 저는 다케이치의 말을 듣고, 그때까지 회화에 대해 가지고 있었던 제 생각이 완전히 잘못된 것이었음을 깨달았습니다. 아름답다고 느끼는 것을, 있는 그대로 아름답게만 표현하려 드는 안일함과 어리석음. 대가들은, 아무것도 아닌 것을 자기 주관에 따라 아름답게 창조하고, 혹은 구역질나게 추한 것이라 할지라도, 그에 대한 흥미를 감추지 않으며 희열에 잠겨 표현에 몰두한다, 즉, 남이 어떻게 생각하는지는 조금도 염두에 두지 않는다, 그런 회화의 원초적인 지침을 다케이치로부터 전수받은 저는, 예의 제 방을 찾아오는 여자 손님들 몰래, 조금씩, 자화상 제작에 착수했습니다.

저조차 흠칫 놀랄 정도로, 음산한 그림이 완성되었습니다. 그러나 이것이야말로 품속에 꼭꼭 숨겨뒀던 나의 정체다, 겉으로는 명랑하게 웃으며 사람들을

웃기고 있지만, 실은 이토록 음울한 마음의 소유자였던 것이다, 어쩔 수 없다, 하고 남몰래 고개를 끄덕였는데, 그러면서도 그 그림은, 다케이치 말고는 어느 누구에게도 보여주지 않았습니다. 제 어릿광대 가면 뒤에 감춰진 음산함을 사람들에게 들켜서, 갑자기 그들이 저를 깐깐하게 경계하는 것도 싫었고, 또, 다들 이것이 저의 진짜 정체인 줄은 모르고, 새로운 방식의 어릿광대짓을 한다며 비웃을지도 모른다는 걱정이 들어서, 이는 무엇보다 가슴 아픈 일이었으므로, 재빨리 그 그림을 옷장 깊숙이 쑤셔 넣었습니다.

또 학교 미술 시간에도, 그 '도깨비 기법'은 감추고, 이제까지 그래왔던 대로 아름다운 것을 아름답게 그리는 평범한 터치로 그림을 그렸습니다.

전부터 다케이치에게는 상처받기 쉬운 제 내면을 예사로 보여줬기에, 이번에도 마음 놓고 자화상을 보여줘서 요란스레 칭찬을 받았습니다. 그 뒤로도 두세 장 연속으로 도깨비 그림을 그려서, 다케이치로부터,

"넌 위대한 화가가 될 거야."

라는 또 하나의 예언을 들었습니다.

여자들이 제게 반할 거라는 예언과, 위대한 화가가 될 거라는 이 두 가지 예언을, 아둔한 다케이치 덕에 머릿속에 새겨 넣은 저는, 이윽고 도쿄로 올라왔습니다.

저는 미술학교에 들어가고 싶었지만, 아버지는 저를 고등학교에 집어넣어 장차 관리로 만들 생각이었고, 제게도 전부터 그리 일러둔 상태여서, 말대꾸 한마디 하지 못하는 저는 그저 멍하니 그 말을 따랐습니다. 4학년이 되자 시험을 치르라기에, 슬슬 벚꽃과 바다의 중학교도 지겨워진 저는, 5학년으로 진급하지 않고 4학년 수료 후 도쿄의 고등학교에 시험을 쳐 합격하고, 곧바로 기숙사 생활에 들어갔는데, 그 불결함, 조악함, 난폭함에 질려 어릿광대고

뭐고, 의사에게 폐침윤 진단서를 써달라고 해서, 기숙사를 나와 우에노 사쿠라기에 있는 아버지 별택으로 옮겼습니다. 저는 단체생활이라는 것을, 할 수가 없는 사람입니다. 거기다가 또, 청춘의 감격이라든가, 젊은이의 긍지 같은 말을 들으면 오한이 들어서, 고교생다운 정신 어쩌고 하는 것을 도저히 따를 수가 없었습니다. 교실이며 기숙사가 모두 비뚤어진 성욕의 쓰레기장 같다는 생각마저 들었으니, 완벽에 가까운 저의 어릿광대짓도, 거기서는 아무런 쓸모가 없었습니다.

아버지는 의회가 열리지 않을 때면 한 달에 한두 주 정도만 그 집에 머물렀기에, 아버지가 없으면 제법 넓은 그 집에 별택지기 노부부와 저 셋뿐이어서, 은근슬쩍 학교를 빼먹기도 했는데, 그렇다고 도쿄 구경을 할 마음도 들지 않아서(저는 결국 메이지신궁이나 구스노키 마사시게 동상, 센가쿠지 47인의 무덤도 못 볼 것 같습니다) 하루 종일 집에서 책을 읽거나 그림을 그렸습니다. 아버지가 도쿄에 오면 매일 아침 허둥지둥 등교를 했는데, 실은 혼고 센다기에 있는 서양화가 야스다 신타로 씨의 화실에 가서, 서너 시간씩 데생 연습을 하다 올 때도 있었습니다. 기숙사를 나오니 학교 수업에 들어가도, 마치 청강생처럼 제가 특별한 위치에 놓인 것 같았고, 제 자격지심인지는 몰라도, 아무튼 저 혼자 서먹한 기분이 들어서 학교 가는 것이 한층 더 내키지 않았습니다. 소학교, 중학교, 고등학교를 거치는 동안, 저는 한 번도 애교심이라는 것을 이해하지 못했습니다. 교가 같은 것을 외우려 든 적도 없습니다.

저는 마침내 화실에서 만난 어느 미술학도로부터, 술과 담배와 매춘부와 전당포와 좌익 사상을 배웠습니다. 기묘한 조합이긴 하지만, 그러나 그것은 사실이었습니다.

저보다 여섯 살 위인 호리키 마사오라는 그 미술학도는, 도쿄 내 서민 마을에서 태어났는데, 사립 미술학교를 졸업했지만 집에 작업실이 없어서, 그 화실에 다니면서 서양화 공부를 계속하고 있다고 했습니다.

"5엔만 꿔주지 않겠나?"

서로 얼굴만 아는 사이였을 뿐, 그때까지 말 한 마디 나눈 적이 없었습니다. 저는 당황해서 어쩔 줄 모르며 5엔을 내밀었습니다.

"좋아, 술 마시러 가자. 내가 한턱내지. 착한 꼬마로군."

차마 그의 제안을 거절하지 못하고 화실 근처 호라이에 있는 술집으로 끌려간 것이, 그 친구와 어울리게 된 계기였습니다.

"전부터 자네를 눈여겨보고 있었어. 그래 그거, 그 수줍은 미소 말이야, 그건 가능성 있는 예술가 특유의 표정이지. 우리가 가까워진 기념으로, 건배! 기누 씨, 이 녀석 미남이지? 반하면 안 돼. 녀석이 화실에 들어온 탓에 유감스럽게도 내가 두 번째 미남으로 밀려났지."

호리키는 피부색이 까무잡잡하고 단정하게 생겼는데, 미술학도치고는 흔치 않게 제대로 된 정장을 입고 다녔고, 넥타이 취향도 수수했으며, 머리는 포마드를 발라 딱 붙여 한가운데에 가르마를 타고 다녔습니다.

낯선 곳이기도 했고 왠지 모든 게 무서워서, 저는 팔짱을 꼈다 풀었다 하며 그야말로, 수줍은 미소만 짓고 있었는데, 맥주를 두세 잔 마시는 사이에 묘한 해방감 같은 것이 들기 시작했습니다.

"저는 미술학교에 들어가려고 하는데요……."

"무슨 소리야, 그만둬. 그런 덴 시시해. 학교는 재미없어. 우리들의 스승은 자연 속에 있으니! 자연이야말로 우리들의 페이소스다!"

하지만 저는 그의 말이 전혀 존경스럽지 않았습니다. 어리석은 사람이다,

그림도 시원찮을 게 뻔하다, 그러나 어울려 놀기에는 그런대로 괜찮은 상대인 지도 모른다, 라는 생각이 들었습니다. 말하자면 저는 그때, 태어나 처음으로 진짜 도시 건달을 본 것입니다. 겉모습은 저와 달랐지만, 세상 사람들의 삶에서 완전히 유리되어 방황하고 있다는 점만큼은, 확실히 저와 비슷했습니다. 자신이 어릿광대라는 사실을 의식하지 못하고 있다는 점, 어릿광대로 사는 것이 얼마나 비참한지 전혀 눈치채지 못하고 있다는 점이, 본질적으로 저와 다른 부분이었습니다.

그냥 노는 것이다, 같이 놀 뿐이다, 내심 그렇게 생각하며 그를 경멸했는데, 이따금 그가 제 친구라는 사실에 부끄러워하면서도, 그와 함께 다니는 동안 저는 어느새, 이 남자에게마저 무시당하는 신세가 되고 말았습니다.

그러나 처음에는 그를 좋은 사람, 보기 드물게 좋은 사람이라고만 생각했습니다. 그토록 대인공포증이 심하던 저조차 완전히 방심해서, 쓸 만한 도쿄 안내자가 생겼다고만 생각했습니다. 사실 혼자서는, 전차를 타려 해도 차장이 무섭고, 가부키 극장에 들어가고 싶어도, 정면 현관 앞 붉은 융단이 깔린 계단 양쪽에 선 안내원들이 무서웠으며, 레스토랑에 들어가면, 제 등 뒤에 조용히 서서 접시가 비기를 기다리는 웨이터들이 무섭, 특히나 계산을 할 때면, 아아, 제 손놀림이 또 어찌나 어색한지, 물건을 사고 돈을 건넬 때도, 인색해서라기보다는 너무 긴장되고, 부끄럽고, 불안하고, 두렵고, 어질 어질 현기증이 나면서, 눈앞이 깜깜해져, 거의 반미치광이가 되는 듯하여, 가격을 흥정하기는커녕 거스름돈 받는 것도 잊어버릴 뿐만 아니라, 산 물건을 두고 나오는 일까지 종종 있을 정도여서, 도무지 혼자서는 도쿄 거리를 돌아다닐 엄두가 나지 않아, 어쩔 수 없이 온종일 집 안에서 빈둥거릴 수밖에 없었던 속사정도 있었습니다.

그랬는데, 호리키에게 지갑을 건네주고 함께 돌아다니니, 호리키가 값도 잘 깎고, 거기다가 놀 줄 안다고 할까, 적은 돈으로 최대의 효과를 거두게끔 돈을 써서, 값비싼 택시는 피하고, 전차, 버스, 통통배 등 갖가지 수단을 이용해 최단 시간에 목적지에 도착하는 수완도 부렸으며, 아침에 매춘부 집에서 나올 때는, 모 요정에 들러 목욕을 하고 따끈한 두부를 곁들여 가볍게 한잔하면 큰돈 안 들이고 사치스러운 기분을 만끽할 수 있다고 실전 교육을 해주기도 하고, 그 밖에, 포장마차에서 먹는 소고기 덮밥이나 꼬치구이가 저렴하면서도 영양이 풍부하다거나, 빨리 취하는 데는 전기브랜디[6]만 한 것이 없다고 큰소리를 치기도 했는데, 어쨌거나 계산할 때만큼은 저를 불안이나 공포에 떨게 한 적이 한 번도 없었습니다.

　게다가 또, 호리키와 다니면서 마음이 놓였던 점은, 호리키가 듣는 사람 생각 따위는 아예 무시하고 열정이 분출되는 대로, (어쩌면 열정이란, 상대의 입장을 무시하는 것인지도 모르겠습니다) 온종일 쓸데없는 수다를 떨어대는 통에, 둘이 쏘다니다 지쳐도, 어색한 침묵에 빠질 걱정이 없었습니다. 사람을 만나면 그 자리에 끔찍한 침묵이 내려앉을까 우려되어, 원래는 입이 무거운 제가 죽기 살기로 익살을 떨어온 것인데, 지금은 멍청한 호리키 녀석이 무의식적으로 자진해서 어릿광대짓을 도맡아 해주니, 저는 대답도 제대로 하지 않고 그저 흘려들으며, 그래? 하고 가끔씩 맞장구나 쳐주면서 웃기만 하면 그만이었습니다.

　술, 담배, 매춘부, 그것은 모두 비록 일시적이긴 하지만, 대인공포증을 희석시킬 수 있는 꽤나 좋은 수단임을, 이윽고 저도 깨닫게 되었습니다.

6_ 아사쿠사에서 팔던 브랜디 베이스의 칵테일. 전기가 흔치 않았던 당시, 뭔가 새롭고 세련된 제품에 '전기'라는 단어를 붙이는 것이 유행했다.

이 수단들을 얻기 위해, 제가 가진 모든 것을 팔아도 아깝지 않다는 생각까지 들었습니다.

제게는 매춘부들이 인간도 여성도 아닌, 백치나 광인처럼 보여서, 그 품속에서 오히려 안심하고 푹 잠들 수 있었습니다. 다들, 서글플 정도로, 정말이지 털끝만큼도 욕심이라는 것이 없었습니다. 그리고 제게서 동질감 비슷한 것을 느끼는지, 매춘부들은 언제나 제게, 거북하지 않을 정도의 자연스러운 호의를 베풀어주었습니다. 아무런 이해타산도 없는 호의, 진심에서 우러난 호의, 두 번 다시 오지 않을지도 모르는 사람에 대한 호의, 어느 밤 저는, 백치나 광인인 그들에게서, 마리아의 후광을 보기도 했습니다.

하지만 제가 인간에 대한 공포로부터 벗어나, 아스라한 하룻밤 안식을 찾아, 그야말로 저와 '같은 부류'인 매춘부들과 어울리는 동안, 언제부터인가 저도 알지 못하는 사이에 어떤 꺼림칙한 기운이 늘 제 주위를 감돌게 된 것 같았는데, 이것은 저 자신도 전혀 예상치 못했던 이른바 '덤으로 딸린 부록'이었지만, 차츰 그 '부록'이 선명하게 표면으로 부상했고, 호리키가 그것을 지적했을 때는 깜짝 놀라는 한편, 기분이 나빴습니다. 옆에서 보기에는 속된 말로 제가 매춘부를 이용해 여자 수련을 쌓고 있으며, 최근 들어 여자 다루는 솜씨가 부쩍 좋아진 것처럼 보였던 것입니다. 여자 수련은 매춘부로 하는 것이 가장 호되면서도, 그만큼 효과가 있는 법이라는데, 이미 제게는, 그, '여자를 잘 다루는 냄새'가 배어버려서, 여자들이, (매춘부뿐만 아니라) 본능적으로 그 냄새를 맡으며 따라붙는다는 식의, 외설적이고 불명예스러운 기운이 '부록'처럼 제게 들러붙었고, 그 편이 안식이니 뭐니 하는 것보다 훨씬 더 두드러져 보이는 것 같았습니다.

호리키는 반쯤 아부로 그런 말을 했을 테지만, 그러나 애석하게도 저 또한 짐작 가는 데가 있었던 것이, 이를 테면 찻집 아가씨에게서 유치한 편지를 받은 적도 있고, 사쿠라기 집 이웃에 살던 스무 살쯤 되는 장군의 딸이 제가 학교 갈 시간이면 별일도 없어 보이는데 옅게 화장을 하고 자기 집 대문을 들락거리고, 쇠고기를 먹으러 가면 제가 가만히 있는데도 그 집 여종업원이……, 또, 단골 담배 가게 아가씨가 제게 준 담뱃갑 속에……, 또, 가부키를 보러 갔다가 옆자리에 앉은 사람에게서……, 또, 한밤중에 시영전차에서 술에 취해 자고 있는데……, 또, 생각지도 않게 고향에 있는 친척집 딸에게서 고심한 흔적이 보이는 편지가 오고……, 또, 누군지도 모르는 아가씨가 제가 없는 동안 손수 만든 인형을……, 제가 극도로 소극적 이었기에 전부 다 거기서 끝나버리고, 그저 단편적인 기억, 그 이상의 진전은 하나도 없었지만, 어쩐지 여자들로 하여금 꿈을 꾸게 만드는 듯한 분위기가, 제 어딘가에 들러붙어 있다는 것, 이건 뭐 제 자랑이나 그런 엉터리 같은 소리를 하려는 것이 아니라, 정말로 부정할 수 없는 사실이었습니다. 그걸 호리키 같은 녀석에게 지적당했으니, 굴욕에 가까운 쓸쓸함이 느껴지는 동시에, 매춘부들과 노는 일에도 졸지에 흥이 가셨습니다.

호리키는 또, 최신 유행으로 허세를 부린답시고, (호리키의 경우, 지금 생각해도 그 밖의 다른 이유가 있었을 것 같지는 않습니다) 어느 날 저를 공산주의 독서 토론회인가 하는(R・S[7]라고 했던 것 같은데 확실하지는 않습니다) 그런, 비밀 연구회에 데리고 갔습니다. 호리키 같은 인물에게는 공산주의 비밀 회합도 예의 '도쿄 안내' 가운데 하나쯤이었는지 모릅니다. 호리키는 저를, 이른바 '동지'에게 소개했고, 저는 엉겁결에 팸플릿 한 부를

7_ Reading Society의 약어. 독서클럽. 1929년 11월 학생연합이 해체되면서 만들어진 초보적 좌익조직. 학내에서 마르크스・레닌주의를 연구하는 대중조직의 성격을 띠었다.

샀으며, 잠시 후 상석에 앉아 있던 끔찍이도 못생긴 청년으로부터 마르크스 경제학 강의를 들었습니다. 하지만 제게는 그것이, 뻔한 소리처럼 들렸습니다. 그야, 틀린 말은 아니겠지만, 인간의 마음속에는 그런 논리로는 설명이 안 되는, 훨씬 더 무시무시한 무언가가 있습니다. 욕망, 이라는 말로도 부족하고, 허영, 이라는 말로도 부족하며, 색色과 욕慾, 이렇게 두 단어를 늘어놓아도 부족한, 그게 무엇인지는 저도 잘 모르겠지만, 인간 세상의 밑바닥에는 경제만으로는 풀 수 없는, 묘하게 괴담 비슷한 것이 있다는 기분이 드는데, 그 괴담에 겁먹고 벌벌 떨고 있던 저는, 소위 유물론을, 물이 높은 곳에서 낮은 곳으로 흐르듯 자연스럽게 긍정하면서도, 그러나 이를 통해 인간에 대한 공포에서 해방되고, 신록을 향해 눈을 뜨며, 희망의 기쁨을 느끼는 등의 일은 불가능했던 것입니다. 하지만 저는 한 차례도 빠지지 않고 그 R·S(라고 기억하는데 틀릴지도 모릅니다)라는 모임에 참석했는데, '동지'들이 무슨 큰일이라도 하는 양 굳은 표정으로, 1 더하기 1은 2라는 식의 소학교 산수 문제 같은 이론 연구에 열중하고 있는 것을 우스워 차마 보고 있을 수가 없어서, 언제나처럼 어릿광대짓을 해가며 그 모임의 분위기를 띄우는 데 힘썼고, 그 덕분인지 연구회에 감돌던 거북한 기운도 점차 희미해져서, 저는 그 모임에 없어서는 안 될 인기 있는 인물로 자리매김한 것 같았습니다. 이, 단순해 보이는 사람들은, 저를 그들과 마찬가지로 단순하다고 보고, 그저 낙천적인 장난꾸러기 '동지'쯤으로 여겼겠지만, 만약 그랬다면 저는, 하나부터 열까지 그들을 속인 셈입니다. 저는 동지가 아니었습니다. 하지만 그 모임에 빠지지 않고 참석해, 모두에게 어릿광대 서비스를 제공했습니다.

좋아했기 때문입니다. 저는 그 사람들이, 마음에 들었습니다. 그러나 그것은, 꼭 마르크스로 뭉쳐진 친밀감만은 아니었습니다.

비합법. 저는 그것이 어렴풋이 즐거웠습니다. 오히려, 마음이 편했습니다. 세상의 합법이라는 것들이 차라리 더 무서웠고, (거기서는 엄청나게 강력한 무언가가 느껴집니다) 그 구조를 알 길이 없었으며, 도무지 그 창문 없는 으스스한 방에는 앉아 있을 수가 없어서, 바깥이 비합법의 바다라 해도, 그곳으로 뛰어들어 헤엄치다 이윽고 죽음에 이르는 편이, 한층 더 마음이 편할 것 같았습니다.

음지의 사람, 이라는 말이 있습니다. 인간 세상에서는 비참한 패배자나 악한 자를 가리키는 말 같지만, 저는 날 때부터 음지의 사람인 것만 같아서, 세상 사람들로부터 그런 소리를 들으며 손가락질 당하는 사람을 보면, 언제나 상냥하게 대하게 됩니다. 그리고 저의 그런 '상냥한 마음'은, 저조차 넋을 잃을 정도로 따스했습니다.

또, 범인犯人 의식, 이라는 말도 있습니다. 저는 인간 세상에서 평생 그 생각에 사로잡혀 괴로워하면서도, 그러나 그것은 제 조강지처처럼 훌륭한 반려자와 같아서, 그 생각과 단둘이 쓸쓸하게 즐기며 사는 것이 제 삶의 태도 가운데 하나였다는 생각도 듭니다. 또 흔히들, 어디 켕기는 데가 있는 사람을 가리켜 '정강이에 상처 난 몸'이라고 하는데, 저는 아기 때부터 자연스럽게 한쪽 다리에 그 상처가 생겨서, 크면서 치유되기는커녕 점점 더 심해졌고, 상처가 뼛속까지 파고들어 매일 밤 고통 속에 변화무쌍한 지옥을 오갔습니다. 그러나 (이는 무척 기묘한 표현이긴 하지만) 그 상처가 차츰 제 혈육보다도 친숙해져서, 그 고통이 마치 살아있는 상처, 혹은 애정의 속삭임처럼 느껴지기까지 했습니다. 그런 남자다 보니, 지하운동을 하고 있으면 묘하게 안심이 되고 마음이 편해졌는데, 말하자면 그 운동의 본래 목적보다도, 그 운동의 기질이 저와 잘 맞는 듯했습니다. 호리키의 경우는 그저 얼빠진 장난처럼, 딱 한 번 저를 모임에 소개하러 갔을 뿐, 마르크스주의자는 생산 부문의 연구와 동시에 소비 부문의 시찰도 필요하다는 둥 서투른 농담을 해가며 모임에는 나오지도 않고, 자나 깨나 저를 소비 부문의 시찰 쪽으로만 끌고 가려 했습니다. 지금 생각해보면 그때는 참 여러 유형의 마르크스주의자가 있었습니다. 호리키처럼 허영심의 모더니티가 발동하여 마르크스주의자라고 자칭하는 사람도 있었고, 또 저처럼, 단지 비합법의 냄새가 마음에 들어서 거기 버티고 앉아 있는 사람도 있었으니, 만약 이러한 실상을 진짜 마르크스주의 신봉자들이 꿰뚫어보았더라면, 호리키나 저나 비열한 배신자라고 혼쭐이 나고는 그 즉시 쫓겨났을 것입니다. 하지만 저도 그렇고 호리키도, 좀처럼 제명당하지 않았고, 특히 저는 그 비합법의 세계에서, 신사적인 합법의 세계에서보다 오히려 더 느긋하고, 소위 '건강'하게 행동할 수 있었으므로, 그들의 촉망 받는 '동지'가 되어, 웃음이 터져 나올 정도로 지나치게 비밀스럽게 포장된 이런저런 일들을 떠맡게 되었습니다. 사실 저는 거절 한 번 하지 않고 아무렇지도 않다는 듯 무슨 일이든 다 받아들였는데, 우물쭈물하다가 개(동지들은 경찰을 그렇게 불렀습니다)들에게 의심을 사거나 불심검문을 당하는 일도 없이, 웃고 또 웃기면서, 그 위험하다는(그 운동을 하던 무리들은 무슨 큰일이라도 되는 듯 마음을 졸이며, 어설프게 탐정소설 흉내까지 내면서 극도로 긴장을 했지만, 제게 부탁하는 일들은 어이가 없을 만큼 시시한 것들이었는데, 그래도 그들은 그것이 대단히 위험한 일이라며 유난을 떨었습니다.) 일들을, 어찌됐든 제대로 해내고 있었습니다. 당시 제 기분으로 말할 것 같으면, 당원으로 체포되어 비록 남은 생을 감옥에서 보낼지라도 상관없었습니다. 인간 세상의 '실생활'이라는 것에 공포를 느끼며 매일 밤 불면의 지옥 속에서 신음하는 것보다는, 차라리 감옥에서 지내는 편이 나을 거라는 생각마저 들었습니다.

아버지는 사쿠라기 별택에 있을 때면, 손님 접대하랴 외출하랴 바빠서, 한집에 살면서도 사흘이고 나흘이고 마주칠 일이 없었는데, 그래도 어쨌든 저는 아버지가 거북하고 무서워서, 그 집을 나와 어디 하숙이라도 하고 싶은 심정이었습니다. 차마 그 말을 꺼내지 못하고 있던 차에, 아버지가 그 집을 팔 것 같다는 이야기를 별택지기 노인에게서 들었습니다.

아버지 의원직 임기도 끝나가는 등 분명 이런저런 사정이 있었을 테지만, 더 이상 선거에 출마할 의지도 없는 것 같았고, 게다가 고향에 은거할 집도 마련해 두었다니 도쿄에 미련도 없을 터, 고작 고등학생에 지나지 않는 저를 위해 도쿄에 저택과 하인을 남겨두는 것도 낭비라 여겼는지, (아버지의 마음 또한, 세상 사람들의 그것과 마찬가지로, 저는 잘 모르겠습니다) 아무튼 그 집은 곧 남의 손에 넘어가, 저는 혼고 모리카와에 있는 '선유관'이라는 낡은 하숙집의 어둑어둑한 방으로 이사를 갔고, 금세 돈이 궁해졌습니다.

그 전까지는 아버지로부터 매달 일정한 금액의 용돈을 받았고, 그 돈이 이삼일 만에 없어지기는 했어도, 담배며 술이며 치즈며 과일이 집 안에 항상 그득했으며, 책이나 문구류, 그 밖에 복장과 관련된 것들 일체를 언제든 근처 가게에서 '외상'으로 살 수 있었습니다. 호리키에게 메밀국수나 튀김덮밥 같은 것을 사줄 때도, 아버지가 자주 가는 동네 단골집이면, 말없이 먹기만 하고 나와도 상관없었습니다.

그러다가 갑자기 하숙집에 혼자 살게 되면서, 모든 것을 다달이 들어오는 돈에 맞춰야 했으니, 당황할 수밖에 없었습니다. 송금 온 돈은 언제나처럼 이삼일이면 없어졌고, 겁이 나 미칠 것만 같았던 저는, 아버지, 형, 누나에게 번갈아 가며 돈을 보내달라는 전보와 편지(그 편지의 내용은 온통, 어릿광대의 허구였습니다. 남에게 무언가를 부탁할 때는 우선, 그 사람을 웃기고 보는 것이 상책이라고 생각했기 때문입니다)를 내리 보내는 한편, 호리키 덕에 맛을 들인 전당포를 부지런히 드나들기 시작했는데, 그래도 늘 돈이 없어서 쩔쩔맸습니다.

결국 제겐, 아무런 연고도 없는 하숙집에서 혼자 '생활'할 능력이 없었던 것입니다. 저는 하숙방에 혼자 가만히 앉아 있는 것이 두려웠고, 당장이라도 누군가에게 습격을 당할 것만 같아서 거리로 뛰쳐나가, 그 운동을 거들거나, 호리키와 싸구려 술을 마시고 돌아다니며, 학업이나 미술 공부도 거의 포기했습니다. 그런데 고등학교에 입학한 지 두 해째 되던 11월에, 남편이 있는 연상의 여인과 정사情死 사건을 일으키면서, 제 처지가 완전히 달라지고 말았습니다.

학교는 빠지고, 학과 공부도 전혀 하지 않았으면서, 이상하게 시험 문제 푸는 데는 요령이 있었는지, 그때까지는 용케 고향 식구들을 속일 수 있었는 데, 그즈음 슬슬 출석 일수 부족 등으로 학교에서 은밀히 아버지에게 보고가 갔던 모양으로, 아버지를 대신해 큰형이 제게 엄중한 장문의 편지를 보냈습니다. 하지만 그보다 제 눈앞에 다가온 더 큰 고통은, 돈이 없다는 것과, 예의 운동 관련 임무가 이제는 반쯤 노는 기분으로 해낼 수 없을 정도로 격렬해지고 바빠졌다는 점이었습니다. 중앙 지구였나 뭐였나, 아무튼 저는 혼고, 고이시카와, 시타야, 간다 부근 학교의 마르크스 학생 행동대장이라는 직책을 맡고 있었습니다. 무장봉기, 라는 말을 듣고 작은 칼을 사서(지금 생각해보면 그건 연필도 못 깎을 호리호리한 칼이었습니다) 트렌치코트 주머니에 넣고, 눈썹이 휘날리게 이리저리 돌아다니며 소위 '연락'을 취했습니다. 술을 마시고 푹 잠들고 싶었지만 돈이 없었습니다. 게다가 P(당을 그런 은어로 불렀던 기억이 나는데, 어쩌면 틀릴지도 모르겠습니다) 쪽에서는 숨 돌릴 겨를 없이 제게 임무를 맡겼고, 병약한 제 몸으로는 도저히 배겨낼 수 없는 지경에 이르렀습니다. 애초에, 비합법에 대한 호기심에서 일을 거든 것인데, 장난처럼 시작한 일이 이렇듯 몹시 바빠지니, 속으로 P 사람들에게, 사람 잘못 짚었어요, 당신들 아랫사람한테나 시켜요, 라고 쏘아대고 싶을 만큼 짜증이 치밀어, 결국 도망쳤습니다. 도망치고 보니 썩 기분이 좋지는 않아서, 죽기로 결심했습니다.

그즈음 제게 특별히 호감을 갖고 있던 여자가, 세 명 있었습니다. 한 명은 제가 머물던 하숙집 딸이었는데, 그녀는 제가 그 운동을 거들다가 녹초가 되어 돌아와 밥도 안 먹고 자고 있으면, 편지지와 만년필을 가지고 제 방으로 들어와서,

"실례 좀 할게요. 아래층은 동생들이 하도 시끄러워서 차분히 편지를 쓸 수가 없어요."

하고 둘러대고는 한 시간이 넘도록 제 책상에 앉아 뭔가 끼적거리는 것이었습니다.

저는 또, 그냥 모른 척하고 자면 될 것을, 제가 말을 걸어주기를 바라는 기색이 하도 역력하기에, 늘 그렇듯 수동적인 봉사의 정신을 발휘하여, 정말이지 입도 뻥긋하기 싫었지만, 녹초가 되어 흐물거리는 몸에 으음 하고 기합을 넣고는 엎드려 담배를 피우면서,

"여자가 준 러브레터를 태워 목욕물을 데우는 남자가 있다고 합니다."

"어머나, 세상에. 그거 당신 얘기죠?"

"우유 정도는 데워 마신 적이 있지요."

"영광이네, 이걸로 드세요."

이 여자, 빨리 좀 안 가나? 편지라니, 속 보인다. 사람 얼굴이나 그리고 있을 게 뻔합니다.

"어디 봐요."

하고 죽어도 보고 싶지 않은 심정으로 그리 말을 하면, 어머, 싫어요, 어머, 안 돼요, 라고 하면서 어찌나 좋아하는지, 꼴사납기가 이루 말할 수가 없어서 기분을 잡쳤습니다. 그러면 심부름이라도 보내버리자고 마음을 먹습니다.

"미안하지만 대로변 약국에 가서 수면제 좀 사다줄래요? 너무 피곤하니까 얼굴이 화끈거려서 오히려 잠이 안 오네. 부탁 좀 할게요. 돈은……."

"됐어요, 돈은."

기꺼이 일어납니다. 심부름을 시킨다는 것은 결코 여자를 실망시키는 일이 아니며, 오히려 남자들의 부탁에 여자들이 기뻐한다는 사실을, 저는 잘 알고 있었습니다.

또 한 명은 여자고등사범학교 문과생이었는데, 이른바 '동지'였습니다. 이 사람은 함께 운동 일을 했기 때문에, 싫어도 매일 얼굴을 마주해야 했습니다. 모임이 끝나도 그 여자는 계속 저를 따라다니며, 공연히 이것저것 사주었습니다.

"날 친누나라고 생각해."

그 빤한 수작에 몸서리를 치며,

"그럴 생각이었어요."

하고 우수에 젖은 미소를 지어내며 답합니다. 하여간 여자들을 화나게 만들면 무서우니까, 어떻게든 속여서라도 잘 지내야 한다, 그 생각 하나로, 그 못생기고 짜증나는 여자에게 봉사를 했고, 그녀가 물건을 사주면, (고르는 물건마다 어찌나 멋이 없던지, 저는 그것들을 대개 꼬치구이 집 주인장 같은 사람들에게 줘버렸습니다) 기쁜 얼굴로 농담을 하며 즐겁게 해주었는데, 어느 여름 밤, 도무지 그녀가 갈 생각을 하지 않기에, 그 사람이 어서 집으로 돌아가길 바라는 마음에서 으슥한 골목길로 들어가 키스를 해줬더니, 딱하게 도 그녀가 광란에 가깝게 흥분을 하며 자동차를 불러서는, 운동 비밀 아지트라 는 어느 빌딩의 좁은 서양식 방으로 저를 데려가 아침까지 들볶인 일이 있어서, 참 못 말리는 누나다 싶어 남몰래 쓴웃음을 지었습니다.

하숙집 딸이건 '동지'건 매일 얼굴을 마주하지 않으면 안 되는 상황이니, 이제껏 숱하게 여자들을 따돌렸던 제 수법이 통하지 않았고, 예의 인간에 대한 불안감에 휩싸여 엉거주춤 그 둘의 비위를 맞추다가, 어느덧 옴짝달싹 못하는 신세가 되었습니다.

비슷한 시기에, 긴자의 대형 술집 여급으로부터 뜻밖의 은혜를 입게 되었고, 딱 한 번 만났을 뿐인데 그 일이 신경 쓰여서, 이 또한 옴짝달싹 못할 만큼 걱정스럽고 괜스레 두려웠습니다. 그즈음 저는, 굳이 호리키가 안내를 해주지 않아도 혼자서 전차를 탈 수 있었고, 가부키 극장도 갈 수 있었으며, 기모노를 입고 술집도 드나들 수 있을 정도로 얼마간 뻔뻔함을 갖추게 되었습니다. 속으로는 변함없이 인간의 자만심과 폭력성을 의심하고 두려워하고 괴로워 하면서, 겉으로는 조금씩, 남들에게 정색하고 인사를 하는, 아니, 그건 아닙니 다, 저는 역시 패배감에 젖은 어릿광대의 고통스런 웃음을 동반하지 않고는, 인사를 할 줄 모르는 부류의 사람인지라, 아무튼 정신없이 얼렁뚱땅하는 인사라도, 어떻게든 할 수 있을 정도의 '기량'을, 그 운동 일을 도운 덕에? 혹은 여자? 혹은 술? 실은 주로 금전적인 어려움을 겪은 덕에 터득하기 시작했습니다. 어딜 가든 두려웠지만, 오히려 대형 술집에서 수많은 취객들,

혹은 여급이나 종업원들과 뒤섞이면, 늘 무언가에 쫓기는 듯한 이 불안한 마음도 안정을 찾지 않을까 싶어, 십 엔을 들고 혼자 긴자의 그 대형 술집으로 들어가, 제 앞에 있는 여급을 보고 웃으며,

"십 엔밖에 없으니까 알아서 줘."

하고 말했습니다.

"걱정 마세요."

언뜻 간사이 사투리가 섞여 있었습니다. 그리고 신기하게도 그 한마디가, 와들와들 떨리던 제 마음을 잠재워주었습니다. 아니, 돈 걱정을 할 필요가 없어졌기 때문이 아닙니다. 그 사람 곁에 있는 것을, 걱정하지 않아도 되겠다는 생각에서였습니다.

저는 술을 마셨습니다. 그 사람 앞에 있으니 마음이 놓였기에 어릿광대짓도 내키지가 않아서, 말없고 음침한 제 본성을 그대로 드러내며, 잠자코 술을 마셨습니다.

"이런 거 좋아해?"

여자는 이런저런 요리를 제 앞에 늘어놓았습니다. 저는 고개를 저었습니다.

"술만 마실 거야? 그럼 나도 한 잔 줘."

어느 가을, 쌀쌀한 밤이었습니다. 저는 쓰네코(라고 했던 것 같은데, 기억이 가물가물해서 확실하진 않습니다. 함께 죽으려 했던 상대 이름조차 기억하지 못하는 것이, 저라는 인간입니다)가 일러준 대로, 긴자 뒷골목 어느 포장마차에서 맛없는 초밥을 먹으며, (그 사람 이름은 잊었지만, 그 초밥이 얼마나 맛이 없었는지는, 어쩐 일인지 확실히 기억하고 있습니다. 그뿐 아니라 구렁이같이 생긴 대머리 주인장이 고개를 건들거리며, 누가 봐도 솜씨 좋아 보이는 몸놀림으로 초밥을 만들던 모습도, 눈앞에 보일 듯 선명히 떠올라,

훗날 전차 같은 데서, 어디서 많이 본 얼굴인데, 하고 이리저리 기억을 더듬다가, 뭐야, 그때 그 초밥집 주인하고 닮았잖아, 하고 씁쓸히 웃었던 적도 몇 번 있을 정도였습니다. 그 사람 이름이나 얼굴 생김새마저 기억에서 멀어진 지금도, 그 초밥집 주인 얼굴만은 그림으로 그릴 수 있을 만큼 명확하게 기억하고 있는 걸 보면, 그때 그 초밥이 보통 맛이 없는 게 아니어서, 제게 오한과 고통까지 안겨주었나 봅니다. 본래 저는 초밥이 맛있기로 소문난 가게에 가도, 맛있다고 생각한 적은 한 번도 없었습니다. 다 너무 컸습니다. 어째서 엄지손가락쯤 되는 크기로 딱 먹기 좋게 만들지 못할까? 하고 늘 생각했습니다) 그 사람을, 기다렸습니다.

그 사람은 혼조에 위치한 목공소 이층에 집을 얻어 살고 있었습니다. 저는 그 집에서, 음울한 제 마음을 숨기지 않고, 지독한 치통에 시달리는 사람처럼 한 손으로 뺨을 괴고 차를 마셨습니다. 그리고 그런 제 모습이, 오히려 그 사람 마음에 들었던 모양입니다. 그 사람 역시, 쌀쌀한 초겨울 찬바람에 마른 낙엽이 휘몰아치듯, 완전히 고립된 분위기의 여자였습니다.

함께 있으면서, 그 사람이 저보다 두 살 위라는 것, 고향은 히로시마라는 것, 내겐 남편이 있어, 히로시마에서 이발소를 했지, 작년 봄에, 같이 도쿄로 도망쳐 왔는데, 남편은, 도쿄에서, 제대로 된 직업도 없이 떠돌다 사기죄에 걸려서, 형무소에 있어, 내가 매일, 이것저것 넣어주러 형무소에 다녔는데, 내일부턴 안 갈 거야, 라는 등의 이야기를 했는데, 어쩐지 저는, 여자들 사연에는 전혀 흥미가 없었습니다. 여자들 언변이 서툴러서, 즉 이야기의 중점을 어디에 두어야 할지 몰라서 그런 건지, 아무튼 저는 늘 한 귀로 듣고 한 귀로 흘려버렸습니다.

외로워.

저는 분명, 여자들의 천 마디 말보다도, 이 한 마디에 공감했을 터인데, 세상 어떤 여자도 결국 제게 그 말을 하지 않은 것이, 이상하기도 하고 신기하기도 합니다. 그 사람이 입 밖으로 '외로워'라는 말을 내뱉은 것은 아니지만, 무언의 지독한 외로움이 그녀의 몸 바깥에 폭이 한 뼘쯤 되는 기류처럼 흐르고 있어서, 그 사람 곁에 다가가면 제 몸도 그 기류에 휩싸여, 제가 가진 다소 까칠하고 음울한 기류와 알맞게 섞이면서, '물 밑 바위에 내려앉은 낙엽[8]'처럼, 제 몸은 공포나 불안으로부터 멀어질 수 있었습니다.

백치 매춘부들의 품속에서 안심하고 푹 잠들 때와는, 또 전혀 다른 기분으로, (우선 그 창녀들은 발랄했습니다) 사기죄를 저지른 범인의 아내와 함께 보낸 하룻밤은, 제게 더없이 행복한(이런 거창한 말을 아무런 거리낌 없이 쓰는 것은 이 수기 전편에 걸쳐 다시는 없을 것입니다) 해방감을 안겨주었습니다.

하지만 딱 하룻밤이었습니다. 아침에 잠에서 깨 벌떡 일어난 저는, 원래대로 경박하게, 가식을 떠는 어릿광대로 돌아갔습니다. 겁쟁이는 행복마저 두려운 법입니다. 목화솜에도 상처를 입습니다. 행복에 상처를 입기도 합니다. 상처 받기 전에 얼른 이대로 헤어지고 싶다는 초조함에, 여느 때처럼 어릿광대짓으로 연막을 쳐댔습니다.

"돈이 떨어지면 정도 떨어진다, 그 말은 있잖아, 반대로 해석해야 해. 돈이 떨어지면 여자한테 차인다는, 그런 뜻이 아니라고 남자가 돈이 떨어지면 저절로 의기소침해지면서 사람이 못쓰게 돼. 웃음소리에도 힘이 없고 묘하게 마음이 삐뚤어져서, 결국에는 될 대로 되라는 마음에, 남자가 먼저 여자를 뿌리치고, 미친놈처럼 뿌리치고 뿌리치고 또 뿌리친다는 의미인 거야, 『가나자와 대사전』이라는 책에 의하면 그래, 가여운 노릇이지. 그 심정, 나도 모르는 건 아니지만.”

분명, 그렇게 실없는 소리를 해서, 쓰네코가 웃음보를 터뜨렸던 기억이 납니다. 오래 있어 봐야 소용없다, 이러다 위험해지지 싶어서, 세수도 하지 않고 서둘러 나왔는데, 그때 제가 지껄였던 ‘돈이 떨어지면 정도 떨어진다’는 엉터리 시골 격언이 훗날 예상치 못한 결과를 낳았습니다.

그러고 나서 한 달 동안, 저는 그날 밤의 은인을 만나지 않았습니다. 헤어지고 나니 날이 갈수록 기쁨은 옅어지고, 한때 은혜를 입었다는 것이 도리어 두려워 멋대로 제 자신을 옭아맸으며, 그때 술집에서 쓰네코가 전부 계산하도록 내버려뒀던 자잘한 일조차 마음에 걸리기 시작하면서, 쓰네코 역시 하숙집 딸이나 여자고등사범학생과 마찬가지로, 저를 협박하기만 하는 여자일 거라는 생각에, 멀리 있으면서도 밑도 끝도 없이 쓰네코에게 겁을 집어먹었습니다. 더군다나 저는 함께 밤을 보낸 여자와 재회를 하면, 그 순간 여자가 제게 불같이 화를 낼 것 같아 만나기를 꺼려하는 성격인지라, 차츰 긴자를 멀리하게 되었는데, 이런 제 성격은 어떤 교활함에서 비롯된 것이라기보다는, 여자란, 밤과 아침 사이의 일을, 티끌 하나만큼도 관련짓지 않고 모조리 망각한 듯, 두 세계를 완벽하게 단절시키며 살아가는 신기한 존재라는 사실을, 아직 제대로 깨닫지 못했기 때문이었습니다.

11월 말, 호리키와 함께 간다의 포장마차에서 싸구려 술을 마셨는데, 이 몹쓸 친구가 포장마차를 나오면서 어디 가서 한잔 더 하자고 했고, 이미 저희에겐 돈이 없었는데도, 그런데도, 마시자, 마시자니까, 라고 하며 조르는

것이었습니다. 그땐 저도 거나하게 취해 대담해져서,

"좋아, 그렇다면, 꿈의 나라로 데리고 가주지. 놀라지 마, 주지육림^{酒池肉林}이라고……."

"술집인가?"

"그래."

"가자!"

일이 그렇게 되어, 둘이서 전차를 탔고, 호리키는 들떠서 조잘거렸습니다.

"나 오늘 밤 여자에 목말라 있어. 여급한테 키스해도 될까?"

저는 전부터 호리키의 이런 추태가 못마땅했습니다. 호리키도 그걸 알기에 거듭 확인하려 들었습니다.

"해도 돼? 키스할 거야. 내 옆에 앉는 여급에게, 반드시 키스할 거라고. 괜찮지?"

"맘대로 해."

"이런 고마울 데가! 나 여자에 진짜 굶주려 있거든."

긴자 4번가에 내려, 말 그대로 주지육림인 커다란 술집에, 쓰네코만 믿고 돈 한 푼 없이 들어가, 빈자리를 찾아 호리키와 마주 앉은 순간, 쓰네코와 다른 여급 하나가 쫓아오더니, 다른 여급이 제 옆에, 그리고 쓰네코가 호리키 옆에 털썩 앉기에 저는 흠칫 놀랐습니다. 조만간 쓰네코는 기습 키스를 당하겠지.

분하다는 생각은 들지 않았습니다. 저는 원래 소유욕이라는 것이 거의 없는 사람이고, 또 가끔 어렴풋이 분하다는 생각이 들어도, 당당히 소유권을 주장하며 타인에게 맞설 기력이 없었습니다. 나중에 제 내연의 아내가 더럽혀지는 것을, 잠자코 지켜보기만 했던 적도 있었을 정도입니다.

저는 가능하면 인간들 시시비비에 끼어들고 싶지 않습니다. 그 소용돌이에 말려드는 것이 두렵습니다. 쓰네코와 저는, 하룻밤 함께 한 사이일 뿐입니다. 쓰네코는, 제 것이 아닙니다. 분하다, 는 식의 분에 넘치는 생각을, 할 수 있을 리가 없지요. 하지만 저는, 흠칫 놀랐습니다.

제 눈앞에서, 호리키에게 맹렬히 키스를 당할 쓰네코의 처지가, 애처로웠기 때문입니다. 쓰네코가 호리키에게 더럽혀진다면 나와 헤어질 수밖에 없다, 게다가 내게도 쓰네코를 붙들 만한 열정은 없다, 아아, 이제 이걸로 끝이다. 쓰네코에게 닥칠 불행에 한순간 흠칫했지만, 저는 곧 물처럼 순순히 물러나, 호리키와 쓰네코의 얼굴을 번갈아 보며 히죽히죽 웃었습니다.

그러나 뜻밖에도, 사태는 더 안 좋게 흘러갔습니다.

"에잇, 관두자!"

호리키는 입을 실룩거리며 그렇게 툭 내뱉더니,

"아무리 나라도 이런 궁상맞은 여자하고는……."

하고 진저리가 난다는 듯, 팔짱을 끼고 쓰네코를 빤히 쳐다보며 쓴웃음을 짓는 것이었습니다.

"술 좀 줘. 돈은 없어."

저는 쓰네코에게 속삭였습니다. 그야말로, 술을 들이붓고 싶은 심정이었습니다. 이른바 속물들 눈에 쓰네코는, 술김에 키스할 가치도 없는, 그저 초라하고 궁색한 여자였던 것입니다. 정말로, 정말 의외였는데, 그때 저는 번개로 머리를 얻어맞은 듯했습니다. 저는 그 어느 때보다도 많이, 계속해서 술을 들이켰고, 고주망태가 되어, 쓰네코와 얼굴을 마주하고 앉아, 서로 서글픈 미소를 지으며, 듣고 보니 참, 이상할 정도로 가난에 찌들고 지쳐 보이는 여자로구나, 하는 생각과 함께, 돈 없는 사람끼리의 동질감(빈부의 불화는 진부한 듯 보여도, 역시 드라마 속 영원한 테마 중 하나라고 지금은 생각합니다만) 그게, 그 동질감이, 가슴속에 차올라 쓰네코가 가여웠고, 난생처음 제 마음이 먼저, 미약하나마 사랑으로 꿈틀대는 것을 느꼈습니다. 토했습니다. 인사불성이 되었습니다. 술을 마시고 정신을 놓을 정도로 취한 것도, 그때가 처음이었습니다.

눈을 뜨니, 머리맡에 쓰네코가 앉아 있었습니다. 저는 혼조 목공소 이층 방에 누워 있었습니다.

"돈이 떨어지면 정도 떨어진다는 소리를 하기에 농담인가 했더니, 정말이었어? 어쩜 한 번도 안 오더라. 그렇게 정을 뚝 떼는 법이 어디 있어. 돈은, 내가 벌면 안 되나?"

"안 돼."

그러고는 여자도 누웠는데, 그날 새벽, 여자의 입에서 '죽음'이라는 말이 처음 나왔고, 그녀도 인간으로 살아가는 것에 기진맥진한 듯 보이는 데다, 저 또한, 세상에 대한 공포와 번거로움, 돈, 그 운동, 여자, 학업, 생각해보니 도무지 더 이상은 참고 살 수 없을 것만 같아서, 그 사람의 제안에 가볍게 동의했습니다.

하지만 그때는 아직, 진심으로 죽을 각오가 섰던 건 아니었습니다. 일종의 '놀이'라는 생각이 있었습니다.

그날 오전, 둘이서 아사쿠사6구^{환락가}를 이리저리 쏘다녔습니다. 찻집에 들어가 우유를 마셨습니다.

"자기가 내고 와."

저는 일어서서 옷소매에서 지갑을 꺼내 열었는데, 달랑 동전 세 닢, 수치심보다도 더 처참한 기분에 휩싸인 그 순간 뇌리를 스친 것은, 교복과 이불만

덩그러니 남아 있는 제 하숙방, 저당 잡힐 물건 하나 없는 황량한 방, 그 밖의 남은 것이라곤 지금 입고 있는 기모노와 망토, 이것이 나의 현실이니, 살아갈 수 있을 턱이 없다, 그 사실을, 분명히 깨달았습니다.

제가 우물쭈물하고 있으려니, 여자도 일어나 제 지갑을 들여다보며,

"어머, 그게 다야?"

무심한 목소리였지만, 이것이 또, 뼈에 사무치게 고통스러웠습니다. 제가 처음으로 사랑한 사람의 음성이었던 만큼, 마음이 아팠습니다. 그게 다건 이게 다건, 어차피 동전 세 닢은 돈도 아닙니다. 일찍이 맛본 적 없는 기묘한 굴욕이었습니다. 도저히 살아갈 수 없는 굴욕이었습니다. 그 당시 저는, 부잣집 도련님이라는 착각에서 아직 완전히 벗어나지 못했던 것 같습니다. 그때 저는, 내가 먼저 나서서라도 죽자고, 진지하게 결심했습니다.

그날 밤, 우리는 가마쿠라 앞바다로 뛰어들었습니다. 여자는, 이 허리띠는 가게 친구한테서 빌린 거니까, 라고 하며 허리띠를 풀어 고이 접어서 바위 위에 올려놓았고, 저도 망토를 벗어서 같은 곳에 두고는, 함께 뛰어들었습니다.

여자는, 죽었습니다. 그리고 저만, 살아남았습니다.

제가 고등학교 학생인 데다가, 아버지 이름도 얼마간 뉴스거리가 됐는지, 신문에 제법 크게 난 모양이었습니다.

저는 바닷가 병원에 머물게 되었는데, 고향에서 사촌 하나가 부랴부랴 달려와 이런저런 일을 처리해주면서, 아버지를 비롯한 고향 식구들 모두 단단히 화가 났으니, 이로써 가족과 완전히 의절하게 될지도 모른다는 말을 남기고 돌아갔습니다. 하지만 저는 그런 것보다도, 죽은 쓰네코가 가여워서 훌쩍훌쩍 울기만 했습니다. 정말로, 지금까지 만난 사람 중에서, 그 가난했던

쓰네코만을 좋아했으니까요.

하숙집 딸에게서 오십 편이나 되는 단가를 죽 이어 쓴 긴 편지가 왔습니다. '살아 있어줘'라는 야릇한 말로 시작하는 단가만, 오십 편이었습니다. 또, 간호사들이 해맑게 웃으며 제 병실로 놀러 왔고, 어떤 간호사는 제 손을 꼭 쥐었다 돌아가기도 했습니다.

제 왼쪽 폐에 이상이 있다는 것을 그 병원에서 발견하게 되었는데, 그것이 제게 상당히 좋은 쪽으로 작용했습니다. 이윽고 저는 자살방조죄라는 죄명으로 경찰서에 끌려갔는데, 경찰들은 저를 환자 취급해주면서 특별히 보호실에 수감시켰습니다.

한밤중, 보호실 옆 숙직실에서 불침번을 서던 늙은 순경이 슬그머니 사이문을 열더니,

"어이!"

하고 저를 불렀습니다.

"춥지? 이리 와서 불 좀 쬐."

저는 일부러 풀 죽은 척하며 숙직실로 들어가, 의자에 앉아 화롯불을 쬐었습니다.

"그래도 죽은 여자 생각이 많이 나지?"

"네."

한층 더, 기어들어가는 가느다란 목소리로 대답했습니다.

"그런 게 사람의 정이란 거야."

그는 점점 더 대담하게,

"제일 처음, 여자하고 관계를 맺은 곳이 어딘가?"

하고 재판관이나 된 듯 거만하게 물었습니다. 저를 어리다고 깔보고서,

무료한 가을밤도 달랠 겸 취조관 행세를 하며 외설적인 이야기를 끌어내려는 속셈인 것 같았습니다. 그의 의도를 재빨리 알아챈 저는, 웃음이 터져 나오는 것을 꾹 참느라 애를 먹었습니다. 순경들의 그런 '비공식 심문'에는 답변을 거부해도 된다는 것쯤 저도 알고 있었지만, 그럼에도 긴 가을밤 그의 흥을 돋워주고자, 어디까지나 온순하게, 그 순경이야말로 이 사건의 취조관이며, 형벌의 경중도 오직 그의 결정에 따라 달라진다는 것을 믿어 의심치 않는다는 듯 성의를 보이며, 그의 음란한 호기심을 만족시켜줄 만큼만 건성으로 '진술'을 했습니다.

"음, 대강 알겠다. 뭐든 솔직하게 대답하면 우리 쪽에서도 참작하겠다."

"감사합니다. 잘 부탁드리겠습니다."

신의 경지에 가까운 연기였습니다. 그렇게 저를 위해서는, 무엇 하나 득이 될 것 없는 열연을 펼쳤습니다.

날이 밝자, 저는 서장에게 불려갔습니다. 이번에는 본격적인 취조였습니다. 문을 열고 서장실로 들어서는 순간,

"오, 잘생겼군. 자네 잘못이 아냐. 이런 미남을 낳은 자네 어머니 탓이지."

까무잡잡한 얼굴에, 대학물 좀 먹은 듯 보이는 아직 젊은 서장이었습니다. 갑자기 그런 소리를 들은 저는, 얼굴 반쪽에 시뻘겋게 큰 점이라도 난 듯, 보기 흉한 불구자라도 된 듯, 비참한 기분이 들었습니다.

유도 아니면 검도 선수 같은 이 서장의 취조는 아주 깔끔해서, 집요하기 그지없던 간밤의 은밀하고 야한 노순경의 '취조'에 비하면 아무것도 아니었습니다. 심문을 끝내고 검사국에 보낼 서류를 작성하던 서장이,

"몸조심해야지. 혈담이 나온다면서?"

하고 말했습니다.

그날 아침 갑자기 기침이 나서, 그때마다 손수건으로 입을 가렸는데, 그 손수건에 빨간 서리가 내린 것처럼 피가 묻어 있었습니다. 하지만 그것은 입속에서 나온 피가 아니라, 어젯밤 귀 밑에 생긴 작은 종기를 만지작거리다가, 그게 터지면서 나온 피였습니다. 하지만 저는 문득, 그 사실을 밝히지 않는 편이 나을 거라는 생각이 들어서, 그냥 눈을 내리깔며,

"네."

하고 얌전히 대답해두었습니다.

서류를 다 작성한 서장이 말했습니다.

"기소할지 말지는 검사님이 결정할 일이지만, 자네 신변을 맡아줄 사람에게 전보를 치든가 전화를 해서 오늘 요코하마 검사국으로 오라고 부탁하는게 좋을 거야. 누구 있을 거 아닌가, 보호자나 보증인이나."

아버지의 도쿄 별택을 드나들던 사람 중에 미술골동품상인 시부타라고, 같은 고향 출신에 아버지 잔심부름을 하던 마흔 줄의 땅딸막한 독신 남자가, 제 학교 보증인이라는 사실이 떠올랐습니다. 그 남자의 얼굴, 특히 눈매가 넙치를 닮아서, 아버지는 그를 넙치라 불렀고, 저도 그렇게 부르는 데 익숙했습니다.

경찰에게 전화번호부를 빌려 넙치의 전화번호를 찾아낸 저는, 그에게 전화를 걸어 요코하마 검사국으로 와달라고 부탁했는데, 넙치는 마치 딴사람이 된 것처럼 거만하게 대꾸를 하면서도, 그러겠노라고 했습니다.

"어이, 그 전화기 빨리 소독하는 게 좋을 거야. 저 녀석, 혈담이 나오니까."

제가 보호실로 돌아간 뒤 그렇게 명령하는 서장의 쩌렁쩌렁한 목소리가, 보호실에 앉아 있는 제 귀에까지 들렸습니다.

점심나절이 지나, 저는 가는 삼줄에 몸이 묶였는데, 망토로 그 모습을

가려도 좋다는 허락이 떨어져서, 젊은 순경이 줄 끝을 꽉 붙든 채, 둘이서 전차를 타고 요코하마로 향했습니다.

하지만 저는 조금도 불안하지 않았고, 그 경찰서 보호실이나 늙은 순경이 그립기만 했으니, 아아, 저는 왜 이렇게 생겨먹은 걸까요, 죄인이 되어 포박을 당하면 오히려 안심이 되면서, 느긋하고 침착해집니다. 그때의 추억을 더듬어 가며 글을 쓰고 있는 지금도, 정말로 마음이 푹 놓이고 즐겁습니다.

하지만 그 시절 그리운 추억 가운데 단 한 가지, 식은땀이 뻘뻘 날 정도로 평생 잊지 못할 비참한 실수가 있었습니다. 저는 어두침침한 검사국 방안에서 검사로부터 간단한 취조를 받았습니다. 검사는 마흔 안팎의 차분한 남자로, (혹여 제가 미남이라 해도 그건 분명 음탕한 멋이 있기 때문일 테지만, 그 검사의 얼굴에서는 올곧은 멋이라고나 할까, 총명하고 침착한 분위기가 느껴졌습니다) 빡빡하게 굴지 않는 인품을 지닌 듯 보여서, 저도 완전히 경계를 풀고 멍하니 진술을 했는데, 돌연 기침이 터져 나와 옷소매에서 손수건을 꺼냈고, 문득 그 피를 보면서 어쩌면 이 기침도 뭔가 도움이 될지도 모른다는 한심한 수작이 떠올라, 콜록콜록, 두 번 기침을 한 뒤, 덤으로 요란스레 거짓 기침까지 보태고 나서, 손수건으로 입을 가린 채 검사의 얼굴을 흘끗 본, 그 순간,

"그거 진짜냐?"

너무도 침착한 미소였습니다. 식은땀이 뻘뻘, 아니요, 지금 생각해도, 정신이 뱅글뱅글 돌 지경입니다. 중학교 때 그 멍청한 다케이치가, 일부러 그랬지, 일부러, 라고 했던 말에 허를 찔려 지옥으로 뻥 차인 듯했던, 그때의 심정을 뛰어넘는다 해도 결코 과언이 아닐 것입니다. 그것과 이것, 이 두 가지는, 제 생애에서 가장 크게 실패한 연기였습니다. 검사로부터 그토록

차분하게 모욕을 당하느니, 차라리 십 년 형을 선고 받는 편이 나았을 거라는 생각까지, 가끔 들 정도입니다.

저는 기소유예 처분을 받았습니다. 하지만 조금도 기쁘지 않았고, 더없이 비참한 기분으로 검사국 대기실 의자에 앉아, 저를 데려갈 넙치가 오기를 기다렸습니다.

등 뒤 높다란 창문 틈으로 노을 진 하늘이 보이고, 갈매기가, '계집 녀女' 자를 그리며 날고 있었습니다.

세 번째 수기

1

다케이치의 예언 가운데 하나는 맞고, 하나는 빗나갔습니다. 여자들이 제게 반하게 될 거라는 명예롭지 못한 예언은 적중했지만, 위대한 화가가 될 거라는 축복의 예언은, 빗나갔습니다.

기껏해야 저는, 하잘것없는 잡지의, 어설픈 무명 만화가가 되었을 뿐이었습니다.

가마쿠라 사건으로 고등학교에서 쫓겨난 저는, 넙치네 집 이층에 있는 다다미 세 장짜리 방에서 기거하게 되었고, 고향에서는 매달 지극히 적은 돈이, 그것도 제 앞으로 직접 오는 것이 아니라 넙치 쪽으로 은밀하게 들어오는 모양이었는데, (심지어 그건 고향에 있는 형들이 아버지 몰래 보내주는 것인 듯했습니다) 단지 그것뿐, 그 밖에는 고향과 연이 뚝 끊겨 버렸습니다. 넙치는 늘 기분이 언짢아 보였고, 제가 붙임성 있게 웃어보아도 미소 한 번 짓지 않으니, 인간이란 이다지도 간단히, 그야말로 손바닥 뒤집듯 쉽게 변할 수 있는 존재구나 싶어, 비참한, 아니, 차라리 우스꽝스러운 기분이 들 정도였습니다.

"나가면 안 됩니다. 어쨌거나 밖에 나가지 마요."

넙치는 제게 이 말만 되풀이했습니다.

자살할 우려가 있다고 보고 절 감시하는 듯했는데, 말하자면 여자를 따라 또 바다로 뛰어들 위험이 있다고 생각하는지, 제가 외출하는 것을 엄격하게 금했습니다. 하지만 술도 못 마시지, 담배도 못 피우지, 그저 아침부터 밤까지 이층 쪽방 고타쓰에 기어들어가, 철지난 잡지나 읽으며 바보천치나 다름없이 살고 있던 제게는, 자살할 기력조차 없었습니다.

넙치의 집은 오쿠보 의대 근처에 있었는데, '미술골동품상 청룡원'이라고 간판만큼은 꽤 그럴듯하게 힘을 주고 있었지만, 건물 한 동에 다른 가게와 붙어 있어서 입구도 좁고, 가게 안은 먼지투성이인 데다 시원찮은 잡동사니들만 가득했으며, (하긴 넙치는 가게 안 잡동사니로 장사를 하는 게 아니라, 소위 어르신들이 지닌 비밀스러운 물건의 소유권을 이쪽에서 저쪽으로 넘겨주는 일을 하면서 돈을 버는 것 같았습니다) 가게에 붙어 있는 일이 거의 없이 대개 아침부터 심각한 얼굴로 허둥지둥 외출했습니다. 가게는 열일고여덟 살쯤 되어 보이는 어린 점원에게 맡겼는데, 그 녀석이 저를 지키는 보초였던 셈이었습니다. 녀석은 틈만 나면 밖에 나가 동네 아이들과 공놀이를 하면서도, 이층 식객을 바보나 미치광이쯤으로 여기는지 어른들이나 할 법한 설교까지 제게 늘어놓았고, 성격상 사람들과 실랑이를 벌이지 못하는 저는, 지친 듯 혹은 감탄한 듯한 얼굴로 그 말에 귀를 기울이며 복종했습니다. 이 아이는 시부타의 숨겨둔 아이로, 나름대로 복잡한 사정이 있어서 부자지간이라는 사실을 밝히지 않았고, 또 시부타가 쭉 독신이었던 것도 이와 관련이 있다는 소문을 예전에 식구들에게서 슬쩍 들은 것 같기도 한데, 제가 원래 남의 일에는 그다지 관심이 없는 편이라 자세한 것은 잘 모르겠습니다. 하지만 그 아이의 눈매도 묘하게 생선 눈을 연상시키는 구석이 있어서, 어쩌면 정말로 넙치의 숨겨둔 자식이 아닐까……, 하지만 만약 그렇다면 두 사람은 실로 쓸쓸한 아버지와 아들이었습니다. 이층에 있는 저 몰래, 밤늦게 둘이서 메밀국수를 시켜 말없이 먹곤 했습니다.

넙치 집에서는 항상 그 아이가 요리를 했는데, 이층 천덕꾸러기 밥상을 따로 차려서 그 아이가 하루 세 번 날라다 주었고, 넙치와 아이는 계단 밑 음침한 다다미 네 장 반짜리 방에서, 뭘 먹는지 딸그락딸그락 그릇 소리를 내며 서둘러 식사를 했습니다.

3월 말 어느 저녁, 넙치는 생각지 못한 돈벌이가 생겼는지, 아니면 무슨 다른 꿍꿍이라도 있었는지, (그 두 가지 추측이 동시에 적중했다 하더라도, 어쩌면 제가 짐작조차 할 수 없는 몇 가지 원인이 더 있을 수도 있겠지만) 저를 아래층으로 불러 웬일로 술상까지 차려서는, 넙치 회도 아닌 참치 회를 차렸다고 자화자찬하면서, 멍하니 앉아 있는 식객에게 은근히 술을 권하며,

"어쩔 작정입니까? 대체, 앞으로."

저는 묻는 말에는 대답하지 않고, 상 위 접시에 놓인 정어리 포를 집어 들었는데, 그 작은 생선들의 은빛 눈알을 들여다보고 있으려니, 어른어른 술기운이 돌면서, 이리저리 놀러 다니던 시절이 그리워, 호리키마저 그리워, 못 견디게 '자유'가 그리워, 문득 흐느껴 울고 싶었습니다.

이 집에 온 뒤로는 어릿광대짓을 할 의욕마저 사라져서, 그저 하루하루 넙치와 점원 아이의 멸시 속에 살았고, 넙치도 저와 허심탄회하게 긴말하는 것을 피하는 것 같았는데, 저도 그런 넙치를 쫓아다니며 하소연할 마음은 없어서, 완전히 얼빠진 식객을 자처하고 있었습니다.

"기소유예라는 것은 전과 몇 범이니 하는, 그런 것에는 해당이 안 되는 모양입니다. 그러니까, 이제 앞으로 당신이 어떻게 마음을 먹느냐에 따라 새 출발을 할 수도 있다, 이겁니다. 만약 다시 마음을 다잡고 진지하게 나한테 상담을 해온다면, 나도 생각을 해보겠습니다."

넙치의 말투에는, 아니, 세상 사람들의 말투에는, 이처럼 까다롭고 어딘가 모호하며, 언제든 도망갈 구멍을 파놓은 것처럼 복잡하고 미묘한 데가 있었고, 그런 아무 도움도 안 되는 엄중한 경계와 몰려드는 귀찮은 흥정에, 저는 늘 당황했습니다. 그러다 결국 아무러면 어떠랴 하는 기분이 들어서, 어릿광대 짓으로 얼버무리거나, 혹은 말없이 수긍하며 모든 것을 당신에게 맡긴다는, 이를테면 패배자의 태도를 취해버렸습니다.

이때도 넙치가 제게 다음과 같이 간단히 말했더라면, 그걸로 매듭이 지어졌을 거라는 생각이 훗날 들었는데, 넙치의 불필요한 조심성, 아니, 세상 사람들의 이해할 수 없는 허세와 겉치레에 참으로 우울한 기분이 들었습니다.

넙치는 그때 제게, 그저 이렇게 말했더라면 좋았을 겁니다.

"공립이건 사립이건, 우선 4월부터 어디 학교에 들어가십시오 일단 학교에 들어가기만 하면, 고향에서 생활비를 좀 더 넉넉하게 보내주기로 했습니다."

훨씬 나중에야 알게 된 일이었는데, 실은 그렇게 하기로 되어 있었다고 합니다. 그랬다면 저도 그 말을 따랐을 텐데, 넙치가 쓸데없이 주의 깊게 돌려 말한 탓에 일이 묘하게 꼬여서, 제 앞날의 방향이 완전히 바뀌어버렸습니다.

"진지하게 상담할 맘이 없다면, 나도 방법이 없어요."

"무슨 상담 말입니까?"

저는 정말로 무슨 말을 해야 할지 짐작도 가지 않았습니다.

"당신 마음속에 있는 생각 말입니다."

"예를 들면요?"

"예를 들고 말고 할 것 없이, 앞으로 어쩔 셈이냐 이겁니다."

"제가 일을 하는 게 좋겠습니까?"

"그게 아니라, 당신이 대체 무슨 생각을 하고 있냐고요."

"그야, 학교에 들어가려 해도……."

"그렇지요, 돈이 필요하겠지요. 그러나 문제는 돈이 아닙니다. 당신 마음입니다."

돈은 고향에서 보내주기로 되어 있다, 어째서 그 한마디를 해주지 않았을까요. 그 한마디에 따라 제 마음도 정해졌을 터인데, 저는 갈피를 잡을 수가 없었습니다.

"어떻습니까? 장래 희망, 이라고 할 만한 것이 있기는 합니까? 이거야 원, 사람 하나 돌보는 일이 얼마나 어려운지, 당사자는 당최 모른다니까."

"죄송합니다."

"정말 걱정입니다. 저도 당신을 돌보기로 한 이상, 당신이 설렁설렁 사는 꼴은 내키질 않아요. 마음을 다잡고 새 출발을 하겠다, 뭐 이런 각오를 보여달라 이겁니다. 예를 들면 앞날의 계획이라든가, 그런 것에 대해 당신이 진지하게 제게 상담을 해온다면, 나도 거기에 응할 작정입니다. 어차피 이렇게 가난한 넙치가 원조를 하는 거니까, 예전처럼 사치스러운 생활을 기대할 수는 없을 겁니다. 하지만 당신이 마음을 단단히 먹고, 앞날의 계획을 분명히 세워 의논을 해온다면, 비록 미흡하나마 당신이 새 출발하는 데 도움을 줄 생각입니다. 아시겠어요? 제 마음을. 대체 앞으로, 어쩔 생각입니까?"

"이 집 이층에서 신세를 질 수 없다면, 일을 해서……."

"진심으로 하는 소립니까? 요즘 같은 세상에, 설령 제국대학⁹을 나왔다 해도……."

"아니오, 샐러리맨이 되겠다는 건 아닙니다."

"그럼 뭡니까?"

"화가가 되겠습니다."

과감하게 말을 꺼냈습니다.

"뭐, 뭐가 된다고?"

그때, 목을 움츠리고 웃던 넙치의 얼굴에 스치던, 그 교활한 그림자를 잊을 수가 없습니다. 경멸하는 것 같기도 하면서, 그것과는 또 다른, 세상을 바다에 비유하자면, 천길만길 깊은 바다 속에나 떠다닐 법한 기묘한 그림자와 같은, 뭐랄까, 어른들의 삶 제일 밑바닥을 언뜻 엿본 듯한 웃음이었습니다.

이래 가지고는 대화고 뭐고 못 하겠네, 아직도 정신을 못 차렸구먼, 생각을 좀 하라고요, 오늘 밤 내내 진지하게 생각해보십시오, 그런 소리를 뒤로하고 쫓기듯 이층으로 올라와 누웠는데, 달리 아무런 생각도 떠오르지 않았습니다. 그리고 그날 새벽, 넙치의 집에서 도망쳤습니다.

저녁에는 반드시 돌아오겠습니다. 여기 적어둔 친구 집에서 제 앞날에 대해 의논하고 올 테니, 아무 걱정 마시기를. 정말로요.

라고 종이에 연필로 큼직하게 쓰고는, 아사쿠사에 사는 호리키 마사오의 주소와 이름을 적은 다음, 살그머니, 넙치의 집을 빠져나왔습니다.

넙치에게 잔소리를 들은 것이 분해서 도망친 것은 아니었습니다. 넙치

9_ 제국대학령에 의해 설립된 도쿄대, 교토대 등의 국립 종합대학교.

말대로 저는 정말, 정신을 못 차리고 있었습니다. 앞날에 대한 계획이니 뭐니 하는 것들을 도무지 종잡을 수가 없을뿐더러, 더군다나 그 집에 빌붙어 있는 것도 넙치에게 못할 짓이었고, 혹여 제가 열심히 살아볼 마음이 생겨서 계획을 세운다 한들, 저 가난한 넙치에게 필요한 돈을 매달 얻어 써야 한다고 생각하면 괴로워서 견딜 수가 없었습니다.

그렇다고 제가, 호리키 같은 녀석과 이른바 '장래 계획'을 진지하게 의논해보겠다고, 넙치의 집을 나선 것은 아니었습니다. 그것은 단지, 약간이라도, 아주 잠깐이라도, 넙치를 안심시키고 싶어서, (그 틈에 조금이라도 더 먼 곳으로 도망치겠다는, 탐정소설에나 나옴 직한 수를 쓰려고 그런 쪽지를 남겼다기보다는, 아니, 어렴풋이 그런 마음이 없지는 않았겠지만, 그런 것보다 역시 저는, 갑작스럽게 넙치에게 충격을 줘서 그를 혼란에 빠뜨리는 것이 두려웠기 때문이다, 라고 하는 편이 그나마 정확할 것 같습니다. 어차피 들킬 게 뻔한데도 곧이곧대로 말하기가 두려워서, 무슨 말이든 지어내 덧붙이는 것이 제 슬픈 습성 가운데 하나인데, 그것은 세상 사람들이 '거짓말쟁이'라며 멸시하는 성격과 비슷하기는 하지만, 저는 제 잇속을 차린답시고 말을 지어낸 적은 거의 없었고, 그저 사람들의 흥을 깨뜨려 분위기를 썰렁하게 만드는 것이 숨 막히게 두려워, 훗날 제게 불이익이 된다는 것을 알면서도 여느 때처럼 '필사적인 봉사'를 했습니다. 그것이 비록 비뚤어지고 미약하며 시시한 것일지라도, 그런 봉사의 마음에서 저도 모르게 꾸며낸 말 한마디를 내뱉게 되는 경우가 많았던 것 같은데, 그러나 또 이러한 습성으로 인해, 세상의 이른바 '정직한 사람'들로부터 호되게 이용당하기도 했습니다) 그때 문득, 기억 저편에 떠오른 호리키의 주소와 이름을 종이 가장자리에 적어뒀을 뿐이었습니다.

저는 넙치의 집을 나와 신주쿠까지 걸어가서, 품에 넣어온 책을 팔았는데, 그러고 나니 또다시 막막해졌습니다. 저는 누구에게나 상냥하게 대했지만, '우정'이라는 것을 실감해본 적은 단 한 번도 없었습니다. 호리키처럼 놀 때만 어울리는 친구는 제쳐두고, 사람들과 친하게 지내는 것이 제게는 고통스럽기만 하여, 그 고통의 응어리를 풀답시고 더 열심히 어릿광대짓을 하다 오히려 녹초가 됐고, 길을 가다 조금이라도 아는 얼굴을, 혹은 그 사람과 닮은 사람이라도 만날라치면 흠칫 놀라, 순간 현기증이 날 만큼 불쾌한 전율에 사로잡혔으니, 사람에게 호감을 사는 법은 알고 있으면서도 사람을 사랑할 능력은 결여되어 있는 것 같았습니다. (하긴 세상 사람들이 정말로 '사랑'을 할 능력을 가지고 있는지에 대해서는, 상당히 의구심이 듭니다) 그런 제게 '친구'가 생길 리 없었고, 누군가를 '방문'할 능력조차 없었습니다. 남의 집 대문이 제게는 저 『신곡』의 지옥문 이상으로 오싹하게 다가와서, 그 문 안쪽에 용처럼 무시무시하고 추악한 괴수가 꿈틀대고 있는 기척을, 과장이 아니라 진짜로 느꼈습니다.

친하게 지내는 사람이, 아무도 없다. 찾아갈 곳이, 어디도 없다.

호리키.

그야말로 말이 씨가 된 꼴입니다. 그 쪽지에 적어둔 대로, 저는 아사쿠사에 사는 호리키를 만나러 가기로 했습니다. 이제껏 제가 먼저 호리키 집을 찾아간 적은 한 번도 없었으며, 대개 전보를 쳐서 제 쪽으로 호리키를 불러냈는데, 지금은 그 전보료조차 부담스럽고, 게다가 이렇게 비참한 신세로 전락했으니, 전보를 쳐도 호리키가 안 올지도 모른다는 생각에, 저로서는 세상 그 무엇보다도 하기 어려운 '방문'이라는 것을 해보자고 결심하고, 한숨을 내쉬며 전차에 올랐는데, 세상에서 제가 의지할 수 있는 유일한 사람이 호리키라는 사실을 절감하자, 어쩐지 등골이 오싹해지면서 처절한 기분에 사로잡혔습니다.

호리키는 집에 있었습니다. 지저분한 골목 안쪽에 위치한 이층집이었는데, 호리키는 그 이층에 딱 하나 있는 다다미 여섯 장짜리 방을 쓰고 있었고, 아래층에서는 호리키의 노부모와 젊은 직공 세 명이, 끈을 꿰고 박아가며 게다를 만들고 있었습니다.

호리키는 그날, 도시 사람이 지닌 새로운 면모를 제게 보여 주었습니다. 그것은 속되게 말해, 깍쟁이 기질이었습니다. 촌놈인 제가 어안이 벙벙하여 눈이 휘둥그레질 정도로, 냉정하고 교활한 이기주의였습니다. 호리키는 저처럼 그저, 정처 없이 떠돌아다니는 부류의 남자가 아니었습니다.

"자네한테는 두 손 두 발 다 들었어. 아버지가 용서하신대? 아직 연락 없나?"

도망쳐 나왔어, 라고 할 수는 없었습니다.

저는 언제나처럼 어물쩍 얼버무렸습니다. 당장에 들킬 게 뻔한데도 호리키를 속였습니다.

"어떻게든 되겠지."

"어이, 웃을 일이 아니야. 충고하겠는데, 바보짓은 이쯤에서 그만둬. 오늘은 내가 볼일이 좀 있어. 요즘 정신없이 바쁘거든."

"무슨 볼일인데?"

"어이, 어이. 그 방석 실 좀 잡아 뜯지 마."

저는 대화를 하면서, 제가 깔고 앉아 있던 방석의 매듭실이라 해야 하나 묶는 끈이라 해야 하나, 아무튼 네 귀퉁이에 달린 술 가운데 하나를 무의식중에 손끝으로 만지작거리며 잡아당기고 있었습니다. 호리키는 자기 집 물건이라면 방석 실오라기 하나도 아까운지, 부끄러운 기색도 없이 그야말로 눈에 쌍심지를 켜고 저를 몰아세웠습니다. 돌이켜보면 호리키는, 지금까지 저와 함께 다니면서 무엇 하나 잃은 것이 없었습니다.

호리키의 노모가 단팥죽 두 그릇을 쟁반에 내어 왔습니다.

"오, 이건."

호리키는 뼛속부터 효자인 듯 황송하다는 표정으로 노모를 맞으며, 말투마저 어색하게 들릴 정도로 공손하게,

"단팥죽이 아닙니까. 죄송하게 뭐 이런 것까지 하셨어요. 너무 신경 쓰실 필요 없습니다. 저는 일이 있어서 나가봐야 하거든요. 아뇨, 그래도 모처럼 어머니가 맛있게 해주신 단팥죽이니 잘 먹겠습니다. 자네도 한 그릇 들겠나. 우리 어머니가 일부러 만들어 주신 거야. 아아, 진짜 맛있군. 호사가 따로 없네."

라고 하면서, 아주 연극은 아닌 듯 대단히 기뻐하며 맛있게 먹었습니다. 저도 그것을 홀짝거렸는데, 죽은 묽어서 물비린내가 났고, 떡인 줄 알고 먹어본 것은 떡이 아니라 저는 처음 보는 정체 모를 것이었습니다. 가난을 경멸하려는 것은 결코 아닙니다. (저는 그때 그게, 맛이 없다고 생각하지도 않았을뿐더러, 노모의 마음 씀씀이가 가슴에 사무칠 정도였습니다. 저는 가난을 두려워하기는 하지만, 경멸할 생각은 없습니다) 그 단팥죽과, 그걸 먹으며 기뻐하는 호리키를 보며, 도시 사람이 지닌 검소한 습관과, 울타리의 안과 밖을 제대로 구분하며 살아가는 도쿄 사람들이 지닌 가정의 실체에 대해 알게 되었습니다. 안이고 밖이고, 그저 쉴 새 없이 인간 생활에서 도망치기 바쁜 얼간이 같은 저만 철저히 혼자 남겨져, 호리키에게조차 버림받았다는 생각에 당황하며, 칠 벗겨진 젓가락으로 단팥죽을 휘젓고 있으려니,

그 마음이 못 견디게 쓸쓸하더라는 것을 밝혀두고 싶을 뿐입니다.

"미안한데, 난 오늘 볼일이 있어."

호리키는 일어나 겉옷을 입으며 말했습니다.

"이만 실례하지. 미안하네."

그때 한 여자가 호리키를 찾아왔고, 제 처지도 급변했습니다.

호리키는 돌연 활기가 넘쳐서는,

"엇, 죄송합니다. 지금 말이죠, 당신을 찾아가려던 참인데, 갑자기 이 친구가 와서요, 아뇨, 상관없습니다. 자, 여기 앉으세요."

얼마나 당황했으면, 제가 제 방석을 뒤집어 내밀었더니 그걸 낚아채서는, 다시 뒤집어 여자에게 권했습니다. 방에는 호리키 방석 외에 손님용 방석이 한 장밖에 없었습니다.

여자는 마르고 키가 큰 사람이었는데, 방석을 옆으로 물려두고 입구 근처 구석에 앉았습니다.

저는 멍하니 두 사람의 대화를 들었습니다. 여자는 잡지사에서 나온 사람인 듯, 호리키에게 의뢰한 삽화인가 뭔가를 받으러 온 것 같았습니다.

"서둘러야 해서요."

"다 그렸습니다. 벌써 한참 전에 다 그려뒀어요. 이겁니다, 보세요."

전보가 왔습니다.

그걸 읽자, 신이 나 있던 호리키의 얼굴이 순식간에 험악해지더니,

"쳇! 자네 이거, 어떻게 된 거야."

넙치가 보낸 전보였습니다.

"우선은 지금 당장 돌아가. 내가 데려다주면 좋겠지만 지금은 그럴 여유가 없어. 가출한 주제에 저 태평스런 면상하고는."

"댁이 어느 방향이세요?"

"오쿠보입니다."

저도 모르게 대답이 튀어나왔습니다.

"그럼 회사 근처니까 같이 가시죠."

여자는 고슈^{옛 야마나시 현} 출신으로 28세였습니다. 다섯 살짜리 딸아이와 함께 고엔지 아파트에 살고 있었습니다. 남편과 사별한 지 삼 년이 됐다고 했습니다.

"당신, 자라면서 고생을 많이 했나봐. 눈치가 너무 빠르네. 가엾게."

처음으로, 남첩 비슷한 생활을 했습니다. 시즈코(라는 것이 그 여기자의 이름이었습니다)가 신주쿠에 있는 잡지사로 일하러 가면, 저는 시게코라는 다섯 살짜리 여자아이와 둘이서 얌전히 집을 지켰습니다. 전에는 엄마가 집을 비우면 아파트 관리인 방에서 놀곤 했던 모양인데, '자상한' 아저씨가 놀이 상대로 나타나서 기분이 아주 좋은 것 같았습니다.

일주일 정도, 멍하니, 그곳에 있었습니다. 아파트 창문 바로 옆 전깃줄에 눈을 부릅뜨고 두 팔을 벌린 사람 모양의 연 하나가 뒤엉켜 있었는데, 봄바람에 날려 찢어지긴 했어도, 꽤나 끈질기게 전선에 휘감겨 들러붙어서, 공연히 고개를 끄덕거리고 있었습니다. 저는 그것을 볼 때마다 쓴웃음이 나면서 얼굴이 달아올랐고, 그게 꿈속까지 나타나 가위에 눌렸습니다.

"돈이 있으면 좋겠어."

"……얼마나?"

"많이. ……돈이 떨어지면 정도 떨어진다는 말, 그거 진짜야."

"바보같이. 그런 고리타분한……."

"그럴까? 하지만 당신은 모를 거야. 이대로라면 나, 도망칠지도 몰라."

"대체 누가 더 가난뱅이인데. 누가 누구한테서 도망친다는 거야. 이상한 소릴 하네."

"내 힘으로 돈을 벌어서, 그 돈으로 술을, 아니, 담배를 사고 싶어. 그림이라면 내가 호리키보다 훨씬 더 잘 그릴 거야."

이럴 때 제 뇌리에 떠오르는 것은, 다케이치가 '도깨비'라 불렀던, 중학 시절 제가 그린 몇 장의 자화상이었습니다. 잃어버린 걸작. 몇 번인가 이사를 다니는 사이에 잃어버리고 말았지만, 그것만큼은 확실히 뛰어난 그림이었던 것 같다는 생각이 듭니다. 그 후로 이것저것 그려보았지만, 전부 다 추억 속 걸작에는 한참 못 미치는 것들이라, 저는 언제나 가슴 한구석이 뻥 뚫린 듯, 무기력한 상실감에 빠지곤 했습니다.

마시다 만 한 잔의 압생트.

저는 영원히 보상받지 못할 듯한 상실감을, 남몰래 그렇게 표현했습니다. 그림 이야기가 나오면 제 눈앞에는 마시다 만 한 잔의 압생트가 어른거렸고, 아아, 이 사람에게 그 그림을 보여 주고 싶다, 내 재능을 믿게 만들고 싶다, 라는 초조함에 괴로워했습니다.

"후후, 그래? 당신은 진지한 얼굴로 농담을 한다니까. 귀여워."

농담이 아니야, 정말이라고, 아아, 그 그림을 보여주고 싶다, 그런 헛된 번민에 괴로워하다, 문득 생각을 바꿔먹고 체념하면서,

"만화 말이야. 적어도 만화는, 호리키보다 더 잘 그릴 수 있어."

그, 어릿광대의 속임수가, 오히려 더 진지하게 들렸던 모양입니다.

"그러게. 나도 실은 내심 감탄했었어. 시게코에게 늘 그려 주는 만화 있잖아, 나까지 깔깔대고 웃었거든. 한번 해볼래? 우리 회사 편집장한테 부탁해볼게."

그 회사는 아이들을 상대로 하는 이름 없는 월간지를 발행하고 있었습니다.

……당신을 보면 여자들은, 대개 뭔가 해주고 싶어서 안달을 내게 돼. ……늘 겁에 질려 있고, 그러면서도 재치가 있거든. ……가끔씩 혼자 기분이 너무 가라앉아 있을 때도 있지만, 그런 모습이 여자들 마음을 한층 더 뒤흔들어.

시즈코는 그 밖에도 이런저런 말로 저를 치켜세우려 했지만, 이것이야말로 남창의 궁상맞은 특성이라 생각하면, 마음이 점점 더 '가라앉을' 뿐 도통 힘이 나지 않았고, 여자보다는 돈이다, 우선은 시즈코에게서 벗어나 독립하고 싶다, 하고 은밀히 바라며 궁리를 해봐도, 그럴수록 점점 더 시즈코에게 의지할 수밖에 없는 처지가 되었습니다. 가출 후 뒤처리다 뭐다, 거의 모든 면에서 이 고슈 출신 여장부의 신세를 지게 된 저는, 시즈코 앞에서 한층 더 '주눅 들어' 지내게 되었습니다.

시즈코의 주선으로 넙치와 호리키, 그리고 시즈코의 삼자회담이 성사되어, 이로써 고향과는 완전히 연이 끊긴 채 시즈코와 '떳떳이' 동거를 하게 되었는데, 시즈코가 애써준 덕분에 제 만화가 제법 돈이 되어서, 저는 그 돈으로 술도 사고 담배도 샀지만, 저의 불안과 우울은 나날이 더해만 갔습니다. '가라앉을' 대로 '가라앉아' 시즈코네 잡지에 매달 연재하는 만화 <긴타 씨와 오타 씨의 모험>을 그리고 있노라면, 문득 고향 집 생각에 울적해진 나머지 펜이 움직이질 않아서 고개를 숙이고 눈물을 흘린 적도 있었습니다.

그런 제게 그나마 작은 구원이 되어 준 것은 시게코였습니다. 시게코는 그즈음 저를 아무 거리낌 없이 '아빠'라고 부르고 있었습니다.

"아빠, 기도하면 신께서 뭐든 다 들어주신다는 게 정말이야?"

저야말로 그 기도를 하고 싶은 심정이었습니다.

아아, 제게 냉철한 의지를 주소서. '인간'의 본질을 깨닫게 해주소서. 사람이 사람을 밀어내는 것도 죄가 아닙니까. 제게, 분노의 가면을 주소서.

"응, 그래. 시게짱에게는 뭐든 주시겠지만, 아빠는 안 될지도 모르겠구나."

저는 신에게조차, 겁을 집어먹고 있었습니다. 신의 사랑은 믿지 못하고, 신이 내릴 벌만을 믿고 있었습니다. 신앙. 그것은 그저 신으로부터 채찍질 당하기 위해, 고개를 숙이고 심판대로 향하는 것처럼 여겨졌습니다. 지옥은 믿을 수 있어도, 천국의 존재는, 도무지 믿을 수가 없었던 것입니다.

"어째서 안 돼?"

"부모님 말씀을 거역했으니까."

"그래? 아빠 아주 좋은 사람이라고, 다들 그러던데."

그건, 내가 사람들을 속이고 있기 때문이다, 이 아파트 사람들 모두가 내게 호의를 갖고 있다는 것은 나도 안다, 하지만 정작 나는 그 사람들이 얼마나 두려운지 모른다, 두려워하면 할수록 호감을 얻게 되고, 사람들에게 호감을 얻으면 얻을수록 더 두려워져서, 모두에게서 멀어지지 않으면 안 되는, 이 불행한 병적 습성을, 시게코에게 설명하는 것은 지극히 어려운 일이었습니다.

"시게짱은 신께 뭘 빌고 싶어?"

저는 자연스럽게 화제를 돌렸습니다.

"난 있지, 진짜 아빠가 있었으면 좋겠어."

너무 놀라 어질어질 현기증이 났습니다. 적. 내가 시게코의 적인지, 시게코가 나의 적인지, 아무튼 여기에도 나를 위협하는 무시무시한 어른이 있다, 타인, 불가해한 타인, 비밀에 휩싸인 타인, 시게코의 얼굴이, 갑자기 그렇게 보였습니다.

시게코만은 아닐 거라 생각했는데, 역시 이 아이에게도 '불시에 등에를 쳐 죽이는 소의 꼬리'와 같은 마음이 있었던 것입니다. 그날 이후 저는, 시게코 앞에서까지 주뼛거리게 되었습니다.

"색마 자식! 집에 있나?"

호리키가 다시금 저를 찾아왔습니다. 제가 가출했을 때, 그토록 저를 외롭게 만들었던 녀석인데, 저는 거절을 하지 못하고 피식 웃으며 그를 맞이했습니다.

"자네 만화, 꽤 인기가 있다면서? 아마추어들은 겁 없이 똥배짱을 부린다니까. 하지만 방심하진 마. 데생이 전혀 안 잡혀 있다고."

마치 제 스승처럼 굴려 들었습니다. 내 '도깨비' 그림을 녀석이 본다면 어떤 표정을 지을까, 언제나처럼 그런 생각에 빠져 공연히 몸서리를 치며,

"그런 소리 말게. 악 하고 비명을 지를 것 같으니."

호리키는 한층 더 의기양양하게 말했습니다.

"처세술만으로는 조만간에 허점이 드러나지."

처세술이라. ……정말 쓴웃음밖에 나오지 않았습니다. 내게 처세술이 있었다니! 그러나 저처럼 인간을 두려워하고, 피하고, 속이는 것은, '신을 건드리지 않으면 해는 입지 않는다'는 속담처럼 영리하고 교활한 처세술과 같다고 할까요. 아아, 인간이란, 서로에 대해 아무것도 모르고, 서로를 완전히 잘못 알고 있으면서, 평생 그것을 눈치채지 못한 채 둘도 없는 친구로 지내다, 상대방이 죽고 나서야 울면서 애도사나 읊어대는 존재인 것은 아닌지요.

어쨌든 호리키는, (시즈코의 부탁을 받고 마지못해 해준 것이 분명했지만) 제가 가출한 후 뒤처리를 맡아줬는데, 그걸로 마치 자기가 절 갱생시킨 큰 은인이나 중매쟁이라도 되는 듯 행세하면서, 거만한 표정으로 제게 설교를

해대기도 하고, 또, 한밤중에 취해서 자고 가기도 하고, 또, 5엔을(언제나 5엔이었습니다) 빌려가기도 했습니다.

"그나저나 자네, 여자 갖고 노는 건 그쯤 해둬. 세상이 더는 용서하지 않을 테니."

세상이란, 대체 무엇을 말하는 것일까요. 인간의 복수형인지요. 그 세상이라는 것의 실체는, 과연 어디에 있을까요. 어쨌거나 그건, 강력하고 엄격하고 무서운 것이라고만 생각하며 살아왔는데, 호리키에게 그런 소리를 듣고 문득,

"세상이란 것은, 바로 자네가 아닌가?"

라는 말이 목구멍까지 올라왔지만, 호리키를 화나게 만들기 싫어서 꾹 참았습니다.

(그것은 세상이 용서하지 않을 것이다.)

(세상이 아니라, 당신이 용서하지 않겠다는 거겠죠?)

(그런 짓을 하면 세상이 널 가만두지 않을 것이다.)

(세상이 아니라, 당신이겠죠?)

(머지않아 세상에서 매장당할 것이다.)

(세상이 아니라, 매장하는 것은, 당신이겠죠?)

너는 네 안의 끔찍함, 괴기스러움, 악랄함, 능구렁이 같은 뻔뻔함, 마귀할멈 같은 요망함을 먼저 알아라! 등등 오만 가지 말들이 머릿속을 오갔지만, 저는 그저 손수건으로 얼굴의 땀을 닦으며,

"진땀나네, 진땀나."

하고 웃기만 했습니다.

하지만 그날 이후 저는, (세상이란 개인이 아닐까) 하는, 사상 비슷한

것을 갖게 되었습니다.

그렇게, 세상이라는 것은 개인이 아닐까 하고 생각하기 시작하면서부터, 저는 전보다는 다소, 제 의지대로 행동할 수 있게 되었습니다. 시즈코의 말을 빌리자면, 저는 조금씩 제멋대로 굴면서 주눅 들지 않게 되었습니다. 또, 호리키의 말을 빌리자면, 이상하게 쩨쩨한 성격이 되었습니다. 또, 시게코의 말을 빌리자면, 시게코를 그다지 귀여워하지 않게 되었습니다.

묵묵히, 웃지도 않고, 그날그날 시게코를 돌보며, <긴타 씨와 오타 씨의 모험>이나, 또 <천하태평 아버지>[10]의 아류작 느낌이 역력한 <천하태평 스님>이나, 또, <성질 급한 핏짱>처럼 저조차 영문을 알 수 없는 엉터리 제목의 연재만화 같은 것을, 여러 회사의 주문(시즈코의 회사 말고도 드문드문 한두 군데에서 주문이 들어왔지만, 모두 시즈코의 회사에도 못 미치는 삼류 출판사들뿐이었습니다)에 응하며, 몹시도 음울한 기분에 휩싸여, 느릿 느릿(저는 그림 그리는 속도가 매우 느린 편이었습니다) 그저 술값이나 벌 생각으로 만화를 그렸고, 시즈코가 회사에서 돌아오면 그녀와 교대로 휑하니 밖으로 나가, 고엔지 역 근처 포장마차나 스탠드바에서 싸고 독한 술을 마시고는, 조금 기분이 풀려 집으로 돌아오곤 했습니다.

"보면 볼수록 이상한 얼굴이야, 넌. 천하태평 스님 얼굴은 사실 네가 자는 모습에서 힌트를 얻은 거야."

"당신도 잘 때 보면 꽤 늙었어요. 마흔은 된 남자 같아."

"너 때문이야. 내 기운을 다 빼갔잖아. 강물 흐르는 대로, 사람의 팔자느은. 왜 그리 슬퍼 보이니 강가의 버드나무야.[11]"

••
10_ 1922년 발표된 아소 유타카의 4컷 만화. 25년, 46년에 영화로 만들어졌다. 실업자인 주인공이 직업을 얻으려 고군분투하다가 결국 가난뱅이로 돌아가는 이야기.

"소란 피우지 말고 어서 주무세요. 아니면 식사하실래요?"

어찌나 침착한지 상대도 해주지 않습니다.

"술이라면 마시지. 강물 흐르는 대로, 사람의 팔자느은. 사람 흐르는 대로, 아니, 강물 흐르는 대로오, 강물의 팔자느은."

노래를 부르는 동안 시즈코가 옷을 벗겨주면, 그 품에 이마를 파묻고 잠드는 것이, 저의 일상이었습니다.

　　그렇게 다음날도 같은 하루를 되풀이하니,

　　어제와 다름없이 관례를 따를 뿐이다.

　　크고 격렬한 기쁨을 피하기만 한다면,

　　거대한 슬픔 또한 찾아오지 않으니.

　　자기 앞길을 가로막는 돌을

　　두꺼비는 그저 돌아서 지나간다.

우에다 빈[12]이 번역한 기 샤를 크로[13]인가 하는 사람의, 이런 시구를 발견했을 때, 저는 혼자서 얼굴이 타들어갈 듯 벌게졌습니다.

두꺼비.

· ·

11_ 나고야 유곽 창녀들이 파업(1900년)을 하며 불렀던 <시노노메부시東雲節>에서.

　　왜 그리 슬퍼 보이니 / 강가의 버드나무야 / 코가루루난토쇼

　　강물 흐르는 대로 / 흘려보내며 살자 / 시노노메 파업 / 알고 보니 괴롭겠네……

12_ 上田敏(1874~1916). 평론가, 번역가. 유럽 문예 사상에 심취하여 이를 일본에 알리는 데 힘썼으며, 일본 근대문학의 아버지라 불리는 모리 오가이와 문예지를 만들기도 했다.

13_ Guy-Charles Cros(1879~1956). 프랑스 시인. 시인이자 과학자였던 샤를 크로(1842~1888)의 아들로, 파리에서 보헤미안 생활을 하다가 제1차 세계대전 때 4년간 포로생활을 하기도 했다. 시집으로 『밤과 침목』(1908), 『일상의 축제들』(1912), 『말과 더불어』(1927) 등이 있다. 인용된 시의 전문을 작품 맨 뒤에 싣는다.

(그것이 바로 나다. 세상이 용서하고 말고 할 것도 없다. 매장하고 말 것도 없다. 나는 개나 고양이만도 못한 동물이다. 두꺼비. 느릿느릿 꾸물거리고 있을 뿐이다)

제 주량은 점차 늘어났습니다. 고엔지 역 부근뿐 아니라 신주쿠나 긴자까지 원정을 나가 술을 마시고 외박도 하면서, 그저 '관례'를 따르지 않겠다는 일념으로, 바에서 난폭한 짓을 일삼고 닥치는 대로 키스를 하며, 말하자면 다시 그 정사情死 이전, 아니, 그 시절보다 훨씬 더 거칠고 야비한 술꾼이 되어서, 돈이 궁하면 시즈코의 옷가지를 들고 나오는 지경이 되었습니다.

이곳에서 찢어진 연을 보며 쓴웃음을 지은 지도 어느덧 한 해가 훌쩍 지나, 벚꽃이 지고 이파리가 돋아날 무렵, 저는 또 시즈코의 허리띠나 속옷 같은 것을 몰래 빼돌려 전당포로 가져가서, 돈을 마련해 긴자에서 술을 마시고는, 이틀 밤 연달아 외박을 하고서, 사흘째 되는 밤, 면목이 없어서 무의식중에 발소리를 죽여 가며 시즈코의 아파트 방 앞에 다다랐는데, 안에서 시즈코와 시게코의 말소리가 들립니다.

"술은 왜 마시는 거야?"

"아빠는 말이야, 술이 좋아서 드시는 게 아니야. 너무 착한 사람이라서, 그래서……."

"착한 사람은 술을 마시는 거야?"

"꼭 그런 건 아니지만……."

"아빠가 분명 깜짝 놀라겠지?"

"싫어하실지도 몰라. 이것 봐, 벌써 상자 밖으로 튀어나왔잖니."

"성질 급한 핀짱 같네?"

"정말 그렇네."

시즈코의, 진심으로 행복한 듯한 잔잔한 웃음소리가 들렸습니다.

문을 살짝 열고 안을 들여다보니, 하얀 새끼 토끼가 보였습니다. 모녀는 방 안을 깡충깡충 뛰어다니는 토끼를 쫓고 있었습니다.

(행복하구나, 이 사람들은. 나 같은 바보가 이 둘 사이에 끼어들면, 이들의 인생은 당장에라도 엉망이 되겠지. 조촐한 행복. 어여쁜 모녀여, 행복하기를. 아아, 만약 신께서 나 같은 놈의 기도라도 들어주신다면, 한 번만, 생애 단 한 번만이라도 좋으니, 저들을 위해 기도하고 싶다.)

그 자리에 쭈그리고 앉아, 합장이라도 하고 싶은 심정이었습니다. 살며시, 문을 닫고, 저는 다시 긴자로 향했고, 그 후로 다시는, 그 아파트로 돌아가지 않았습니다.

그렇게 교바시 근처의 스탠드바 이층에서, 다시금 남첩 비슷한 처지가 되어 드러누워 있게 되었습니다.

세상. 아마 저도, 어렴풋이 그것을 이해하게 된 것 같았습니다. 그것은 개인과 개인의 싸움, 더구나 그 자리에 한하는 싸움이며, 심지어 그 자리에서 이기기만 하면 그만이다, 인간은 결코 인간에게 복종하지 않는다, 노예조차 노예다운 비굴한 보복을 하는 법이다, 그러니 인간은 그 자리에서 한판승부를 보는 것 외에 달리 살길이 없다, 대의명분 비슷한 것을 부르짖으면서도, 노력의 목표는 언제나 개인, 개인을 넘어 다시 개인, 세상의 난해함은 개인의 난해함이며, 대양은 세상이 아닌 개인이다, 그리 생각하니 세상이라는 바다의 무시무시한 환영으로부터 다소 해방되어, 예전처럼 이것저것 한없이 배려하는 일 없이, 이를테면 당장의 필요에 따라 어느 정도 뻔뻔하게 행동할 줄 알게 되었습니다.

고엔지 아파트를 뒤로하고 교바시 스탠드바 마담에게 가,

"헤어지고 왔어."

그 말만 했을 뿐인데, 그걸로 충분히, 말하자면 한판승부가 나서, 그날 밤부터 막무가내로 그곳 이층에 틀어박혀 지내게 되었습니다. 하지만 무시무시해져야 할 '세상'은 제게 아무런 위해도 가하지 않았고, 또 저 역시 '세상'을 향해 아무런 변명도 하지 않았습니다. 마담에게 그럴 마음이 있다면, 모든 것이 그걸로 괜찮았던 것입니다.

저는 그 가게의 손님이자, 남편이자, 심부름꾼이자, 친척뻘 되는 사람이라, 남들이 보기에는 도무지 정체를 알 수 없는 존재였을 텐데, '세상'은 그런 저를 조금도 의심하지 않았고, 그 가게의 단골손님들도 저를 요짱, 요짱 하고 부르며 매우 다정히 대해주면서, 이따금씩 술도 사주었습니다.

저는 점차, 세상을 경계하지 않게 되었습니다. 세상이라는 곳이 그렇게, 두려운 곳만은 아니라는 생각이 들었습니다. 말하자면 이제껏 제가 느꼈던 공포심은, 봄바람 속에는 백일해를 유발하는 수십만 개의 세균이 있고, 대중탕 안에는 눈을 멀게 하는 수십만 개의 세균이 있고, 이발소에는 탈모증을 일으키는 수십만 개의 세균이 있고, 전차 손잡이에는 옴벌레가 우글거리고, 또 생선회나 설익은 돼지고기, 쇠고기에는 촌충의 유충이니 디스토마니 하는 알이 반드시 숨어있고, 또 맨발로 걸으면 발바닥으로 작은 유리 파편이 들어가 몸속을 돌아다니다가 눈을 찔러 실명하기도 한다는 등의 이른바 '과학의 미신'에 겁먹는 것이나 마찬가지였습니다. 수십만 개의 세균이 떠다니고 헤엄치며 여기저기 꿈틀거리고 있는 것은 '과학적'으로 분명 사실이겠지만, 동시에 그 존재를 완전히 묵살하기만 하면, 그것들은 저와 일말의 연관도 없이 순식간에 사라져 없어지는 '과학의 유령'에 지나지 않는다는 것을 깨닫게 된 것입니다. 도시락을 먹다가 밥풀 세 알만 남겨도 만 명이

하루에 세 알씩 남기면 쌀 몇 섬을 헛되이 버리게 된다는 둥, 코 푸는 휴지를 천 명이 하루에 한 장만 절약해도 많은 양의 펄프를 남기게 된다는 둥 하는 '과학적 통계'들에, 제가 얼마나 위협을 받으며 살아 왔는지, 밥풀 한 알을 남길 때마다, 코를 풀 때마다, 산더미 같은 쌀, 산더미 같은 펄프를 낭비하고 있다는 착각에 괴로워하며, 마치 중대한 범죄를 저지르고 있는 듯 우울한 기분에 빠지곤 했는데, 그러나 이것이야말로 '과학의 거짓말', '통계의 거짓말', '수학의 거짓말'이니, 밥풀 세 알을 모을 수도 없을뿐더러, 곱셈 나눗셈의 응용문제로 삼기에도 대단히 원시적이고 저능한 테마로, 불이 안 들어오는 어두운 변소에서 발을 헛디뎌 변소 구멍에 빠질 확률이 몇 번에 한 번인지, 전차 출입구와 플랫폼 틈새에 발이 빠지는 승객이 몇 명 중 몇 명인지, 그런 확률을 계산하는 것만큼이나 멍청한 짓입니다. 그와 같은 일은 얼마든지 일어날 수 있을 것 같지만, 변소 구멍에 발을 헛디뎌서 다쳤다는 이야기는 들어본 적도 없고, 그런 가설을 '과학적 사실'이라고 주입당하여, 그것을 완전히 사실이라고 받아들이고 두려워했던 어제까지의 제 자신이 가엾게 여겨져 웃음이 터져 나올 정도로, 저는 세상이라는 것의 실체를 조금씩 알아갔던 것입니다.

그렇다고는 해도 역시 인간이란, 여전히 제게 두려운 존재여서, 가게 손님들을 만날 때도 컵 가득 술을 따라 한 잔 쭉 들이켜지 않으면 안 되었습니다. 무서운 것은 도리어 더 보고 싶어지는 법. 저는 매일 밤, 그래도 가게에 나가, 마치 어린 아이가 조그만 동물을 보고 무서워하면서도 오히려 세게 꽉 움켜쥐는 것처럼, 가게 손님들 앞에서 한껏 취해 같잖은 예술론을 떠벌리기까지 했습니다.

만화가. 아아, 그러나 저는, 격렬한 기쁨도, 거대한 슬픔도 없는, 무명의 만화가입니다. 그 어떤 슬픔이 와도 좋으니, 크고 격렬한 기쁨을 맛보고 싶다고 내심 안달을 내고는 있었지만, 지금 저의 기쁨으로 말할 것 같으면, 손님들과 쓸데없는 이야기를 하며 손님 술이나 홀짝이는 것이 다였습니다.

교바시에 와서, 이렇게 시시한 생활을 한 지 벌써 일 년 가까이 되고, 제 만화도, 아이들을 대상으로 하는 잡지뿐만 아니라, 역 앞에서 파는 조잡하고 외설적인 잡지에까지 실리게 되어, 저는, 상사 이쿠타(정사, 살아남았다)[14] 라는 어처구니없는 필명으로 저속한 누드화를 그리며, 거기에 주로 루바이야트[15]의 시구를 집어넣었습니다.

> 소용없는 기도 따위 관두시지
> 눈물을 짜는 짓일랑　저리 집어치워
> 그냥 한잔하러 가자　좋은 일만 생각해
> 쓸데없는 걱정일랑 잊어버려

> 불안이나 공포로 사람을 위협하는 이들은
> 스스로 지은 죄가 두려워
> 죽은 자들의 복수에 대비하려고
> 머릿속으로 끊임없이 계략을 꾸미지

> 어젯밤　술을 퍼마시고 내 마음 기쁨으로 가득했으나

• •
14_ 상사上司/jousi/와 정사情死/jousi/는 동음이의어이며, 이쿠타幾多는 살아남았다生きた/ikita/를 연상시킨다.
15_ 페르시아어로 4행시들. 페르시아 시인 우마르 하이얌(1048~1123)의 4행시 시집을 일컫는다. 술과 사랑을 예찬하고, 위선을 비웃으며, 종교에 의구심을 던지는 시가 많았다.

오늘아침   눈을 뜨니 그저 황량하기만
수상쩍은   하룻밤이여
변덕스런 이 마음이여

뒤탈 따위 두려워하지 마
멀리서 울리는 북소리처럼
그것은 정체 모를 불안이니
방귀 뀐 것까지 일일이 죄를 물어서야 살 수가 없지

정의가 인생의 지침이라고?
그렇다면 피로 얼룩진 전쟁터에
암살자의 칼끝에
무슨 정의가 깃들어 있겠는가?

사람들을 지도하는 원리는 어디에 있지?
예지의 빛이 있기는 한가?
아름답고도 무서운 것이 덧없는 세상이야
연약한 사람의 자식에게 감당할 수 없는 짐을 지웠네

어찌할 수 없는 정욕의 씨앗이 심겨진 탓에
선이니 악이니 죄니 벌이니 저주만 받을 뿐
이러지도 저러지도 못하고 그저 갈팡질팡할 뿐
억제하고 억누를 힘도 의지도 주어지지 않은 탓이니

어디를 어떻게 방황하며 헤매었나
무슨 놈의 비판   검토   재인식?
훗   헛된 꿈에   있지도 않은 환상을
에헷   술이 없어 그런 거야   모조리 어리석은 생각이지

자   끝없이 펼쳐진 드넓은 하늘을 보라
그 속에 찍힌 티끌 같은 점이 아닌가
지구가 왜 자전을 하는지 알 게 뭐야
자전   공전   반전도 다 자기 마음대로지

가는 곳마다   궁극의 힘을 느끼며
모든 나라 모든 민족에게서
동일한 인간성을 발견하는
나는야 이단자

모두들 성경을 잘못 해석하고 있어
그게 아니면 상식도 지혜도 없는 거겠지
육신의 기쁨을 금하거나   술을 끊게 하거나
됐어   무스타파   나 그런 것   정말 싫어

하지만 그 무렵, 제게 술을 끊으라고 권하던 아가씨가 있었습니다.
"그러지 마요. 날마다 대낮부터 취해 있잖아."

바 맞은편, 작은 담배 가게에서 일하던 열일고여덟쯤 되는 아가씨였습니다. 요시코라는 아이였는데, 살결이 희고, 덧니가 있었습니다. 제가 담배를 사러 갈 때마다 웃으면서 그렇게 충고하곤 했습니다.

"왜 안 돼. 뭐가 나빠. 사람의 자식이여, 있는 대로 술을 마시고, 증오를 지워 지워 지워라, 라고 말이야, 옛날 페르시아에, 에잇 관두자, 슬픔으로 고단해진 마음에 희망을 주는 건, 오직 거나하게 취하게 해줄 술잔뿐이니, 라고 말이야. 알아들어?"

"모르겠어."

"이 녀석. 키스할까보다."

"해."

조금도 망설이는 기색 없이 아랫입술을 쭉 내밉니다.

"이 바보야. 넌 정조 관념도……."

하지만 요시코의 표정에서는, 확실히 그 누구에게도 더럽혀지지 않은 처녀의 냄새가 났습니다.

해가 바뀌고 혹한의 어느 밤, 저는 술에 취해 담배를 사러 나갔다가 그 담배 가게 앞 맨홀에 빠져서, 요시코, 도와줘, 라고 외쳤고, 요시코는 저를 끌어올려준 뒤 오른팔 상처를 치료해줬는데, 그러면서 진지하게,

"왜 그렇게 많이 마셔요."

하고 웃지도 않고 말했습니다.

저는 죽는 것은 두렵지 않았지만, 다쳐서 피를 흘리고 불구가 되는 것은 질색이었기에, 요시코가 팔 상처를 치료해주는 동안, 이제 그만 술을 끊을까 생각했습니다.

"끊을게. 내일부터 한 방울도 안 마실게."

"정말?"

"반드시 끊겠어. 술을 끊으면, 요시코, 나한테 시집오지 않을래?"

시집오겠느냐는 말은 농담이었습니다.

"물이지."

물이란 '물론'의 줄임말이었습니다. 그즈음 모보^{모던보이}라든가, 모걸^{모던걸} 같은 각종 줄임말이 유행하고 있었습니다.

"좋아. 손가락 걸자. 꼭 끊을게."

그리고 이튿날, 저는 또 대낮부터 술을 마셨습니다.

저녁나절 비틀거리며 밖으로 나와 요시코네 가게 앞에 섰습니다.

"요시코, 미안해. 또 마셨어."

"어머, 못됐어. 취한 척이나 하고."

흠칫 놀랐습니다. 술이 확 깨는 듯했습니다.

"아냐, 진짜야. 정말 마셨어. 취한 척하는 거 아니야."

"장난치지 마. 못됐어."

의심하는 기색이 조금도 없었습니다.

"딱 보면 알잖아. 오늘도 대낮부터 마셨다니까. 용서해줘."

"연기 잘하시네."

"연기가 아니라니까. 이 바보, 키스할까보다."

"해."

"아냐, 난 자격이 없어. 널 신부로 데려오는 것도 단념할 수밖에 없겠어. 내 얼굴 좀 봐, 빨갛지? 술 마셔서 그래."

"그건 석양이 비쳐서 그런 거지. 아무리 그래도 안 속아. 어제 나하고 약속했는데 마셨을 리가 없잖아. 손가락까지 걸고 약속했는걸. 술을 마셨다니, 거짓말, 거짓말, 거짓말."

어두컴컴한 가게에 앉아 미소를 짓고 있던 요시코의 새하얀 얼굴, 아아, 더럽혀지지 않은 처녀성은 숭고하도다, 나는 이제껏, 나보다 어린 처녀와 자본 적이 없다, 결혼하자, 훗날 어떤 거대한 슬픔이 닥친다 해도 좋다, 평생에 한 번이라도 좋으니, 크고 격렬한 기쁨을! 처녀성의 아름다움, 그건 멍청한 시인들이 만들어낸 달콤하고 감상적인 환상에 지나지 않는다고 생각했는데, 정말 이 세상에 존재하는 것이었구나, 결혼해서 봄이 되면 둘이서 자전거를 타고 신록이 우거진 숲 속 폭포수를 보러 가자, 그 자리에서 그렇게 결심한 저는, 소위 '한판승부'로 꽃 훔치기를 주저하지 않았습니다.

마침내 우리는 결혼했고, 그로 인한 기쁨은, 꼭 그렇게 거대한 것은 아니었지만, 그 뒤에 찾아온 슬픔은, 처참하다는 표현으로도 부족할 만큼 상상을 초월하는 것이었습니다. 제게 있어 '세상'은, 역시 끝을 알 수 없을 만큼 무서운 곳이었습니다. 결코 그 따위 한판승부로 하나부터 열까지 다 정해지는, 만만한 곳이 아니었습니다.

2

호리키와 나.

서로 경멸하면서도 만나고, 그러면서 서로를 하찮게 만들어 가는 것, 그것이 세상 사람들이 말하는 '교우'라고 한다면, 저와 호리키도 그런 '교우' 사이임이 틀림없었습니다.

제가 그 교바시 스탠드바 마담의 의협심에 매달려, (여자에게 의협심이라는 표현이 좀 안 어울리기는 하지만, 제 경험에 의하면, 적어도 도시 남녀의 경우, 남자보다는 여자 쪽이, 그, 의협심이라 할 만한 것을 훨씬 더 많이 지니고 있었습니다. 남자는 대개, 흠칫거리면서 허풍만 떠는 구두쇠들이었습니다) 담배 가게 요시코를 내연의 처로 맞아, 쓰키지 스미다 강 근처, 이층 높이의 작은 목조 아파트에 지하 셋방을 하나 얻어 둘이 살면서, 술은 끊고, 이제 슬슬 제 직업으로 자리 잡은 만화 일에 힘을 쏟으며, 저녁식사 후에는 둘이서 영화도 보러 가고, 돌아오는 길에 찻집에 들르거나, 꽃 화분을 사거나, 아니 그것보다도, 저를 진심으로 믿어주는 이 어린 신부가 하는 이야기를 듣고, 그 몸짓을 보고 있는 것이 마냥 즐거워, 이거 나도 어쩌면 조만간 점점 더 인간다워져서, 비참한 죽음을 면하고 살 수 있는 게 아닐까 하는 달콤한 생각이 어렴풋이 싹트던 그때, 호리키가 또다시 제 앞에 나타났습니다.

"어이, 색마! 어라? 주제에 나름대로 철든 얼굴을 하고 있네. 오늘은 고엔지 마님 분부로 왔다만."

말하다 말고 갑자기 목소리를 낮춰, 부엌에서 차를 준비하는 요시코 쪽을 턱으로 가리키며, "괜찮겠어?" 하고 묻기에,

"상관없어. 무슨 소릴 하든."

하고 침착하게 대답했습니다.

실제로 요시코는 신뢰의 천재라 할 정도로, 교바시 바 마담과의 관계는 물론, 가마쿠라에서 있었던 일을 알려줘도, 저와 쓰네코 사이를 의심하지 않았는데, 그것은 제가 거짓말에 능해서가 아니라, 이따금씩 적나라하게 다 말을 해도, 요시코는 모두 농담으로밖에 받아들이지 않는 듯했습니다.

"잘난 체하는 건 여전하네. 뭐, 별건 아닌데, 가끔 고엔지 쪽으로도 놀러오지 않겠냐고 전해달라더군."

잊을 만하면 괴상하게 생긴 새가 날개를 퍼덕이며 날아와, 부리로 기억 속 상처를 쪼아댑니다. 그 옛날 부끄럽고 죄스러운 기억들이 새록새록 눈앞에 되살아나, 아악 하고 비명을 지르고 싶을 정도로 공포에 휩싸여 가만히 있을 수가 없었습니다.

"한잔할까?"

라고 하는 나.

"좋지."

라고 하는 호리키.

나와 호리키. 생김새는 둘이 비슷했습니다. 꼭 닮은 인간이라는 생각이 들 때도 있었습니다. 물론 그것은, 싸구려 술을 마시고 여기저기 휘젓고 다닐 때의 이야기지만, 아무튼 둘이 얼굴을 맞대고 있으면, 점차 같은 생김새, 같은 수준의 개로 변하여, 눈 오는 거리를 냅다 뛰어다니는 형국이 되었습니다.

그날 이후, 우리는 옛 우정을 되살린답시고 교바시의 그 작은 바에도 함께 갔고, 마침내 만취한 두 마리 개가 되어, 고엔지에 있는 시즈코의 아파트에서 하룻밤 묵고 오는 지경에 이르렀습니다.

잊히지도 않습니다. 무더운 여름밤이었습니다. 해 질 녘, 호리키가 후줄근한 유카타를 입고 쓰키지에 있는 제 아파트로 찾아와, 오늘 돈이 좀 필요해서 여름옷을 전당포에 맡겼는데, 그 사실을 노모가 아시면 곤란하니 그걸 당장 되찾아와야겠다, 그러니 돈 좀 빌려달라, 라고 하는 것이었습니다. 하필 제 수중에도 돈이 없어서, 여느 때처럼 요시코에게 그녀의 옷가지를 전당포에 맡기고 돈을 마련해오라고 해서, 호리키에게 빌려주고 약간 남은 돈으로 요시코에게 소주를 사오게 하여, 아파트 옥상으로 올라가 스미다 강에서 이따금 불어오는 시궁창 냄새 나는 바람을 맞으며, 참으로 꾀죄죄하고 서늘한 술상을 벌였습니다.

저희는 그때 희극 명사, 비극 명사 알아맞히기 놀이를 했습니다. 이것은 제가 발명한 놀이였는데, 모든 명사는 남성명사, 여성명사, 중성명사로 나뉘니, 그렇다면 희극 명사, 비극 명사라는 구별이 있어야 마땅하다, 예컨대 기선과 기차는 둘 다 비극 명사고, 전차와 버스는 둘 다 희극 명사, 어째서 그런지 이해하지 못하는 사람은 예술을 논할 자격이 없다, 희극에 비극 명사를 단 하나라도 끼워 넣는 극작가는 이미 그것만으로도 낙제다, 비극의 경우도 마찬가지다, 라는 식이었습니다.

"준비됐어? 담배는?"

제가 묻습니다.

"트래(비극tragedy의 줄임말)."

호리키가 딱 잘라 말합니다.

"약은?"

"가루약? 아니면 알약?"

"주사약."

"트래."

"그럴까? 호르몬 주사도 있잖아."

"아니, 주사는 단연코 트래야. 주삿바늘 자체가 훌륭한 트래가 아닌가."

"좋아, 그렇다 치자. 그렇지만 의외로 약이나 의사는 코미(희극comedy의 줄임말)에 가까워. 죽음은?"

"코미. 목사나 중도 마찬가지고."

"잘했어. 그리고 삶은 트래겠지."

"틀렸어. 그것도 코미야."

"아냐, 그러면 뭐든 다 코미가 되잖아. 그럼, 하나 더 묻겠는데, 만화가는? 설마하니 코미라곤 못 하겠지?"

"트래, 트래. 그거야말로 엄청난 비극 명사지!"

"무슨 소리, 엄청난 트래는 바로 자네라고."

이런 어설픈 말장난이 되면 시시해지지만, 그래도 우리는 이 놀이를, 세상 어떤 살롱에서도 찾아볼 수 없는 대단히 재치 있는 놀이라고 자부하고 있었습니다.

또 하나, 당시 저는 이와 유사한 놀이를 발명했습니다. 그것은 반의어 알아맞히기였습니다. 흑의 안트(반의어antonym의 줄임말)는 백. 그러나 백의 안트는 적. 적의 안트는 흑.

"꽃의 안트는?"

제가 묻자, 호리키는 입술을 실룩대며 생각에 잠기더니,

"가만있자, '화월花月'이라는 요릿집이 있었으니 달이겠지."

"아니, 그건 안트라고 할 수 없어. 오히려 동의어synonym지. 별과 제비꽃[16]도 시너님이고. 안트가 아니야."

"알겠어. 그렇다면, 꿀벌이다."

"꿀벌?"

"모란에 꿀벌……, 아니 개미던가?"

"뭐야, 그건 그림 모티브잖아. 얼버무릴 생각 마."

"그렇지! 꽃에는 떼구름……."

..
16_ '하늘의 별, 땅의 제비꽃'처럼 작고 아름다운 것을 통해 사랑과 같은 감성을 노래하자던 메이지시대 낭만주의 문학 모임 성근星菫별제비꽃파(잡지 『명성明星』으로 활동)에서.

"달에는 떼구름이겠지."

"그래, 맞아. 꽃에는 바람. 바람이야. 꽃의 안트는 바람이다."

"무슨 소리, 그건 나니와부시 가사지. 수준이 드러나는군."

"아냐, 비파 곡이야."[17]

"그럼 더더욱 안 돼. 꽃의 안트는 말이야, ……세상에서 가장 꽃답지 않은 것, 그런 걸 대야 해."

"그러니까 그……, 잠깐, 뭐야, 여잔가?"

"내친김에 여자의 동의어는?"

"창자."

"자네한테는 도무지 시적 정서란 것이 없군. 그렇다면 창자의 안트는?"

"우유."

"그건 그럴듯하네. 그런 식으로 하나 더 해볼까. 부끄러움. 옹트^{붙어로 부끄러움}의 안트는?"

"철면피지. 인기 만화가 상사 이쿠타."

"호리키 마사오는 어떻고?"

이즈음부터 두 사람 사이에 점차 웃음기가 사라지고, 소주 특유의 술기운이 올라, 예의 유리 파편들이 머릿속에 가득 찬 듯 음울해졌습니다.

"건방진 소리 마. 난 아직 너처럼 포승줄에 묶이는 치욕을 당한 적은 없으니까."

흠칫했습니다. 호리키는 속으로, 나를 인간 취급도 하지 않고 있는 거다,

17_ '달에는 떼구름, 꽃에는 바람.' 좋은 일 뒤에 나쁜 일이 따름을 비유하는 말로, 출가한 아버지의 소식을 찾아나서는 아들의 이야기 <이시도마루石童丸>의 한 소절(달에는 떼구름, 꽃에는 바람. 꽃이 지듯 허무한 것이, 세상의 이치.)이기도 하다. 귀족적 헤이안시대 비파 반주 히고비파 곡이나, 대중적 메이지시대 샤미센 반주 나니와부시 곡 등으로 만들어졌다.

날 그저, 죽는 데 실패한, 몰염치한, 천치의 혼령, 말하자면 '산송장'으로밖에 여기지 않으면서, 자기 쾌락에 필요한 만큼만 나를 이용하는, 딱 그만큼의 '교우'였던 거다, 라고 생각하니 과연 그리 유쾌한 기분이 들진 않았지만, 한편으로 호리키가 절 그런 식으로 보는 것에도 일리가 있는 것이, 저는 어릴 때부터 인간의 자격이 없는 아이였고, 호리키 같은 녀석이 저를 경멸하는 것도 어찌 보면 당연한 일이다 싶어,

"죄. 죄의 반의어는 뭘까. 이건 좀 어려울 거야."

하고 억지로 아무렇지 않은 척 말했습니다.

"법이지."

호리키가 태연히 답하기에, 저는 그의 얼굴을 다시 들여다보았습니다. 인근 빌딩의 명멸하는 네온사인 붉은 불빛에, 호리키의 얼굴은 귀신도 잡을 듯한 형사처럼 위엄 있어 보였습니다. 저는 어이가 없어서,

"이봐, 죄는 그런 게 아니잖아."

죄의 반의어가 법이라니! 그러나 세상 사람들은 모두 그렇게 간단히 치부하고 사는지도 모릅니다. 형사가 없는 곳에 죄가 꿈틀댄다, 라고.

"그럼 뭔가, 신인가? 하기야 자네는 어딘지 모르게 사이비 교주 같은 구석이 있긴 해. 찜찜하게."

"뭘 또 그렇게 딱 잘라 말하나. 둘이서 조금만 더 생각을 해보자고 그런대로 재미있는 주제잖아. 이 테마에 대한 대답 하나로, 그 사람의 전부를 알 수 있을 것 같다는 생각이 드는데."

"무슨 소리야. ……죄의 안트는 선이지. 선량한 시민. 말하자면 나 같은 사람인 거야."

"농담하지 마. 선은 악의 안트지, 죄의 안트는 아니야."

"악과 죄가 다른가?"

"달라. 난 그렇게 생각해. 선악의 개념은 인간이 만든 거야. 인간이 멋대로 지어낸 도덕 언어라고."

"쳇, 귀찮게 구는군. 그렇담 역시 신이겠지. 신, 신이라고. 뭐든 신이라고 해두면 틀림없어. 아, 배고프다."

"지금 밑에서 요시코가 누에콩을 삶고 있어."

"고맙군. 내가 좋아하는 건데."

머리 뒤로 깍지를 끼고, 뒤로 벌렁 드러누웠습니다.

"자네는 죄에 대해 전혀 관심이 없는 모양이야."

"그야 그렇지, 너처럼 죄인은 아니니까. 내가 난봉꾼이긴 하지만, 여자를 죽게 만들거나 여자 돈을 등쳐 먹지는 않아."

죽게 만든 게 아니다, 등쳐 먹은 게 아니다, 하고 속으로 희미하지만 필사적으로 항변을 해보지만, 아니다, 내 탓이다, 라고 이내 생각을 고쳐먹는 이 습성.

저는 아무리 해도, 정면으로 맞서서 논쟁을 할 수가 없습니다. 소주의 음울한 취기 때문에, 기분이 자꾸만 험악해지는 것을 간신히 억누르며, 혼잣말하듯 중얼거렸습니다.

"하지만 감옥에 갇히는 것만이 죄는 아니야. 죄의 안트를 알면, 죄의 실체도 파악할 수 있을 것 같은데, ……신, ……구원, ……사랑, ……빛, ……신에게는 사탄이라는 안트가 있고, 구원의 안트는 고뇌일 테고, 사랑에는 증오, 빛에는 어둠이란 안트가 있고, 선에는 악, 죄와 기도, 죄와 참회, 죄와 고백, 죄와……, 아아, 죄다 동의어네, 죄의 대의어는 뭘까."

"죄^{쓰미}의 대의어는 꿀^{미쓰}이지. 꿀처럼 달콤한 거야. 아, 배고파. 먹을 것

죄^{쓰미}

좀 가져와."

"자네가 가져오면 될 것 아니야!"

난생처음이라고 할 정도로, 분노가 치밀어 격하게 화를 냈습니다.

"좋아, 그렇담, 밑에 내려가서 요시코하고 둘이서 죄를 저지르고 오겠어. 탁상공론보다는 현장답사지. 죄의 안트는 꿀콩, 아니, 누에콩인가?"

혀도 제대로 안 돌아갈 정도로 취해 있었습니다.

"멋대로 해. 꺼져버려!"

"죄와 공복, 공복과 누에콩, 아니, 이건 동의어인가?"

입에서 나오는 대로 지껄이며 일어섭니다.

죄와 벌. 도스토옙스키. 퍼뜩 그 생각이 뇌리를 스쳐, 흠칫했습니다. 만일 저 도스토 씨가 죄와 벌을 동의어가 아니라 반의어로 생각하고 나란히 놓은 것이라면? 죄와 벌, 결코 상통하지도 않고, 얼음과 숯처럼 섞이지도 않는다. 죄와 벌을 안트로 여긴 도스토 씨의 마음은 일렁이는 해캄, 썩은 연못, 혼돈의 깊은 곳, ……아아, 알 것 같다, 아니, 아직, ……그런 생각들이 머릿속에서 주마등처럼 빙글빙글 돌던 그때,

"어이! 누에콩은 얼어 죽을. 이리 와봐!"

호리키의 목소리나 안색이 확 달라져 있었습니다. 방금 전 비틀거리며 일어나 밑으로 내려갔다고 생각했던 호리키가, 다시 돌아와 있었습니다.

"무슨 일이야?"

둘이서 묘하게 살벌한 기운을 띠며 옥상에서 이층으로 내려가, 이층에서 다시 아래층 제 방으로 내려가려는데, 층계참에 호리키가 멈춰 서더니,

"저것 봐!"

하고 작은 목소리로 어딘가를 가리켰습니다.

제 방 위쪽에 열려 있는 작은 창문 틈으로 방 안이 보였습니다. 전등불 아래 두 마리 짐승이 있었습니다.

저는 눈앞이 아찔해지면서, 이 또한 인간의 한 면모다, 인간의 모습일 뿐이다, 놀랄 것 없다, 하고 가쁜 숨을 몰아쉬며 속으로 그렇게 중얼거리며, 요시코를 구해줘야 한다는 사실마저 잊고 계단에 우뚝 섰습니다.

호리키가 크게 헛기침을 했습니다. 저는 도망치듯 혼자 옥상으로 뛰어올라가, 바닥에 벌렁 드러누워 비 머금은 여름 밤하늘을 올려다봤는데, 그때 저를 엄습한 감정은 분노도, 혐오도, 슬픔도 아닌, 대단히 무시무시한 공포였습니다. 그것도 묘지의 유령에 대한 공포 같은 것이 아니라, 신사에 있는 삼나무 숲에서 하얀 옷을 입은 신령을 마주쳤을 때와 같이, 뭐라 토를 달 수 없는 거센 태곳적 공포감이었습니다. 그날 밤부터 제 머리칼은 하얗게 새기 시작했고, 이윽고 모든 것에 자신감을 상실하여, 결국 한없이 사람을 의심하면서, 세상살이에 대한 일말의 기대와 기쁨, 여운 등을 영원히 떠나보내게 되었습니다. 이는 실로, 제 생애의 결정적인 사건이었습니다. 저는 미간을 정통으로 맞아 금이 갔고, 그날 이후 어떤 인간을 만나든 그 상처가 욱신거렸습니다.

"딱하게 됐다만, 어쨌거나 자네도 이제 조금은 깨달은 바가 있겠지. 이제 나는 두 번 다시 여기 오지 않겠어. 지옥이나 매한가지야. ……그래도 요시코는 용서해줘라. 어차피 너도 제대로 된 놈은 아니니까. 이만 간다."

거북한 장소에 죽치고 앉아 있을 만큼 얼빠진 호리키가 아니었습니다.

저는 일어나 혼자 소주를 마시면서, 엉엉 소리 내어 울었습니다. 얼마든지, 언제까지고 울 수 있었습니다.

어느새, 제 등 뒤에, 요시코가, 누에콩이 수북하게 담긴 쟁반을 들고 우두커니 서 있었습니다.

"아무 짓도 안 할 거라기에……."

"됐다. 아무 말 마. 넌 사람을 의심할 줄 몰랐던 것뿐이야. 앉아. 콩이나 먹자."

나란히 앉아 콩을 먹었습니다. 아아, 신뢰가 죄이나이까? 그 남자는 제게 만화를 의뢰하고는, 몇 푼 안 되는 돈을 우쭐대며 놓고 가는 서른 줄의 배운 것 없고 왜소한 장사치였습니다.

그자는 그 후로 다시는 나타나지 않았지만, 저는 왠지 그 장사치에 대한 증오보다도, 처음 발견했을 때 곧장 헛기침이든 뭐든 해주지 않고, 제게 알려준답시고 그대로 다시 옥상으로 돌아온 호리키에 대한 증오와 분노가, 잠 못 드는 밤이면 부글부글 끓어올라 끙끙댔습니다.

용서하고 말 것도 없습니다. 요시코는 신뢰의 천재입니다. 남을 의심할 줄 몰랐던 것입니다. 그러나 그렇기에 더해만 가는 비참함.

신께 묻나니. 신뢰가 죄이나이까.

요시코가 더럽혀진 것보다도, 요시코의 신뢰가 더럽혀졌다는 것이, 제게는 그 후로 오랫동안, 살아갈 수도 없을 만큼 극심한 고뇌의 씨앗이 되었습니다. 저처럼 불쾌하게 쭈뼛쭈뼛 사람들 눈치만 보면서, 남을 신뢰하는 능력에 금이 가버린 사람에게는, 요시코의 순진무구한 신뢰심이 그야말로 신록이 우거진 숲 속 폭포수처럼 상쾌하게 여겨졌던 것입니다. 그것이 하룻밤 사이에 누런 구정물로 변해버렸습니다. 저것 좀 보십시오, 그날 밤부터 요시코는 제 안색만 살피게 되었습니다.

"어이."

하고 부르면, 흠칫 놀라, 눈 둘 곳마저 찾지 못하는 지경입니다. 제가 웃겨보려고 우스갯소리를 해도, 그저 안절부절, 쩔쩔매면서, 갑자기 제게 존댓말을 썼습니다.

과연, 순진무구한 신뢰심은, 죄의 원천이나이까.

저는 유부녀가 겁탈당한 이야기가 실린 책을 이것저것 뒤져가며 읽어보았습니다. 하지만 요시코만큼 비참하게 능욕당한 여자는, 한 명도 없는 것 같았습니다. 애초에 말도 안 되는 이야기입니다. 그 왜소한 장사치와 요시코 사이에 사랑 비슷한 감정이라도 있었다면, 오히려 제 기분이 나아졌을지도 모르겠지만, 그것은 그저, 어느 여름밤, 요시코는 믿었고, 그리고 그것으로 끝이었는데, 심지어 그로 인해 저는 미간을 정통으로 맞아 금이 가고 목이 쉬고 흰머리가 났으며, 요시코는 평생 안절부절못하며 살게 된 것입니다. 대부분의 이야기는 아내의 그 '행위'를 남편이 용서할지 어쩔지에 중점을 두고 있었지만, 그것은 제게 그다지 괴로운 문제가 아니었습니다. 용서할지 말지, 그런 권리를 유보하고 있는 남편이야말로 운이 좋은 것이니, 도저히 용서할 수 없다면 소란 피우지 말고 얼른 아내와 이혼하여 새 부인을 얻으면 될 것이고, 그럴 수 없다면 '용서하고' 참는 수밖에, 어느 쪽이든 남편의 기분 하나로 만사가 원만하게 해결될 텐데, 라는 생각마저 들었습니다. 즉, 이러한 사건이 남편에게 큰 충격이기는 해도, 그것은 그저 '충격'일 뿐, 언제까지고 밀려나갔다 밀려들어오는 파도와 달리, 권리를 가진 남편의 분노로 어떻게든 처리할 수 있는 문제처럼 여겨졌습니다. 하지만 저희의 경우, 남편에게는 아무런 권리도 없고, 생각하면 할수록 모든 것이 다 제 잘못인 것만 같아, 화를 내기는커녕 싫은 소리 한마디 하지 못했고, 또 아내는, 천성이 보기 드물게 고운 탓에 겁탈당한 것입니다. 게다가 그 고운 천성은, 남편이 일찍이 동경하던, 순진무구한 신뢰심이라는 한없이 가련한 것이었습니다.

순진무구한 신뢰심은 죄이나이까.

유일하게 믿었던 고운 천성마저 의심하게 된 저는, 더 이상 뭐가 뭔지 알 수가 없었고, 기댈 곳은 오직 알코올뿐이었습니다. 제 얼굴은 극도로 일그러졌고, 아침부터 소주를 마셨으며, 이가 하나둘 빠졌고, 만화도 거의 외설에 가까운 것을 그리게 되었습니다. 아니요, 확실히 짚고 넘어가겠습니다. 저는 그즈음부터 몰래 춘화를 베껴 팔았습니다. 소주를 살 돈이 필요했습니다. 늘 제 시선을 피하며 우물쭈물하고 있는 요시코를 보고 있으면, 저 녀석은 도무지 의심이란 것을 모르는 여자니, 그 장사치와도 처음이 아닌 게 아닐까? 어쩌면 호리키와도? 아니, 어쩌면 내가 모르는 남자와? 라는 식으로 의심은 의심을 낳았고, 그렇다고 과감히 캐물을 용기도 없어서, 여느 때처럼 불안과 공포에 몸부림치며, 그저 소주나 들이켜고 취해서는, 비굴한 유도 심문 비슷한 것을 어물쩍 시도해보고, 어리석게도 내심 일희일비하면서, 겉으로는 일부러 더 익살을 떨고, 그리고, 그런 다음, 요시코에게 끔찍한 지옥의 애무를 가하다, 인사불성이 되어 곯아떨어지곤 했습니다.

그해 연말, 만취해서 느지막이 집으로 돌아온 저는, 설탕물을 마시고 싶었는데, 요시코가 잠든 것 같아서 직접 부엌으로 가 설탕 단지를 찾아내 뚜껑을 열어보니, 설탕은 없고, 검고 길쭉한 작은 종이 상자가 들어 있었습니다. 무심코 상자를 꺼내 거기 붙은 상표를 보고는, 정신이 번쩍 들었습니다. 그 상표는 손톱으로 긁어내 반 이상 뜯겨 있었지만, 서양 글씨 부분이 남아 있었고, 그곳에 또렷하게 적혀 있었습니다. DIAL.

디알. 저는 그즈음 오로지 소주만 마시면서 수면제는 복용하지 않았지만, 그러나 불면증이 제 지병과 같다 보니, 대부분의 수면제를 잘 알고 있었습니다. 이 디알 한 상자는 분명 치사량이 넘을 터였습니다. 상자는 아직 뜯겨 있지 않았지만, 그러나, 언젠가는, 저지를 생각으로 이런 곳에, 더구나 상표까지 뜯어가며 감춰둔 것이 분명합니다. 가엾게도, 그 아이는 상표에 붙은 서양 글씨를 읽을 수 없기에, 손톱으로 절반만 뜯어내고, 이 정도면 괜찮다고 생각했던 것이겠지요. (너에게 죄는 없다.)

저는 소리 나지 않게 가만히 컵에 물을 붓고, 천천히 상자를 뜯어, 전부, 단숨에 입안에 털어 넣고, 컵 속의 물을 침착하게 다 마신 뒤, 불을 끄고 그대로 잠이 들었습니다.

사흘 밤낮을, 죽은 듯이 잠만 잤다고 합니다. 의사는 과실로 보고 경찰에 신고하는 것을 미뤄주었다고 합니다. 정신이 들고 제일 먼저 중얼거린 소리는, 집에 갈래, 라는 말이었다고 합니다. 그 집이 어느 집을 가리키는 것인지는 정작 저도 잘 모르겠지만, 아무튼 그리 말하고는, 지독하게 울었다고 합니다.

서서히 안개가 걷히고, 눈을 떠보니, 머리맡에 넙치가 대단히 못마땅한 표정으로 앉아 있었습니다.

"지난번에도 연말이었거든, 안 그래도 눈 돌아가게 바쁜데, 꼭 연말을 골라가며 이런 짓을 저지르니, 내가 제 명에 못 살겠어."

넙치의 말 상대는 교바시 바의 마담이었습니다.

"마담."

제가 불렀습니다.

"응? 이제 정신이 좀 들어?"

마담은 제 얼굴 위로 자기 웃는 얼굴을 포개듯 가져왔습니다.

저는 눈물을 뚝뚝 흘리며,

"요시코와 헤어지게 해줘."

저도 생각지 못했던 말이 튀어 나왔습니다.

마담은 몸을 일으키더니 희미하게 한숨을 내쉬었습니다.

그러고 나서 저는, 이 또한 정말 생각지 못했던, 우습다고 해야 할지 엉뚱하다고 해야 할지, 뭐라 형용할 수 없는 실언을 했습니다.

"나는, 여자가 없는 곳으로 갈 거야."

아하하하, 먼저 넙치가 큰 소리로 웃었고, 마담도 킥킥거리며 웃는 바람에, 저는 눈물을 흘리면서도 얼굴이 빨개져서 쓴웃음을 지었습니다.

"그래, 그게 낫지."

넙치는 칠칠치 못하게 한참을 웃으며,

"여자가 없는 데로 가는 게 나아. 여자가 있으면 아무튼 사달이 난다고. 여자가 없는 곳이라, 생각 참 잘했습니다."

여자가 없는 곳. 하지만 저의 이 엉뚱한 소리는, 훗날 대단히 음산하게 실현되었습니다.

요시코는 어쩐지, 제가 자기를 대신해서 독약을 먹었다고 생각하는지, 예전보다 한층 더 저를 어려워했고, 제가 무슨 소리를 해도 웃지 않았으며, 제대로 대화도 할 수 없었는데, 저도 그런 방 안에 있는 것이 답답해서, 자꾸만 밖으로 나돌며 변함없이 싸구려 술을 들이켰습니다. 하지만 그 디알 사건 이후, 제 몸은 부쩍 야위었고, 손발은 나른했으며, 만화 일도 게을리하게 되어, 넙치가 문병을 와서 위로금이랍시고 놓고 간 돈(넙치는 그 돈을, 제 마음입니다, 라고 하며 누가 봐도 자기 주머니에서 나온 것인 양 꺼내놓았지만, 이것도 고향 형들이 보내준 모양이었습니다. 저도 그즈음에는 넙치 집에서 도망쳐 나왔을 때와 달리, 넙치의 그런 뻔뻔한 수작을 어렴풋이나마 꿰뚫어볼 수 있게 되었는데, 저 역시 교활하게 아무것도 모르는 척, 얌전히 넙치를 향해 고맙게 쓰겠다는 인사를 했지만, 그러나 넙치가 왜 그런 맹랑한 술수를 쓰는지는, 알 듯 모를 듯 그저 이상하기만 했습니다) 그 돈으로 큰맘 먹고 혼자서 이즈 남쪽 온천으로 떠나기도 했습니다. 하지만 제 처지가 그리 태평하게 온천 여행이나 할 상황도 아니었고, 요시코를 생각하면 쓸쓸해 견딜 수가 없어서, 여관방에서 산이나 바라보며 느긋하게 쉴 수도 없었기에, 옷도 안 갈아입고 온천물에는 발도 담그지 않은 채, 밖으로 뛰쳐나가 누추한 요정 같은 곳에서, 소주를, 그야말로 들이붓듯 퍼마시고, 몸이 더 안 좋아져서 집으로 돌아왔습니다.

도쿄에 큰 눈이 내리던 밤이었습니다. 저는 술에 취해 긴자 뒷골목에서, 이곳은 고향 땅에서 몇백 리인가,[18] 이곳은 고향 땅에서 몇백 리인가, 하고 작은 목소리로 한없이 중얼중얼 노래를 하면서, 소복이 쌓인 눈을 구둣발로 차며 걷다가, 돌연, 피를 토했습니다. 그것이 최초의 각혈이었습니다. 눈 위에 큼직한 일장기가 생겼습니다. 저는 한동안 주저앉아 있다가, 때 묻지 않은 눈을 두 손으로 떠서 얼굴을 씻으며 울었습니다.

이고스은 어어디 골목길인가요?

이고스은 어어디 골목길인가요?[19]

가련한 계집아이의 노랫소리가, 환청처럼 아득히 멀리서 들려왔습니다. 불행. 세상에는 저마다 불행한 사람들, 아니, 온통 불행한 사람들로 가득하다 해도 과언이 아니겠지만, 그래도 그 사람들은 자기 불행을 세상에 당당히

18_ 러일전쟁 군가 <전우>의 첫 소절. 태평양전쟁 때는 염세적이라는 이유로 금지곡이 됐다.
　　이곳은 고향 땅에서 몇백 리인가 / 머나먼 만주 /
　　붉은 노을 지고 / 전우는 들판의 돌무더기 아래에……
19_ 동요 <지나가세요通りゃんせ>에서.
　　지나가세요 지나가세요 / 이곳은 어디 골목길인가요 / 하늘신이 사는 골목길이지……

하소연할 수 있고, 또 '세상'도 그 사람들의 하소연을 쉬이 이해하며 동정합니다. 하지만 저의 불행은, 오롯이 제가 저지른 죄악에서 비롯된 것이니, 누구에게 하소연할 수도 없고, 또 우물거리며 하소연 비슷한 소리를 한마디라도 꺼냈다가는, 딱히 넙치가 아니더라도 세상 모든 사람들이, 그런 뻔뻔한 소리를 잘도 입에 올린다며 어이없어 할 것이 분명합니다. 애당초 제가 '제멋대로'인 것인지, 혹은 그 반대로 마음이 너무 약한 것인지, 저도 뭐가 뭔지 잘 모르겠지만, 어쨌든 죄악으로 똘똘 뭉쳐진 인간인 모양이니, 어디까지나 스스로를 점점 더 불행하게 만들 뿐, 어떻게 막아볼 도리가 없는 것입니다.

저는 일어나, 우선 적당한 약을 찾아 먹어야겠다는 생각에, 근처 약국에 들어가 그곳 아주머니와 얼굴을 마주한 순간, 아주머니는 카메라 플래시라도 터진 것처럼 고개를 들고 눈을 휘둥그레 뜬 채 우뚝 섰습니다. 그러나 휘둥그레진 그 눈에 경악이나 혐오의 기색은 없고, 마치 구원을 바라는 듯한, 누군가를 그리워하는 듯한 빛이 서려 있었습니다. 아아, 이 사람도 불행하구나, 불행한 사람은 타인의 불행에도 민감한 법이니, 라고 생각했을 때, 문득, 아주머니가 목발을 짚고 위태롭게 서 있는 것을 눈치챘습니다. 아주머니에게 달려들고 싶은 마음을 억누르며, 계속해서 서로 얼굴을 마주 보는데 눈물이 났습니다. 그러자 아주머니의 커다란 눈에서도, 눈물이 뚝뚝 흘러내렸습니다.

그대로 말 한마디 없이 약국을 나와, 비틀거리며 아파트로 돌아와서는, 요시코에게 소금물을 타달라고 해서 마신 다음 조용히 누워 잤고, 이튿날도, 감기 기운이 있다며 거짓말을 하고 온종일 누워 있다가, 밤이 되자, 제가 각혈을 한다는 걸 들킬까봐 불안해 견딜 수가 없어서, 일어나 그 약국으로 가서 이번에는 웃으며, 아주머니에게 매우 솔직하게 제 몸 상태를 털어놓고 의논했습니다.

"술을 끊어야 해요."

우리는 피붙이 같았습니다.

"알코올중독인지도 모르겠습니다. 지금도 마시고 싶어요."

"안 돼요. 제 남편도 폐결핵에 걸렸는데, 술로 균을 죽이느니 어쩌느니 하면서 술독에 빠져 살다가 스스로 수명을 단축시켰지요."

"불안해서 못 견디겠습니다. 무서워서, 도무지, 진정이 안 돼요."

"약을 드릴게요. 술은 꼭 끊으세요."

아주머니(미망인으로 아들이 하나 있었는데, 지바인가 어디 의대에 들어간 지 얼마 지나지 않아 아버지와 같은 병에 걸려 휴학하고 입원 중이며, 집에는 중풍에 걸린 시아버지가 누워 있고, 아주머니 자신은 다섯 살 때 소아마비로 한쪽 다리를 전혀 못 썼습니다)는 딸깍딸깍 목발을 짚으며, 저를 위해 저쪽 선반, 이쪽 서랍에서 이런저런 약품을 꺼내다 주었습니다.

이건 조혈제.

이건 비타민 주사액. 주사기는 이것.

이건 칼슘 정제. 위장을 해치지 않도록 디아스타제.

이건 무슨 약. 이건 무슨 약, 하고 애정 어린 말투로 대여섯 가지 약품을 설명해주었는데, 이 불행한 아주머니의 애정 또한, 제게는 과분한 것이었습니다. 마지막으로 아주머니가, 이건 술을 마시고 싶어서 참을 수 없을 때 먹는 약, 이라며 재빨리 종이에 싸준 상자는.

모르핀 주사액이었습니다.

술보다는 덜 해로울 거라고 아주머니도 말했고, 저도 그것을 믿었으며, 또 한편으로는 술에 절어 있는 제 꼬락서니가 슬슬 불결하게 여겨지던 참이라, 오랜만에 알코올이라는 사탄으로부터 벗어날 수 있다는 것이 기쁘기도 하여, 주저 없이 제 팔에 모르핀을 주사했습니다. 불안도, 초조도, 부끄러움도 말끔히 사라지고, 저는 대단히 명랑한 달변가가 되었습니다. 그 주사를 맞고 나면 몸이 쇠약해진 것도 잊은 채 만화 작업에 열중할 수 있었고, 제가 제 그림을 보고 웃음이 터져 나올 정도로 희한한 재능이 솟아났습니다.

하루에 한 대만 맞으려던 것이 두 대가 되고, 네 대가 되었을 즈음, 저는 이제 그것이 없으면 일을 할 수 없을 지경이 되어버렸습니다.

"이러면 안 돼요. 중독되면 정말 큰일 나요."

약국 아주머니에게 그런 소리를 들으면, 제가 벌써 극심한 중독자가 된 것만 같다는 생각이 들어서, (저는 남들의 암시에 참 쉽게 걸려드는 사람입니다. 이 돈은 쓰면 안 돼, 라는 말 뒤에, 하긴 너니까 알 수 없다만, 하는 소리를 들으면, 어쩐지 그 돈을 쓰지 않는 것이 기대에 어긋나는 행동인 것만 같다는 이상한 착각이 들어서, 꼭 금세 그 돈을 써버렸습니다) 그 중독에 대한 불안 때문에, 오히려 약을 더 많이 찾게끔 되었습니다.

"부탁이야! 딱 한 상자만. 정산은 월말에 꼭 할 테니까."

"계산이야 언제 하든 상관없지만, 요즘 경찰 단속이 심해요."

아아, 제 주위에는 항상, 뭔가 탁하고 어두우며, 수상쩍고 음침한 기운이 감돌았습니다.

"그건 어떻게든 둘러대주고, 부탁 좀 할게, 아주머니. 키스해드릴게."

아주머니는 얼굴을 붉힙니다.

저는 점점 더 끈질기게 매달리며,

"약 없이는 일에 진척이 없어. 내게는 정력제 같은 거라고."

"그럼 차라리 호르몬 주사가 나을 거예요."

"날 바보로 아나? 술 아니면 그 약, 둘 중 하나가 아니면 일 못 해."

"술은 안 돼요."

"거봐. 난 말이야, 그 약을 쓴 뒤로 술은 한 방울도 입에 안 댔어. 덕분에 몸 상태가 아주 좋아. 나라고 줄곧 조잡한 만화나 그리고 있을 생각은 없다고 이제부터 술을 끊고, 건강도 되찾고, 공부도 해서, 반드시 훌륭한 화가가 되겠어. 지금이 중요한 때야. 그러니까, 응? 제발 부탁이야. 키스해드릴까?"

아주머니는 웃음을 터뜨리며,

"이를 어째. 중독돼도 난 몰라요."

딸깍딸깍 목발 소리를 내며 선반에서 약을 꺼내더니,

"한 상자는 못 줘요. 금방 다 써 버릴 테니까. 절반만 줄게요."

"쩨쩨하네. 뭐, 하는 수 없지."

집으로 돌아와, 곧바로 한 대, 주사를 놓습니다.

"아프지 않아요?"

요시코가 슬금슬금 제 눈치를 보며 묻습니다.

"그야 아프지. 하지만 일의 능률을 올리기 위해서는 싫어도 해야 해. 나 요새, 진짜 건강하지? 자, 일하자. 일, 일."

하고 떠들어댑니다.

한밤중에 약국 문을 두드린 적도 있었습니다. 잠옷 차림으로 딸깍딸깍 지팡이를 짚고 나온 아주머니를, 갑자기 끌어안고 키스하면서 우는 척을 했습니다.

아주머니는 말없이 제게 한 상자, 건네주었습니다.

약도 소주와 마찬가지로, 아니, 그보다 훨씬 더 무시무시하고 불결한 것임을 절실히 깨달았을 때, 저는 이미 중독자가 되어 있었습니다. 몰염치함이 극에 달했습니다. 저는 오직 그 약을 얻고 싶다는 생각에 다시금 춘화를 베끼기 시작했고, 약국의 절름발이 아주머니와 말 그대로 추잡한 관계까지 맺었습니다.

죽고 싶다, 차라리 죽고 싶다, 이제는 돌이킬 수 없다, 어떤 일을 하든, 무슨 짓을 하든, 점점 더 엉망이 될 뿐이다, 부끄러운 짓이 쌓여만 갈 뿐이다, 자전거를 타고 신록이 우거진 숲 속 폭포수 주변을 달리는 일 따위, 나로서는 바랄 수도 없는 일이다, 그저 추잡한 죄에 한심스런 죄가 더해져, 고뇌가 깊어가고 격렬해질 뿐이다, 죽고 싶다, 죽어야 한다, 살아 있는 것 자체가 죄의 씨앗이다, 라는 생각에 골몰하면서도, 여전히 반미치광이처럼 아파트와 약국 사이를 오갈 뿐이었습니다.

아무리 일을 해도 약 사용량도 점차 늘어서, 약값으로 진 빚이 어마어마할 정도로 불었기에, 아주머니는 제 얼굴을 보면 눈물을 글썽였고, 저도 눈물을 흘렸습니다.

지옥.

이 지옥에서 벗어나기 위한 최후의 수단, 이것이 실패하면 남은 것은 목을 매는 일뿐이다, 마치 신의 존재를 두고 내기를 하는 사람처럼 비장한 각오로, 저는, 고향 아버지 앞으로 장문의 편지를 써서, 제 모든 사정을(여자 문제만큼은 차마 쓸 수 없었습니다만) 고백하기로 했습니다.

그러나 이것은 한층 더 나쁜 결과를 낳았는데, 아무리 기다려도 답장은 오지 않았고, 저는 초조함과 불안감 때문에 도리어 약의 양이 늘어나고 말았습니다.

오늘 밤, 한꺼번에 주사 열 대를 놓고 강물로 뛰어들자, 남몰래 그렇게 각오를 다졌던 그날 오후, 넙치가 악마와 같은 육감으로 뭔가를 탐지한 듯, 호리키를 앞세우고 나타났습니다.

"자네, 각혈했다면서?"

호리키는 제 앞에 책상다리를 하고 앉아 그렇게 말하더니, 이제껏 본 적이 없을 정도로 다정하게 미소 지었습니다. 그 따뜻한 미소가 고맙고 반가워, 저는 그만 고개를 돌리고 눈물을 흘렸습니다. 그의 상냥한 미소 한 번에, 저는 와르르 무너져 내렸고, 그렇게 세상에서 매장당하고 말았습니다.

그들은 저를 자동차에 태웠습니다. 우선 입원부터 하고 나머지는 우리한테 맡기십시오, 라고 넙치도 차분한 어조로(그것은 깊은 자비심에서 우러난 행동이었다고 해도 될 만큼, 사뭇 침착한 말투였습니다) 제게 권했고, 저는 의지고 판단력이고 아무것도 없는 사람처럼, 그저 훌쩍훌쩍 울면서 두 사람의 말을 고분고분 따랐습니다. 요시코를 포함한 저희 네 사람은 꽤 오랫동안 차를 타고 들어갔고, 사위가 어둑해졌을 무렵, 숲 속에 있는 커다란 병원 현관 앞에 다다랐습니다.

폐결핵 요양소라고만 생각했습니다.

젊은 의사는 몹시 부드러우면서도 정중하게 저를 진찰하더니,

"음, 당분간 여기서 요양하셔야겠네요."

하고, 마치 수줍은 듯 미소를 지으며 말했고, 넙치와 호리키와 요시코는 저만 혼자 남겨두고 돌아가게 되었는데, 요시코는 갈아입을 옷가지를 넣은 보따리를 제게 건네며, 말없이 허리띠 안에서 주사기와 쓰다 남은 그 약품을 내밀었습니다. 아직도 정력제라고만 생각했던 것일까요.

"아니, 이제 필요 없어."

정말이지 드문 일이었습니다. 뭘 하라고 권하는 것을 거절한 것은, 제 생애를 통틀어 그때 단 한 번, 이었다고 해도 과언이 아닐 정도입니다.

저의 불행은, 거절할 능력이 없는 데서 오는 것이었습니다. 누가 권하는 것을 거절하면, 상대방의 마음에나 제 마음에, 영원히 돌이킬 수 없는 금이 갈 거라는 공포심이 저를 위협했습니다. 하지만 저는 그때, 반미치광이가 되어 그토록 찾아 헤매던 모르핀을 너무나 자연스럽게 거절했습니다. 요시코의 이를테면 '신의 경지에 이른 무지함'에 충격을 받았던 것일까요. 저는 그 순간, 이미 중독에서 벗어나게 된 것은 아니었을까요.

하지만 저는 그 후 곧바로, 수줍은 듯 미소 짓던 그 젊은 의사를 따라 어느 병동으로 들어갔고, 철컥 하고 자물쇠가 채워졌습니다. 정신병원이었습니다.

디알을 삼켰을 때, 여자가 없는 곳으로 가겠다고 했던 저의 어리석은 헛소리가, 참으로 기묘하게 실현된 셈이었습니다. 그 병동에는 남자 정신병자들뿐이었고, 간호사도 남자여서, 여자라고는 한 명도 없었습니다.

이제 저는 죄인을 뛰어넘어, 광인이었습니다. 아니요, 결단코 저는 미친 것이 아니었습니다. 단 한순간도 미친 적이 없습니다. 하지만 아아, 광인은 대개 그런 말을 한다고 합니다. 그러니까 이 병원에 들어온 사람은 미치광이, 들어오지 않은 사람은, 정상이라는 것 같습니다.

신께 묻나니. 무저항이 죄이나이까?

호리키의 이상할 정도로 아름다운 그 미소에 저는 눈물을 흘렸고, 판단력도 저항심도 흐려진 채 자동차에 올라, 그렇게 이곳에서 광인이 되었습니다. 이제 이곳을 나가더라도, 제 이마에는 여전히 광인, 아니, 폐인이라는 낙인이 찍히겠지요.

인간, 실격.

어느덧, 저는, 더 이상 인간이 아니었습니다.

이곳에 온 것은 초여름 즈음으로, 철창 너머 병원 뜰 좁다란 연못에 붉게 핀 수련이 보였는데, 그로부터 석 달이 지나, 뜰에 코스모스가 피기 시작할 무렵, 뜻밖에도 고향의 큰형이 넙치를 대동하고 저를 데리러 와서, 아버지가 지난 달 말 위궤양으로 돌아가셨다면서, 우리는 이제 네게 과거를 묻지 않겠다, 먹고살 걱정도 할 필요 없다, 아무것도 하지 않아도 된다, 대신 이런저런 미련이 남겠지만 당장 도쿄를 떠나 시골에서 요양 생활을 해다오, 네가 도쿄에서 저지른 일은 시부타가 대충 처리해주었을 터이니, 그건 신경 쓰지 않아도 된다, 라고 늘 그렇듯 고지식하고 딱딱한 어투로 말했습니다.

고향 산천이 눈앞에 펼쳐지는 것만 같아, 저는 희미하게 고개를 끄덕였습니다.

그야말로 폐인.

아버지가 죽었다는 소식을 들은 뒤로, 저는 점차 얼빠진 사람이 되어갔습니다. 아버지는, 이제 없다, 내 가슴속에서 한시도 떨어지지 않았던 그 그립고도 두려운 존재는, 이제 없다, 제 고뇌의 항아리가 텅 빈 느낌이었습니다. 제 고뇌의 항아리가 유난히 무거웠던 것도, 아버지 탓이었던 게 아닐까 하는 생각마저 들었습니다. 완전히, 진이 빠졌습니다. 고뇌할 능력조차 상실했습니다.

큰형은 제게 한 약속을 정확히 지켰습니다. 제가 나고 자란 마을에서 기차로 너덧 시간 남쪽으로 내려간 곳에, 동북지방치고는 드물게 따뜻한 바닷가 온천 마을이 있었는데, 그 마을 외곽에, 방은 다섯 개나 되지만 집이 꽤 오래돼서 벽은 벗겨져 나가고, 기둥은 벌레가 먹어 수리하기도 힘들 정도의 초가집을 사서 제게 주고, 환갑이 다 된 못생긴 빨간 머리

하녀 하나를 붙여 주었습니다.

그렇게 삼 년 남짓이 흘러, 저는 그 사이에 데쓰라는 늙은 하녀에게 몇 번인가 괴상한 방식으로 겁탈을 당했고, 이따금 부부 싸움 비슷한 것을 하기도 했으며, 가슴의 병은 낫는가 싶다가 다시 도지고, 살이 빠졌다가 쪘다가, 피가래가 나왔다가, 어제, 데쓰에게 읍내 약국에 가서 칼모틴을 사오게 했는데, 늘 받아오는 상자와 모양이 달랐지만, 별다른 의심 없이 자기 전에 열 알을 먹고, 잠이 전혀 오지 않아 이상하다 싶던 차에, 갑자기 배가 살살 아파 서둘러 변소로 가보니, 맹렬한 기세로 설사가 쏟아져, 그러고도 세 번이나 더 변소를 들락거려야 했습니다. 하도 수상해서 약상자를 자세히 보니, 헤노모틴이라는 설사약이었습니다.

저는 드러누워 배 위에 뜨끈한 물주머니를 올려놓으며, 데쓰에게 잔소리를 좀 해줘야겠다고 생각했습니다.

"이건 말이야, 칼모틴이 아니고, 헤노모틴, 이라는 건데."

말을 하다 말고 우후후 하고 웃어버렸습니다. '폐인'은, 아무래도 이건, 희극 명사인 것 같습니다. 잠을 자려고 설사약을 먹고, 심지어 그 설사약 이름이 헤노모틴[20].

지금 제게는, 행복도 불행도 없습니다.

그저, 모든 것은 지나갑니다.

제가 이제껏 아비규환으로 살아온 소위 '인간' 세계에서, 오직 한 가지, 진리처럼 여겨졌던 것은, 그것뿐이었습니다.

그저, 모든 것은 지나갑니다.

20_ 만화나 낙서에서 허수아비처럼 무능한 사람을 놀릴 때 히라가나로 사람 얼굴을 그리는 놀이 헤노헤노모헤지〰へのへのもへじ가 연상된다. 헤헤노노모헤지라고도 한다.

저는 올해로 스물일곱이 되었습니다. 흰머리가 눈에 띄게 늘어서, 사람들은 제가, 마흔이 넘은 줄로 압니다.

후기

이 수기를 쓴 광인을, 내가 직접 아는 것은 아니다. 하지만 여기 등장하는 교바시 스탠드바 마담으로 생각되는 인물과는, 다소 안면이 있다. 아담한 체구에, 안색이 좋지 않고, 눈이 가늘게 치켜 올라갔으며, 콧날이 오뚝하고, 미인이라기보다는 미남이라고 하는 편이 나을 정도로 다부진 인상을 주는 사람이었다. 이 수기에는 주로 쇼와 5년[1930년], 6년, 7년 무렵 도쿄 풍경이 묘사되어 있는 듯한데, 내가 친구를 따라 그 교바시 바에 두세 번 들러 하이볼[21] 따위를 마신 것이, 일본 '군부'가 슬슬 노골적으로 날뛰기 시작한 쇼와 10년 전후의 일이었으니, 이 수기를 쓴 남자를 직접 만나지는 못했던 셈이다.

그런데 올 2월, 나는 지바 현 후나바시 시로 피난 가 있던 어느 친구 집을 방문했다. 대학 시절 친했던 그 친구는 지금 모 여대 강사였는데, 실은 내가 이 친구에게 우리 친척 혼담을 부탁해뒀기에, 그 일도 볼 겸 식구들에게 신선한 해산물도 사 먹이자는 생각에, 배낭을 메고 후나바시 시를 찾았던 것이다.

21_ 위스키에 소다수를 타고 얼음을 가득 넣은 술.

후나바시 시는 흙탕물로 누레진 바다와 맞닿은 제법 큰 마을이었다. 친구는 타 지역에서 이주해 온 터라, 지역 주민들에게 주소를 물어봐도 다들 잘 몰랐다. 날은 춥고 배낭을 멘 어깨도 아팠던 나는, 레코드 바이올린 소리에 이끌려 어느 찻집 문을 밀고 들어갔다.

그곳 마담을 어디선가 본 기억이 있어서 물어보았더니, 다름 아닌 십 년 전 그 교바시 작은 바의 마담이었다. 마담도 곧 나를 알아본 눈치여서, 서로 요란하게 아는 척을 하고 웃으며, 이럴 때면 으레 그렇듯 누가 묻지도 않았는데 공습으로 화마에 쫓기던 자신의 경험담을 무슨 자랑거리처럼 늘어놓았다.

"그나저나 마담은 하나도 안 변했군요."

"아니에요, 이젠 할머니죠. 몸이 찌뿌드드해요. 당신이야말로 젊네요."

"당치 않은 소리. 벌써 애가 셋이에요. 오늘은 녀석들을 위해서 장을 보러 왔습니다."

그러면서 간만에 만난 사람들 특유의 상투적인 인사를 나눈 뒤, 서로 아는 지인들 소식을 물어보았는데, 문득 마담이 정색을 하며, "당신도 요조를 알던가요?" 하고 물었다. 그런 사람은 모른다고 하자, 마담은 안으로 들어가 노트 세 권과 사진 세 장을 가지고 나와 내게 건네며,

"어쩌면 소설의 소재가 될지도 몰라요."

하고 말했다.

나는 누가 쓰라고 준 소재로는 글을 쓰지 못하는 성격이라, 곧바로 돌려줄까 했지만, 어쩐지 그 사진에 마음을 빼앗겨(세 장의 사진, 그 기괴함에 대해서는 서문에 밝혀두었다) 일단 노트를 받아두기로 하고, 돌아가는 길에 다시 들르기로 했다. 그리고 무슨 마을 몇 번지에 사는 아무개 씨라고, 여대

선생의 집을 아느냐 물으니, 역시 새로 정착한 주민 사이라 그런지 알고 있었다. 가끔 그 찻집에도 들른다고 했다. 바로 근처였다.

그날 밤, 친구와 얼마간 술잔을 기울이다, 하룻밤 신세를 지기로 하고, 아침까지 한숨도 자지 않고 그 노트를 탐독했다.

수기 내용이 꽤 오래된 이야기기는 했지만, 요즘 사람들도 흥미를 느낄 것이 분명해 보였다. 이건 내가 어설프게 손을 대기보다는, 어디 잡지사에 부탁해서 있는 그대로 발표하는 편이 훨씬 더 의미 있을 성싶었다.

아이들 먹일 해산물은 건어물 하나로 만족하기로 하고, 배낭을 메고 친구에게 작별을 고한 후 그 찻집에 들러,

"어제는 고마웠습니다. 그나저나……."

하고 곧장 본론으로 들어갔다.

"이 노트 좀 빌려가도 될까요?"

"네, 그러세요."

"이 사람, 아직 살아 있습니까?"

"글쎄요, 그게, 통 알 수가 없어요. 십 년쯤 전에 교바시 가게로 그 노트하고 사진 꾸러미가 배달되어 왔는데, 발송인은 분명 요조였겠지만, 소포에는 주소나 이름이 없었거든요. 공습 때 물건들이 마구 뒤섞였는데, 신기하게도 이걸 건졌지 뭐예요. 저도 얼마 전에야 다 읽어보고……."

"울었습니까?"

"아뇨. 울었다기보다……, 글렀죠, 인간도 이 지경이면, 더는 손을 쓸 수가 없어요."

"그 후로 십 년이 흘렀으니, 벌써 죽었을지도 모르겠군요. 이건 당신에 대한 감사의 뜻으로 보낸 걸 겁니다. 다소 과장된 면이 있는 것 같기는

하지만, 당신도 꽤나 번거로웠겠어요. 만약 이게 전부 사실이라면, 그리고 내가 이 사람 친구였다면, 나 역시 그를 정신병원으로 데려가고 싶었을지도 모르겠습니다.”

"그 사람 아버지가 나쁜 거예요.”

무심히, 그렇게 말했다.

"우리가 아는 요조는 참 순수하고, 배려심도 많았는데, 술만 안 마셨어도, 아니, 마셨더라도……, 신처럼 착한 아이였어요.”

무제[22]

기 샤를 크로

세상 어떤 사람들에게는 하루하루가

홀로 견뎌내는 인내의 놀이와 같고,

오래전부터 몸에 밴 일과를

비몽사몽 읊어대는 것과 같고,

카페에서 늘 만나는 사람들과

손때 묻은 카드를 돌리며 노는 것과 같다.

어떤 사람들에게는 삶이 그저 가볍고,

수고로울 것 없이 예사롭기만 하여,

편지를 쓰기도 하고, '사랑'을 하기도 하고,

어찌 됐든 '각자의 일들'을 하고 산다.

그렇게 다음날도 같은 하루를 되풀이하니,

어제와 다름없는 관례를 따를 뿐이다.

크고 격렬한 기쁨을 피하기만 한다면,

거대한 슬픔 또한 찾아오지 않으니.

자기 앞길을 가로막는 돌을

22_ '망상'이라는 주제의 연작시 가운데 두 번째 시. 번역가 우에다 빈이 이 시만 발췌해 유럽
시 선집 『목양신』(1920년, 가네오 문연당)에 「세상 어떤 사람들에게는」이라는 제목으로
실었다. 『메이지문학전집31─우에다 빈 집』(1966년, 치쿠마서방)을 저본으로 역자가 번역하
였으며, 프랑스어 원문을 참고하였다.

두꺼비는 그저 돌아서 지나간다.

그러나 그대여, 만약 그대가 진정으로 살기 원한다면,

하루하루 새로이 힘을 내어

미친 듯 날뛰는 삶, 거칠게 콧김을 내뿜는 삶,

굴복당하지 않으려는 삶을 견뎌내야 한다.

쉴 틈 없이 기적을 이뤄내야만

어지러이 휘날리는 갈기,

펄떡펄떡 뛰는 땀범벅 된 옆구리,

김을 내뿜는 큰 콧구멍을 얻을 수 있을지니.

그대여, 그대의 삶은 사랑의 몸짓이어야 한다.

미련의 녹 한 점 없는,

회한의 녹 한 점 없는,

아름다운 강철처럼 맑게 빛나라.

그대의 심장은 언제나 그대의 꿈만큼 웅대하게,

신이 그대에게 준 횃불을 아낌없이 태우라.

그대의 음울한 육신으로부터 당당히 아우성쳐라,

고통에 쓰러진 육신으로부터,

순순히 죽음의 약혼자가 된 육신으로부터 외쳐라.

보석은 광물을 깨부수고 빛난다.

グッド・バイ

太宰治

굿바이

「굿바이」

<아사히 신문> 1948년 6월 21일자에 「변심 1」이 게재되었으며, 이후 『아사히 평론』 1948년 7월호에 전문이 실렸다. 당초 <아사히 신문>에 80회분이 연재될 계획이었으나 결국 13회 만에 미완으로 끝났다. 다음은 『아사히 평론』에 실린 작가의 말이다.

>**"참으로, 만날 때의 기쁨은 순식간에 사라지기 마련이지만, 이별의 아픔은 가슴 깊이 사무치니, 우리는 늘 석별의 정 속에 살고 있다 해도 과언이 아니다. 이름 하여 「굿바이」가 현대 신사숙녀들의 이별백태離別百態라 한다면 과장이겠지만, 이를 통해 다양한 이별의 모습들을 그려낼 수 있다면 행복하겠다."**

다자이는 당시 <아사히 신문> 담당기자에게 템포가 빠르면서도 다소 유머러스한 작품을 쓰겠다고 하면서, 남자주인공이 부인에게 돌아가려고 애인들에게 굿바이, 굿바이 하고 작별을 고하다 결국은 생각지도 못했던 자기 부인에게 거꾸로 굿바이 당하는 결말을 생각해두었다고 했다. 그러나 반전에 해당하는 뒷부분은 끝내 완성되지 못했다. 「굿바이」의 웃음과 재미는 바람둥이 주인공을 마음껏 조롱하고 비하하는 데서 나오는데, 이는 마음속으로는 번뇌를 품고 겉으로는 꽃을 든 어릿광대가 되고자 했던 다자이 나름의 이별의 모습은 아니었을까.

변심 1

문단의, 어느 나이든 거장이 세상을 떴는데, 그의 고별식이 끝날 무렵부터 비가 내리기 시작했다. 이른 봄비다.

식이 끝나고, 두 남자가 나란히 우산을 쓰고 걷고 있다. 둘 다 작고한 거장에 대한 예의상 참석했을 뿐, 화제는 지극히 불량하게도 여자 이야기다. 예복을 입은 덩치 큰 초로의 남자는, 문인. 그보다 훨씬 젊고 로이드안경에 줄무늬 바지를 입은 잘생긴 남자는, 편집자.

"그 작자도," 문인이 입을 연다. "여자를 꽤 밝혔던 모양이야. 자네도 슬슬 청산할 때가 된 거 아닌가? 많이 야위었네."

"다 관둘 생각입니다."

편집자는 얼굴을 붉히며 답한다.

이 문인, 심히 노골적으로 상스러운 말을 하니, 미남 편집자는 진작부터 그를 멀리했는데, 오늘은 우산이 없어서 어쩔 수 없이 문인의 커다란 우산 속으로 들어가, 결국은 호되게 진땀을 빼고 있다.

다 관둘 생각입니다. 아주 거짓말은 아니었다.

뭔가 변하고 있었다. 전쟁이 끝나고 삼 년이 지난 지금, 어딘가 바뀌었다.

34세, 잡지 『오벨리스크』 편집장, 다지마 슈지, 말투에 간사이 사투리가 약간 섞인 듯하지만, 자기 출생에 대해서는 거의 말이 없다. 본래 빈틈이 없는 남자라, 『오벨리스크』 편집장이라는 자리에 앉아 있으면서도, 뒤로는 암거래 상을 도와 돈을 잔뜩 벌고 있다. 하지만 쉽게 번 돈은 쉽게 샌다는 말처럼, 술은 그야말로 들이붓듯 퍼마시고, 애인을 열 명 가까이 거느리고 있다는 소문이다.

그렇다고 독신도 아니다. 독신은커녕 지금 아내는 두 번째 부인이다. 전처는 백치 여자아이 하나를 남기고 폐렴으로 죽었고, 그 후 도쿄 집을 팔아 사이타마 현에 사는 친구 집으로 피난을 가 있다가, 피난 중에 지금의 아내를 얻어 결혼했다. 아내는 물론 초혼이었는데, 처가도 꽤 유복한 농가다.

전쟁이 끝나자, 그는 아내와 딸아이를 처가에 맡기고, 혼자 도쿄로 올라와 교외의 아파트 방 한 칸을 빌렸다. 그곳에서는 잠만 자면서, 사방팔방으로 뛰어다니며 악착같이 돈을 긁어모았다.

하지만 그렇게 삼 년이 지나자, 어쩐지 마음에 변화가 생겼다. 세상도 어딘가 미묘하게 변한 탓인지, 혹은 평소 무절제한 생활로 인해 최근 부쩍 수척해진 탓인지, 아니, 그것도 아니면 그저 단순히 '나이' 탓인지, 색즉시공色 即是空, 술도 지겹고, 작은 집 한 채를 사서 시골에 있는 처자식을 불러들여……, 라는 향수 비슷한 것이 문득 가슴을 스치고 지나는 일이 잦아졌다.

이쯤에서 암거래는 손을 씻고, 잡지 편집에 전념하자. 그러기 위해…….

그러기 위해 당장 눈앞에 닥친 난관. 우선 여자들과 순조롭게 헤어져야만 한다. 거기까지 생각이 미치자 매사에 빈틈없던 그도 막막해져서, 한숨이 절로 났다.

"다 관둘 생각이라……." 덩치 큰 문인은 입술을 일그러뜨리고 쓸쓸히 웃으며, "생각은 좋은데, 도대체 자네, 여자가 몇 명이나 되나?"

변심 2

다지마는 울상을 짓는다. 아무리 생각해도 혼자 힘으로는 도저히, 청산할 길이 없다. 돈으로 해결되는 문제라면 괜찮겠지만, 여자들이 그 정도에서 물러나줄 것 같지 않다.

"이제 와 생각해보면 제가 뭔가에 홀렸었나 봅니다. 터무니없이 많은 여자에게 손을 뻗쳐서……."

이 초로의 불량 문인에게 다 털어놓고 상담이라도 받아볼까, 문득 그런 생각이 든다.

"의외로 기특한 소릴 하는군. 하기야 유독 바람기 많은 놈들이 짜증날 정도로 도덕 앞에서 벌벌 떨지. 그게 또 여자들한테 사랑받는 이유이기도 하고. 남자답지, 돈 많지, 젊지, 게다가 도덕적이고 상냥하기까지 하면, 그야 인기를 끌고도 남을 거야. 당연해. 암만 자네가 관두고 싶어도 상대방이 승낙을 안 할 걸세."

"바로 그겁니다."

손수건으로 얼굴을 닦는다.

"우는 건 아니겠지."

"아닙니다, 비 때문에 안경알이 흐려져서……."

"아니긴, 목소리가 벌써 우는 소린데. 타고난 바람둥이로군."

암거래 얘기까지 했으니 도덕이고 뭐고 있을 턱이 없지만, 그 문인이 지적했듯 다지마라는 남자는, 바람둥이 주제에 여자들에게 이상하리만치 성실해서, 여자들은 일말의 의심 없이 다지마를 깊이 의지하고 있는 듯하다.

"무슨 좋은 수가 없겠습니까?"

"없네. 자네가 오륙 년 외국에라도 나갔다 온다면 모를까, 하지만 요새는 그리 쉽게 외국에 나갈 수도 없지. 차라리 그 여자들을 전부 한데 불러 모아서, '오랫동안 사귀었던 정든 친구여'라도 부르게 하게. 아니, '우러러볼 수록 높아만지네'가 나으려나. 자네가 한 사람 한 사람에게 졸업 증서를 수여하는 거지, 그러고 나서 미치광이 흉내를 내면서 알몸으로 밖으로 뛰쳐나가란 말일세. 이거라면 확실해. 그 정도면 여자들도 기가 막혀서 단념하겠지."

이건 상담도 뭣도 아니다.

"저기, 실례하겠습니다. 저는 여기서부터 전철로……."

"뭐 어떤가. 다음 역까지 걸어가세. 아무튼 이건 자네에게 중대한 문제일 테니, 둘이서 머리를 맞대고 대책을 강구해 보자고."

문인은 그날 심심했는지, 좀처럼 다지마를 놓아주지 않는다.

"아닙니다, 이젠 저 혼자 어떻게든……."

"아니야, 안 돼. 자네 혼자서는 해결 못하네. 설마 자네, 죽을 생각은 아니겠지. 아, 이거 걱정되는구먼. 여자들이 너무 달려든 나머지 죽었다는 건 비극이 아니라 희극일세. 이런 걸 두고 파스farce(광대극)라고 하지. 우스꽝스러움의 극치야. 아무도 동정하지 않을 테니 죽지는 말게. 음, 내게 좋은 생각이 있어. 어디 가서 대단한 미인을 찾아와서 말이지, 그 사람한테 사정 이야기를 하고 자네 부인 행세를 해달라고 하게. 그리고 둘이서 여자들을 일일이 순방하면 바로 효과가 나타날 걸세. 여자들이 다들 잠자코 물러날 거야. 어때, 한번 해보지 않겠나?"

물에 빠진 사람은 지푸라기라도 잡는 법이다. 다지마는 마음이 조금 움직였다.

행진 1

다지마는 해보자는 생각이 들었다. 하지만 여기에도 난관이 있다.

대단한 미인이라. 대단히 못생긴 여자라면, 전철 한 정거장만 걸어도 서른 명 정도는 찾을 수 있는데, 대단할 정도로 아름답다는 여자가 전설도 아닌 현실에 존재할지 의심스럽다.

원래 다지마는 어디 나가도 빠지지 않는 외모를 지녔다 자부하는 멋쟁이인 데다, 허영심이 강해서, 미인이 아닌 여자와 함께 다니게 될 때면, 갑자기 배가 아프다면서 자리를 피했으니, 현재 그의 애인들도 나름대로 꽤 예쁘기는 하나, 대단한 미인, 이라고 할 정도는 아닌 듯했다.

비 내리던 그날, 초로의 불량 문인이 '비책'이랍시고 멋대로 지껄이는 것을 들었을 때는, 무슨 바보 같은 소리인가 하고 내심 반발했지만, 다지마라고 무슨 뾰족한 수가 있는 것은 아니었다.

우선 해보자. 어쩌면 세상 한구석에 그런 대단한 미인들이 널려 있을지도 모른다. 안경알 속 그의 눈동자가 돌연 기분 나쁘게 번뜩이며 움직이기 시작했다.

댄스 홀. 찻집. 요정. 없다, 없어. 대단히 못생긴 여자들뿐이다. 사무실,

백화점, 공장, 영화관, 스트립쇼 장. 있을 리가 없다. 한심하게 여대 교정 울타리에 붙어서 몰래 안을 들여다보거나, 미스 어쩌고 하는 미인대회로 달려가 보거나, 영화계 뉴 페이스를 뽑는 시험장에 견학이랍시고 섞여 들어가는 등, 이리저리 쏘다녀 보았지만, 없다.

사냥감은 집으로 돌아가는 길에 나타난다.

그는 완전히 절망에 빠져, 해 저문 신주쿠 역 뒷골목 암시장을 대단히 우울한 표정으로 걷고 있었다. 애인들을 방문하고 싶다는 생각도 들지 않았다. 떠올리는 것조차 끔찍하다. 어떻게든 끝을 내야 한다.

"다지마 씨!"

다짜고짜 누가 등 뒤에서 자기 이름을 불러서, 펄쩍 뛸 듯 놀랐다.

"음, 글쎄, 누구시더라?"

"어머, 못됐어."

거슬리는 목소리다. 이런 걸 두고 까마귀 우는 소리라고 하는 거다.

"어라?"

찬찬히 뜯어보니 아는 사람이었다.

아는 여자다. 암거래 상, 아니, 보따리장수다. 그는 이 여자와 겨우 두세 번 암거래를 했을 뿐이지만, 앵앵거리는 목소리, 그리고 놀랄 만한 괴력 때문에 그녀를 기억하고 있었다. 깡마른 여자가 십 관$^{37.5kg}$은 너끈히 짊어진다. 생선 비린내가 나는 누더기 옷에 작업바지, 고무장화까지, 남자인지 여자인지 구분이 안 가는 거지에 가까운 꼴이라, 멋쟁이인 그는 그 여자와 거래를 한 후 서둘러 손을 씻었을 정도였다.

믿을 수 없는 신데렐라 공주다. 옷 입는 취향도 고상하다. 체구는 호리호리하고, 손발은 가냘프고 작으며, 스물서너 살, 아니, 대여섯, 우수에 잠긴 얼굴은 배꽃처럼 아련하게 창백하니, 그야말로 고귀하고도 대단한 미인이다. 이 여자가 십 관은 넉넉히 짊어지던 그 보따리장수라니.

목소리가 안 좋다는 게 단점이기는 하지만, 그거야 침묵으로 일관하게끔 하면 될 터.

쓸 만하겠다.

행진 2

옷이 날개라는 말도 있지만, 특히 여자는 차림새 하나로 딴사람이 된다. 애초에 요물인지도 모른다. 그러나 이 여자(나가이 기누코)처럼 이토록 멋지게 변신할 수 있는 여자도 드물다.

"오우, 돈 좀 모았나 봐. 차려입으니 말쑥한 걸?"

"어머, 못됐어."

목소리는 영 아니다. 고귀함이고 뭐고 단숨에 날아간다.

"저기, 부탁하고 싶은 게 있는데 말이지."

"이런 구두쇠, 또 뭘 깎아달라고……."

"아니, 일 얘기가 아니야. 그 일은 슬슬 손을 씻을까 해. 넌 여전히, 보따리 짊어지고 다니나?"

"당연하지. 안 그럼 입에 풀칠이나 하고 살겠어?"

입만 열면 천박하다.

"그럼, 그 차림은 뭐야."

"그야 나도 여자니까. 가끔은 차려입고 영화도 보러 가고 싶지."

"오늘은 영화 보러 가나?"

"벌써 보고 왔어. 뭐더라, <아시쿠리게>던가……."

"<히자쿠리게>[1]겠지. 혼자 본 거야?"

"어머, 음흉하긴. 남자랑 어떻게 영화를 봐."

"그런 줄 알고 하는 말인데, 부탁이 하나 있어. 한 시간, 아니, 30분이면 되니까, 시간 좀 내줘."

"좋은 일이야?"

"너한테 손해는 안 가게 할게."

둘이서 나란히 걷고 있으면, 지나가는 사람 열에 여덟은, 뒤돌아, 본다. 다지마를 보는 것이 아니라 기누코를 보는 것이다. 아무리 잘생긴 다지마라 해도, 그야말로 입이 떡 벌어지게 아름다운 기누코의 기품에 밀려, 쓰레기처럼 볼품없어 보인다.

다지마는 종종 가는 불법 요릿집으로 기누코를 안내한다.

"여기, 뭐 맛있는 거라도 있어?"

"글쎄, 돈가스를 잘 하는 것 같던데."

"시켜줘. 나 배고파. 그리고 또 뭐 있어?"

"대충 다 있긴 할 텐데, 대체 뭐가 먹고 싶은 거야?"

"여기서 제일 잘 하는 음식. 돈가스 말고는 또 없어?"

"여기 돈가스 커."

"이런 구두쇠. 안 되겠어. 안에 가서 물어보고 올게."

괴력, 대식가, 그러나 그녀는 정말이지 대단한 미인이다. 놓쳐서는 안

1_ 膝栗毛. 히자는 무릎, 쿠리게는 밤색 말로, 말 타는 대신 걸어서 여행하며 농담, 만담 등을 하는 에도시대 여행자들의 이야기. 기누코는 무릎을 발^{아시}이라고 잘못 말했다.

된다.

다지마는 위스키를 마시며, 기누코가 몇 그릇이고 음식을 먹어 치우는 것을 못마땅해 죽겠다는 듯이 바라보다가, 이윽고 본론으로 들어갔다. 기누코는 듣는 둥 마는 둥 그저 먹기만 할 뿐, 그의 이야기에는 별 관심이 없어 보였다.

"해줄 거지?"

"당신 바보 아니야? 제정신이 아니네."

행진 3

다지마는 뜻밖의 날카로운 공격에 멈칫하면서도,

"그래, 제정신이 아니니까 이렇게 부탁하잖아. 나도 어쩔 수가 없다고."

"뭣 하러 그렇게 성가신 일을 벌여. 싫어졌으면 훌쩍 떠나서 영영 안 만나면 되잖아."

"야박하게 어떻게 그런 짓을 해. 그 여자들, 앞으로 결혼도 해야 하고, 새 애인도 생길 텐데, 여자 마음을 제대로 매듭지어주는 게 남자의 책임이지."

"흥! 책임은 개뿔. 헤어지니 어쩌니 하면서 다시 치근대고 싶은 거겠지. 변태 같은 놈."

"어이, 이봐, 자꾸 그런 소릴 하면 화낼 거야. 무례한 데도 정도가 있지. 마냥 먹고만 있잖아."

"여기 만주는 없나?"

"더 먹으려고? 위가 늘어난 거 아냐? 위확장, 그거 병이다, 너. 의사한테 한번 가보는 게 어때. 아까부터 상당히 많이 먹었잖아. 그쯤 해둬."

"이런 구두쇠. 여자들 보통 이 정도는 먹어. 배부르다는 둥 하면서 손을 절레절레 흔드는 아가씨들, 그거 다 그냥 내숭 떠는 거야. 난 얼마든지 먹을 수 있다고."

"안 돼, 이제 그만 먹어. 이 가게, 꽤 비싸다고. 넌 항상 이렇게 많이 먹나?"

"장난해? 누가 사줄 때만 그렇지."

"그럼 말이지, 앞으로 뭐든 다 사줄 테니까, 내 부탁 좀 들어줘."

"장사를 쉬어야 하니까 내 손해가 커."

"그건 별도로 지불할게. 네 장사로 버는 돈만큼은 어김없이 쳐줄 테니까."

"그냥 옆에서 따라다니기만 하면 되는 거야?"

"말하자면 그렇지. 다만 조건이 두 가지 있어. 여자들 앞에서 입도 뻥끗하지 말 것. 부탁이야. 웃거나, 고개를 끄덕이거나, 가로젓거나, 딱 그 정도만 해줘. 또 하나는 남들 앞에서 음식을 먹지 말 것. 나하고 둘이 있게 되면 그땐 아무리 먹어도 상관없지만, 사람들 앞에서는 그냥 차 한 잔 마시는 정도였으면 해."

"그리고 돈도 주는 거지? 당신은 구두쇠인 데다 속임수를 잘 쓰니까."

"걱정 마. 나야말로 지금 목숨 걸고 이러는 거니까. 실패하면 난 끝장이야."

"복수의 진, 이란 거네."

"복수? 바보야, 배수의 진이겠지."

"어머, 그래?"

태연하다. 다지마는 점점 더, 불쾌해진다. 그러나 아름답다. 청아하고, 이 세상 것이 아닌 듯한 기품이 흐른다.

돈가스. 닭고기 크로켓. 참치 회. 오징어 회. 중화국수. 장어구이. 모둠냄비. 소고기 꼬치구이. 생선 초밥. 새우 샐러드. 딸기 우유.

거기다가 만주까지 달라고 할 줄이야. 설마 여자들이 원래 이렇게 많이 먹는 건 아니겠지. 글쎄, 어쩌면?

행진 4

기누코가 사는 아파트는 세타가야 쪽에 있었는데, 아침에는 언제나처럼 행상 장사를 나가고, 대개 오후 두 시 이후면 여유가 있다고 했다. 그리하여 다지마는 일주일에 한 번쯤 적당한 날에, 그녀에게 전화를 걸어 연락을 취한 뒤 어딘가에서 합류하여, 둘이 함께 이별할 상대 여자가 있는 곳을 향해 행진하기로 약속했다.

며칠 후, 두 사람은 니혼바시의 한 백화점 내 미용실을 향해 행진을 개시했다.

재작년 겨울, 세련된 다지마는 우연히 이 미용실에 들러 파마를 했다. 그곳 '선생님'은 아오키 씨라는 사람이었는데, 서른 즈음의, 이른바 전쟁미망인이었다. 다지마가 먼저 작업을 건 것이 아니라, 오히려 여자 쪽이 다지마를 좋아한 경우였다. 아오키 씨는 쓰키지에 있는 백화점 기숙사에서 니혼바시에 있는 가게로 출퇴근했는데, 수입은 여자 혼자 겨우 생활할 수 있는 수준이었다. 다지마는 그녀에게 생활비를 보태주었고, 쓰키지 기숙사에도 둘 사이가 공공연히 알려져 있었다.

하지만 다지마는 아오키 씨가 일하는 니혼바시 가게에 좀처럼 얼굴을 내밀지 않았다. 자기처럼 세련되고 잘생긴 남자가 나타나면, 분명 그녀의 영업에 방해가 될 거라고, 다지마 혼자 짐작하고 있었다.

그랬는데 돌연, 대단한 미인을 데리고 그녀의 가게에 나타난 것이다.

"안녕하쇼." 인사조차 서먹서먹하다. "오늘은 제 아내를 데리고 왔습니다. 피난 갔던 집사람을 이번에 불러왔지요."

그것만으로 충분했다. 아오키 씨도 시원시원한 눈매에 희고 부드러운 살결을 지닌, 무엇 하나 부족할 것 없는 미인이긴 했지만, 기누코와 나란히 두고 보니 유리 구두와 군화쯤의 차이가 나는 것 같았다.

두 미인은 말없이 인사를 나누었다. 아오키 씨는 벌써 비굴한 표정으로 울상을 짓고 있다. 승패는 이미 확연했다.

앞서 말했다시피, 다지마는 여자에게 성실한 편이라, 이제껏 여자에게 자신이 독신이라고 거짓말을 한 적은 없었다. 고향에 피난시킨 처자식이 있다고, 처음부터 모두에게 털어놓았다. 그 부인이, 드디어 남편이 있는 곳으로 돌아온 것이다. 게다가 부인이라는 사람은 그야말로 젊고, 고귀하고, 우아한 절세미인.

아무리 아오키 씨라 해도 울상을 짓는 것 말고는 도리가 없었다.

"집사람 머리를 약간만 만져주세요." 다지마는 이 기회를 놓칠세라 최후의 일격을 가했다. "소문에 의하면 긴자 어디를 가도 당신만큼 솜씨 있는 사람이 없다더군요."

그것은 그러나, 꼭 빈말은 아니었다. 사실 그녀는 매우 솜씨 좋은 미용사였다.

기누코는 거울 앞에 앉는다.

아오키 씨는 기누코에게 하얀 천을 두르고, 머리를 빗기 시작했는데,

그녀의 눈가에 당장이라도 흘러넘칠 듯 눈물이 그렁그렁.

기누코는 태연하다.

오히려 다지마가 자리를 떴다.

행진 5

머리 손질이 끝났을 무렵, 다지마는 슬그머니 다시 미용실로 들어와, 미용사의 하얀 상의 주머니에 두툼한 돈다발을 집어넣고 흡사 기도하는 심정으로,

"굿바이."

하고 속삭였는데, 자기가 들어도 뜻밖이다 싶을 정도로 위로하듯, 사과하듯, 다정하고 애달픈 어조를 띤 목소리였다.

기누코는 말없이 일어선다. 아오키 씨는 묵묵히, 기누코의 스커트를 매만져 준다. 다지마는 한발 앞서 밖으로 뛰쳐나간다.

아아, 이별은 괴로워.

기누코는 무표정하게 뒤따라 나온다.

"그렇게 잘하는 것 같지도 않은데?"

"뭐가?"

"파마."

이 멍청아! 하고 화를 내고 싶었지만, 백화점 안이라 참았다. 아오키라는 여자는 결코 남의 욕을 하지 않았다. 돈도 원하지 않았고, 빨래도 곧잘 해줬다.

"이걸로 끝이야?"

"그래."

다지마는 어쩐지 울적하다.

"이 정도로 헤어지다니, 쟤도 패기가 없네. 꽤 미인 아니야? 저 정도 생겼으면……."

"그만해! 쟤라니, 무슨 말버릇이야. 저 사람은 성숙한 여자야. 너 같은 녀석하고는 달라. 아무튼 그 입 좀 다물어줘. 까마귀 우는 소리 같은 걸 듣고 있으면 미쳐버릴 것 같으니까."

"어머, 황송합니다시마."

이건 또 무슨 유치한 말장난이란 말인가. 다지마는 머리가 돌 지경이다.

다지마는 묘하게 허세를 부리는 탓에, 여자와 함께 다닐 때 자기 지갑을 여자에게 미리 맡겨 여자가 돈을 지불하게 하고, 자기는 마치 돈 계산 같은 것에 전혀 무관심한 사람처럼 대범한 척을 한다. 그러나 여태 어떤 여자도, 그에게 물어보지도 않고 함부로 물건을 사지는 않았다.

하지만 황송합니다시마 여사는 태연하게 그런 짓을 했다. 백화점에는 고가의 물건이 얼마든지 있다. 당당하게, 주저 없이, 소위 명품들을 골라들었는데, 그것들은 심지어 이상할 정도로 우아하고 세련된 물건들이다.

"이제 그만, 적당히 좀 해."

"이런 구두쇠."

"지금부터 또 뭐 먹을 거잖아?"

"글쎄, 오늘은 참아줄게."

"지갑 돌려줘. 이제부턴 오천 엔 이상 쓰지 마."

이렇게 된 마당에 허세는 무슨 허세.

"그렇게 많이 쓰진 않을 거야."

"아니, 썼어. 나중에 내가 얼마 남았는지 확인해보면 알 수 있어. 분명 만 엔 이상 썼어. 요전에 먹었던 음식도 싸진 않았다고."

"그렇담 집어치우지 그래? 나라고 뭐, 좋아서 당신 따라다니고 있는 줄 알아?"

협박에 가깝다.

다지마는 한숨만 내쉴 뿐이다.

괴력 1

그러나 다지마 역시 보통 내기는 아니다. 암거래 일을 도우면서 한 번에 수십만은 거뜬하게 버는, 빈틈없고 약삭빠른 장사의 달인이다.

기누코가 함부로 낭비하고 다니는 것을, 바다와 같이 넓은 마음으로 잠자코 지켜만 볼 위인이 아니었다. 뭐든 그에 상응하는 보답을 받지 않으면 직성이 안 풀린다.

이런 젠장! 건방진 것. 내 것으로 만들어 버릴 테다.

이별의 행진은 그 다음으로 미루자. 우선 저 녀석을 완전히 정복해서 고분고분하고 온순하고 소박한 여자, 소식하는 여자로 만든 다음, 다시 행진을 계속하겠다. 지금 이 추세라면 돈이 너무 많이 들어서, 행진이고 뭐고 할 수도 없다.

승부의 비결. 적으로 하여금 다가오지 못하게 하면서, 먼저 적에게 다가갈 것.

그는 전화번호부를 펼쳐 기누코의 집 주소를 찾아낸 다음, 위스키 한 병과 땅콩 두 봉지를 사들고, 배가 고프면 기누코더러 한턱내라고 해야겠다는 속셈으로 그녀를 찾아갔다. 위스키를 벌컥벌컥 들이켜고 술에 취한 척 잠들어 버리면 다 넘어오게 되어 있다. 우선은 아주 싸게 먹힌다. 방값도 필요 없다.

여자에 대해서라면 늘 자신만만하던 다지마라는 작자가, 부끄러운 줄도 모르고 이토록 난폭하고 비열한 작전을 세우다니, 녀석도 이만저만 정신이 나간 게 아니다. 기누코가 돈을 너무 많이 써서 미쳐버린 건지도 모른다. 색욕을 떨치지 못한 것도 그렇거니와, 인간이 극도로 탐욕스럽게 돈에 집착하여 본전을 뽑으려 들면, 아무래도 좋은 결과를 내기는 어려운 것 같다.

다지마는 기누코가 얄미운 나머지 거의 인간이기를 포기하고, 인색하고 야비한 계획을 세우다, 끝내 엄청난 봉변을 당하기에 이르렀다.

저녁나절, 다지마는 세타가야에 있는 기누코의 아파트를 찾았다. 낡고 음침한 이층짜리 목조 아파트다. 기누코의 방은 계단을 올라가 막다른 곳에 있었다.

노크를 한다.

"누구세요?"

안에서 들려오는 까마귀 목소리.

문이 열리고, 놀란 다지마가 멈춰 선다.

난잡함. 악취.

아아, 황량하다. 다다미 넉 장 반짜리 방. 다다미는 새까맣게 빛났으며, 파도처럼 우글쭈글 구겨져 있고, 다다미 테두리는 흔적조차 남아있지 않았다. 방 안 가득, 그녀의 봇짐 도구로 보이는 석유통이니, 사과 상자니, 술병이니,

뭔지 몰라도 보자기에 싸놓은 것들, 새장 비슷한 것, 휴지 등등이 발 디딜 틈 없이 여기저기 흩어져 있다.

"뭐야, 당신이야? 왜 왔어?"

또한 기누코의 복장으로 말할 것 같으면, 몇 년 전 보았을 때와 같은 거지꼴, 누더기 같은 작업바지를 입고, 이거야 원, 남자인지 여자인지, 구분이 안 가는 상태다.

방 벽에는 상호금융회사의 선전 포스터가 달랑 한 장, 그것 말고는 어딜 봐도 장식이랄 것이 없다. 커튼조차 없다. 이것이 스물여섯 난 아가씨의 방이란 말인가. 작은 전구 하나가 어두침침하게 켜져 있을 뿐 그저 황량하기만 하다.

괴력 2

"그냥 놀러 왔는데." 오히려 다지마에게 공포가 엄습하여, 기누코처럼 까마귀 같은 소릴 내며 말했다. "하지만 나중에 다시 와도 돼."

"무슨 꿍꿍이야? 공연히 돌아다닐 사람이 아니잖아."

"아니, 오늘은 진짜로……."

"좀 더 산뜻해져 봐. 당신은 여자처럼 너무 간들거려."

그나저나 참 지독한 방이다.

여기서 이 위스키를 마셔야 한단 말인가. 아아, 좀 더 싼 걸로 사올 걸 그랬다.

"간들거리는 게 아니야. 깔끔한 거지. 넌 오늘 또, 지나치게 더럽구나."

우거지상을 쓰며 대놓고 말했다.

"오늘 좀 무거운 걸 지고 다녔거든. 너무 힘들어서 여태 낮잠을 잤어. 아, 맞다, 좋은 게 있는데, 들어오지 그래? 내가 싸게 해줄게."

아무래도 장사 얘기인 것 같다. 돈벌이가 되는 거라면 방이 지저분한 것쯤 문제도 안 된다. 다지마는 신발을 벗고 비교적 무난한 곳을 골라, 외투를 입은 채 책상다리를 하고 앉는다.

"당신, 말린 생선 알 같은 거 좋아하지? 술꾼이니까."

"좋아하고말고. 지금 있나? 얻어먹어 볼까."

"장난해? 돈 내."

기누코는 염치도 없이 오른쪽 손바닥을 다지마 코앞에 내민다.

다지마는 지긋지긋하다는 듯 입을 삐죽거리며,

"네가 하는 짓을 보고 있으면, 진짜 인생 덧없어진다. 그 손 집어치워. 그따위 것 안 먹어. 그런 건 말이나 먹는 거야."

"싸게 해 준다니까 말이 많아. 본고장에서 온 거라 진짜 맛있어. 빼지 말고 돈이나 내놔."

건들거리면서 손은 집어넣을 생각도 안 한다.

불행히도 말린 생선 알은 다지마가 정말로 좋아하는 음식이라, 위스키 안주로 그것만 있다면, 달리 아무것도 필요 없었다.

"그럼 어디 맛만 좀 볼까."

다지마는 몹시 못마땅하다는 듯 기누코의 손바닥에 커다란 지폐를 석 장, 올려준다.

"넉 장 더."

기누코는 태연하게 말한다.

다지마는 깜짝 놀라,

"미쳤어? 적당히 해."

"쩨쩨하기는. 통 크게 한 통 다 사. 생선을 반 잘라 사는 사람이 어디 있어? 이 구두쇠야."

"알았다, 한 통 다 줘."

아무리 간들거리는 남자 다지마라지만, 이렇게 되고 보니 진심으로 화가 치민다.

"자, 봐라. 한 장, 두 장, 세 장, 네 장. 이걸로 됐지? 그 손 집어치워. 너 같은 철면피를 낳은 부모 얼굴이 궁금하다."

"나도 궁금해. 쥐어 패줘야지. 파도 내다 버리면 시들어 말라 죽는다잖아."

"이거 왜 이래. 신세타령은 관둬. 컵 좀 빌려줘. 이제부터 말린 생선 알에 위스키를 먹을 테니. 그래, 땅콩도 있다. 이건 널 주지."

괴력 3

다지마는 위스키를 큰 컵으로 꿀꺽, 꿀꺽, 두 번 만에 다 들이켠다. 오늘만큼은 어떻게든 기누코에게 얻어먹을 심산으로 왔는데, 거꾸로 이른바 '본고장'에서 왔다는 무시무시하게 비싼 생선 알을 팔아주고, 게다가 기누코는 아까운 줄도 모르고 한 통을 전부 다, 눈 깜짝할 사이에 숭숭 썰어서 지저분한 그릇에 수북이 담더니, 거기에 조미료를 듬뿍 뿌렸다.

"드셔. 조미료는 서비스니까 신경 쓰지 말고."

말린 생선 알은 이렇게 한꺼번에 많이 먹는 게 아니다. 심지어 조미료를 뿌리다니, 엉망진창이다. 다지마는 비통한 표정을 짓는다. 일곱 장의 지폐를 촛불에 태운다 해도 이토록 호된 상실감이 들지는 않으리라. 실로 아까운 짓이다. 의미 없음.

수북이 쌓인 말린 생선 알 밑바닥 쪽, 조미료가 닿지 않은 부분을, 다지마는 울고 싶은 기분으로 집어 먹으며,

"넌, 직접 요리한 적 있나?"

하고 조심스레 묻는다.

"하면 하지. 귀찮아서 그렇지."

"빨래는 하고 사나?"

"바보 취급 하지 마. 따지고 보면 나도 깨끗한 걸 좋아하는 사람이니까."

"네가 깨끗한 걸 좋아한다고?"

다지마는 망연자실하게 황량한, 악취 나는 방을 둘러본다.

"이 방은 처음부터 더러워서 손을 댈 수가 없는 거야. 더구나 내 장사가 그런 일이다 보니 아무래도 방 안이 지저분해져. 보여줄까? 벽장 안."

일어서더니 벽장문을 활짝 열어 보인다.

다지마는 눈이 휘둥그레진다.

청결, 질서정연, 금빛을 발하며, 그윽한 향기가 돌 정도다. 장롱, 경대, 트렁크, 신발장 위에는 아담하고 귀여운 구두 세 켤레, 말하자면 그 벽장이야 말로 까마귀 목소리 신데렐라 공주의 비밀 분장실인 셈이다.

곧바로 탁 하고 벽장문을 닫은 기누코는, 다지마에게서 조금 떨어져서 철퍼덕 앉는다.

"멋 부리는 거야, 일주일에 한 번 정도로 충분해. 남자들한테 잘 보이고 싶은 생각도 별로 없고, 평상복은 이 정도가 딱 좋아."

"하지만 그 작업바지는 너무 심하지 않아? 비위생적이야."

"왜?"

"냄새 나."

"웬 점잔을 빼고 난리야? 당신이야말로 늘 술 냄새에 절어 있잖아. 어휴, 술 냄새."

"구린내 나는 사이, 인거로군."

점차 술에 취해 가면서 황량한 방의 풍경도, 또 기누코의 거지나 다를 바 없는 모습도, 그다지 거슬리지 않게 되면서, 어디 한번 애당초 세웠던 계획을 실행해볼까 하는 못된 마음이 뭉게뭉게 피어오른다.

"싸울수록 사이가 깊어진다더군."

그러면서 또, 어설프게 접근을 해본다. 남자는 이런 경우, 비록 대단한 인물, 훌륭한 학자라 해도, 이와 같이 멍청한 언변술로 뜻밖의 성공을 거두는 법이다.

괴력 4

"어디서 피아노 소리가 들리네."

슬슬 같잖은 행동을 한다. 눈을 가늘게 뜨고, 먼 데서 나는 라디오 소리에 귀를 기울인다.

"당신이 음악을 알아? 얼굴 보면 음치 같은데."

"이거 왜 이래, 내가 음악을 얼마나 좋아하는데. 명곡은 하루 종일 듣고 싶은 사람이라고."

"저건 무슨 곡이야?"

"쇼팽."

엉터리다.

"그래? 난 또 사자춤 노랜가 했지."

음치끼리 도토리 키 재기 대화다. 아무래도 분위기가 안 잡혀서, 다지마는 재빨리 화제를 바꾼다.

"근데, 너도 연애는 해봤겠지?"

"헛소리 마. 난 당신처럼 음탕한 사람이 아니야."

"말을 좀 삼가는 게 어때? 천박하기는."

갑자기 불쾌해져서 또 위스키를 벌컥벌컥 마신다. 이거야 원, 이젠 다 틀린 건지도 모른다. 그러나 여기서 물러선다면, 바람둥이의 명예가 땅에 떨어진다. 어떻게든 버텨서 성공하지 않으면 안 된다.

"연애와 음탕함은 근본적으로 다른 거야. 넌 아무것도 모르는 것 같네. 알려줄까?"

자기가 말하고도 그 기분 나쁜 어조에 한기를 느꼈다. 이래 가지고는 죽도 밥도 안 된다. 시간이 약간 이르기는 하지만, 그냥 만취해서 자는 척하자.

"어, 취한다. 공복에 마셨더니, 완전히 취했어. 여기서 잠깐 자고 갈까."

"안 돼!"

까마귀 목소리가 사납게 바뀌었다.

"내가 바본 줄 알아! 당신 속셈 뻔해. 자고 가고 싶으면, 오십 만, 아니 백만 엔 내."

모조리 실패다.

"뭐야, 너, 그렇게 화낼 것까진 없잖아. 취해서 그런 거니까, 여기서 좀……."

"무슨 소리야, 안 돼! 돌아가."

기누코는 일어나 문을 와락 열어젖힌다.

사면초가에 몰린 다지마는 가장 꼴사납고 졸렬한 수단을 써서, 일어서자마자 갑자기 기누코를 와락 껴안으려 든다.

퍼억 하고 주먹으로 뺨을 얻어맞은 다지마는, 아악 하고 지붕이 떠나가라 기괴한 비명을 지른다. 그 순간 다지마는, 십 관은 넉넉히 등에 떠메고 다니는 기누코의 괴력이 떠올라 소름이 쫙 끼쳐서,

"용서해줘. 도둑이야!"

하고 영문 모를 소리를 내지르며, 맨발로 복도로 뛰어나온다.

기누코는 침착하게 문을 잠근다.

잠시 후 문밖에서,

"저기, 미안한데, 내 구두 좀……. 그리고 긴 끈 같은 것이 있으면, 부탁 좀 드리겠습니다. 안경다리가 부러져서요."

바람둥이 역사에 일찍이 없었던 대굴욕을 겪은 그는, 오장육부가 뒤틀리는 것을 느끼며, 기누코가 은혜로이 건네준 빨간 테이프로 안경을 고쳐서, 그 빨간 테이프를 양쪽 귀에 걸고는,

"고마워!"

하고 자포자기한 듯 외치며 계단을 내려가다, 도중에 계단을 헛디뎌, 또 아악 하고 비명을 내질렀다.

냉전 1

다지마는 그러나, 나가이 기누코에게 투자한 돈이 아까워 견딜 수가 없다. 이렇게 수지 안 맞는 장사는 해본 적이 없다. 어떻게든 그녀를 이용하고 활용하여 본전을 뽑지 않으면, 다지마가 아니다. 하지만 그 괴력, 그 식욕, 그 탐욕.

날이 따뜻해지고, 온갖 꽃이 피기 시작했으나, 다지마는 몹시 우울했다. 대실패로 끝난 그날 밤으로부터 사오일이 지나, 안경도 새로 장만하고, 뺨의 부기도 빠지자, 그는 일단 기누코의 아파트로 전화를 걸었다. 마지막으로 이성에 호소하여 결판을 볼 요량이다.

"여보세요. 다지마인데요, 요전에는 너무 취해서, 아하하하핫."

"여자 혼자 살면 이런저런 일이 생기죠. 신경 안 씁니다."

"아니, 나도 그날 이후 이것저것 생각해봤는데 결국 말이죠, 제가 여자들하고 헤어지고 작은 집을 하나 장만해서, 고향에 있는 처자식을 불러 들여 행복한 가정을 꾸미는 게, 도덕적으로 나쁜 걸까요?"

"대체 무슨 소릴 하는 건지 모르겠지만, 남자들은 돈 좀 벌면 다들 그렇게 쩨쩨한 생각을 하나보네요."

"그게, 그러니까, 나쁜 일인가요?"

"괜찮지 않겠어요? 돈깨나 모았나 보죠?"

"돈 얘기만 하지 말고……, 도덕적으로 말이죠, 그러니까 이성적으로요, 그 문제인데, 당신 생각은 어떻습니까?"

"별생각 없어요. 당신 같은 사람 일 따위."

"그야, 뭐, 물론 그러시겠지만, 나는요, 이건 말이죠, 좋은 일이라고 생각합니다.”

"그럼 그걸로 된 거 아니에요? 전화 끊을게요. 이런 아무짝에도 쓸모없는 얘기는 하기 싫네요.”

"하지만 제게는, 정말로, 사활이 걸린 큰 문젭니다. 아무리 그래도 도덕은 존중해야 한다, 저는 이렇게 보는데요, 도와주십시오, 저를 도와주세요. 좋은 일을 하고 싶습니다.”

"이상하네. 또 취한 척하면서 수작 부리려는 거 아니에요? 그건 사양하겠어요.”

"놀리지 마십시오. 모든 인간에겐 선행을 하고자 하는 본능이 있어요.”

"전화 끊을게요. 다른 용건은 없는 거죠? 아까부터 오줌 마려워서 발을 동동 구르고 있다고요.”

"잠깐 기다리세요, 잠깐만. 하루, 삼천 엔 어때요?”

이성적인 논쟁이 갑자기 돈 이야기로 바뀌었다.

"음식도 곁들여서요?”

"아니, 그것만은 좀 봐주십시오. 저도 요즘 이래저래 수입이 줄어서요.”

"한 장(만 엔) 아니면 안 해요.”

"그럼, 오천 엔. 오천 엔으로 해줘요. 이건 도덕상의 문제니까요.”

"쉬 마렵다니까. 이제 그만 좀 해.”

"오천 엔에 부탁드립니다.”

"멍청하긴.”

큭큭 웃는 소리가 들린다. 허락한다는 눈치다.

냉전 2

이렇게 된 마당에, 기누코를 최대한 이용하고 활용해서, 하루 오천 엔 주는 것 외에는 빵 한 조각, 물 한 잔 주지 않고, 단호하게 혹사시키지 않으면 손해다. 온정은 금물이다, 나 자신의 파멸로 이어진다.

기누코에게 얻어맞아 아악 하고 기묘한 비명을 지르던 다지마는, 역으로 기누코의 괴력을 이용할 술수를 찾아냈다.

그의 애인 가운데 미즈하라 게이코라고 아직 서른 전인, 그림에 별 소질이 없는 서양화가가 있었다. 덴엔초부에 위치한 아파트에 방 두 칸짜리 집을 빌려서, 하나는 거실로, 하나는 아틀리에로 썼다. 다지마는 미즈하라 씨가 어느 화가의 소개장을 가지고 와서, 『오벨리스크』에 삽화건 뭐건 그리게 해달라고 얼굴을 붉히며, 쭈뼛쭈뼛 찾아온 것을 귀엽게 생각하여, 조금씩이라도 그녀의 생계를 도와주기로 했다. 언행이 부드럽고 조용했으며, 지독히도 잘 우는 여자였다. 하지만 개가 마구 짖어대듯 상스럽게 우는 울음이 아니고, 계집아이처럼 가련하게 우는 편이라, 아주 보기 싫지는 않았다.

그러나 한 가지, 대단히 난해한 부분이 있었는데, 그녀의 오빠였다. 만주에서 군 생활을 오래 한 그는, 어려서부터 난폭한 데다 몸집도 꽤 크고 단단한 인물 같았는데, 게이코에게 그 이야기를 처음 들었을 때 다지마는 더할 나위 없이 불쾌했다. 아무래도 연인의 오빠가 중사니 하사니 하는 것은 일찍이 파우스트 시대부터 바람둥이들에게 대단히 불길한 일이다.

그 오빠가 최근, 시베리아에서 돌아와, 게이코의 거실에 눌어붙어 있는 것 같다.

다지마는 그 오빠와 얼굴을 마주하기가 싫어서, 게이코를 어디 밖으로

끌어내려고 집으로 전화를 걸었는데, 이런,

"저는 게이코 오빠 되는 사람인데요."

자못 힘이 센 듯 보이는 남자의 굵은 목소리다. 과연, 있었던 것이다.

"여기 잡지사인데요, 미즈하라 선생님과 그림에 대해 의논드릴 일이……."

말끝이 흐려진다.

"안 되겠는데요. 감기에 걸려서 자고 있습니다. 당분간은 일을 못 할 것 같습니다."

운이 나쁘다. 게이코를 끌어내는 것은, 일단 불가능해 보인다.

그러나 오빠가 두렵다고 언제까지나 게이코와 헤어지기를 주저하는 것은, 그녀에게도 못할 짓이다. 더군다나 게이코가 감기에 걸려 누워 있고, 덤으로 군에서 돌아온 오빠가 더부살이를 하고 있다니, 분명 돈이 부족할 것이다. 오히려 지금이 기회인지도 모른다. 환자에게 상냥하게 위로의 말을 건네며 슬쩍 돈을 내밀면, 군인 오빠도 설마 때리지는 않을 것이다. 어쩌면 게이코보다 더 감격해서 악수를 청할지도 모른다. 만일 내게 폭력을 휘두르려 한다면……, 그땐 나가이 기누코의 괴력 뒤에 숨으면 된다.

이거야말로 백 프로 이용, 활용이다.

"알겠죠? 아마 별 문제는 없겠지만, 그 집에 난폭한 남자가 하나 있어요. 만약 그자가 주먹을 휘두르려 하면, 당신은 이런 식으로 가볍게, 팔만 붙들고 있어주세요. 뭐, 힘이 약한 녀석인 것 같기는 하지만요."

기누코를 대하는 그의 말투가 부쩍 공손해져 있었다.

(미완)

家庭の幸福

太宰治

가정의 행복

「가정의 행복」

　　다자이 사후 발행된 『앵두』(1948년 7월, 실업의 일본사)라는
제목의 단행본 작품집에 처음 발표됐다. 『앵두』에는 「가정의 행복」
과 「앵두」 외에도 「오상」, 「범인」, 「접대 부인」, 「비잔」 등 다자이
생애 마지막 일 년간 썼던 단편소설들이 모두 실렸다. 잡지로는
『중앙공론』 1948년 8월호에 게재되었는데, 편집후기에 '다자이
씨가 올봄 집필한 「가정의 행복」은 공교롭게도 그의 유작이 되었다.
갑작스러운 죽음을 애도한다.'라고 되어 있다.

　　패전 이후 일본 사회가 구시대의 악습을 버리고 새로운 시대를
열 것이라 믿었지만 여전히 변함없는 모습에 절망감을 느낀 다자이
는, 이 작품을 통해 그 이유가 제 자식, 제 가족의 행복만을 추구하는
'가정 이기주의'에 있다고 꼬집는다.

‘관료는 나쁘다’라는 말은, 이를테면 ‘맑고 밝고 명랑하게’라는 말처럼 너무나 싱겁고 진부하고 멍청하게까지 느껴져서, 나는 ‘관료’라는 종족의 정체가 무엇인지, 또 그들이 나쁘면 어떻게 나쁜 것인지, 아무래도 명확하게 와 닿지가 않았다. 논외, 관심 없음, 그런 기분에 가까웠다. 관리들은 으스댄다, 단지 그뿐 아닌가 하는 생각마저 들었다. 그러나 민중 중에도 교활하고 비열하고 욕심 많고 남을 배신하는 형편없는 인간들이 많으니, 말하자면 피장파장이라 할 수도 있고, 오히려 대개 관리들이 어려서는 공부를 좋아하고, 자라서는 출세한답시고 자나 깨나 육법전서를 달달 외며, 근검절약, 친구들에게 구두쇠 소리를 들어도 마이동풍, 조상을 한없이 섬기고, 선친의 기일에는 벌초를 게을리하지 않으며, 대학 졸업장은 금테 액자에 끼워 어머니 침실 벽에 걸어 두고, 참으로 부모에게는 효를 다하나, 형제와는 우애가 없고, 친구는 믿지 못하며, 관공서에서 일을 해도 그저 자기 경력에 흠집 내지 않으려 전전긍긍, 사람을 미워하지도 사랑하지도 않으며, 싱긋이 미소 한 번 짓지 않고, 입만 열면 공평 타령이니, 신사들의 귀감이 아닐 수 없네, 훌륭하다, 훌륭해, 조금은 으스댄대도 괜찮아, 하고 나는 세상의 소위 관리들을 동정하기까지 했다.

그런데 며칠 전, 몸이 안 좋아 온종일 이부자리에 누워 꾸벅꾸벅 졸던 나는, 라디오라는 것을 들어 보았다. 지난 십몇 년간 라디오라는 기계를 우리 집에 들인 적은 없었다. 촌스럽게 폼만 잡을 뿐 아무런 재미도 재치도 용기도 없이, 뻔뻔하고 넉살좋게 꽥꽥 시끄러운 소리나 내는 것이라고 혼자 단정 짓고 있었다. 공습 때도 나는 창문을 열고 고개를 내밀어 옆집 라디오에서 흘러나오는, 비행기 한 대는 어떻게 됐고, 다른 한 대는 어떻게 됐다는 소식을 듣고서, 식구들에게 우선은 괜찮다고 말하는 것으로 상황을 모면하곤 했다.

아니, 실은 그 라디오라는 기계가 조금 비싸다. 준다는 사람이 있다면야 받겠지만, 술과 담배와 맛있는 찬거리 외에는 인색할 정도로 돈을 절약하는 내게, 라디오 수신기 같은 것은 터무니없이 큰 사치였다. 그러던 작년 가을, 내가 언제나처럼 밖에 나가 이삼일 내내 술을 퍼마시고, 저녁나절 집은 무사한가 싶어, 가슴이 두근거려 걷지도 못할 정도로 불안과 공포에 맞서며, 간신히 집 앞에 다다라 크게 한 번 한숨을 내쉰 후 드르륵 현관문을 열고,

"아빠 왔다!"

그야말로 맑고 밝고 명랑하게 내 귀가를 알릴 작정이었는데, 애처롭게도 목이 항상 쉬어 있다.

"와, 아빠 오셨다."

일곱 살짜리 큰딸이다.

"어머, 여보. 대체 어디 가셨었어요?"

아기를 업은 아이 어머니도 따라 나온다.

순간 그럴듯한 거짓말도 안 떠올라서,

"뭐, 여기저기."

라고 둘러대고는,

"다들 밥은 먹었나?"

하고 얼렁뚱땅 넘어가려고 필사적으로 질문을 던지며, 외투를 벗고 방으로 한 발 들어서자, 장롱 위에서 라디오 소리가.

"샀어? 이걸?"

내게는 외박을 했다는 약점이 있다. 화는 내지 못한다.

"이거 내 거야."

라고 하며 일곱 살짜리 큰딸이 득의양양한 표정으로,

"엄마하고 같이 기치조지에 가서 사왔어."

"그래, 잘됐구나."

아버지는 일단 아이들에게 다정하게 대꾸하고, 어머니를 향해 작은 목소리로,

"비쌌지? 얼마 줬어?"

천 얼마였다고 어머니는 답한다.

"비싸네. 당신 대체, 어디서 그런 큰돈이 생겼어?"

아버지는 술과 담배와 맛있는 찬거리들로 항상 돈에 쪼들려서, 그야말로 여기저기 기웃거리며, 이 출판사 저 출판사에서 빚을 졌으니, 가정이 빈곤한 것은 당연지사, 어머니 지갑에는 기껏해야 백 엔짜리 지폐 서너 장, 그것이 거짓 없는 실상이다.

"당신 하룻밤 술값도 안 되는 돈인데 거금이라니……."

어머니도 그런 아버지에게 질렸는지 웃으며 사정 설명을 하기를, 당신이 안 계시는 동안 잡지사 분이 원고료를 가져다 주셔서, 이때다 싶어 큰맘

먹고 기치조지에 가서 사왔어요, 이 라디오가 제일 쌌다고요, 마사코도 불쌍하지, 내년이면 학교 들어갈 텐데, 라디오로 음악교육이라도 시켜야죠, 또 나도, 밤늦게까지 당신 오길 기다리면서 바느질 같은 걸 할 때, 라디오라도 듣고 있으면 얼마나 마음이 놓이는지 모른다고요.

"밥 먹자."

이런 경위로 우리 집에도 라디오라는 것이 생기게 되었는데, 나는 여전히 '여기저기'인지라 제대로 들을 일이 거의 없었다. 간혹 내 작품이 방송될 때도 깜박 잊고 놓친다.

한마디로, 나는 라디오에 아무런 기대도 없었다.

그러던 어느 날, 병에 걸려 누워 있으면서, 라디오의 소위 '프로그램'이라는 것을 처음부터 끝까지 거의 다 들어보았다. 들어보니, 이 역시 미국인들의 가르침 덕택인지, 전쟁 전이나 전시 중의 촌스러움은 얼마간 사라지고 제법 활기가 있었다. 갑자기 교회 종소리 같은 것이 울리더니, 거문고 소리가 울려 퍼지기도 하고, 외국의 고전 명곡 음반이 끊이지 않고 흐르는 등, 청취자가 싫증내지 않도록 이리저리 궁리를 한 모양이었다. 한시도 쉬지 않고 멍하니 듣고 있노라면, 낮이 되고, 밤이 되어, 책 한 쪽도 읽을 수 없도록 꽉 짜여 있었다. 그리고 밤 8시인가 9시인가에 나는 기묘한 것을 들었다.

가두녹음이라는 것이었다. 정부의 관리라는 사람과 민중이라는 사람들이 거리에서 서로의 의견을 조율한다는 취지다.

이른바 민중들은 성난 어조로 관료에게 달려든다. 그러면 관료는 묘한 웃음을 섞어가며 대단히 유치한 관념어(예컨대 연구 중이다, 지당한 말씀이긴 한데 그 부분은 양해를 바란다, 일본 재건, 관과 민이 힘을 합쳐, 그 부분은 유념하고 있다, 민주주의 세상인데 설마 그렇게 극단적인, 그러니까 정부는 여러분의 협조를 바라며 등등) 그런 소리만 하고 있다. 말하자면 그 관료는, 처음부터 끝까지 단 한 마디도 하지 않은 것과 같았다. 이윽고 민중들은 더 이상 화를 참지 못하고 날카롭게 관리를 다그친다. 관리는 점점 더 빈번하게 그 기분 나쁜 웃음을 연발하며, 후안무치하고 바보 같은 일반 개론을 정중하기 짝이 없는 말투로 되뇔 뿐이다. 민중 가운데 한 사람은, 끝내 울먹이며 관리에게 따진다.

이부자리에서 듣고 있던 나도 욱하고 화가 치밀었다. 만약 내가 현장에 있어서 사회자가 내게 의견을 물었더라면, 분명 이렇게 외쳤을 것이다.

"나는 세금을 내지 않을 작정입니다. 빚을 내어 생계를 이어가고 있습니다. 나는 술도 마십니다. 담배도 피웁니다. 둘 다 세금이 많이 붙어 있고, 그런 탓에 제 빚은 늘어만 가지요. 이런 상황에서 세금을 내겠다고 여기저기 돈을 꾸러 다닐 여력이, 내겐 없습니다. 게다가 나는 몸도 허약해서, 음식이나 주사, 약품을 구하기 위해 또 돈을 빌립니다. 지금 대단히 곤란한 상황에 처해 있어요. 적어도 당신보다는 더 고통스러운 일을 하고 있습니다. 내가 생각해도 거의 정신이 나간 게 아닌가 싶을 정도로, 일 생각만 하고 있어요. 술도 담배도, 또 맛있는 반찬도, 지금 일본에서는 사치니 다 끊으라고 한다면, 일본에서 괜찮은 예술가는 모조리 사라지게 될 겁니다. 그것만큼은 단언할 수 있습니다. 협박을 하려는 것이 아닙니다. 당신은 아까부터 정부네, 국가네 하면서 무슨 큰일이나 하는 양 거만을 떠는데, 우리를 자살로 이끄는 정부와 국가는 얼른 사라지는 편이 낫습니다. 안타까워하는 사람은 아무도 없을 겁니다. 곤란해지는 건 당신들뿐이겠지. 다들 목이 달아날 테니. 몇십 년 근속한 것도 물거품이 될 테고, 그리하여 당신네 처자식들이 울어재낄 테니까.

하지만 난 일 때문에 진작부터 처자식을 울리고 있어. 나도 좋아서 그냥 내버려 두는 건 아니야. 일을 하다 보면 아무래도 거기까지 돌볼 여력이 없어. 그런데 뭐? 대체 무슨 짓거리야. 히죽히죽 웃으면서 그 부분은 어떻게든 양해를 바란다고? 어처구니가 없군. 우리 목을 조를 셈이야? 어이, 헛소리 마. 히죽히죽 웃지 좀 말라고! 꺼져 버려! 꼴도 보기 싫으니까. 나는 사회당 우파도 좌파도 아니고, 공산당 당원도 아니야. 예술가라는 사람이다. 기억해 둬. 더러운 속임수를 세상 무엇보다도 싫어하지. 도대체가 넌 우리를 우습게보고 있어. 그런 밑도 끝도 없는 엉터리 소리를 지껄여서, 민중을 달래고 납득시킬 수 있다고 생각하나? 한마디라도 좋으니, 당신 입장에서 실상을 말해! 당신 입장에서 실상을……"

이처럼 상스러운 욕지거리가, 멈출 줄 모르고 연거푸 가슴에 차올라, 스스로도 별로 고상한 행동이 아니라는 생각은 들면서도, 점점 더 분노가 쌓여만 가서, 혼자 흥분하다 마침내 눈물까지 흘렸다.

그래봐야 뒤에서나 큰소리다. 나는 경제학에 까막눈이다. 세금 문제 같은 건 전혀 모른다고 할 수 있다. 가두녹음 현장에 있었다 해도, 쭈뼛거리며 질문을 하다 금세 관리에게 설득당해서,

"그렇습니까, 실례했습니다."

하고 무참히 끝났을지도 모른다. 하지만 나는 그 관리가 실실 웃는 것이 영 마음에 들지 않았다. 자기 말에 확신이 없다는 증거다. 속이고 있다는 증거다. 얼렁뚱땅 둘러대고 있다는 증거다. 만약 그, 히죽거리는 작자의 답변이 관료의 실체라고 한다면, 관료란 분명, 나쁜 것이다. 지나치게 얕잡아 보고 있다. 세상을, 얕봐도 너무 얕보고 있다. 나는 라디오를 들으며, 그 관리의 집에 불을 질러 버리고 싶을 만큼 증오심이 치솟았다.

"이봐! 라디오 좀 꺼줘."

더 이상 그 히죽거리는 웃음을 참고 들어줄 수가 없었다. 나는 세금을 내지 않겠다. 저런 관리들이, 저렇게 실실 웃고 있는 동안은 내지 않겠다. 감옥에 갇혀도 상관없다. 저렇게 터무니없는 소리를 지껄이는 동안은 내지 않겠다. 그렇게 미친 듯이 흥분하고, 그러고는 분해서 그저 눈물만 흘렸다.

그렇지만 나는 아무래도 정치 운동에는 관심이 없다. 내 성격과 맞지 않을 뿐만 아니라, 그로 인해 내가 구원받을 수 있다고도 생각지 않는다. 내게는 그저, 성가실 뿐이다. 나의 시선은 늘, 인간의 '집' 쪽을 향하고 있다.

그날 밤, 전날 의사로부터 받아 둔 진정제를 마시고 약간 침착해진 나는, 오늘날 일본의 정치나 경제에 대한 것이 아니라, 오로지 아까 그 관리의 생활 형태에 대한 것만을 생각했다.

조금 전 그 사람의 히죽거리는 웃음은, 그러나 이른바 민중을 경멸하는 웃음은 아니다. 결코 그런 성질의 것이 아니었다. 자기 신변과 입장을 지키려는 웃음이다. 방어의 웃음이다. 적의 날카로운 공격을 피하려는 웃음이다. 즉, 얼버무리려는 웃음인 것이다.

그리하여 나의 이부자리 공상은, 다음과 같이 전개되기 시작했다.

거리 토론을 마친 그는 안심하며 땀을 닦고는, 갑자기 불쾌한 표정을 지으면서 그가 몸담은 관청으로 퇴각한다.

"어떠셨습니까?"

하급관리가 묻자, 그는 쓴웃음을 지으며 답한다.

"음, 뭐, 호되게 당했지."

마침 토론 현장에 있던 또 다른 하급관리 하나가,

"아뇨, 무슨 말씀이십니까. 쾌도난마快刀亂麻라 할만 했지요."

하고 아첨을 한다.

"그 쾌도가 괴상한 검이라는 뜻이지?"[1]

그도 씁쓸히 웃으며 대꾸했지만, 내심 기분이 나쁘지는 않다.

"농담 마십시오 그런 질문자들하고는 애초에 두뇌 구조 자체가 다르시니까요. 어쨌든 저희는 천군만마를……."

아부가 살짝 과했다는 걸 느낀 하급관리는 재빨리 화제를 돌린다.

"방송은 언제 나가는 겁니까?"

"모르지."

알고 있기는 한데, 모른다고 하는 편이 더 점잖아 보인다. 그는 오늘 일은 이미 잊은 듯한 얼굴로 천천히 집무를 시작한다.

"아무튼 그 방송, 참 기대되네."

하급관리는 여전히 중얼중얼 아부를 한다. 그러나 그는 방송이 기대된다고 생각해본 적도 없고, 실제로 그 방송이 있던 날 밤에는 기괴한 포장마차에서 술지게미로 만든 싸구려 술을 마시다가, 마침 거리 토론이 방송되던 그 시각 웩웩거리며 어마어마하게 게워내고 있었다. 기대고 뭐고 있을 턱이 없다.

기대하고 있었던 것은, 예의 그 관리와, 그의 가족이다.

드디어 오늘 밤, 방송이다. 그날 관리는, 평소보다 한 시간 정도 일찍 귀가한다. 방송 30분쯤 전부터 식구들 모두 긴장한 채 라디오 앞에 모인다.

"이제 곧 이 상자에서 아버지 목소리가 나올 거예요."

1_ 일본어에서 쾌도난마의 쾌快와 괴상함의 괴怪의 발음/kai/이 같다.

어린 막내딸을 품에 안은 부인이 아이들에게 일러준다.

중학교 1학년인 남자아이는 정좌를 하고, 두 손을 가지런히 무릎 위에 올린 채, 방송이 시작되기를 더없이 점잖게 기다리고 있다. 이 아이는 용모도 단정한 데다 학교 공부도 곧잘 한다. 그리고 아버지를 진심으로 존경한다.

방송 시작.

아버지는 태연히 담배를 태운다. 그러나 불이 곧 꺼진다. 아버지는 그런 줄도 모르고 담배를 한 번 더 빨고는, 그걸 그대로 손가락 사이에 끼워두고, 자기가 하는 답변에 귀를 기울인다. 자신이 예상했던 것보다 훨씬 더 명쾌하게 녹음됐다. 우선은 이걸로 됐다. 큰 실수 없음. 관청에서도 평이 좋겠지. 성공이다. 더군다나 이건 지금, 일본 전역에 방송되고 있다. 그는 식구들의 얼굴을 차례로 돌아본다. 다들 자부심과 만족감에 가득 차 있다.

가정의 행복. 가정의 평화.

생애 최고의 영예.

비아냥거리려는 게 아니라, 그야말로 아름다운 풍경이긴 한데, 잠깐만.

별안간 내 공상이 중단되면서, 이상한 생각이 뇌리를 스쳤다. 가정의 행복. 그것을 바라지 않는 사람이 어디 있으랴. 농담을 하려는 것이 아니다. 가정의 행복, 그것은 어쩌면 생애 최고의 목표이자 영예겠지. 최후의 승리인지도 모른다.

그러나 그것을 얻기 위해, 그는 나로 하여금 울분에 차 울게 했다.

나의 이부자리 공상은 다른 방향으로 흘러갔다.

문득 다음과 같은 단편소설 테마가 떠올랐다. 이 소설에는 더 이상 그 관리가 등장하지 않는다. 애초에 그 관리의 신상도 오롯이 나의 병중 공상의 소산으로, 실제로 보고 들은 바가 있는 것은 물론 아니지만, 다음 단편소설의 주인공 또한, 나의 환상 속 인물에 불과하다.

　……그것은 더없이 행복하고 평화로운 가정이다. 주인공의 이름을 가령 쓰시마 슈지라 해보자. 내 호적상 이름이긴 한데, 섣불리 가명을 썼다가 혹여 우연히 그게 실제 인물과 비슷하기라도 하면 그 사람에게 폐가 되니, 그런 오해가 생기지 않도록 내 호적상의 이름을 제공하겠다.

　쓰시마의 직장은 어디든 상관없다. 이른바 관청이기만 하면 된다. 호적상이라는 단어도 나왔고 하니, 동사무소 호적 담당 공무원이라 해도 좋겠다. 어디든 상관없다. 테마는 정해졌으니, 나머지는 쓰시마의 직장에 따라 줄거리에 살을 붙여 나가면 된다.

　쓰시마 슈지는 도쿄 내 어느 마을 동사무소에 근무한다. 호적 관련 업무를 맡고 있다. 연령은 30세. 늘 싱글벙글거린다. 미남은 아니지만 혈색도 좋고, 이를테면 얼굴에 양기가 흐르는 사람이다. 쓰시마 씨와 이야기하다 보면 힘든 것도 잊어버리게 된다고, 배급 담당 노처녀가 말한 적이 있다. 결혼은 스물넷에 했으며, 여섯 살 난 딸아이와 그 밑에 세 살 난 남자아이가 있다. 두 아이와 아내, 그의 노모와 그, 이렇게 다섯 식구가 살고 있다. 아무튼 행복한 가정이다. 그는 이제껏 관청에서 실수 한 번 하지 않은 모범적인 호적 담당 공무원이며, 아내에게는 모범적인 남편, 또 노모에게는 모범적인 효자, 아울러 아이들에게마저 모범적인 아빠였다. 그는 술 담배도 하지 않는다. 억지로 참는 것이 아니라 하고 싶지 않은 것이다. 아내는 배급받은 술 담배를 전부 암시장에 내다 팔아, 노모와 아이들이 기뻐할 만한 것을 산다. 인색한 것이 아니다. 남편과 아내 모두, 단란한 가정을 위해 최선을 다하고 있다. 본래 이 가족은 기타타마 군에 본적을 두고 있었지만, 중학교와 여학교 교장으로 여기저기 전근을 다녔던 선친을 따라 식구들도 함께 이사를 다니다가, 아버지가 센다이의 어느 중학교 교장으로 부임한 지 삼 년 만에 돌아가시자, 쓰시마가 노모의 마음을 헤아려, 아버지가 남긴 유산 대부분으로 지금 이곳 무사시노 한 귀퉁이에 다다미 여덟 장, 여섯 장, 넉 장 반, 석 장 크기의 방이 있는 신축 문화주택²을 선뜻 장만했고, 자신은 친척의 주선으로 미타카에 있는 마을 동사무소에 근무하게 되었다. 다행히 전쟁의 불똥도 피할 수 있었고, 두 아이는 토실토실 살이 쪘으며, 노모와 아내도 사이가 좋아서, 그는 아침 해가 뜨면 일어나 우물가에서 세수를 한 뒤, 가뿐한 기분으로 태양을 향해 짝짝 박수를 치며 감사의 기도를 올렸다. 노모와 처자식의 웃는 얼굴을 생각하면, 장을 본 뒤 지고 오는 감자 여섯 관도 무겁지 않고, 밭일, 물 긷기, 장작 패기, 그림책 읽어주기, 목마 태우기, 집짓기 놀이, 아이고, 우리 아기, 잘도 걷네, 단출한 형편에도 가정은 늘 봄날 같고, 제법 넓은 뜰은 모조리 갈아엎어 밭이 되긴 했지만, 이 남편, 멋이라곤 없는 그저 그런 실리주의자는 아닌지라, 밭 둘레에 사계절 화초와 꽃나무들이 우아하게 꽃을 피우고, 뜰 구석 닭장에 하얀 닭이 알을 낳을 때마다 집안에는 환성이 터지고, 조목조목 쓰다 보면 끝이 없을 정도로, 이른바 행복한 가정이다. 요전에는 또, 동료가 억지로 쥐여주기에 어쩔 수 없이 받아둔 '복권' 두 장 가운데 한 장이 천 엔에 당첨됐는데, 원래 차분한 사람인지라 당황하거나 떠들지 않고, 식구들이나 동료들에게도 알리지 않은 채, 며칠 후 출근길에 은행에 들러 현금을 받아서는, 가정의 행복을 위해서라면 인색하기는커녕 천금도 아끼지 않는 배포 있는 사람이라, 그의

2_ 다다미방과 서양식 방을 골고루 도입했던 근대적 주택.

집 라디오가 고장 나 수리를 맡겼는데 '손을 쓸 수 없는 상태'라는 선고를 받고, 요 이삼 년 그저 찻장 위의 장식품이 되어, 노모나 아내가 그 못 쓰게 된 물건을 보며 가끔씩 푸념을 늘어놓던 것이 떠올라, 은행을 나서자마자 그길로 라디오 가게에 들러, 주저 없이 가뿐하게 최신형 라디오를 사고, 자기 집 주소를 가르쳐주며 배달해달라고 한 다음, 아무 일 없었다는 듯 동사무소로 들어가 업무를 시작했다.

그러나 속으로는, 자못 들떠 있다. 노모와 아내가 놀라 기뻐하는 것도 기뻐하는 것이지만, 딸도 철들고 나서 처음으로 집 안 라디오에서 울려 퍼지는 노랫소리를 듣는 것이니, 그 흥분, 그 우쭐함은 오죽할까, 또 갓난아기가 라디오를 듣고 눈을 깜빡거리며 이상하다는 표정을 지으면, 온 식구들이 박장대소할 것이 눈에 선하다. 게다가 곧 퇴근해서 '복권'에 얽힌 비밀을 털어놓으면, 또다시 박장대소. 아아, 어서 퇴근 시간이 왔으면. 평화로운 가정의 빛을 쬐고 싶다. 오늘 하루가 몹시도 길게 느껴진다.

옳지! 퇴근 시간이다. 서둘러 책상 위 서류를 정리한다.

그때, 숨을 헐떡이며 초라하기 짝이 없는 옷차림의 여자가 출생 신고서를 들고 창구에 나타난다.

"부탁합니다."

"안 됩니다. 오늘은 끝났어요."

쓰시마는 예의 '힘든 것도 잊게 만드는' 싱글벙글거리는 얼굴로 답하며, 책상 위를 깔끔하게 정리하고, 빈 도시락을 들고 일어선다.

"부탁 좀 드릴게요."

"시계를 봐요, 시계를."

쓰시마는 발랄하게 말하며 출생 신고서를 창구 밖으로 밀어낸다.

"부탁합니다."

"내일 오세요, 네? 내일."

쓰시마의 어조는 상냥했다.

"오늘이 아니면 저, 힘들어요."

쓰시마는 이미 거기에 없었다.

……초라한 여자의 출산에 얽힌 비극. 여기엔 다양한 형태가 있으리라. 그 여자가 죽을 수밖에 없었던 이유, 그것은 나(다자이)도 잘 모르겠지만, 아무튼 그 여자는 그날 밤 다마가와 강으로 뛰어든다. 신문 사회면 구석에 조그맣게 기사가 난다. 신원 불명. 쓰시마에게는 아무 죄가 없다. 퇴근할 시간에 퇴근한 것이다. 쓰시마는 그 여자에 대한 것을 기억조차 하지 못한다. 그리고 여전히, 싱글벙글거리며 가정의 행복에 전력을 기울이고 있다.

대략 이런 줄거리의 단편소설을, 아픈 와중에 잠을 이루지 못하고 고안해봤는데, 생각해보니 주인공 쓰시마 슈지가 굳이 공무원일 필요는 없을 것 같다. 은행원도 좋고, 의사도 좋다. 하지만 내가 이 소설을 떠올리게 된 것은, 아까 그 관리의 실실거리는 웃음 때문이다. 그 실실거리는 웃음의 근원은 어디에 있는가. 이른바 '관료 악의 지축은 무엇인가. 이른바 '관료적' 기풍의 근원은 무엇인가. 이를 더듬어 가던 나는, 가정 이기주의라 할 만한 음울한 관념에 부딪쳐, 마침내 다음과 같은, 무시무시한 결론에 이르렀다.

그것인즉슨, 가정의 행복은 모든 악의 근원.

鉄面皮

太宰治

철면피

「철면피」

『문학계』 1943년 4월호에 발표됐다. 당시 혁명운동에 좌절한 상당수의 프롤레타리아 문학가들은 거대한 역사의 압력 속에서 개인들이 어떻게 살아가는가를 다루는 방안으로 역사소설을 선택 했으며, 당국의 언론출판 압박을 피해 현 시대를 노출하지 않아도 되는 역사물을 쓰는 경우가 잦았다.

다자이도 1942년 10월 『문예』에 실릴 예정이었던 「불꽃놀이」(전 집 5권 수록)가 불량한 소재를 다루었다는 이유로 전문 삭제되는 경험을 했고, 자신이 쓰고 싶은 것을 자유롭게 쓸 수 없는 시대상황 속에서 「옛날이야기」(전집 7권), 「새로 읽는 전국이야기」(전집 8 권), 「우대신 사네토모」 등 고전을 패러디하거나 역사적 사실을 정교하게 소설화하는 방법으로 꾸준히 글을 발표한다.

한편, 다자이는 전쟁이 끝난 후 「철면피」, 「불꽃놀이」 등을 한데 엮어 작품집 『동틀 녘』(1946년 11월, 신기원사)을 새로 펴내면서, 「철면피」 내 에피소드 가운데 전쟁 냄새를 풍기는 '재향군인 분대 사열' 장면을 삭제하는데, 이는 주변과 독자를 민감하게 의식하고 되도록 그 시대에 수용 가능한 글을 발표하고자 했던 다자이의 면모가 드러나는 대목이다.

안심하게. 자네 이야기를 쓰려는 게 아니야. 요즘, 그러니까 작년 가을부터 삼백 장¹가량 되는 『우대신 사네토모』라는 소설을 쓰기 시작했는데, 올 2월 말에 간신히 백쉰한 장을 써내고 너무 피곤해서, 내게 이삼일 휴가를 주는 셈치고 올 설에 후나바시 씨와 약속한 단편소설에 대해 멀거니 생각에 잠겼지만, 내 천성에도 우직한 면이 있었는지, 아무리 해도 『우대신 사네토모』가 마음속에서 떠나질 않고, 기분 전환도 할 겸 다른 걸 쓰는 따위의 멋들어지는 기술은 기대하기 힘들어서, 이런저런 고민 끝, 역시 이번에는 『우대신 사네토모』에 대한 것이라도 써야지 별 도리가 없다, 아니, 사네토모라는 사람에 대해서는 삼백 장가량 쓸 계획이니, 여기서는 그 삼백 장가량의 미완소설 『우대신 사네토모』를 중심으로 삼십 장 정도 써보자, 그것 말고는 달리 방법이 없겠다는 쪽으로 흘러가게 된 것인데, 그나저나 이에 대해 또 이리저리 생각을 해보니, 이렇게 되면 아무래도 자기 작품이 뭐라도 되는 양 선전을 하게 되는 꼴이 아닌가 싶고, 다들 이런 의견에 동의하리라

- -
1_ 당시 작가들이 주로 쓰던 종이는 400자 원고지다.

보는데, 사실 본인의 작품을 너저분하게 자화자찬하는 것 자체가, 시원찮은 자기 외모를 자랑해대며 그럴싸한 설명을 늘어놓는 것처럼 묘하게 기분 나쁜 광태에 가까운 짓이다. 나는 출판사 사람들이 책 서문이나 후기에 자기 자랑을 써넣으라고 아무리 부추겨도 그런 것은 쓸 수가 없고, 애초에 내 소설이 유치하고 어설픈 데는 스스로도 질려 있는 터라, 하물며 선전 같은 것은 생각지도 못한 일이지만, 그래도 내가 지금 쓰고 있는 소설 『우대신 사네토모』를 두고 뭐든 쓰게 된다면, 작자의 진짜 의도가 무엇이든 간에 결과적으로는 구질구질한 자화자찬쯤이 되는 게 아닐까, 영화로 치면 예고편 쯤 되려나, 속 보이네요, 아무리 눈을 내리깔고 겸양의 미덕 어쩌고 시치미를 뗀다한들, 뻔뻔스런 촌놈이 어디 가겠어, 무슨 소릴 하려나 싶었더니 창작의 고심담이래, 고심담, 못 들어주겠다, 저 자식 요즘 좀 착실해졌다는데 돈이라도 한몫 챙긴 거 아냐? 공부하고 계신단다, 술 마시는 건 지겹다고 했다며? 콧수염을 길렀다는 소문이 있던데, 거짓말이었군, 어쨌거나 고심담이라니, 어처구니가 없네, 조용히들 하고 어디 들어나 봅시다, 등등 성난 사람들이 일시에 떠들어대고, 작가는 어찌할 바를 몰라 하며 이 작품에 제목을 지으니, 이름 하여 「철면피」. 어차피 난 낯짝이 두껍거든.

철면피, 라고 원고지에 크게 적고 나니까 마음이 좀 홀가분하다. 어릴 적에 나는 괴담을 좋아해서, 너무 무서워 훌쩍훌쩍 울면서도 그 책을 손에서 놓지 않고 읽다, 결국은 장난감 상자에서 붉은 도깨비 탈을 꺼내어 그걸 쓰고 계속 읽었던 적이 있는데, 흡사 그때 그 기분 같다. 너무 무서워 기묘한 착각이 일었던 것이다. 철면피. 이 탈을 쓰면 괜찮아, 이제 무서워할 것 없어. 철면피. 지그시 이 세 글자를 들여다보고 있자니, 마치 심혈을 기울여 닦고 닦아 검게 윤이 나는 철가면처럼 느껴지기 시작했다. 강철 같다. 남성적이다. 철면피란 어쩌면 남자의 미덕인지도 모른다. 무엇보다 이 단어에는 추잡한 느낌이 없다. 이 튼튼한 철가면을 쓰고, 어물거리는 말투로 이른바 창작의 고심담을 시작한다면, 의외로 장중한 울림이 있어 생각보다 비웃음을 덜 사게 될지도 모른다며 소심하게 전전긍긍, 천하의 겁쟁이 아둔한 작가는 홀로 쓸쓸하게 고개를 끄덕였다.

쇼와 11년[1936년] 10월 13일부터 그해 11월 12일까지 한 달 동안, 나는 어두운 병실에서 매일 울며 지냈다. 그 한 달간의 일기를 소설로 엮어서 어느 문예지에 발표했다. 형식이 제멋대로라 편집자들이 상당히 곤욕을 치렀다고 한다. 「HUMAN LOST」라는 작품이다. 지금은 불길한 적국의 언어가 되었지만, 파라다이스 로스트[2]를 흉내 내어 「인간 실격」이라고 해보면 어떨까 하는 심정으로 그런 제목을 붙인 것인데, 그 일기 형식의 소설 11월 1일자에 아래와 같은 문장이 있다.

사네토모를 잊을 수 없다.

이즈 바다에 하얗게 솟아오르는 물결 마루.
소금꽃이 지네.
흔들리는 억새풀.

귤 밭.

2_ 『실낙원PARADISE LOST』(1667년). 영국 시인 존 밀턴의 장편 서사시. 당시 일본은 영미와 전쟁 중이어서 영어권 관련 내용은 출판 금지 처분을 받을 수도 있었다.

괴로울 때면 반드시 사네토모가 떠오르는 모양이었다. 목숨이 붙어 있는 한 사네토모를 써보고 싶었다. 나는 간신히 살아남아, 올해로 서른다섯이 되었다. 슬슬 적당한 때가 왔다, 라고 쓰자니 대단히 아니꼽고 막연한 미사여구 같아 김이 새지만, 사네토모를 쓰고 싶다는 마음만큼은 분명 유년 시절부터 내가 품어온 염원인 듯하다. 늘 그리던 바람을 지금 이루게 되었으니, 나도 꽤나 행복한 사나이다. 하느님, 관음보살님께 감사라도 드리고 싶은 심정이지만, 그런 영예야 헛된 기쁨이고, 또 세상에서 간혹 일어나는 일이기도 하니, 겨우 백쉰한 장 쓴 것 가지고 벌써부터 야단법석을 떠는 것은 삼가야 한다. 중요한 것은 지금부터다. 이 단편소설을 다 쓰고 나면, 곧 다시 무거운 가방을 들고 여행을 떠나, 그 일을 계속할 것이다. 라나 뭐라나, 역시 소풍 가는 초등학생처럼 들썽거리는 문장이 돼버렸는데, 일이 즐거운 시기는 평생에 그리 자주 오는 것도 아닌 것 같으니, 이렇게 달뜬 문장도 기념 삼아 지우지 말고 그대로 남겨두자.

　우대신 사네토모.

　　조겐 2년^{1208년} 무진^{戊辰}. 윤2월. 3일, 계묘^{癸卯}, 맑음. 여느 때처럼 쓰루가오카구³에 신께 바치는 무악이 울려 퍼졌다. 쇼군^{미나모토노} ^{사네토모}은 천연두를 앓아 밖에 나가지 못하고, 전 대선대부 히로모토 아손^{귀족의 경칭}이 쇼군 대신 참석하여, 미다이도코로^{쇼군의 부인}와 함께 참배했다. 10일, 경술^{庚戌}, 쇼군이 천연두로 몹시 고통스러워하니, 이에 인근 지방 신하들이 무리 지어 문안을 왔다. 29일, 기사^{己巳},

---

3_ 쓰루가오카 하치만구^{鶴岡八幡宮}의 약어. 초대 쇼군 미나모토노 요리토모(사네토모의 아버지)와의 연고로 가마쿠라 막부를 수호하는 신사가 되었다.

비. 쇼군이 쾌유하여 목욕을 하였다.(『아즈마카가미』.[4] 이하 출처
같음)

그럼 지금부터 궁금해하시는 가마쿠라 우대신 님에 대하여, 제가 본 바
들은 바를 꾸밈없이 있는 그대로 성심껏 말씀드리겠습니다.

이것이 책의 첫머리다. 내가 쓴 글을 내가 인용하려니 어째 좀 그로테스크한
데, 내 문장을 이렇게 옮겨 적고 보니, 너무 유치한 데다 좀 안다고 우쭐대는
느낌이라 정말이지 견딜 수가 없지만, 이런 게 바로 철면피지, 하고 유들유들
넉살좋게 써 내려가겠다. 어쩌면 진짜 제대로 된 철면피인지도 모른다.
원래 예술가들이란 뻔뻔하고 부끄러움을 모르는 아니꼬운 족속들로, 나이도
먹을 만큼 먹은 소세키가 콧수염을 꼬아 가며, '나는 고양이로소이다. 이름은
아직 없다.' 이런 것을 정색하고 쓰는 마당이니, 나머지는 미루어 짐작할
만하다. 어차피 제정신들이 아니다. 현자는 이 길을 피해서 간다. 말이 나온
김에 『도연초』[5]에, 바보 흉내를 내는 녀석은 바보다, 미치광이 흉내를 내겠다
며 전신주를 기어오르는 녀석은 미치광이다, 성인군자 흉내를 내며 거만한
표정으로 팔짱이나 끼고 있는 녀석 또한 진짜 성인군자다, 어쩌고 하는
불쾌한 내용이 쓰여 있었는데, 바람둥이 흉내를 내는 녀석 또한 바람둥이,
괴상하게 학자 시늉을 하는 녀석 또한 진짜 학자, 술꾼 흉내를 내는 녀석은
그야말로 제대로 된 술꾼, 예술가인 체하는 녀석은 진짜 예술가, 오이시
요시오[6]의 정신 나간 짓도, 그건 진짜 제대로 미친 짓, 웃으면서 엄숙한

4_ 吾妻鏡. 가마쿠라시대에 성립된 편년체 역사서로, 1180년부터 1266년까지의 기록이다.
5_ 徒然草(따분한 이야기라는 뜻). 요시다 겐코가 지은 무념무상의 인생관이 담긴 고전수필집.
6_ 大石良雄(1659~1703). 주군의 원수를 갚기 위해 복수극을 펼친 끝에 원수의 목을 베고 자신들은
   할복자살한 사건을 다룬 <주신구라忠臣藏> 속 47인의 무사 가운데 우두머리.

말을 하라고 가르치던 철학자 니체 씨, 웃으면서는 또 뭐람, 그런 농담 따먹기 같은 말을 하는 녀석 역시 진지하지 못한 놈이고, 이런 식이니 철면피인 척하는 어리석은 작가도, 특별할 것 없이 말 그대로 어리석은 철면피 작가다. 참으로 밑도 끝도 없이 지루한 이야기라 흡사 발가벗겨진 기분이 드는데, 그래도 얕잡아볼 수만은 없는 주장이다. 이 주장에 대해서는 앞으로 찬찬히 시간을 두고 생각해보고 싶지만, 소설가라는 작자들이 부끄러움을 모르는 바보라는 사실만은 생각하고 말고 할 것도 없이 분명한 사실이다. 작년 연말, 고향에 계신 노모가 돌아가셔서 십 년 만에 귀향을 했는데, 그때 고향 큰형이 나를 꾸짖으며, 죽을 때까지 정신 못 차릴 놈이라고 고래고래 소리를 지르기에, 나는 한 가지 느낀 바가 있어,

"형," 하고 기분 나쁠 정도로 허물없이, "지금은 내가 천하의 몹쓸 놈처럼 보이겠지만, 그래도 앞으로 오 년, 아니 십 년, 십 년쯤 지나면 형이, 음 하고 고개를 끄덕이며 인정해줄 만한 걸 뭐라도 하나쯤 쓸 수 있을 것 같은데……."

형은 놀라 눈을 동그랗게 뜨고 말했다.

"너 남들한테도 그런 멍청한 소릴 하고 다니느냐? 집어치워라. 창피한 줄 알아. 너 같은 놈은 평생 안 돼. 뭘 해도 안 된다. 오 년? 십 년? 내 입에서 음 하는 소리가 나오게 만들고 싶다고? 됐다, 관둬라. 대체 너, 무슨 바보 같은 생각을 하고 있는 게냐. 죽을 때까지 안 될 거다. 뻔하지. 잘 기억해둬라."

"그래도……." 그래도는 무슨 그래도냐, 그렇게 혼쭐이 나도 전혀 개의치 않는다는 듯 히죽히죽 기분 나쁘게 웃으며, 흡사 차이고 나서도 바짓가랑이를 붙들고 늘어지는 아녀자처럼, "그러면 희망이 없어지잖아요." 남잔지 여잔지

분간이 안 간다. "대체 난 이제 어쩌면 좋을까." 언젠가 미나카미 온천에서 '옥선단'이라는 시골 극단의 연극을 본 적이 있는데, 그때 이마가 좁다란 호색꾼이 무대 중앙에 고개를 숙이고 서서, "대체 난 이제 어쩌면 좋을까."라고 중얼거렸다. 그것은 <피에 젖은 보름달>이라는 상당히 무리한 제목의 연극이었다.

형도 지긋지긋해서 할 말을 잃었는지,

"아무것도 쓰지 마. 안 쓰면 되는 거다. 이상, 끝."이라고 하고는 자리에서 일어나버렸다.

그렇지만 이날 형의 질타는 내게 큰 도움이 되었다. 눈앞이 확 트였다. 수백 수천 년이 지나도록 역사에 길이 이름을 남길 만한 인물은, 우리가 쉽게 알아볼 수 없을 만큼 차원이 다른 출중한 존재임에 틀림없다. 우자에몬이 연기한 요시쓰네를 보고 마음씨 곱고 살결이 하얀 요시쓰네를 머릿속에 그려 보기도 하고, 반도 쓰마사부로 주연의 오다 노부나가를 보고 그 굵은 저음에 압도되어, 노부나가가 저런 사람이었구나 하고 깨닫기도 하고, 설마 그럴까 싶지만 있을 법한 일이다. 요즘 역사소설이라는 것이 대단히 유행하는 것 같아서, 최근에 시험 삼아 두세 작품 슬쩍 훑어보았더니, 놀랍게도 바로 그 우자, 반도가 크게 활약하고 있었다. 우자, 반도의 활약은 겉보기에도 화려하고, 뭐 신개념 야담쯤으로 생각하면, 야담의 기상천외함도 무엇 못지않으니 재미나게 읽을 수도 있겠지만, 자못 심각한 인간미를 가미한답시고, 구스노키 마사시게[7]가 공연히 외롭다는 말을 남발한다거나, 어전 회의가 무슨 동인지 작품 합평회처럼 서로를 원망하고 미워하며 그저 시끌벅적하게

7_ 楠木正成(1294?~1336). 가마쿠라 막부로부터 악당이라 불리던 우락부락한 무장. 가마쿠라시대
　 가 멸망하고 남북조시대가 들어섰을 때 남조의 편에 서서 싸우다 패하고 자결한다.

흘러가는 등, 오로지 작자 자신의 초라한 일상을 기반으로 가토 기요마사와 고니시 유키나가[8] 이야기를 어림짐작하여 쓰고 있으니, 실로 빈약하기 짝이 없는 영웅호걸들뿐이다. 가토 군이나 고니시 군이 무슨 운동선수처럼 까불며 떠들다가, 밤이 되면 외롭다느니 하는 게 역사소설이라니, 이것이 해학소설이나 풍자소설이라면 또 다른 재미가 있겠지만, 정작 글쓴이는 이상하게 목에 힘을 주며 심각한 척을 하고 있어서, 읽는 이로서는 황당하기 그지없다. 그건 작법 중에서도 아주 나쁜 작법이다. 역사 속 인물과 작자 사이의 거리는 천리만리 떨어져 있어야 하는 게 아닐까 하고 전부터 생각하던 차에 형의 불호령이 떨어진 것이다. 천리만리로도 부족하다. 백호와 무당벌레. 아니, 용과 장구벌레. 비교고 뭐고 할 수가 없다. 이번에 도쿠가와 이에야스를 한번 파볼 생각이라며, 가당치도 않은 소리를 했던 대중소설 작가가 있다는데, 대체 무슨 소린지, 파긴 뭘 파, 자기 분수를 알아야지, 분수를, 죽을 때까지 안 될 거다, 뻔하지, 잘 기억해둬라, 하고 형 흉내를 내며, 실체도 없는 대중소설 작가를 끄집어내 녀석을 혼쭐낸 다음, 남몰래 혼자서 분을 삭이고 있으니, 나라는 35세의 남자도 결국 일본에서 제일가는 바보가 되었다.

(전략) 그분의 주변 환경만 보고, 염세주의자라느니, 자포자기라느니, 혹은 깊은 체념에 빠져 있다느니, 어림짐작으로 그런 말을 보란 듯이 수군거리고 다니는 사람도 있었는데, 제가 보기에 그분은 언제나 느긋하고 태평하셨습니다. 큰 소리로 호탕하게 웃으시는 적도 있었습니다. 앞뒤 상황으로 미루어 보면, 그 마음이 오죽 답답할까 싶어 동정심이 일다가도, 정작 당사자가

8_ 加藤清正(1561~1611)와 小西行長(1558~1600). 도요토미 히데요시의 군신이면서 그와 동시에 대립하던 라이벌. 히데요시 사후 서로 적이 되어 가토가 승리하고 고니시는 참수된다.

의외로 즐겁게 살아가는 모습을 보고 깜짝 놀라는 건, 세상에 종종 있는 일이라고 생각합니다. 사실 저희들이 곁에서 보기에는 그분의 일상도 결코 우울하고 어두웠던 것만은 아니었습니다. 제가 궐로 들어간 것이 열두 살 되던 해 정월이었는데, 판관 뉴도^{불문에 입적한 자} 님의 나고에 저택이 불탄 것이 정월 16일, 저는 그로부터 사흘 후 아버지를 따라 궐로 들어가 쇼군의 시중을 들게 되었습니다. 그때 난 화재로 뉴도 님이 쇼군을 대신해 보관하고 있던 귀중한 문서들이 모조리 잿더미가 되었다나, 하여 궐에 드신 뉴도 님은 얼빠진 얼굴로 그저 하염없이 눈물만 흘리셨습니다. 그 모습을 본 저는 웃음을 참을 수가 없어서, 그만 큭큭 하고 웃어버렸는데, 퍼뜩 정신을 차리고 안쪽에 계신 쇼군의 표정을 살피니, 그분도 제 쪽을 흘끗 보시고 빙긋이 미소 지으셨습니다. 중요한 문서가 대량으로 소실되었는데도 크게 신경 쓸 일이 아니라는 듯, 오히려 한탄하는 뉴도 님을 재미있어 하며 지켜보시는 모습이, 마치 신처럼 존경스럽고 감사하게 여겨져서, 아아, 죽을 때까지 이분 곁에서 떨어지지 말아야겠다는 생각이 들었습니다. 누가 뭐래도 저희 같은 놈들과는 천지 차이가 나는 분입니다. 전혀 다른 운명을 타고나신 것이지요. 저희처럼 비루한 세인들의 잣대로 그분이 하시는 일을 이리저리 재고 추측하는 것은 되지도 않는 착각을 낳을 게 뻔합니다. 모든 인간이 동등하다니, 그 무슨 경박하고 독선적인 생각인지요. 저는 정말 화가 납니다. 그분이 열일곱이 되신 직후의 일이었는데, 체격도 건장하시고, 눈을 약간 내리뜬 채 느긋하게 앉아 계신 모습이, 궐 안 어떤 노인보다 분별력 있고 믿음직스러워 보였습니다.

　늙을수록 한 해 한 해 혼자라고 느끼는 것일까

　그즈음 벌써 이런 와카를 지으실 정도였으니, 타고난 천성이라고는 하여도,

저희들이 보기에는 그저 신기하다는 말밖에 나오지 않았습니다.(후략)

　발췌를 너무 많이 하면 편집자에게 혼이 날지도 모른다. 이 작품은 삼백 장 정도로 완성할 생각인데, 잡지에 나누어 싣는 일 없이 어느 출판사에서 단번에 단행본으로 발매할 계획이라 이미 적지 않은 금액을 받아놓은 상태이니, 이 원고는 이제 내 것이라 할 수도 없다. 하지만 삼백 장 중 대여섯 장쯤 발췌하더라도 그리 큰 죄는 되지 않으리라. 잡지에 나누어 싣는 것이었다면 이런 발췌가 당치 않은 범죄에 속했겠지만, 삼백 장을 한꺼번에 단행본으로 출판하는 거니까, 뭐, 대여섯 장쯤은 웃어넘겨주겠지, 라는 말은 실례고, 부디 너그럽게 이해해주십사 하고 있다. 어차피 영화의 예고편, 결과적으로는 선전이나 다름없는 것이 될 테니, 출판사에서도 관대하게 봐줄 것이라며, 언제나처럼 소심하게 전전긍긍, 벌벌 떨며 한심한 변명을 해댔는데, 자, 다시 철가면을 쓰고, 방금 전 발췌한 두 장 반에 이어 또 두 장만 더 발췌해보겠다.

　(전략) 저는 이제 막 시종이 된 데다 불과 열두 살 어린아이였던 터라, 그저 모든 것이 두렵기만 했고, (중략) 이제부터 그때의 일을 조금 말씀드리지요. 2월 초순부터 쇼군께 열이 올라, 6일 밤부터 몸 상태가 심각해지셨고, 10일에는 매우 위독해지셨는데, 그날이 고비였는지 이후 병세가 차츰 호전되셨습니다. 잊히지도 않습니다. 23일 점심나절, 아마미다이[9] 님께서 미다이도코로 님과 함께 침소로 문안을 오셨습니다. 그때 저도 침소 구석에 몸을

9_ 쇼군의 어머니를 이르는 아마미다이도코로의 줄임말. 여기서는 초대 쇼군인 미나모토노 요리토모의 정실, 호조 마사코를 이른다.

작게 웅크리고 있었는데, 한동안 쇼군의 머리맡에 앉아 계시던 아마미다이 님께서 그분의 얼굴을 가만히 들여다보시며, "원래 얼굴을 한 번이라도 더 보고 싶구나." 하고 마치 날씨 이야기라도 하듯 태연한 어조로 또박또박 말씀하시는 것을 듣고, 저는 어린 마음에도 가슴이 쿵 하고 내려앉아서 견딜 수가 없었습니다. 그 말씀에 미다이도코로 님께서는 울음을 참지 못하고 엎드려 우셨는데, 아마미다이 님께서는 꿈쩍도 하지 않으시고 쇼군의 얼굴을 들여다보시며 "알고 계십니까?" 하고 차분하게 물으셨습니다. 천연두 자국 때문에 쇼군의 얼굴이 크게 변했던 것입니다. 곁에 있던 사람들은 다들 못 본 척하고 있었는데, 아마미다이 님이 예사롭게 말을 꺼내셔서 저희는 아연실색했습니다. 그때 쇼군께서는 희미하게 고개를 끄덕이시더니, 하얀 이가 살짝 보이게 웃으며 말씀하셨습니다.

곧 나을 겁니다

그 말씀이 어찌나 감사했는지요. 역시 남다른 면모를 지닌 분이십니다. 그로부터 삼십 년이 흘러, 저도 이제 마흔 소리를 듣게 되었는데, 어쩐 일인지 서른이 되어도 마흔이 되어도, 아니, 아니지, 앞으로 몇십 년이 흘러도, 그분의 그토록 맑은 심경에는 닿을 성싶지가 않습니다. (후략)

특별히 괜찮은 부분이라 발췌한 것은 아니다. 대략 이런 식으로 쓰고 있다는 것을 구체적으로 밝히고 싶었을 뿐이다. 사네토모가 죽고 나서 그의 신하들은 출가하여 깊은 산속에 숨어 살았는데, 그곳에 찾아가서 사네토모에 얽힌 여러 가지 추억담을 듣는다는 구성이다. 역사적인 사실은 주로 아즈마카가미를 따랐다. 마음대로 지어 쓰는 것 아니냐는 인상을 주어도 안 되기에, 아즈마카가미의 본문을 조금씩 발췌하여 작품 곳곳에 집어넣어 두었다.

이야기가 반드시 아즈마카가미의 본문 그대로를 따른 것은 아니다. 그럴 때 이 둘을 비교하면서 소소한 재미를 느낄 수 있도록 배치했다, 라니, 이거 흡사 길거리 약장수보다 더 노골적인 광고로군. 이제 관두자. 천하의 철가면도 낯이 뜨거워지기 시작했다. 다른 이야기를 하자. 아무튼 D란 녀석도 대단한 놈이야. 이삼 년 전 만났을 때까지만 해도 아시카가시대가 먼저인지 모모야마시대가 먼저인지도 몰라 쩔쩔맸으면서, 사네모토를 쓰겠다니, 이러니 세상이 무섭다는 거야, 뭐가 어떻게 돌아가는 건지, 사네모토에 대해 쓰는 게 어릴 적부터 품어온 은밀한 염원이라고 했다더군, 기막힐 노릇 아닌가, 어휴, 정말 정신이 어떻게 된 거 아니야? 그 녀석이 술을 끊고 공부를 한다는 건 거짓말이야, 『미나모토노 사네토모 님』이라는 어린이 그림책을 한 권 사와서, 고타쓰에 기어들어 가 배급 받은 소주라도 홀짝이며, 짐짓 심각한 척 그림책 설명문에 빨간 줄이나 긋고 있겠지, 아, 눈에 선하다 선해.

요즘 나는, 스스로 사람들에게 끝없이 경멸받아 마땅한 존재라고 믿고 있다. 예술가란 그 정도가 딱 좋다. 인간으로서의 훌륭함 따위, 내게는 눈곱만큼도 없다. 훌륭한 인간은 그 자리에서 단호하게 의사표시를 할 줄 알고, 결코 지는 법이 없으며, 실패도 없는 것 같다. 나는 언제나 멈칫멈칫하다가 크게 오해를 사서 대체로 지고 마는데, 그런 밤이면 혼자 이부자리에 드러누워, 아아, 그때 이렇게 받아쳤더라면 좋았을 텐데, 아깝다, 그때 그냥 확 돌아와 버리는 건데, 아쉽다, 라고 땅을 치고 후회하며, 잠을 이루지 못하고 뒤척이는 형국이니, 훌륭하기는커녕 세상 누구보다도 열등한 패배자라 할 만하다. 전에도 한 어린 친구에게 이렇게 말한 적이 있다. 자네는 스스로 어디 한 군데쯤 쓸 만한 구석이 있다고 생각하는 것 같은데, 후대에까지 이름을 남기는 사람들은 자네 또래에 이미 만 권의 책을 읽었고, 그 책도 사루토비 사스케(닌자)나 네즈미코조(의적) 이야기, 혹은 탐정소설이나 연애소설 같은 것이 아니라, 그 시대 어떤 학자도 읽어보지 못한 책 만 권이니, 그 점만으로도 자네는 이미 실격이야, 게다가 그들은 완력 또한 예외 없이 빼어나게 좋았고, 결코 그것을 과시하지 않았어, 자네도 나름대로 검도 2단이라며 술을 마실 때마다 내게 팔씨름을 걸어오는 버릇이 있는데, 참 꼴불견이야, 그런 위인이 있을 턱이 없지, 명인이니 달인이니 하는 자들은 대개 힘이 없어 보이고, 동시에 어딘지 모르게 침착해, 그것만 보더라도 자네는 완전히 실격이야, 또 자네는 중학 시절에 낯부끄러운 행위를 한 적이 있겠지, 그것만으로도 이미 실격, 훌륭한 놈들은 일평생 그런 짓을 하지 않지, 그 행동은 남자로서 죽는 것보다 더한 치욕이거든, 또 훌륭한 놈들은 시도 때도 없이 외로워하지도 않고, 울지도 않고, 지나치게 감상에 젖지도 않아, 아무렇지 않다는 듯 고독을 참아내지, 자네처럼 아버지한테 조금 혼난 것을 가지고 고독의 아픔을 나누고 싶다며 친구 집을 찾아가지도 않아, 여자도 자네보다는 고독을 더 잘 견딜 거야, 여자는 평생 안주할 곳이 없다는 말도 있는데, 어느 집에 태어나도 언젠가는 시집을 가야 하기 때문이지, 부모님 집도 말하자면 임시 거처 같은 곳이야. 시집을 간다 해도 가풍이 맞지 않으면 이혼 당하는 일도 있고, 이혼을 당하면 녀석은 진짜 비참해지지, 어디도 갈 곳이 없어, 이혼당하지 않더라도 남편이 죽으면 또 어떻겠어, 아이가 있으면 대충 그 아이 집에 신세를 지게 되겠지만, 그곳도 자기 집이 아니라 잠깐 머무는 곳이지, 이처럼 어디에도 안주할 데 없는 여자도 별반 고독을 원망하는 기색 없이 악착같이 바느질이나 빨래를 하고, 밤이 되면 그 타인의 집에서 새근새근 잠이 드니, 대단한 배짱이지, 자네는 여자보다도 한 수 아래야, 인류 가운데 최하위 인간이지, 자네나 나나 거기서 거기지만, 어쨌거나 자기 자신이 훌륭한 놈들과 얼마나 다른지, 지금 이 시대에 확실히 알고 있어야 하는 것이 아닐까, 어쩐지 그런 생각이 들어, 따위의 말을 늘어놓으며 그 자칭 천재 시인에게 웃으며 충고를 하려든 적도 있다. 요즘 나는, 내가 얼마나 엉터리인지 무슨 일이 있을 때마다 깨닫고는, 의기소침해져서 그저 성실하게만 살고 있다. 입 다물고 벌레처럼 공부만 하고 싶다는 겸연쩍고 기특한 생각도, 모두 거기서 비롯된 것이다. 얼마 전에도 재향군인 분대 사열이 있어서 전투모에 각반 차림으로 참가를 했는데, 내 동작은 오백 명 중에서도 두드러지게 꼴불견이었고, 사격자세도 제대로 취하지 못해서 분대장에게 혼이 났다. 그러다 보니 기분이 점점 더 나빠져서, 내가 지금은 얼간이 취급을 받고 있지만, 원래는 여기서 이러고 있을 남자가 아니라는 것을 보여주려고, 입 꾹 다물고 눈을 부릅뜬 채 분대장을 노려보았는데, 씨알도 먹히지 않았고, 그저 맥없이 날 불쌍히 여겨달라는 눈빛을 보내는 정도의 효과밖에는 없었던 것 같다. 나는 제2국민병[10]에, 그중에서도 병丙에 속하는 부류여서, 당시 사열에 나가지 않아도 되는 모양이었지만, 반장의 권유로 참가했다. 복장이란 매우 신기한 것이어서, 제2국민병 옷을 입고 있으면 그게 누구든 뼛속까지 제2국민병처럼 보이고, 직업이나 연령, 지식, 재산 등과는 하등 상관없이, 의사나 직공, 중역이나 이발사가 모두 똑같은 자격을 가진 동년배 제2국민병으로 보인다. '가난한 행색을 하고 있지만, 역시 인품과 풍채가 점잖은 것이 보통 놈이 아니군.'과 같은 말은 그저 야담에나 나오는 것이고, 제2국민병 복장을 하고 있는 이상 그야말로 제2국민병에 지나지 않으며, 그것이 군율에 있어 다행스러운 점으로, 적어도 상관에게 대들 마음은 생기지 않게 한다. 그날 나는 그 누구도 아닌 완벽한 제2국민병이었다. 거기다가 행동이 대단히 굼뜬 병사였다. 나 하나 때문에 소대가 큰 불편을 겪는 것 같았다. 그 정도로 내 수준은 엉망이었다. 하지만 전혀 뜻밖의 사건이 일어났다. 사열이 끝나고 사열관인 늙은 대령이 "오늘 여러분의 성적은 그런 대로 양호한 편이었다."라고 평하더니,

"끝으로" 하고 한층 더 소리 높여 말했다. "오늘 소집된 바가 없음에도 가상하게 자진해서 참가한 자가 있었다는 것을 제군들에게 알리고 싶다. 진정 미담이라 할 만하다. 믿음직한 마음가짐이 아닐 수 없다. 물론 이는 곧바로 상부에 보고할 생각이다. 지금 호명하는 사람은 여기 모인 오백 명 전원이 들을 수 있도록 큰 소리로 대답하도록 하라."

참 기특한 사람도 다 있네, 도대체 누구일까, 그런 생각을 하고 있는데 내 이름이었다. "네엡." 목에 가래가 끓어 괴상하게 쉰 목소리가 났다. 오백 명은 고사하고 열 명이나 들었을까. 어쨌든 시원치 않은 대답이었다. 뭘 잘못 안 것이 아닐까 싶었지만, 곰곰이 따져보니 그런 사실이 전혀 없는 것도 아니었다. 나는 몸이 좋지 않아 병 등급 판정을 받았지만, 우리 그룹 인원이 적으니 나와 달라는 이웃집 반장님의 권유로 참가하게 된 것이었다. 말라비틀어진 나무도 없는 것보다는 낫다는 마음으로 참가한 것인데, 그게 이렇게 칭찬받을 행동이었다니 생각지도 못한 일이었다. 모두를 기만하고 있는 것만 같아 스스로가 한심해 견딜 수가 없었다. 집으로 돌아가는 길에 사람들 얼굴 볼 면목이 없어서, 넓은 길은 피하고 논두렁 뒷길로 고개를 푹 숙이고 서둘러 걸었다. 그날 밤, 배급 받은 술 다섯 홉을 싹 다 마셨지만,

마음은 여전히 무겁기만 했다.

"오늘 밤은 입을 꾹 다물고 계시네요."

"나 공부할 거야." 낙하산을 타고 내려와 들판에 털썩 착지한다, 주변이 쥐 죽은 듯 고요하다. 나 혼자다. 천하의 용맹한 전사들도 이때는 외로워진다고 한다. 한 전사가 신문 좌담회에서 그렇게 말했다. 말하자면 그런 오래된 우물 밑바닥과 같은 고독감을, 나도 그날 밤, 술 다섯 홉을 마시면서 절실히 맛봤다. 굼뜨고 소심하기 짝이 없는 35세의 늙은 병사가, 분대의 모범이라며 칭찬받은 일은 누가 뭐라고 해도 민망한 사건이니, 아무리 철면피라지만 이쯤 되면 붓을 내던지고 얼굴을 가릴 수밖에.

(전략) 그리하여 이윽고 올 겐랴쿠 원년[1211]년에 열두 살이 되시어, 당시 장관 승려 조교 님의 절로 들어가 삭발하고 법명을 구교[11]라 하셨습니다. 9월 15일의 일이었는데, 삭발 후 아마미다이 님 손에 이끌려 쇼군께 인사를 드리러 오셨고, 저는 그때 처음으로 그 선사 님을 뵙게 되었는데, 한마디로 애교가 무척 많은 분이셨습니다. 어려서부터 갖은 고초를 겪어온 사람들이 흔히 그렇듯, 활달해 보이면서도, 그 미소 어딘가에는 어쩐지 비굴하고 심약한 그림자가 드리워져 있었고, 수줍게 미소를 지으며 옆에 있는 저희들에게까지 일일이 정중하게 절을 하셨습니다. 억지로 밝고 천진난만하게 행동하려 노력하는 모습이 겨우 열두 살 된 아이의 태도에서 언뜻언뜻 비쳤기에, 저는 가여운 마음에 울적한 기분이 들기도 했습니다. 하지만 과연 미나모토 가의 직계 혈통이라는 뛰어난 핏줄은 속일 수가 없는지 신체도 건장하고

11_ 公曉(1200~1219). 제2대 쇼군 미나모토노 요리이에의 아들. 아버지의 복수를 위해 삼촌인 제3대 쇼군 사네토모를 암살하고 자신도 살해당한다.

늠름하셨는데, 얼굴은 쇼군의 중후한 용모에 비하면 너무도 가녀려서 미덥지 못한 느낌도 들었습니다만, 역시 귀공자다운 우아한 품위가 있었습니다. 응석을 부리듯 아마미다이 님 곁에 바싹 붙어 앉아, 쇼군의 얼굴을 올려다보며 그저 생긋생긋 웃고 계셨습니다.

　제 기분 탓인지는 몰라도, 그때 쇼군께서는 약간 불쾌해 보이셨습니다. 한동안 아무 말씀 없이 여느 때처럼 등을 살짝 구부리고 눈을 내리뜬 채 꼼짝도 않고 앉아 계셨는데, 이윽고 우울한 표정으로 고개를 드시더니,

　학문은 좋아합니까

　하고 약간 의외의 질문을 하셨습니다.

　“네.” 아마미다이 님이 대신 대답하셨습니다. “요즘은 기특하실 정도입니다.”

　어려울 수도 있겠지만

　하고 다시 고개를 숙이시며, 중얼거리듯 조용히 말씀하셨습니다.

　그것만이 살길입니다

赤心

太宰治

진심

「진심」

　　당시 유행하던 프로파간다 문예의 한 장르인 '길거리 소설^{辻小説}'
로, 『신조』 1943년 4월호에 발표됐다. 노상에서 많은 사람들이
한꺼번에 읽도록 하기 위해 만들어진 이 짧막한 토막 소설은 전쟁
중 국책 선전 도구로 쓰이기도 했는데, 다자이는 교묘하게도 발표를
앞둔 장편소설 『우대신 사네토모』의 한 부분을 발췌함으로써, 자기
작품을 선전하는 도구로도 사용했던 셈이다.

겐포 원년¹²¹³년 계유癸酉. 3월 6일, 정미丁未, 맑음. 이날 교토에서 쇼군 나이 22세를 기해 정2위에 승서되었음을 알리는 소식이 당도하였으니, 이미 이것만으로도 파격적인 영예였으나, 황송하게도 상황으로부터 교서와 함께 '충심을 다해주기 바란다'라는 친서까지 내려와, 쇼군은 몸 둘 바를 모르고 남쪽으로 나가 밤이 깊도록 잠자리에 들지 못하신 채, 아득히 먼 교토의 서쪽 하늘을 향해 절을 하며 끊임없이 눈물을 흘리셨습니다.

백 개의 벼락이 한꺼번에 내리친다 하여도, 이토록 내 마음을 울리지는 못할지니.

창백해진 얼굴로 혼잣말처럼 낮게 읊조리시더니, 그날 밤 황공하고 망극하여 시를 지으시기를

산이 갈라지고 바다가 마른다 하여도 어찌 주군께 딴마음을 품겠나이까

미나모토노 사네토모

右大臣実朝

太宰治

우대신 사네토모

「우대신 사네토모」

1943년 9월, 긴조 출판사 『신일본문예업서』 가운데 한 권으로
출간됐다. 파비날 중독에 빠져 인간에 대한 불신과 세상살이의
괴로움으로 가장 극심한 고독을 느꼈던 시기에 사네토모를 떠올렸
던(「HUMAN LOST」) 다자이는, 그로부터 6년이 흐른 뒤 사네토모
를 소재로 한 장편소설을 발표한다. 선택된 존재이면서도 사람들에
게 소외당하고 오직 예술에만 천착했던 가마쿠라 3대 쇼군 사네토
모에서 자신과 흡사한 비극적 숙명을 발견했던 것일까. 그러나
사네토모와 대립하는 구교에게서도 얼핏 다자이의 모습을 찾아볼
수 있는데, 이 상충하는 역사상의 두 존재가 한 사람에게 동시에
내재될 수 있다는 것 또한 작품의 재미를 더하는 부분이다.

다자이에게 큰 영향을 미쳤던 소설가 아쿠타가와 류노스케의
예술론 「문예적인, 너무도 문예적인」(1927) 중 일부를 발췌한다.

❝우리는 모두 동전과 같은 양면을 지니고 있다. ……'인간으로서'
실패했으나 '예술가로서' 성공한 이로는 도둑이자 시인이었던 프랑수
와 비용을 넘어설 자가 없다. 『햄릿』의 비극도 괴테에 의하면, 햄릿이
사색가였기에 아버지의 적을 찌를 수밖에 없었다. 이것도 양면이
상충하기에 일어나는 비극이라 할 수 있으리라. 마침 일본 역사에도
이런 인물이 있다. 정이대장군 미나모토노 사네토모는 정치가로서
실패했다. 그러나 『금괴와카집』을 지은 시인 미나모토노 사네토모는
예술가로서 훌륭하게 성공했다. '인간으로서'―혹은 무얼 하든 실패
하더라도, 예술가로서 성공하지 못하는 편이 훨씬 더 비극적이지
않은가. ❞

조겐 2년[1208년] 무진[戊辰]. 윤2월. 3일, 계묘[癸卯], 맑음. 여느 때처럼 쓰루가오카구에 신께 바치는 무악이 울려 퍼졌다. 쇼군은 천연두를 앓아 밖에 나가지 못하고, 전 대선대부 히로모토 아손이 쇼군 대신 참석하여 미다이도코로[쇼군의 부인]와 함께 참배했다. 10일, 경술[庚戌], 쇼군이 천연두로 몹시 고통스러워하니, 이에 인근 지방 신하들이 무리 지어 문안을 왔다. 29일, 기사[己巳], 비. 쇼군이 쾌유하여 목욕을 하였다.(『아즈마카가미』. 이하 출처 같음)

그럼 지금부터 궁금해하시는 가마쿠라 우대신 님에 대하여, 제가 본 바들은 바를 꾸밈없이 있는 그대로 성심껏 말씀드리겠습니다. 틀린 부분이 없도록 최대한 주의해서 말씀드리겠지만, 그래도 만에 하나 연대를 잘못 기억하고 있거나 사람 이름을 잊어버리는 경우가 있을지도 모르니, 이 점은 제 머리가 한참 부족한 탓이라 여기시고 부디 가볍게 웃어넘겨주시기 바랍니다.

세월은 참 빨리도 흘러, 우대신 님이 돌아가신 지도 벌써 그럭저럭 이십 년 가까이 됩니다. 그분이 서거하실 당시, 너무 상심한 나머지 미다이도코로 님을 비롯해 무사시 태수 지카히로 님, 좌위문대부 도키히로 님, 전 스루가 태수 스에토키 님, 아키타 성 태수 가게모리 님, 대부위 가게카도 님 이하 군신 백여 명이 속세를 버리고 출가하셨습니다. 갓 스물을 넘긴 저 같은 시종도 그저 비통함에 젖어 아무것도 모르고 출가를 했는데, 그로부터 이십 년가량 속세를 떠나 이런 산속에 숨어 살다보니, 가마쿠라도 아미다이도 호조도 와다도 미우라도 지금 제게는 그저 옅은 그림자처럼 여겨져서, 염불을 욀 때 방해가 되는 일은 없습니다. 하지만 오직 한 분, 쇼군 우대신 님을 떠올리노라면 제 가슴이 미어집니다. 염불이고 뭐고 아무것도 할 수가 없습니다. 꽃을 보든 달을 보든, 그분에 대한 기억이 너무도 선명하게 떠올라 견딜 수가 없습니다. 그저 그리운 마음뿐입니다. 사람에 따라서는 여러 가지 견해가 있겠으나, 제게는 다만 그리운 분입니다. 어둡고 음울한 성격이었다고 하는 사람도 있을 것이고, 역시 마음 깊은 곳에 미나모토 가의 강한 기상을 품고 계셨다고 하는 사람도 있겠지요. 글월에만 열중하던 나약한 인물이었다며 한숨짓는 사람도 있었다 하고, 참으로 우아한 분이셨다며 입에 침이 마르게 칭찬하는 사람도 있었습니다. 그러나 그분을 평가하는 듯한 그 모든 말들이, 제게는 참을 수 없이 꺼림칙하고 무례하게 느껴집니다. 그분의 주변 환경만 보고, 염세주의자라느니, 자포자기라느니, 혹은 깊은 체념에 빠져 있다느니, 어림짐작으로 그런 말을 보란 듯이 수군거리고 다니는 사람들도 있었는데, 제가 보기에 그분은 언제나 느긋하고 태평하셨습니다. 큰 소리로 호탕하게 웃으시는 적도 있었습니다. 앞뒤 상황으로 미루어 보면, 그 마음이 오죽 답답할까 싶어 동정심이 일다가도, 정작 당사자가 의외로 즐겁게 살아가는 모습을 보고 깜짝 놀라는 건, 세상에 종종 있는 일이라고 생각합니다. 사실 저희들이 곁에서 보기에는 그분의 일상도 결코 우울하고 어두웠던 것만은 아니었습니다. 제가 궐로 들어간 것이 열두 살 되던 해 정월이었는데, 판관 뉴도 님의 나고에 저택이 불탄 것이 정월 16일, 저는 그로부터 사흘 후 아버지를 따라 궐로 들어가 쇼군의 시중을 들게 되었습니다. 그때 난 화재로 뉴도 님이 쇼군을 대신해 보관하고 있던 귀중한 문서들이 모조리 잿더미가 되었다나, 하여 궐에 드신 뉴도 님은 얼빠진 얼굴로 그저 하염없이 눈물만 흘리셨습니다. 그 모습을 본 저는 웃음을 참을 수가 없어서 그만 큭큭 하고 웃어버렸는데, 퍼뜩 정신을 차리고 안쪽에 계신 쇼군의 표정을 살피니, 그분도 제 쪽을 흘끗 보시고 빙긋이 미소 지으셨습니다. 중요한 문서가 대량으로 소실되었는데도 크게 신경 쓸 일이 아니라는 듯, 오히려 한탄하는 뉴도 님을 재미있어 하며 지켜보시는 모습이, 마치 신처럼 존경스럽고 감사하게 여겨져서, 아아, 죽을 때까지 이분 곁에서 떨어지지 말아야겠다는 생각이 들었습니다. 누가 뭐래도 저희 같은 놈들과는 천지 차이가 나는 분입니다. 전혀 다른 운명을 타고나신 것이지요. 저희처럼 비루한 세인들의 잣대로 그분이 하시는 일을 이리저리 재고 추측하는 것은 되지도 않는 착각을 낳을 게 뻔합니다. 모든 인간이 동등하다니, 그 무슨 경박하고 독선적인 생각인지요. 저는 정말 화가 납니다. 그분이 열일곱이 되신 직후의 일이었는데, 체격도 건장하시고, 눈을 약간 내리뜬 채 느긋하게 앉아 계신 모습이, 궐 안 어떤 노인보다 분별력 있고 믿음직스러워 보였습니다.

　　　늙을수록 한 해 한 해 혼자라고 느끼는 것일까

　　그즈음 벌써 이런 와카和歌 – 일본 고유의 운문를 지으실 정도였으니, 타고난 천성이라고는 하여도, 저희들이 보기에는 그저 신기하다는 말밖에 나오지 않았습니다. 시에 대해서는 나중에 더 말씀드리겠지만, 그분은 이미 열서너 살 무렵부터 『신고금집』¹ 등을 읽으시며 몸소 조금씩 와카를 지으셨고, 열일곱이 되어서는 스승들을 뛰어넘는 훌륭한 가인歌人-와카를 짓는 사람이 되셨습니다. 손쉽게 술술 써 내려가다가 슬쩍 웃으며 저희에게 보여 주셨는데, 그게 전부 깜짝 놀랄 만큼 훌륭한 시들이라, 어쩐지 놀림을 받는 듯한 묘한 기분이 들곤 했습니다. 말도 안 되는 이야기 같았지요. 와카에 대해서는 나중에 천천히 이야기하기로 하고, 제가 궐에 들어온 지 얼마 지나지 않은 즈음부터 말씀드리겠습니다. 2월 초순쯤으로 기억합니다만, 쇼군께서 갑작스럽게 고열에 시달리셨는데, 아무래도 천연두 같다는 진단이 내려져서, 궐 안 분위기가 어수선한 것은 말할 것도 없고, 가마쿠라 백성들 사이에 쇼군이 임종했다는 소문마저 떠돌아, 이즈, 사가미, 무사시 등 인근 지역 신하들도 줄지어 대궐로 달려왔습니다. 저는 이제 막 시종이 된 데다 불과 열두 살 어린아이였던 터라, 그저 모든 것이 두렵기만 했고, 지금도 그때 일이 꿈에서도 잊을 수 없을 만큼 제 머릿속에 생생하게 남아 있는데, 이제부터 그때의 일을 조금 말씀드리지요. 2월 초순부터 쇼군께 열이 올라, 6일 밤부터 몸 상태가 심각해지셨고, 10일에는 매우 위독해지셨는데, 그날이 고비였는지 이후 병세가 차츰 호전되셨습니다. 잊히지도 않습니다. 23일 점심나절, 아마미다이² 님께서 미다이도코로 님과 함께 침소로 문안을 오셨습니다. 그때 저도 침소 구석에 몸을 작게 웅크리고 있었는데, 한동안 쇼군의 머리맡에 앉아 계시던 아마미다이 님께서 그분의 얼굴을 가만히 들여다보시며, "원래 얼굴을 한 번이라도 더 보고 싶구나." 하고 마치 날씨 이야기라도 하듯

1_ 『신고금와카집新古今和歌集』의 줄임말. 가마쿠라시대 초엽, 상황의 칙명으로 엮은 『고금와카집』을 본떠 편찬한 와카 모음집.
2_ 쇼군의 어머니를 이르는 아마미다이도코로의 줄임말. 여기서는 가마쿠라 막부의 초대 쇼군인 미나모토노 요리토모의 정실, 호조 마사코를 이른다.

태연한 어조로 또박또박 말씀하시는 것을 듣고, 저는 어린 마음에도 가슴이 쿵 하고 내려앉았습니다. 그 말씀에 미다이도코로 님께서는 울음을 참지 못하고 엎드려 우셨는데, 아마미다이 님께서는 꿈쩍도 하지 않으시고 쇼군의 얼굴을 들여다보시며 "알고 계십니까?" 하고 차분하게 물으셨습니다. 천연두 자국 때문에 쇼군의 얼굴이 크게 변했던 것입니다. 곁에 있던 사람들은 다들 못 본 척하고 있었는데, 아마미다이 님이 예사롭게 말을 꺼내서서, 저희는 아연실색했습니다. 그때 쇼군께서는 어렴풋이 고개를 끄덕이시더니, 하얀 이가 살짝 보이게 웃으며 말씀하셨습니다.

곧 나을 겁니다

그 말씀이 어찌나 감사했는지요. 역시 남다른 면모를 지닌 분이십니다. 그로부터 삼십 년이 흘러, 저도 이제 마흔 소리를 듣게 되었는데, 어쩐 일인지 서른이 되어도 마흔이 되어도, 아니, 아니지, 앞으로 몇십 년이 흘러도, 그분의 그토록 맑은 심경에는 닿을 성싶지가 않습니다. 얼마나 **빼어난** 분이신 지요. 융통무애融通無碍라고나 할까요. 한 점 막힘이 없으셨습니다. 저희도 처음에는 얼굴이 너무 많이 변하셨다고 생각했지만 익숙해져서 그런지, 무엇보다 그분 본인이 얼굴에 전혀 집착하지 않으시는 듯 보였고, 저희 눈에도 어느새 예전과 다름없이 상냥하고 정겨운 얼굴로 보이기 시작했습니다. 훌륭한 마음가짐을 지니신 분은 얼굴에 약간 상처가 생겨도, 그로 인해 오히려 더 아름다워지는 일은 있을지언정 추하게 변하는 일은 없다고 저는 믿고 싶습니다만, 그래도 한밤중 불빛에 비친 얼굴을 뵈면, 과연 안쓰러운 그림자가 짙게 드리워 있어서, 아마미다이 님 말씀처럼 원래 얼굴을 한 번이라도 더 뵙고 싶다는 생각에, 한숨이 절로 났던 적이 없는 것은 아니었습니다. 하지만 그런 마음이야말로 평범하고 보잘것없는 아집이며, 천박하고 무례한 탄식이겠지요.

　　같은 해. 5월. 29일, 정묘丁卯, 교토에 갔던 병위위 기요쓰나가
어제 가마쿠라에 당도하여 오늘 궐에 들었다. 총애 받는 군신인
그는 쇼군과 직접 대면하여, 집안 대대로 내려오는 가보라 고하며
『고금와카집』[3] 한 부를 진상했다. 좌금오 모토토시의 이 필적은
이미 오래전부터 귀한 보물로 전해져오던 것이니, 쇼군이 크게
기뻐하며 교토 도성의 형편에 대해 물었다.

　천연두가 나았다고는 해도 병이 꽤 깊었기에 좀처럼 건강이 돌아오지
않으셨고 간혹 열이 오르기도 하는지라, 쇼군께서는 그해 쓰루가오카구에서
열린 법회나 방생회, 그 밖의 제사에도 참석하지 않으시고, 오로지 처소에만
틀어박혀 지내셨습니다. 아니, 그해뿐 아니라 이듬해 완쾌하셔서 열이 내린
다음에도 쓰루가오카구에 행차하지 않으셨습니다. 그 다음 해에도 대리인
을 보내셨을 뿐 몸소 행차하지는 않으셨습니다. 삼 년이 지나 쇼군이 스무
살 되던 해 2월 22일에 처음으로 참배를 하러 나오셨는데, 쇼군이 얼굴에
난 천연두 자국을 세상에 보이기 싫어 신사에 나오지 않았다느니 하는
천박한 억측이 나돌았다고 합니다. 하지만 그것은 사실과 다릅니다. 그분이
오랜 시간 처소에 틀어박혀 지내시기는 했지만, 그동안 쭉 우울해하셨던
것이 아니라, 열이 없을 때는 곁에 있던 사람들과 함께 시를 지으며 즐거운
듯 웃으셨고, 또 히로모토 뉴도 님이나 소슈 님과 꾸준히 만나며 막부의
정사를 돌보시는 등, 전과 달라진 것이 전혀 없었으며, 얼굴에 신경을 쓰는

* *

3_ 古今和歌集. 헤이안시대에 천황의 칙명에 의해 선별된 와카 모음집. 전 20권.

행동 같은 것은 그야말로 티끌만큼도 찾아볼 수 없었습니다. 정말이지 미천한 어림짐작은 할 짓이 못 됩니다. 그것은 그저 쇼군께서 쓰루가오카구의 혼령 앞에 몸을 삼가셨던 것뿐이라고 저희는 생각합니다. 아버님이신 우대장 님^{미나모토노 요리토모}께서 그러셨듯이 신을 공경하는 마음이 두터운 분이셨기에, 큰 병을 앓았던 깨끗하지 못한 몸으로 신을 빕는 것은 생각지도 못할 일, 심신이 깨끗해질 때를 기다렸다가 참배를 하고자 삼 년간 몸을 삼가신 것이니, 이는 대단히 단순하면서도 지극히 당연한 일이 아니겠습니까. 남의 약점을 꼬치꼬치 캐고 다녀서 뭘 어쩌겠다는 겁니까. 그해 5월 29일, 쇼군께서 아직 완쾌하시기 전의 일인데, 미다이도코로 님의 무사이신 병위위 기요쓰나 님이 오랜만에 교토에 가셨다가, 선물로 후지와라노 모토토시 님이 저술한 『고금와카집』 한 권을 쇼군께 헌상하셨는데, 쇼군께서 몹시 기뻐하시며,

후대에까지 이어질 가문의 귀중한 보물입니다

라고 하셨습니다. 후에 교고쿠 무사 종3위 님이 집안 대대로 내려오던 『만엽집』 한 권을 헌상하셨을 때도 매우 기뻐하셨지만, 이날도 『고금와카 집』을 손에 드시고 얼마나 좋아하셨는지 모릅니다. 그토록 학문을 좋아하는 분이셨으니, 『신고금와카집』은 이미 열서너 살 무렵부터 다 훑으신 듯하고, 『고금와카집』이나 『만엽집』도 사본으로 대강 읽으셔서 내용을 거의 다 알고 계셨으리라 여겨지는데, 아무튼 그해 설에 판관 뉴도 님의 서고에 맡겨둔 즐겨 읽으시는 가집들이 모조리 불타버려서, 당시에는 온화한 미소만 지으실 뿐 아무 말이 없으셨지만, 역시 후에 읽을 서적이 부족하여 답답하고 지루한 마음이 드셨을 터인지라, 그날 기요쓰나 님이 가져오신 『고금와카 집』이 쇼군께는 그야말로 가뭄의 단비와도 같았다 할 수 있겠습니다. 쇼군께 서는 기요쓰나 님을 곁으로 부르셔서 볼을 붉히시며 후대까지 이어질 귀중한

보물이라 하시고는, 교토에 대해 이것저것 물으셨습니다. 쇼군께서는 시, 공차기, 그림 대기, 음악, 연회 등 이런저런 것들을 즐기셨지만, 무엇보다 교토에 떠도는 소문을 재미있어 하시는 것 같았습니다. 교토의 풍물을 그리워 하시면서, 한편으로는 황송하게도 존경하는 조정 분들께 경의를 표하시는 등, 마치 젖먹이 아이처럼 마음 깊이 교토를 사랑하시어, 거느리던 사람들을 자주 교토로 보내시고는, 그들이 돌아와 여행담을 늘어놓기를 이제나 저제나 고대하시는 모습은, 곁에 있는 저희들까지 한마음으로 기다리게 만들 정도였 습니다. 그날도 기요쓰나 님의 교토 여행담을 들으며 매우 흥거운 하루를 보내셨습니다. 기요쓰나 님은 도성에서 보낸 아흐레 동안 둘러보셨던 신히에 ^{新日吉} 윤5월 축제나 상황의 행차 등, 그때의 화려하고 활기찬 모습을 눈앞에 떠오를 듯 생생하고 맛깔나게 이야기 하셨고, 경마나 유적마^{말을 달리며 활을} ^{쏘는 무예}, 활쏘기 같은 시합은 확실히 기억해두려고 종이에 적어 왔다고 하시면 서, 품속에서 두루마리 뭉치를 꺼내어 쇼군 앞으로 스르륵 펼치시고는, 이 경마시합에서 첫 번째 승부는 누구와 누구였고, 두 번째는 누구와 누구, 북치는 담당은 지카사다 아손, 징은 나가스에, 이야, 참 대단했습니다, 라고 하셨는데, 기요쓰나 님도 그런 것들에 소양이 무척 깊으신 듯했습니다. 또 그때 유적마 시합에 미네오라는 아름다운 소년이 참가했는데, 활을 바싹 당겼다가 피잉 하고 쏘았으나 과녁을 빗나가자 너무도 부끄러운 나머지, 그길로 번개처럼 도망쳐 홀연히 집을 떠나 승려가 되었다는 이야기에는, 미다이도코로 님을 비롯해 옆에 있던 사람들 모두가 웃음을 터뜨렸습니다.

도성은 밝아서 좋구나.

쇼군께서도 그렇게 말씀하시며 미소 지으셨습니다. 기요쓰나 님은 원래 미다이도코로 님을 모시던 무사였는데, 아시다시피 미다이도코로 님께서는 전 권대납언 보몬 노부키요 님의 따님으로, 열셋의 나이에 가마쿠라로 시집을 오셨고, 쇼군의 나이도 당시 열셋이셨으니, 필시 귀여운 부부였을 테지요. 전 권대납언 님은 상황 모후의 친동생으로 교토에서 손꼽히는 명문가 출신인데, 사람들 말에 따르면, 처음에는 호조 가문의 근친인 아시카가 요시카네의 딸을 미다이도코로로 삼자는 집권[4]의 추천이 있었지만, 13세였다고는 하나 예리한 직감을 지닌 쇼군께서,

쇼군의 미다이도코로는 교토에 있습니다

하고 딱 잘라 말씀하셨다 합니다. 이에 주위 분들도 부득이하게 교토 귀족의 따님들을 이리저리 따져보셨고, 또 교토에서도 그 자리 주선을 위해 여러 분들이 수고를 해주셔서, 겨우 보몬 노부키요 님의 따님으로 정해졌습니다. 이에 대해서도 세상 사람들은, 쇼군이 조숙하고 경박한 마음에서 시골 출신인 아시카가의 투박한 딸보다는 도시에서 자란 곱고 부드러운 여자를 원했을 거라고, 부끄러운 줄도 모르고 추잡한 소문을 퍼트리는 것을 들은 적이 있는데, 그런 건 모두 터무니없는 소리고, 쇼군께서는 예의 그 느긋한 마음에서 관동지방에도 도성의 밝은 분위기를 들여오고 싶어서, 미다이도코로는 교토에서 데려오자고 하신 것이 아닌가 합니다만, 굳이 따지자면 이 또한 쇼군의 천진난만한 영감에 의한 것으로, 천진난만한 영감이란, 그 순간에는 실없어 보이더라도, 세월이 흐르고 흘러 되돌아보면 신기하게도 매사가 딱 들어맞아서, 만인의 중론보다 훨씬 더 올바르고 적절한 조치였다는 것을 깨닫게 되는 듯하니, 만일 그때 멀리 교토에서 미다이도코로 님을 찾지 않고, 관동지방 신하의 딸 가운데서 골랐더라면, 관동에 호조 씨와

4_ 막부의 쇼군을 따르는 무사 가운데 최고위 직. 당시 호조 씨에게 세습되었다.

견줄 만한 또 하나의 골치 아픈 외척을 만드는 결과를 나았을 것입니다. 외척과 같은 땅에서 살아간다는 것이 얼마나 성가신 일인지는, 쇼군도 어릴 적부터 호조 씨와 히키 씨의 대립⁵을 봐 와서 잘 알고 계셨을 줄로 압니다. 그처럼 무익한 소동이 일어날 것을 미리 내다보셨기에 이런 결정을 내리신 것인지도 모른다, 라는 소리도 실은 상놈이 자기편 역성드는 것이나 다를 바가 없지만, 억지로 의미를 갖다 붙인다 해도 정말로 그 정도가 다인 것을, 또 어떤 사람은 자못 의심스런 눈초리로, 이즈음부터 쇼군이 교토의 조정과 가마쿠라 막부를 합체시키려 했다는 둥, 더 나아가 막부의 정권을 천황에게 반환하려는 계략을 세우고 미다이도코로를 상황의 외척에서 데려왔다는 둥 과장된 억측을 하기도 했다고 합니다. 이 또한 뭘 모르는 사람들의 지나친 추측으로, 제가 가까이서 모신 쇼군은 결코 은밀히 계략 같은 것을 꾸미실 분이 아니며, 국정 업무를 보실 때도 술술 와카를 지으실 때와 마찬가지로, 좌중의 동향을 살피시며 막힘없이 결단을 내리셨으니, 이것이 바로 영감이라 는 것 아닐까요 억지 부리는 일 없이, 정말이지, 만사가 시원스런 모습이었습니다. 다만, 밝은 것을 원하는 마음만은 대단히 커서,

헤이케⁶는 밝다.

라고 하시며 전쟁 이야기⁷ 가운데 '그 사이 로쿠하라에서는 가모 강의 고조 다리를 무너뜨리고 방패막이를 세워 기다리니, 곧이어 미나모토노

<hr>

5_ 호조北條 씨는 본래 이즈 지방 호족이었으나, 교토에서 이즈로 유배된 미나모토노 요리토모의 외척으로 가마쿠라 막부를 건립하는 데 지대한 공을 세워 이후 막대한 권력을 유지하다, 히키比企 씨가 새로운 외척으로 등장하여 권세를 확장하자 모함을 꾸며 히키 일가를 멸족시켰다.

6_ 헤이케平家(다이라平) 일족과 겐지源氏(미나모토源) 일족은 헤이안시대 양대 무사 집안이었는데, 두 일족 사이에 전투가 벌어져 처음에는 겐지 일족이 패했으나, 후에 이즈로 유배되었던 미나모토노 요리토모가 가마쿠라 막부를 설치하면서 세력을 키워 헤이케 일족을 멸망시켰다.

7_ 헤이케의 흥망성쇠를 그린 『헤이케 이야기平家物語』를 이른다.

요리토모의 겐지 군이 몰려들어 함성을 질렀고, 다이라노 기요모리가 그 함성에 놀라 투구를 쓰고 갑옷을 입었는데, 투구의 앞뒤가 바뀌어 무사들이, "투구를 거꾸로 쓰셨습니다."라고 고하자, 기요모리는 자신이 겁을 먹고 있는 것처럼 보일까 두려워, "주상께서 여기 계시는데 적군이 있는 쪽으로 향하면, 주상을 뒤에 남겨두고 가는 것처럼 보일까 저어되어 거꾸로 썼을 뿐이다. 항시 이를 염두에 두도록 하라."라고 했다.'와 같은 소위 '충의'를 흉내 내는 소절을 시종에게 반복해서 소리 내어 읽히게 하시고, 그것을 들으며 즐거운 듯 미소 지으셨습니다. 또한 헤이케 비파[8]를 좋아하셔서 가끔씩 비파 연주자를 부르셨는데, 단노우라 전투^{헤이케 최후의 전투} 부분이 가장 마음에 드셨는지, '신중납언 도모모리 경이 작은 배를 타고 서둘러 중앙 함선에 올라, "세상이 결국 최후로 치달은 듯합니다. 보기 흉한 것들은 모두 바다에 던져버리고 배를 깨끗이 하십시오."라고 하면서 갑판 위를 뛰어다니며 쓸고 닦고 먼지를 주우며 몸소 청소를 하셨습니다. 아녀자 분들이 "중납언 님, 전투는 어떻게 되었나요, 어떻게 되었어요?" 하고 캐묻자, "이제 곧 관동에서 온 희한하게 생긴 남자를 보게 되실 겁니다." 하고 껄껄껄 웃으시기에'와 같은 부분에서도 마찬가지로 하얀 이를 살짝 드러내며 웃으시고는,

밝음은 쇠락의 모습인가. 사람도 가문도, 어두운 동안에는 멸망하지 않는다.

하고 누구에게랄 것 없이 혼잣말처럼 중얼거리신 적도 있었습니다. 헤이케 비파도 미나모토 가문이 활약하는 부분은 별로 좋아하지 않으시는 것 같았습니다. 한번은 나스노 요이치의 단락을 들으셨는데, '요이치는 소리 나는 화살을 단단히 잡아당겼다가 피잉 하고 놓았습니다. 활을 당기는 힘이 그리

8_ 『헤이케 이야기』를 소재로 한 비파 반주의 이야기 곡.

세지는 않았으나, 화살은 열두 주먹 세 손가락 길이에 활도 강하여, 해변 일대가 한참 울릴 정도로 긴 소리를 내며 날아갔고, 부챗살 아래쪽에서 손가락 반 마디 정도 올라간 곳을 정확하게 명중하였습니다. 화살은 바다로 떨어지고 부채는 허공으로 떠올랐습니다. 봄바람을 타고 한동안 공중에서 팔락거리던 부채가 바다로 휙 떨어졌습니다. 붉은 부채가 석양에 반짝이며 흰 파도 위를 둥둥 떠다녔고, 먼 바다에서는 헤이케 군이 배 난간을 두드리며 감탄했습니다. 육지에서는 겐지 군이 화살 통을 두드리며 환호했습니다.'라는 부분까지는 멍하니 귀를 기울이며 듣고 계셨지만 이어서, '너무도 훌륭한 솜씨에 가만히 있을 수가 없었는지, 헤이케의 배에서 쉰쯤 되어 보이는 남자가 검은 가죽 갑옷을 입고 하얀 칼을 지팡이 삼아, 부채가 있던 곳에 서서 춤을 추었습니다. 이세 사부로 요시모리가 요이치 뒤로 다가와, "주군의 명이다. 저자의 숨도 끊어라."라고 하자 요이치가 이번에는 전투용 화살을 꺼내어 활을 겨누고 피잉 쏘았습니다. 화살은 춤을 추던 남자를 명중시켰고, 그 남자는 뒤로 넘어가며 철퍼덕 바닥에 쓰러졌습니다. 화살이 훌륭하게 몸을 관통했다는 사람도 있고, 아무리 그래도 너무 무자비했다는 사람도 있었습니다. 헤이케 쪽은 쥐죽은 듯 조용해졌고, 아무 소리도 나지 않았습니다. 겐지 군은 다시 화살 통을 두드리며 환호했습니다.' 하고 연주자가 신명나게 노래하는 부분에서는 다 듣지도 않으시고 별안간 자리에서 일어나셨습니다. 쇼군께서는 친삼촌이신 구로 판관^{미나모토노 요시쓰네} 님을 그다지 좋아하지 않으시는 듯했습니다. 쇼군께서 진심으로 존경하셨던 분은 선조이신 하치만타로 요시이에 공과 아버님이신 우대장 님, 이 두 분이었던 것 같습니다.

저도 모르게 신이 나서 두서없는 말씀만 드린 것 같아 송구스러운데,

어쨌거나 젊은 날 쇼군의 일상은 결코 어두운 것만은 아니었습니다. 오히려 화기애애했다고도 할 수 있을 정도입니다. 그즈음 지으신 시 가운데, 비록 사람들에게 큰 호응을 얻지는 못했지만, 매우 아름다운 작품이 있습니다.

봄비 머금은 이슬이 바람 불어 흩어지니 피어나는 황매화나무 꽃향기 천진난만하다고나 할까요. 마음속에 조금이라도 꺼림칙한 걱정거리가 있었다면, 이런 와카를 지으실 수는 없었을 것입니다.

조겐 3년^{1209년} 기사^{己巳}. 5월. 12일, 갑진^{甲辰}, 와다 좌위문위 요시모리가 가즈사 국^{옛 지바 현} 태수로 천거해달라고 은밀히 간청하기에, 쇼군이 아마미다이도코로와 의논하니, 장군^{미나모토노 요리토모}이 살아 계실 때 무사를 임명하는 것을 중지하기로 결정하였으며, 따라서 이번 건 또한 허락할 수 없다, 만약 이를 허용하고자 한다면 나와 같은 여성이 참견할 일이 아니다, 라고 하여 천거가 받아들여지지 않았다.

같은 해. 11월. 4일, 갑오^{甲午}, 궐 동쪽 좁은 뜰에서 와다 신^新좌위문위 쓰네모리 이하 신하들의 활쏘기 시합이 있었다. 이는 궁마의 길을 소홀히 해서는 안 된다는 소슈[9]의 간언에 따라 행해졌다. 5일, 을미^{乙未}, 사가미 국 오바 미쿠리^{신찬을 조달하던 곳} 안에 대일여래를 안치한 불당이 있었으니, 이 본존불이 특별히 영험한 불상이라 돌아가신 장군께서는 믿고 의지하며 소홀히 하지 않으셨는데, 근래에 파손되었다는 상소가 있었다. 오늘 파손에 관한 보고를 들은

9_ 相州. 사가미^{相模 — 옛 가나가와 현}의 다른 말로, 이 지역 태수 호조 요시토키를 일컫는다. 사네토모의 어머니 호조 마사코의 남동생이자 가마쿠라 막부 제2대 집권으로 강력한 권력을 쥐고 있었다.

쇼군이 소슈에게 수리를 서두르라 명했다. 7일, 정유^{丁酉}, 지난 4일 있었던 활쏘기 시합에서 패한 무리들이 할당된 물품을 헌상, 궐에서 술과 춤을 곁들인 연회가 열려 모두 한껏 즐겼다. 이 기회에 무예에 집중하여 조정을 경비토록 한다면 오래도록 관동의 기초가 다져질 것이라고, 소슈, 대관령^{나카하라 히로모토} 등이 충언했다 한다. 14일, 갑진^{甲辰}, 소슈가 공을 세운 자들에게 무사에 준하는 자격을 내려달라 청했다. 은밀하게 그러한 논의가 있어 왔으나 쇼군은 윤허하지 않았다. 이를 허한다면 그의 자손들이 이러한 연유를 잊고 막부를 공격하려 일을 도모할 수 있다, 후에 재앙을 몰고 올 여지가 있으므로 결코 허락할 수 없다, 라고 하며 강경하게 명했다 한다.

같은 해, 같은 달. 27일, 정사^{丁巳}, 와다 좌위문위 요시모리가, 가즈사 국 태수가 되기를 간청한 건에 대하여 조만간 전갈이 있을 터이니 잠시 기다려 달라는 명을 받고, 손뼉을 치며 기뻐했다 한다.

수군대기를 좋아하는 자들은 아마미다이가 권력을 휘두른다는 둥, 집권인 사가미 태수 요시토키가 음험하다는 둥 떠들고 다니기도 했다는데, 저희가 보기에는 아마미다이 님이나 소슈 님이나 성미가 시원시원한 분들이셨습니다. 늘 생각을 거침없이 말씀하시어 표리부동 하시는 일이 없었고, 언제 그랬냐는 듯 곧 다시 밝은 모습으로 돌아오셨습니다. 손아래 사람을 꾸짖으면서도 늘 보살펴주셨고, 그걸로 은혜를 베풀었다며 생색을 내는 일도 없으셨는데, 이것은 호조 가 분들의 특징인지도 모르겠습니다. 똑 부러지게 꼼꼼한 데가 있어서 쓸데없는 일을 하는 것을 대단히 싫어하셨고, 늘 구석구석 빈틈없이 신경을 쓰는 성격이셨는데, 한창 장난치길 좋아하는 나이였던 저희들에게는 그런 점이 다소 거북하게 느껴지기도 했습니다. 그리고 이건 정말 입 밖에 꺼내기 힘든 말이지만 작심하고 말씀드리자면, 그분들은 품위가 없으셨습니다. 저희가 이런 일을 이러쿵저러쿵 떠벌리는 것은 물론 주제넘은 짓이고, 당시에는 저도 아마미다이 님이나 소슈 님의 신세를 적잖이 지며 그분들을 의지하고 자랐으니, 이런 이야기를 꺼내는 것이 정말이지 내키지는 않는데, 그래도 호조 가 분들은 왠지 모르게 어딘가 살짝 천박한 분위기를 풍기셨습니다. 그리고 어쩐지 불쾌한 그 악취가 조금씩 음침한 그림자를 드리워, 훗날 여러 비참한 일들의 초석이 된 것이 아닌가 하는 생각도 듭니다. 아니요, 결코 나쁜 분들은 아닙니다. 성실하고, 마음씨 좋은 분들이었습니다. 딴마음 품지 않고 오로지 쇼군을 떠받들었으며, 쇼군과의 사이도 매우 원만한 듯 보였습니다. 와다 좌위문위 님께서 가즈사 국 태수로 임명해달라고 간청하신 일로, 쇼군과 아마미다이 님이 언쟁을 벌이시다가 결국 두 분 사이가 서먹해졌고, 이로 인해 쇼군이 고독하고 염세적인 생각에 빠지게 되었다며, 그럴듯한 풍문을 뿌리고 다니는 이들도 적지 않았던 듯합니다. 물론 완전히 근거 없는 이야기는 아닙니다만, 그래도 언쟁을 하셨다는 것은 터무니없는 날조입니다. 그토록 고귀한 분들이, 그것도 친모자간에 그렇게 경박하고 천한 말싸움을 하실 리가 없습니다. 5월 중순 어느 맑은 날의 일인데, 아마미다이 님이 쇼군의 처소로 오셔서 두 분이 조용히 말씀을 나누셨습니다. 저는 황공하여 옆에서 고개를 숙이고 있었는데, 참으로 한가로운 분위기였습니다. 합장을 하고 싶어질 정도로 대단히 현명한 어머님과 효성스러운 자식이었습니다. 그분들의 시중을 들 수 있어 얼마나 행복했는지 모릅니다.

와다가 가즈사 태수가 되고 싶어 합니다만

"안 됩니다."

아마미다이 님은 그 자리에서 가볍게 말씀하셨습니다. 하지만 그 입가에는,

젊은 쇼군이 귀여워 못 견디겠다는 듯 상냥한 미소를 짓고 계셨습니다.

와다도 늙었으니까요

쇼군은 늙은 충신 와다 좌위문위 님을 특별히 총애하셨습니다. 특히 몇 해 전, 역시 내심 총애하시던 하타케야마 일족을 뜻하지 않게 잃으신 후, 유일하게 살아남은 이 대 공신을 더욱 아끼게 되시어, 이번 가즈사 태수 간청 건도 되도록 들어주고 싶어 하시는 마음이 저희들에게까지 전해졌습니다. 그날 아마미다이 님과 이런저런 이야기를 나누시다가 문득 그 일에 대한 말씀을 꺼내신 것이었는데, 아마미다이 님께서도 쇼군의 그런 마음을 잘 알고 계시다는 듯 미소를 지으시며, "안 됩니다. 역시 안 될 일이에요. 우대장 님께서 살아계실 때 이미 무사 임명을 불허한다는 방침을 세우셨습니다."라고 하시면서 돌아가신 우대장 님의 선례를 부드럽게 일러주셨고, 쇼군은 몇 번이나 진지하게 고개를 끄덕이시며 아마미다이 님께 정중하게 감사의 인사를 올리셨습니다.

아마미다이 님은 그렇게 올곧은 쇼군이 사랑스러워 어쩔 줄 모르셨겠지요. 쇼군의 사기를 북돋워 주시려고 일부러 더 호탕하게 웃으시며, "아닙니다, 하지만 아버님은 아버님, 아드님께는 아드님만의 방식이 있겠지요. 자, 앞으로 여자의 말참견은 무시하십시오."라고 하셨는데, 어디를 봐서 이것이 언쟁이란 말입니까. 두 분이 힘을 합쳐 돌아가신 우대장 님의 선례를 되새기려 하고, 이에 위배되는 일이 없도록 주의를 기울이며, 한결같이 올바른 정치를 위해 힘을 쏟으셨다는 증거는 되겠지만, 두 분의 사이가 나빠져서 쇼군이 염세적인 성격을 갖게 되셨다니, 이 얼마나 말도 안 되는 억측인지요. 이런, 제가 그만 흥분해서 말투가 험악해졌습니다. 하지만 하나를 보면 열을 안다고, 소슈 님과의 사이도 세간에 떠도는 소문처럼 어색하고 험악했던 적은, 제가 본 바로는 전혀 없었습니다. 고귀한 성격을 지니신, 말하자면 영감에 가득 찬 쇼군과, 맺고 끊는 것이 분명하고 사리 분별이 확실한 소슈 님 사이에 어리석은 대립 따위가 있었을 리 만무합니다. 두 분 사이에 의견 차가 있을 수는 있었겠지만, 두 분 다 향후 수백 년 동안 이 나라에 나타날까 말까 한 대단히 뛰어난 수완가들이셔서, 속된 말로 두 분 모두 어찌나 이해가 빠르신지, 태도를 확 바꾸시고 시원스레 웃어재끼며 서로의 말에 수긍하시는 모습을 옆에서 보고 있노라면, 어린 마음에도 상쾌한 기분이 들었습니다. 세간의 어리석은 남자들이 하염없이 장황한 논쟁을 벌이다가, 두들겨 패겠다 느니 베어버리겠다느니 하며 한심하게 소란을 피우는 것에 비하면 그야말로 하늘과 땅 차이입니다. 11월 4일에 대궐 정원에서 대대적으로 활쏘기 시합이 열렸는데, 이것도 소슈 님이 "와카도 좋지만" 하고 딱 한 마디 하시자 쇼군께서 곧장 활쏘기 시합을 명한 것이어서, 이에 소슈 님께서도 황송해하시며 시합준 비에 들어간 것뿐인데, 이때도 언제나처럼 못된 억측을 해대는 자들이 있어, 일각에서는 쇼군이 소슈 님으로부터 호된 충고를 듣고 마지못해 활쏘기 시합을 명했다는 소문이 나돌았다고 합니다. 정작 당사자들은 아무렇지도 않은데, 있지도 않은 일을 옆에서 시끄럽게 떠벌려, 그것이 그만 묘한 결과를 낳고 마는 일이 세상에는 종종 있습니다. 쇼군은 진심으로 즐거운 듯 활쏘기 시합을 지켜보셨습니다. 이튿날, 소슈 님께서 쇼군의 처소로 들어 어제 일에 대해 감사의 인사를 올리며 "어떠셨습니까?" 하고 옅은 미소를 지으며 물으시니,

활쏘기 승부도 좋지만

하고 쇼군도 웃으시며 어제 소슈 님이 꺼냈던 말을 그대로 따라하시면서, "돌아가신 우대장 님께서 정성을 다해 불공을 드리시던 사가미 국의 대일여래

불당이 대단히 황폐해졌다 하니 즉각 수리토록 조치해주십시오." 하고 약간 방향을 틀어 부드럽게 명하셨습니다. 무예도 중하지만 신을 섬기고 불심을 닦는 마음 또한 소홀히 하지 말 것을 일깨워주고자 하신 말씀이겠지요. 사가미 태수 님은 유쾌하다는 듯 와하하하 하고 웃으시며, "황송하옵니다."라고 하고는 물러나셨는데, 막말로 멋지게 한 방 먹었다는 표현이 맞지 않을까 싶습니다. 소슈 님도 몸소 태수를 맡고 있는 사가미 국의 일인 만큼 한결 더 황송하셨을 것입니다. 두 사람의 응수는 항상 이렇게 부드럽고 눈에 띄는 마찰도 없었으며, 항간에 떠도는 소문처럼 음울한 반목 같은 것은 전혀 보지 못했습니다. 다다음 날인 7일에는 궐에서 연회가 있었습니다. 쇼군께서는 왁자한 것을 좋아하셨기 때문에 걸핏하면 잔치를 여셨고, 모두가 흥겹게 노는 모습을 흐뭇하게 지켜보시며 빙긋이 미소 지으셨습니다. 그날은 4일 있었던 활쏘기 시합에서 진 사람들이 이긴 사람들에게 한턱내는 자리였는데, 쇼군께서는 그거 재미있겠다고 하시면서 모두에게 술과 안주를 내리셔서 술자리가 한껏 흥겨워졌습니다. 그날 밤 연회에는 웃는 자, 춤추는 자, 욕하는 자, 혹은 이유도 없이 술에 취해 우는 자, 장난스럽게 격투를 벌이는 자 등이 어우러져, 시와 음악 위주의 기존 연회와 달리 활기가 넘쳤습니다. 쇼군께서도 이처럼 난동을 부리는 잔치가 신기하고, 색다른 감흥이 느껴지셨는지, 평소와 달리 술을 많이 드시며, 곁에 계신 소슈 님, 히로모토 뉴도 님을 상대로 가벼운 농담을 하시는 등 기분이 무척 좋아 보이셨습니다.

그다지 술을 좋아하지 않으시는 히로모토 뉴도 님은 슬쩍 주위를 둘러보더니, "아무리 활쏘기 시합 후 연회라고는 하나 행패가 다소 심하네요." 하고 품위 있게 쓴웃음을 지으며 말씀하셨습니다.

"이 정도는 괜찮습니다." 소슈 님은 큼직하게 양반다리를 하고 앉아 술잔을 기울이며, 떠들썩한 술자리를 마음 편하게 둘러보셨습니다. "이런 것이 좋습니다."

"아무래도 전 술자리가 어려워서." 뉴도 님은 쇼군 쪽을 슬쩍 돌아보시며, "무예 후 마시는 술이라면, 뭐, 의미도 있고 참을 수 있겠는데, 요즘에는 뭔지도 모를 기묘한 술자리가 하도 많으니." 하고 늙은이의 넋두리 비슷한 말투로 눈살을 찌푸리며 말씀하셨습니다. 하지만 쇼군께서는 전혀 신경 쓰지 않는다는 듯, 그저 빙긋이 웃고만 계셨습니다.

"하지만," 소슈 님이 혼잣말처럼 멍하니 말을 꺼내셨습니다. "부녀자들과 마시는 술 또한 끊을 수 없는 재미가 있지요."

"그런가요?" 뉴도 님은 희미하게 미소 지으며 솔깃해하셨습니다. 하시는 말씀마다 늘 겉과 속이 다른 분이라, 그때도 정말 말씀하시고자 하는 본심이 무엇인지, 저로서는 짐작도 할 수 없었습니다. "당신도 대단한 풍류가가 되셨군요. 술은 사기를 왕성하게 하기 위해서 마시는 것이라 들었는데, 술에는 그 밖에도 이런저런 공덕이 있나 봅니다."

그때 쇼군께서 혼잣말처럼 조용히 말씀하셨습니다.

술은 취하기 위해 마시는 것입니다. 다른 공덕은 없습니다.

그러고는 비틀비틀 일어나 안쪽으로 들어가셨고, 소슈 님과 뉴도 님은 서로 흘끗, 그러나 날카로운 눈빛을 주고 받으셨습니다. 그뿐이었는데도, 나중에 소문이 엄청나게 부풀려져서, 소슈 님과 뉴도 님이 쇼군께 풍류를 버리고 무예를 중시하도록 강력하게 밀어붙였다는 이야기가 나돈 것입니다. 뉴도 님은 차치하고라도 소슈 님은 쇼군의 뛰어난 천성을 누구보다 잘 알고 계셨을 터, 쇼군께서 겨우 열두 살의 어린 나이에 관동에서 가장 높은 자리에 오르시고, 정이대장군에 명한다는 선지를 받으신 이듬해부터 몸소 관리들의 호소를 들으시니, 물론 소슈 님과 뉴도 님이 곁에서 받들며 조언을 해주신 덕택이기도 하겠지만, 시간이 흐르면서 백성들의 소송에도 크게 마음을 쓰시며, 행정을 감독하고 재판이 지체되는 일이 없도록 하시는 한편, 행정관들을 각지에 파견하여 그곳 백성들의 소송을 듣게 하시어, 소송 제기의 번거로움을 없애도록 하셨고, 나아가 쇼군을 향한 직소도 그분 집권기에 처음으로 허용되어, 올라오는 상소를 일일이 읽으시고 명확하게 판단하셨을 만큼 천부적인 명민함을 가졌던 분이니, 이를 소슈 님 정도 되는 분이 몰랐을 리가 없습니다. 쇼군께 강력하게 밀어붙였다는 소문을 당사자인 소슈 님이 들으셨다면, 놀라서 쓴웃음을 지으셨겠지요. 쇼군께서 지니신 천진난만에 가까운 어진 인품에 대해서는, 그 깐깐한 소슈 님도 뭐라고 토를 달 여지가 없지 않았을까 싶습니다. 강력하게 밀어붙이기는커녕, 그 연회가 끝나고 일주일이 지난 11월 14일, 이번에는 거꾸로 쇼군께서 소슈 님께, 그야말로 강력하게 충고하시어 깨달음을 주셨으니 묘한 일이지요. 아직 열여덟밖에 되지 않는 쇼군께서 세상 이치에 통달한 쉰에 가까운 소슈 님을 부드럽게 타이르시고, 변명 한마디 하지 못하게 만드셨던 것이 얼마나 통쾌하고 즐겁던 지, 지금 생각해도 속이 후련합니다. 그것도 쇼군께서 소슈 님에 대한 원한을 풀려는 천박한 마음에서 그리 하신 것이 아니라, 그저 늠름하게 올바른 도리를 이르신 것이니, 이에 대해서는 전에도 여러 차례 말씀을 드린 바 있지만, 쇼군의 마음은 언제나 초여름의 푸른 하늘처럼 상쾌하게 활짝 개어 있어서, 사람을 증오하거나 원망하며 누군가에게 화를 내는 것이 무엇인지 전혀 모르시는 듯, 이것은 이것이고 저것은 저것이라며 적절하게 판단을 내리시고, 그 어떤 것에도 구애받지 않고 모두를 사랑하시면서도 지나치게 집착하는 일 없이, 물 흐르듯 자연스럽게 행동하셨기에, 그날 소슈 님께 그런 말씀을 하신 것도 다른 뜻은 전혀 없고, 그저 영감이 떠오르는 대로 단호하게 말씀하셨던 것뿐이라고, 저는 굳게 믿고 있습니다.

소슈 님께서 요 근래 측근들 가운데 특별히 공을 세운 자를 무사로 명하고 싶다면서, 이를 윤허해주시기 바란다고 가벼운 어투로 쇼군께 말씀드리자, 쇼군께서는 싱긋이 웃으시며,

생각해 보셨습니까

"무엇을 말씀이신지요?" 소슈 님은 멀거니 계셨습니다.

안 됩니다

"예?" 소슈 님은 그저 눈만 동그랗게 뜨고 계셨습니다. 별것 아닌 청이라 생각하셨던 것이겠지요.

그 자손들은 더 큰 것을 바라게 될 것입니다

늠름한 말투였습니다. 소슈 님도 퍼뜩 깨달은 듯 엉겁결에 손을 바닥에 짚으셨습니다. 쇼군께서는 이어서, 공을 세웠다고 측근을 무사로 거두면, 그 사람 한 대에는 주군의 은혜에 감복하여 충심을 다하겠지만, 그의 아들과 그의 자손 대에 이르러서는, 오래전 특별한 은덕으로 평민에서 무사로 격상되었다는 중요한 사정을 다 잊고, 더 높은 계급으로 올라가 조정에도 들고 싶다, 정치도 해보고 싶다며 엉뚱한 욕심을 부리게 될 것이니, 이러한 야심은 필시 막부의 체계를 뿌리부터 흔드는 일이 될 것이라면서, 그야말로 강력하게 밀어붙여 소슈 님을 일깨워주셨습니다.

앞으로도 이런 일이 있을 것입니다. 영원히 윤허치 않도록 하겠습니다.

목소리도 부드럽게 그리 이르시더니 잠시 후 뭔가 떠오르셨는지 고개를 숙이고 희미하게 웃으시며,

음악 쪽이 더 나은 것 같습니다

라고 말씀하셨습니다. 소슈 님도 안심하신 듯 주위를 둘러보시며 소리 높여 웃으시더니,

"무예를 장려하려던 것이 탈이었을까요."라고 하시자, 쇼군께서 지체 없이,

그런 탓도 있습니다

참으로 담백하셨습니다. 물론 그건 농담이었고, 며칠 전 소슈 님과 뉴도 님으로부터 빙 둘러서 무슨 말을 조금 들으셨다고 해서, 그것을 마음에 품고 있다가 이 기회에 강력하게 반격을 해보자, 뭐 그런 상스러운 속셈은 눈곱만큼도 없고, 또 그런 마음이 없었기에 그토록 태연하게, '그런 탓도 있습니다'와 같은 말을 웃으면서 하실 수 있었겠지요. 만약 조금이라도 마음속에 응어리진 것이 있었다면, 결코 그렇게 간단하게 답하실 수는 없었을 것입니다. 소슈 님 역시 이를 꿰뚫고 계셨는지, 쇼군의 답변에 오히려 크게 안도하신 표정으로, 곁에서 시중을 들고 있는 저희들을 향해,

"우리는 참 행복합니다." 하고 낮고 차분한 어투로, 꼭 아첨 같지만은 않은 말을 꺼내셨습니다.

그런 일이 있고 나서 쇼군께서는 점점 더 활발하게, 말하자면 당신의 영감에 따라 무엇에도 구애받지 않고 거침없이 만사를 결정하셨고, 예전처럼 소슈 님이나 뉴도 님, 아마미다이 님께 상의하는 일 없이, 이제는 독자적으로 어진 정치를 펼치기 시작하시는 듯 보였습니다. 일전에 와다 좌위문위 님께서 태수가 되기를 바라던 건도, 후에 좌위문위 님이 이번에는 당당하게 진정서를 올려 거듭 태수 임명을 간절히 청하며, 와다 가문이 지쇼의 난 이후 얼마나 많은 공훈을 세웠는지 몸소 열거하면서, 일생의 염원은 오직 지방 태수를 맡은 것뿐이라고 서면을 통해 읍소하셨다는데, 쇼군께서 그 구구절절한

진정서를 찬찬히 읽어보시고는, 이미 그 일에 관해 아마미다이 님께 고우대장 님의 선례를 들어 알고 계셨음에도, 와다 좌위문위 님을 부르셔서,

잘 조처하겠습니다. 당분간 기다려 주십시오.

하고 아무렇지도 않은 듯 말씀하셨습니다. 좌위문위 요시모리 님은 주름진 눈가에 눈물까지 머금으며 기뻐하셨는데, 저는 그해 5월 중순 화창하던 어느 날, 모자가 한가로이 말씀을 나누시던 아름답고 고귀한 모습을 잊지 않고 있었던지라, 어린 마음에도 가슴이 조마조마했습니다. 그러나 이 같은 행동은 평범한 사람들이 생각지도 못하는 것이니, 그저 저 천부적인 영감에 따른 언동에는 한 점 잘못이 없다고, 그분에 비하면 눈먼 거북이나 다름없는 저희들은 믿고 또 믿을밖에 다른 도리가 없었습니다.

조겐 4년[1210년] 경오庚午. 윤5월. 6일, 계사癸巳, 쇼군이 히로모토 아손의 집에 행차하니, 소슈, 부슈[10] 등도 참석하여, 와카 짓기를 시작으로 성대한 연회가 열렸다. 집주인이 선물로 『삼대집』[11]을 준비했다 한다. 21일, 무신戊申, 쇼군이 미우라 미사키에 행차하니, 선상에서 풍월을 읊고 한껏 여흥을 즐기며, 아울러 활쏘기 시합을 관람하였다. 궁수는 쓰네모리, 다네나가, 유키우지 등이었다. 25일, 임자壬子, 무쓰 국옛 동북지방 히라이즈미에 있는 사찰의 흥륭에 대해, 고故 우막하미나모토노 요리토모 때 본원 모토히라 등의 관례를 따르도록 하라는 뜻을 담은 유서를 남겼음에도, 해가 갈수록 절과 탑이 파괴되

<hr>

10_ 武州. 무사시武藏-옛 사이타마 현의 다른 이름으로, 무사시 태수 호조 야스토키를 이른다. 가마쿠라 막부 2대 집권인 소슈, 즉 호조 요시토키의 아들이며 가마쿠라 막부 3대 집권이다.
11_ 三代集. 칙선 와카집 가운데 처음 세 권인 『고금와카집』, 『후선와카집』, 『습유와카집』.

고 있으며, 공양과 등명은 진즉에 끊겼다고, 절의 승려가 근심 어린 표정으로 쇼군에 고했다. 이에 쇼군은 히로모토에게 그 지역의 관리를 맡기고, 앞으로는 태만하는 일이 없이 관리하도록 하라고 각 사찰의 주지들에게 명했다 한다.

같은 해. 윤10월. 15일, 경오庚午, 최근 쇼군이 쇼토쿠 태자의 17개 헌법, 그리고 역모를 저지른 모리야의 사후 영지에서 몰수한 전답의 수와 주소 및 천왕사와 법륭사에 보관되어 있는 국보 등의 기록에 대해 물어, 이를 조사하던 히로모토 아손이 오늘 그 답변을 올렸다 한다.

같은 해. 11월. 22일, 병오丙午, 사찰의 불당에 쇼토쿠 태자의 불상이 공양되었다. 이를 집행한 승려는 진지방 홋쿄류센 도사였다. 이는 평소 쇼군이 기원하던 일이었다 한다.

이듬해 조겐 4년에는 기억에 남을 만한 일이 별로 없었지만, 쇼군의 일상은 점차 편안해지셨고, 지난해에 비해 훨씬 더 건강해지신 듯했습니다. 병치레가 잦은 분이셨지만, 그해에는 몸져누우신 적이 없었던 것으로 기억하고 있습니다. 예의 시와 음악이 있는 연회는 누구 눈치도 보지 않고 가끔 명을 내리셨는데, 이제 쇼군도 완전히 어른이 되셔서, 뉴도 님이나 소슈 님도 다소 안심하신 듯, 노파심에서 이것저것 까다롭게 충고를 하시는 일도 적어지고, 그분들이 먼저 나서서 쇼군을 연회에 초대하는 경우도 있었습니다. 어진 덕으로 인한 감화의 힘은 진정 아름다운 것입니다. 막부는 평안하고, 나라는 평화로워, 간혹 어느 사찰이 황폐해져 있다는 상소를 접하시면, 쇼군은 곧장 그 진상을 조사하시어, 융성케 해야 마땅한 곳이면 소슈 님을 부르시어 정중히 명하셨습니다. 그런 일이 있을 때마다 경신숭불敬神崇仏의 마음이 그리 두텁다 할 수 없는 소슈 님께서 입을 꾹 다물고 있는 모습이 궐 안의 가벼운 농담거리가 되었을 정도로, 그날그날이 참으로 무탈하였습니다. 우대신 님 통치기는 미나모토 가의 존망이 걸린 중대한 시점으로, 처음부터 끝까지 그저 반목과 질시, 음모의 도가니였다며 예의 아는 체하는 자들이 떠벌리고 다니는 것을 후에 들은 적이 있는데, 그건 실제로 가까이 지내보지 않고는 모르는 일입니다. 그해는 쇼군의 처소 정원에 겹벚꽃이 그 어느 해보다 탐스럽고 아름답게 활짝 피어 향기가 궐 안 가득 그윽했고, 궐에는 온화한 웃음소리가 끊일 줄 몰라, 모두가 태평성대의 행복감에 젖어 있었습니다. 또한 그해에는 쇼군께서 학문에 부지런히 힘을 쓰셔서, 정무를 보다가 짬이 나실 때마다 이런저런 책을 읽으셨습니다.

마구간 황자에 대해 더 알고 싶다

하고 입버릇처럼 말씀하시면서, 쇼토쿠 태자[12]의 치적이 적혀 있는 고문서를 구해달라고 히로모토 뉴도 님이나 판관 요시노부 뉴도 님께 부탁하여 문서를 잔뜩 모으시고는, 범상치 않은 긴장감에 휩싸여 읽어내려 가신 것도 그즈음의 일이었습니다.

고금을 통틀어 비할 자가 없으니 참으로 신불神佛의 화신입니다

라고 쉰 목소리로 말씀하시면서 깊은 한숨만 내쉰 채 넋을 놓으신 듯 보이는 날도 있었습니다.

바다 건너 다른 나라 사람들에게도 알리고 싶구나

라고 하신 적도 있었습니다. 저희야 존귀한 마구간 황자님의 이름을 입에

12_ 聖德太子(574~622). 마구간에서 태어나 마구간 황자라는 별명이 생겼다는 설이 있다. 아스카시대의 황족이자 정치가로 대륙의 문화와 제도를 수용하여 국가 체재를 확립했으며, 불교 부흥에 힘쓴 인물로 알려져 있다.

담는 것만으로도 알 수 없는 두려움에 휩싸여 온몸이 떨리고, 그 치적이 어느 정도인지 감히 짐작도 할 수 없지만, 이를테면 황자님의 깊은 자비와 영감에 가득 찬 언행, 진심 어린 숭불의 언행 등이 돌아가신 우대신 님께는 감사하기 이를 데 없는 교훈으로 다가왔던 것이 아닐까 하고, 미천하지만 조금이나마 그 마음을 헤아려 볼 뿐입니다. 마구간 황자님께서는 진정 신불의 화신이었다고 하는데, 고 우대신 님께도 어딘가 이 세상사람 같지 않은 불가사의한 점이 많았습니다. 그 전년도 7월에 쇼군께서 스미요시 신사에 시 스무 수를 봉납하셨는데, 이는 어느 밤 꾸었던 꿈 속 계시를 따르신 것이라고 합니다. 또 조겐 4년 11월 24일에는, 스루가 국^{옛 시즈오카 현} 건복사에서 마나리 대명신이 내린 뜻이라며 신사의 장관과 신관들로부터 급보가 있었으니, 유^酉의 해에 전투가 있을 것이라는 신탁^{神託}이 21일 묘시^{오전 5시~7시}에 있었다는데, 소슈 님과 뉴도 님도 그냥 보고 있을 수만은 없어 그 신탁이 잘못된 것인지 아닌지 다시 점이라도 쳐보는 것이 어떻겠느냐고 쇼군께 여쭈었으나, 쇼군께서는 쓸쓸히 웃으시며,

21일 새벽녘, 저도 같은 꿈을 꾸었습니다. 다시 점을 칠 필요는 없습니다.

하고 침착하게 대답하셔서, 다들 엉겁결에 서로 얼굴을 마주 보았습니다. 결국 삼 년 후인 겐포 원년 계유^{癸酉}의 해에 가마쿠라에서 와다 전투가 일어나 궐이 불탔는데, 쇼군께서는 이처럼 불가사의한 꿈을 그 후로도 종종 꾸셨습니다. 또 꿈뿐만 아니라, 연회가 한창인 가운데 곁에 있던 사람의 얼굴을 보시고는, 돌연 그 사람의 운명을 예언하신 적도 있었습니다. 그것이 언제나 정확하게 적중하였으니, 누가 뭐라 해도 그분이 저희 같은 사람들과는 뿌리부터 다른 분이라는 것을 믿지 않을 수가 없습니다. 사람들이 하는 말에 따르면, 마구간 황자님은 자유자재로 신통력을 부리시어 몸에서 빛을 발하셨다고

하니, 저희야 그저 황공하여 눈을 감을 뿐, 그 고귀함과 위대함을 우러러볼 수조차 없습니다만, 우대신 님 정도가 되면 역시 섬광처럼 번뜩 깨달으시는 바가 있는 모양인지, 황자님의 판단력, 수완, 깊은 덕성을 입이 마르도록 칭찬하셨습니다. 황자님의 치적이야말로 일본 정치가 길이길이 본받아야 할 모범이라고도 하셨는데, 당신의 정책과 결부시켜 훗날을 내다보며 이것저것 결심한 것이 있으셨을 터임에도, 앞날이 창창하던 28세에 그와 같이 불우한 최후를 맞으셨으니, 참으로 미나모토 가의 손실을 넘어, 일본 전체의 큰 손실이라고 보는 것이 마땅하다 여겨집니다.

조겐 5년[1211년] 신미辛未. 5월. 27일, 신해辛亥, 맑음, 인시오전 3시-5시 대지진. 오늘 아침, 태양빛이 가물가물한 가운데 그 색이 적황색을 띠었다.

같은 해. 윤2월. 22일, 을사乙巳, 맑음, 쇼군이 쓰루가오카구에 드니, 도모미쓰가 경호를 맡았다. 지난 조겐 2년 이후 천연두 자국을 남에게 보이는 것을 꺼리어 나가지 않다가, 오늘 처음으로 참석했다.

같은 해. 윤5월. 15일, 병인丙寅, 미시오후 1시-3시 지진. 19일, 경오庚午, 오가사와라 목장 관리인과 집행관 미우라 헤이로쿠 병위위 요시무라 대관 사이에 다툼이 있어, 오늘 그 사태에 대한 심의가 있었다. 쇼군은, 집행관이라는 직함을 등에 업고 하급관리에게 함부로 행동하여 이 같은 싸움이 생기는 것이다, 참으로 공평하지 못한 결과이니, 한시라도 빨리 요시무라를 공무에서 물러나게 하라, 라고 그곳에 있던 사와라 다로 병위위에게 명했다 한다.

같은 해. 윤6월. 2일, 임오壬午, 흐림, 신시오후 3시-5시, 쇼군이 급작스런 병으로 매우 위급한 상태에 빠졌다. 그리하여 술시^{오후 7시~9시}에 궐 남쪽 뜰에서 쇼군의 완쾌를 위한 제사가 열렸다. 3일, 계미^{癸未}, 맑음, 인시^{오전 3시~5시}, 쇼군이 꿈에서 자신의 병에 대한 계시를 받았으니, 참으로 영험한 일이라 하였다. 7일, 정해^{丁亥}, 에치고 국^{옛 니가타 현} 사미 장 영주의 대리인이 상소를 위해 가마쿠라로 올라와 오쿠라 부근 민가에 묵고 있었는데, 새벽 무렵 강도에게 살해당하였다. 날이 밝자 좌위문위 요시모리가 조사하여, 범인으로 사미 장의 마름을 잡아들였다. 이에 그의 친지들이 친족인 궁녀를 통하여 은밀히 아마미다이도코로에게 도움을 청하였으나, 쇼군은 요시모리의 처분에 문제가 없다 하며 말을 전한 스루가 궁녀를 책망했다 한다.

같은 해. 7월. 3일, 임자^{壬子}, 맑음, 유시^{오후 5시~7시}에 대지진이 있어, 소와 말들이 놀라 소란을 피웠다.

같은 해. 8월. 15일, 갑오^{甲午}, 맑음, 쓰루가오카구에서 방생회가 열렸으나, 쇼군은 몸이 좋지 않아 참석하지 못했다. 27일, 병오^{丙午}, 맑음, 쇼군이 완쾌 후 처음으로 쓰루가오카 하치만구에 행차했다.

같은 해. 윤9월. 15일, 갑자^{甲子}, 맑음, 금오장군^{제2대 쇼군 미나모토노 요리이에}의 어린 아들이 승려 조교의 절에서 삭발하니, 법명을 구교라 하였다. 22일, 신미^{辛未}, 맑음, 선사^{禪師} 구교가 승려 계율을 받기 위해 승려 조교를 따라 교토로 올라갔다. 쇼군이 그를 따를 무사 다섯을 하사하니, 이는 구교를 양자로 들였기 때문이었다.

쇼군께서 스무 살이 되신 조겐 5년에는, 3월 9일부터 겐랴쿠 원년으로 원호가 바뀌었는데, 그해는 몇 번이나 큰 지진이 나고, 궐 가까이에 불이

낳으며, 여름에는 비가 그치지 않아 홍수가 나는 한편, 쇼군의 건강도 좋지 않아 되도록 궐 밖에 나가지 않으려 하셔서, 이런저런 이유들로 궐에서 일하는 사람들도 우울한 낯빛으로 잘 웃지도 않았던, 어쩐지 불길하고 기분 나쁜 해였습니다.

하기야 밖에 나가지 않으려 하셨다고는 해도, 기분이 좋으실 때는 늘 즐기던 연회에 참석하셔서, 솟아나는 샘물처럼 멋진 시를 끊이지 않고 지어내셨고, 또, 4월 말쯤 있었던 일인데, 저희들을 영복사로 데리고 가셔서 절 숲에서 한동안 아이처럼 천진난만하게 서성이시며, 뻐꾸기 우는 소리를 이제나저제나 기다리신 적도 있었습니다. 그때 한참을 기다리셨지만 결국 뻐꾸기 소리를 듣지 못하고 허무하게 돌아가셨는데, 겨우 그 정도가 궐 안에서 있었던 재미난 일이었을까요, 그해에는 달리 즐거운 추억이 별로 없었습니다. 쇼군께서는 그즈음부터 정무를 보시는 모습이 어느덧 늠름, 아니, 준엄하다고 해도 좋을 정도로 훌륭해지셔서, 그런 점에서도 전년도와 같이 느긋한 분위기는 차츰 사라졌고, 저도 어쩐지 불안한 기분이 들었습니다. 5월 중순의 일이었는데, 오가사와라의 목장 관리인과 집행관 미우라 헤이로쿠 병위위 대관 님 사이에 다툼이 있었습니다. 누가 봐도 미우라 님께서는 직책이 아주 높은 분이셨고, 고작 목장지기 하급관리가 하늘 같은 대관께 대든 것이었으니, 하룻강아지가 범 무서운 줄 모르고 멍청한 짓을 했다고 다들 어이없어 했는데, 이 사건을 두고 쇼군께서는 예상 외로 모두를 깜짝 놀라게 할 판결을 내리셨습니다.

미우라의 잘못이다. 목장지기 하나 다스리지 못하는 공직자에게 무슨 위엄과 덕망이 있겠는가. 공직을 그만두게 하라.

여느 때처럼 태연한 태도로 아무렇지도 않은 듯 그렇게 말씀하셨습니다.

그때는 말석에 조아리고 있던 저까지 간담이 서늘해졌습니다. 진정 단호하고
도 대담무쌍한 판결이었으니, 미우라 님과 같은 지체 높은 분도 일체 안중에
두지 않으시고, 말하자면 만물의 도리에 따라 산뜻하게 명을 내리시는 모습은,
매번 그렇다고는 하여도, 그저 눈이 휘둥그레질 정도로 놀랍고 감탄스러울
따름이었습니다. 과연 그 대관이 목장의 하급관리를 상대로 싸움을 한 것은
집행관으로서 제대로 처신하지 못한 것이고, 쇼군의 말씀을 듣고 보면 누가
뭐라 해도 이치에 맞는, 당연한 판결임이 분명해 보이지만, 한편으로 저희
같은 속세의 범인들이 보기에는, 미우라 헤이로쿠 병위위 요시무라 님처럼
높은 분께 그렇게 함부로, 게다가 다소 가혹하다 싶을 정도로 단호하게
처벌을 내리시다니, 나중에 무슨 일이 생기지나 않을까 하는 염려가 들지
않을 수 없었습니다. 아울러 6월 초 와다 좌위문위 님이 샤미 장의 마름을
포박하셔서, 그로 인해 다소 까다로운 사건이 벌어졌습니다. 에치고 국
샤미 장 영주의 대리인이 강도에게 살해되었는데, 그 강도가 도망쳐서 누구
짓인지 판가름이 나지 않기에, 좌위문위 님이 우선 그 샤미 장의 마름을
붙잡아 문초할 것을 명했고, 그 마름의 친척들이 이에 불복하여 이리저리
손을 써서 아마미다이 님께 상소를 올리는 바람에 일이 묘하게 틀어지기
시작했습니다. 그즈음 쇼군께서는 병치레를 하고 나신 뒤라 아직 침상에
누워 계셨는데, 설혹 병상에 누워 계신다 하여도 결코 국정을 태만히 하는
분이 아니셨기에, 그날도 자리에 누워 소슈 님이 각국에서 올라온 상소들을
읽는 것을 듣고 계셨는데, 곧이어 들어온 스루가 궁녀가 슬금슬금 앞으로
나와 일단 예를 올린 후,

"아뢰옵기 황송하오나 죄 없는 자가 붙잡혀 있습니다. 에치고 국 샤미
장에서 온……" 하고 말을 꺼내시니, 소슈 님이 쯧 하고 혀를 차시며,

"뭐? 그 일인가? 그건 벌써 판가름이 났습니다. 쇼군께서도 좌위문위 님이 지당한 조치를 내렸다 하셨습니다. 왜 다 끝난 사건을 가지고."라고 하시며 기분이 상한 듯 눈썹을 찡그리며 입술을 살짝 삐죽거리셨습니다.

"아마미다이 님의 전언도 있고 하여." 하고 스루가 궁녀 님도 지지 않고 떨리는 목소리로 말씀하셨습니다. 이분은 평소에도 성격이 대찬 분이었습니다. "한 번만 더 조사해주시기를 진심으로 간청 드리는 바이옵니다. 이번 와다 좌위문위 님의 처분은 완전히 도리를 벗어난 것으로, 죄 없이 고통 받고 있는 마름은 물론, 그 일가 친족들의 처지를 그냥 보고 있을 수가 없어서 이렇게 고하게 되었습니다. 아마미다이 님께서도 크게 근심하고 계시다 하옵니다."

아마미다이 님, 이라는 말을 들은 소슈 님은 희미하게 미소 지으시더니 문득 생각을 고쳐먹으신 듯 침상에 누워 계신 쇼군의 얼굴을 흘끗 보셨는데,

옳고 그름의 문제가 아니다

쇼군께서는 가볍게 눈을 감은 채 재빨리 말씀하셨습니다.

소슈 님도 놀란 듯 그저 눈을 동그랗게 뜨고 쇼군의 얼굴을 들여다보셨습니다.

와다의 심의가 끝나기도 전에 이리 소란을 피워서야 일의 순서가 어찌 되겠는가. 쓸데없는 청을 넣어서는 아니 될 터.

그 순간 스루가 궁녀는 보기 흉하게 우는 얼굴을 하고서 가슴에 한쪽 손을 얹고, 마치 칼에 찔린 사람처럼 괴로워하며 바닥에 엎드렸습니다. 결코 화난 어조는 아니셨으나 막힘없이 물 흐르는 듯한 그 말투 속에는, 당신의 어머님이신 아마미다이 님도 겁내지 않는 냉엄하고도 고독한 결의가 깃들어 있는 듯하여, 어린 마음에 제 가슴까지 떨려왔습니다. 어린 마음이라고

는 해도, 벌써 그때 제 나이가 열다섯이어서, 그분의 와카 상대는 할 수 있을 정도가 되었는데, 그래도 그분의 점잖은 마음가짐에는 비할 바가 못 되었습니다. 겐랴쿠 원년은 그분이 이제 막 스무 살이 되신 해였는데, 그해 7월 관동 일대에 큰 홍수가 났고, 그때 이미 저 훌륭한,

너무 과한 것은 때에 따라 백성의 탄식을 낳기도 하니, 팔대용왕이여 비를 멈추게 해다오

라는 와카를 지으시고, 명실공히 관동 최고의 자리에 앉으신 분답게 당당한 관록을 드러내 보이셨습니다. 참으로 타고난 분이라고는 하여도, 어느 것 하나 고귀하고 훌륭하게 해내지 못하는 것이 없으셨으니, 저처럼 평범한 사람은 도무지 그 마음을 헤아릴 길이 없습니다.

와카에 관해서는 나중에 또 말씀드리기로 하고, 이제 슬슬 이 젊은 선사님에 대한 이야기로 넘어가겠습니다. 다들 알고 계시겠지만, 돌아가신 우대장님께는 아드님이 두 분 있으셨는데, 형님은 요리이에 공, 즉 훗날 2품선실님이 되신 분이고, 동생 분이 센만 군, 즉 훗날 우대신 님이 되신 분입니다. 그 외에도 다른 형제분들이 있으셨는데 모두 일찍 돌아가시고, 고 우대장님께서 쇼지 원년1199년 5월 13일, 쉰셋을 일기로 타계하신 후, 미나모토가의 적자 가운데 형님이신, 당시 18세의 요리이에 공이 아버님의 유지를 이어 받으셨는데, 이분에 대한 것은 저도 거의 모릅니다. 몸이 허약하고 신경질을 잘 내며 공차기의 달인으로, 세상에 다시없는 미남이셨다는 것 정도를 사람들에게 전해 들었을 뿐인데, 어찌되었건 비범한 수완을 지닌 분임에는 틀림없습니다. 하지만 그즈음은 시대의 추세가 좋지 않았다고나 할까요, 가마쿠라를 포함해 다른 지역에서도 반역자가 속출하여, 만사가 그분 뜻대로 되지는 않았고, 한편 그 신경질적인 성격 때문에 때때로 사려

깊지 못한 행동을 하셨던 듯, 내부의 비난도 있었습니다. 하늘도 그분을 저버리셨는지 병세도 차츰 중해지셔서, 겐닌 3년[1203년] 8월, 끝내 위독한 상태에 빠지셨는데, 2대 쇼군이신 요리이에 공도 스스로 결의를 굳히시고, 장자이신 이치만 님께 쇼군 직을 승계하기로 결정하신 뒤, 그분께서는 총수호직 및 관동 28개국 통치권을 넘겨주시고, 또한 요리이에 공의 동생이신 센만 님께는 관서 38개국의 통치권을 넘겨주셨습니다. 그런데 이것이 분쟁의 씨앗이 되어, 순식간에 이치만 님의 외척인 히키 씨와 센만 님의 외척인 호조 씨 사이에 다툼이 일었고, 히키 씨가 전멸하면서, 이치만 님은 겨우 6세 때 살해당하셨습니다. 병중이시던 좌금오장군 요리이에 공이 이 소식을 전해 듣고 진노하여, 즉각 호조 씨를 토벌할 것을 와다 씨와 닛타 씨 등에 서면으로 명하셨으나, 이를 재빨리 알아챈 호조 씨가 오히려 요리이에 공의 신변을 위협하게 되어, 어머님이신 아마미다이 님[호조 마사코]이 요리이에 공의 신변에 위해가 가지 않도록 그분을 억지로 출가시켜 몸을 숨기게끔 하시고, 또한 둘째 아드님이신 센만 님께 사정하여 쇼군 직을 받들도록 하셨습니다. 요리이에 공은 병세가 다소 호전됨에 따라 이즈 국 수선사로 낙향하셨고, 이러한 대소동도 아마미다이 님의 노력으로 우선은 일단락이 되었다는 이야기를 사람들에게서 전해들은 적이 있습니다. 좌금오선실 님은 수선사에서 우울한 나날을 보내시다가, 결국 이듬해인 겐큐[元久] 원년[1204년] 7월 18일, 23세를 일기로 세상을 뜨셨습니다. 그분이 돌아가신 일과 관련하여, 이 역시 호조 씨의 손에 살해당하셨다는 기분 나쁜 소문이 나돌기도 했다는데, 그것은 제가 겨우 일곱 살인가 여덟 살 때 있었던 일이고, 또 그런 일에 천착하는 것도 마음이 무거워지는 일이라, 뭐, 저로서는 그런 일은 있을 수도 없다고 부정하고 싶습니다. 헌데 그 2대 쇼군 요리이에 공, 즉 훗날 출가하여 2품선실 님이 되신 분께는 이치만, 젠자이, 센주, 세 자제분이 있었는데, 장자이신 이치만 님은 아까 그 히키 씨의 난 때 히키 씨 일족과 함께 호조 씨에게 죽임을 당하셨고, 셋째이신 센주 님도 후에 시나노 국^옛 ^{나가노, 기후 현}의 이즈미 고지로 신페이를 중심으로 한 역모에 휘말려 출가하셔서, 에이지쓰라는 호로 교토에 머무셨지만, 또다시 모반을 일으켰다는 소문이 돌면서 교토의 숙소에서 자결하시고, 둘째이신 젠자이 님은 그러한 고난을 피해 무럭무럭 성장하셨는데, 이 젠자이 님이 겐큐 2년^{1205년} 12월, 6세의 나이에 할머님이신 아마미다이 님의 뜻에 따라 쓰루가오카 하치만구 장관인 손교 님의 제자로 사찰에 드시어, 이듬해 겐에이 원년^{1206년}에, 역시 아마미다이 님의 뜻에 따라 쇼군의 양자가 되셨다고 합니다. 그리하여 이윽고 올 겐랴쿠 원년^{1211년}에 열두 살이 되시어, 당시 장관 승려 조교 님의 절로 들어가 삭발하고 법명을 구교^{公曉}라 하셨습니다. 9월 15일의 일이었는데, 삭발 후 아마미다이 님 손에 이끌려 쇼군께 인사를 드리러 오셨습니다. 저는 그때 처음으로 그 선사 님을 뵙게 되었는데, 한마디로 애교가 무척 많은 분이셨습니다. 어려서부터 갖은 고초를 겪어온 사람들이 흔히 그렇듯, 활달해 보이면서도, 그 미소 어딘가에는 어쩐지 비굴하고 심약한 그림자가 드리워져 있었고, 수줍게 미소를 지으며 옆에 있는 저희들에게까지 일일이 정중하게 절을 하셨습니다. 억지로 밝고 천진난만하게 행동하려 노력하는 모습이 겨우 열두 살 된 아이의 태도에서 언뜻언뜻 비쳤기에, 저는 가여운 마음에 울적한 기분이 들기도 했습니다. 하지만 과연 미나모토 가의 직계 혈통이라는 뛰어난 핏줄은 속일 수가 없는지 신체도 건장하고 늠름하셨는데, 얼굴은 쇼군의 중후한 용모에 비하면 너무도 가녀려 미덥지 못한 느낌도 들었지만, 역시 귀공자다운 우아한 품위가 있었습니다. 응석을 부리듯 아마미다이 님 곁에 바싹 붙어 앉아, 쇼군의 얼굴을 올려다보며 그저 생긋생긋 웃고 계셨습니다.

제 기분 탓인지는 몰라도, 그때 쇼군께서는 약간 불쾌해 보이셨습니다. 한동안 아무 말씀 없이 여느 때처럼 등을 살짝 구부리고 눈을 내리뜬 채 꼼짝도 않고 앉아 계셨는데, 이윽고 우울한 표정으로 고개를 드시더니,

학문은 좋아합니까

하고 약간 의외의 질문을 하셨습니다.

"네." 아마미다이 님이 대신 대답하셨습니다. "요즘은 기특하실 정도입니다."

어려울 수도 있겠지만

하고 다시 고개를 숙이시며, 중얼거리듯 조용히 말씀하셨습니다.

그것만이 살길입니다

아마미다이 님은 가녀린 목을 스윽 빼고 재빨리 주위를 둘러보셨습니다. 어째서 그러신 것인지, 물론 저 같은 사람이야 알 길이 없지만, 아마미다이 님 본인도 모르는 사이에, 그저 문득 주위를 둘러보고 싶다는 기분이 드셨던 것은 아니었을까요. 삭발을 하고 승려가 되신 후로는 학문이나 독경에 전념하셨는데, 그것만이 선사된 자가 가야 할 길임을 마음에 되새기는 것, 이는 너무도 당연한 일이기에, 그때 저희는 쇼군께서 하신 말씀이 전혀 이상하게 여겨지지 않았지만, 훗날 쇼군과 선사 님 사이에 그토록 서글픈 일이 일어난 것을 보면, 그날 쇼군께서 아무렇지도 않은 듯 타이르신 것도, 어쩐지 하늘의 음성인 것만 같은 기분이 듭니다.

같은 해. 10월. 13일, 신묘辛卯, 가모 신사 출신으로 법명을 렌인이라 하는 조메이 뉴도가 마사쓰네 아손의 천거로 얼마 전 가마쿠라로

와서, 몇 번이나 쇼군을 알현했다 한다. 렌인은 오늘 장군의 기일을 기하여 장군을 모신 법화당에서 참배를 하며 독경을 외웠는데, 옛 생각에 눈물을 쏟으며 다음과 같은 와카 한 수를 불당 기둥에 적었다. '초목도 쓰러져 가을날 서리처럼 사라지니 이끼에 산바람만 나부끼누나.'

같은 해. 11월. 20일, 무진戊辰, 쇼군의 『정관정요』[13]에 대한 담화가 오늘 끝났다. 지난 7월 4일부터 시작된 것이었다.

같은 해. 12월. 10일, 무오戊午, 쇼군이 일본과 중국의 무장에 대한 미담을 궁금해하여, 나카아키라 아손이 이를 적어 올렸고, 오늘, 요시노부, 히로모토 등이 어전에서 읽었는데, 이해가 가지 않는 부분은 몇 번이고 묻고 답하면서, 쇼군이 대단히 감명 받았다 한다.

또한 그해 가을, 당시 축국공을 떨어뜨리지 않고 차는 시합의 명수이자 교토 와카소와카 편찬을 담당하던 관청를 맡고 있던 아스카이 마사쓰네 님이, 자신의 가인 동료 가운데 한 분인 저명한 가모노 조메이 뉴도 님을 교토의 초가집에서 데리고 나와 함께 가마쿠라로 향하여, 쇼군의 시 상대로 추천하였는데, 제가 보기에 마사쓰네 님의 이 계획은 별 성공을 거두지 못한 듯했습니다. 뉴도 님의 법명은 렌인이었는데, 그 유명한 렌인 님이 오늘 궐에 드신다기에 저희도 긴장했고, 또 쇼군께서도 그날 아침부터 기다리시는 것 같았습니다. 하기야 가모노 조메이 님이라면 교토에서도 이름 높은 굴지의 가인으로, 황송하게 상황께서도 이만저만 총애를 하시는 것이 아니라 하니, 신분만 보면 중궁

서작 종5위하로 오히려 직위가 낮으나, 나이 47세에 섭정 좌대신 요시쓰네 님, 내대신 쓰우가 님, 종3위 사다이에 님 등과 함께 와카소를 이끄는 인물로 뽑혔을 정도로 파격적인 영예를 누리신 분입니다. 이후 뜻한 바 있어 출가하여 오하라에 은거하시다, 초막을 히노 산 외곽으로 옮기셨습니다. 이번에 가마쿠라로 오셨을 때는 이미 예순에 가까운 나이로, 완전히 속세를 등지고 산다고는 하지만 이름은 숨길수록 더욱 드러난다는 말과 같이, 그 시들이 『신고금와카집』에도 얼마간 실릴 정도였으니, 당대의 풍류인으로서 그 이름이 가마쿠라 촌락에까지 널리 알려져 있었습니다. 그날 조메이 뉴도 님은 참의 마사쓰네 님의 안내로 궐에 들어 쇼군께 인사를 하셨고, 곧이어 연회가 열렸는데, 뉴도 님은 그저 멍하니 앉아 쇼군께서 따라주시는 술잔에 입만 살짝 댄 후, 다시 아래에 내려놓고 또 멍하니 엉뚱한 곳을 둘러보셨습니다. 그토록 저명한 분이니 필시 눈빛도 날카롭고, 인품도 높으며, 태도 또한 당당하실 것이리라고, 저희끼리 단순하게 상상하고 있었는데, 의외로 통통하고 아담한 덩치에 별 볼 일 없어 보이는 촌스러운 시골 할아버지였습니다. 얼굴색은 원숭이처럼 붉고, 코는 낮으며, 머리는 벗겨지고, 이도 많이 빠진 듯했으며, 태도 또한 어딘가 차분하지 못하고 가벼워 보여서, 이런 분이 어떻게 그 존경스런 상황의 사랑을 받은 것인지 저는 도무지 이해할 수가 없었습니다. 그리고 또 쇼군께서도 어딘가 긴장하여 조심스럽게 행동하시면서,

교토 이야기라도 좀

하고 노스승 대하듯 렌인 님께 수줍어하며 말씀하시니, 저희는 한층 더 기이한 기분이 들었습니다. 렌인 님은,

"네?" 하고 되물으며 낮은 목소리로, "글쎄요, 요즘 이야기는 전혀 모릅니다."라고 하며 고개를 기울인 채 멍하니 앉아 계셨습니다. 하지만 쇼군은

뭐든 다 꿰뚫고 계시는 듯이, 혹은 아무것도 모르시는 듯 느긋한 태도로 슬그머니 웃으시며,

세상을 등진 기분이 어떠한지

하고 물으셨습니다. 렌인 님은 또,

"네?" 하고 되묻더니, 고개를 푹 수그리고 입속에서 무어라고 맹렬히 중얼거리다가 돌연 고개를 들며, "황송하오나 말씀 올리겠습니다. 물고기의 마음은 물에 살아보지 않고는 알 수 없는 것입니다. 새의 마음 또한 나무 위의 집에서 살지 않고서는 알 수가 없습니다. 은거하는 마음도 꼭 그와 같아서, 모든 것을 버리고 한 칸짜리 초가에서 날이 새고 질 때까지 기거해보지 않으면 알 수 없는 법입니다. 그처럼 기묘한 진리를 제 입으로 몇 번이고 말한다 한들, 아마 이해하시기는 어렵지 않을까 사료됩니다."라고 술술 말씀하셨습니다. 그러나 쇼군은 조금도 흐트러지지 않으시고 태연하셨습니다.

모든 것을 버린다는 것

하고 미소 띤 얼굴로 고개를 끄덕이시더니,

가능하셨습니까

다소 빠른 말투로 물으셨습니다.

"그것은," 하고 렌인 님도 이번에는 네? 하고 되묻는 일 없이, 즉시 답하셨습니다. "물욕을 없애는 일은 차라리 쉽사오나, 명예를 좇는 마음을 버리는 것은 꽤나 어려웠습니다. 유가론瑜伽論에도 '출세하여 명성을 얻는 것을 비유하자면 피로 피를 씻는 것과 같다'고 나와 있는데, 명예욕이란 돈을 원하는 마음보다도 훨씬 더 추하고 기괴하여, 참으로 떨쳐내기 힘든 것이었습니다. 방금 전 그 현명하신 물음에 대해 제가 평소 느꼈던 감회를 솔직하게 말씀드리

자면, 제가 세상을 등졌다고는 하여도 그 명예욕을 아직 완전히 버리지는 못하였습니다. 겉모습은 성인聖人을 닮았다 할지라도 마음은 불만으로 어지럽고 소란하니, 거처가 산중이라고는 하여도 사람이 그립지 아니한 밤이 없고, 이는 전생에 빈천한 업보 탓인가, 그것도 아니면 어지러운 마음에 정신이 나간 탓인가, 아무리 자문해 보아도 답이 나오지 않습니다. 염불만이 저를 구원할 것입니다." 그러면서도 표정은 조금도 동요하는 기색 없이 물 흐르듯 말을 끝맺고는 다시 멍하니 앉아 계셨습니다.

은둔의 동기는

하고 가볍게 물으시는 쇼군의 태도 역시, 몹시 느긋하셨습니다.

"제 혈족과의 싸움 탓입니다."

하고 말씀하신 그때, 렌인 님의 주름 가득한 붉은 얼굴에 언뜻 기묘한 미소가 떠오른 것을 본 듯한데, 어쩌면 그건 제 기분 탓인지도 모르겠습니다.

어떤 와카가 좋겠는가

쇼군은 변함없이 침착한 어조로 다른 것을 물으셨습니다.

"지금은 그저, 호들갑스럽지 않은 것이 좋지 않을까 합니다. 와카란 사람의 귀를 즐겁게 하고, 솔직하게 사람의 공감을 이끌어낼 수 있으면 그것으로 충분하니, 크게 거창한 의미를 둘 만한 것이 아니라는 생각도 듭니다." 렌인 님은 다른 쪽을 보며 그렇게 혼잣말처럼 중얼거리시더니, 뭔가 생각난 듯 음 하고 고개를 끄덕이시며, "얼마 전 참의 마사쓰네 님을 통해 쇼군께서 쓰신 시 수십 수를 읽어보았는데, 이것이야말로 제가 늘 찾아 헤매던 와카의 모습이로구나, 하고 마치 날이 밝아오듯 환해지는 느낌이 들었고, 마사쓰네 님께서 부탁하신 것도 있고 해서, 노령인 제 나이도 잊고 들뜬 마음으로 히노 산 초막을 나와, 아득히 먼 동쪽으로 달려와 이렇게 쇼군을 찾아뵙게 되었다, 라는 말에 거짓은 없사오나, 한편으로는 이처럼 뛰어난 가인 주변에, 아뢰옵기 황공하오나 직언을 고할 만한 와카 동료가 단 한 사람도 없음이 염려되어, 이래서는 진주도 빛을 잃겠다 싶은 노파심에 애가 타 가만히 있을 수가 없어서, 이렇듯 꼴사나운 제 몰골도 돌아볼 겨를 없이 찾아뵙게 되었습니다." 하고 의외의 이야기를 꺼내셨습니다.

미숙한 시도 많을 것이다

"그렇지 않습니다. 형태는 담백하고, 음률은 아름다운 천상의 소리와 같으니, 참으로 정신이 번쩍 들게 하는 시들로 가득하였습니다. 그러나 용서하십시오, 속세를 등진 은거자의 무뢰한 말이옵니다만, 거짓된 시는 짓지 마시기를 간청 드리옵니다."

거짓이란 무엇을 말하는 것인가.

"흉내를 내는 것입니다. 예를 들어 사랑의 노래 같은 것입니다. 아뢰옵기 황송하오나, 쇼군께서는 아직 진정한 사랑을 모르고 계십니다. 교토의 흉내를 내지 마시기 바랍니다. 목숨을 걸고 드리는 말씀입니다. 세상 누구보다 뛰어난 가인이시기에, 애석하고 안타까운 마음 가눌 길 없어 이렇게 말씀 올립니다. 기러기에 깃든 사랑, 구름에 깃든 사랑, 혹은 옷에 깃든 사랑까지, 이런 주제들은 지금 교토에서는 농담에 지나지 않는 것들인데, 그런 겉멋을 그저 흉내만 내어 그럴싸하게 지으시는 것은, 대단히 촌스러운 아즈마[14]의, 아니, 그냥 한 귀로 듣고 한 귀로 흘려주십시오. 관동에는 관동의 정서가 있을 것입니다. 똑바로 그것만 보고 나아가십시오. '처음 상투를 묶을 때 끈은 짙은 자줏빛, 그 빛이 옅어진다 해도 널 향한 마음 변함없으리'와 같은

• •
14_ 아즈마東는 지금의 관동, 동북 지역 일대를 아우르는 옛말.

시를 읽었을 때는, 이것이 과연 그 천재 쇼군이 지은 것인가 하는 의구심이 들 정도였습니다. 주변에 동료들이 안 계시니까, 아닙니다, 많다고는 하여도 저처럼……."라고 하는데, 도중에 쇼군께서 웃으며 일어서시더니,

이제 되었다. 그 깊은 욕망도 버리면 좋으련만.

라고 하시고는 처소로 들어가셨습니다. 저도 그 뒤를 따라 들어갔는데, 처소 안 사람들이 입을 모아 렌인 님의 무례한 태도를 비난했습니다. 하지만 쇼군께서는 온화하게,

속세를 등진 사람이 아니로다.

라고 하셨을 뿐 그 외의 다른 것은 전혀 마음에 두지 않는 듯했습니다. 이튿날, 참의 마사쓰네 님이 다소 송구스러운 표정으로 궐에 납시었는데, 그때도 쇼군께서는 기분 좋게 대면하시면서, 정답게 이런저런 이야기를 나누시던 끝에, 조메이 뉴도 님에게 아직 물어볼 것이 남았으니 언제든지 어려워말고 궐에 들도록 전하라는 말씀까지 하시는 것 같았습니다. 하지만 조메이 뉴도 님 본인이 뭔가 마음에 걸리셨는지, 그 후 두세 번 궐을 찾으셨지만 그때마다 쇼군께 인사만 올리고 서둘러 나가셨고, 쇼군 또한 그분을 억지로 잡아두려 하지는 않으셨습니다.

신앙이 없는 사람 같도다

그런 말씀을 중얼거리신 적도 있었습니다. 어쨌든 저희 눈에는 아직 강한 야심을 지닌 분처럼 보였고, 그저 쇼군의 시 상대라는 목적 하나로 가마쿠라에 오셨다고 보기에는 무리가 있는 부분도 없지는 않았으나, 그처럼 대단하신 분의 심중을 저희가 어찌 알 수 있겠습니까. 그분은 10월 13일, 그러니까 우대장 님의 기일에 법화당에 들르시어, 독경을 외고, 주룩주룩 눈물을 흘리며 불당 기둥에, '초목도 쓰러져 가을날 서리처럼 사라지니 이끼에

산바람만 나부끼누나'라는 와카를 적으신 뒤, 얼마 안 있어 관동을 떠나 집으로 돌아가셨다는 것 같은데, 일부러 고 우대장 님의 불당에서 눈물까지 흘리며 그런 와카를 적으신 것이, 어쩐지 지금의 쇼군께 천박하게 넌지시 건네는 말 같아서, 저희는 그다지 유쾌하지 않았습니다. 그 심보 고약한 늙은이가 보기에는 현 쇼군이 너무 어리고 순진하여, 그것이 불만이었던 것일까요? 어쩐지 몹시 제멋대로에 참으로 이해하기 힘든 분이었는데, 그러고 나서 두세 달가량 지났을까, 『호조키』[15] 어쩌고 하는 천하의 명문^{名文}을 완성하셨다는 소문이 멀리 가마쿠라에까지 전해졌습니다. 정말이지 방심할 수 없는 은둔자입니다. 그토록 약삭빠르고 비열한 자의 어디에 그런 힘이 숨겨져 있었던 것일까요 제 생각에는, 그때 두 분 사이에 저희들은 범접하지 못할 어떤 고귀한 불꽃같은 것이 일어서, 그것이 『호조키』라는 것을 쓰게 된 단초가 된 것이 아닐까, 어쩌면 그 대단하다는 노인도 천의무봉^{天衣無縫} 쇼군께 급소를 찔리고 약점을 간파당해, 말하자면 제대로 한번 분발하여, 새롭게 붓을 잡고 그러한 명문을 쓰기 시작한 것은 아닐까, 라고 하는 건 너무 졸렬하게 자기편을 역성드는 것이라 비웃으실지 모르겠지만, 아무래도 저는 그런 생각이 들어마지 않았습니다. 어쨌든 그 조메이 뉴도 님도 예순에 가까운 고령의 나이에 교토의 초막을 나와 굳이 관동의 가마쿠라까지 넘어온 것은, 뭔가 상당한 결의를 품지 않고서는 하기 힘들었을 것이며, '내가 등진 그 덧없는 세상에, 그래도 딱 한 명, 만나고 싶은 사람이 있다, 그분이 이제 내 마지막 동아줄이다'라는 기분으로 쇼군을 만나러 왔을 것임은, 저 같은 사람도 미루어 짐작할 수 있는 일입니다만, 그러나 가마쿠라에

15_ 方丈記. 가모노 조메이^{鴨長明}(1155~1216)의 가마쿠라시대 수필. 히노 산에 은거하며 세상을 관찰한 기록으로 『도연초』, 『베개 이야기』와 함께 중세시대 3대 수필집이다.

오래 머무르시지도 않고, 고 우대장 님의 불당에서 그저 눈물이나 쏟으시고는, 서둘러 돌아가 곧장 『호조키』라는 희대의 명작을 완성하시고, 그로부터 사 년째 되던 해에 돌아가셨다, 라고 하는 경위에는, 그와 같은 길을 걷는 명인이나 달인쯤은 되어야 납득할 수 있는 어떤 사정이 있을 테지요. 풍류라고는 모르는 저희 같은 숙맥들은, 뭐 이 정도에서 관심을 끄는 편이 나을지도 모르겠습니다.

저도 모르게 그만 가모노 조메이 뉴도 님의 이야기만 주절주절 늘어놓았는데, 멍청히 앉아 있던 그 작달막하고 궁상맞아 보이던 노인에 관한 일은 기묘하게도 저희에게 오랫동안 기억에 남아서, 제게는 평생 잊을 수 없는 사람 가운데 한 분이셨습니다. 게다가 그것은 저뿐만 아니라 안타깝지만 쇼군께서도 그러셨던 듯한데, 어쩌면 제 아둔한 착각인지도 모르겠으나, 그 노인을 만난 이후 쇼군께서는, 어딘가 조금, 아주 조금, 바뀌신 것 같았습니다. 명인名人이라고 할까요, 기인奇人이라고 할까요, 그런 이에게서 풍겨나는 깊은 악업惡業의 체취는, 참으로 강렬하고 무시무시한 힘을 지닌 듯합니다. 쇼군께서는 그즈음부터 사랑의 시를 거의 짓지 않게 되셨습니다. 또, 다른 시들도, 전처럼 가슴속에서 끓어오르는 것을 아무렇지도 않다는 듯 술술 적어 내려가는 일도 드물어지셨고, 가끔은 종이에 도입부만 적어놓고 고민하시다가, 붓을 내려놓고 그 종이를 찢어버리기까지 하셨습니다. 찢어버리는 일 같은 건 그때까지 단 한 번도 없었기에, 옆에 있던 저희들은 그때마다 가슴이 철렁 내려앉으면서 손에 땀이 나곤 했습니다. 하지만 쇼군께서는 종이를 찢으면서도 크게 험악한 표정은 짓지 않으셨고, 언제나 그렇듯 하얗게 빛나는 이를 살짝 드러내며 아름답게 웃으시면서,

요즘 들어 와카를 알 것 같습니다

라고 하시고는 다시 멍하니 근심에 잠기셨습니다. 이즈음부터 학문에도 열중하신 듯, 판관 뉴도 님, 대관령 님, 부슈 님, 수리량 님, 그 밖의 신하들을 불러 모아, 다양한 와카 고서적을 함께 읽으며 열심히 토론을 하셨고, 더욱 깊고 풍부한 학식으로 인해 인격에 강인함이 더해지셔서, 마침내 고 우대장 님 못지않게 훌륭한 성품을 지닌 대 쇼군이라는 칭송을 들으셨으니, 제게는 그런 모습이 더없이 믿음직스럽게 보였습니다.

겐랴쿠 2년[1212년] 임신[壬申]. 2월. 3일, 경진[庚辰], 맑음, 진시[오전 7시-9시], 쇼군과 아마미다이도코로가 니쇼[16]로 출발했다. 소슈, 부슈, 수리량 이하 신하들이 그 뒤를 따랐다 한다. 8일, 을유[乙酉], 쇼군 이하 신하들이 니쇼에서 돌아왔다. 19일, 병신[丙申], 쇼군이 교토의 수비를 태만히 하는 무사들이 있는지 물으니, 오늘 이에 대한 심의가 있었다. 쇼군은 앞으로 이유 없이 한 달간 업무를 소홀히 할 경우, 보초를 석 달 더 연장할 것이라 명하고, 요시모리와 요시무라, 모리토키가 이를 집행했다. 28일, 을미[乙未], 사가미 국 사가미 강의 다리가 상당 부분 손상되어 수리가 필요하다고 요시무라가 고하여, 소슈, 히로모토 아손, 요시노부 등이 의견을 모았다. 지난 겐큐[建久] 9년[1198년], 이 다리 신축이 끝나고 시게나리 법사가 공양을 올리던 날, 고 우대장 님께서 불공을 드리러 나갔다가 돌아오시는 길에 낙마하여 머지않아 승하하셨고, 시게나리 법사 또한 재난을 만났다. 어느 것 하나 길한 일이 없었으니, 이제 와서 억지로 재건하지 않아도

<hr/>

16_ 二所. 하코네 신사와 이즈 산 신사를 아우르는 말.

별 탈은 없을 것이라고, 일동이 의견을 모아 쇼군 앞에 나아가 고하자, 쇼군은, 우대장께서 돌아가신 것은 무가가 권세를 잡고 나서 이십 년간 충분히 관위를 누리신 후의 일이고, 시게나리 법사는 자신의 잘못으로 천벌을 받은 것이니, 다리를 건립한 것과는 관련이 없다, 앞으로는 누구도 불길하다는 말을 입에 담아서는 안 될 것이다, 이 다리는 니쇼 순례 시 필요한 주요 도로로 백성들의 왕래가 잦으니, 무너지기 전에 서둘러 수리토록 하라, 라고 명했다 한다.

같은 해. 윤5월. 7일, 신유辛酉, 소슈의 아들 지로 도모토키가 여자 문제로 쇼군을 진노케 하여, 아버지와 의절하고 스루가 국 후지 군으로 유배되었다. 여자는 지난해 교토에서 내려온 사도 태수 지카야스의 딸로 미다이도코로의 궁녀였다. 호색한이던 도모토키는 그녀에게 연애편지를 보냈으나 받아들여지지 않자, 어젯밤이 깊은 틈을 타 그녀의 방으로 몰래 숨어들어 유혹하였던 것으로 알려졌다.

이듬해 겐랴쿠 2년 2월, 저는 처음으로 쇼군의 니쇼 순례에 동행했습니다. 조겐 원년 정월 이후 오 년 만으로, 그때는 쇼군의 나이가 열여섯이셨고 저도 아직 궐에서 시중을 들기 전이어서, 정말 난생처음으로 쇼군과 함께 순례를 했습니다. 쇼군께서는 그해부터 거의 매년 빠지지 않고 니쇼 순례를 하셨고, 겐포 2년1214년에는 정월과 9월에 두 번이나 니쇼를 찾으실 정도였는데, 신을 경배하는 마음이 고 우대장 님을 뛰어넘는 듯 보였습니다. 고 우대장 님께서도 상당히 신심이 깊으셔서 경신숭불을 정치의 최우선에 두셨고, 거병하신 지 얼마 지나지 않은 주에이 원년1182년에는 주요 군신들에게 종용하시어, 각기 말과 금을 이세신궁17에 봉납하도록 하셨으며, 그 후 미다이도코로 님과 함께 친히 이세별궁에 해당하는 가마쿠라 아마나와 신사를 찾아 참배를 하셨다고 합니다. 게다가 어린 시절부터 관음경과 법화경을 하루 일과처럼 독송하셨던 분이었다는 등 그분의 신심이 얼마나 깊은지에 대해 여기저기서 들은 바가 많은데, 현 쇼군께서도 직위에 오른 이래 이세신궁을 시작으로 쓰루가오카, 니쇼, 미시마, 닛코 등 그 밖의 무수히 많은 신사에 말을 봉헌하시고 기도를 게을리하지 않으셨으며, 이세의 적류라 할 수 있는 교토 황실 분들에 대한 충심 또한 바위처럼 굳건해 보이셨습니다. 이 점에 대해서는 나중에 다시 말씀드리겠지만, 그해 2월 니쇼 순례에서 돌아오신 지 얼마 지나지 않아, 교토를 수호하는 각 지방 무사들이 요즘 들어 임무를 소홀히 하고 있다는 것을 전해 들으시고, 당치도 않은 일이라며 크게 진노하시면서, 앞으로 한 달간 일을 쉰 자에게는 추가로 석 달간 근무를 명하라고 각국의 수호 무사들에게 엄격하게 분부하신 일도 있었습니다. 어느덧 쇼군의 나이도 스물하나, 차츰 장엄하다고 할 정도로 깊이 있고 존귀한 기운이 그 언동에 드러나게 되셨는데, 그달 28일에도 참으로 훌륭한 판결을 내리셨습니다. 니쇼 순례 길에 사가미 강 교각이 여기저기 파손되어, 저희가 건널 때도 대단히 위험하다는 생각이 들었는데, 그때 쇼군께서 옆에 있던 자에게, 많은 사람들이 불편을 겪고 있으니 어서 수리하도록 하라고 분부하셨습니다. 오늘 미우라 병위위 님이 그 분부에 관한 안건을 꺼내셨고, 소슈 님, 전 대선대부 님, 요시노부 님 등이 모여 협의를 하셨으나 좀처럼 의견이 모아지지 않다가, 몇 시간 후 그 교각의 수리는 잠시 보류하는 것이 좋겠다는 쪽으로 결론이 났습니다. 그 이유가 아무래도 다소 성숙하지 못한 내용이었는데,

17_ 伊勢神宮. 전국의 신사를 총괄하는 신사 본청이 있는 중앙 신사.

그 교각에 불길한 기운이 깃들어 있다는 것이었습니다. 원래 이 다리는 이나게 사부로 시게나리 뉴도 님이 신축하신 것이라고 하는데, 그 다리가 완성되었을 때 돌아가신 우대장 님께서 공양을 드리러 가느라 다리를 건너셨고, 바로 그 겐큐^{建久} 9년 12월, 공양을 마치고 돌아가시는 길에 낙마하신 것이 원인이 되어 병상에 누우셨다가, 이듬해 쇼지 원년^{1199년} 정월, 쉰셋을 일기로 숨을 거두셨다는 것은 누구나 알고 있는 이야기입니다. 그런 사연이 있는 데다가, 다리를 지은 장본인인 시게나리 뉴도 님도 뒤이어 마키^{호조 도키마사의 측실} 님 등이 벌인 반역 음모에 휘말려 역시 명예롭지 않은 죽음을 맞았으니, 이리 보나 저리 보나 불길하기 그지없다, 그 교각에 원한을 품은 혼령이 깃들어 있는 것이 틀림없다, 라는 것이 주된 이유였습니다. 모두의 의견이 수리를 보류하자는 쪽으로 모아져서 그 내용을 쇼군 앞에 피력했는데, 쇼군께서 그때만큼은 여느 때처럼 상냥한 미소도 짓지 않으시고, 옷깃을 다잡으며 그 자리에 모인 사람들에게 엄숙한 표정으로, 그것은 옳지 않다, 전 쇼군이 훙거하신 것은 무가가 권력을 잡은 지 이십 년이 지난 후로 충분히 관위를 누리신 뒤의 일이니, 말하자면 천수를 누리셨다 할 수 있는데, 이를 두고 교각에서 일어난 기이한 재앙 때문에 비참한 최후를 맞으셨다 할 수 있겠는가, 설마하니 그런 일은 없을 것이다, 시게나리 법사 또한 그토록 아둔한 죄를 지어 죽음을 맞는 것은 당연한 일이자 천벌이니, 그 어느 것도 다리 건립과 연관된 재앙이 아니다, 향후 불길하다느니 하는 경박한 말은 일절 입에 담지 말도록 하라, 그 교각을 보수하면 오가는 여행자들에게 크게 도움이 될 터, 무슨 일이든 널리 백성을 위한다는 다짐을 잊지 말고, 하루 빨리 교각을 보수하도록 하라, 라고 하시며 전에 없이 다소 격렬하고 엄중한 어조로 분명하게 명을 내리셨습니다. 중신들은 얼굴이

하얘져서 슬금슬금 물러났는데, 소슈 님만은 물러나실 때 빙긋이 웃으며 멋쩍어 하셨습니다. 하지만 결코 쇼군을 멸시하는 무례한 마음에서 그러신 것이 아니라, 한 방 먹었구나 하고 스스로 부끄러워하신 것 같아, 저도 덩달아 미소를 지었습니다. 심보가 고약한 분이라는 소문이 나돌곤 했던 소슈 님께도, 한편으로는 이렇게 밝고 서글서글한 면이 있었습니다. 원래 소슈 님은 쇼군이 아이였을 때부터 어쩐지 그분의 역성을 들어주셨는데, 속된 말로 까닭 없이 마음을 주셨다고 할까요, 늘 센만 님만 한 분이 없다며 쇼군께 열을 올리시면서, 센만 님께 쇼군 직을 잇게 하고 싶다는 마음 하나로, 아버님이신 도키마사 공과 힘을 합쳐 정적인 히키 씨와 싸워 그들을 무너뜨리고, 그 덕분인지 겐닌 3년에 센만 님이 무난히 막부의 최고통치권자인 쇼군의 선지를 명 받으셨습니다. 사네토모라는 이름도 이 시기에 조정에서 받으신 것이라는데, 그러고 나서 곧 아버님이신 도키마사 공이 마키 님의 부추김에 넘어가, 이 어린 쇼군을 시해하고자 꾀했을 때에는 소슈 님께서 재빨리 그 반역을 감지하시고, 이번에는 친부모님과 맞서 싸우며 쇼군을 자기 집으로 모시고, 가신들과 함께 엄중히 호위하여, 양어머니인 마키 님께 자해할 것을 종용하시고, 친아버지인 도키마사 공에게는 출가할 것을 권하여, 어린 쇼군을 간신히 재앙으로부터 구해내는 등 큰 공을 세우셨다고 합니다. 그 후로도 소슈 님은 음지에서건 양지에서건 현 쇼군을 길러 내는 일에만 마음을 쓰셨고, 그 후로는 몸소 집권이 되셔서 쇼군의 가장 큰 후견인이 되셨습니다. 그즈음 고 우대장 님을 능가하는 능력을 보이시는 쇼군께 봉사하는 기쁨을 느끼며, 아침저녁으로 쉬지 않고 업무를 보시는 듯했는데, 어쩐 일인지 시간이 흐르면서 그런 소슈 님이 조금씩 변하시는 것 같았습니다. 첫째는, 현 쇼군께서 지니신 비할 바 없는 천상의 품격이, 그 대단하다는 소슈 님도 상대하기 버거울 지경이 되었기 때문이 아닌가 싶은데, 뭐, 제 생각이야 미천하고 아둔한 것이나, 어쩐지 이것이 훗날 갖가지 불행의 씨앗 가운데 하나가 된 것이 아닌가 하는 생각이 듭니다. 겐랴쿠 2년 즈음부터 쇼군께서 한층 더 깊이 있고 엄숙한 품격을 드러내게 되셨고, 사가미 강 교각 사건으로 죽 늘어앉은 중신들을 아연실색하게 만드셨으며, 정무에 관한 일뿐만 아니라 와카 방면으로도 그즈음부터 실력이 일취월장하시어, 신의 경지에 이른 시를 연이어 지어내셨습니다. 그해 3월 9일, 쇼군께서는 아마미다이 님과 미다이도코로 님, 그리고 소슈 님과 부슈 님, 전 대선대부 히로모토 님, 쓰루가오카 장관 님에 저희까지 데리고 미우라 미사키로 나들이를 가시어, 뱃놀이를 하며 매우 흥겨운 시간을 보내셨는데, 그때 쇼군께서 읊은 시는 인간이 지은 것이라 할 수 없을 정도로 훌륭하여, 상냥한 마음씨를 지니신 미다이도코로 님 같은 분은 두세 번 읊조리시다가 볼 위로 눈물까지 또르륵 흘리셨습니다.

거친 파도가 들이치는 것을 보며 시를 읊으니

넓은 바다도 해변으로 돌아오면

갈라지고 부서지고 찢기며 흩어지는 것인가

더 이상의 설명은 필요치 않을 것입니다.

미다이도코로 님에 대한 말씀이라도 올릴까요. 전에도 잠깐 말씀드린 적이 있는데, 미다이도코로 님은 황실과 인척 관계에 있는 교토의 명문가, 보몬 노부키요 님의 따님으로, 겐큐元久 원년1204년, 열셋의 나이에 쇼군께 시집을 오셨습니다. 사람들이 하는 이야기를 들었는데, 그해 10월 14일, 관동에서 으뜸가는 명문가에서 특별히 품행과 용모가 단정하고 혈기 왕성한 젊은 무사 스무 명을 선발하여 신부를 맞으러 교토로 향했고, 그 무사 가운데 수석 무사 호조 마사노리 님이 교토에 다다르자마자 병으로 돌아가셨으며, 또 하타케야마 로쿠로 시게야스 님은 교토 숙소의 주인인 히라가 우위문 도모마사 님과 사소한 일로 큰 싸움을 벌여, 그 일로 하타케야마 일족이 멸망하는 원인이 되는 등 소동도 있었으나, 뭐 어찌되었건 큰 문제없이 12월 10일, 신부의 관동 하향 행렬을 경호하게 되었습니다. 그때 행렬이 얼마나 아름다웠는지는 지금도 사람들 입에 오르내릴 정도입니다. 교토를 출발한 12월 10일은 구름 한 점 없이 맑았고, 황송하게도 상황 님이 법승사의 서쪽 골목에 높다랗게 관람석을 만들고, 그곳에 오르셔서 행렬을 배웅하셨다지요. 우선 선두에는 관동에서 선발된 명문가의 젊은 무사 아홉 명이 섰는데, 눈이 부실 정도로 호화로운 의상을 입은 그들 모두 누구랄 것 없이 모두 매우 아름답고 훌륭했으며, 다음으로 기마병 두 명, 다음으로 무수리 두 명, 다음으로 갓을 쓴 궁녀 여섯 명, 그리고 신부의 가마, 다음으로 씨름꾼 열여섯 명, 다음으로 나카구니 님, 히데야스 님도 무사 차림을 하셨고, 이어서 소장 다다키요 님의 사병 열 명, 그 다음 관동에서 으뜸가는 젊은 미남 열 명, 그리고 궁녀들의 가마가 여섯 채, 의복과 집물은 금은보화와 비단으로 가득하여, 이 모든 것이 태양빛을 받아 찬연히 반짝였으며, 그 앞에 절을 하는 사람 모두 꿈을 꾸는 듯 넋을 잃고 우러러 보았다고 합니다. 하지만 신부의 가마에서 희미하게 훌쩍이는 소리가 새어나오는 것을 분명히 들었다고 주장하는 사람도 있었다는데, 설마하니 그런 일은 없었겠지만, 그러나 겨우 열셋의 나이에 알지도 못하는 머나먼 동쪽 나라로 떠나는 것이니, 그 마음이 오죽 불안하고 두려우셨겠습니까. 쇼군께서도 이를 모르실 리가 없었을 터, 이래저래 따뜻하게 위로를 해주셨겠지요. 제가 곁에 들었을 때는 미다이도코로 님의 나이도 벌써 열일곱이어서, 관동의 물정과 언어에 완전히 익숙해지신 듯 교토를 그리워하시는 기색은 조금도 없었습니다. 쇼군께서 살아계신 동안은 단 한 차례도 교토에 가시는 일 없이 뼛속 깊이 가마쿠라 사람이 되셔서, 우대신 님이 그렇게 임종을 맞게 되신 그 이튿날, 장엄방 율사 교유 님께 계를 받아 가신들 중 누구보다 먼저 삭발을 하셨습니다. 바람만 불어도 쓰러지실 듯 가녀린 분이기는 하셨지만, 역시 천성이 고귀한 분은 뭐가 달라도 달라서, 평상시에도 정이대장군 미나모토노 사네토모 공의 미다이도코로 님답게 위엄 있고 당당하며 자부심과 결의에 찬 모습을 보여주셨습니다. 이렇듯 따뜻한 성품을 지닌 미다이도코로 님이셨으니, 그토록 성품이 드센 아마미다이 님도 각별히 미다이도코로 님을 아끼셔서, 어디를 가시든 함께 데려가셨고, 친모녀지간 이상으로 서로 마음을 터놓고 지내시며 마지막까지 사이가 좋으셨다고 합니다. 쇼군 또한 그에 못지않게 미다이도코로 님을 소중히 여기셨는데, 조겐 4년 6월에 있었던 일입니다만, 미다이도코로 님을 모시던 궁녀 단고 님이 교토에 갔다가 가마쿠라로 돌아오는 길에 스루가 국 우쓰노 산에서 도적을 만나, 갖고 있던 보물은 물론 미다이도코로 님의 친정아버님인 보몬 님께서 미다이도코로 님께 전해달라고 하신 의복과 선물 등을 모조리 빼앗기는 사건이 일어났습니다. 이를 들으신 쇼군께서 미다이도코로 님을 가엽게 여기셨는지, 곧바로 스루가 서쪽 모든 역에 야번을 세우도록 하여 앞으로도 여행자들을 엄중히 경호하라고 막부의 수호 무사들에게 명하시며, 선물로 받으신 의복 등을 수배하여 반드시 찾아내라고 분부하셨습니다. 쇼군의 이 같은 사랑에 미다이도코로 님께서도 필시 뒤에서 눈물을 훔치셨을 줄로 압니다. 두 분이 나란히 신사나 절에 참배를 드리러 가시는 일도 종종 있었고, 또 꽃놀이나 달맞이, 혹은 뱃놀이 등을 하실 때도 항상 미다이도코로 님을 초대하셨습니다. 특히 와카회나 그림

대기 대회[18] 때면 미다이도코로 님은 없어서는 안 될 분이었고, 쇼군께 교토 풍 정취를 알려드리는 상냥한 선생님 역할까지 하셨습니다. 이렇듯 두 분의 정겨운 사이는 늘 변함없이 원만했는데, 다만 한 가지 안타까운 점이 있다면 끝내 자녀가 생기지 않았다는 것이었습니다. 두 분처럼 세상에 둘도 없이 마음이 잘 맞는 부부에게는 종종 하늘의 배려로 아이가 생기지 않기도 하는 법이라, 저희는 조금도 이상하게 생각하지 않았지만, 그래도 남의 약점 캐기를 좋아하는 치들은 천박하고 무례한 추측을 입에 올렸습니다. 저렇게 추잡한 말을 하는데도 용케 입이 썩지 않는구나 싶어서, 저희들은 오히려 그것을 더 이상하게 생각했을 정도입니다. 이 점만큼은 저도 분명히 말씀드릴 수 있는데, 쇼군께서 술을 드시고 꽃이나 달을 보며 기분 좋게 거니신 적은 있어도, 궁녀들을 건드리신 적은 전 생애에 걸쳐 단 한 번도 없었습니다. 사랑의 시만큼은 그다지 잘 짓지 못한다고, 가모노 조메이 뉴도 님도 말씀하셨는데, '남몰래 만나던 사람이 있었다'라는 글귀를 시 끝에 적어놓으신 적은 있지만, 그것은 그야말로 상상에 불과했으니, 조메이 뉴도 님의 표현에 따르면, 그것은 거짓입니다. 돌이켜보면 조메이 님의 통찰력은 실로 무시무시한 것이어서, 쇼군께서는 사랑을 모르신다고 주저 없이 단언하신 것도, 와카는 마음의 거울이라, 그 시를 읽는 것만으로도 쇼군의 너무나도 담백한 성정을 바닥까지 꿰뚫어보신 건지도 모릅니다. 오랜 기간 곁에 두셨던 궁녀도 두세 명 있기는 했지만, 항간에 떠도는 그런 천박한 소문과 같은 일은 한 번도 없었습니다. 그분 자신이 그토록 청렴하셨기 에, 궐 안 사람들이 술을 마시고 취해서 실수를 하는 것은 웃으며 용서해주셨지

––
18_ 참가자들이 좌우로 갈라서서, 각기 준비해온 그림을 내놓으며 우열을 겨루는 놀이.

만, 성적으로 추태를 부리는 짓에 대해서는 항상 엄벌로 대응하셨습니다.

겐랴쿠 2년 5월에도 집권 소슈 님의 둘째아들 도모토키 님, 이분은 살결이 희고 보기 좋게 살집이 오른 미남이셨는데, 형님이신 수리량 야스토키 님의 총명함을 닮지 못하고, 뭐든 제대로 할 줄 아는 것이 없는 분이셨습니다. 아무튼 이분은 늘 여자 뒤꽁무니를 쫓으시는 것 같았는데, 저도 자세한 것은 잘 모르지만, 교토에서 갓 내려온 미다이도코로 님의 궁녀들 가운데 가문이나 배경 모두 좋고 미모도 뛰어난 아이들에게 마음을 주셨다나요, 그런 기질이야 무뚝뚝한 저희로서는 알 수 없지만, 어쨌거나 연애편지 같은 것을 쓴답시고 이리저리 궁리를 하신 모양이니, 참으로 어이가 없어서 말을 꺼내기도 민망합니다. 연애편지도 솜씨가 형편없었는지 전혀 효과가 없어서, 될 대로 되라는 심정으로 품위고 뭐고 다 내던지고, 깊은 밤 그 궁녀의 방으로 숨어들어 힘으로 끌어냈다나 뭐라나, 그 또한 행동이 어설펐는지 큰 소동이 일어서 단박에 근위병들에게 붙잡히고 말았습니다. 참 운도 없는 분입니다. 그렇다고는 해도 한창 권세를 떨치던 소슈 님의 둘째 아드님이시고, 또 그 죄도 궐의 웃음거리쯤 될까, 저희들 생각에는 그리 심각한 대역죄도 아니어서, 이튿날 곧 용서를 받게 될 거라는 소문이 나돌았는데, 다음날 쇼군께서 그 이야기를 들으시고는 즉시 가마쿠라에서 추방하라는 명을 내리셨습니다.

받들어 모시는 일하는 자들이 얼마나 긴장하며 사는지 헤아리지 못하는가. 부모와 형제자매와도 떨어져 이곳에서 봉사하고 있다.

하고 고개를 옆으로 돌려 중정에 자란 무성한 푸른 잎들에 눈길을 주시며 조용히 말씀하셨습니다. 부모형제자매와 헤어져 혼자 궐에서 봉공을 드리는 자들이 아침저녁으로 긴장하며 사는 마음도 헤아리지 못하고, 자기 색욕만

채우려 드는 인간이라고 거세게 질책하셔서, 그 깊은 배려에 저희도 쇼군의 결정을 납득하였습니다. 소슈 님은 그 자리에 머리를 조아리고 계셨는데, 역시나 현명한 인물답게 지금은 이 올바른 도리를 거역할 길이 없다고 판단하셨는지, 곧바로 지로 도모토키와 의절하겠다고 쇼군께 말씀을 올렸고, 도모토키 님은 생각지도 못한 중벌에 놀라 울면서 스루가 국 후지 군 외딴 시골로 추방되셨습니다. 색욕을 삼가도록 함은 물론이거니와 쇼군께서 궐을 위해 애쓰는 궁녀나 동자들을 얼마나 어여삐 여기셨는지는, 우스개이야기와 도 같은 이런 작은 예만 보더라도 명백히 알 수 있습니다. 몇 번을 생각해봐도 앞서 말한 그 무례하기 짝이 없는 천박한 소문들은, 결코 사실이 아니라는 점을 이 자리를 빌려 거듭 말씀드리는 바입니다.

같은 해. 6월. 22일, 병신丙申, 수호신을 모신 불당에서 쇼토쿠 태자를 기리는 제사가 열렸는데, 참석한 승려는 장엄방 이하 일곱 명이라 한다. 24일, 무술戊戌, 쇼군이 와다 좌위문위 요시모리의 집을 방문하여 극진한 대접을 받고, 요시모리에게 선물로 일본과 중국의 장군 그림 열두 포를 하사했다 한다.

같은 해. 윤7월. 9일, 계묘癸卯, 가모 강둑 공사에 대해서는 의견이 분분하였으나, 조정의 명이 떨어진 이상 징수를 서두르라는 명이 있었다.

같은 해. 8월. 18일, 신묘辛卯, 이가 국옛 미에 현 서부 전임 태수 도모미쓰와 와다 좌위문위 요시모리를 북쪽 삼간소 호위에 명한다 고 오늘 부슈가 전했다. 그곳은 쇼군의 측근 무사들만 번을 서는 곳이었는데, 그 둘은 나이가 많기는 하나 쇼군이 옛 이야기를 듣기 위해 참가시켰다. 19일, 임진壬辰, 매사냥을 금지할 것을 수호 무사와 마름들에게 명하니, 다만 시나노 국 스와 대명신에 제물로 바칠 매는 제외하였다 한다.

같은 해. 윤9월. 2일, 을미乙未, 맑음, 지쿠고 국옛 후쿠오카 현 남부 전임 태수 요리토키가 지난 밤 교토에서 가마쿠라에 당도했다. 사다이에 아손은 교토 소식과 함께 와카 서적을 진상하였다.

같은 해. 10월. 20일, 임진壬辰, 오시오전 11시~오후 1시에 쓰루가오카구 신불 앞에 날개미들이 어지러이 날아오르니, 그 수가 수천만 마리에 달하였다. 22일, 갑오甲午, 관동 각 지역에 집행관을 파견하여, 그 지역 백성들의 소송을 판결하도록 하는 심의가 열렸다. 백성들이 가마쿠라까지 오는 번거로움을 없애기 위해서였다.

같은 해. 11월. 8일, 경술庚戌, 궐에서 그림 대기 대회가 열려, 남녀노소가 좌우로 늘어서 승패를 정하였다. 8월 초부터 이 대회에 대한 공지가 있어 각자 자신의 재주를 발휘하였는데, 어떤 이는 교토에서 가져온 그림을 내놓았고, 어떤 이는 일부러 그림을 그리기도 했다. 히로모토 아손이 내놓은 그림은 오노 고마치[19]의 일생이었고, 도모미쓰가 내민 그림은 조정 네 대사大師의 전기였는데, 쇼군이 여러 그림 가운데서도 이 둘을 무척 아껴 좌현이 이겼다 한다. 14일, 병진丙辰, 지난 8일 그림 대기 대회에서 진 쪽이 술과 음식을 진상하였다. 또한 유곽의 여인들을 불러들였는데, 그들 모두 동자로 변장하여 옷에 단풍이나 국화꽃 등을 붙이고, 그 차림으로 각기

19_ 小野小町. 헤이안시대의 여성 시인. 『고금와카집』에 실렸으며 백인일수에 선정되었다.

노래를 하거나 기예를 펼치며 춤을 추었다 한다.

같은 해. 12월. 21일, 계사癸巳 흐림, 교토의 사자가 지난 10일 교지를 가지고 왔는데, 쇼군에게 종2품을 내린다고 쓰여 있었다. 28일, 경자庚子, 맑음, 술시오후7시~오후9시에 가마쿠라 거리가 알 수 없는 소동으로 다소 술렁거렸는데, 이는 연말에 흔히 있는 어수선함이 아니라, 모반을 일으키려는 자가 있는 것이 아닌가 하는 의혹 때문이었다 한다.

궁녀나 동자들에게까지 남모르게 구석구석 배려를 해주시는 분이었으니, 막부의 중신이나 가신들을 소중히 여기는 마음 또한 보통이 아니시어, 신하들이 너나 할 것 없이 그분의 두터운 은혜를 입었던지라, 사람들이 이 젊은 쇼군에게 복종하여 따름이 억새가 바람에 눕는 모습과 같았으며, 실로 산보다 높고 바다보다 깊은 은덕으로 인해 그 세력이 아버님이신 우대장 님을 뛰어넘을 정도로 융성하다는 느낌이 들었습니다. 쇼군의 나이 21세, 그리고 이듬해 22세경이 쇼군께서 가장 빛을 발하던 시기가 아니었나 하는 생각이 들어마지 않습니다. 참으로 무례한 추측이라 대단히 송구스럽습니다만, 그 후로는 어두웠다, 라는 것은 좀 지나친 말이겠고, 궐 안에서 활기차게 웃음소리가 나고 연회나 꽃놀이, 시 낭독 등도 끊임없이 열리기는 했지만, 어딘가 기묘하고 두려운 기운이 감돌아, 무엇 하나 실체가 없음에도 불구하고, 어쩐지 기분 나쁜 잿빛 그림자가 궐 안팎을 떠도는 것처럼 여겨져서, 가끔씩 이유 없이 등줄기가 서늘해질 때도 있었습니다. 그런 탁하고 불길하며 불안한 그림자는 해가 갈수록 점점 더 짙어져서, 겐포 5, 6년 즈음부터 그 비운의 조큐 원년에 이르기까지 원인을 알 수 없는 불길한 그림자가 가마쿠라를 가득 메워 불쾌한 악취마저 나는 듯했습니다. 이래서는 무슨 일이 나고야 말겠다, 세상이 놀라고 땅이 뒤흔들릴 어마어마한 불상사가 일어나겠다,

하고 궐 안 사람들 모두 입 밖으로 꺼내지는 않아도 암암리에 서로 짐작할 정도였습니다. 사람들의 마음도 화합이 잘 되지 않았고, 서로 이렇다 할 이유 없이 서먹서먹하게 의심쩍어 하며 겁을 먹고 있었으니, 겐랴쿠 2년의 화려한 분위기와는 비교도 할 수 없었습니다. 겐랴쿠 2년 즈음에는 아직 사람들 마음도 온화하고 화목하여, 위에서 즐기는 것은 아래에서도 순순히 배우고 따랐습니다. 처음에는 와카도 관동의 무뚝뚝한 무사들에게는 대단히 거북하게 여겨져서, 소슈 님 같은 분은 쇼군께 에둘러 주의를 주셨을 정도였는데, 이즈음부터 우선 뉴도 히로모토 님, 소슈 님의 동생이신 부슈 도키후사 님, 소슈 님의 장남이신 야스토키 님, 그리고 미우라 요리무라 님, 유키 도모미쓰 님, 와다 도모모리 님, 나이토 도모치카 님, 아즈마 시게타네 님 등 뼛속까지 용맹스러운 무사들이 어느새 누구 못지않은 가인들로 변하시어, 짐짓 의미심장한 얼굴로 곰곰이 서른한 자를 짜내느라 붉게 그을린 굵은 목을 갸우뚱하며 복도를 걸어 다니시는 모습을 보고 있으면, 슬며시 웃음이 새어나왔습니다. 무슨 짓을 해도 와카만 잘 지으면 웬만한 과실은 덮어주신다는 탐욕스러운 마음에서 서른한 자를 배우기 시작하는 신하들도 꽤 생겨서, 궐 안 와카회는 나날이 번창했고, 또 그해에 대대적인 그림 대기 대회가 열려서, 궁녀나 시종들 틈에 예의 용맹스러운 장수 가인들이 끼어 함께 참가하셨습니다. 오히려 무골인 도모미쓰 님의 그림이 발군의 승리를 거두시는 등 예상외의 결과도 있었습니다. 대회가 끝나고 며칠 후에는 진 쪽이 술과 음식을 내는 연회가 열렸고, 유곽의 여자들을 궐로 불러 춤추고 노래하게 하는 등 대단히 발랄하고 활기찬 나날이 이어졌습니다. 쇼군께서는 말석에 앉아 있는 저희에게까지 기예를 펼쳐보라 하셨으니, 진정으로 자유롭고 화창하기 이를 데 없었습니다. 하지만 쇼군께서 항상 유흥에 빠져 계신 것만은 아니었고, 정무를 보시는 데도 점차 그 능력을 발휘하셨습니다. 또 일찍이 존경하던 마구간 황자님의 치적에 대하여 그즈음 한층 더 깊이 연구하시며 그 사상에 푹 잠길 정도로 심취하셔서, 그해 6월 22일에는 수호신을 모시는 불당에서 황자님을 기리는 제사를 정중히 지내셨습니다. 마구간 황자님에게 심취하게 되신 데에는 그 외에도 여러 가지 이유가 있었으리라고 생각하지만, 본래 황실 분들을 향해서는 누가 가르쳐준 것도 아닌데, 말하자면 자연스러운 본능에 의해 진심으로 공경하는 마음을 갖고 계셔서, 상황께 성심을 다해 순종하시는 모습이 무슨 일이 있을 때마다 더욱 확연하게 드러났습니다. 그해에도 조정의 명으로 교토의 가모 강둑을 수리하게 되었는데, 7월에 가마쿠라 막부에서 그 부역을 분담하는 것에 대하여 이런저런 말들이 많았습니다. 그해 교토 조정에서 새롭게 할당량을 정하여 이를 막부에 전하였으나, 이번 새 분담도 막부로서는 대단히 곤란하다고, 그저 막부만을 중하게 여기는 소슈 님 같은 분들이 궐에 납시어 고충을 토로하셨는데, 다시금 분쟁이 일어나려 하던 그때, 쇼군께서 그 자리에 모인 모든 사람이 승복할 만한 한마디를 하셨습니다.

그분의 뜻은 시시비비를 뛰어넘는 것입니다

좌중은 찬물을 끼얹은 듯 조용해졌습니다. 이른바 천의라 어떤 어려움이 있어도 반드시 신속하게 받들어야 한다며 엄숙한 태도로 타이르셨습니다. 결코 시와 음악에만 빠져 계시던 분이 아니었습니다. 과연 소슈 님 같은 분과는 그 마음의 진정성이나, 시야의 넓이, 생각의 깊이, 기품 등이 몇십 배는 차이가 나는 것처럼 보였습니다. 그림 대기 대회, 연회 등으로 흥을 돋우시는 동시에 이처럼 엄격한 결정도 하셨고, 또 직접 풍류를 즐기기는 하셨지만, 이를 가신들에게 무턱대고 강요하시어 와카를 짓는 자들만 특별히 편애하고, 와카나 그림을 모르는 뿌리부터 무골인 자들을 멀리하셨느냐 하면, 결코 그렇게 한쪽 역성만 드는 일은 없으셨습니다. 예를 들어 와다 좌위문위 요시모리 님, 이분이야말로 가마쿠라에서 으뜸가는 무골이셨는데, 와카 실력은 어처구니가 없을 정도였고, 그림 대기 대회는 질색했으며, 음악은 지루해하여, 두견새 지저귀는 소리도 심드렁한 표정으로 듣고 있는 분으로, 그저 무사소 장관직만이 중요한, 융통성 없이 충정으로만 가득 찬 늙은이였으나, 쇼군께서는 이 촌스러운 와다 님을 무척 총애하셨습니다. 아버님이신 우대장 님께서 거병하신 이래 이제까지 살아있는 진정한 용사는 겨우 요시모리, 도모미쓰 등 다 해야 다섯 손가락 안에 들 정도였고, 특히 겐큐 2년, 쇼군 14세 때 충직하고 결백한 하타케야마 부자가 도키마사 공의 간특한 계략으로 억울한 누명을 쓰고 비참한 최후를 맞이하자, 쇼군께서는 남은 충신들을 소중히 여기시며 촌사람 와다 님의 마음을 여러모로 살피셔서, 와다 좌위문위 님 앞에서는 와카에 대한 이야기도 삼가시고, 오로지 돌아가신 우대장 님이 막부를 창설하시기까지 얼마나 노고가 많으셨는지, 혹은 요시모리 님이 참가하신 열댓 번의 전투가 어떠셨는지에 대해서만 열심히 이것저것 물으셨습니다. 좌위문위 님도 하얗게 센 머리를 흔들어가며 더듬더듬 당시의 일을 고하니, 매번 노장으로서의 체면을 차리면서 퇴출하곤 하셨습니다. 게다가 그해 겐랴쿠 2년 즈음부터 쇼군께서는 한층 더 이 늙은 충신을 향한 애정이 깊어지신 듯, 6월 24일에는 쇼군께서 일부러 요시모리 님의 저택을 방문하셨을 정도라, 와다 씨 일족에게는 더 없는 영광이었고, 또 그때 쇼군께서 가져가신 선물이 다름 아닌 늙은 용사가 가장 기뻐할 만한 용맹스런 장군들의 초상화였으니, 그날 좌위문위 님이 얼마나 기쁘셨겠습니까. 궐 사람들 모두 후대에 길이 남을 명예로운 노인을 경하하며 부러워하였습니다. 영예는 그뿐만이 아니어서, 8월 18일 요시모리 님과 함께 역시 마음에 두고 계시던 늙은 용사 유키 도모미쓰 님께 북쪽 삼간소에 들어 항상 곁에 있으라 명하셨습니다. 이 삼간소는 저처럼 젊은 신하 몇 명만이 돌아가며 문안을 드리는 곳으로, 말하자면 궐 가장 안쪽에 자리한 곳이었는데, 송구한 말씀이오나 촌스럽고 지저분한 늙은이가 우왕좌왕할 곳은 아니었음에도, 쇼군께서는 때때로 옛 이야기를 듣고 싶다 하시며 그들에게 특별히 삼간소에 들라 명하셨습니다. 늙은 신하에게 그 이상의 영예는 없었으니, 쇼군의 그런 상냥하고 섬세한 마음 씀씀이에는 타인인 저희조차 눈물이 그렁그렁해질 정도였습니다. 연세가 있다고는 하나, 와다 님은 한층 분발하고 분골쇄신하여 충심을 다해 그 영예를 자손들에게 전해야 마땅할 터인데, 세상일이란 참으로 알 수 없는 것이라, 그 사랑이 한결 더해가던 이듬해 큰 소동이 나서 와다 님 일족이 전멸하고 말았습니다. 4월에는 궐 기둥에서 싹이 움돋아 작고 하얀 꽃을 피웠고, 10월에는 쓰루가오카 상궁을 수천만 마리가 넘는 날개미 떼가 덮쳤으며, 또 연말에는 가마쿠라 내 도로에 이상한 소리가 울리는 등, 겐랴쿠 2년이라는 해는 궐 안이 태평하였다고는 하나, 내부에 무언가 알 수 없는 불길하고 께름칙한 기운이 감돌아, 곧 무시무시한 천재지변이 일어나는 것이 아닌가 하고 남몰래 염려하던 사람들도 없지 않았는데, 설마하니 저 와다 님이 그런 짓을 저지르실 줄이야.

겐랴쿠 3년[1213년] 계유癸酉. 윤정월. 16일, 무오戊午, 맑음. 쇼군이 니쇼 순례를 위해 수행을 시작했다. 22일, 갑자甲子, 맑음. 쇼군이 니쇼로 출발, 소슈, 부슈 등도 행차에 합류했다. 26일, 무진戊辰, 맑음. 쇼군이 니쇼에서 가마쿠라로 돌아왔다 한다.

같은 해. 2월. 1일, 임신壬申, 막부에서 와카회가 열렸는데, 주제는 '매화, 만춘을 기약하다'로 부슈, 수리량, 이가 지로 병위위, 와다 신新병위위 등이 참가하였으며, 궁녀들도 함께 번갈아가며 시를 읊었다 한다. 2일, 계유癸酉, 가까이서 쇼군을 모시는 사람 가운데, 예술적 자질이 있는 자들을 골라 순번을 정하고 이들을 학문소 번이라 이름 지었다. 각자 당번인 날은 학문소를 떠나지 않고 쇼군을 문안하며 그때그때의 명을 따르고, 일본과 중국의 옛글을 읽었다 한다. 15일, 병술丙戌, 맑음. 지바 태수 나리타네가 승려 하나를 생포하여 소슈에게 바쳤는데, 그는 반역자 무리의 사자使者였다. 소슈가 이를 즉시 쇼군에게 고하였다. 16일, 정해丁亥, 맑음. 안넨 법사의 자백에 따라 모반의 패거리를 속속 생포하였는데, 몸담은 자가 대강 백삼십여 명에 달하고, 뒤따르는 자가 이백여 명에 이른다 한다. 조사해보니 시나노 국 이즈미 고지로 신페이가 재작년부터 반역을 꾀하여 무리를 끌어모아, 고 좌위문독 님의 아드님을 총대장 으로 삼아 소슈를 살해하려 했다 한다.

같은 해. 3월. 2일, 계묘癸卯, 맑음. 이번 반역의 주모자인 이즈미 고지로 신페이가 다카에바시에 숨어 있다는 소문에 따라, 구도 주로로 하여금 그를 잡아들이라 하였으나, 곧바로 신페이가 전투를 준비하여 구도와 부하들을 살해하고 行方을 감추었다. 그의 퇴로를 막기 위하여 온 가마쿠라가 소동을 벌였으나, 끝내 신페이의 行方을 찾지 못했다 한다. 6일, 정미丁未, 맑음. 조정 대신 탄정대필 나카아키 라의 사자가 교토에서 당도하여 이르길, 지난 달 27일 천황이 한원 대궐로 거처를 옮겨, 그날 밤 쇼군에게 궁궐을 지은 상으로 정2품을 내리셨으니, 이에 그 교서를 내릴 것이라 했다. 8일, 기유^{己酉}, 맑음. 가마쿠라에 반란군이 있다는 풍문이 각지에 돌면서, 여기저기서 가신들이 무리를 이끌고 모여들어, 그 수가 수천만 명에 달했다. 그즈음 가즈사 국 이기타 장에 있던 와다 좌위문위 요시모리도 서둘러 합류해, 오늘 궐에 들어 쇼군과 대면했다. 와다가 쇼군에 고하길, 지난 노공을 돌아보시어 자식인 요리나오와 요리시게를 걱정하는 아비의 마음을 헤아려 주시기 바란다 하니, 쇼군이 수차례에 걸친 아비의 공훈을 어여삐 여겨 두 아들의 죄를 사해주었고, 요시모리는 노장의 위신을 되찾고 물러났다 한다.

그리하여 이듬해 겐랴쿠 3년, 그해 12월 6일에 연호가 겐포로 바뀌었는데, 어쨌거나 사건이 많은 해였습니다. 정월 초하루부터 지진이 나서 운수가 사납다 했더니, 과연 음모에 반란, 궐 안 화재, 또 대지진, 낙뢰 등 가마쿠라가 뒤집힐 듯 소동만 연달아 일어났습니다. 쇼군께도 고통스럽고 괴로운 일이 적잖이 있었겠지만, 그와 동시에 쇼군께서 가장 의욕적으로 활동하신 것도 이즈음이 아닌가 합니다. 걸작에 가까운 뛰어난 와카도 그해 계속해서 완성하셨고, 훗날 『가마쿠라 우대신 가집』, 혹은 『금괴와카집』이라 불린 그립고도 소중한 불멸의 가집도, 그해 말 쇼군께서 직접 은밀하게 묶어두신 듯합니다. 『가마쿠라 우대신 가집』, 혹은 『금괴와카집』이라는 이름은 물론, 쇼군께서 돌아가신 후에 붙여진 것일 테지만, 말이 나온 김에 덧붙이자면, 금괴^{金槐}의 금^金은 가마쿠라^{鎌倉}에서 가마^鎌의 변을 취한 것이고, 괴^槐는 아시다시피 대신을 뜻하는 것으로, 금괴란 가마쿠라 우대신을 가리키는 것이니, 저희는 그 이름을 떠올리는 것만으로도 서글퍼집니다. 또한 그분의 숨결이 깃든 유일한 유품인 그 가집이 겨우 22세에 완성되었다니, 이는 역시 그분이 보통 사람이 아니셨음을 보여주는 무엇보다도 강력한 증거가 아닐까요. 그해 정월 니쇼 순례 때 저희들도 함께 따라갔는데, 출발하고 머지않아 지독한 비바람이 불어 고생을 하였으나, 쇼군께서는 대수롭지 않다는 듯 가벼운 말투로,

　봄비 내려 촉촉이 젖은 산길 걸어가는 산사람 누구인가

　하고 장난스럽게 시를 읊으셔서 수행인들을 크게 웃게 만드셨습니다. 해마다 니쇼 순례가 거행된 것은 쇼군께서 신을 숭배하는 마음이 두터우셨기 때문이기도 했지만, 좀처럼 멀리 외출할 일이 없는 쇼군께는, 유일하게 기분 전환을 할 수 있는 유람이었는지도 모릅니다. 우선 하코네 신사에 머물며 삼가 정성을 다해 기도를 올린 다음, 이즈 산 신사를 향해 출발했는데, 그 전날 즈음부터 하늘이 구름 한 조각 없이 맑고 깨끗하게 개어 따뜻한 날이 계속되면서, 나무랄 데 없이 즐거운 여행이 되었습니다. 하코네를 출발하자마자 곧 고개에 다다라, 돌아보니 수풀 사이로 자그마하고 사랑스런 하코네 호수가 맑고 짙푸른 빛을 띠고 있는 것이 내려다보였습니다.

　어여쁜 하코네 호수에 마음게케레이 있기 때문일까

　두 나라 사이에서 이리저리 흔들리고 있구나

　쇼군께서 이런 와카를 읊조리신 것도 이때의 일로, 저희들은 흠잡을 데 없이 훌륭한 묘사라고 생각했습니다. 이미 알고 계시겠지만, 관동 쪽에서는 마음고코로을 게케레라고 하기도 했으며, 여기서 두 나라란 사가미와 이즈를 이르는 것이 아닌가 싶습니다. 사가미와 이즈의 경계에서 파랗게 하늘하늘 흔들리는 호수의 모습이, 정말이지 매번 그렇지만, 이상하리만치 와카 속에 잘 드러나 있는 듯합니다. 쇼군의 시는 어느 것이나 그렇지만, 숨겨둔 의미가 있다거나, 누가 들으라고 넌지시 말하거나 하는, 천박한 궁리 따위는 전혀 없고, 말 그대로 보이는 것이 전부였습니다. 그게 또 이 세상에서 얻기

힘든 고귀한 것인 까닭에, 요컨대 와카의 비결도 다만 이렇게, 올바른 마음 하나가 다가 아닌가 하고, 어리석은 저는 평소에 은근히 그런 생각을 하고 있었는데, 제가 함부로 말을 꺼내서 당대 와카 명인들의 꾸중을 듣는 것도 껄끄러우니 더 이상은 말씀드리지 않겠지만, 어쨌든 이 하코네 호수에 대한 시도 사람에 따라서는, 이 시에야말로 숨겨진 뜻이 있다면서, 쇼군이 교토냐 가마쿠라냐, 조정이냐 막부냐 갈피를 잡지 못하고 있는 것을 하코네 호수에 빗대어 지은 것이라고도 하고, 혹은 예의 천박하고 무례한 추측에서, 미다이도코로 님과 어느 젊은 여인 가운데 누구를 고를까, 고민하는 의미라면서 이리저리 멍청하게 캐고 다니는 사람도 있었다는데, 그런 억측을 들을 때마다 저희는 늘 가슴 아팠기에, 제 자신이 무지하고 배운 것 없음에도 그만 불필요한 설명을 늘어놓은 것 같습니다. 실제로 저희가 쇼군과 함께 그해 니쇼 순례 도중에 문득 돌아본 하코네 호수는, 참으로 시에 드러난 그 모습 그대로, 마치 감정이 있는 살아있는 마음처럼 흔들리고 있어서, 그 모습을 본 일행 모두가 정신이 혼미해져 발걸음을 뗄 수 없었는데, 다만 그뿐인 것을 쇼군께서는 훌륭하게 시로 표현해 보이셨습니다. 하코네 호수를 연신 돌아보며 고개를 넘으니, 눈앞의 시야가 확 트였습니다.

하코네 산을 넘으니 파도치는 작은 섬 있어, 함께 온 이들에게 저 바다의 이름을 아느냐 물으니, 한 무사가 이즈의 바다라 답했다

하코네 길을 넘으면 이즈의 바다와 먼 바다 작은 섬 파도가 보이는구나

신품이란 바로 이 같은 것을 일컫는 말이라고 생각합니다. 관동에는 관동의 정취가 있는 법이라며 무례한 말을 했던 가모노 조메이 뉴도 님도, 이 훌륭한 시 앞에서는 그저 말없이 머리를 조아리시겠지요. 그뿐만 아니라, 올 3월, 탄정대필 나카아키라 님의 사자가 교토를 떠나 가마쿠라에 당도하시어,

지난 달 27일 상황께서 지난번 한원 대궐 준공 때 궁궐을 지은 것에 대한 상으로 쇼군을 정2위에 승서한다는 명을 전하셨습니다. 전년도 말 종2위에 오른 직후 이번에도 거듭 조정에서 은덕을 베풀어주시니, 쇼군께서는 이 이상의 영예는 없다며 몸 둘 바를 몰라 하시는 듯했는데, 거기다가 이번에는 황공하게도 상황께서 직접 '충신으로 성심을 다해주기 바란다'라는 친서까지 내려주셨으니, 그날 밤 쇼군께서는 뜰로 나오셔서 밤 깊을 때까지 잠들지 않으시고, 머나먼 서쪽 교토의 하늘을 향해 예를 올리며 하염없는 눈물을 흘리셨습니다.

백 개의 벼락이 한꺼번에 내리친다 하여도, 이토록 내 마음을 울리지는 못할지니.

하고 창백한 낯빛으로 홀로 낮게 신음하듯 말씀하시며, 그날 밤 정성스레 시 세 수를 지으셨습니다.

상황께 올리는 시

주군의 말씀을 받잡으니 마음이 천 갈래 만 갈래 찢어져도 입 밖에 낼 수 없습니다

동쪽 나라에 있는 저는 아침 해 비치는 머나먼 산의 은덕을 입었으니

산이 갈라지고 바다가 마른다 하여도 어찌 주군께 딴마음을 품겠나이까

저 같은 사람의 입으로는 설명하기도 황송한 일이오나, 머나먼 산이란 상황이 계신 곳, 즉 상황을 이르는 것으로 보입니다. 이 시를 읽고도 그때는 친서의 내용이 무엇이었는지, 쇼군께서 그것을 읽고 어떤 결의를 내린 것인지, 그런 불경하고 불필요한 조사를 하는 분들이 있었던 모양인데, 굳이 그렇게 고생스럽게 캐내지 않더라도, 모든 것이 시 안에 분명히 드러나 있지 않습니까. 황공하게도 친서를 받아 백 개의 벼락이 한꺼번에 내리치는 것 이상으로

강한 충동을 느끼시고는, 그 솔직한 답변으로 주군을 향한 진심 어린 충정을 시에 담으신 것이니, 상황이 내리신 친서의 내용이 어땠을지는 짐작이 가고도 남음이 있습니다. 그러니까 한층 더 조정에 충심을 다하라고 쇼군을 격려하는, 지극히 당연한 조서였을 것이라는 생각밖에 들지 않습니다. 앞서도 지겨울 정도로 말씀을 드렸는데, 쇼군의 시는 언제나 명백할 정도로 솔직해서, 무언가를 숨기는 듯 석연치 않게 돌려 말하는 투로 쓰신 적은 한 번도 없었습니다. 이즈음 쇼군과 상황 사이에 무슨 밀약이 있었던 것은 아닌가 하고 의심을 하는 분들도 있었지만, 만약 그랬다면 쇼군께서도 기회를 봐서 은밀히 답변을 보내야 하셨을 터인데, 일부러 당당하게 와카를 지어 옆에 있는 자들에게 돌려보게 하는 것은 말도 안 되게 아둔한 짓이겠지요, 참 어이가 없습니다. 그와 같은 복잡한 이유 따위는 전혀 없었습니다. 주군을 향한 진정한 충심에 이유란 없습니다. 쇼군께서도 그저 딴마음 없이 주군의 은혜에 감화되어 오로지 성심껏 충의를 다하자는 순진무구한 마음에서 이러한 와카를 지으셨고, 다른 뜻은 전혀 없었으리라고 저희들은 믿고 있습니다. 가령 심중에 어렴풋이 다른 뜻이 있었다면, 이다지도 고결하고 청아한 음률이 나올 수는 없겠지요. 당시 쇼군의 나이 겨우 22세였지만, 그해 말 『가마쿠라 우대신 가집』, 혹은 『금괴와카집』이라 훗날 불리게 된 당신의 가집을 스스로 편찬하셨는데, 그때 이 세 수를 가집 가운데 가장 뛰어난 와카로 선정하시어 마지막 부분에 배치하셨고, 이윽고 이 가집을 상황께 바친 모양이었습니다. 저희들이 일상적으로 뵐 때는 쇼군도 보통 태생이 아니신지라, 그저 감사와 존경으로 눈이 부실 지경이었는데, 그런 쇼군을 친서 한 장에 벼락 백 개를 맞은 것보다도 더 큰 감흥 젖게 만드시는 분은 얼마나 위엄과 덕이 높은 분이실지, 저희 같은 비루한 자들은 감히 상상도 가지 않지만, 그저 구름 위 아득히 높은 곳에 솟아 있는 지존이 계시는, 이 일본 땅에 태어난 것이 감사하여 눈물이 솟을 지경입니다. 그저 막부 살리기에 전전긍긍하며 매달리고 있는 소슈 님 같은 분이 조금이라도 쇼군을 보고 배워 황실의 크나큰 은덕을 마음에 되새겼다면, 후일 일어난 갖가지 비참한 일들은 막을 수 있었을지도 모르나, 그런 점에서는 쇼군과 근본적으로 달랐으니, 담력도 있고 수완도 좋았으며 이리저리 휘둘리지 않는 큰 정치가였음에도, 자기 일족의 이익만을 생각하여 고결하게 헌신하는 법을 몰랐던 분이라, 차츰 사람들로부터 미움을 사게 되었고, 결국은 스스로 자신의 비천한 본성을 드러내게 되셨습니다. 그해 2월에도 시나노 국 이즈미 고지로 신페이라는 자가 소슈 님을 원망하여 살해하려고 은밀히 음모를 꾸몄는데, 그 사건이 사전에 밝혀져서 가마쿠라 전체에 큰 소동이 일었습니다. 이즈미 고지로 신페이라는 인물은 전 쇼군이신 좌금오선실 님의 셋째 아들, 센주 님을 대장군으로 옹립하고, 당시 정권을 주름잡던 호조 일족을 섬멸하려는 거대한 음모를 꾸며, 겐랴쿠 원년 경부터 남몰래 동지들을 모으고 있었던 듯한데, 쇼군께 직접적인 원한은 없었으나, 그 옆에서 권력을 휘두르는 소슈 님을 원망하였고, 게다가 이즈미 신페이 님 못지않게 일찍이 소슈 님을 탐탁지 않게 여기던 가신들도 적지 않아, 금세 동지들이 늘어나 큰 세력이 되려던 차에, 2월 15일, 지바의 나리타네 님이 안넨이라는 거동이 수상한 법사를 체포하여 소슈 님께 넘겨주었습니다. 이것으로 거대한 모함이 조금씩 드러났는데, 그 안넨이라는 법사는 모반을 유도하는 역할을 하였던 듯, 그를 강도 높게 추궁하여 결국 자백을 받아냈고, 동지 백삼십여 명과 그들을 따르던 이백여 명을 차례차례 잡아들였습니다. 소슈 님께서는 곧바로 그들의 목을 치거나 유배를 보내셨는데, 반역의 장본인인 이즈미 고지로 신페이만은 소리 소문 없이 도망쳤고, 이분이 또 상당한 호걸인 데다가 명민한 분이신 것 같았습니다. 쇼군께서는 그 소식을 듣고도 별반 놀라는 기색이 없으셨고, 이미 한참 전부터 알고 계셨다는 듯한 차분한 모습으로 그저 이즈미 신페이라는 자가 어떤 사람인지에 대해서만 물으셨습니다. 쇼군의 얼굴에서 반역자들에게 화가 난 표정은 찾아볼 수 없었습니다. 반역의 무리 가운데 소노다 시치로 세이초라는 인물이 호조 사부로 도키쓰나 님의 저택에 붙잡혀 있다가 감쪽같이 탈주하여, 지인인 게이토 스님이 있는 곳에 몸을 숨겼고, 그 스님이 세이초에게 출가하기를 권하였으나, 농담하지 마라, 나는 앞으로 다시 시작하여 크게 출세할 것이다, 라고 호언장담하며 술을 마신 뒤, 그럼 나중에 봅시다, 라는 말을 남기고 행방이 묘연해졌다고 하는데, 이삼일 후 그 스님이 붙잡혀 그날 밤 일을 소상히 진술하자, 훗날 쇼군께서 이 이야기를 듣고 큰 소리로 웃으시며, 그것 참 감명 깊은 다짐이다, 어서 그자를 찾아내 용서해주어라, 라고 하셨습니다. 그리고 마찬가지로 죄인인 시부카와 로쿠로 가네모리라는 사람이 처형당하기 전날, 와카를 열 수 지어 에가라 신사에 바쳤는데, 이것을 또 호기심에 궐로 가져온 자가 있어, 쇼군께서 이를 보시고, 상당히 수준 높은 시다, 이자를 용서하라, 하고 가볍게 말씀하셨습니다. 모든 것이 이런 식이니, 이번 모반에 대해서도 아무 걱정이 없으신 듯 보였습니다. 옆에서 우거지상을 하고 있는 소슈 님은 신경도 쓰지 않으시고 참으로 천의무봉하셨으니, 저희로서는 그분의 도량이 어느 정도인지 가늠도 할 수 없고, 실로 불가사의하다는 말밖에 할 수가 없었습니다. 또한 이 음모의 무리 속에는 와다 님의 아드님이신 시로 요시나오 님과 고로 요시시게 님도 각각 엮여 있었습니다. 아버님인 와다 좌위문위 요시모리 님은 그즈음 가즈사 국 이키타 장에 계셨다 하는데, 가마쿠라에 큰일이 생겼다는 소식을 전해듣고 곧장 달려와보니, 아드님 두 분이 붙잡혀 계시기에 기절할 듯 놀라며, 당장 궐에 납시어 쇼군을 배알하고자 청을 넣으셨고, 쇼군께서는 기분좋게 허락하시어 곧 대면하셨습니다. 그때 와다 좌위문위 님은 몸을 납작 엎드리고 이마에 구슬땀을 흘리며, 한동안 아무 말씀도 하지 못하는 듯하였으나, 이윽고 언제나처럼 더듬거리는 말투로 갑자기 고 우대장 님의 거병 이래 자신이 열 번 넘게 무공을 세운 것을 하나하나 늘어놓으셨습니다. 그것도 고심고심하여 드문드문 장황하게 이야기를 늘어놓으시니 쇼군도 결국 도중에 웃으시며,

알겠습니다. 아드님들의 죄는 사면할 생각이었습니다.

"황공하옵니다. 이 늙은 몸을 바쳐……." 와다 님은 말을 잇지 못하고 끝내 와락 울음을 터뜨리셨는데, 이 주군과 신하, 두 분 사이의 애정은 옆에서 보기에도 아름답기 그지없었습니다.

　　같은 해. 3월. 9일, 경술庚戌, 맑음. 요시모리가 오늘 다시 궐에 들어 일족 아흔여덟 명을 거느리고 대궐 남쪽 뜰에 열좌하였다. 죄인 다네나가를 사면시켜 달라 간청하기 위한 것이었는데, 히로모토 아손이 이 소식을 쇼군에게 전하였다. 그러나 다네나가는 이번 일의 주모자로 알려져 용서받지 못하고, 즉시 유키치카와 다다이에의 손에 이끌려 야마시로 법관 유키무라에게 넘겨졌으며, 좀 더 옥에 가두도록 하라는 쇼군의 뜻을 소슈가 모두에게 전하였다. 이때 일족이 열좌한 앞에서 다네나가의 손을 뒤로 포박하여 유키무라에게 넘겨준 것이, 훗날 요시모리가 역심을 품게 된 단초가 되었다 한다. 17일, 무오戊午, 흐림. 와다 헤이타 다네나가가 무쓰 국 이와세

군으로 유배되었다 한다. 21일, 임술^{壬戌}, 와다 헤이타 다네나가의 딸이 아버지가 먼 곳으로 가신 것을 슬퍼한 나머지 병에 걸려 목숨이 위태로워졌는데, 신^{新}병위위 도모모리가 다네나가와 매우 닮았던지라 아버지가 돌아왔다고 하며 그녀를 방문하였다. 딸은 고개를 살짝 들고 그를 본 뒤 편히 눈을 감았다 한다. 그날 밤 딸아이를 화장하고 아이의 어머니는 출가하였는데, 니시아의 이즈미 고승이 계를 주었다 한다. 25일, 병인^{丙寅}, 와다 헤이타 다네나가의 저택이 에가라 신사 앞에 있었는데, 궐 동쪽에 바로 붙어 있어서 측근들이 빈번하게 드나들었다. 그러던 중 오늘 좌위문위 요시모리가 궁녀 고조를 통해 쇼군에게 그 저택에 대한 근심을 드러내니, 쇼군이 이르길, 그 땅은 숙직을 하며 곁에서 궐을 지키기 좋으므로 그대로 둘 것이라 하였다. 요시모리의 기쁨은 이루 말할 수 없었다 한다.

같은 해. 윤4월. 2일, 계유^{癸酉}, 소슈가 다네나가의 에가라 신사 앞 저택을 배령하여 유키치카와 다다이에에게 나누어주고, 전에 살던 이들을 모두 쫓아내었다. 와다 좌위문위 요시모리의 대관^{代官} 구노 다니야지로가 각 방에 누가 주거할지를 정하던 참이었다. 요시모리는 불만을 품었으나 소슈와 비교하면 호랑이에 생쥐나 다름없어, 다시금 사정을 호소하는 일은 불가능했다 한다. 지난날 일족을 데리고 다네나가를 용서해주기를 간청하러 갔을 때도, 은혜를 베풀기는커녕 일족 앞에서 그의 손을 뒤로 포박하여 판관에게 끌고 갔으니, 열좌할 이유가 없다고 보고 그날부터 출두하기를 그만두었다. 이후 요시모리가 다네나가의 저택을 돌려받는 듯하여

불만이 다소 해소되는가 하였는데, 미리 양해도 없이 저택이 소슈의
손에 넘어가자 역심이 나날이 깊어져 봉기를 결심했다 한다.

기묘하게도 소슈 님은 사람들에게 늘 미움을 사셨습니다. 쇼군께서 돌아가
신 후 저희 백여 명은 출가하였는데, 호조 씨는 이듬해 조큐의 난[20]이라고
하는, 제정신으로 저지를 수 없는 대역죄를 지었습니다. 어째서 그렇게
어리석고 포악한 짓을 벌인 것인지. 역적이라는 표현으로도 부족한, 참으로
말로 표현할 길이 없을 정도로 일본 제일의 아둔한 짓을 저지르셨는데,
그 전까지 뚜렷한 악행이 없던 분이셨음에도, 어쩐지 사람들은 그분을 꺼려했
고 평판이 좋은 분은 아니셨습니다. 처음에 잠깐 말씀드린 바와 같이, 저희들
이 보기에는 사람들 말처럼 그렇게 음험한 분 같지는 않았고, 싹싹하고
익살스러운 면도 있었으며, 어딘가 산뜻한 성격도 있는 듯했지만, 그러나
과연 어쩐지 미천한 기운은 떨쳐지지 않았고, 얼핏 천박하고 불쾌한 냄새
같은 것이 나는 듯하여, 어린 저희들마저 섬뜩하게 만드는 무언가가 분명
있었습니다. 그분이 방에 들어오시면 방 안이 갑작스레 어두워지면서 견딜
수 없을 정도로 싸한 기운이 감돌았습니다. 사람들은 종종 미나모토 가가
어둡다고들 하는 것 같은데, 그것은 미나모토 가가 어두운 것이 아니라,
사가미 태수 요리토키 한 사람의 어둠이 사방으로 번져 있기 때문이 아닌가
하는 생각이 들 정도였습니다. 아버님인 도키마사 공도, 이 소슈 님에 비하면
순진하고 대범한 명랑함이 있었던 듯합니다. 그런 음침한 기운이 대체 소슈
님의 어디서 나오는 것인지는 알 수 없지만, 인간으로서 가장 중요한 덕의
일부가 결여되어 있는 것은 분명합니다. 이런 온전치 못한 천성이 뜻밖에도

20_ 조큐 3년[1221년]에 일어난 난. 교토 공가△*와 가마쿠라 무가*의 전투. 사네토모가 암살당한
후 난이 일어 가마쿠라 군대가 압승을 거두면서, 공가는 힘을 잃고 무가에 정권이 집중된다.

조큐의 난에서 드러난 것일 터인데, 그와 같은 대역죄를 저지르기 전에는 그분의 무시무시한 마음을 확실히 간파하지 못했습니다. 쇼군께서는 눈치채고 계셨으리라 여겨지는 구석도 없지 않지만, 아무튼 가마쿠라 사람들 대부분이 아무 이유 없이 그분을 싫어하며 거북하게 여기고 있었습니다. 아무것도 아닌 일도 그분이 하시면 못 견디게 천박해 보였으니 이것은 어찌 보면 그분께도 불행한 일이었는지도 모릅니다. 예전에도 그 정도는 아니었는데, 쇼군이 훌륭한 어른으로 성장하여 정무 결재도 혼자 힘으로 깔끔하게 해내게 되시면서, 소슈 님은 눈에 띄게 상스럽고 음산한 기운을 풍기게 되었습니다. 그때까지는 실수 하나 없이 돌아가신 우대장 님 때부터, 그야말로 똑 부러질 정도로 고지식하게 주군을 소중히 보필해 온 분이라고 합니다. 이것은 어느 노인에게서 들은 이야기인데, 돌아가신 우대장 님의 장년 시절에, 우대장 님의 애첩 때문에 당시 미다이도코로였던 마사코 님과 어수선하게 분쟁이 일었다고 합니다. 마사코 님은 아버지의 측실인 마키 님의 아버지, 마키 사부로 무네치카 님에게 명하여, 첩이 살고 있는 집을 주저 없이 부숴버렸고, 이에 놀란 첩이 오타와 요시히사인가 하는 사람 집으로 도망쳤는데, 그때는 우대장 님도 그리 유리한 입장이 아니었기에 묵묵히 잠자코 있었다고 합니다. 이윽고 우대장 님께서 일을 핑계 삼아 태연한 얼굴로 요시히사의 집을 찾아 첩을 위로하시고, 곧장 마키 무네치카 님을 부르시어, 어째서 그 같은 난동을 부렸느냐, 멍청한 놈, 하고 큰 소리로 욕을 하시며, 무네치카 님의 머리채를 틀어쥐고는 칼로 머리칼을 싹둑 잘라버리는 것으로 일을 마무리 지으셨는데, 그 소문이 마사코 님의 귀에 들어가, 화가 난 마사코 님이 울고불고 곡을 하고 마키 님까지 함께 아우성을 쳤다 합니다. 마사코 님의 아버님인 도키마사 공은 여자들은 가엾지만 주군께 송구한 마음도 있고 하여, 입을 꾹 다물고 우대장 님께 고하지도 않은 채 일족을 데리고 호조 마을로 돌아가 버렸는데, 그때 우대장 님이 가지와라 가게스에 님께 이르시기를, 고작 아녀자의 일로 일족을 거느리고 고향으로 가 근신을 하다니 도키마사도 허풍이 심하다, 하지만 에마만큼은 그의 일족이라도 그런 멍청한 짓을 하지 않을 것이다, 아버지의 뜻을 따르지 않고 가마쿠라 집에 혼자 남아 있을 것이니 보고 오너라, 하고 명하셨다 합니다. 에마란 도키마사 공의 적자, 즉 훗날의 소슈 님을 이르는 것으로, 가지와라 가게스에 님이 곧장 상황이 어떤지 보러 갔다가 이윽고 싱글벙글 웃으며 돌아와, 말씀하신 대로 요시토키 혼자 외로이 집에 남아 있었사옵니다, 하고 고했다 하니, 우대장 님도 기뻐하시며, 곧바로 젊은 요시토키 님을 어전으로 부르시어, 그대는 우리 자손을 맡기기에 충분한 자다, 라고 하셨다 합니다. 그 일은 요시토키 님의 올곧은 태도 덕분에 곧 원만히 해결되었고, 젊었을 때부터 이렇듯 묘하게 성실하며 분위기에 휩쓸리는 법이 없는 분이셨던 듯합니다. 또 겐큐 2년에 도키마사 공이 마키 님의 꼬임에 넘어가 시게나리 뉴도 등과 모의하여, 당대의 명문인 하타케야마 일족에게 반역을 저지른 신하라는 누명을 씌우고 그 죄를 물어 죽이려 했을 때도, 소슈 님은 태연한 얼굴로 아버님께, 그만두십시오, 그들은 반역자가 아닙니다, 하고 판을 깨는 소리를 하며 조금도 움직이려 하지 않았고, 아버님과 마키 님이 흥분하여 고함을 지르면 지를수록 점점 더 차분하게, 그들은 반역자가 아닙니다, 하타케야마 부자는 얻기 힘든 충신입니다, 어리석은 짓은 그만두세요, 무얼 그리 정색을 하고 야단스럽게 소란을 피우십까, 한심합니다, 라고 듣기 싫은 소리를 툭툭 내뱉었으니, 이윽고 마키 님은 울음을 터뜨리며, 아무리 내가 계모라고는 하지만 이렇게까지 나를 괴롭힐 수가 있느냐, 계모가 그토록 미운 것이냐, 아니, 미울 거야,

밑겠지, 걸핏하면 나만 나쁜 사람으로 모니, 대체 언제까지 나를 괴롭힐 생각이냐, 가끔은 흉내라도 좋으니 효도라는 걸 좀 해 봐라, 라고 끊임없이 이상한 소리를 지껄였고, 젊은 소슈 님은 쓴웃음을 지으며 일어나, 뭐 그럼, 이번 한 번만입니다, 라고 하며 하타케야마 일족의 토벌에 참가하였더라는 이야기입니다. 보통사람 같으면, 한 번만입니다, 라고는 해도, 또 한 번 더 도와달라고 부탁을 하면, 그러니까 전에 이번 한 번만이라 하지 않았습니까, 할 수 없네, 라고 하면서 마지못해 다시 응하곤 하는데, 소슈 님의 경우에는 결코 그런 일 없이, 한 번만이라고 하면 정말 말 그대로 그때 한 번뿐이어서, 농담이고 뭐고 없이 그 후로는 확실하게 거절하셨습니다. 그 증거로, 곧이어 도키마사 공이 또다시 마키 님의 꾐에 빠져, 현 쇼군을 시해하려는 엉뚱한 음모를 꾸몄을 때는, 애초부터 아버님과 의붓어머님을 적으로 삼고 싸우며, 가차없이 그 둘의 반역죄를 철저히 파헤쳐, 아버님을 가마쿠라에서 추방시키고, 계모인 마키 님께는 자해를 권하여 목숨을 거두는 것으로 일단락을 지으셨습니다. 우유부단한 점이라고는 눈곱만큼도 없이 무서울 정도로 진지하고 정확하게 조치를 취하신 것입니다. 고 우대장 님께 그런 일이 있었을 때 홀로 외로이 집에 남아 계셨던 것도 그렇고, 또 하타케야마 일족은 반역자가 아니라며 천연히 잘라 말하시면서, 계모가 울고 불며 매달리니 이번 한 번만이라고 딱 잘라 말하신 뒤, 그 후 아버지 어머니가 괘씸한 반역의 음모를 저질렀을 때 그분들과 반대편에 서서 쇼군을 수호하신 것도 전혀 잘못된 태도가 아니었습니다. 잘못되기는커녕 대단히 훌륭한, 충심 하나로 행한 올바른 행동거지인 것처럼 보이지만, 어쩐지 거기에도 기분 나쁘게 음울한 그림자가 드리워져 있는 듯한 기분이 듭니다. 올바른 것이란 그런 것이 아니다, 라고 분명히 단정지을 수는 없지만, 올바름과 닮아 있으면서도 어딘가 전혀 다른, 몹시 불쾌한 무언가가 배어 있는 것만 같은 것은 저 혼자만의 생각일까요. 그즈음 가마쿠라 곳곳에서 호조 가문이 횡포를 부리고 있다는 원성이 점차 거세지고 있었던 것은 사실입니다만, 그럼 호조 가문의 어떤 이가 어떤 식으로 전권을 휘둘렀냐고 한다면 대단히 모호해집니다. 아마미다이 님께서도 쇼군께서 성인이 되신 후 모든 정무를 반듯하게 결정하시니 일일이 참견할 필요가 없어서, 그즈음은 오로지 고 2품선실 님의 남겨진 자제분을 돌보거나, 호조 일가의 친분을 다지거나, 혹은 미다이도코로 님과 함께 쓰루가오카로 참배를 가거나, 쇼군의 뱃놀이 등에 스스럼 없이 참석하기도 하셨으니, 어디에도 그런 전횡의 그림자는 보이지 않았습니다. 소슈 님 또한, 오로지 맡은 바 소임을 충실히 하며 아침부터 밤까지 막부의 자잘한 업무에 쫓기고 계셔서, 예의 묘한 올바름으로 게으름도 피우지 않고 성실하게 일을 하셨고, 그즈음에는 쇼군의 뜻을 거스르는 일도 거의 없이, 이제 와서 일족과 모의하여 무언가 일을 꾸미거나 할 여유도 야심도 전혀 없어 보였습니다. 또한 큰아드님이신 수리량 야스토키 님도 인품이 좋고 쇼군께 두터운 총애를 받고 계셨는데, 쇼군께서 겐랴쿠 3년 2월에 두드러진 예술적 감각을 지닌 측근 무사들을 모아 학문소 번이라는 것을 여셨을 때도, 이 수리량 야스토키 님이 수석에 선정되셨을 정도로 궐 안의 인기를 한몸에 받고 계신 듯했습니다. 그런가 하면 설마하니 그 미숙한 둘째 아드님 도모토키 님이 전횡을 휘둘렀느냐 하면, 전횡은커녕 비뚤어진 호색에 빠져 아버님과 의절을 하셨으니 이자는 논외, 그 외에 소슈 님의 동생 부슈 도키후사 님도 계시지만, 이분은 그저 온후하기만 하셔서 딴마음 없이 친형인 소슈 님의 뒤를 따르셨으니, 결국 누가 어떻게 횡포를 부렸는지, 어떤 식으로 권력을 함부로 휘둘렀는지가 대단히 불분명해집니다. 소슈 님이 집권으로 막부의 수좌에 앉아 있는 것이 마음에 들지 않는다고 하는 것은 다소 억지스러운 이야기로, 고 우대장 님께 가장 먼저 도움을 주신 것도 이 호조 씨고, 와다 좌위문위 요시모리 님 같은 분들이 미나모토 가의 거병 이후 자신의 군공을 두고 종종 자랑을 하시지만, 이즈로 유배된 요리토모 공을 보고 첫눈에 비범한 인물이라 감지하여, 겉으로는 큰딸과 가까이 지내는 것에 화를 내면서도 은밀히 허용하면서, 당시 한창 번창하고 있던 헤이케의 위세도 두려워하지 않고 그를 몰래 숨겨주었고, 백 명도 채 안 되는 일족들을 모조리 끌어들여 과감히 이즈 한쪽 구석에 미나모토 가의 깃발을 나부끼게 한 장본인은, 다름아닌 이 소슈 님의 아버지 도키마사 공이었습니다. 당시 호조 씨에게는 이렇다 할 세력도 없었을 터인데, 아무리 고 우대장 님의 인품을 높게 샀다 한들, 도키마사 공도 참으로 무모한 결단을 내리신 것이지요. 지쇼 4년, 모치히토 왕으로부터 헤이케 토벌령을 받잡고 용기 백배하여, 우선 출장하기에 앞서 이즈의 옛 태수, 다이라노 가네타카의 목숨을 제물로 삼아 사기를 높이기로 했는데, 젊은 나이에도 빈틈이 없었던 고 우대장 님은, 번거로움을 마다하지 않고 출발하기 앞서 호조 씨 일족 한 사람 한 사람을 차례차례 별실로 부르시어, 그대만 믿는다, 하셨으니, 가신들이 제각각 자기 혼자만 특별히 요리토모 공의 신임을 얻고 있다고 믿고 사기가 크게 올랐으나, 그래도 겨우 팔십오 기騎로는 안심이 되지 않았을 터, 말은 농가에서 데려와 털이 북실북실하고 몸은 비칠비칠했으며, 갑옷은 색이 바래고 한쪽 팔이 없는 것도 있었고, 털장화는 벌레가 먹어 털이 다 빠져 있는 등 어딜 봐도 만족스러운 무장은 한 명도 없었고, 개중에는 투구 대신 머릿수건을 쓴 자들도 있어서, 지독히 허술한 군대였다고 하는데, 도키마사 공의 건곤일척乾坤一擲의 기세가 어마어마하여, 전략이고 뭐고 없이 돌진, 돌진, 하고 외치면서,

그저 우르르 옛 태수의 저택으로 밀고 들어가, 여럿이 달려들어 가네타카의 목을 베어 들어올리고는, 좋은 징조라 하며 함께 기뻐했던 일이야말로 진정한 거병이라 할 만하니, 와다 좌위문위 님 같은 분이야 그후 도키마사 공의 부름을 받고 미우라 님 일족과 함께 이에 조력했을 뿐, 저 하타케야마 일족 등은 그즈음 헤이케 쪽에 봉사하다 미우라 와다 군대와 전투를 벌인 적마저 있다 하니, 팔십오 기로 시작한 불안한 도전이었으나, 또한 이 용맹한 거병이 오직 호조 가 일족에 의해 이루어졌다는 것도 분명한 사실이어서, 이후 막부 창설에 호조 가 일족이 얼마나 큰 공을 세웠는지 모르는 분은 단 한 명도 없을 것입니다. 도키마사 공이 고 우대장 님의 진가를 첫눈에 알아보았 듯, 그 적자이신 요시토키 님 또한 현재의 쇼군께 심혈을 기울여, 전에 말씀드린 것처럼 쇼군의 자리를 가로채려는 히키 씨와 싸워 이들을 쓰러뜨리 고, 그 후에는 친아버님과 전투까지 벌이며 현 쇼군을 수호하시면서, 응달과 양달을 가리지 않고 쇼군을 보살피신, 말하자면 일등 공신이고, 선대인 도키마사 공은 고 우대장 님의 일등 공신, 이렇듯 부자가 2대에 걸쳐 각 쇼군을 위해 진력을 다하셨으니, 외척이니 뭐니 하는 연고를 따지지 않더라도 집권의 자리에 오르는 것이 당연한 인물로, 거기에 이상할 것은 없을 터인데, 그래도 어쩐지 호조 씨가 권세를 쥐고 흔든다는 불평의 소리가 궐 안이나 거리에 끊이지 않았습니다. 이게 다 소슈 님의 기묘한 고지식함 때문이어서, 그게 사람의 마음에 기분 나쁘게 어두운 의심이나 미움을 품게 하는 것은 아닐까 하는 생각이 들어마지 않습니다. 옳은 일을 하면 할수록 거기서 못 견디게 불쾌한 악취가 솟아나니, 참으로 이상한 성품을 지닌 분도 다 있지요. 그해 3월에도 소슈 님은 극히 당연한 처신을 하셨음에도, 그것이 타인인 저희들이 보기에 어쩐지 잔인하고 얄밉게 여겨졌는데, 결국 와다 님 일족이 진노하여 가마쿠라 전체가 아수라장으로 변할 정도로 대소동이 벌어지고 말았습니다. 이즈미 고지로 신페이의 난도 정리가 되고, 와다 좌위문위 님의 두 아드님도 다행스럽게 사면을 받으면서 이것으로 일단락이 지어지나 싶었는데, 3월 9일, 즉 와다 좌위문위 님이 두 아드님을 사면해주실 것을 고하며 눈물로 읍소하신 바로 그 다음날, 이번에는 요시모리 님의 조카인 와다 헤이타 다네나가 님 역시 음모에 가담했다는 죄로 체포되어, 그를 용서해 달라고 요시모리 님께서 거듭 탄원을 올리셨습니다. 그날 저녁, 저는 처소에서 시중을 들고 있어서 그 광경을 직접 보지는 못했지만, 비단 예복을 차려입으신 요시모리 님이 일족 아흔여덟 명을 거느리고 다함께 남쪽 정원에 열좌하시어, 다네나가 님을 사면시켜 달라고 탄원을 하셨는데, 그 모습이 어찌나 비장하던지 히로모토 뉴도 님께서 하얗게 질린 얼굴로 그 사실을 전하러 급히 쇼군의 처소로 달려오셨습니다. 이 히로모토 님은 겐포 5년에 출가하시어 법명을 가쿠아라 하셨으나, 그 전부터 쭉 머리가 벗겨져 있어서 출가를 하신 분 같았기에, 대관령 님, 대선대부 님, 혹은 무쓰 국 태수 님이라 부르는 것보다도, 뉴도 님이라고 부르는 것이 지금 제 입장에서는 딱 알맞다는 생각이 듭니다. 더불어 소슈 님에 대해서도, 훗날 우경권대부가 되셨고, 또 무쓰 국 태수도 겸하셨으니 우경조 님이라든지, 오슈^{무쓰 국의 별칭} 님이라 불러야 하는 경우도 있지만, 어쩐지 소슈 님이라 부르는 편이 자연스럽게 느껴져서, 뭐, 그런 세세한 것에 크게 얽매이지 않고, 뉴도 님, 소슈 님이라고 부르며 이야기를 하는 경우가 있더라도 꾸짖지 말고 대충 흘려들어 주십시오. 한편, 그때 히로모토 뉴도 님은 숨을 헐떡이며 급보를 전하셨지만, 쇼군께서는 침착하게 들으시며 고개를 숙이고 잠시 생각에 잠기셨는데, 이윽고 문득 고개를 들며 무언가 말씀하시려는 순간,

"용서해주시는 겁니까?"

하고 곁에 있던 소슈 님이 아무렇지 않은 듯 가볍게 말씀하셨습니다. 그 한마디에 그릇된 생각은 전혀 없고, 그저 멍하게 하신 말씀 같으면서도, 어쩐지 말석에 앉아 있는 저희들까지 가슴이 철렁 내려앉을 정도로 끝없는 저의가 느껴지기도 했는데, 쇼군께서도 그 한마디로 인해 마음이 뒤바뀌신 듯 희미하게 고개를 옆으로 저으셨습니다.

"어쨌거나," 하고 히로모토 뉴도 님은, 쇼군의 마음이 정해지셨다고 보고 안심한 듯 쓱쓱 얼굴을 문지르시며, 심각한 척 눈썹을 찌푸리고는 말을 이으셨습니다. 히로모토 뉴도 님은 참으로 주도면밀한 분으로, 무슨 일이 있어도 결코 강하게 주장을 펼치지 않으시고, 저희는 무슨 소리인지 알아들을 수도 없을 정도로 무척 에둘러서 애매한 말씀만 하셔서, 주변에 대세가 정해지면 그때 비로소 심사숙고했다는 듯 맞장구를 치는 분이라, 저희는 그런 태도가 답답해서 견딜 수가 없었지만, 그게 또 뉴도 님이 큰 인물이 되신 연유이기도 했습니다. 고 우대장 님께서 막부를 창설하신 이래 어느 누구에게도 원망을 산 적이 없었고, 이렇다 할 실수도 하지 않으셨던 것이, 이제껏 가마쿠라에서 제일가는 정치가라는 영예를 얻는 것을 가능하게 했던 요인 가운데 하나였는지도 모릅니다. "와다 헤이타 다네나가라는 자는 이번 음모의 장본인 가운데 하나라 와다의 아드님인 요시나오, 요시시게와 같이 사면 처리 하는 것은 어려우리라 생각했는데, 저렇게 일족 아흔여덟 명이 죽 늘어앉아 탄원을 하고 있으니, 허허 놀랐습니다, 일단 말씀은 올려야 할 것 같아서 저도 고하기는 했습니다만, 와다 씨도 그렇지, 아드님 죄를 사면 받은 것이 바로 어제 일인데, 오늘 주모자인 조카까지 사면시켜 달라고 하다니, 좀 뻔뻔하다는 생각이 드는군요, 워낙 완고한 노인네라 어떻게든 이 간청 하나만은 들어 달라며 떡 버티고 앉아서 움직이질 않으니, 아니, 어쨌든, 이는……." 어쩌고 하시는데 여전히 말주변이 없으셨습니다. 히로모토 님은 중요한 때마다 늘 이런 태도를 보이셨습니다. 그때도 이미 쇼군께서는 허할 수 없다고 결정을 내리신 후였는데도 불구하고 그 결정을 와다 씨 일족에게 전하여 미움을 받는 역할을 맡는 것은 질색이라, 이렇게 지루한 이야기를 질질 늘어놓으면 그 사이 누군가가 명을 하달하는 역을 자청하리라 계산하고 있었던 것이 틀림없습니다. 늘 있는 일이라 소슈 님도 이를 모를 리가 없으셔서 진지한 얼굴로,

"그럼 제가 명을 내리고 오겠습니다." 하고 가볍게 말씀하셨는데, 일어서시면서 문득 생각난 듯 쇼군 쪽을 돌아보시며, "앞으로 이런 일이 있어서는 아니 되오니, 다소 엄하게 명을 내릴까 합니다만, 어떠십니까."

쇼군께서는 그날 어쩐지 피곤해 보이셨고, 소슈 님의 그 말에 잠자코 고개만 끄덕이셨습니다. 어쨌든 이로써 히로모토 뉴도 님은 언제나처럼 미움을 받는 역할에서 감쪽같이 벗어났고, 또 소슈 님은 태연하게 악역을 도맡아 하셨는데, 아무리 늘 있는 일이라고는 하여도, 이런 때 소슈 님께서 싫은 내색 한 번 하지 않으시는 게 저희들 눈에는 참 이상해 보였습니다. 그날 저는 쇼군 곁에 있었기에 소슈 님이 명을 내리시는 모습을 보지 못했지만 대단히 엄격하고 매서웠다 합니다. 소슈 님께 이 정도는 무척 당연한 일이고, 그야말로 '올바른' 처사를 할 요량으로 한 행동이실 터인데, 소슈 님이 하시면 뭐가 됐든 어쩐지 깊은 원한에서 우러난 행동처럼 보여서, 결국 그날 와다 님 일족 아흔여덟 명을 격앙시켰고, 이는 후일 가마쿠라에 큰 소동이 일어난 발단이 되었다는 것 같습니다. 소슈 님은 남쪽 뜰에 열좌한 와다 일족을 향해 오직 한마디,

"신청한 건은 윤허하지 않으셨다."라고 천연덕스럽게 명을 내리셨는데, 와다 좌위문위 님이 무슨 말씀을 하시려고 앞으로 나서며 위엄을 갖추는 동안, 소슈 님이 두 심복 유키치카와 다다이에에게 눈짓하여 죄수 다네나가 님을 옆방에서 끌고 나오게끔 한 뒤, 요시모리 님을 비롯한 일족이 부당하다고 생각할 겨를도 없이 다네나가 님의 손을 뒤로 결박하도록 했습니다. 일족 아흔여덟 명이 이 뜻밖의 처사에 깜짝 놀라 소리도 못 내고 그저 지켜보고 있는 동안, 소슈 님은 판관 유키무라 님을 불러 한층 더 엄중히 경비하라 명하며 죄인을 넘겨주셨고, 그길로 죄인은 안으로 끌려 들어간 모양입니다. 그것이 반역의 주모자에 대한 올바른 처사인지는 몰라도, 와다 님 정도로 권세 높은 명문가 일족들 면전에서 굳이 다네나가 님을 결박하여 관리에게 넘기는 모습을 보일 필요는 없었을 터인데, 거기다 소슈 님의 그 차갑고 고지식한 태도로 품위고 뭐고 없이 순식간에 일을 진행시키셨을 것이니, 남인 저희들도 그 이야기를 듣고 어쩐지 껄끄러운 기분이 들 정도였으므로, 당사자인 와다 좌위문위 님을 비롯한 그 일족들이 얼마나 분통했을지 헤아릴 수 있을 것도 같습니다. 와다 헤이타 다네나가 님은 그달 17일 무쓰 국 이와세 군으로 유배되셨는데, 이에 관해 또 서글픈 이야기가 있습니다.

여섯 살 난 다네나가 님의 따님이 아버님과의 긴 이별을 슬퍼하여 괴로워하던 나머지 병에 걸려 그달 21일 위독한 상태에 빠졌는데, 고통스럽게 숨을 헐떡이면서도 아버님을 부르니, 일족 분들은 그 모습을 차마 지켜보지 못하고, 그들 가문의 신병위위 도모모리 님의 생김새가 다네나가 님과 닮은 데가 있어, 그 도모모리 님께 아버님인 것처럼 해달라고 부탁드리기로 했습니다. 원래 이 도모모리 님은 무가에서 태어난 사람답지 않게 마음씨가 고와 쇼군께도 특별히 두터운 신임을 얻고 있는 분이라, 흔쾌히 그 슬픈 역할을 받아들이셨고, 위독한 따님의 머리맡에 앉아, 걱정 말아라, 아버지가 이리 무사히 돌아오지 않았느냐, 하고 눈물을 삼키며 말씀하시자, 따님은, 아, 하고 외마디소리를 내뱉으며 고개를 살짝 들고 희미하게 웃었는데, 그러고는 곧바로 숨을 거두었다고 합니다. 당시 27세였던 아이의 젊은 어머니도 곧 삭발을 했고, 그 이야기를 들은 궐 안 사람들 모두 그들을 동정하지 않을 수 없어, 은밀히 소슈 님의 단호한 처사를 원망했습니다. 와다 좌위문위 요시모리 님은 9일에 있었던 일족의 탄원이 의외의 결과를 낳아 원로로서 면목이 없자, 그날 이후 궐 출입도 없이 우울한 칩거 생활에 들어가셨는데, 여기서 또 하나, 소슈 님과 불꽃 튀는 강렬한 충돌이 일어서, 마침내 싸움을 피할 수 없는 험악한 상황이 되어 버렸습니다. 와다 헤이타 다네나가 님의 저택은 에가라 신사 정면에 있었는데, 이 집이 다네나가 님의 유배와 동시에 몰수되었습니다. 워낙 궐 바로 옆에 있던 땅이라 궐 출입이 편하여, 모두들 은근히 그 저택을 차지하기를 바라는 눈치였지만, 좌위문위 요시모리 님께서 마지막 남은 소원이니 그 저택을 되돌려 받고 싶다고, 궁녀 고조 님을 통해 몰래 쇼군께 청을 넣었습니다. 그때 쇼군께서는 고조 님의 말씀을 끝까지 듣지도 않으시고, 연속으로 두세 번 바삐 고개를 끄덕이시며 그 자리에서 윤허한다는 명을 내리시고는, 멍하니 전혀 다른 일에 잠긴 듯 한동안 묵묵히 고개를 숙이고 계셨습니다. 그토록 힘없는 쇼군을 뵌 것은 제가 봉공을 올린 이래 처음이었습니다. 이미 모든 일에 흥취를 잃으신 듯, 천민들 말로 그야말로 시무룩한 얼굴을 하고 계셨습니다. 그러고 나서 사오일 지나, 소슈 님이 이상하게 엷은 미소를 띠며 어전으로 나오시더니,

"방금 말씀을 전해 들었습니다만 죄인 다네나가의 저택을," 하고 운을 떼시니 쇼군께서 곧바로,

그것은 와다에게

하고 고개를 숙인 채 낮게 말씀하셨습니다.

소슈 님은 정색을 하시며,

"그것만은 취소해주시기를 간청 드립니다. 대단히 옳지 않은 선례가 될 것입니다. 모반자의 영지를 그 일족에게 주시다니요." 하고 어느 때보다 강한 어조로 말씀을 하시고는, 문득 고개를 기울이고 생각하시더니 갑자기 목소리를 낮추시며, "안 됩니다. 이것만은 안 됩니다."

와다가 기뻐하고 있다 합니다

쇼군께서는 여전히, 유약한 어조로 말씀하셨습니다.

"그 마음은 짐작이 갑니다만, 앞으로의 일도 생각하셔야 합니다. 긴말은 드리지 않겠습니다. 마음을 모질게 잡수십시오."

그 정도로 중요한 일이라 여겨지지는 않는다

"중요합니다. 반역의 무리를 처단하는 일만큼 중요한 일이 어디 있겠습니까. 막부의 안위가 달린 문제입니다. 다네나가의 저택은 한동안 제가 직접 맡아두겠습니다. 다른 자에게 주면 쓸데없이 그자가 와다 일족으로부터 원한을 사게 될 것입니다. 제가 악역을 맡겠습니다. 쇼군께는 해가 가지 않도록 하겠습니다. 사사로운 욕심에서 드리는 말씀이 아닙니다. 막부 천년의 안위를 위한 것입니다. 긴말 드리지 않겠습니다."

쇼군께서는 고개를 숙인 채 한마디도 하지 않으셨습니다.

다네나가 님의 저택은 좌위문위 요시모리 님으로부터 다시 거두어 소슈 님께서 맡게 되셨는데, 와다 님 일족이 그 저택에 이주해 살고 계셨던 것을 소슈 님 하인들이 완력으로 몰아낸 모양이었습니다. 좌위문위 요시모리 님께서는 통탄의 눈물을 흘리시며, 오래 살고 싶지도 않고 앞서 고한 대로 가즈사 국 태수로 임명해주시기만을 바란다고 재차 간청 드렸는데, 잠시 기다려 보라는 쇼군의 은밀한 말씀도 있고 하여, 기쁜 소식이 날아들기를 삼가 기다리고 있었으나, 일 년을 기다리고, 이 년을 기다리고, 삼 년을 기다려도 아무 소식이 없기에 깔끔히 체념하고, 재작년 연말, 전에 내었던 진정서를 도로 받아오도록 시로 병위로 하여금 대관령에게 중재토록 일렀으나, 대관령이 쇼군의 답변을 전하기를, 조만간 좋은 자리를 내어 줄 생각이었는데 이번에는 또 문서를 반환해 달라고 하다니 제멋대로 구는 데도 정도가 있다, 하고 뜻밖의 말씀을 전하셨습니다. 이에 와다 님은, 돌이켜 보면 이즈음 내가 하는 일들은 엇갈리기만 하여, 얼마 전 일족 아흔여덟 명이 궐 남쪽 뜰에서 전대미문의 대 치욕을 겪고, 참을 만큼 참았으니 다네나가 의 저택이라도 지켜달라는 간청을 쇼군께서 윤허하시어, 아이고 감사합니다, 그나마 면목은 섰구나, 하고 가슴을 쓸어내리고 있었는데, 뜻밖의 곤경에 처하고 말았구나, 이러니저러니 해도 막부에 소슈와 대선대부라는 두 간신배 가 버티고 있고, 쇼군의 의지가 제아무리 공정하다 하여도, 좌우로 두 간신배 가 시중을 들고 있는 한, 우리 신하들의 불안은 그야말로 깊은 못 위 살얼음을 밟고 있는 것과 같으니, 소슈의 횡포는 말할 것도 없고, 대선대부 역시 소슈 혹은 그 이전에 집권 직을 맡았던 도키마사 공이 저지른 각종 악행에 가담하지 않은 적이 없음에도, 세상의 비방이 그들 부자에게만 집중되도록 하고, 자신은 시원시원한 선인善人의 얼굴을 하고서 오로지 자기 일가의 융성을 꾀하니, 그 방면의 영특함은 소슈와 겨루어도 뒤처지지 않을 만큼 간교하다, 이 둘을 처단해야 함은 일찍이 천하의 가신들이 하나같이 은밀히 수긍하고 있던 차에, 우리 일족의 젊은이들이 이를 악물고 팔을 걷어붙이며 나서는 것도 이제는 제지할 필요가 없다, 노장들도 분기탱천하여 막부의 간신들을 제거하지 않으면 안 된다, 라고 하며 비장하고 완고하게 무시무시한 결의를 다졌던 것이라고, 사람들이 두고두고 수군거렸습니다.

　　같은 해. 같은 달. 7일, 무인戊寅, 막부에서 궁녀들을 모아놓고 연회를 열었는데, 그때 야마우치 좌위문위와 지쿠고 시로 병위위가 궐 밖을 배회하고 있는 것을 발 너머로 본 쇼군이, 두 사람을 가까이 불러 술을 권하며 이르기를, 너희 둘 모두 목숨이 다할 날이 얼마 남지 않았으니, 한 사람은 적이고 다른 한 사람은 나를 따를 것이라 하였다. 그 소리를 들은 두 사람은 공포에 질려 서둘러 술잔을 비우고 물러났다 한다. 20일, 신묘辛卯, 나라의 15대 사찰에 공양과 보시를 올리는 것이 쇼군의 오랜 소망이라, 오늘 교토와 교토 인근 지방 가신들에게 이를 명하였다 한다. 27일, 무인戊寅, 맑음, 구나이 병위위 긴우지가 쇼군의 명을 받고 와다 좌위문위의 저택으로 향하니, 요시모리가 모반을 꾸미고 있다는 소문의 진상을 확인하기 위함이었다. 그날 저녁에는 또, 형부刑部 다다스에를 요시모리에게 보내어, 그대가 주군을 해치려 한다는 풍문이 들려 쇼군께서 매우 놀라고 계신다, 우선 봉기를 멈추고 물러나 주군의 은혜로운 판단을 기다림이 마땅하다, 라고 전했다 한다. 29일, 경진庚辰, 맑음, 사가미 지로 도모토키가 스루가 국에서 가마쿠라로 올라왔다. 쇼군의 꾸중을 듣고 아버지로부터 의절 당하여 스루가 국에서 칩거하던 중, 모반의 조짐이 보이니 어서 올라오라는 소식을 듣고 돌아왔다 한다.

　　같은 해. 윤5월. 2일, 임인壬寅, 흐림, 지쿠고 좌위문위 도모시게가 요시모리 저택 인근에 있는데, 요시모리의 집 앞으로 군병들이 앞다투어 모여드니, 도모시게가 그 광경을 보고 갑옷을 입으며 심부름꾼을 시켜 그 사정을 전 대선대부에게 알렸다. 이때 대선대부 아손은 귀한 손님들과 함께 한창 술을 마시고 있었는데, 그 소식을 듣고 혼자 일어나 궐로 달려갔다. 다음으로 미우라 헤이로쿠 좌위문위 요시무라와 그의 동생 구로 우위문위 다네요시는 처음에 요시모리와 손을 잡고 북문을 지키겠다고 서약하였으나, 후에 마음이 바뀌어 형제가 서로 의논하여, 어서 죄를 뉘우치고 반역을 밀고해야 한다며 후회를 하고는, 곧장 소슈의 저택으로 찾아가 요시모리가 이미 출정했다 고했다. 이때 소슈는 바둑 모임 중이었는데, 이 말을 듣고도 크게 놀라는 기색 없이 침착하게 바둑판을 들여다보면서, 몸을 일으켜 모자 끝을 똑바로 세워 쓰고 관복으로 바꿔 입은 후 궐로 향했다. 궐에서는 이미 경비를 강화하고 있었지만, 이 둘의 권유로 아마미다이도코로와 미다이도코로는 궐을 떠나 북문으로 향하여, 쓰루가오카 장관의 거처로 피신하였다 한다. 신시^{오후 3시-5시}, 와다 좌위문위 요시모리가 반당의 무리를 이끌고 궐로 급습하니, 백오십여 명의 군사를 셋으로 나누어 우선 막부의 남문과 소슈의 저택 서문, 북문 양쪽을 둘러쌌다. 소슈는 궐에 들어 있었으나, 주인이 없는 집을 지키던 용사들은 충의를 다지며, 곳곳에 널빤지를 세워 그 틈으로 활을 쏘고 돌을 던지며 싸웠고, 많은 군사들이 죽거나 다쳤다. 히로모토 아손의 저택에는 연회 손님들이 있었는데, 그들이 그 집을 떠나기 전에 요시모리의 대군이 덮쳐 문으로 밀려들어, 어찌된 영문인지도 모르고 활을 쏘며 맞서 싸웠다.

이윽고 유시오후 5시-7시에 반역의 무리들이 막부의 사방을 둘러싸고 깃발을 나부끼며 활을 쏘았다. 조이명 사부로 요시히데가 외곽의 정문을 부수고 남쪽 정원으로 난입하여 궐 주변을 가득 메운 군사들과 대치하여 싸웠고, 궐에 불을 질러 건물들이 한 채도 남김없이 모조리 불탔다. 쇼군은 화재로부터 도망치기 위하여 소슈, 뉴도와 함께 고 우대장 님을 모신 법화당으로 피신하였다. 요시모리의 군대는 한 사람 몫의 무력을 휘두르는 데 그치지 않고, 무사 한 명당 천 명에 달하는 위력을 가지고 달려들었으니, 천지가 흔들릴 정도로 무시무시한 전투가 벌어져, 날이 저물고 밤이 되어 별이 뜰 때까지도 싸움은 끝날 줄을 몰랐다. 야스토키는 그들의 용맹함에 굴하지 않고, 몸을 던져 군사들의 사기를 북돋우며 반군에 맞섰다. 새벽녘이 되자 요시모리 군도 기운이 빠지고 활도 부족하여, 피곤에 찌든 말을 몰고 해변으로 퇴각했다. 3일, 계묘癸卯, 가랑비가 내리고, 요시모리 군은 거의 전멸하였으며, 군마들도 완전히 지쳐 있었다. 인시오전 3시-5시 요코야마 마운 도키카네가 사위인 하타노 사부로와 조카인 요코야마 고로 이하 수십 명의 수하들을 이끌고 서둘러 고시고에 포구로 가보니, 이미 싸움이 한창이라 지체할 것 없이 다들 도롱이와 삿갓을 내던졌는데, 그것이 모여 산을 이뤘을 정도였다 한다. 그들이 곧장 요시모리의 진에 합류, 요시모리와 도키카네가 협력하여 새로운 세력이 되었다. 도키카네가 이끌고 온 군사는 삼천 기나 되어서, 요시모리 군을 뒤쫓던 병사들이 놀라 흩어졌다. 요시모리는 곧장 궐을 공격하려 하였으나, 이미 와카미야 대로는 야스토키와 도키후사가 방어하고 있고, 마을의 길은 가즈사 사부로 요시우지가, 나고에는 오우미^{옛 시가 현} 태수 요리시게가, 오쿠라는 사사키 고로 요시키요와 유키 좌위문위 도모미쓰 등이 각각 진을 펴고 있어서 돌파하려 해도 할 수가 없었다. 이에 유이 포구와 와카미야 대로에서 전투를 하며 시간이 흘렀다. 전날 밤부터 다음날 점심때까지 쉴 새 없이 싸움을 계속하니, 와다 군은 기력이 쇠하였다. 유시^{오후 5시~7시}에 와다 시로 좌위문위 요시나오가 이구마 다로 모리시게의 손에 쓰러지자, 아버지 요시모리가 탄식을 하였다. 평소 각별히 요시나오를 총애하여 그의 출세를 빌었는데, 이렇게 된 마당에 전투는 무슨 전투냐며 소리 높여 통곡을 하고 이리저리 날뛰다 마침내 에도 좌위문위 요시노리의 수하의 손에 쓰러졌다 한다. 아울러 와다의 아들인 고로 병위위 요시시게와 로쿠로 병위위 요시노부, 시치로 히데모리 이하, 사건의 발단이 된 일곱 명이 모두 죽임을 당하였다. 조이명 사부로 요시히데 외 수명은 바다로 나와 배를 타고 아와 국으로 도망쳤는데, 그들의 배 여섯 척에 오른 기마는 모두 오백 기였다 한다. 또한 신좌위문위 쓰네모리, 야마우치사키 지로 좌위문위, 오카자키 요이치 좌위문위, 요코야마 마윤, 후루코리 좌위문위, 와다 신병위 뉴도, 이상 대장군 여섯 명은 전장에서 도망쳐 자취를 감추었다 한다. 이 무리들이 패하여 세상은 진정을 되찾고, 그 후 소슈는 유키치카와 다다이에게 사체를 확인토록 명하여, 유이 포구에 가건물을 세우고 요시모리 일당의 목을 취합하도록 했으며, 해가 저물자 횃불을 들고 작업을 계속했다. 소슈와 히로모토는 쇼군의 명에 따라 교토로 파발마를 보내 그 상황을 보고했다.

일이 흘러가는 추세가, 참으로 부득이해 보입니다. 5월 2일 저녁나절, 와다 좌위문위 요시모리 님이 일족 백오십 기를 이끌고 모반을 꾀하니, 고 우대장 님이 막부를 창설하신 이래 삼십 년 만에 가마쿠라 땅에 큰 병란이 발발하였습니다. 와다 님 정도로 지체 높은 분이 겨우 백오십 기라니, 의외로 세력이 약하다고 의문스러워 하시는 분이 계실지도 모르겠지만, 지난 3월 다네나가 님이 유배되고, 4월 에가라 신사 앞 저택에서 소동이 일어난 후로, 와다 님이 모반을 일으키실 거라는 소문이 궁궐 내부나 가마쿠라 백성들 사이에 나돌았고, 용맹함만큼은 관동 제일인 와다 님 일족도 몰래 일을 꾀하는 지략은 부족했던 듯, 서슴지 않고 병기들을 장만하고 승전을 기원하는 제사를 올렸는데, 반역을 꾀하리라는 확실한 증거들이 계속해서 궐 신하들에 의해 드러나자, 도저히 더는 버틸 수 없게 되어 모을 수 있는 군병을 그러모아 성급하게 거사를 치른 것입니다. 믿었던 일족인 미우라 님께 배신당하고, 이튿날 아침, 계획대로 요코야마 마윤 도키카네 님의 삼천여 기가 고시고에 포구로 달려와 와다 진에 합류하였으나, 그때는 이미 쇼군의 교서가 각지에 널리 퍼져 와다 세력이 역적으로 정해진 뒤라, 그 전까지는 거취를 망설이며 수수방관하고 있던 각국의 수장들도 속속 호조 진 쪽으로 모여들면서, 마침내 와다 씨 일족은 무참히 전멸당하고 말았습니다. 그 반란이 일어나기 한 달 전인 4월 7일, 쇼군께서는 아무런 이유 없이 궁녀들을 모아 화려한 연회를 여시면서, 전에 없이 술을 많이 드시고는 궁녀들에게 가볍게 농담도 하시며,

　우리 집 울타리에 오이가 열릴지 안 열릴지 알 수 없듯이

　사랑 또한 어찌 될지 알 수 없으나 우선은 둘이서 동침하고 싶구나

　라는 와카를 지으시어 좌중을 화기애애하게 웃게 만드시더니, 문득 앞쪽

뜰을 내다보시다가, 정원 문 언저리에 야마우치 좌위문위 님과 지쿠고 시로 병위위 님이 경호를 위해 주변을 어슬렁거리고 있는 것을 보시고, 그 둘을 불러 가까이 오라고 이르셨습니다. 쇼군께서는 이윽고 다가온 두 사람에게 술을 한 잔씩 따라 주시면서, 기분이 좋은 듯 빙긋이 웃으신 다음, 살짝 고개를 기울여 두 분의 얼굴을 찬찬히 뜯어보시면서, 너희들은 조만간에 목숨을 잃게 될 것이다, 한쪽은 적군, 한쪽은 아군, 하고 뜻밖의 불길한 예언을 무슨 농담하듯 아무렇지도 않게 내뱉으시고는 태연히 앉아 계셨습니다. 과연 그로부터 한 달 후 야마우치 좌위문위 님은 와다 세력으로 들어가고, 지쿠고 시로 병위위 님은 궐에 남아 적군과 아군으로 갈라져 싸우다, 두 사람 모두 전사했는데, 이에 대해서도 떠오르는 것이 있습니다. 옛날 마구간 황자님도 스물한 살 되던 때, 대신인 우마코가 주군을 배신할 것을 훌륭히 예언하셨다는데, 천하에 둘도 없이 존귀한 이세신궁의 적류인 그분의 이름을 제 입에 올리는 것조차 송구스럽사오나, 어쨌든 쇼군께서는 일찍이 마구간 황자님께 크게 심취해 계셨습니다. 저희들은 아무것도 모르지만, 쇼군께서는 황자님이 '다툼 없는 평화를 위하여'인가 하는 말로 시작하는 열일곱 개 헌법 조항을 만드시는 등 진정으로 만대불역의 형형히 빛나는 깨달음을 지닌 분이니, 그분을 바다 건너 다른 나라 사람들에게 알리고 싶다고 하신 적도 있었습니다. 소맷자락만큼이라도 그분을 닮기를 평상시부터 쭉 염원하고 계셨던 듯, 뭐 이것은 그저 저희들의 어리석은 추측에 불과하겠지만, 아주 조금이나마 황자님과 쇼군께는 서로 상통하는 기운이 느껴지는 것 같습니다. 예언이라고는 하지만 그저 엉터리로 지껄인 말이 운 좋게 적중했던 것이 아니고, 어떤 세밀한 통찰력으로 반드시 그렇게 될 것이라는 근거를 간파하고 하신 말씀일 텐데, 그러나 저희처럼 평범한 자들은 명명백백한 근거를 갖고 있으면서도 예측을 주저하여, 어쩌면 틀릴지도 모르고 도중에 형세가 어떻게 바뀔지도 모른다면서 우물쭈물 주위를 두리번대기만 할 것입니다. 하지만 마구간 황자님, 혹은 돌아가신 쇼군 같은 분들은 망설임 없이 훌륭하게 단언하시어 모두 적중시키시니, 이는 역시 뛰어난 관찰력이라고 부르기보다는 영감이라고 부르는 편이 나을 것이라 사료됩니다. 상통한다고는 하여도 물론, 황자님과 쇼군 사이에는 하늘과 땅 차이가 있으니, 이러한 생각은 모두 어리석은 저희들의 유치한 환상에 불과하겠지만, 마구간 황자님도 역시 유년 시절부터 정무를 보셨던 것 같고, 뭐 그러하기에 고 우대신 님도 한층 황자님을 사랑하셨을 것입니다. 두 분 모두 불교를 섬기는 마음이 두터우셨으며, 또 황자님 곁에 소가노 우마코라는 발칙한 대신이 있었던 것처럼, 고 우대신 님 옆에는 소슈 님이라고 하는 음울한 분이 계셨습니다. 우마코와 조큐시대의 소슈 님은 실로 일본국이 열린 이래 가장 커다란 악행을 저질렀고, 게다가 정치적 수완도 깔볼 수 없는 수준이어서, 쉽게 이들을 내칠 수 없었던 점도 비슷합니다. 이러한 공통점이 모두 우연에 불과하다는 것을 잘 알고 있으면서도, 이렇듯 아주 소소하게 비슷한 점이라도 찾아내 우리 가여운 우대신 님 영전에 바치고 싶은, 무지한 가신의 추모의 정을 부디 헤아려 주시기 바랍니다. 마구간 황자님을 입에 올리는 것만으로도 대단히 송구스러워, 마치 격렬하게 내리쬐는 태양을 올려다보는 것처럼 눈을 질끈 감게 되는데, 제 추측이 들어맞을 리는 만무하지만, 고 우대신 님의 경우만을 말씀드리자면, 교토 조정에 대해서는 그토록 충심이 깊으셨고, 또 막부의 정무에서도 명민하고 어진 수완을 보이셨으면서, 어째서 조큐시대에 커다란 악행을 저지른 소슈 님을 올바른 방향으로 이끌지는 못하셨을까, 하는 생각이 드는데, 이런 것도 저희들의 욕심에 불과하겠으나 오직 그것

하나가 통탄스러울 따름입니다. 정무도 예전에는 소슈 님이 됐든 누가 됐든 옳지 않은 것은 준엄하게 물리치셨지만, 이번 와다 님 사건이 일어나고 나서부터는 과연 쇼군께서도 가끔 몹시 쓸쓸해 보이셨고,

관동은 미나모토 가에게 위임된 땅이기는 하나, 호조 가는 대대로 이 땅에서 뿌리를 내렸습니다. 임하는 마음가짐이 다른 것이 당연합니다.

하고 수수께끼 같은 말씀을 하시기도 했습니다. 그리고 그즈음부터 부쩍 주량이 느셨습니다. 그해 5월 일어난 병란도, 쇼군께서 삼 년 전인 조겐 4년 11월 21일에, 꿈속에서 계시를 받아 난이 일어날 것을 이미 알고 계셨다는 사실은 전에도 말씀드렸는데, 그때 꿈은 그저 전투가 있을 것이라는 것뿐이고, 그것이 누구의 반란인지, 그 주모자의 이름까지는 모르셨던 게 아닐까 사료됩니다. 날카로운 감을 지닌 쇼군이시니, 한 해 두 해 지나면서 어쩌면 와다 씨 같은 자들이 늙은이의 외고집에서 성급한 짓을 저지르지는 않을까 하고 우려하신 듯, 설마하니 그 이유 때문만은 아니겠지만, 겐포 원년 전년도 즈음부터 갑자기 눈에 띄게 와다 씨 일족을 총애하셨고, 그중에서도 특히 좌위문위 요시모리 님을 항상 곁에 두시면서, 어쩐지 이 늙은 무장을 어여삐 여기셨는데, 그렇게 겐포 원년 2월에 예의 이즈미 고지로 신페이의 음모가 드러나고 와다 씨 일족도 이에 가담하니, 이미 그즈음부터 쇼군께서도 이제 모든 것이 끝났다고 마음속으로 결단을 내리셨던 것은 아닐까요. 당시엔 정무 결재도 전처럼 열정적으로 하지 않으셨고, 마치 무슨 농담을 하시듯 모반을 저지른 죄수들을 무턱대고 사면시키고는 활짝 웃으시는가 하면, 갑자기 풀 죽어 지친 모습을 보이시는 등, 그때까지 꼭 틀어쥐고 있던 무언가를 손에서 놓고 내팽개친 것처럼 형편없이 기운 빠진 모습이셨습니다. 와다 씨 일족 아흔여덟 명이 청원을 올렸을 때나, 다네나가 님의 저택을 그런

식으로 조치하셨을 때도, 이제껏 본 적이 없을 정도로 힘없고 유약한 태도로 소슈 님을 따르셨는데, 이즈음부터 쇼군의 심경에 중대한 변화가 생겼던 것이 아닌가 싶습니다. 미천한 억측이라 송구스럽기 그지없지만, 저희 생각으로는 그랬습니다. 앞에서 말씀드렸다시피 와다 님 일족 분들은 모두 용맹하기 이를 데 없었으나, 음모를 꾸미는 지략은 부족했던 듯, 그들이 반역을 꾸미고 있다는 소문이 이미 이삼 개월 전부터 나돌고 있어서, 궐 사람들도 진작부터 각오를 다지며 제각각 은밀히 무기를 갖추고, 밤에도 편히 잠드는 일 없이 경비를 게을리하지 않으면서 긴장된 하루하루를 보내고 있었는데, 쇼군만큼은 딱히 이유도 없이 연회 같은 걸 여시면서, 4월 7일에는 쇼군의 경호를 맡은 야마우치 좌위문위 님과 지쿠고 시로 병위위 님을 불러 이상한 예언을 하시니, 두 분 모두 안색이 파랗게 질려 받은 술을 입속에 털어 넣으셨습니다. 쇼군께서는 온화하게 웃으시며 서둘러 물러나는 두 분을 지켜보시면서,

　뜨고 가라앉다 끝내 거품이 되겠구나

　가파른 절벽 앞 거센 파도에 몸이 찢기며

라는 와카를 한 수, 낙서하듯 휴지에 마구 휘갈겨 쓰시고는, 다시 술잔을 기울이셨습니다. 뒤이어 15일에는 때마침 보름달을 주제로 한 와카회가 열렸는데, 그즈음 와다 님 일족의 궐 출입도 드물어지고 있었지만, 그날 밤 요시모리 님의 적손, 와다 신병위위 도모모리 님이 드물게 와카회에 참석하셔서 쇼군께서 몹시 기뻐하셨습니다. 원래 총애하던 도모모리 님이셨기에 그 자리에서 종이 한 장에 각종 지역 관직을 죽 적으신 뒤 건네주시며,

　돌고 돌아 돌아오는 달아

　다시 고향을 비추게 될 때에 나를 잊지 말아다오

　이런 시까지 지어 주셨는데, 도모모리 님은 쇼군의 은덕에 눈물을 흘리며

퇴출하시고는 그날 밤 출가를 하셨다지요. 그리고 아버님께는, 반역을 그만두시는 것이 어떻겠습니까, 일족을 따르자고 주군께 활을 쏘지도 못하겠고, 또 주군 편에 서서 아버님의 적이 되지도 못하겠으니, 차라리 출가하겠습니다, 라는 글을 남기고 그날 밤 교토로 떠나셨다고 합니다. 이튿날 그 글을 읽은 아버지 좌위문위 요시모리 님이 격노하여 당장 도모모리를 따라가 데려오게 하셨고, 후에 심부름꾼과 함께 돌아오셨는데, 쇼군께서는 그런 소란에도 놀라지 않으시고, 다시 집으로 돌아온 도모모리 님이 18일, 검게 물들인 옷을 입고 출가한 차림으로 궐에 사과를 드리러 오셨을 때도 자세한 것은 묻지 않으셨습니다. 또 완전히 바뀐 뉴도 차림을 이상하게 여기지도 않으시고, 그 모든 것을 전부터 다 꿰뚫어보고 계셨다는 듯 차분한 태도로,

한탄이 절로 나니 세상을 등질 수가 없도다

요시노 산중도 살기 어렵다 하고

라는 와카를 지으시며 그저 조용히 웃으셨습니다. 그랬는데 쇼군께서 그토록 아끼시던 그 신병위위 도모모리 님마저 그해 5월, 와다 씨 일족을 따라 검은 옷을 입은 중의 모습으로 궐로 쳐들어왔습니다. 이렇듯 주변 낌새가 시시각각 험악하게 돌아가는데도, 쇼군께서는 태연하게 몇 해 전부터 품고 계시던 소망이라 하시며, 20일, 절에 보시할 것을 명하셨습니다. 또 27일에는 문득 생각나셨다는 듯이, 요즘 와다가 뭔가 꾸미고 있는 듯하니 무슨 짓을 하고 있는지 보고 오라 하시며, 새삼스럽게 와다 좌위문위 님 댁으로 신하를 보내셨습니다. 그 신하가 돌아와, 아무래도 모반을 꾸미고 있는 것 같다고 아뢰었는데도, 쇼군께서는 안색 하나 변하지 않으시고, 쓸데없는 짓이니 그만두라고 전하고 오라면서, 또 다른 신하에게 힘없이 명을 내리셨습니다. 그 모습은 제가 곁에서 보고 있기에도 몹시 답답했고,

실로 봄바람과 같이 온화하다고 할까요, 어떤 일에도 흥이 나지 않으시는지, 실례되는 말이지만 그저 멍하니 앉아 계시며 틈만 나면 술에 취해 계셨으니, 갓 눈을 떴던 그 늠름한 결단력도 그즈음 온데간데없었습니다. 소슈 님께서도 어째서인지 쇼군께서 정무에 태만하신 것을 못 본 척, 아니 오히려 쇼군과 마주하기를 애써 피하고 계신 듯했습니다. 그러던 5월 2일 저녁나절, 대선대부 히로모토 님이 정신없이 궐로 달려 오셔서, 와다 씨 일족이 거병한 사정을 급히 알리셨습니다. 마침 그때 히로모토 뉴도 님은 댁에서 손님들과 연회를 열고 계셨는데, 군사들이 와다 좌위문위 님 댁으로 앞다투어 모여들고 있다는 소식을 들으시고는, 손님이고 뭐고 내팽개치고 의복도 제대로 갖춰 입지 않은 채 궐로 달려오셨다고 합니다. 뒤이어 소슈 님도 미우라 님 일족으로부터 와다 씨가 거병했다는 것을 들었다면서, 참으로 차분하게 궐에 드셨습니다. 아시다시피 미우라 님은 본래 와다 님 일족으로, 이번에 와다 씨와의 친분으로 반역에 동참한다는 서약서까지 썼으면서, 이날 돌연 와다 씨를 배신하고, 몰래 소슈 님의 저택으로 가서 오늘 와다 씨가 봉기한다는 사실을 아뢰었다 합니다. 미우라 씨 일족의 배신이 아니었더라면, 이번 전쟁에서 와다 씨가 승리하고 호조 씨가 전멸을 당하는 쓰라림을 맛보아야 했을지도 모르는, 그야말로 촌각을 다투는 시급한 때인데도, 소슈 님은 그즈음 댁에서 손님들과 바둑을 두시다가, 미우라 좌위문위 님의 밀고를 듣고 살짝 돌아보며 가볍게 고개를 숙였을 뿐 고맙다는 인사 한마디 하지 않으셨다고 합니다. 이윽고 침착하게 몸을 일으키신 뒤에도 바둑판에서 눈을 떼지 않으시고, 천천히 바둑의 결과를 눈으로 셈하시더니, 아무래도 제가 두 집 이긴 것 같습니다, 하고 낮게 중얼거리시고는, 손님에게 실례한다며 인사를 하고 재빨리 옷을 갈아입은 다음, 모자 끝을 세우신 후 말을 달려 궐로 향하셨다지요. 당황해서 어쩔 줄 모르며 궁색한 행동을 했던 뉴도 님에 비하면, 소슈 님은 아무리 무사라고는 해도 보통사람은 할 수 없는 대담한 행동을 했다며 두고두고 평판이 자자할 정도였습니다. 눈 깜짝할 사이에 와다 군이 궐로 밀고 들어와, 해 질 녘에는 궐 주변이 온통 군사들로 둘러싸였고, 더군다나 궐에 불을 지르는 자까지 있어 사방에 불길이 번져, 쇼군께서는 소슈 님이나 뉴도 님, 그리고 저희 시종 몇 명을 데리고 고 우대장 님을 모신 법화당으로 피신하셨습니다. 그때 쇼군께서 술을 드신 것 같지는 않았지만, 마치 취기가 오르신 것처럼 얼굴도 붉게 빛나셨고, 끊임없이 생긋생긋 웃으시며, 이따금 멈춰 서서 주위가 불타는 모습을 신기하다는 듯 바라보셨는데, 그러는 사이에 적병이라도 달려들면 어쩌나 하고, 저희들은 옆에서 그야말로 제정신이 아니었습니다.

쇼군이란 어차피 세인과 다를 바 없는 존재다. 마구간 황자가 군신에게 배신당한 적은 없었다.

라고 하시며 혼자서 웃다가 흐느껴 우시던 것도 그때 일이었습니다. 쇼군께서는, 마음속으로 항상 염두에 두고 있었던 것은 그 옛날 마구간 황자님의 치적이었는데, 하다못해 그분의 만분의 일이라도 닮고 싶어 이제껏 애를 써왔으나, 이렇게 와다 씨 일족에게 배신을 당했으니 마구간 황자님에 닿을 자격도 없다, 라고 하셨습니다. 당신의 부덕함을 분명히 알았다는 뜻에서 그런 말씀을 하신 것인지도 모르겠지만, 그 웃는 얼굴에는 괴로움이라고 하기보다는, 황송한 말씀이기는 하오나, 대단히 이상하고 기괴한 모습이 깃들어 있어서, 순간 쇼군께서 정신이 나가신 것이 아닌가 하는 의심이 들었을 정도로 수상하면서도 아름다운 것, 무심코 사람을 전율하게 만드는 무언가가 있었습니다. 그러는 동안 궐 주변에서는 양쪽 군사들이 뒤엉켜 전투를 벌였고, 그중에서도 요시모리 님의 셋째아들인 조이명 사부로 요시히데가 구 척이나 되는 쇠막대기를 휘두르며 아수라^{전투를 좋아하는 신}처럼 미친 듯 날뛰어, 마치 미나모토노 다메토모²¹ 님이 부활하신 듯, 그를 상대하여 싸울 적수가 없었습니다. 먼젓번 여색에 젖어 저지른 실수로 스루가에 유배됐던 소슈 님의 둘째아들 도모토키 님이, 가마쿠라의 사태가 급박해졌다는 소식을 듣고 혼란을 틈타 돌아와 있다가, 큰 공을 세워 예전의 오명을 씻을 요량으로 요시히데 님에게 달려들었으나, 애초에 요시히데 님과는 상대도 안 되는 장수라 순식간에 쇠막대기에 얻어맞고 큰 부상을 입었습니다. 그래도 목숨을 잃지 않고 부상을 입은 정도로 끝난 것만도 대단하다고, 기묘하게 아첨하는 자들도 있었는데, 어쨌거나 체면은 차리게 된 모양이었습니다. 참으로 와다 군은 요시히데 님만 그런 것이 아니라, 백오십 기의 무사 모두가 제각각 천 명 분의 활약을 해주었습니다. 처음에는 군사를 셋으로 나누어 가장 먼저 소슈 님 댁을, 다음은 히로모토 뉴도 님 댁을, 그리고 나머지는 궐로 들어가 쇼군을 옹호한다는 대의명분을 밝히고, 간신배 소슈 및 뉴도를 주살한다는 작전을 세웠다고 하는데, 소슈 님과 뉴도 님 모두 재빨리 궐로 달려 들어오신 탓에, 어쩔 수 없이 세 군이 힘을 합쳐 궐을 공격하게 되었다고 합니다. 궐에서는 야스토키 님이 장수가 되어 일족과 가신들을 큰 소리로 격려하며 사기를 북돋우셨고, 스스로 몸을 던져 방어전에 나서며 밤새 전투를 벌이셨습니다. 동틀 무렵이 되자 기세 좋게 밀어붙이던 와다 군도 힘이 빠져, 일단은 재빨리 해변으로 후퇴했고, 그즈음부터 가랑비가 부슬부슬 내리기 시작해 무섭고도 애처로운 전투가 되었습니다. 이튿날 3일 인시^{오전}

<hr>

21_ 源爲朝(1139~1170?). 난폭하기로 이름난 헤이안시대 무장. 일본 역사상 최초로 할복자살한 인물로 알려져 있다.

3시~5시</sup>에는 와다 군의 지원군인 요코야마 마윤 도키카네 님이 인솔하는 삼천여 기가 고시고에 포구로 달려와, 궐에서도 내심 불안해하고 있었는데, 이미 지혜로운 소슈 님이 재빨리 각국으로 쇼군의 교서를 내렸기에, 그때까지는 대체 어느 쪽이 반란군이 될지 몰라 대기 중이던 각국의 군사들도 한꺼번에 우르르 궐로 모여들어, 이즈음 대세가 완전히 결정된 듯했습니다. 법화당에서 소슈 님이 쇼군께 그 교서에 도장을 찍어주실 것을 청하자, 쇼군께서 이를 스윽 한 번 읽어보시고는 큰 소리로 웃으시며,

이것은 누구의 글입니까

하고 기가 막힌다는 듯 눈을 동그랗게 뜨고 소슈 님께 물었습니다. 그때 저희도 옆에서 그것을 보았는데, 문맥이 어찌나 서툴고 엉성한지, 쇼군께서 너털웃음을 지으시는 것도 당연하다는 생각이 들었습니다. 그때 문장은 지금도 어렴풋이 기억하고 있는데, 대충 이런 내용의 교서였습니다.

주변에 있는 자들에게 이 소식을 널리 알려라. 와다 좌위문위, 쓰치야 병위, 요코야마 등이 반역을 일으켜 겁 없이 주군께 덤벼들었지만, 별일 없이 소동이 가라앉아 적들이 뿔뿔이 흩어지고 있으니, 서둘러 그자들을 잡아 죽이도록 하라.

5월 3일 사시오전 9시~11시</sup>   대선대부

                                        사가미 태수

하지만 소슈 님은 조금도 웃지 않으시고,

"전쟁 중에는 이 정도가 딱 좋습니다. 쇼군께서는 싸우는 사람의 마음을 모르십니다."라고 하며 일찍이 정색을 하고 화를 내는 모습을 단 한 번도

보이지 않던 소슈 님도, 이때만큼은 큰 소리로 호통을 치듯 말씀하셨습니다. 역시 무인이 전투에 나서면 평상시와 달리 격렬하게 흥분을 하는 모양입니다. 쇼군께서도 과연 역정이 나신 얼굴로, 아무 말씀 없이 도장을 찍으셨고,

　소슈는 아직 죽을 마음이 없어 보인다

하고 나중에 혼잣말처럼 중얼거리셨습니다. 쇼군과 소슈 님이 논쟁 비슷한 것을 하신 것은 이전에도 이후에도 없이, 이때 딱 한 번뿐이었으니, 항상 충돌이 끊이지 않았다는 소문은 모두 근거 없는 소리입니다. 쇼군께서는 워낙 활달한 기품을 지닌 분이셨고, 소슈 님도 당대의 뛰어난 정치가셨으니, 이런 분들이 험악하게 충돌을 하셨을 리가 없다는 것은 전에도 말씀드렸을 것입니다. 언제나 재빨리 서로의 심중을 꿰뚫어보고, 순식간에 서로 수긍하고 웃으며 헤어지셨는데, 그날만큼은 전투로 신경이 곤두서 있었던 탓인지, 온화함이라고는 찾아볼 수 없는 험악한 기운이 소슈 님 주위를 감돌았습니다. 그즈음 소슈 님은 이미 쉰을 넘기셨고 호조 가 존망이 달린 큰 전투 중이었으므로, 소슈 님께서는 별것 아니라고 생각하신지도 모르지만, 태어나서 아버님 어머님에게조차 크게 혼나 본 적이 없는 젊은 쇼군께는 꽤나 잊기 힘든 기억이 아닐까 싶어서, 그날 어두컴컴한 불당 구석에 있던 당시 열일곱의 저까지 마음이 아팠습니다.

　　같은 해. 같은 달. 4일, 갑진甲辰, 가랑비 내리고, 후루코리 좌위문위 형제는 가이 국옛 야마나시 현 반도 산 하카리에 위치한 히가시코소이 니키에서 자살하고, 와다 신좌위문위 쓰네모리를 비롯해 요코야마 마운 도키카네 등은 반도 산 쓰구하라벳쇼에서 자살했다 한다. 도키카네는 요코야마 권관 도키히로의 적자이고, 그의 백모가 요시

모리의 처이며, 그의 여동생이 쓰네모리의 처라 이번 모반에 동조하였다 하니, 두 사람의 목이 오늘 가마쿠라에 당도하여 가타세 강변에 매달린 목이 이백서른네 개에 이르렀다 한다. 진시^{오전 7시~9시}에 쇼군은 법화당을 나와 아마미다이도코로가 있는 동쪽 궐로 들었다. 이후 이틀에 걸친 전투로 부상을 당한 군사들을 서문^{西門}으로 모이라 명하고, 야마시로 법관 유키무라가 이 뜻을 받들어 유키치카와 다다이에가 보좌하니, 부상당한 병사가 구백여든여덟 명에 달했다. 5일, 을사^{乙巳}, 맑음, 요시모리, 도키카네 이하 모반을 일으킨 미마사카 국^{옛 오카야마 현} 아와지 국^{옛 효고 현 아와지 섬} 등지 태수들의 땅과 요코야마 장을 중심으로 역적의 무리들이 관할하던 주요 영지를 우선적으로 몰수, 공훈을 세운 자에게 상으로 내리라고 소슈와 대관령이 지시하고, 이어서 무사소 장관에 요시모리의 후임으로 소슈를 임명했다 한다. 6일, 병오^{丙午}, 맑음, 신시^{오후 3시~5시}, 쇼군이 전 대선대부 히로모토 아손의 저택에 들었는데, 이는 지난 2일 궐이 불탔기 때문으로, 미다이도코로도 남쪽 불당에서 그곳으로 옮겼고, 아마미다이도코로는 본가로 행차했다. 9일, 기유^{己酉}, 맑음, 히로모토 아손이 교토에 있는 가신들에게 교서를 보내니, 그곳에 소슈와 대관령의 서명과 쇼군의 도장이 찍혀 있었다 한다. 교토의 무사들은 이쪽으로 올 필요 없다, 관동은 차분해졌으니 서둘러 교토의 궁궐을 수호토록 하고, 모반의 무리들이 서쪽으로 달아났으니 이 점 유의토록 하라, 라는 뜻을 사사키 좌위문위 히로쓰나에게 전했다 한다. 또 유배 중인 와다 헤이타 다네나가를 무쓰 국 이와세 군 가가미누마 남쪽에서 주살하였다.

5월 2일, 유시오후5시까지에 이르러 와다 시로 좌위문위 요시나오 님이 전사하니, 평소 이 넷째 아들을 세상 무엇과도 바꿀 수 없을 만큼 아끼던 늙은 아버지 요시모리 님이 그 비보를 듣고 말에서 떨어질 듯 놀라며, 사람들 눈도 아랑곳하지 않고 몸을 떨며 통곡하면서, 그 녀석이 죽다니 이제 아무 소용없다, 전투도 싫다, 라고 하며 아이처럼 울고 불며 전장을 헤매다가, 이윽고 에도 좌위문위 요시노리의 수하에게 칼로 베이고, 연이어 일족들도 전사하거나 후퇴하여, 천지가 흔들릴 듯하던 가마쿠라 와다 전투도 마침내 끝을 맺었습니다. 그날 밤은 유이 포구의 해변에 임시 거처를 마련하여, 파도 소리를 들으며, 수백 개의 횃불 아래 좌위문위 요시모리 님 이하 모반자들의 목을 확인하였다 하는데, 쇼군께서는 직접 확인하기를 꺼리시어, 가까이서 쇼군을 섬기던 저희들과 함께 불당에 틀어박혀 술을 드셨고, 그날 밤만큼은 가벼운 농담도 삼가신 채, 고개를 숙이고 곰곰이 생각에 잠기셨습니다.

허공에 불꽃만 가득하니 아비지옥이라 갈 곳 없는 허망함이여

이렇게밖에 살 수 없는 헛된 세상 싫어해야 하나 안타까워해야 하나

신이든 부처든 이 세상 사람의 마음에서 나온 것이거늘

이와 같은 와카를 지으신 것도 그날 밤의 일입니다. 5월의 가랑비가 그치지 않고 내리더니, 난데없이 시체 썩는 냄새가 불당에까지 스며들었고, 그로부터 이십여 년이 지난 지금도 제 꿈속에 그날 밤의 쓸쓸한 참상이 선명하게 나타날 정도입니다. 그달 4일 쇼군께서 법화당을 나오셔서, 전화를 면한 아마미다이 님의 궐로 가신 후, 이윽고 서문 앞에 장막을 치고 앉을 자리를 만드시어, 부상당한 군사들을 불러들여 위로하셨습니다. 부상병 구백여든여덟 명이 잇달아 어전에 모여들었고, 문제의 사가미 지로 도모토키 님도 형님이신 수리량 야스토키 님의 부축을 받아 그 자리에 나오셨는데, 전투 때 조이명

사부로 요시히데 님의 쇠막대기에 제대로 얻어맞은 모양으로 신음 소리가 어찌나 시끄럽던지, 엄살이 아닌가 싶을 정도로 요란하게 얼굴을 찡그리며 분하다느니 원통하다느니 절규를 하셔서, 정원 여기저기에서 가벼운 실소가 일었으나, 그럼에도 쇼군께서는 시종 숙연한 태도로 그때마다 안타까운 듯 고개를 끄덕이셨습니다. 아울러 쇼군께서 이번 전투에서 두드러지게 공을 세운 사람이 누구냐 하시니, 장군들은 이구동성으로 적진에서는 조이명 사부로 님이, 궐 쪽에서는 수리량 야스토키[22] 님이 활약하셨다고 답했습니다. 야스토키 님은 그 즉시 어전으로 나아가 칭찬을 받게 되었는데, 정작 본인은 부끄러운 듯 수줍은 미소를 지으며, 공훈이라니 당치도 않습니다, 하고 운을 떼시면서, 실은 제가 이번 전투에서 참으로 보기 흉한 추태를 보였습니다, 초하루 밤에 어리석게도 크게 과음을 하여, 2일에는 끔찍한 숙취에 시달렸는데, 와다 씨가 거병하였다는 소식을 들어도 꿈결을 헤매는 듯하고, 어찌어찌 갑옷을 입고 말을 타기는 하였으나, 어디가 어디인지 구분조차 가지 않아, 아아, 술을 마셔서는 안 되겠다, 평생에 도움이 안 된다, 앞으로 술을 끊어야겠다고 굳게 다짐하며 망연히 길을 가던 중, 적병을 만나 몇 번인가 싸움을 하는 동안 목이 말라 견딜 수가 없어, 물 좀 다오, 하고 사졸에게 부탁했더니, 이 녀석이 또 신경을 쓴답시고 작은 물통에 술을 채워 넣어주어서, 한 모금 마시고 곧바로 술이라는 걸 알았지만, 술꾼의 탐욕이 어디 가겠습니까, 버리자니 아깝고 하여, 그만 방금 전 금주의 맹세를 깨고 그 술을 한 방울도 남김없이 벌컥벌컥 다 들이켜고 나서, 이제부터는 진짜 금주, 정말이지 나의 의지박약에는 정나미가 떨어진다, 그래 놓고는

..

22_ 소슈의 큰아들인 무사시 태수 호조 야스토키. 훗날 가마쿠라 막부 3대 집권이 된다.

또 어젯밤에 승전을 축하한다는 구실로 술을 입에 대었으니, 이리도 수행이 부족한 제가 칭찬을 받을 자격이 있겠습니까, 앞으로는 최선을 다하여 술을 삼가도록 할 것이니, 부디 이번에 저지른 저의 실태에 대해 넓은 아량으로 이해하여 주시기 바랍니다, 하고 진심으로 황송한 듯 땀을 뻘뻘 흘리며 아뢰어, 쇼군을 비롯해 거기 모인 모든 무사들은 하나같이 무공을 뽐내지 않는 수리량 님의 올곧은 마음씨에 탄복했습니다. 이 야스토키 님은 이튿날 발군의 공훈을 인정받아 무쓰 국 도다 군을 하사받으셨는데, 정작 당사자는 고개를 저으며 그 직책을 사임하겠다는 뜻을 밝히셨습니다. 애초에 이번 전투는 와다 좌위문위가 쇼군께 역심을 품고 벌인 짓이라기보다는 소슈를 원망하여 거병한 것이고, 자신은 소슈의 자식으로서 아버지의 적과 맞서 싸웠을 뿐이며, 게다가 자신의 용병술이 졸렬하여 수많은 병사를 잃었으니, 그 죄로 말할 것 같으면 만 번 죽어 마땅할망정 막부의 신하로서 공훈이라니 당치도 않습니다, 라고 하셨다나요. 그리하여 한동안 수리량 님의 명성이 하늘을 찌를 듯하였고, 어디를 가나 그분에 대한 칭찬이 자자했습니다. 그나저나 수리량 님이 금주에 대한 실패담을 털어놓았던 지난 4일, 부상병들을 불러들인 자리에 배신자 미우라 좌위문위 요시무라 님이 또다시 비겁한 짓을 저질러 장병들의 빈축을 샀는데, 아무튼 전투 후에는 자칫 이 같은 분쟁이 일어나기 쉬운 듯합니다. 하타노 다다쓰나 님이 고메마치 및 정무소, 이 두 곳에서 선봉에 나서 싸웠다고 주장하시자, 미우라 좌위문위 님이 유유히 어전으로 나오시어, 고메마치의 선봉은 몰라도 정무소의 선봉을 맡은 것은 이 좌위문위 요시무라가 분명하다고 이의를 제기하니, 순식간에 어전 앞에서 두 분이 보기 흉하게 격론을 벌이셨습니다. 이에 소슈 님이 다다쓰나 님에게 귀띔하여 휘장 뒤로 데리고 나가셨고, 이것은 저도 나중에 사람들에게 들은 이야기인데, 그때 소슈 님이 말씀하시기를, 당신도 침착하게 생각해 보는 것이 어떻겠습니까, 이번 전투가 그럭저럭 무사히 끝난 것도 미우라의 충성스러운 밀고 덕분입니다, 고메마치의 선봉장은 당신으로 정해졌으니 그 공 하나로 만족하시고, 다른 하나인 정무소의 선봉장은 미우라 씨에게 기분 좋게 양보하시는 편이 현명하다고 봅니다만, 어떻습니까, 뭐, 훗날 더 좋은 일을 기약할 수도 있을 테니까요, 라고 하신 듯하나, 다다쓰나 님은 그 소리를 들으시고 코웃음을 치시며, 농담 마십시오, 용사가 전장에 나갈 때는 그저 선봉에 서고자 마음 쓸 뿐, 무사에게 있어 이보다 더 큰 영예는 없소, 이 다다쓰나가 조상 대대로 가업을 이어 궁마의 길에 몸담고 있는 이상, 열 번 스무 번 선봉에 선다 해도 많다 할 수 없고, 이로써 자손만대에 무사의 이름을 빛내고자 마음먹고 있는데, 하나로도 충분하다니, 다른 하나는 미우라 씨에게 양보하라니! 당신이 그러고도 무사인가! 나는 상이고 뭐고 원하지 않소, 그저 선봉에 섰다는 명예를 얻고 싶을 뿐이오, 하고 멋들어지게 잘라 말하시니 천하의 소슈 님도 더 이상 말을 잇지 못하시고, 결국 궁정에서 재판이 열리게 되었습니다. 그곳에는 쇼군과 저희 시종들 몇 명 외에, 소슈 님, 뉴도 님, 민사대부 유키미쓰 님만이 자리하시고, 나머지는 멀리 물리시어, 쇼군께서 직접 판결을 거행하게 되셨습니다. 다다쓰나 님과 요시무라 님이 정원 한가운데 대나무로 엮은 둥근 의자에 앉으셨는데, 먼저 요시무라 님이, 지난번 와다 좌위문위 요시모리가 정무소로 습격해 왔을 때, 동시에 제가 정무소 남쪽으로 달려들어가 적군에게 화살을 쏘았는데, 제 앞을 지나다니는 것은 티끌 하나 보지 못했습니다, 하고 사뭇 정직해 보이는 태도로 말씀을 올렸습니다. 조급해진 다다쓰나 님은, 아니, 아닙니다, 선봉에 선 것은 저 혼자, 저 혼자였습니다, 남쪽에도 북쪽에도 쥐새끼 한 마리 없었습니다,

제가 제일 먼저 앞으로 나갔습니다, 제 뒤에는 제 자식인 쓰네토모, 도모사다가 뒤따랐고, 미우라 씨는 그보다 훨씬 더 뒤가 아니었습니까, 너무 뒤떨어져 있어서 티끌 하나 안 보인 것인지도 모르죠, 어쩌면 미우라 씨가 까막눈이었는지도 모르고, 까막눈에게 물어볼 수도 없는 노릇이니, 부디 거기 있던 사졸들을 찾아내 물어보시기 바랍니다, 하고 얼굴이 시뻘겋게 달아올라 더듬더듬 말씀하셨는데 어찌나 입정이 사나우신지, 소슈 님은 한 손을 올려 다다쓰나 님을 중지시킨 다음 쇼군 쪽을 흘끗 보셨습니다. 다다쓰나 님을 꾸짖어 달라고 쇼군께 권하는 눈짓처럼 보였으나, 쇼군께서는 이러한 재판이 조금도 마음에 내키지 않으시는 듯, 아까부터 가끔씩 한눈을 파시며 무척 우울한 표정을 짓고 계셨고, 소슈 님의 눈짓에도 전혀 반응을 하지 않으시며,

　사졸을 찾도록 하라

하고 태연하게 말씀하셨습니다. 이윽고 사졸 세 명이 쭈뼛쭈뼛 정원 한쪽 구석으로 나왔는데, 그 가운데 한 명이 약간 앞으로 나와 말하길, 붉은 가죽 갑옷에 회색 말을 탄 무사 한 명이 확연히 선봉으로 달려 나가셨습니다, 라고 고하자, 곧바로 요시무라 님이 바닥에 엎드리셨고, 다다쓰나 님은 득의양양하게 주위를 둘러보셨습니다. 붉은 가죽 갑옷은 다다쓰나 님의 것이었고, 회색 말은 소슈 님으로부터 배령한, 다다쓰나 님이 자랑스러워하는 명마임에 틀림없어 더 이상 논쟁의 여지가 없었으니, 쇼군께서는 허탈한 표정으로 그 자리에서 벌떡 일어나셨습니다. 하지만 이번에 요시무라 님은 누가 뭐라고 해도 배신을 통해 큰 공을 세운 분이셨고, 소슈 님 뉴도 님의 배려도 있고 하여, 아무런 벌도 받지 않았을 뿐만 아니라, 무쓰 국 나토리 군을 받게 되었지만, 오히려 다다쓰나 님은 아무리 두 번이나 선봉에 선공이 있었다고는 하여도, 명문가 중신인 요시무라 님에게 까막눈이니 어쩌니

함부로 욕을 한 것은 괘씸한 짓이라 하여 아무 상도 받지 못했습니다. 그렇게 좌위문위 요시무라 님은 일족인 와다 씨를 배신하고, 거기다가 남의 군공까지 빼앗으려 하다니, 그것 참 비열한 행동이라며, 자연스럽게 수리량 요시토키 님의 겸손한 태도와 비교되어, 수리량 님의 평판은 나날이 좋아지고, 요시무라 님에 대한 궐 안 악평은 실로 최고조에 달하였습니다.

　　같은 해. 6월. 26일, 을미^{乙未}, 맑음. 소슈와 부슈, 대관령 등이 모여, 궐 신축 건을 논의하였다. 이는 지난 5월 전투에서 궐이 소실되었기 때문이었다.

　　같은 해. 윤7월. 7일, 병오^{丙午}, 맑음. 오늘 궐에서 와카회가 열려, 소슈, 수리량, 아즈마 헤이타 시게타네 등이 참석하였다. 9일, 무신^{戊申}, 흐림. 새로 궐을 짓는 건과 관련하여 거듭 논의가 있었다. 20일, 기미^{己未}, 고 와다 좌위문위 요시모리의 처가 사면되었다. 그녀는 도요케 태신궁 7사의 신관인 와타라이 야스타카의 딸이었는데, 남편이 모반죄를 지어 영지를 몰수당하고 죄인의 몸이 되었으나, 마침 그 영지가 이세신궁에서 소유권을 갖고 있던 미쿠리^{신에게 바치는 땅}인지라, 신관들이 호소하여 영지의 소유권을 이세신궁으로 가져오고, 요시모리의 처도 사면되는 은혜를 입었다. 이는 쇼군이 남다른 신심을 가지고 있었기에 가능한 것이었다. 23일, 임술^{壬戌}, 궐을 짓는 건에 대한 심의가 있었는데, 오늘 어전에서 지시사항을 다소 수정하여, 중문을 세움이 마땅하다 하였다 한다.

　　같은 해. 윤8월. 3일, 신미^{辛未}, 맑음, 바람이 잔잔하니, 오늘 신시^{오후3시~5시}에 궐 상량식이 있어, 소슈 이하 대부분의 신하들이 참석했다. 6일, 갑술甲戌, 궐의 장지에 그려 넣을 그림에 대해 논의하였는데, 이전 그림이 쇼군의 뜻에 맞지 않았다. 17일, 을유乙酉, 교고쿠 무사 종3위가 니조 중장 마사쓰네 아손을 통하여, 쇼군께 와카 관련 문서를 헌상하니, 쇼군이 크게 흥미를 느끼고 읽기에 열중하였다 한다. 18일, 병술丙戌, 맑음, 자시밤11시~오전1시, 쇼군이 궐 남쪽으로 나가니 그 시각 불빛은 꺼져 있고, 사람들은 잠들어 소리 없이 고요한 가운데 오직 달빛과 풀벌레 우는 소리에 잠기어 몇 수의 시를 읊조리는데, 축시오전1시~3시에 꿈결처럼 젊은 처녀 하나가 앞마당을 가로질러 달려갔다. 아무리 이름을 물어도 알려주지 않고, 이윽고 문밖에 이르자 갑작스런 불빛이 일더니 횃불처럼 타올랐다. 20일, 무자戊子, 날은 맑고, 바람은 잠잠했다. 쇼군을 새 궐로 모시기 위해 교토에서 출발한 어차가 늦게 도착하여, 새 가마를 준비하기로 하였다. 유시오후5시~7시에 쇼군이 전 대선대부 히로모토 아손의 저택을 나와 새 궐로 드니, 오스카 다로 미치노부가 어차의 황소를 끌었다. 22일, 경인庚寅, 맑음, 미시오후1시~3시, 쓰루가오카 상궁 신전에 크고 작은 노랑나비들이 떼 지어 모여드니, 사람들이 이를 두려워하였다.

같은 해. 9월. 22일, 무오戊午, 쇼군이 히토리자와 강변을 산책하며, 가을날 초목을 바라보면서 감상에 젖었다. 무사시 태수와 수리량, 이즈모옛 시마네 현 동부 태수, 미우라 좌위문위, 유키 좌위문위, 나이토 우마윤 등이 이번 행차를 수행하였다. 모두 와카를 짓는 무리였다.

같은 해. 10월. 3일, 기해己亥, 오늘 교토 궐의 어필이 대궁대납언에 의해 쇼군에게 전해졌다. 공가公家가 일본 서쪽 영토를 임시로 관리할 것이니 이에 차질이 없도록 하라는 내용이었다. 히로모토 아손이 이는 결코 아니 될 일이라 맞섰다. 13일, 기유己酉, 맑음, 밤이 되어 천둥소리 들리고, 동시에 궐 남쪽 뜰에서 여우 우는 소리가 몇 번이나 들렸다 한다.

같은 해. 11월. 23일, 기축己丑, 맑음, 교고쿠 무사 종3위가 집안 대대로 내려온 장서인 『만엽집』 일부를 쇼군에게 헌상하였다. 쇼군은 이를 소중히 여기면서, 이보다 더한 보물은 없다 했다 한다.

같은 해. 12월. 3일, 기해己亥, 쇼군이 수복사에서 불공을 올리니, 이는 좌위문위 요시모리 이하 망자들의 성불을 위함이었다 한다. 7일, 계묘癸卯, 매사냥을 중지할 것을 각국의 태수에게 명하였다. 몇 번이고 엄명이 있었음에도 방종한 무리들이 걸핏하면 법을 위반하고 있음에 따라 이같이 명한 것이나, 단 몇몇 신사에서 공물로 거둬들이는 것에 한해서는 제재 대상으로 삼지 아니한다 하였다.

5월 6일, 쇼군께서 히로모토 뉴도 님의 저택으로 거처를 옮기시어 그곳을 임시 궐로 정하시고, 이어서 미다이도코로 님께서도 납시었는데, 그래도 가마쿠라 백성들의 민심은 좀처럼 가라앉지 않은 듯, 5월과 6월, 두 달 동안은 도성 안팎이 술렁거렸고, 궐 안 사람들도 마음을 놓지 못한 채 편치 않은 기분으로 지냈습니다. 소슈 님 혼자서만 아침 일찍부터 밤늦게까지 몹시 바쁜 듯 궐 이곳저곳을 뛰어다니셨는데, 쇼군께서는 여전히 멍하니 앉아 처소에서 하루 종일 이야기 책 같은 것을 읽으셨습니다. 그즈음 정무에도 흥미를 잃으셨는지, 나랏일은 소슈 님과 뉴도 님께 다 맡기신 듯 보였습니다. 그러나 교토 조정에 대한 충심만큼은 언제 어디서고 흐려지는 법이 없어, 전투 직후인 9일에도 교토의 신하들에게, 이제 관동이 평온을 되찾았으니 가마쿠라로 올 필요 없다, 그보다는 모반을 일으킨 잔당들이 서쪽으로 도주하였다는 설이 있으므로, 전심을 다해 교토를 수호해야 마땅할 것이다, 라는 교서를 보내도록 히로모토 뉴도 님께 명하셨습니다. 또한 그해 10월 3일, 교토 궐이 막부에게 임시 조세를 부과했는데, 막부도 당시에는 병사들이 손실을 입은 후였고 궐 건립 공사도 진행 중이어서 재정 상태가 꽤 어려웠는지, 히로모토 뉴도 님 같은 분들은, 터무니없는 일이다, 절대 따를 수 없다, 전적으로 반대다, 하시며 오직 막부를 아끼는 마음에서 독단적으로 정중하게 거절을 하기 위한 절차에 착수하셨습니다. 이를 전해들은 쇼군께서는 잠에서 깨어 벌떡 일어난 사람처럼 완전히 딴사람 같은 준엄한 태도를 보이시며, 뉴도 님을 불러들이시어, 황송하게도 조정에서 세금 징수를 분부하셨는데, 이를 망설이는 것은 큰 불충이다, 어떤 경우가 있어도 반드시 신속하게 따라야 마땅하다, 앞으로도 마찬가지다, 라고 격앙된 어조로 말씀하시니, 뉴도 님이 그 절차를 수정하느라 큰 곤란을 겪는 눈치였습니다. 교토 조정을 섬기는 충심과 신을 존경하고 불교를 숭배하는 깊은 마음 씀씀이는 평생에 걸쳐 변함없는 듯했습니다. 그즈음 조금씩 정무를 게을리하게 되셨다고는 하나, 조정에 관한 일이라면 자다 깬 사람처럼 퍼뜩 일어나 나가셨으며, 마찬가지로 신불을 섬기는 것도 매번 직접 나서서 독자적으로 결정을 하셨습니다. 그해 7월 20일, 고 좌위문위 요시모리 님의 부인께서 영지를 몰수당하고 죄인으로 감금되셨는데, 부인은 사면시키고 영지까지 되돌려주는 큰 은덕을 베푸시니, 이는 물론 쇼군께서 와다 씨 일족을 불쌍히 여기신 탓이기도 하지만, 보다 큰 이유는 그 부인께서 도요케 태신궁 7사 신관의 딸이라 그 영지도 태신궁 7사가 관리하던 것이어서, 이를 몰수한다면 신궁을 유지하는 것도 어려워질 것이라는 신관들의 항소가 있었기 때문이었습니다. 쇼군께서는 의논하고 말고 할 것 없이 영지를 곧바로 돌려주라 이르시면서, 그러는 김에 부인의 죄 또한 사면해주신 것입니다. 또 쇼군께서는 잔인한 매 사냥을 극도로 싫어하셨는데, 겐랴쿠 2년 8월이나 또 그 뒤로도 자주 금지의 뜻을 내세우셨지만, 그해 12월 7일에는 한층 더 엄중하게 매 사냥을 중지할 것을 각국의 태수들에게 명하시면서, 단 전국의 신사에서 공물을 위해 매 사냥을 실시하는 것은 모두 허용한다고 명하셨습니다. 그렇게 신사의 의식을 존중하고 공물을 거두는 것에 대해서는 편의를 봐주시며, 특별히 예외를 두셨을 정도였습니다. 이렇듯 교토 조정이나 전국의 신사와 사찰에 대한 일에는 예민하게 신경을 곤두세우셨지만, 그 외의 일은 소슈 님과 뉴도 님께 다 맡겨버리고, 당신은 그저 느긋하게 놀며 지내다시피 하셨습니다. 5월 전투로 궐이 전소하여, 6월, 7월, 8월, 석 달 동안 쇼군께서는 그저 새로 지을 궐 설계에 열중하신 듯 보였습니다. 자주 공사 현장으로 납시어, 이것도 아니다, 저것도 아니다, 하시며 이리저리 궁리를 하시니, 애써 완성한 문을 처음부터 다시 만들라고 하시기도 하고, 장지문에 그려 넣을 그림에 대한 요구도 까다로우셔서, 신하를 일부러 교토까지 보내 교토 풍 장지문 그림을 직접 조사해오게 하는 등 대단한 집착을 보이셨습니다. 그러나 소슈 님도 이를 거스르는 일이 없었고, 쇼군께서 설계하신 대로 새로 궐 공사를 진행토록 하셨으며, 교토 풍 신축 건물을 오히려 진기하다는 듯 바라보셨습니다. 소슈 님은 그즈음 고 좌위문위 요시모리 님의 저택을 차지하고 무사소 장관까지 겸하면서 기세 좋게 융성하셨는데, 그럼에도 겉으로는 결코 우쭐거리는 일 없이 오히려 몸을 낮추시며, 저희 같은 아랫사람에게도 무척 친근하게 대해주셨고, 쇼군께는 한층 더 부자연스러워 보일 정도로 예의바르고 정중한 태도로 인사를 하셨습니다. 쇼군 또한 전과 다르게 어쩐지 소슈 님께 상냥한 말씨로 응대하셨으니, 겉으로 보기에는 두 분 사이가 이전보다 더욱 원만해지고 서로를 위하는 듯 정다워 보였습니다. 그해 7월 7일, 반역이 일어난 이래 처음으로 와카회가 열렸을 때도 드물게 소슈 님이 참석하셔서, 솔바람은 물소리를 닮았느니 하는, 겨우 분위기나 맞출 정도의 와카를 두세 편 지으셨고, 어느 누구도 감탄하지는 않았지만, 쇼군께서는 그런 수준의 시도 일일이 거론하시며, 과연 제대로 된 인간은 시도 탄탄하다면서, 그저 조롱하는 것만은 아닌 듯 진지하게 칭찬하셨습니다. 과연 듣고 보니 솔바람은 물소리라는 것도 그렇고, 메추라기가 우니 달이 기운다는 시도 그렇고, 아무것도 아닌 풍경인데도 소슈 님이 읊으면 기묘하고도 묵직한 무언가가 느껴지지 않는 것도 아니니, 소슈 님은 참으로 신기한 인품을 지니신 분입니다. 쇼군께서도 그즈음이 가장 진지하게 시를 지으려 노력하신 시기였고, 이듬해부터는 시를 짓는 것도 게을러지셨으며, 짓는다 해도 가끔씩 술자리의 좌흥에 젖어 간단히 읊조리셨을 뿐, 진지하게 고민하며 짓는 것은 일 년에 두세 번 꼴로 손에 꼽을 만큼 드물어졌습니다.

무슨 일이든 십 년입니다. 그 후는 남은 생애라 할 만합니다.

그즈음 자꾸 그런 소리를 하셨는데, 어쩌면 정무에 관한 말씀이었는지도 모르겠지만, 겐포 원년이면 쇼군께서 와카를 연구하신 지 십 년 가까이 된 것이 아닐까 싶습니다. 어린 시절부터 와카를 좋아하셔서, 고사본의 단편 등을 읽으시며 조금씩 본격적으로 습작을 하셨는데, 14세 때 이미 주변 사람들의 눈을 휘둥그렇게 만들 정도로 우수한 시를 지으셨고, 그해 나이토 병위위 도모치카 님이 교토에서 선물로 『신고금와카집』 한 권을 가져와 헌상하셨을 때도, 그 와카집에 아버님이신 우대장 님의 시가 선별적으로 실려 있어 그 감흥이 각별하셨습니다. 그 와카집으로 인해 이윽고 시를 짓는 일에 박차를 가하시어, 풍류인들을 궐 안으로 불러 모아 와카회를 여셨습니다. 쇼군께 노여움을 샀던 가신이 와카 한 수를 지어 올려, 언제 그랬냐는 듯 사면을 받는 일까지 있을 정도였습니다. 조겐 2년 쇼군 17세 때는 기요쓰나 님께서 집안 대대로 내려오던 『고금와카집』을 헌상하셨고, 쇼군께서 이는 후세에 물려줄 귀한 보물이라 하시며 기뻐하셨던 것은 앞서 말씀드린 바와 같습니다. 이듬해 쇼군이 꿈속에서 신불의 계시를 받아 주길사에 찬불가 스무 수를 바치시고, 아울러 교고쿠 다다이에 아손에게 지금까지 지은 시 가운데 서른 수를 골라 보내시니, 얼마 후 다다이에 경이 그 서른 수의 시에 저마다 점수를 매겨 돌려보내셨습니다. 다다이에 경으로 인해 그날 이후 더욱더 와카에 몰두하게 되시어, '글은 옛것을, 마음은 새것을 구하니, 미치지도 못할 드높은 곳을 바라노라'라고 하는 다다이에 공의 가르침에 따라, 다다음 해 7월에는, '너무 과한 것은 때에 따라 백성의 탄식을 낳기도 하니, 팔대용왕이여 비를 멈추게 해다오'와 같이 기백 있는 와카를 지으시어, 고금을 막론하고 독보적으로 위대한 가인歌人으로서 위용을 드러내 보이셨습니다. 그해 10월에는 가모노 조메이 뉴도 님을 만나시어, 가슴속에 섬광이 번뜩이는 것과 같이 순식간에 와카의 비법을 감득하셨으니, 그날 이후 지으신 시는 모두 주옥같았습니다. 이미 22세가 되시어 스스로도 시가 절정에 달했다는 것을 꿰뚫어보신 듯, 와카의 수도 엄청났으며, 한밤중인 자시밤 11시-오전 1시, 축시오전 1시-3시까지 주무시지 않고 시를 짓느라 애쓰시는 일이 드물지 않았는데, 그와 같은 때에는 혈색도 파리해지시고 몸도 속이 비칠 듯 투명해지셔서, 이 세상 사람이 아닌 진기한 정령을 뵙고 있다는 생각마저 들었습니다. 정령이 정령을 부른다고나 할까요, 시를 짓느라 고심하시는 쇼군의 눈앞에 부들부들 떨고 있는 여자가 꿈처럼 스윽 나타났는데,

저도 그것을 보았습니다, 생생히 보았어요, 엇, 하는 소리를 낼 틈도 없이, 쏜살같이 날아가는가 싶더니 사라졌는데, 타고난 가인이 고심을 할 때는 이처럼 불가사의한 일도 생기는 것인가 보다 하고, 온몸에 소름이 돋으면서도 그렇게 마음을 다잡았습니다. 그해 말 쇼군께서는 훗날 『가마쿠라 우대신 가집』 혹은 『금괴와카집』이라 불린, 고금에 드물게 아름다운 와카집을 당신 손으로 직접 편찬하셨습니다. 스승이신 다다이에 경께서도 그즈음 이 훌륭한 제자에게 적잖은 도움을 주셨는데, 전년도인 겐랴쿠 2년 9월에는 지쿠고 요리토키 님께 부탁하여 소식도 전할 겸 쇼군께 와카 문서를 전하셨고, 또 그해 8월에 한 번, 11월에 한 번, 몇 권의 와카 문서를 진상하셨습니다. 특히 11월에 올린 문적은 집안 대대로 내려오던 개인 소유의 『만엽집』이어서, 쇼군께서는 지난 조겐 2년 기요쓰나 님이 『고금와카집』을 헌상하셨을 때보 다 훨씬 더 기뻐하시는 듯했습니다. 쇼군께서 『고금와카집』이나 『만엽집』을 처음으로 손에 쥐어보시는 것은 아니었고, 불완전하기는 해도 사본 두세 권을 지니고 계시는 데다 진작부터 대략적인 것은 숙지하고 계셔서, 『만엽집』 못지않게 높은 수준의 와카들도 꽤 일찍부터 지으셨는데, 5월 와다 전투 때 궐 서고의 서적 대부분이 소실되어 때마침 허전하셨을 차에, 다다이에 경으로부터 집안 대대로 내려오는 『만엽집』 일부를 받으신 것이니, 그 기쁨은 짐작이 가고도 남음이 있습니다. 새 궐도 무사히 준공되어, 8월 20일에 화려한 의식을 치르며 궐에 납시었고, 궐 설계에 열중하시는 것도 일단락되었 나 했더니, 이번에는 와카에 심취하시면서, 정무는 여전히 다른 사람들에게 맡기시고, 매일 밤 시를 짓는 일에 푹 빠져 계시는 듯했습니다. 어느 날은 궁녀들을 불러 모아 와카 대결을 명하시더니, 곧 여인들은 와카를 모른다고 하시며, 부슈 님, 수리량 님, 이즈모 태수 님, 미우라 좌위문위 님, 유키 좌위문위 님, 나이토 우마윤 님 등 예의 풍류 무사들을 거느리고 가을 풀을 보러 유람을 떠나, 기분 좋게 여럿이 와카를 지으셨습니다. 소슈 님은 아무 말씀 없는 것 같았지만, 그즈음 쇼군의 행적에 눈살을 찌푸리는 가신들이 많았는데, 마침내 그해 9월 26일, 성급하고 융통성 없는 나가누마 고로 무네마사 님이 궐에서 큰 소리로 쇼군을 비난하며 마구 욕을 해대는, 대단히 꺼림칙한 일까지 벌어졌습니다. 돌아가신 하타케야마 지로 시게타다 님의 막내아들인 승려 주케이 님이, 닛코 산 기슭에서 부랑자들을 모아 모반을 꾸미고 있다는 소식이 9월 19일 전해졌는데, 궐에서는 그날 바로 진압을 위해 나가누마 고로 무네마사 님을 파견했고, 무네마사 님이 즉시 시모쓰케 국〔옛 도치기 현〕으로 출발하여, 26일 주케이 님의 목을 들고 의기양양하게 돌아오셨습니다. 쇼군께서는 그때 약간 취해 계셨는데, 무네마사 님이 모반자의 목을 들고 당도하였다는 이야기에 눈살을 찌푸리시며, 죽이라는 것은 누구의 명이더냐, 하타케야마 시게타다는 지난번 와다 좌위문위와 같이 죄 없이 주살당한 막부의 충신이니, 그자의 막내가 다소 원망을 품고 음모를 꾸몄다 한들 그것이 무어 그리 큰일인가, 우선 주케이를 생포하여 찬찬히 사정 이야기를 들은 후 지시를 내렸을 것인데, 돌연 죽여서 목을 들고 오다니 이 무슨 경솔한 짓인가, 신불도 화를 내실 것이다, 그를 정직시키도록 하라, 하고 나카카네 님께 뜻밖의 분부를 내리셨고, 나카카네 님이 쇼군의 꾸중을 그대로 무네마사 님에게 전하셨습니다. 무네마사 님은 진노하여 눈을 부릅뜨고, 황공하오나 이는 말도 안 되는 말씀이옵니다, 그 법사를 생포하는 것은 참으로 쉬운 일이었지만, 이미 반역의 증거가 명백히 드러났는데, 만약 그자를 생포하여 가마쿠라로 데려왔다면, 마누라니 비구니니 별의별 인간들이 괴로운 얼굴로 고상을 떨며 선처를 베풀어달라 했을 것이고, 쇼군께서도 금세 그 자비 어쩌고 하는 마음이 발동하여 여인들의 주제넘은 탄원을 들어주셨을 것이 뻔하니, 그리하면 모반도 이렇다할 중죄가 되지 아니하고, 나아가서는 막부의 앞날에 위해가 될까 저어되어, 이처럼 그 자리에서 바로 하늘의 뜻을 대신하여 처단을 했던 것인데, 이런 나를 꾸중하시다니, 이게 대체 무슨 일이란 말입니까, 이런 꼴이라면 목숨을 바쳐 충정을 다하는 자가 막부에 단 한 명도 남아나질 않을 것입니다, 어처구니가 없는 데도 정도가 있지, 애초에 현 쇼군은 고 우대장 님처럼 검소함을 원칙으로 군비를 존중하고 용사들을 사랑하는 기풍은 간곳없고, 꽃구경이나 갈까, 달구경이나 갈까 하며 궁녀들에게 둘러싸여, 천박한 아첨에 취한 채 그저 와카를 잘 짓는 것이 가장 큰 자랑거리라 여기다니 웃기지도 않습니다, 몰수한 땅은 훈공이 있는 일족에게 나누어주지 않고, 그 많은 걸 다 미인들에게 주시나 보더군, 일테면 한가야 시로 시게토모의 유적은 궁녀 고조에게 하사하고, 나카야마 시로 시게마사의 터는 궁녀 시모우사에게 하사하였다니, 부끄러운 줄 아십시오, 부끄러운 줄, 요즘 들어 무예는 점점 더 시들해지고, 괴상한 풍류 무사들만 판을 치니, 진정한 용사가 완전히 자취를 감추는 것도 당연한 일, 노여움을 사 파직을 당해 차라리 마음이 후련합니다, 라고 하며 이때다 하고 평소의 울분을 토해내고는 퇴출을 하셨다 하니, 그곳이 쇼군의 처소와 다소 떨어져 있었다고는 해도, 엄청난 괴성으로 고래고래 소리를 질렀던 터라 쇼군의 귓가에 들리지 않을 리가 없어, 곁에 있던 자들은 하나같이 안절부절못하고 조마조마해하고 있었으나, 과연 쇼군의 도량은 비범하셨습니다.

무장이라면 저 정도는 되어야지요.

하고 진지하게 말씀하시더니 아무 일도 없었다는 듯 조용히 술로 목을 축이셨습니다. 그 일이 있고 얼마 후 무네마사 님의 정직도 풀렸다 하나, 쇼군께서는 여전히 전과 다를 바 없이 시와 음악에 빠져 지내시며, 목숨을 건 무네마사 님의 욕설도 전혀 마음에 담아두지 않으시는지, 오직 교토 조정과 신불에 관한 일에만 딴사람처럼 늠름한 태도를 보이셨습니다. 그리고 또 하나, 가랑비 내리던 그날 잇달아 죽음을 맞이한 와다 씨 일족과 가신들의 일은 자나 깨나 마음에서 떠나지 않으시는지, 이윽고 그해 12월 3일 쇼군께서 직접 수복사에 납시어 고 좌위문위 요시모리 님을 비롯한 일족과 가신들의 명복을 비셨을 정도입니다.

겐포 2년[1214년] 갑술甲戌. 2월. 1일, 병신丙申, 맑음, 해시밤 9시~11시 지진. 4일, 기해己亥, 맑음, 쇼군에게 병색이 있어 사람들이 분주히 움직였으나 특별히 큰 병은 아니니, 이는 지난 밤 술을 마셔 숙취가 가시지 않은 탓인가. 마침 승려 요조가 기도를 드리기 위하여 들었다가 그 소식을 듣고, 좋은 약이라 고하며 수복사에서 차 한 잔을 가져와 한 권의 책과 함께 헌상하면서 그 차의 효능을 칭송한 서적이라 하자, 쇼군이 매우 기뻐했다 한다. 7일, 임인壬寅, 맑음, 인시오전 3시~5시 대지진. 14일, 기유己酉, 맑음, 쇼군이 좋은 경치를 보고자 하여 모리토 포구로 행차하였다. 이윽고 황혼이 내리자, 밝은 달빛을 맞으며 유이 포구에서 외로운 배 한 척에 몸을 실어 돌아왔다 한다.

같은 해. 윤3월. 9일, 갑진甲辰, 맑음. 저녁나절, 쇼군이 급히 영복사로 행차하니, 벚꽃 구경을 하기 위함이었다.

같은 해. 4월. 3일, 정유丁酉, 맑음, 해시밤 9시~11시 대지진.

같은 해. 6월. 3일, 병신^{丙申}, 맑음. 쇼군이 각국의 가뭄을 우려하여, 팔계를 굳게 지키고 법화경을 읽었다. 5일, 무술^{戊戌}, 단비가 내리니, 이는 분명 쇼군의 간곡한 기도 덕분이 아니겠는가. 13일, 병오^{丙午}, 쇼군이 명하길, 관동 지역의 연간 조공을 올 가을부터 3분의 2로 면제한다, 매년 한 곳씩 차례로 그리함이 마땅하다, 라고 했다.

같은 해. 윤8월. 7일, 기해^{己亥}, 큰비로 홍수가 났다. 29일, 신유^{辛酉}, 흐림, 지난 16일, 궐에서 가을 단가 열 수 짓기 대회가 열리니, 니조 중장 마사쓰네 아손이 시를 지어 쇼군에 헌상했다 한다.

같은 해. 9월. 22일, 계미^{癸未}, 맑음, 축시^{오전 1시~3시} 대지진.

같은 해. 윤10월. 6일, 정유^{丁酉}, 맑음, 해시^{밤 9시~11시} 대지진. 10일, 신축^{辛丑}, 맑음, 신시^{오후 3시~5시} 폭풍우가 몰아치고 천둥이 쳤다.

같은 해. 11월. 25일, 을유^{乙酉}, 맑음, 로쿠하라[23]에서 온 파발마가 가마쿠라에 당도하여 말하기를, 와다 좌위문위 요시모리와 다이가 쿠노스케 요시키요 등의 잔당들이 교토에 머무르며, 고 긴고 쇼군의 아들인 에이지쓰를 쇼군으로 삼아 반역을 꾀하고 있다 하니, 이에 지난 13일, 교토 주재의 전 대선대부의 가신들이 그들의 거처를 급습하여, 선사 에이지쓰는 그 자리에서 자결하고, 일부는 다시 도망쳤다 한다.

같은 해. 12월. 4일, 갑오^{甲午}, 맑음, 해시^{밤 9시~11시}, 유이 포구 부근에서 불이 나고 남풍이 강하게 불어, 와카미야 대로 일대로 불이 옮겨 붙으면서 그 일대가 모두 피해를 입었다.

23_ 교토 시내 지명이자 로쿠하라탐제의 줄임말. 로쿠하라탐제는 가마쿠라 막부가 교토를 경비하고 조정을 감시하기 위해 세운 기관으로, 당시 호조 씨 일족에게 세습되었다.

겐포 3년 을해^{乙亥}. 윤1월. 8일, 무진^{戊辰}, 맑음, 이즈 국에서 파발마가 당도하여 말하길, 지난 6일, 술시^{오후 7시~9시}, 도토미^{옛 시즈오카현 서부} 태수 뉴도 도키마사가 호조 부에서 서거하였는데, 최근 종기로 괴로워하였다 한다. 11일, 신미^{辛未}, 맑음, 와카미야 사거리의 인가가 불타고, 유시^{오후 5시~7시}에서 술시에 걸쳐 스무 개가 넘는 마을이 잿더미가 되었다.

같은 해. 2월. 24일, 계축^{癸丑}, 맑음, 술시, 수차례 천둥소리.

같은 해. 3월. 5일, 갑자^{甲子}, 쾌청한 날씨, 쇼군이 꽃구경을 위해 미우라 요코스카로 출발. 20일, 기묘^{己卯}, 오늘 쇼군이 명하길, 교토에 헌상할 말은 담당 관리들이 면밀히 골라 특별히 훌륭한 종마로 세 필을 준비하라 이르니, 선정은 쇼군이 몸소 할 것이라 한다.

같은 해. 윤6월. 20일, 무인^{戊寅}, 오늘 밤 자시^{밤 11시~오전 1시}, 조상을 모신 신사가 세 번에 걸쳐 크게 흔들렸다 한다.

같은 해. 7월. 6일, 계사^{癸巳}, 맑음, 보몬 고몬이 지난 6월 2일, 교토 궐에서 있었던 단가 대회 때 나온 시를 모은 책 한 권을 헌상하였는데, 이는 상황의 은밀한 명에 따른 것이라 한다.

같은 해. 윤8월. 18일, 을사^{乙巳}, 큰 비가 내리다 오시^{오전 11시~오후 1시}에 태풍이 불어 쓰루가오카 하치만구 도리이^{신사 앞에 세운 문}가 쓰러졌다. 19일, 병오^{丙午}, 흐림, 지진. 21일, 무신^{戊申}, 맑음, 사시^{오전 9시~11시}, 백로 떼가 궐의 서쪽 무사소 위로 모여들더니, 미시^{오후 1시~3시}에 지진이 있었다 한다. 22일, 기유^{己酉}, 맑음, 지진과 백로에 관한 괴이한 사건에 대해 점을 쳐보니, 곧 중대한 변화가 있을 것이라 하여, 쇼군이 궐을 나와 소슈의 저택으로 거처를 옮겼다 한다.

같은 해. 윤9월. 6일, 임술^{壬戌}, 맑음, 축시^{오전 1시~3시} 대지진. 8일, 갑자^{甲子}, 흐림, 인시^{오전 3시~5시} 대지진. 11일, 정묘^{丁卯}, 맑음, 인시 대지진, 미시, 다시 조금 흔들림. 13일, 기사^{己巳}, 맑음 미시에 지진. 14일, 경오^{庚午}, 맑음, 유시^{오후 5시~7시}에 지진, 술시^{오후 7시~9시} 지진, 동시에 천둥번개. 16일 임신^{壬申}, 맑음, 묘시^{오전 5시~7시}에 지진. 17일, 계유^{癸酉}, 맑음, 술시, 세 번 지진. 21일, 정축^{丁丑}, 맑음, 계속되는 지진을 멈추게 하기 위하여 제사를 지냄. 26일, 임오^{壬午}, 해시^{밤 9시~11시}, 수차례 천둥소리 들림, 자두만 한 우박이 내림.

같은 해. 10월. 2일, 정해^{丁亥}, 맑음, 인시에 지진.

같은 해. 윤11월. 8일, 계해^{癸亥}, 매우 맑음, 쇼군이 소슈의 저택에서 궐로 돌아오니, 불가사의한 백로 사건 이후 일흔닷새 만이었다. 25일, 경진^{庚辰}, 막부에서 갑작스레 불교 의식을 행하니, 이를 집행한 승려는 교유 율사였다. 이 의식은 지난 밤 쇼군의 꿈에 요시모리 이하 그를 따르다 죽은 이들의 망령이 어전으로 모여 들었기 때문에 치른 것이라 한다.

같은 해. 12월. 15일 기해, 맑음, 해시^{밤 9시~11시} 지진. 16일, 경자^{庚子}, 맑음, 종일 세찬 바람이 부니, 연이은 천재지변은 쇼군이 특별히 근신해야 마땅하다는 신의 뜻이라는 소문이 돌았다.

겐포 4년 병자^{丙子}. 윤정월. 17일, 신미^{辛未}, 맑음, 미나모토 가 수호신을 모신 사당에 안치될 본존을 교토에서 가마쿠라로 옮겨 왔다. 개안 공양^{제조 이래 첫 공양}을 할 때 시나노 태수 유키미쓰를 봉행으로 삼는 것에 대한 심의가 있었다. 28일, 임오^{壬午}, 맑음,

처음으로 수호신을 모신 사당에 본존을 안치하고, 곧바로 공양 의식을 치렀다.

같은 해. 3월. 7일, 경신庚申, 바닷물이 붉게 변하여, 마치 연지를 풀어놓은 듯했다 한다. 25일, 무인戊寅, 보몬 노부키요가 훙거함에 따라 미다이도코로가 시나노 태수 유키미쓰가 있는 야마 장으로 비밀스럽게 행차했다 한다.

같은 해. 윤4월. 9일, 임진壬辰, 쇼군이 궐 남쪽에서 온종일 사람들의 상소를 들으니, 사람들이 각자의 자초지종을 아뢰었다.

같은 해. 5월. 24일, 병자丙子, 쇼군이 야마노우치 부근을 둘러보았는데, 예정에 없던 일이라 사람들이 급히 서둘러 그 뒤를 쫓았다고 한다.

같은 해. 6월. 8일, 경인庚寅, 맑음, 진화경이 가마쿠라에 당도하였다. 이자는 동대사의 대불을 만든 송나라 세공으로, 그 절에 공양이 있던 날, 우대장 님이 불도에 귀의하여, 그를 대면하고 싶다고 몇 번이나 명하였으나, 화경이 말하길, 수많은 사람의 목숨을 거둔 분은 죄업이 무거워 만나 뵙기 어렵다 하여 끝내 알현하지 않았으나, 현 쇼군은 중생을 위해 이 땅에 내려오신 부처의 화신과도 같으니, 존안을 뵙는 것이 마땅하다 여겨 찾아왔다 아뢰었다. 쇼군은 즉시 지쿠고 좌위문위 도모시게의 저택을 화경이 머물 곳으로 지정하고, 자세한 것은 히로모토 아손에게 묻게 하였다. 15일, 정유丁酉, 맑음, 화경을 궐로 들게 하여 대면하였는데, 화경이 세 차례 배례를 하더니 주체하지 못하고 눈물을 흘렸다. 쇼군이 화경의 인사에 당황하자 화경이 고하길, 귀하는 전생에 옛 송나라 조정의 의왕 산 장로였고,

그때 저는 귀하의 문하생이었습니다, 라고 하였다 한다. 지난 겐랴쿠 원년 6월 3일 축시^{오전 1시-3시}, 쇼군의 꿈속에 한 고승이 나타나 이와 똑같은 이야기를 한 바 있으나, 쇼군은 이 꿈에 대해 일부러 한마디도 입 밖에 꺼내지 않았는데, 육 년이 흘러 갑작스럽게 화경의 입에서 그 말이 나왔으니, 믿을 수밖에 없었다 한다.

같은 해. 윤6월. 14일, 병인^{丙寅}, 히로모토 아손이 이달 1일 성을 오에로 바꾸었다.

같은 해. 윤9월. 18일, 무술^{戊戌}, 소슈가 히로모토 아손을 불러 말하길, 쇼군을 대장에 임명하는 건에 대하여 은밀히 생각해보았는데, 우대장 님은 교토에서 내려온 관위를 매번 고사하셨고, 이는 후손에 좋은 영향을 끼치게 하기 위함이셨으니, 아직 장년에도 이르지 않은 쇼군을 승진시키는 것은 대단히 성급한 일입니다, 현 쇼군께서는 가신들과 조금의 논의도 없이 매번 주요 관직을 받아들이시니, 이런 과분한 처사에 탄식이 절로 납니다, 아둔하고 생각이 짧은 내가 쇼군을 비난하고 나선다면 오히려 화만 내실 터, 부디 당신이 쇼군께 이 내용을 고해주기 바랍니다, 라고 하자 히로모토 아손이 답하여 말하길, 최근에 저도 이 사항에 대해 고민을 해보았는데, 우대장 님 생전에는 어떤 일이든 저희와 상의하셨지만, 현 쇼군께서는 뭐든 홀로 고민하시며 입 밖으로 의견을 꺼내는 일이 없으시니, 지금 그대의 이런 비밀스런 상담에 마음이 대단히 아픕니다, 옛 고서에 따르면, 신하는 자신의 기량에 따른 관직을 받는다 하였는데, 현 쇼군은 선대의 대를 이은 것일 뿐, 당대에 이르러 이렇다 할 공훈이 없음에도 각국을 도맡아 관리함은 물론,

중납언 중장으로 승진하셨습니다, 섭정 가문의 아들이 아닌 신하였다면, 이런 일은 결코 없었을 것을, 어찌해야 더 큰 재앙을 막을 수 있겠습니까, 서둘러 제가 그 뜻을 여쭙고 오겠습니다, 라고 했다 한다. 20일, 기해己亥, 맑음, 히로모토 아손이 궐에 들어, 소슈의 사자로 왔다 고하고, 이번 승진에 관한 일을 에둘러 간하며, 자손의 번영을 기원하신다면 이번 관직을 거절하시고, 오직 정이대장군의 일에 충실하시어, 차차 적당한 연령에 이르시면 대장을 겸하시는 것이 마땅하다 고하니, 쇼군이 이르길, 그대의 간언에 감복하였으나, 미나모토 가의 정통은 내 대에서 끊어질 것이므로, 후손이 계승하는 일은 없을 것이다, 그러하니 이 관직을 받아들여 미노모토 가의 이름을 드높이길 원한다 했다. 이에 히로모토는 거듭 의견을 고하지 못하고, 곧바로 어전을 빠져나와 그 뜻을 소슈에게 전했다 한다.

같은 해. 10월. 5일, 갑인甲寅, 쇼군이 중정에서 사람들의 상소를 경청하였다.

같은 해. 윤11월. 24일, 계묘癸卯, 맑음, 쇼군이, 전생에 살았다는 의왕 산으로 순례를 떠나기 위하여 중국 방문을 계획하여, 송나라 장인 화경에게 중국 배를 만들라 명하고, 함께 따를 자 육십여 명을 선정, 도모미쓰도 봉행하게 되었다. 소슈와 오슈가 재차 만류하였음에도 불구하고, 이를 듣지 않고 배를 만들기에 이르렀다 한다.

같은 해. 12월. 1일, 기유己酉, 쇼군은 사람들의 소송이 가득 쌓였다는 소식을 듣고, 연내에 판결을 내리도록 하라고 관리에게 일렀다 한다.

유흥에 탐닉해 계셨다고는 해도, 상놈들처럼 앞뒤 분간 못할 만큼 정신없이 취해서, 고래고래 소리를 질러대고, 부녀자들과 엮이는 모습을 상상하신다면 크게 오해하시는 것입니다. 쇼군께서 그즈음 술의 양이 늘었다고는 하지만, 늘 기분 좋게 취해 계시는 정도였고, 결코 그 이상 만취하시는 일은 없었으며, 자세가 흐트러지는 일조차 없으셨습니다. 궁녀들을 모아놓고 장난을 치셔도, 그저 품위 있는 농담을 하시며 좌중을 흥겹게 웃게 만드셨을 뿐, 한심스럽게 향락에만 푹 젖어 계시는 것은 아니었습니다. 그러나 쇼군이라는 자리가 자리이니만큼 정이대장군, 무가의 총대장이라는 분이 무예를 게을리하고 와카에만 열중하며, 공연히 연회를 열어 부녀자들과 어울리는 일은 아무래도 상당히 눈에 띄는 일이었기 때문에, 결과적으로는 탐닉이라는 말을 쓰지 않을 수 없었으니, 옆에서 쇼군을 모시는 저희들은, 여느 때처럼 변함없이 쇼군을 믿고 따르면서도, 가끔씩 문득 왠지 모르게 불안해질 때가 있었습니다. 이듬해 겐포 2년 정월, 언제나처럼 쇼군께서는 니쇼 순례를 떠나셨고, 저희도 그 행렬에 동행했는데, 2월 3일, 일행이 무사히 가마쿠라로 돌아왔습니다. 그날 밤은 수행했던 자들이 한 명도 빠짐없이 궐로 문안을 가 쇼군께서 주시는 술을 받았습니다. 훌륭한 안주가 잇달아 나왔고, 밤이 이슥해지면서 먹고 마시고 노래하는 등 소란스러워졌는데, 쇼군께서도 새벽녘까지 그곳에 함께 계시면서, 그날만큼은 바로 앉아 계시는 것도 힘들어 보일 만큼 많이 취한 모습이셨습니다. 이튿날, 쇼군께서는 온종일 침상에 누워 계시며 몹시 고통스러워하셨는데, 가신들이 너나 할 것 없이 속속 문안 인사를 드리러 달려와, 궐 안에 심상치 않은 기운이 감돌았습니다. 때마침 가지기도[24]를

24_ 加持祈禱. 병, 재난 등을 면하기 위해 부처에 기도를 올리는 일.

드리러 납신 요조 승정께서 쇼군의 용태가 숙취에 지나지 않음을 간파하시어, 절에서 무슨 명약을 가져오게 하여 한 잔 올리셨는데, 곧 쇼군의 고통이 가라앉아 승정의 면목이 서게 되었습니다. 그런데 그 명약이라는 것이 그저 차에 불과했던 모양입니다. 당시 가마쿠라에는 차라는 물건을 거의 찾아볼 수 없을 정도로 대단히 드문 시절이어서, 승정께서 곧장 그 명약이 차였음을 알리시고, 아울러 차의 효능이 적힌 책 한 권을 쇼군께 헌상하셨습니다. 그 책은 승정께서 좌선을 하시면서 틈틈이 쓰신 책이었다고 하는데, 참 특이한 책을 쓰는 승정도 다 있다며 의아하게 생각하는 분들도 있었습니다. 아시다시피 요조 승정 에이사이 님은 덴표 시절부터 전해져오는 2대 종교, 즉 덴교 대사의 천태종과 고보 대사의 진언종, 이 두 개의 종파를 조금씩 개조하여 가지기도를 전문으로 하는 통속적인 종파를 만드셨는데, 이에 만족하지 않으시고 몇 차례나 송나라를 오가며 달마종, 즉 선종이라는 새로운 종파를 설립하고자 고군분투하셨습니다. 한편, 구로타니 대사가 염불종, 즉 정토종을 주창하신 것도 그 무렵의 일인데, 두 종파가 차츰 위정자와 백성들의 신앙을 얻게 되자, 교토와 나라에 기반을 둔 승려들이 그것을 질시하여, 두 종파 모두 이런저런 박해를 받은 모양이었습니다. 에이사이 승정께서는 가마쿠라로 도망쳐 수복사를 창설하셨고, 겐포 3년 6월에 이질로 돌아가실 때까지 이곳에 사시면서, 신新종파를 주창하며 새로운 지식으로 논적들을 하나하나 설파하셨던 왕년의 기세는 온데간데없고, 한 단계 높은 깨달음이라도 얻으셨는지, 종파에 크게 집착하지도 않으시고, 가지기도를 계속하시면서, 여유가 있으실 때는 차의 효능을 알리는 진기한 내용의 책까지 쓰셨으니, 저희들 눈에는 그저 다소 교활해 보이는 탈속의 스님으로밖에 보이지 않았습니다. 어쨌거나 쇼군께서는 승정 님의 말씀대로, 이른바 차의 효능에 의해 병세가 호전되셨고, 그 후 곧바로 예의 풍류 무사다운 면모를 보이시며 뱃놀이나 꽃구경을 하러 다니시다가, 이따금씩 혼자 몰래 궐을 빠져나가 뒷산에 오르셨고, 나중에 사람들이 쇼군을 찾으러 다니느라 큰 소동을 벌이기도 했습니다. 겐포 2년에서 3년에 걸쳐 연일 대지진에 화재, 태풍이 덮쳤고, 지독한 가뭄에 시달리는가 하면 큰비가 내려 홍수가 났으며, 간혹 실로 엄청난 천둥이 치기도 했고, 일식이니 월식이니 천체에까지 이변이 일어 관동의 인심이 흉흉해졌는데, 그런 상황 속에서 풍류와 유흥으로 세월을 보내고 있는 쇼군께 온갖 비난이 쏟아졌습니다. 이러한 천변지이는 쇼군이 근신하라는 신들의 계시라고 점을 치는 자들도 있었고, 혹은 궐의 지붕 위로 무수히 많은 백로 떼가 날아든 것을 보고, 예삿일이 아니다, 궐에 중대한 변화가 생길 징조다, 라고 무시무시한 예언을 하는 자들까지 나왔습니다. 이때는 쇼군께서도 소슈 님의 권유로 궐을 피해 소슈 님의 저택으로 피신을 가셨고, 이후 일흔닷새나 소슈 님 댁에 머무르시면서 불편한 생활을 하셨는데, 궐에 변화고 뭐고 아무 일도 일어나지 않자 다시 궐로 돌아오시는, 뭐가 뭔지 통 영문을 알 수 없는 소동까지 벌어졌습니다. 이러한 일도 전부, 취미 생활에 빠져 계시던 쇼군의 일상이, 사람들 눈에 크게 거슬렸기 때문이 아닌가 하는 생각도 들었습니다. 그러나 노는 일에 푹 빠져 계신 듯 보여도, 쇼군이 아니면 풀리지 않는 일들도 있었으니, 겐포 2년 5월에서 6월에 걸쳐 큰 가뭄이 들었을 때, 쓰루가오카구에서 수많은 승려들이 연일 계속되는 가뭄이 걷히고 비가 내리게 해달라고 기도하였으나, 겨우 흰 구름이 약간 흐르고 멀리서 희미한 천둥소리가 들렸을 뿐 비 한 방울 내리지 않았는데, 6월 3일, 쇼군께서 목욕재계를 하시고 마음을 가다듬어 정성껏 법화경을 독송하셨더니, 이튿날 아침부터 부슬부슬 비가 내리기 시작했습니다. 옛날

황극여제[아스카시대 여성천황] 때, 천하에 극심한 가뭄이 들어 사방에서 비를 내리게
해달라 기도를 올렸지만 아무런 효험이 없어서, 대신 소가 에미시가 향로를
바치며 기원을 드렸으나, 여전히 하늘은 활짝 갠 채 구름 한 조각 드러나지
않았고, 에미시가 몹시 부끄러워하며 천황에게 기도해줄 것을 청하여, 곧
그분이 강가로 행차하시어 사방에 대고 절을 하니, 금세 천둥이 치면서
억수처럼 비가 쏟아져 온 나라가 풍성히 백곡을 거두었다는데, 한낱 신하에
불과한 쇼군을 존엄하신 분과 견주자니 황송하기는 하나, 쇼군께서 올곧고
순수한 마음으로 기원을 하시면 반드시 하늘에 닿으니, 이는 부덕한 승려나
에미시 대신과 같은 자들이 어쩌지 못하는 것으로, 풍류와 유흥에 열중하기는
해도, 역시 쇼군께서는 드높은 품성을 갖추고 계시다며 돌연 세상의 평판이
좋아졌습니다. 같은 달 13일에는 그즈음 빈번한 천변지이로 인한 관동 일대의
흉작을 참작하시어 백성들의 조세를 감면하라 이르셨고, 사람들은 그 높은
덕성을 찬탄하였습니다. 또, 가끔 문득 떠올랐다는 듯 앞뜰로 납시어, 백성들
이 호소하는 이런저런 이야기들을 온종일 묵묵히 듣고 계실 때도 있었는데,
그러다가도 금세 놀 계획을 세우셨습니다. 원래 말수가 없으셨던 분이 다소
말이 많아지신 듯도 하고, 예전보다 조금 젊어지신 것처럼 보이기까지 했습니
다. 언젠가 어느 시종이 요즘 부쩍 살이 찌신 듯 보이신다고 고하니,

남자는 고뇌로 인해 살이 찝니다. 야위는 것은 여성이 고민할 때입니다.

하고 농담처럼 말씀하셨는데, 어쩌면 쾌활하게 보이는 그 심중에 남모르는
깊은 우울과 번민이 쌓여 가고 있었던 것인지도 모르지만, 저희들은 그
마음을 헤아릴 수조차 없었습니다.

할 일이 아무것도 없도다.

희미하게 웃으며 그렇게 말씀하신 적도 있고, 또,

정무소나 무사소처럼 도읍소를 설치하면 어떻겠는가. 도읍소의 장관이라면 할 만하겠다.

하고 술자리에서 누구에게랄 것 없이 말씀하시며 홀로 웃으신 적도 있었습니다. 화려한 교토의 풍습을 흉내 내니, 도읍소 장관이 알맞다고 스스로를 비웃는 의미에서 그런 말씀을 하신 것 같은데, 옆에서 모시는 저희가 보기에는 결코 그런 뜻뿐만이 아니라, 보다 엄숙한 의미에서 도읍소 장관이라는 말에 수긍이 가기도 하였습니다. 당시 가마쿠라 막부와 교토 조정 사이의 소통은 오직 쇼군 한 분에 의해 이루어지고 있을 정도였습니다. 겐포 3년 7월, 황공하게도 교토 궐에서 은밀하게 칙서를 보내왔는데, 교토 궐에서 열렸던 와카 대회 때 나온 단가가 실린 책 한 권을 쇼군께 하시한다는 내용이었습니다. 쇼군 또한, 교토 궐에 진상할 명마를 선발하시면서, 관리들에게 각자 가지고 있는 말 가운데 가장 좋은 말을 세 필씩 준비하라 이르시고, 몸소 말 감별사가 되시어 말의 입속까지 면밀히 조사하셨을 정도였습니다. 겐포 5년 7월에서 8월에 걸쳐 상황께 병환이 드리웠을 때는, 곧바로 문안을 위한 사절단을 올려 보내시어, 길들이지 아니한 사나운 말 삼백서른 필을 헌납하시고, 또 상황의 쾌유를 비는 기도를 올리라 명하는 등 당시 쇼군께서 조정에 순응하는 태도는 만민의 본보기라 할 정도였습니다. 가마쿠라로 내려온 칙사를 맞이하실 때도 성심껏 경의를 표하시면서, 막대한 선물을 바치며 충심을 피력하셨습니다. 쇼군의 어머니 되시는 아마미다이도코로 님께서 겐포 6년에 두 번째 구마노 참배를 하러 가시는 길에 교토에 들러 잠시 체류하셨을 때, 상황께서 특별히 아마미다이도코로 님께 종3위의 작위를 내린다는 선지가 숙소로 당도하였고, 아울러 교토 궐에서 직접 대면하기를 바란다는 황공한 뜻을 전하셨으나, 그 파격적인 은혜에 감읍하고도 모자랄

것을 아마미다이도코로 님께서는, 저는 그저 꾀죄죄한 시골 늙은이입니다,
용안을 가까이서 배알하라니 천부당만부당 하신 말씀, 부디 저의 이런 무례함
을 용서하여주십시오, 라는 말을 남기고는 교토 절에 참배하려 했던 계획도
접고 즉시 가마쿠라로 돌아갔다 하니, 이와 같이 고집스럽고 불경스런 태도에
비하면 쇼군의 행동거지는 친모자지간이면서도 어머니와는 천지 차이였습
니다. 상황께서도 이 젊은 쇼군의 순수한 충심을 어여삐 여기시어 관직을
연이어 내리셨는데, 겐닌 3년 9월 7일에는 종5위하 정이대장군에 임명하시고,
같은 해 10월 24일에는 우병위좌에, 겐큐 원년 정월 7일에는 종5위상, 3월
6일에는 우근소장, 겐큐 2년 정월 5일 정5하, 같은 달 29일 우중장 겸 가가^옛
^{이시카와 현 남부} 국사, 겐에이 원년 2월 22일 종4하, 조겐 원년 정월 5일 종4상,
조겐 2년 12월 9일 정4하, 조겐 3년 4월 10일 종3위, 5월 26일 우중장,
겐랴쿠 원년 정월 5일 정3위, 겐랴쿠 2년 12월 10일 종2위, 겐포 원년 2월
27일 정2위를 내리셨으니, 이 무렵부터는 쇼군도 천진난만하게 승진을 기대
하셨고, 승서의 교지를 기다리다 지쳐 빨리 보내달라고 교토 쪽에 재촉하는
일마저 있었습니다. 겐포 4년 6월 20일에는 25세의 젊은 나이에 중납언보에
임명되셨고, 7월 20일에는 좌근중장을 겸하셨으며, 겐포 6년 정월 13일에는
대납언보, 3월 6일에 이르러 좌근대장, 1월 9일 내대신, 12월 2일 우대신에
오르셨습니다. 그뿐 아니라 좌근대장이 되셨을 때와 우대신이 되셨을 때는
승진 기념 의식에 사용할 장식과 어차 이하 갖가지 물품 일체를 교토 궐에서
직접 가마쿠라로 보내셨으니, 상황께서 쇼군을 얼마나 총애하시는지 그
깊이를 헤아릴 수 없을 정도였습니다. 무례한 무리들은 이를 두고 또 괘씸한
소문을 만들어 내어, 상황이 쇼군을 '벼슬로 치고자' 하는 것이 아닌가
하고 어리석은 의심을 품기도 했는데, 잘 아시는 바와 같이, 그릇도 되지

않는 자가 졸지에 고위 관직에 오르면 오히려 그 부담 때문에 목숨을 잃는다는 말이 있으니, 미워하는 자를 급속으로 승진시켜 목숨을 앗아가는 것이 상황의 뜻이 아닌가 하고, 되지도 않는 의심을 품고 걱정하는 이들이 없는 것은 아니었습니다. 그러나 이는 교토 궐과 쇼군 사이에 천진하고 명랑한 군신의 정이 흐르고 있다는 사실을 모르는 사람들이 하는 말이고, 두 분 모두 훌륭한 가인이기도 하셨기에, 조큐 원년 정월, 쇼군께서 그 같은 최후를 맞으셨을 때, 상황께서는 내장두 다다쓰나 님을 가마쿠라에 파견하시어, 조정의 뜻을 전하는 것에 그치지 않으시고 진심 어린 탄식을 전하셨다 합니다. 게다가 쇼군께서 돌아가시자마자 그 불길한 군사의 난이 시작된 것만 보아도, 쇼군께서 풍류에 빠져 계시기만 했던 것이 아니라, 늘 교토 조정과 가마쿠라 막부 사이에서 고심하시며, 그야말로 도읍소의 장관 역을 맡고 계셨던 것이나 다름없음이 한층 더 분명히 와 닿는 듯합니다. 하지만 당시에는 쇼군에 대한 궐 안팎의 오해가 극심하여, 겐포 4년 9월, 히로모토 뉴도 님이 쇼군께 은근히 간언을 시도하다가 오히려 창피를 당하신 일도 있었습니다. 9월 18일, 소슈 님이 댁으로 히로모토 뉴도 님을 은밀히 초대하시어, 참 난처합니다, 쇼군에 대한 이야기입니다만, 시와 음악에 빠져 지내는 것에도 이제 싫증이 나셨는지, 요즘은 또 관위 승진에 열중을 하셔서, 교지를 보내달라고 교토에 재촉까지 하시는 듯하니, 참으로 한심합니다, 교토 조정 분들도 어이가 없으실 겁니다, 막부의 위신을 지키기 위해서라도 이래서는 안 됩니다, 돌아가신 우대장 님께서는 현명하셔서 교토 조정에서 관위를 내릴 때마다 고사하셨어요, 우리끼리 얘기입니다만, 정2위나 대납언 같은 관위를 막부인 저희가 서둘러 받을 필요도 없잖습니까, 직책보다는 실속이니까요, 정이대장 군 하나로 충분한데 왜 저러시는 건지 모르겠습니다, 현 쇼군께서는 무턱대고 교토를 동경하셔서, 예전에는 이 정도까지는 아니었는데, 교토 조정 일이라면 물불 안 가리고 감사해하시니, 이렇게 가다가는 우리 막부가 교토 조정에 약점이 잡혀서 그들이 막부를 깔보게 되고 결국 큰일이 터질 겁니다, 이번 취미는 정말이지 질이 나빠요, 제가 직접 쇼군께 고해도 되겠지만, 저는 워낙 성미가 급하고 언변술이 변변치 못해 잘못 말을 꺼내서 도리어 쇼군을 성나게 만들 수도 있으니, 지금으로서는 오직 고상하게 에둘러 말하는 당신의 달변밖에는 믿을 것이 없습니다, 하고 웃지도 않고, 히로모토 뉴도 님의 얼굴을 빤히 쳐다보며 말씀하셨는데, 뉴도 님은 당황한 얼굴로, 이거 황송합니다, 하고 두세 번 헛기침을 하시면서, 이 문제에 관해서는, 하고 말문을 열며 요란스럽게 다가앉으신 다음 언제나처럼 애매모호한 말투로, 저도 요즘 남몰래 그런 고민을 하지 않은 것도 아니었습니다, 이것 참 곤란한 일이에요, 돌아가신 우대장 님께서는 교토에 관한 일이라면, 교토에서 자란 제게 일일이 하문을 하셨고, 저도 미흡하나마 부족한 의견을 개진하고는 했는데, 현 쇼군께서는 제게 하문하시는 일이 전혀 없습니다, 오직 본인이 생각하시는 대로만 기탄없이 교토 조정과 소통을 하시니, 저는 그저 옆에서 마음을 졸이며 지켜볼 수밖에 없었는데, 때마침 그런 말씀을 해주시니 참으로 감사합니다, 좋습니다, 제가 간하고 오지요, 다만 이 일은, 하고 갑자기 소리를 죽이고 고개를 기울이시더니, 제가 당신의 사자使者로서 간언을 드리는 편이 효험이 있을 거라 생각하는데 어떻게 생각하십니까? 하고 늘 그렇듯 책임을 회피하려는 수작을 부리고, 소슈 님은 태연히 고개를 끄덕이며 밀담이 이루어졌을 것인데, 물론 이는 제가 훗날 이런저런 사람들에게 이야기를 전해 듣고, 아마 이렇게 흘러갔을 거라고 짐작하는 바를 그대로 말씀드리는 것이니, 그 점 부디 양해해주시기 바랍니다. 그리하여 그 다음 날, 뉴도 님은 소슈 님의 사자 자격으로 어전에 드시어, 공연히 벼슬을 탐하시는 것이 왜 옳지 않은지에 대한 이유를 꽤나 훌륭하게 고하셨습니다. 평소 애매한 말만 하던 뉴도 님답지 않게 당당히 의견을 펼치셨는데, 우선은 고 우대장 님께서 그토록 큰 공을 세우셨음에도, 후손들에게 오래도록 좋은 운을 물려주고자 본인은 관직을 원치 않으셨고, 그저 정이대장군 하나로 만족해하셨다는 부분부터 이야기를 풀어나가시며, 쇼군께서는 당대에 이렇다 할 공훈이 없음에도 벌써 중납언 중장에 오르셨으니, 이러한 사례는 섭정의 아드님인 경우에만 가능한 것이고, 그 이외의 사람에게는 용납될 수 없는 일입니다, 이처럼 무리한 일을 계속해서 밀고 나가시다가 화를 입으실까 두렵습니다, 후대의 자손들에게 영예를 물려주실 뜻이 있으시다면 마땅히 이번 관직을 사퇴하시고, 아버님이 그러셨던 것처럼 정이대장군에만 만족하시어, 훗날 고령에 이르셨을 때 마땅한 관위를 받으시는 것이 옳다고 여겨집니다, 하고 막힘없이 진지하게 간언을 올렸는데 쇼군께서는 산뜻한 미소를 지으시며,

관위를 원해서는 안 되는 다른 이유도 있지 않겠습니까. 자손을 위해서라니 당혹스럽습니다. 자손은 어디에도 없습니다.

하고 늘 그러시듯 농담처럼 말씀하셨고, 이에 뉴도 님도 맥이 빠지셨는지 멍하니 쇼군의 얼굴을 올려다보며 아무 말씀이 없으시다가, 이윽고 조용히 인사를 올리고는 그대로 싱겁게 물러나셨습니다. 쇼군께는 자제분이 없었으니, 이때 자손이 없다고 하신 것이 틀린 말씀도 아니고, 그저 가볍게 뉴도 님을 놀리려고 꺼낸 말씀임에 틀림없었을 터이나, 그래도 그 말씀이 저희에게는 어쩐지 서글프고도 터무니없이 불길한 예언처럼 느껴졌습니다. 이 모든 것이 저희들의 어리석은 추측이겠지만, 그로부터 삼 년째 되던 정월에 그

무시무시한 사건이 터진 것을 보면, 이때 쇼군께서 하신 말씀 역시 불가사의한 일 중 하나로 꼽지 않을 수 없습니다. 송나라에 다녀오겠다는 계획을 세우신 것도 그해 있었던 일이었습니다. 마찬가지로 쇼군께서는 달리 깊은 뜻 없이, 어쩌다가 그즈음 송나라 사람 진화경이 가마쿠라로 왔는데, 그가 선박 주조에도 해박한 사람이라는 이야기를 전해 들으시고는, 문득 송나라에 다녀오고 싶다는 생각이 드신 모양이었습니다. 저희 같은 미천한 몸이야 함선을 만들어 송나라로 건너가겠다는 생각 따위 할 수도 없겠지만, 적어도 관동 땅의 큰 우두머리라 불리는 분께는 크게 부자연스러운 계획도 아니었습니다. 아직 젊으실 때 이국의 땅을 둘러보고 오시는 것이 무척 유익한 일이기도 하고, 일찍이 쇼군께서 심취하셨던 마구간 황자님 같은 분은 벌써 육백 년 전에 수나라를 오가셨을 정도였으며, 가마쿠라 수복사 승정 님 또한 두 번이나 송나라에 다녀오신 분이었으니, 못 배운 촌놈이 그저 머나먼 나라를 꿈꾸는 것과는 달리 널리 학문을 깨치신 쇼군과 같은 분들은 송나라에 건너가는 것도 그리 어려운 일이 아님을 통찰하셔서, 마음 편히 계획을 세우신 것이 아닐까 하고, 저희들은 그렇게 미루어 짐작했는데, 이것이 또 시야가 좁은 막부 분들께는 거의 미친 짓이나 다름없이 여겨졌는지, 참으로 치열하게도 반대가 일었습니다. 어떤 사람은 쇼군이 호조 씨의 압박을 견디다 못해 가마쿠라를 벗어나 정처 없이 바다를 떠돌다 끝내 자살이라도 하려는 것이라 했고, 어떤 사람은 송나라로 가는 척하면서 사실은 교토로 가서 상황의 군대를 함선에 태워와 호조 씨를 토벌하고 다시 한 번 가마쿠라를 뒤집을 생각인 것이 분명하다 했고, 또 어떤 사람은 이런 짓으로 막부가 공연히 돈을 쓰게 만들어서 막부고 쇼군이고 호조 씨고 전부 다 한꺼번에 쓸어버리고 상황께 이별 선물로 최후의 충정을 바치고자 하는 깊은 뜻이 있는 것인지도 모른다 했으며, 또 어떤 사람은, 그저 마음이 비뚤어진 것뿐이야, 송나라에 가겠다니 말이 되나, 그냥 입에서 나오는 대로 아무렇게나 지껄인 거겠지, 라고 했으며, 또, 아니, 아니야, 그렇게 나쁘게 추측하기만 할 것이 아니야, 이번 일은 역시, 일찍이 동경해오던 송나라 의왕 산을 순례하고 오시려는 것일 뿐, 그 외의 다른 뜻은 전혀 없어, 쇼군은 진정 신앙이 두터운 분이로구나, 놀랍네, 놀라워, 하고 묘한 감개를 늘어놓는 사람도 있었으니, 의견들이 어찌나 분분하던지 마치 조만간 가마쿠라에 큰 전쟁이라도 벌어질 듯이 소란스러웠습니다. 하지만 소슈 님, 뉴도 님, 또 아마미다이 님은 과연 생각이 깊으셔서 똑같이 반대를 해도 여타의 사람들처럼 얄팍하게 의혹을 품으며 반대하시는 것이 아니라, 아마미다이 님 같은 경우는 역시 친어머니답게 쇼군의 건강을 최우선으로 걱정하시며 계획을 그만두실 것을 청하셨고, 쇼군께서는 이에 답하여, 걱정 마십시오, 길어도 겨우 일 년이면 돌아올 것입니다, 육백 년 전 마구간 황자님 시절만 해도 쉽게 수나라와 왕래를 했습니다, 걱정하실 것 없습니다, 하고 아무렇지도 않다는 듯 말씀하시며, 고분고분 말을 들을 기색이 보이지 않으셨습니다. 또 소슈 님, 뉴도 님이 함께 드시어 간언하기를,

"딱 한 해라 하여도 쇼군이 막부를 비우는 것은 전례가 없는 일이니, 불온한 생각이십니다."

일 년도 자리를 비우지 못해서야 중신 된 보람이 없습니다.

"무슨 신분으로 송나라에 가실 작정이십니까?"

일본의 나그네입니다

"안내인이 진화경인 것이 불안합니다."

알고 있습니다. 이국의 사람을 믿어서는 안 되지요. 그저 약간의 지식을

배울 뿐입니다.

　이런 지경이니, 소슈 님이나 뉴도 님도 더는 말릴 수가 없어서 서로 마주 보며 한숨만 내쉬셨습니다. 쇼군도 아직 25세, 전에도 말씀드렸다시피, 젊어서 이국땅에 건너가 견문을 넓히는 것은 결코 나쁜 일이 아니며, 겨우 반년에서 일 년 정도 자리를 비우는 것은 소슈 님이나 뉴도 님으로서도 말릴 명분이 없었고, 교토로 가서서 일 년이고 이 년이고 머무시면서 교토 조정 분들과 마음 맞는 시간을 보내시는 것보다야 막부 입장에서도 안전한 일이라, 소슈 님 일행은 이번 송나라 순방 계획이 관위 승진을 탐하시는 것에 비하면 차라리 낫다고 여기시는 듯했는데, 그러나 진화경이라는 인물이 아무래도 믿음직스럽지 않은 듯, 그자가 안내를 한다면 끝까지 이 계획을 반대하겠다는 입장이신 것 같았습니다. 이 진화경이라는 자는 매우 불가사의한 인물로, 이국에서 온 이의 마음을 저희 같은 사람들이야 이해할 수가 없겠지만, 이 사람은 겐포 4년 6월에 불쑥 가마쿠라에 나타나, 지금의 쇼군은 부처가 환생하신 분이라는 기묘한 말을 떠벌리고 다니셨던 모양으로, 이윽고 그 말이 쇼군의 귀에 들어가게 되었습니다. 일찍이 쇼군께서는, 마음 깊이 존경하시던 마구간 황자님을 분명 신불의 화신이라고 하셨는데, 그런 연유에서도 흥미를 느끼신 모양인지, 15일에 화경을 결로 불러 대면하셨습니다. 이 화경이라는 분은 그 당시에는 몰락한 것처럼 보였지만, 예전에는 제법 유명한 당나라 사람이었다고 하는데, 사람들 말에 따르면, 그해 겐포 4년으로부터 약 이십여 년 전인 겐큐^{建久} 6년[1195년] 3월, 고 우대장 님께서 두 번째로 교토를 방문하시어 동대사 대불에 참배를 드리시다가, 우연히 송나라 사람 진화경의 소문을 들으시고, 그의 총지휘 하에 주조했다는 노사나불 상을 보시더니, 참으로 소문에 걸맞게 훌륭한 명공이다, 보통 사람이 아니다,

라고 칭찬을 하시며, 승려 조겐에게 화경을 초대하라 명하셨으나, 불손하게도 화경은, 쇼군이 수많은 인명을 빼앗아 죄업이 깊으니 빌 수 없다고 답했다 합니다. 고 우대장 님은 사자 주겐으로부터 그 무례한 답변을 전해 듣고도 화를 내시기는커녕, 오히려 화경이 더욱 마음에 드신 듯 오슈 정벌 때 착용하셨던 갑옷과 투구를 비롯해 군마 세 필과 금은보화 등 어마어마한 선물을 하사하셨는데, 화경은 조금도 감사해하지 않고, 갑옷과 투구는 녹여서 절을 지을 때 못으로 쓰겠지만, 나머지는 구실을 할 만한 것이 없다며 굳이 전부 다 돌려보냈다나 뭐라나, 그만큼 교만하던 진화경이었으나 세월에는 장사가 없는 법이라, 불상을 주조하는 실력도 쇠하고 말았는데, 그럼에도 불구하고 고고하게 거만을 떨면서, 이따금 엉뚱한 행동을 하여 자신이 평범한 인간이 아님을 과시하려 했고, 또한 그러한 인간들이 보통 그렇듯 질투심도 강해서, 점차 사람들로부터 외면당하게 되었던 것입니다. 결국 동대사에서 추방당해 실의에 빠져 유랑 생활을 하다가, 겐포 4년 6월에 거지꼴로 가마쿠라에 나타나, 왕년의 기개는 간곳없이 그 옛날 죄업이 깊으니 어쩌니 하던 고 우대장 님의 친자를 부처의 환생이라 칭하고 다니며, 그 온화한 얼굴을 한 번이라도 뵙고 싶다며 탄식을 했다고 합니다. 장인이라고 건방을 떠는 기술자들도 위세가 좋을 때는 손님들 주문에 콧방귀도 안 뀌는데, 이 역시 교활한 상술 가운데 하나인지라 고 우대장 님처럼 점점 더 심취하는 사람도 있지만, 주문이 딱 끊기고 나면 애초에 겉으로만 결벽을 떨던 자들이었기에, 순식간에 태도를 바꾸고 푸념을 해대며 손님들에게 울고 매달리는 일은 저희 주변에 적잖이 있는 일이었습니다. 제가 보기에는 이 진화경이라는 자의 언행도 뻔히 속 보이는 비굴한 상술로밖에 생각되지 않았지만, 쇼군께서는 부처의 환생이라는 말 한마디에 마구간 황자님을 떠올리시고는 관심이

가셨는지, 15일, 그를 궐로 불러들이셨는데, 진화경도 만만치 않은 사람이어서, 쇼군의 얼굴을 한 번 우러러보더니 크게 소리 내어 울며 앞으로 엎어졌습니다. 이국의 사람들은 별반 슬프지 않아도 자연스레 꺼이꺼이 눈물을 흘릴 수 있는지 모르겠지만, 한없이 야위고 추한 늙은이가 몸부림을 치며 울부짖는 모습에서 범상치 않은 기운이 느껴지기도 해서, 쇼군께서도 인상을 쓰시며 어찌할 바를 모르셨는데, 이윽고 진화경이 훌쩍거리며 말하기를,

"쇼군께서는 전생에 송나라 의왕 산 장로셨고, 제가 그때 문하생으로 쇼군을 모셨습니다. 그날이 참으로 그립습니다."

그것은 꿈에서 본 적이 있다.

쇼군께서는 조금도 놀라지 않고 곧바로 답하셨습니다. 육 년 전인 겐랴쿠 원년 6월 3일 축시^{오전 1시-3시}, 쇼군의 꿈속에 고승 하나가 나타나, 그대는 원래 송나라 의왕 산의 장로였다, 고 일러주었다 하시며,

아무에게도 말하지 않고 있었는데, 그대의 이야기와 들어맞으니 재미있는 일이로다.

하고 고개를 끄덕이며 몹시 즐거워하셨습니다. 진화경 자신조차 일이 그토록 잘 풀릴 거라고는 예상하지 못했을 테지요. 그렇게 신임을 얻게 된 진화경은 종종 궐로 불려가 쇼군께 송나라 사정에 대해 하문을 받고는 했는데, 쇼군은 진화경의 이야기만으로는 만족할 수 없으셨는지 마침내 직접 송으로 건너갈 계획을 세우셨고, 진화경에게 함선을 조주하라 명하시며, 그를 정식으로 송나라 여행의 안내자로 임명하셨습니다. 주위의 반대를 무릅쓰면서 그해 11월 24일 함께 송나라로 건너갈 풍류 무사 예순여 명을 지정하셨고, 영광스럽게 저도 그 일행 끄트머리에 끼게 되었습니다. 선정된 풍류 무사들은 하나같이 호걸들이었는데, 그분들은 늘 하던 뱃놀이의 규모가

약간 커진 것으로 생각하고 계신 듯, 쇼군을 신뢰하고 모든 것을 쇼군의 뜻에 맡긴다면서 느긋하게 당나라 미인 이야기나 하며 들떠서는, 하루 빨리 화경의 배가 완성되기를 기다리고 있었습니다. 쇼군께서도 신이 나서서 이리저리 분주해 보이셨습니다. 송나라로 출발하기 전에 필히 봐 두어야 할 정무를 꼼꼼히 보셨고, 이제껏 결재를 태만히 한 탓에 여기저기 소송이 쌓여 있다는 말을 들으시고, 그 또한 올해 안에는 반드시 처리하고 싶다고 하시며 관리들을 독려하여 척척 일을 해나가셨습니다. 그때는 무슨 수를 써서라도 송나라에 가야겠다는 일념으로 패기가 넘치셨는데, 어느 날 밤 쇼군께서 안절부절못하며 들떠 서두르시는 모습을 보고, 쇼군을 이토록 재촉하며 뒤흔드는 것의 정체가 무엇인가 싶어 곰곰이 생각해 보았습니다. 그 목적이 물론 의왕 산 순례는 아닐 것이다, 진화경의 얄팍한 심산을 꿰뚫어보지 못할 쇼군도 아니시고, 뭐든 다 알고 계시면서 잠시 화경을 이용하시는 것이 틀림없으니, 목적지는 송나라가 아니어도 상관없고, 그저 딱 일 년, 혹은 반년이라도 이 가마쿠라 땅에서 도망치고 싶으신 것이다, 겐포 3년 11월 말 와다 좌위문위 요시모리 이하 장졸들의 망령이 쇼군의 머리맡에 줄줄이 늘어섰던 그 이튿날 아침, 갑작스레 거대한 불교 행사를 여셨는데, 본의 아니게 총애하던 신하 일족을 몰살시켜버린 주군의 마음은 우리가 짐작도 할 수 없을 정도로 황량해진 것은 아닐까, 이것이 분명 여행의 원인 중 하나일 것이라고, 저는 그렇게밖에 생각할 수 없었습니다.

겐포 5년[1217년] 정축[丁丑]. 윤3월. 10일, 정해[丁亥], 맑음, 저녁나절, 쇼군이 벚꽃을 보기 위하여 영복사로 행차하니, 미다이도코로도 동승하여 우선 부처에 예를 올리고, 이어 벚꽃 길을 거닐었다.

이후 대부판관 유키무라의 저택에 들러 다함께 와카를 짓다가, 자정이 다 되어 달빛 아래 처소로 향했다.

같은 해. 4월. 17일, 갑자[甲子], 맑음, 송나라 사람 화경이 만든 배가 완성되었다 하니, 가신들이 내어준 수백 명의 인부들이 오늘 유이 포구에 배를 띄운다 하여, 쇼군도 즉시 행차하였다. 우경조가 감독하고, 시나노 태수 유키미쓰가 일을 집행하였다. 화경의 지시에 따라 사람들은 오시[오전 11시~오후 1시]에 시작하여 신시[오후 3시~5시]가 저물 때까지 전력을 다해 배를 끌었으나, 유이 포구는 함선이 드나들 수 있는 지형이 아닌지라 배를 띄울 수 없었다. 이에 쇼군은 처소로 돌아가고, 배는 허무하게 모래사장에 버려졌다 한다.

같은 해. 5월. 11일, 무자[戊子], 맑음, 신시[오후 3시~5시], 쓰루가오카 하치만구 장관인 3위 승관 데이교가 종기를 앓다 서거하였다. 27일, 갑진[甲辰], 쇼군이 지난 겐포 원년 5월 사망한 요시모리 이하 군신들이 소유했던 영지를 배령한 자들에게, 각 영토 내 신사와 절에서 거행하던 의식은 전 주인의 관례를 따르라 명했다.

같은 해. 윤6월. 20일, 병인[丙寅], 맑음, 선사 구교가 원성사를 떠나 가마쿠라에 당도하여, 아마미다이도코로의 명에 따라 쓰루가오카 장관으로 임명되었다. 구교는 지난 이삼 년간 명왕원 승정 고인[公胤]의 문하에서 학문을 닦으며 절에서 살았다.

같은 해. 7월. 24일, 기해[己亥], 맑음, 교토에서 사자가 당도하여, 지난 10일부터 상황이 학질에 걸려 매일 발작을 일으키고 있으며, 염불과 기도가 전혀 효과가 없다고 전했다. 26일, 신축[辛丑], 맑음, 아마시로 대부판관 유키무라가 사절의 자격으로 교토로 상경하니,

상황의 병문안을 위한 것이었다.

같은 해. 9월. 13일, 정해^{丁亥}, 쇼군이 해변의 달을 보기 위해 미우라로 행차, 좌위문위 요시무라가 특별히 자리를 준비했다 한다. 30일, 갑진^{甲辰}, 영복사에서 처음으로 불사리를 공양하는 법회가 열려 아마미다이도코로와 쇼군, 미다이도코로가 행차하였다. 법회의 무악이 더할 나위 없이 아름답고 훌륭했다 한다.

같은 해. 10월. 11일, 을묘^{乙卯}, 맑음, 선사 구교가 쓰루가오카 장관으로 임명된 이래 처음으로 신께 배례하고, 그의 숙원에 따라 오늘부터 천 일간 쓰루가오카 하치만구에 머물며 기도를 올리기로 했다 한다.

겐포 6년 무인^{戊寅}. 윤2월. 4일, 병오^{丙午}, 쾌청, 아마미다이도코로가 교토로 행차했다.

같은 해. 윤4월. 29일, 경오^{庚午}, 맑음, 신시$^{오후 3시-5시}$, 아마미다이도코로가 가마쿠라로 돌아왔다. 지난 14일, 아마미다이도코로를 종3위에 서위한다는 선지를 받아, 상경 산조 중납언인 기요노리 아손으로 하여금 아마미다이도코로의 저택에 그 내용을 전하게 했다. 이튿날 15일, 상황으로부터 대면을 원한다는 전언이 당도했으나, 시골의 늙은 노파가 천자를 알현하는 것은 당치도 않다는 말을 남긴 채 절을 순례하려는 뜻도 단념하고 즉시 가마쿠라로 돌아갔다 한다.

같은 해. 윤6월. 20일, 경신^{庚申}, 맑음, 내장두 다다쓰나 아손이 칙사로 가마쿠라에 당도하였는데, 어차 두 량을 비롯하여 그 밖의 물건들을 어깨에 멘 수십 명의 인부를 거느리고 있었다. 21일,

신유^{辛酉}, 맑음, 오시^{오전 11시~오후 1시}, 다다쓰나 아손이 가지고 온 물건들을 궐로 옮기니, 어차 두 량과 천황의 문장이 박힌 활, 의복, 무복, 말안장 등으로 모두 상황이 마련한 것이라 한다. 쇼군은 다다쓰나 아손을 안으로 불러 대면하고, 예를 갖춰 정성스럽게 감사의 인사를 전했다 한다. 집물의 배달을 위해 가마쿠라로 파견된 인부들이 상당수에 이르렀고, 그들 모두 가신들의 초대를 받아 하루가 멀다 하고 융숭한 접대와 화려한 선물을 받았다. 이는 모두 서민들의 부담으로 돌아갔다. 27일, 정묘^{丁卯}, 맑은 뒤 흐림, 쇼군이 대장에 임명되어 쓰루가오카구에 기도를 올리기 위해 행차했다. 아침 일찍부터 유키무라가 명을 받잡고 배하식이 열릴 것을 신하들에게 전하여, 신시^{오후 3시~5시}가 저물 무렵 예를 행하였다.

같은 해. 7월. 8일, 정축^{丁丑}, 맑음, 쇼군이 좌대장 첫 의복식을 위해 쓰루가오카구로 행차, 오시^{오전 11시~오후 1시}에 궐을 출발하였다. 기마병을 비롯하여 이를 따르는 무사들은 지난달 27일과 같았다.

같은 해. 8월. 15일, 계축^{癸丑}, 맑음, 쓰루가오카에서 방생회가 열려 쇼군이 행차하니, 공봉을 하는 이들의 의복이 전에 없이 화려하였으며 상록 교목으로 만든 어차가 쓰였다. 16일, 갑인^{甲寅}, 맑음, 쇼군의 행차는 어제와 같았으며, 특별히 활쏘기에 능한 무사들로 결성되었다.

같은 해. 윤9월. 13일, 신사^{辛巳}, 맑은 뒤 흐림, 유시^{오후 5시~7시}에 달 밝은 밤, 궐에서 와카회가 열렸다.

같은 해. 10월. 26일, 을축^{乙丑}, 맑음, 교토에서 사자가 오니, 지난 13일, 선정3품 마사코를 종2위에 서위한다 하였다.

같은 해. 윤12월. 5일, 계묘癸卯, 쾌청, 쓰루가오카 장관 구교가 신불을 모신 절에 기거하며, 일절 바깥출입을 하지 않고 기도만 올리며 머리도 깎지 아니하니, 사람들이 이를 이상히 여겼다. 또한 시라카와 좌위문위 요시노리를 이세신궁으로 파견하여 액풀이를 하게 하였으며, 그 밖의 신사에도 사절단을 보냈다고, 오늘 궐에 공표하였다 한다. 20일, 무오戊午, 맑음, 지난 2일, 쇼군이 우대신에 임명되었다. 21일, 기미己未, 맑음, 쇼군이 대신에 오름을 신께 감사 하기 위하여 내년 정월 쓰루가오카구에 행차하기로 했다. 이에 필요한 각종 의복과 어차 이하 모든 집물들을 이번에도 상황이 하사하여, 그것들이 오늘 가마쿠라에 당도하였다. 이를 수행한 상달부 보몬 아쇼 이하 여러 대신들이 함께 도착하였다.

구교 선사 님은 이듬해 겐포 5년 6월, 교토에서 가마쿠라로 돌아오셨는데, 아마미다이 님의 주선으로 쓰루가오카구 장관으로 임명되셨습니다. 전 장관 이던 데이교 승관 님은 그해 5월 심한 종기를 앓다 돌아가셨습니다. 구교 선사 님은 수년간 교토에서 학문을 닦으셨는데, 너무 오래 교토에 계시면 다시 모반의 무리들에 의해 옹립되어 에이지쓰 선사 님의 전철을 밟아 불행한 최후를 맞이하지 말라는 법이 없다 하여, 아마미다이 님이 손자를 사랑하는 마음에서 심부름꾼을 시켜 구교 선사 님을 억지로 가마쿠라로 데려오셨습니다. 그분이 쓰루가오카구 장관직에 오르신 것이 관동은 물론이 고 교토, 관서 등 일본 전역을 뒤흔든 흉사의 뿌리가 되었습니다. 6월 말, 구교 선사 님이 궐에 납시어 쇼군께 인사를 드렸는데, 그때는 이미 18세, 체격도 늠름하고, 훌륭한 청년이셨습니다. 신장도 쇼군보다 훨씬 컸으며, 용모도 화려하고 피부도 고와서, 그야말로 미나모토 가의 피를 이어받았다

하기에 부족함이 없을 정도로 기품 있는 몸가짐을 하고 계셨습니다. 그렇다고는 해도 어린 시절부터 갖고 계시던 비루하고 수줍어하는 듯한 계집아이 같은 미소만큼은 변함이 없어서, 어딘지 모르게 경박하고 미덥지 못했으며, 너무 붉은 입가나 빛나는 눈매에 불결함과 음란함이 도는 것이, 쇼군의 순수하고 느긋한 태도에 비하면 역시 천성적인 품격에 현격한 차이가 있는 듯 여겨졌습니다. 그날도 선사 님은 궐 안 사람들 모두에게 보기 흉할 정도로 열심히 절을 하셨고, 쇼군께서는 차마 보고 있을 수 없을 정도로 과도하게 아양을 떠는 미소로 인사를 하셔서, 쇼군은 그저 묵묵히 고개만 끄덕이셨습니다. 보통은 교토에서 온 사람들에게 교토 이야기를 묻는 것이 쇼군의 무엇과도 바꿀 수 없는 즐거움이었는데, 이때 구교 선사 님께는 아무것도 묻지 않으셨고 안색이 다소 어두운 듯 보였습니다. 그때 문득, 쇼군께서 이 비굴한 거짓 웃음을 짓는 선사 님을 대단히 미워하고 계시는 것은 아닐까 하는 생각이 들었습니다. 좀처럼 함부로 사람을 미워하지 않으시고, 누구를 만나더라도 한결같은 애정을 갖고 대하시던 쇼군께서, 구교 선사 님께는 이상하게도 불쾌한 빛을 내비치셨습니다. 6년 전 선사 님이 삭발을 하고 인사를 드리러 오셨을 때도, 쇼군께서는 시종 우울한 표정이셨고, 그 후로도 어전에 선사 님의 소문이 돌기라도 할라치면 갑자기 자리를 뜨셨는데, 뭔가 마음에 걸리는 것이라도 있으신 모양인지 그날도 선사 님께서 어쩔 줄 모르며 민망한 행동을 하면 할수록, 쇼군의 안색이 점점 더 어두워지고 기분도 언짢아 보여서, 어쩌면 진작부터 쇼군께서 이 선사 님을 내키지 않아 하셨던 것은 아닐까 하는 생각이 들었습니다. 당시에는 저도 21세, 분수를 모르고 날뛰는 건방진 나이였기에, 그런 당돌한 생각까지 했던 것 같습니다. 그날 선사 님이 나가신 후로도, 쇼군께서는 한동안 말없이 그대로 앉아 계셨는데,

문득 옆에 있던 저희를 돌아보시며, 저 녀석은 동료도 없고 외로울 것이니 앞으로 가끔씩 승정원에 들러 말 상대가 되어 주거라, 하고 이르셨습니다. 그 말씀이 있기 전부터 저는, 젊은 선사 님이 두려움에 떨며 전전긍긍하시는 모습이 가여웠고 그분의 처지가 안타까워, 언제 말 상대라도 해드리러 찾아뵈어야겠다고 생각하고 있던 참이라, 그로부터 열흘쯤 지난 7월 초 어느 쉬는 날, 어쩐지 의분 비슷한 감정을 느끼며, 쓰루가오카구 승정원으로 그분을 찾아뵈러 갔습니다. 낮에는 독경을 외고 수행을 쌓느라 여유가 없으시다는 말을 익히 들어 알고 있던 터라 저녁 무렵 방문하였는데, 선사 님은 조금도 거만한 구석 없이 참으로 소탈하게 저를 맞아주셨습니다. 방 안이 더우니 해안가로 나갑시다, 하고 제 등을 떠밀며 밖으로 나가셨습니다. 달도 별도 없는, 참으로 캄캄한 밤이었습니다. 선사 님은 아무 말 없이 성큼성큼 앞으로 걸어가셨는데, 그 걸음이 어찌나 빠르신지, 저는 거의 뛰다시피 하여 뒤따라갔습니다. 인적 없는 유이 포구에 올 4월 이후 물가에 버려진 거대한 함선만이, 불길한 악마의 그림자와 같이 우두커니 검게 솟아 있었습니다.

  소개가 늦었는데, 이 함선은 진화경이 설계에 임하여 그해 4월 완성한 것으로, 27일 이것을 바다에 띄우려고 오시^{오전 11시-오후 1시}에 수백 명의 인부들이 화경의 지시에 따라 힘껏 끌어당겼으나, 그토록 큰 배를 끄는 것이 쉬운 일은 아니었고, 또 화경의 지시에도 상당히 허술한 부분이 있었던 듯, 일몰 때가 다 되어서야 겨우 파도가 치는 곳으로 배를 끌어다놓게 되었습니다. 이 멀고 얕은 유이 포구에 거대한 함선을 띄우는 일이 불가능하다는 것은 애초부터 알고 있었다고 그제야 말을 꺼내는 이도 있었고, 듣고 보니 그렇구나, 함선이 드나들 포구가 아니다, 분명 진화경에게 남다른 묘안이 있을 것이다, 화경도 무슨 확신이 있어 배의 주조를 맡았을 테니 우선 화경에게

당초 계획을 물어보자, 라고 하여 그를 찾아 나섰으나, 진화경은 이미 도망쳐 행적을 감추고 난 뒤였습니다. 오늘이 오기만을 손꼽아 기다리며 일찌감치 유이 포구로 나가 이제나 저제나 배가 뜨기를 기다리시던 쇼군께 그가 사라졌다는 소식을 전하니, 순간 모든 것을 통찰하신 듯 허탈한 표정으로 자리를 뜨셨습니다. 쇼군께서 송나라로 떠나는 것을 격렬하게 반대하던 자들은 남몰래 가슴을 쓸어내렸을 테지만, 그래도 마음을 가라앉히지 못하는 이들은 송나라로 가기 위해 선발되었던 풍류 무사들이었습니다. 어렵사리 저렇게 큰 배를 만들었는데 이대로 계획을 중지하는 것은 안타까운 노릇이다, 우리 손으로라도 다시금 배를 바다로 끌어내보자, 라는 말을 꺼내는 분까지 있을 정도였는데, 바다의 깊이조차 고려할 줄 모르는 멍청이가 만든 배라면, 설령 아득히 먼 바다에 띄운다 할지라도 휙 뒤집혀버릴 것이 불을 보듯 뻔하다, 라는 분별력 있는 누군가의 충고를 듣고, 과연 그렇겠구나, 라며 승복하고 돌아갔습니다. 그토록 가마쿠라를 떠들썩하게 했던 쇼군의 송나라 여행도 이처럼 참으로 싱겁게 끝나버리고, 배는 유이 포구 바닷가에 방치되어 마구잡이로 망가져갈 뿐이었습니다. 도량이 넓은 쇼군이시라 계획이 좌절되었다고 언제까지고 안타까워하시는 일도 없이, 저 엄청난 사기꾼 진화경에게도 화 한 번 내지 않으시고,

의왕 산 때만큼 잘 지어내지는 못한 것 같습니다.

하고 뭐든 다 알고 계시다는 듯 부드럽게 미소 지으셨는데, 그 후로는 단 한 번도 송나라로 건너가고 싶다는 말씀을 꺼내신 적이 없었습니다. 진화경은 그 뒤로 죽었는지 살았는지 알 수가 없었고, 설마 하니 저 가모 님처럼 히노 산 외곽에 초막을 짓고 『호조키』를 써냈다는 이야기는 들려오지 않았으니, 그저 이것저것 야심만 왕성하여 교활하게 책략을 세워 권세가들에

아첨하려 드는 천박하고 늙은 기술자에 불과했던 것 같습니다.

"이 배로," 선사 님은 우뚝 서서 그 흉물스러운 함선을 올려다보며 말씀하셨습니다. "정말 송나라에 가려고 하셨던 건가?"

"글쎄요, 일단은 잠깐이라도 가마쿠라를 벗어나고 싶으셨던 게 아닐까요." 오늘 밤은 뭐든 솔직하게 말씀드릴 생각이었습니다.

"하지만 의왕 산의 장로였다는 얘기만큼은 믿고 계셨던 것 아닌가."

"글쎄요, 그건 우연히 일치하는 부분이 있어 신이 나셨던 것뿐이고, 사실 누구라도 자기 전생을 알고 싶어 하지 않겠습니까. 혹여 믿지 않는다 해도, 의왕 산 장로라는 뜻밖의 훌륭한 자리가 들어맞으셨으니 기분이 나쁘지는 않으셨을 것입니다."

"그럴싸한 말이로다." 선사 님은 웃으시며, "여기 앉자. 역시 항구는 쌀쌀하구나. 나는 요즘 밤마다 여기 와서 게를 잡아 구워 먹곤 한다."

"게를요."

"법사들도 해산물 정도는 먹는다. 나는 게를 좋아하지. 사실 나처럼 난폭한 법사도 없겠지만."

"아니요, 저희들이 보기에 난폭하시기는커녕 오히려 마음이 너무 여리신 듯합니다."

"그건 쇼군 앞이라 그런 것이야. 그 앞에만 가면 얼어붙거든. 내 몸이 더러워지는 것만 같아 견딜 수가 없다. 난 그 사람이 전부터 너무 어려웠어. 나를 굉장히 미워하고 있는 듯하다."

저는 아무 말도 할 수 없었습니다.

"그와 같은 사람들은 나처럼 어릴 때부터 이곳저곳 떠돌며 고생스럽게 살아온 자들이 불결해서 견딜 수가 없나 보더군. 그 사람은 나를 끝없이 멸시하고 있다. 세상 고생을 모르고 자란 사람에게는 이상하게 강한 힘이 있어. 그나저나 숙부도 많이 변했더군."

"변하셨습니까?"

"변했어. 바보가 됐어. 됐다, 관두자. 게라도 잡아 올까?" 으흠, 하고 기합을 넣으며 일어서시더니, "저 함선 밑에는 이상할 정도로 게들이 많이 모여들더구나. 진화경이 내게 게 둥지를 만들어 주려고 애를 써준 꼴이야. 그 남자도 바보지."

선사 님이 첨벙첨벙 바다로 들어가 함선 몸체를 둘러보시기에, 저도 뒤따라가 선사 님이 하시는 것처럼 선체를 잘 찾아보니, 게가 많이 모여 있는 듯했습니다. 선사 님은 익숙한 손놀림으로 큰 게 한 마리를 집어 올리시더니, 곧장 배에 퍽 하고 내리친 후 모래사장으로 집어던지셨습니다. 그 모습이 어찌나 무자비하던지 저도 모르게 고개를 돌렸습니다.

"잔인하십니다. 그만두시면 안 되겠습니까?"

저는 모래사장으로 되돌아왔습니다.

"잡지 않는 사람에게는 안 줄 것이네." 선사 님은 계속해서 태연히 게를 찾아 나서셨고, 또 한 마리 끌어내 퍽 치고는 모래사장 쪽으로 던지셨습니다. "게는 아프다는 생각도 하지 않아."

다섯 마리가 되자 선사 님은 낮게 웃으며 모래사장으로 올라와, 등껍질이 찌그러진 게들을 모으셨습니다.

"저런, 오늘 밤은 전부 암컷이로군. 암게는 살이 적어서 별로인데. 모닥불을 피워볼까. 조금 거들어주게."

우리는 잔가지나 마른 해초 같은 것들을 주워왔습니다. 다섯 마리의 게를 모래 밑에 살짝 묻고, 그 위에 잔가지와 해초를 층층이 쌓아 불을 지폈습니다.

이윽고 장작이 다 탔을 무렵, 선사 님은 모래 속에서 게 하나를 집어 올리셨습니다.

"들게."

"아니, 전 괜찮습니다."

"그럼 나 혼자 다 먹겠네. 내가 워낙 게를 좋아하거든. 왜 그런지 몰라도 못 견디게 좋아." 그러면서 솜씨 좋게 등껍질을 까서 아작아작 드시기 시작했습니다. 게 맛에 푹 빠져 계시나 싶었는데 문득, "죽을까 생각 중이야."라고 하셨습니다.

"네?" 저는 깜짝 놀라 어둠 속에서 선사 님 얼굴을 들여다보았습니다. 하지만 이번에는 게 다리를 빠지직 씹어서 하얀 속살을 손가락으로 무심히 파내고 계셨는데, 지금은 게에 대한 것 외에는 아무 생각도 없어 보이셨습니다. 그러더니 잠시 후 갑자기,

"죽을까 생각하고 있어. 죽어버리는 거지." 그러더니 또 빠지직 게 다리를 씹으며, "가마쿠라에 온 것이 잘못이었어. 이건 분명 할머님의 실수야. 난 평생 교토에 있어야 할 사람이었어."

"교토가 그리 좋으십니까?"

"아직 내 맘을 이해하지 못하는군. 교토는 짜증나는 곳이야. 온통 허영으로 가득해. 다들 거짓말만 하지. 입만 살아서 반성할 줄도, 책임질 줄도 몰라. 그러니 내가 살기에 딱 알맞은 곳 아니겠나. 경박한 야심가에게 교토만큼 살기 좋은 곳도 없어."

"왜 그리도 스스로를 비하하시는지요."

"그토록 교토를 좋아하는 삼촌이 단 한 차례도 교토에 가지 않은 이유가 무엇인지 아나?"

"그야 돌아가신 우대장 님 시절부터 교토와는 너무 가깝게 지내지 말라는 방침이었고, 우대장 님도 딱 두 번 교토에 가신 것 말고는⋯⋯."

"하지만 마음만 먹으면 송나라도 마다하지 않는 쇼군이야."

"못 가도록 방해를 하는 분들도 계시고⋯⋯."

"그야 그렇지. 유별나게 경계를 하면서 삼촌이 교토로 가는 것을 방해하는 사람도 있어. 하지만 그 이유만은 아니야. 삼촌은 교토가 무서운 거겠지."

"설마요. 그렇게 좋아하시는데요."

"내 말이 맞아, 무서운 거야. 교토 사람들은 경박하고 입이 험해. 옛날 기소 님 사건[25]도 있고. 쇼군이라는 직분은 그럴싸하지만, 교토 궐 예절에는 일자무식이니, 의식 한 번을 치르더라도 우물쭈물 당황해하는 땅딸막한 시골 촌놈이지. 입만 열면 관동 사투리에, 거기다가 삼촌은 곰보잖나. 당장에 곰보 쇼군이라고 소문이 나겠지."

"그만두십시오. 쇼군께서는 그런 데 마음 쓰는 분이 아니십니다. 실례되는 말씀이지만 선사 님과는 다르십니다."

"그렇군. 하지만 쇼군이 신경을 안 쓴다고 해도, 사람들이 보기에 곰보는 곰보야. 할아버님이신 고 우대장 님도 머리가 큰 탓에 교토에 당도하자마자 대두장군이라는 달갑지 않은 이름을 얻으셨고, 그렇게 천박한 화경한테까지 얕잡여서 선물을 되돌려 받아 호되게 창피를 당했지. 교토란 그렇게 기분 나쁜 곳이야. 하지만 우대장 님은 역시 위대해. 교토 사람들이 바보 취급을 하든 말든 전혀 신경을 안 썼어. 관동의 우두머리 된 자로서 자신의 실력을 믿고 침착하게 행동하셨지. 그런데 실례지만 현 쇼군은 그렇지가 않아.

<hr>

25_ 기소 요시나카 사건. 가마쿠라 초대 쇼군 미나모토노 요리토모의 이종형제 요시나카가 천황을 유폐하고 정권을 잡으려 쿠데타를 일으켰다 요리토모 군에 패해 토벌 당한 사건.

누가 뭐라 하건 연연하지 않는 의연함이 없어. 촌놈이라는 소리를 죽기보다 싫어하니 난처한 노릇이지. 촌스러운 사람일수록 화려하고 섬세한 것을 동경하는 경향이 있는 것 같은데, 그 사람의 일상을 보면 그저 교토 사람들의 웃음거리가 되지 않으려고 애를 쓰고 있을 뿐, 그뿐이야. 그 사람은 교토가 무서워 견딜 수가 없는 거지. 눈이 부신 거야. 교토 사람들이 비웃을 수 없는 존재가 되고 나서 교토에 가고 싶은 거겠지. 내 말이 맞아. 공연히 관위 승진을 원하는 것도 그 때문이야. 교토 사람들에게 무시당하고 싶지 않은 거지. 있는 대로 거드름을 피운 뒤에 교토에 가고 싶은 모양이지만, 그런 노력은 다 쓸데없어. 헛수고야. 뭐, 기껏해야 시골 귀족 취급밖에 못 받는 원숭이에게 관을 씌워봐야 신기하게 생긴 귀족 하나가 탄생할 뿐이지. 촌놈 주제에 도시 사람들 흉내를 내는 것만큼 얄팍하고 우스꽝스러운 짓은 없는 거야. 교토 사람들은 그런 자들을 인간 이하로 생각해. 나도 처음 교토에 갔을 때 얼마나 당혹스러웠는지 몰라. 분해서 울기도 했지. 하지만 나의 타고난 경박함과 허영심 가득한 피가 교토와 잘 맞나 보더군. 결국 지금은 내게 가장 편한 곳이 교토가 아닌가 하는 생각이 들어. 나는 사기꾼이야. 사기꾼은 결코 시골에서 살 수 없지. 또 시골 사람들도 결코 사기꾼을 용서하지 않아. 시골 사람들은 농담도 할 줄 모르고, 인색하고, 융통성이라곤 없지. 하지만 그건 그것대로 괜찮아. 그저 묵묵히 시골에서 살아가는 사람 가운데 진짜 위대한 인간이 있을 거라는 기분도 들거든. 문제는 시골뜨기 주제에 교토 사람과 풍류를 겨루려 들면서 기묘하게 고상한 척하는 녀석과, 나처럼 시골에 내려온 사기꾼이지. 설마하니 내가 진화경처럼 쇼군 앞에서 펑펑 울리야 없겠지만, 이상하게 무의식중에 비굴한 미소를 짓게 된다니까. 나도 이런 내가 싫어서 견딜 수가 없어. 문제야, 문제. 이대로는 못 살겠어.

죽을 거야. 죽는 거야." 다른 게의 등껍질을 까서 우적우적 먹으며, "삼촌은 내가 사기꾼이란 걸 꿰뚫어보고 있어. 진화경과 다를 바 없는 놈이라고 생각하겠지. 나는 미움을 받고 있어. 나 역시 그 촌놈을, 관 쓴 원숭이나 매한가지로 우스꽝스러운 자라고 생각하고 있지. 아하하, 둘이서 서로를 극도로 업신여기고 있으니 우습다 우스워. 미나모토 가는 예부터 부모 형제 사이가 안 좋았지. 그나저나 요즘 쇼군은 정말로 미쳐가는 것 같아. 당신도 알지?"

저는 가슴이 철렁 내려앉았습니다.

"누가, 아니, 어떤 분이 그처럼 괘씸한 생각을……."

"다들 그러더군. 소슈도 그랬어. 쇼군이 정신이 나갔으니 무슨 소리를 하든 거스르지 말고 네, 네, 하면서 대답만 하라고 내게 가르쳐주더군. 할머님도 그러셨고. 그 아이는 태어났을 때부터 백치였습니다, 라고 하셨지."

"아마미다이도코로 님까지."

"그래. 호조 가 사람들에게는 그런 어리석은 구석이 있다니까. 정신이 나갔다는 둥 백치라는 둥 그런 소리를 그리 함부로 지껄이다니. 게다가 내 앞에서 말이야. 멍청하기는. 방심하면 안 돼. 나는 전 쇼군의, 아니, 뭐, 그런 거야 아무래도 상관없는데, 어쨌거나 호조 가 사람들은 뿌리부터 촌놈들이라, 쇼군이 발광을 했다느니 백치라느니 하는 걸 진심으로 믿고 있으니 처치곤란인 거야. 그 사람들 설마, 음모 같은 걸 꾸미고 있는 건 아닐 테지만, 정신이 나갔네, 백치네, 그런 말들을 아무에게나 거리낌 없이 내뱉고 있으니 일이 기묘하게 흘러갈 수도 있어. 다들 멍청해. 하나같이 바보들뿐이야. 자네도 바보지. 삼촌이 당신을 내게 보낸 건 내가 쓸쓸할 테니 말 상대라도 해주라는, 그런 미적지근한 이유 때문이 아니야. 내가 뭘 하고 있나 염탐을 하려고……."

"아니요, 그렇지 않습니다. 쇼군께서는 그렇게 비열한 생각을 하는 분이 아니십니다."

"그래. 이러니까 당신이 바보라는 거야. 어찌됐건 상관없어. 모두 바보다. 가마쿠라를 제대로 굽어보고 있는 진정한 인간은 삼촌의 미다이도코로쯤일까. 아아, 배부르다. 든든하게 먹었네. 나는 게만 먹으면 정신없이 몰두를 해서 미치기 직전까지 간다니까. 쓸데없는 말만 지껄인 것 같은데, 쇼군 앞에 가서 한 건 했다는 얼굴로 으스대며 밀고를 해도 상관없네."

"멍청한 놈!" 저는 잽싸게 칼을 휘둘렀습니다.

선사 님은 날쌔게 비켜서더니,

"무슨 짓인가, 위험하게. 가마쿠라에는 정신병이 유행하나보군. 삼촌도 훌륭한 신하가 있어서 행복하겠어."라고 하며 서둘러 돌아갔고, 그것으로 끝이었습니다.

어둠 속에 혼자 남겨져 문득 발밑을 보니, 먹고 남은 게의 잔해들이 그 주변 여기저기에 널려있는 것이 희끄무레하게 보였습니다. 쓰레기장 같은 이 지저분함이, 저 사람 마음속 모습 그대로라고 생각했습니다. 이튿날 궐에 들어, 지난밤 말 상대를 해드리러 선사 님을 찾아갔던 일을 쇼군께 아뢰었는데, 쇼군께서는 그냥 가볍게 고개를 끄덕이실 뿐 그날 일을 자세히 하문하지도 않으셔서 오히려 제가,

"선사 님께서는 다시 교토로 돌아가고 싶어 하시는 것 같았습니다." 하고 괜한 참견을 했는데, 쇼군께서는 잠깐 생각하시더니 한마디 하셨습니다.

어디를 가든 똑같을 것이다.

제 기분 탓인지는 몰라도 그 말씀이 너무도 슬프게 들렸습니다. 역시

쇼군께서는 뭐든 꿰뚫어보시는구나 하고, 저는 그저 깊은 한숨만 내쉬었습니다. 그리고 그해에도, 또 이듬해인 겐포 6년에도, 쇼군께서는 무절제하게 호사를 부리셨고, 시와 음악을 곁들인 연회는 전보다 더 잦아져 밤을 새워 노는 날도 드물지 않았으니, 그즈음부터 쓰루가오카구에서 열리는 갖가지 행사나 불교 의식을 보면 겸허한 경신숭불의 마음을 잊으신 것이 아닐까 하는 의심이 들 정도로, 의식의 외관에만 신경을 쓰시며 지나칠 정도로 화려하게 치장을 하여 가능한 한 성대하게 거행하도록 하셨습니다. 그럼에도 불구하고 아마미다이 님이나 소슈 님, 뉴도 님은 이에 대해 아무 말씀이 없으셨습니다. 특히 아마미다이 님께서 종종 전횡을 휘두르셨다고는 해도, 쇼군께만큼은 참견을 하신 흔적이 보이지 않으니, 설마 저 발칙한 선사 님 말대로 태어난 이래 쭉 쇼군을 백치로 여기신 것은 아니겠지만, 전 쇼군 좌금오선실 님의 집권기에나 현 쇼군께서 막 쇼군 직을 맡으셨을 때에는 상당히 활약을 하신 듯하고, 또 현 쇼군께서 그 무시무시한 불의의 사건으로 돌아가신 후에는 다시 몸소 나서서 정무를 보셔서, 아마쇼군이라는 별명을 얻으신 것도 그즈음의 일이었습니다. 그래도 쇼군께서 살아계실 때는 전에 잠깐 말씀드렸던 것처럼 오로지 좌금오선실 님의 자제분을 수호하는 상냥한 할머니 역할만 하셨고, 현 쇼군께서 성인이 되신 후로 정무에 직접 간섭하시는 일이 거의 없었습니다. 겐포 5, 6년 쇼군께서 사치를 부리셨을 때, 엄중하게 충고하셨다는 소문도 없었으며, 오히려 미다이도코로 님과 함께 화려하게 꾸며진 현란한 법요에 들러 지극히 아름다운 곳에서 기분 좋게 기도를 올리셨으니, 이는 결코 쇼군을 백치라며 포기하셨기 때문이 아니라 진심으로 신뢰하셨기에 그같이 담백한 태도를 취하실 수 있었던 것이라고, 저희로서는 그렇게밖에 생각되지 않습니다.

겐포 6년 3월에는 쇼군께서 전도유망한 좌근대장에 임명되셨고, 6월 27일에는 승진을 감사하며 신께 제사를 올리기 위해 쓰루가오카구에 납시었는데, 그 행렬이 어찌나 화려했는지, 실로 가마쿠라 막부가 열린 이래 가장 아름다운 의식이었습니다. 이미 식이 거행되기 열흘쯤 전부터 지체 높은 귀족 분들이 그 행사에 참석하기 위해 가마쿠라로 모여드셨고, 20일에는 교토의 칙사인 내장두 다다쓰나 님께서 당도하시어, 황송하게도 상황께서 직접 하사하신 집물들을 싣고 오셨는데, 어차 두 량과 활, 쇼군의 의복과 수행인들의 의복, 말안장 등 어마어마한 양의 물건들이 가마쿠라 궐 안에 잇달아 쌓였고, 쇼군께서는 새삼 상황의 넓은 은혜에 감읍하시어, 칙사 다다쓰나 님께 대단히 정중하게 감사의 인사를 드리며 융숭하게 대접하셨습니다. 이날 또 이케전 병위좌 다메모리 님과 우마권두 도모시게 님 등도 교토에서 내려오셔서, 쇼군께서는 그분들께 후하게 손님 접대를 하셨고, 의식이 있는 날 당일까지 매일 밤 연회를 여시며 화려한 선물을 내리셨습니다. 그로 인해 막대한 비용이 들었는데, 그 비용이 관동의 서민들에게 그대로 돌아가, 은근히 쇼군을 원망하는 자들도 적지 않다는 소문이 들려왔습니다. 그러나 쇼군께서는 비용에 전혀 개의치 않으시는 것 같았고, 27일, 그 경축할 의식이 끝난 후인 7월 8일, 처음으로 좌대장 의복을 입으신 날에도 그 전달 27일에 열린 의식 때와 마찬가지로 거창한 행렬을 이끌고 쓰루가오카구로 납시었습니다. 중신이고 백성이고 너나할 것 없이 재산을 잃어, 도처에서 노골적으로 쇼군을 비난하는 목소리가 들끓었는데도, 한술 더 떠서 그해 12월 2일, 이윽고 우대신에 임명되시자, 20일에 우대신 정무 개시 의식을 명하시어, 이듬해 정월 27일, 우대신에 오름을 신께 감사하는 의식이 쓰루가오카 하치만구에서 열리게 되었습니다. 21일, 이 의식을 치르기 위해 상황께서 다시금 보내신 집물들이 가마쿠라에 당도하여, 가마쿠라 안이 어수선해졌는데, 이번 의식은 지난 6월 열린 좌근대장 의식보다 몇 배는 더 규모가 클 것이라 하니, 궐 안 사람들도 보통 일이 아니라며 서로 웅성거렸습니다. 등불은 꺼지기 직전에 더욱 화려하게 빛나는 법이라, 쇼군의 운도 한두 해 안으로 끝나는 것이 아닌가 하는 슬픈 예감에 휩싸였는데, 돌이켜보면 십 년 전 제가 열두 살 때 봉공을 올리러 처음 궐에 들었을 무렵 쇼군께서는 17세, 그때 쇼군께서 종종 궐로 비파 연주자를 들이셔서 단노우라 전투 이야기에 귀를 기울이시며, 헤이케는 밝다, 라고 하시곤, 밝음은 쇠락의 모습인가, 하고 자문하시던 모습이 아른아른 눈앞에 되살아나, 한밤중에 남몰래 눈물을 훔치기도 했습니다. 저 추악한 파계승 선사는 그즈음 뜻한 바 있어 천일 동안 절에 들어가 기도를 올리겠다고 하셨는데, 무엇을 하시는 건지 외부와 연락도 끊으시고 쓰루가오카구에 틀어박혀 지내셨습니다. 신사 내부인의 소식에 따르면, 법사가 머리칼과 수염을 마구 기르고, 그해 12월, 은밀히 태신궁으로 사자^{使者}를 보내어 봉납을 하셨고, 각지의 신사에도 사자를 파견하셨다는데, 무슨 기도를 하시는 건지 몹시 꺼림칙하고 불온한 낌새가 느껴졌습니다. 한편에서는 가마쿠라 막부가 열린 이래 가장 호화롭고 현란한 의식 준비가 한창이었는데, 12월 26일에는 그 행렬을 수행할 영예로운 호위무사들을 선발하였습니다. 이번 의식을 수행하기에 합당한 호위무사는 첫째로, 집안 대대로 막부를 섬겨온 용사일 것, 둘째로 궁마의 달인일 것, 셋째로 용모가 출중할 것, 이 세 가지 덕목을 모두 갖추지 아니하면 안 된다는 쇼군의 명에 따라 명문가 무사들 중에서도 특별히 신중하게 골라, 어디 내놓아도 뒤지지 않을 정도로 용모가 수려하고 무예가 뛰어난 용사들을 선발하였습니다. 이분들은, 내년 정월 열리는 의례야말로 관동에 둘도 없을 화려한 의식이니, 천 년에 한 번 올까 말까한 기회를 잡았다며, 자손만대 가문의 영광이라고 서로 껴안고 축하하면서 신년이 오기를 고대하고 있었는데, 당시 가마쿠라 땅에서 아무 생각 없이 그저 기쁨에 젖어 있었던 것은 아마도 이분들 정도가 아니었을까 싶습니다.

겐포 7년^{1219년} 기묘^{己卯}. 4월 12일을 기하여 조큐 원년이 되었다.

정월.

7일, 갑술^{甲戌}, 술시^{오후 7시~9시}, 궐 인근에 불이 나 전 대선대부 뉴도의 저택을 비롯한 마흔여 채가 소실되었다.

15일, 병자^{丙子}, 축시^{오전 1시~3시}, 오쿠라²⁶ 부근이 불타면서 수십여 채가 화재를 입었다.

23일, 갑신^{甲申}, 저녁 무렵부터 내리기 시작한 눈이 밤이 되어 한 자가량 쌓였다.

24일, 을유^{乙酉}, 흰 눈이 산을 메우고 땅에 쌓였다.

27일, 갑오^{甲午}, 맑음, 저녁에 눈이 내려, 두 자 남짓 쌓였다. 오늘 쓰루가오카 하치만구에서 쇼군이 우대신에 오른 것을 기리는 의식이 있어, 술시^{오후 7시~9시}에 궐을 출발했다.

행렬

우선 마부 4명

다음 시종 4명

다음 관원

26_ 오쿠라 궐. 요리토모의 저택으로, 1180년부터 1219년까지 가마쿠라 쇼군의 궐이었다.

장조 간노 가게모리   부생 고마 모리미쓰

장감 나카하라 나리요시

　　　　다음 당상관

이치조 시종무관 요시우지   후지 병위좌 요리쓰네

이요 소장 사네마사   우마권두 요리시게 아손

중궁권량 노부요시 아손   이치조대부 요리우지

이치조 소장 요시쓰구   전 이나바 태수 모로노리 아손

이가 소장 다카쓰네 아손   문장박사 나카아키라 아손

　　　　다음 우산들이 기마 시종

　　　　다음 기마 무사

후지 구당 요리다카   히라이 구당 도키모리

전 스루가 태수 스에토키   좌근대부 도모치카

사가미 태수보 쓰네사다   장인대부 고레쿠니

우마조 유키미쓰   장인대부 구니타다

우위문대부 도키히로   전 호우키 태수 지카토키

전 무사시 태수 요시우지   사가미 태수 도키후사

장인대부 시게쓰나   좌마권조 노리토시

우마권조 무네야스   장인대부 아리토시

전 지쿠고 태수 요리토키   무사시 태수 지카히로

수리권대부 고레요시 아손   우경권대부 요시토키 아손

　　　　다음 관인

하다 가네미네   번장 시모쓰케노 아쓰히데

　　　다음 어차, 어차 부 4명, 소몰이 동자 1명

다음 호위무사

오가사와라 지로 나가키요	벚꽃갑옷
다케다 고로 노부미쓰	흑실갑옷
이즈 좌위문위 요리사다	연두갑옷
오키 좌위문위 모토유키	홍색갑옷
오스가 다로 미치노부	등꽃갑옷
식부대부 야스토키	벚꽃갑옷
아키타 성 태수 가게모리	흑실갑옷
미우라 고타로 도키무라	연두갑옷
가와고에 지로 시게도키	홍색갑옷
오기노 지로 가게가즈	등꽃갑옷

각각 투구들이 1명, 활들이 1명, 옆줄에 서서 걷다

다음 하급관리 20명

다음 감찰직

대부판관 가게카도

다음 집물 끌이

사사키 고로 좌위문위 요시키요

다음 하급 호위무사

하다 긴우지	하다 가네무라
하리마 사다후미	나카토미 지카토
시모쓰케노 아쓰미쓰	시모쓰케노 아쓰시

다음 공경

신新대납언 다다노부	좌위문독 사네우지

재상 중장 구니미치　　　　하치조 3위 미쓰모리
형부경 3위 무네나가
　　　　다음
좌위문대부 미쓰카즈　　　오키 태수 유키무라
민부대부 히로쓰나　　　　이키 태수 기요시게
세키 좌위문위 마사쓰나　　후세 좌위문위 고테이
오노데라 좌위문위 히데미치　이카 좌위문위 히로키
아마노 좌위문위 마사카게　무토 좌위문위 요리시게
이토 좌위문위 스케토키　　아다치 좌위문위 모토하루
이치카와 좌위문위 스케미쓰　우사미 좌위문위 스케나가
고토 좌위문위 모토쓰나　　무나 좌위문위 다카치카
추조 좌위문위 이에나가　　사누키 좌위문위 히로쓰나
다테 우위문위 다메이에　　고우 우위문위 노리치카
노리 우위문위 사네히라　　미나모토노 시로 우위문위 기시
시오야 병위위 도모나리　　미야우치 병위위 긴우지
와카사 병위위 다다스에　　쓰나시마 병위위 도시히사
아즈마 병위위 시게타네　　쓰치야 병위위 무네나가
사카이 병위위 쓰네히데　　가노 시치로 미쓰히로

뒤따르는 기병이 천 기에 달했다.

애초에 오늘의 불상사를 예견하는 일이 한둘이 아니었으니, 예를 들면 출발에 앞서 전 대선대부 뉴도가 어전에 들어 말하길, 제가 성인이 된 후 이날 이때껏 눈물을 흘린 적이 없으나, 오늘 이렇게 흐르는 눈물을 멈출 수가 없는 것을 보면 보통 일이 아닙니다,

필경 무언가 있는 것입니다, 도대사 공양이 있던 날 우대장 님께서 그러셨던 것처럼 옷 안쪽에 복대를 차십시오, 라고 했더니 나카아키라 아손이 대신이나 대장으로 승진하는 사람이 그런 복장을 하는 것은 전례가 없는 일이라 하여 이를 그만두었다. 또 긴우지가 쇼군의 머리를 정돈하고 있는데, 쇼군이 몸소 자신의 머리카락 한 올을 뽑아 기념으로 간직하라고 긴우지에게 건네며, 뜰에 자란 매화를 바라보며 금기된 와카를 읊었다.

설령 너의 주인에게 무슨 일이 생기더라도

처마 끝 매화여, 부디 봄을 잊지 말고 꽃을 피워다오

(이상 『아즈마카가미』)

(이하 『조큐 군사 이야기』[27])

당시 우경권대부 요시토키^{소슈}는 어검 드는 역할을 맡았는데, 쓰루가오카 하치만구의 문으로 들어가는 중에 갑자기 정신이 어지럽고 앞뒤가 캄캄해져, 문장박사 나카아키라를 불러 검을 맡기고 물러나 저택으로 돌아갔다. 그때 이상한 일이 있었으니, 쇼군이 어차에서 내리려 할 즈음 칼집이 어차 손잡이에 끼인 것을 미처 알지 못하고 칼을 잡는 바람에 칼이 부러지고 말았다. 이 얼마나 딱한 일인가. 이 일로 미나모토노 나카아키라가 다소 상처를 입었으며, 부러진 검 대신 목검을 들고 따랐다. 옛날 임강왕이라는 자가 먼 길을 떠나려던 중 가마채가 부러졌으나 멈추지 않고 계속해서 길을 떠났는데, 다시 돌아오지 못하고 타국에서 숨을 거두었다.

27_ 承久軍物語. 『조큐키^{承久記}』라고도 하며 '조큐의 난(1221년)'을 기록한 공식적인 역사서다.

선대의 실패는 후대의 좋은 교훈이 된다 하거늘, 이를 간파하지 못한 문장박사 나카아키라는 사려 깊지 못하였다. 그뿐 아니라 어차 앞을 검은 개가 가로지르고, 행렬 도중 기묘한 새가 끊임없이 우는 등 여기저기서 불길한 계시가 있었음에도 깨닫지 못했으니 안타까운 노릇이다. 돌계단 앞에 다다랐을 즈음 어디선가 아름다운 승려가 나타나 쇼군을 덮쳤다. 처음 일격은 속대 시 드는 판으로 막았으나, 다음번 칼이 쇼군의 목을 쳤다. 문장박사 나카아키라와 이나바 전 태수 모로노리도 칼을 맞았으며, 앞뒤에 늘어서 있던 기병들이 무슨 일인가 하고 당황하며 서둘러 쓰루가오카 하치만구 안으로 들이닥쳤으나 적이 누구인지 알 수 없었다. 때는 정월 27일 술시^{오후 7시~9시}라 사위는 어둡고, 혼란 속에 비명 소리가 울려 퍼지니, 이때 신사 안 섬돌 위에서 승려 구교가 아버지의 원수를 갚았다고 외쳤다 하여, 군사들이 곧바로 그 선사가 있는 유키노시타 본당을 덮쳤으나 그곳에 없어 돌아갔다. 한편 장관 구교는 고 우대장 님의 적손으로 긴고 장군의 차남이며, 그 어머니는 가모노 로쿠로 시게나가의 따님이니, 구교가 고아가 된 것을 애처롭게 여기던 그의 할머니이자 종2위 선니가 그를 쓰루가오카구 장관직에 임명하였다. 구교는 오래전부터 쇼군 및 우경권대부 요시토키에게 복수할 기회를 엿보고 있다가, 이번 의례가 하늘이 주신 기회라고 기뻐하며 결단을 내렸다. 요시토키가 어검을 드는 역으로 정해졌다는 소식을 듣고 첫 칼에 그를 치려 하였으나, 나카아키라가 교대로 그 역에 임하게 되어 대신 죽임을 당했다 한다. 어찌 되었건 구교는 기다리고 기다리던 복수를 해냈다 기뻐하며, 곧장 쇼군의 목을 들고 자신의 후견인인 승려 빗추의 집이 있는 유키노시타 북쪽으로 향하였고, 밥을 먹는 동안에도 사네토모의 목을 곁에 두었다 한다. 장관의 문하에 있던 고마와카마루라 하는 자가 미우라 헤이로쿠 좌위문 요시무라의 차남이었는데, 그런 연고도 있고 하여 겐타 병위라는 자를 요시무라에게 사자로 보내 이르길, '쇼군은 죽었다. 이제 관동의 우두머리가 될 자는 바로 나다. 서둘러 일을 진행시키도록 하라.'고 전했다. 크게 놀란 요시무라는 평소 쇼군에게 입은 은혜가 두터워 가슴 아파하며 우경권대부에게 달려가 논의한 끝에, 신속하게 구교를 주살하기로 결정하고, 곧바로 나가오 로쿠로와 사이카 지로 이하 다섯 명의 병사에게 명하여 구교를 주살하고 오라 일렀다. 구교는 사자가 늦어지는 것을 기다리지 못하고 요시무라의 저택으로 향하기 위해 산중으로 들어섰는데, 하필 그날 밤 큰 눈이 내려 길을 잃고 헤매다가 나가오 로쿠로와 마주쳤다. 남달리 재빠르고 무예가 출중하던 구교였기에 그리 쉽게 당하지 않고, 쌓인 눈을 이리저리 흩뿌리며 죽을힘을 다해 싸우다, 혼자서 여러 명을 상대하지 못하고 끝내 살해당하였다. 이튿날 28일, 쇼군의 장례를 치러야 했으나 목의 소재를 알 길이 없어 당혹스러워 하던 차에, 어제 쇼군이 궐을 나서기 전 간우지에게 기념이라며 머리카락 한 올을 하사하였으니, 그것이 불길한 징조였는지 목을 대신하여 머리카락 한 올을 관에 넣고 승장수원 옆에서 장사를 지냈다. 이날 미다이도코로도 출가하여 승관 교유로부터 계를 받았으며, 무사시 태수 지카히로, 좌위문대부 도키히로, 아키타 성 태수 가게모리 이하 수백 명의 신하들이 줄줄이 출가하니 애달픈 일이로다. 다음달 2일, 가토

판관이 로쿠하라로 달려가 쇼군이 타계하였음을 전하자, 남녀노소,
귀천을 떠나 교토의 모든 사람들이 어찌할 바를 몰라 하며 한탄하고
슬픔에 잠겼다.

그저 기막힐 따름이라, 교토도 이 소식을 전해 듣고 깜짝 놀라니, 세상의
빛이 훅 꺼진 듯하였다. (『마스카가미』[28])

28_ 增鏡. 남북조시대(1336~1392)에 지어진 것으로 알려진 작자 미상의 역사물. 두 노인이 '오래전
이런 일이 있었네'라고 하며 주거니 받거니 이야기 하는 형식이다.

누가 요조에게 돌을 던질 수 있을까

정수윤

1

"요조, 이 자식……."

『인간 실격』을 읽은 어떤 사람들은 욕설을 내뱉는다. 술을 퍼마시고, 여자들을 꾀어내고, 약에 중독되고, 여기저기서 돈을 꾸고, 거짓말을 밥 먹듯 하고, 다 큰 어른이 좀 봐달라며 어리광을 부리고, 혼자 죽을 용기도 없어서 자살할 때면 꼭 여자와 같이 죽으려 들고, 그러다 심지어는 혼자만 살아남고, 그러고도 뻔뻔하게 나는 죄가 없다, 나쁜 건 세상이다, 인간도 이 지경이면 끝장이네, 끝장, 하고 누구라도 혀를 내두를 지경이니, 딸이 열심히 읽고 있는 책을 들춰보던 어머니가 "세상에, 너 왜 이렇게 무서운 책을 읽고 있니." 하고 걱정하더라는 이야기도 있을 법한 일이다.

하지만 어떤 사람들은 이토록 나약하고 추한 인생이라는 진흙탕 속에서, 아름다운 무언가를 꽃피우려 몸부림치는 다자이를 사랑한다. 그건 우리가, 어쩌면 인간은 누구나, 나약함과 부끄러움, 비열함과 죄스러움, 간사함, 추악함을 내면 깊은 곳에 숨기고 살아가기 때문인지도 모른다. 그리고 '그

근저에는 하나같이 쓸쓸함이 흐르고 있다는 사실'[부끄러움]-전집5에 공감하며, 타인의 상처에 가슴 아파하는 감성을 지닌 사람들이, 다자이를 읽으며 울고 웃고 코를 풀면서 위로받는 것이리라. '나와 비슷한 생각을 하는 사람이 여기 또 있구나. 나는 세상에서 손가락질 받을까봐 말도 못하는 걸, 이 남자는 이렇게 뻔뻔하고 당당하게 외치고 있구나. 아아, 나는 혼자가 아니야.' 하고 다자이에게 고마움마저 느끼는 고독한 독자들도 있을 것이다. 그런 밤이면, 하늘의 별도, 방 안의 벌레 한 마리마저도 달리 보인다. 다자이 문학의 위대함은, 개인의 고독하고 쓸쓸한 생을 예술로 승화시킨 데 있다. 사토 하루오도 이런 말을 남겼다.

"다자이 전집 속에는 '인생을 위한 문학'과 '예술을 위한 문학'이 나란히 손을 잡고 사이좋게 걷고 있다."고.

요조를 비롯한 다자이의 작중인물들이 마치 여러 명의 다자이가 살아 움직이는 것처럼 보이는 이유도, 그들의 인생이 다자이의 삶과 매우 닮아있기 때문이다. 다자이는 자기 이야기가 아닌 것은 대단히 쓰기 어렵다고 밝힌 바 있는데, 이는 일본근대문학의 특징인 사소설私小說, 즉 자신의 사적인 이야기를 소설화하는 문학적 계보를 따르고 있기 때문이기도 하다. 그는 손에 잡히지 않는 우주적 생의 본질을 몸소 체득하고자 했으며, 그때그때의 경험이 작품의 소재가 되었다. 사람들로부터 주정뱅이, 호색한, 심지어는 악마라 불릴 정도로 스스로를 타락의 길로 몰아세우면서, 인간으로서 지키고 싶고 감추고 싶은 것들을 모조리 드러내고 까발려, '세상에서 추방당해도 좋다는 각오로 목숨 걸고'[여시아문]-전집10 한 글쓰기였다.

사람들은 대개 최선을 다해 어떤 일을 했을 때 인정받기를 바란다, 훌륭해지기를 바란다. 그러나 다자이는 '그 '훌륭함' 비슷한 것은 결국 그 사람의 자만에 불과하다'「여시아문」고 말한다. 그는 문학자로서 자신은 '존경의 대상이 아닌 비웃음의 대상'「남녀평등」-전집8이라거나 '사람들에게 끝없이 경멸받아 마땅한 존재'「철면피」-전집9라면서, 자신이 어떤 가시밭길을 택했는지 주문이라도 외듯 외친다. 그러면서 '표현하고 싶은 현실을 정색을 하고서 좇았다'「예술을 싫어함」-전집10고 고백한다. 「인간 실격」에서 마담의 입을 통해 "우리가 아는 요조는 참 순수하고, 배려심도 많았는데, 술만 안 마셨어도, 아니, 마셨더라도……, 신처럼 착한 아이였어요."라고 한 구절은, 손가락질하는 세상을 향해 수줍게 내뱉었던 다자이의 생애 마지막 자기변호였는지도 모른다.

그렇다면 우리는 궁금하다. 그가 정색을 하고 드러내고 싶었던 현실이란 무엇이었을까. 그가 더럽혀지고 나약해진 몸으로, 가늘고 긴 손가락을 뻗어 가리키던 생의 본질이란, 과연 무엇이었을까.

2. 사랑과 혁명에 대하여

혁명의 본질이란, 그렇게 슬프고도, 아름다운 거야, 그런 짓은 해서 무엇하느냐고 한다면, 그 슬픔과, 아름다움, 그리고 사랑…….─「오상」

사랑은 다자이의 인생에서도 예술에서도, 가장 큰 화두였다. 많은 여성을 사랑했고, 그때마다 어떤 모습으로든 그 여성과 자신을 작품에 투영시켰다. 하지만 다자이가 추구했던 사랑의 차원은, 단순히 남녀 간 연애의 감정을 넘어 인간 본성에 녹아든 '순수의 결정체'를 찾아나서는 여정이었다.

초기작 「창생기」전집2 첫머리에 '사랑은 아낌없이 빼앗는 것'이라는 아리시마 다케오의 글이 인용되었는데, 생의 본질에 대한 고찰을 다룬 이 수필에서 아리시마는 '세상 무엇보다 순수에 가까운 발현은 서로 간의 지극한 사랑'이라고 말한다. 관습적으로, 혹은 이성적으로 인지하는 사랑이 아닌, 순수 현상으로서의 사랑. 다자이 전집 속에는, 바로 그 '사랑'을 찾아 정처 없이 세상을 떠도는 한 사나이가 있다.

'난, 꽃 한 송이조차도 적당히 사랑할 수가 없어. 어렴풋한 향기를 사랑하는 것만 가지고는, 도무지 견딜 수가 없어. 쏜살같이 꺾어서 손바닥 위에 올려놓고, 꽃잎을 쥐어뜯고, 비비대고 구기고, 눈물을 참지 못하고 울면서, 입술에 끼워 넣어서 흐물흐물하게 씹고, 뱉어내고, 게다로 밟아 뭉개면서도, 내가 나 자신을 주체할 수가 없어. 나를 죽이고 싶어져.'「추풍기」-전집2 자신을 무너뜨리면서까지 빠져드는 처절한 사랑이 있는가 하면,

'나는 늘 그들을 사랑했어. 사랑하고, 사랑하고, 사랑하고 있어. 목숨이라도 버릴 준비가 되어 있다고. ……진짜야, 아아, 나는 애정에 굶주려 있어. 애정 어린 소박한 말 한마디가 그리워. 햄릿, 너를 좋아한다! 이렇게 큰소리로 분명히 말해줄 사람이 필요해.'「신햄릿」-전집4 햄릿의 입을 빌려 사랑을 갈구하기도 하고,

'어떤 경우에도 인간 본연의 사랑을 잊어서는 안 되잖아요.'「판도라의 상자」-전집7 아이와 같은 갓뽀레를 통해 근원적인 인간애를 드러내는 등, 다자이는 짧은 생애 동안 자신을 거쳐간 온갖 사랑을 온갖 방식으로 그려왔으며, 이윽고 「사양」전집8에 이르러 그 사랑은 '혁명'이라는 이름으로 심화된다. 유부남을 사랑하게 된 가즈코에게 사랑이란, 사회적 관습이나 제도에 맞서 반드시 싸워서 쟁취해야만 하는 혁명과도 같은 행위다.

'저는 저의 혁명을 완성시키기 위해, 씩씩하게 살아나갈 수 있을 것 같습니다. 사생아와 그 어머니. 하지만 우리는, 낡은 도덕과 끝까지 싸우며, 태양처럼

살아갈 것입니다. 아무쪼록 당신도, 당신의 투쟁을 계속해주세요. 혁명은 아직, 조금도, 전혀 일어나지 않았습니다.'

사상이나 국가, 종교와 같은 관념을 벗어나, 심지어 가족이라는 울타리마저 벗어나, 지금 이 순간 한 사람의 마음속에 타오르는 '세상 무엇보다 순수에 가까운 발현'으로서의 사랑, 그 사랑을 지키기 위해서라면 무엇도 파괴할 수 있다는 극단적이면서도 위험한, 그렇기에 더욱 아름다운 단 하나의 주관이 번뜩인다. 어느 누가 세상의 잣대를 들이밀지라도, 누군가의 눈치를 보거나, 시대 분위기에 편승하거나, 스스로 믿는 것을 내팽개치지 않고, 자기 안의 순수를 지켜가는 것, 여기서 혁명은, 그런 의미가 아닐까.

성경의 「창세기」에서 하느님은 말로써 천지를 창조하는데, 이를 '문학 창조'에 결부시킨 「창생기」에서 다자이는, '사랑은 말이다'라고 몇 차례나 선언한다. 그는 자신만의 말과 언어와 문장으로 순수 현상으로서의 사랑을 그려내고자 했으며, 스물일곱에 첫 작품집 「만년」[전집]을 발표해, 서른아홉에 「인간 실격」[전집9]을 비롯한 작품들을 폭발적으로 써나가기까지, 12년간의 모든 작품을 엮어낸 그의 전집에는 이런 의지가 일관되게 흐르고 있다. '네 이웃을 네 몸과 같이 사랑하라. 이것이 저의 최초의 모토이자, 최후의 모토입니다.'[「답신」-전집10]라는 말처럼, 보상을 바라지 않는 순도 높은 사랑은 그의 문학을 지탱하는 힘이었다.

'사랑이 말'이라면 '혁명은 행동'이라는 것을 생각하면, 그가 우리에게 남기고 싶었던 말이 무엇이었는지 더욱 명확해진다. '인간은 사랑과 혁명을 위해 태어났다'는 「사양」의 아름다운 문장은, 결국 우리가 우리 마음속에 내재된 순수를 지키기 위한 '말과 행동'을, 얼마나 용감하게, 얼마나 열정적으로, 세상이 인정해주지 않는다면 그들과 싸워서라도, 어떻게 외로움과 두려움을 이겨내고 완수할 것인가, 에 대한 화두로 이해할 수 있다.

　그러나 「오상」[전집9]에서는 누군가의 사랑과 혁명의 완성이, 동시에 다른 누군가에게는 마음이 무너지는 비극이 될 수 있다는 사실을 그려낸다. 「오상」에는 세 종류의 각기 다른 사랑의 형태가 존재하는데, 부인은 남편에게 다른 여자가 있다는 걸 알면서도 속으로만 앓는 '인내의 사랑'을, 남편의 여자는 배 속의 아이를 저버리면서까지 연인과 영원히 함께하고자 하는 '이기적인 사랑'을, 그녀들 틈에 낀 남편은 두 여인 사이를 우유부단하게 오가는 '비열한 사랑'을 선택한다. 이들은 모두 각자의 사랑의 방식을 고수하며 각자의 사랑을 마지막까지 밀고 나간다. 말하자면 나름의 위치에서 나름의 혁명을 완수하는 것이다. 이 전혀 다른 성질의 사랑과, 전혀 다른 방향성을 지닌 혁명이 한데 엉클어져, 나는 십자가를 진 혁명가다, 혁명 따위 어처구니가 없다, 하고 서로의 뱃머리가 부딪히고 엇갈리며, 복잡하고도 리얼한 삶이 생성된다. 무엇이 옳고 그른지에 대한 판단은 없다. 있는 것은 오직 시큼한 땀내 나는 인생, 자기 사랑의 깃발을 빼앗기지 않으려 안간힘 쓰는 군상이다.

　이렇듯 실제 인간 세상에서는 각자의 사랑과 혁명이, '세상과 개인' 간의 대립뿐만 아니라, '개인과 개인'의 관계 속에서도 갈등을 유발하며, 영원히 완성될 수 없다는 듯 환영처럼 떠다닌다. 그 헛된 노력. 허무한 사랑. 그렇기에 더욱 아름다운 혁명. 인생이란 이토록, 우스꽝스러우면서도 외롭고 쓸쓸한 것인가―각자의 사랑과 혁명을 지켜내려고 발버둥치는 그들의 모습 속에서, 우리는 어렴풋이, 이상도 아니고 환상도 아닌, 생의 본질을 엿본다. 그 어떤 시대, 어떤 상황일지라도 각자가 품은 존귀한 사랑, 즉 '본질적인 순수'를 쫓고자 하는 열망 속에는 '혁명적인 염원'이 담겨 있다는 이 불변의 명제를, 다자이는 마치 온 자연을 한 사람의 몸 안으로 끌어들인 하이쿠와 같이 자연스럽게 한 사람의 혁명으로 끌어들인다.

사랑과 혁명, 그것은 창조와 생명의 꿈틀거림인 동시에 파멸과 죽음과도 맞닿아 있는, 말하자면 뜨겁게 피어올랐다 때가 되면 사그라지는 인생 그 자체이며, 우리가 할 수 있는 일이란 기껏해야, 우리 손으로 이룰 수 있는 각자의 혁명을 되든 안 되든 이뤄나가는 것뿐. 그의 전집을 펼쳐든 오늘, 언어를 이해할 수 있는 모든 인류에게 넌지시 중얼거리는 그의 속삭임이 들려오는 듯하다.

"당신의 마음속 그 사랑, 그 순수를 소중히 여기십시오. 그것을 지켜나가는 것이, 당신의 혁명을 완수하는 것입니다."

3. 죄와 벌에 대하여

세상의 합법이라는 것들이 차라리 더 무서웠고,─「인간 실격」

「인간 실격」(1948)의 싹은 십여 년 전부터 다자이의 마음속에 움텄는데, 그는 1936년에 한 달간 약물중독을 치료하기 위해 정신병원에 입원했던 경험을 바탕으로 「HUMAN LOST」(1937)를 써냈다. 「PARADISE LOST」를 흉내 내어 「인간 실격」이라고 해보면 어떨까 하는 심정으로 그런 제목을 붙였다는데,「철면피」─전집9 「PARADISE LOST」(1667)는 물론 국내에 「실낙원」으로 번역된 존 밀턴(1608~1674)의 대서사시다. 존 밀턴은 영국에서 왕권에 맞서 권리를 찾기 위해 무력으로 항쟁한 시민혁명이 한창이던 암울한 시대에 「실낙원」을 집필했다. 밀턴이 17세기 투쟁의 시대에 사탄의 유혹에 빠져

'낙원에서 추방당한 아담'을 그렸다면, 다자이는 20세기 전쟁이라는 거대세력의 충돌 속에서 개인의 인간적인 삶이 말살당한 시대에 '인간계에서 추방당한 요조'를 그린 「인간 실격」을 집필한다. 낙원을 잃고 원죄를 떠안은 사람들, 그들이 사는 세상은 「인간 실격」의 요조가 사는 세상이자, 오늘날 인류가 살아가는 이 세상이다.

요조는 순수했던 어린 시절부터 인간 세상에서 완전히 유린되어, 어떻게든 세상이라는 상자 속에 끼여 살기 위해 몸부림을 치며, 진심은 숨기고, 어릿광대의 탈을 써가며, 인간계에서 방출되지 않으려 안간힘을 쓴다. 그러나 타락한 인간계는 이미 불신과 분노, 허세와 겉치레, 자본과 이기주의 등으로 오염되어 있고, 요조에게 그런 세상은, 태어나보니 지옥의 한가운데나 마찬가지인 상태다. 신이 창조한 자연 그대로의 세상은 이미 원초적으로 변질되었는데, 그 세상에서 혼자만 다른 것을 꿈꾸고, 다른 것에 가치를 두고 살아가야 한다는 것에 요조는 두려움을 느낀다. 주변 사람들이 추구하는 것들, 예를 들면 공복감을 채우는 것이나, 알뜰하게 돈을 모으는 것이나, 고위인사가 되어 명예로운 위치에 오르는 것 등에 도무지 공감하지 못하며, 그들은 '괴롭지 않은 게 아닐까? 뼛속까지 이기주의자가 되어, 심지어 그것을 으레 그런 것이라 믿으며, 한 번도 자기 자신을 의심해본 적이 없는 게 아닐까?'「인간 실격」 하고 되묻는다.

이미 탐욕으로 가득한 세상 속에서, 인간에 의해 죄라고 규정지어진 죄는 죄일까? 변질된 세상을 순수하게 믿었던 사람들이 죄를 짓게 되는 것은 아닐까? 다자이는 인간 세상에서 추방돼 정신병원에 들어온 환자들을 보며 이렇게 느낀다.

'다른 사람의 재물을 훔치는 자. 또는 훔치려고 하는 자는 한 명도 없다.

사람을 지나치게 믿은 바람에, 여기로 들어왔다.'「HUMAN LOST」-전집2

「인간 실격」에서 아내 요시코의 순진무구한 신뢰심이 더럽혀지고 죄로 추락하는 혼돈을 겪으며, 요조는 알코올과 약에 기대어, 점차 인간 세상에서 밀려난다. 애초에 원죄로 얼룩진 순수하지 못한 세상에 적응하지 못하고 '태어나서, 죄송합니다'라고 주억거리며, '죄는, 태어난 시각에 있으니.'이상 「이십 세기 기수」-전집2라는 허무한 노래를 읊어대던 젊은 시절의 다자이와도 닮아 있다.

그는 젊은 날의 자신을 모델로 한 요조를 통해, 죄란 무엇인가에 대해 자문한다. 역사와 시대에 따라 변하는 도덕이나 윤리 같은 것과는 다른 차원의, 불변하는 죄의 본질이란 무엇일까. 신에게 그 해답을 갈구하며, 「인간 실격」의 마지막 부분인 세 번째 수기 2에서만 무려 다섯 번이나 비슷한 질문을 반복한다.

'아아, 신뢰가 죄이나이까? / 신께 묻나니. 신뢰가 죄이나이까. / 과연, 순진무구한 신뢰심은, 죄의 원천이나이까. / 순진무구한 신뢰심은 죄이나이까. / 신께 묻나니. 무저항이 죄이나이까?'

신을 향한 이 끈질긴 질문 공세는, 그저 요시코가 겁탈당한 것에 대한 분노의 표출이라기보다는, 요시코로 상징되는 순수, 어른들을 무조건적으로 신뢰하고 저항조차 하지 못하는 순진무구한 아이와도 같은 순수, 그 때 묻지 않은, 녹슬지 않은 마음의 상태를 지켜나가는 것에 대한 원초적 물음이라 하겠다.

인간은 죄를 지어서 타락하는가, 타락한 세상을 견딜 수 없어 죄를 짓는가. 누군가 벌을 받는 것은 그가 사악하기 때문인가, 처세에 둔감하기 때문인가. 악인은 낙오자를 억압하는 사람인가, 스스로 낙오되는 사람인가. 누가 누구에게 죄를 물을 수 있을까, 누가 누구를 벌할 수 있을까. 그것은 신의 영역이 아닐까. 그러니, 누가 요조에게 돌을 던질 수 있을까. 그는 낙원에서 추방되어 욕망의 구렁텅이에서 살아가는 아담의 후예, 바로 우리의 모습인 것을.

4. 존재와 방랑에 대하여

나는 무無다, 바람이다, 허공이다.—「인간 실격」

다자이와 마찬가지로 자기 안의 욕망과 타락을 낱낱이 작품에 담았던 작가는, 그에게 큰 영감을 주었던 조지 고든 바이런(1788~1824)이었다. 20세기 일본 젊은이들이 오바 요조에 심취했다면, 19세기 유럽 젊은이들은 바이런의 차일드 해럴드에 열광했다. 해럴드는 말하자면, 요조의 '방탕 선배' 쯤 되는 셈이다.

언젠가 앨비온 섬에 한 젊은이가 살았네.
선善과 덕德의 길을 즐기지 않고
하루하루 짓궂은 방탕으로 세월을 보내며
한밤중 졸린 귀를 환락으로 괴롭혔지.
아아, 그는 부끄러움을 모르는 철면피한,
술과 연회에 젖어, 신도 두려워 않고 쾌락에 빠진다.
악덕을 꾸며댈 수도, 죄악을 씻어낼 수 없는.
그의 이름은 차일드 해럴드.[1]

바이런의 『차일드 해럴드의 순례』(1812~1818) 도입부인데, 방탕아 해럴드는 갑갑한 런던 생활에 염증을 느끼고 인간 본연의 모습대로 살았던 고대 그리스와 로마 땅을 돌아보기 위해 순례를 떠난다. 실제로 저자 바이런은 영국을 떠나 스페인, 이탈리아, 그리스 등을 방랑하며 무엇이 자신의 가슴을 뛰게 하는지, 무엇이 자신을 살아있다고 느끼게 하는지 알아가며, 그런 자신을 모델로 차일드 해럴드라는 인물을 그려낸다. 닥치는 대로 사랑하고, 세상에 반항하며, 먼 길을 떠난 차일드 해럴드는 도덕과 규율을 강요받던 당대 유럽 젊은이들에게 큰 해방감을 주었고, 바이런은 이 작품으로 유럽 전역에서 사랑받는다.

한편, '부끄러움을 모르는 철면피한' 차일드 해럴드는 한 세기 후 바다 건너 아시아에서 태어난 다자이 오사무의 작품 세계에도 큰 영향을 끼친다. 당대 해럴드의 인기는 러시아까지 침투했고, 푸시킨(1799~1837)은 「예브게니 오네긴」(1823~1830)에서 '그는 누구인가? 그러니까, 대충 흉내만 내는 녀석. 신경 쓸 것도 없는 유령이든가. 해럴드의 망토를 걸친 모스크바 소년. 남의 습관을 리메이크하나?' 하고 해럴드를 흉내 내는 허풍쟁이 오네긴을 묘사하는데, 다자이는 이 부분을 「원숭이를 닮은 남자」[전집1]에 인용하면서 해럴드와 오네긴에서 자신의 모습을 엿보기도 한다.

권위적이고 도덕적인 것을 본능적으로 싫어하며 세상을 떠도는 방랑자를 자처한 차일드 해럴드에 매료되었던 다자이는, '백화점 종이봉투를 들고 길을 가는 소시민의 모든 모럴을 부정하며, 열아홉 살의 봄, 내 이름은 해적 왕, 차일드 해럴드.'[「갈채」 −전집2]라고 자신이 갈 길을 해럴드에 빗대는가

1_ 인용은 일본판 바이런 전집(1939년, 도쿄 나스서방)에서 발췌하여 역자가 번역했다.

하면, '젊은 목숨을 바쳐서라도 외딴 성을 끝까지 지키겠다고 바이런 경에게 맹세한 약속, 고통스러운 수갑, 무거운 쇠사슬, 지금 갑자기 피식 웃으며 집어던졌다.'「창생기」-전집2라며 쉽지 않은 그 노정을 장난스럽게 표현했다.

'학생이라는 건 본디 푸른 망토를 걸친 차일드 해럴드 같은 것이어야 한다고, 저는 굳게 믿고 있습니다. 학생은 사색의 산책을 하는 사람입니다. 창공의 구름입니다. 완벽한 편집자가 되어서는 안 됩니다. 완벽한 관리가 되어서는 안 됩니다. 완벽한 학자가 되는 것도 안 됩니다. 노련한 사회인이 된다는 건, 학생에게 있어 무시무시한 타락과 같습니다.'「마음의 왕자」-전집10

다자이가 어느 대학 잡지에 기고한 이 글에서, 우리는 젊은 시절의 방랑과 방탕이 다자이에게 어떤 의미였는지, 그의 마음속에 자리 잡았던 진정한 타락이 무엇이었는지 짐작해볼 수 있다. 세상에 적응하기 전 세상을 뒤집어보는 것, 그리하여 원래 있던 것들을 전혀 새롭게 보고 만지고 느끼어, 전에 없던 것을 창조하는 것, 요조와 해럴드의 방랑과 방탕은 그런 의미로도 이해할 수 있겠다.

> 창조하기에, 한층 더 생명의 창조 속으로,
>
> 한층 더 충실한 생을 얻으려 하는,
>
> 나는 누구인가? 무無다.
>
> 「차일드 해럴드의 순례-3부」

유有에 집착하지 않고, 세상의 이해관계에 발을 담그지 않고, 스스로 하늘을 날아가는 '새처럼 가벼워지지 않으면 안 된다'「철새」-전집9는 다자이의 사상은, 유럽의 바이런이나 발레리 등의 문학가들과 궤를 같이 하는 것이었으며,

그 속에서 자유로운 '창조'가 가능하다는 생각은 배를 타고 이국을 순례하며 글을 쓰던 바이런에게도, 걸어서 전국을 유람하며 하이쿠를 짓던 바쇼에게도, 그리고 다자이 오사무에게도 공통적으로 내재하는 것이었다. 이들 예술가들은 어딘가에 안주하지 않음으로써, 생명을 얻고, 창조를 이뤄내고, 존재를 확인하는 자들이었다.

'나는 무無다, 바람이다, 허공이다'를 되뇌며 '생활인'들 앞에서 어릿광대가 되었던 요조의 모습은, 이러한 고찰 속에서 다자이가 만들어낸 독창적인 예술가의 모습이었으며, 그렇기에 우리는 그의 작품들을 그저 웃어넘기거나 한 번 읽고 던져버릴 수 없는 것인지도 모른다. 처음에는 가볍게, 호기심에서, 재미로 읽다가도, 그 속에서 매번 존재에 대한 고민에서 비롯된 깊고 미묘한 울림을 얻기에, 그의 글들은 영원히 죽지 않고 사는 것이리라. 우리들의 이부자리 옆에서, 검게 세월의 손때가 묻은 채로.

5

'그는, 사람들에게 즐거움을 주는 것을 그 무엇보다도 좋아했다!'─「정의와 미소」

지금 이 순간에도, 이 글귀가 적힌 문학비가 다자이의 고향 쓰가루 앞바다를 내려다보고 있다. 그가 무엇보다 문학에서 중요시했던 것, 자신의 숙명이라 여겼을 정도로 소설에 무게를 둔 부분은, 독자들을 즐겁게 하는 것, 그들에게 재미를 주는 것이었다. 문학이란, 무언가 이유를 붙일 수 없는 것이라 하면서도 그는 단호하게 말한다.

'독자가 재미없다고 한다. ……그걸로 끝이다.'「자기 작품에 대해 말하다」-전집10

말로써 세상을, 사람을, 조금이라도 더 따스하게, 부드럽게 하는 것에 다자이 문학의 최종 목적이 있었으며, 그가 문학에서 가장 소중하게 생각한 것은 재미있게 소설을 읽은 후 젖어드는 행복감이었다.

당신은 『다자이 오사무 전집』을 읽으며 그런 행복감을 느꼈는가. 그가 주는 즐거움에 몸을 떨었는가. 아마도 현존하는 가장 '쓸쓸하고도 아름다운' 이 전집은, 낙원에서 추방된 인류가 혼돈 속에 살아가는 한, 언제 어느 때나 당신의 편에서, 당신에게 위로가 되어줄 것이다.

* 참고 문헌 *

· 「人間神格―太宰治論」, 吉村善夫, 1951(ゆまに書房太宰治論集 1994. 3 収録).

· 「人間失格」の方法, 鳥居邦朗, 『国文学解釈と鑑賞―特集太宰治』, 1981. 10.

· 『愛と革命―評伝太宰治』, 堤重久, 講談社現代親書, 1983. 8.

· 「男はマザー・シップと見つけたり―あるいは存在を耐えるための軽さ」, 吉本隆明,

　『ユリイカ―特集太宰治/坂口安吾』, 2008. 9.

옮긴이 후기

굿바이.

많은 이야기가 있었고, 많은 사람들을 만났고, 많은 일들이 일어났다. 다자이 한 사람을 통해 지난 삼 년여 간 나를 스쳐 지나간 것들이다. 영원히 끝나지 않을 것 같은 길고 어두컴컴한 터널을 지나던 날도 있었지만, 대개는 즐겁고 유쾌하고 행복했다. 특히 즐거웠던 건 다자이에게서 나와 비슷한 점을 발견했을 때였다. 돌이켜 보면 번역을 하면서 유난히 참기 어려웠던 건 '술'이었다. 특히 9권은 처음부터 끝까지 술 냄새가 진동할 정도로 술독에 빠져 사는 주인공들이 많이 나오는데, 문제는 나 역시 술의 유혹에 매우 약한 사람이라는 것이었다. 번역은 하루에 문고본으로 서너 장 정도면 하루해가 꼴딱 다 갔기 때문에 오백 페이지가 훌쩍 넘는 전집 한 권을 끝내려면 하루 종일 꼼짝없이 책상 앞에 붙어 앉아 있어야 했는데, 그때마다 다자이가 아침이고 낮이고 '마시자, 마시자.' 하면서 나를 유혹했다. 꾹꾹 참다가 해가 지면 뛰쳐나가 허겁지겁 생맥주를 들이켜던 날들이 생각난다. 그러다가 너무 많이 마셔버리면 하루 이틀 접시 위의 해삼처럼 늘어져 일을 못했다. 참 쓸데없는 걸 닮았습니다, 다자이 선생님. 이제 이런 날들과도 이별해야 한다고 생각하니 서운함에 글이 써지지 않는다. 이 글이 끝나지 않으면 헤어짐도 없을 텐데. 하지만 이젠 정말 굿바이 해야 한다. 기다림에 지친 독자분들의 참을 인^{忍} 자가 눈앞에 그려지는 듯하다.

올봄, 벚꽃이 까르르 웃는 아이들의 웃음소리처럼 환하게 흩날리던 어느 날, 예의 돈보다 술을 사랑하는 도서출판 b 사람들과 보라매공원으로 벚꽃놀이를 갔다. 신대방 둑방길이 눈물 나게 아름다웠던 기억이 난다. 그때 출판사의 꽃 장미 언니와 보석 같은 시인 사이 언니와 동네 슈퍼로 맥주를 사러 갔다. 한창 캔 맥주를 수북이 들고 나르고 있는 장미 언니에게 전화가 왔다. "여보세요?" "거기 b출판사죠? 대체 다자이 전집은 언제 완간되는 겁니까?" (장미 언니, 나를 흘겨보며) "수윤 씨! 다자이 전집 언제 나와!" "아, 예, 저, 그러니까, 올 여름에는 꼭……" 닦달을 당했지만 기분은 좋았다. '그래, 이렇게 기다려주는 사람들도 있구나.' 벚꽃도 좋았고 사람들도 좋았지만, 누군가 우리(다자이와 나를 '우리'라는 관계로 묶어도 좋을지는 모르겠으나)를 기다리고 있다는 생각에 술맛이 더 좋았다. 이제 완간이 되었는데, 기다리는 분들의 기대를 채워드렸는지 모르겠다. 다만 내가 말할 수 있는 것은, 다자이가 벚꽃이 흩날리는 모래사장을 그려내고 싶었다면, 한국의 독자들도 자연스럽게 그 풍경 그 감성의 꽃보라를 맞을 수 있도록, 내가 가진 모든 것을 쏟아 부었다는 것이다. 다자이 특유의 거미가 실을 뽑듯 술술 이어가는 요설체 문장을 살리기 위해서도 공을 많이 들였다. 내가 할 수 있는 모든 것을, 풍족한 시간 동안 다 했으니 이제는, 굿바이, 하는 길밖에 다른 수가 없다. 굿바이. 모두들, 사랑하시기를.

정수윤

다자이 오사무 연표

1909년 출생	• 6월 19일, 아오모리 현 북쓰가루 군 가나기에서 아버지 쓰시마 겐에몬^{津島源右衛門}과 어머니 다네^{タ子}의 열 번째 아이이자, 여섯 번째 아들로 태어났다. 호적상 이름은 쓰시마 슈지^{津島修治}.
1916년 7세	1월, 함께 살던 이모이자 숙모인 기에^{キェ} 가족이 고쇼가와라로 이사하면서, 슈지도 2개월가량 그곳에서 함께 산다. 4월, 가나기 제1소학교에 입학한다.
1922년 13세	3월, 가나기 제1소학교 졸업. 4월, 메이지고등소학교 입학. 아버지가 귀족원의원에 당선된다.
1923년 14세	3월, 아버지 사망. 4월, 아오모리중학교 입학. 아쿠타가와 류노스케, 기쿠치 간 등의 소설을 탐독. 이부세 마스지^{井伏鱒二}의 「도롱뇽」을 읽고, '가만히 앉아서 읽을 수 없을 만큼 흥분'한다.
1925년 16세	8월, 친구들과 함께 잡지 『성좌^{星座}』를 창간하나 1호만 발행하고 폐간. 그해 「추억」의 등장인물인 미요의 모델이 된 미야기 도키^{宮城トキ}가 쓰시마 집안에 하녀로 들어온다. 11월, 동인지 『신기루』 창간한다.
1926년 17세	9월, 동인지 『아온보^{青んぼ}』를 창간하나 2호까지 발행하고 폐간. 도키에게 함께 도쿄로 가서 살자고 제안하지만 도키는 신분의 차이가 너무 많이 난다면서 쓰시마 집안을 떠난다.
1927년 18세	2월, 동인지 『신기루』 12호까지 발행하고 폐간. 3월, 아오모리중학교 졸업. 4월, 히로사키고등학교 문과 입학. 7월, 아쿠타가와 류노스케의 자살에 충격을 받는다.
1928년 19세	5월, 동인지 『세포문예』 창간, 9월, 4호까지 발행하고 폐간. 12월, 히로사키고교 신문잡지부 위원에 임명된다.
1929년	• 창작 활동을 하는 한편, 게이샤 오야마 하쓰요^{小山初代}를 만난다.

20세	12월, 수면제 과다복용으로 의식불명 상태에 빠진다.
1930년 21세	3월, 히로사키고등학교 졸업. 4월, 도쿄제국대학교 불문과 입학. 5월, 이부세 마스지를 찾아가 이후 오랫동안 스승으로 삼는다. 적극적으로 사회주의 운동에 가담한다. 10월, 고향에서 하쓰요가 다자이를 만나기 위해 상경. 11월, 하쓰요의 일로 큰형 분지^{文治}와 다투다가 호적에서 제적당한다. 11월 26일, 긴자의 술집 여종업원 다나베 시메코^{田部シメ子}를 만나 이틀 동안 함께 지내다가, 28일 밤 가마쿠라 고유루기미사키^{小動岬} 절벽에서 함께 자살을 시도한다. 시메코는 죽고 슈지는 요양원 게이후엔^{惠風園}에서 치료를 받는다. 12월, 자살방조죄로 기소유예. 아오모리 이카리가세키^{碇ヶ関} 온천에서 하쓰요와 혼례를 올린다.
1931년	12월, 동료의 하숙집에서 마르크스의 『자본론』 스터디를 시작한다.
1932년 23세	7월, 큰형과 함께 아오모리 경찰서에 출두하여 좌익운동에서 손을 뗄 것을 맹세한다. 창작에 전념하면서 낭독 모임을 갖는다.
1935년 26세	3월, 대학 졸업시험에 낙제. 미야코 신문사 입사시험에도 떨어진다. 가마쿠라에서 목을 매지만 자살미수에 그친다. 4월, 급성맹장염으로 입원, 진통제 파비날에 중독된다. 5월, 잡지 『일본낭만파』에 합류. 8월, 「역행」이 제1회 아쿠타가와 상 후보에 오르나 차석에 그친다. 사토 하루오^{佐藤春夫}를 찾아가 가르침을 받는다. 크리스트교 무교회파 학자 쓰카모토 도라지^{塚本虎二}와 접촉, 잡지 『성서 지식』을 구독한다. 9월, 수업료 미납으로 학교에서 제적당한다.
1936년 27세	2월, 파비날 중독 치료를 위해 병원에 입원했다가 10일 후 퇴원. 6월, 첫 창작집 『만년』을 출간한다. 8월, 제3회 아쿠타가와 상 낙선. 10월, 중독증세가 심해져 도쿄 무사시노병원에 입원했다가 한 달 뒤 퇴원한다.
1937년 28세	• 다자이와 사돈 관계이자 가족과 다름없이 지냈던 화가 고다테 젠시로^{小舘善四郎}와 부인 하쓰요의 간통 사실을 알고 분노. 3월, 다니가와다케^{谷川岳} 산에서 하쓰요와 둘이서 수면제를 먹고 동반자살을

	시도하나 미수에 그친 후 이별한다.
	6월, 작품집 『허구의 방황』, 7월, 단편집 『이십세기 기수』를 출간한다.
1938년 29세	9월, 후지 산 근처에 있는 여관 덴카차야^{天下茶屋}에서 창작 활동을 하던 중, 이부세 마스지의 소개로 이시하라 미치코^{石原美知子}를 만난다.
1939년 30세	1월, 미치코와 혼례를 올린 후 안정적으로 작품 활동에 전념한다. 7월, 『여학생』을 출간한다.
1940년 31세	5월, 「달려라 메로스」 발표. 6월, 작품집 『여자의 결투』 출간. 12월, 『여학생』으로 기타무라 도코쿠 상 부상을 수상한다.
1941년 32세	5월, 『동경 팔경』 출간. 6월, 장녀 소노코^{園子}가 태어난다. 8월, 10년 만에 쓰가루로 귀향한다.
1942년 33세	1월, 사비로 『유다의 고백』 출간. 6월, 『정의와 미소』 출간. 어머니가 위독하다는 소식에 귀향. 12월, 어머니 사망.
1943년	1월, 『후지 산 백경』, 9월 『우대신 사네토모』를 출간한다.
1944년	5월, 고야마서방에서 소설 『쓰가루』를 의뢰하여 쓰가루 여행, 11월 출간한다.
1947년 38세	1월, 옛 연인이었던 작가 오타 시즈코^{太田静子}를 찾아가 소설 『사양』의 소재가 될 일기장을 넘겨받는다. 4월, 큰형이 아오모리 지사로 당선. 12월, 『사양』 출간. 몰락한 귀족을 그린 이 작품이 패전 후 혼란에 빠진 젊은이들 사이에서 '사양족'이라는 유행어를 낳을 정도로 큰 호응을 얻으면서 인기작가가 된다.
1948년 39세	6월 13일 밤, 연인인 야마자키 도미에^{山崎富栄}와 함께 무사시노 다마가와 상수원^{玉川上水}에 몸을 던진다. 6월 19일, 만 서른아홉 번째 생일에 사체가 발견된다. 7월, 『인간 실격』, 『앵두』 출간.
1949년	• 6월 19일, 다자이의 친구들이 그의 무덤을 찾아(미타카 젠린지^{禅林寺}) 기일을 앵두기^{桜桃忌}라고 이름 짓고 애도한다. 앵두기는 그를 사랑하는 독자들에 의해 현재까지 매년 행해지고 있다.

『다자이 오사무 전집』 한국어판 목록

『다자이 오사무 전집』을 펴내며

어떤 한 작가를 온전히 이해하고자 할 때 몇몇 대표작만 읽을 것이 아니라 전집 읽기야말로 필수적이라고 해도 과언이 아니다. 일본의 대문호 오에 겐자부로는 평생 동안 2~3년마다 한 작가를 선택하여 전집읽기를 한다고 한다. 작가가 되려는 그에게 스승이었던 와타나베 가즈오의 충고에서 비롯되었다고 한다. 그런데 이런 이야기는 어디까지나 외국의 사례일 뿐 우리로서는 그렇게 할 수 있는 형편이 되지 못한다. 한국문학사에서 대표적인 작가들마저도 제대로 된 전집이 존재하지 않는다. 그러니 외국작가의 번역 사정이야 굳이 말할 필요도 없을 것이다. 물론 몇몇 외국작가의 훌륭한 전집이 번역되었지만 엄밀한 의미의 '전집'이라 하기 힘든 면이 있다. 왜냐하면 대부분 창작물만을 싣고 있는 데에 그치고 있기 때문이다. 이러한 출판계의 현황에서 도서출판 b는 기회와 조건의 허락을 넘어서, 국적과 장르의 차별을 넘어서, 적극적으로 다양한 전집을 펴내려고 한다.

그 일환의 첫 작업으로 『다자이 오사무 전집』을 펴낸다. 이 전집에는 다자이 오사무가 쓴 모든 소설은 물론하고 흔히 부수적인 것으로 치부되지만 작가를 이해하는 데 있어서 중요한 에세이 등을 통해 작품의 배경이 된 에피소드까지 망라한다. 그야말로 '전집'이라는 이름에 값하는 전집이라고 할 수 있을 것이다. 다자이 오사무는 그동안의 불충분한 소개를 통해 흔히 우울하고 염세적인 작가로만 알려져 있지만 때로는 유쾌하고, 때로는 철학적이며, 다르게는 매우 전투적인 열정의 모습까지 다양한 다자이 오사무를 발견하게 될 것이다. 그것은 왜 다자이 오사무가 오늘날 일본에서 가장 많이 연구되는 소설가 가운데 한 명인지를, 또한 그가 작고한 지 60년이나 흐른 지금까지도 매년 기일이 되면 그의 묘역에서 열리는 앵두기桜桃忌 추모제에 왜 수많은 독자들이 모이는지를 알 수 있게 해줄 것이다.

－<다자이 오사무 전집> 기획회의를 대표하여 조영일

다자이 오사무 전집 ⑨

인간 실격

초판 1쇄 발행 2014년 12월 24일
　 2쇄 발행 2017년 6월 10일

지은이 다자이 오사무 | 옮긴이 정수윤 | 펴낸이 조기조
기획 이성민, 이신철, 이충훈, 정지은, 조영일 | 편집 김장미, 백은주
교정 신동완 | 독자교정 이동근
인쇄 주)상지사P&B
펴낸곳 도서출판 b | 등록 2003년 2월 24일 제12-348호
주소 08772 서울특별시 관악구 난곡로 288 남진빌딩 401호 | 전화 02-6293-7070(대)
팩시밀리 02-6293-8080 | 홈페이지 b-book.co.kr / 이메일 bbooks@naver.com

ISBN 978-89-91706-70-5(세트)
ISBN 978-89-91706-69-9 04830

값 14,000원